Rendez-vous à la malouinière

DU MÊME AUTEUR

Piste impériale
(Julliard)

La Reconquête
(Flammarion)

De Lattre
(Flammarion)

De quoi vivait Bonaparte
(Deux Rives)

Suez, cinquante siècles d'Histoire
2e Grand Prix Gobert de l'Académie française
(Arthaud)

Moi, Zénobie reine de Palmyre
Goncourt du récit historique
(Albin Michel)

Ces Messieurs de Saint-Malo
Prix Bretagne
Prix du Cercle de la Mer
Prix d'académie de l'Académie française
(Albin Michel)

Le Temps des Carbec
(Albin Michel)

BERNARD SIMIOT

Ces Messieurs de Saint-Malo

RENDEZ-VOUS À LA MALOUINIÈRE

roman

Albin Michel

22, rue Huyghens, 75014 Paris.

ISBN 2-226-03622-9

Pour Pierre Alexandre

PRÉLUDE

Tous les ans, au moment de Pâques, Mme Carbec avait coutume de quitter sa résidence malouine et s'installait dans sa maison des champs, la Couesnière, située à quelques kilomètres sur la route de Dol. C'était là une habitude familiale, remontant à l'époque de la Compagnie des Indes, lorsque devenus trop riches pour se contenter de leurs hôtels alignés au garde-à-vous face à la mer, quelques armateurs, négociants et capitaines avaient fait bâtir des demeures de bel aspect, moitié manoirs moitié châteaux. Enfouies dans la verdure d'un lieu-dit dont le nom avait été vite accolé au patronyme des nouveaux propriétaires, on les avait bientôt appelées des « malouinières ».

Léonie Carbec n'aurait consenti pour rien au monde à passer les mois d'été à Saint-Malo. Elle ne redoutait cependant pas l'écume enfantine et mondaine étalée sur les plages. De sa jeunesse, elle cajolait même quelques souvenirs inséparables de cette période de l'année : l'inauguration du Grand Casino, les courses de chevaux sur le sable, la construction des belles villas et des luxueux hôtels, la venue de grands personnages tels que le roi Oscar de Suède, le prince de Galles, le président Félix Faure, le grand-duc Wladimir, d'artistes de la Comédie-Française ou d'auteurs à succès comme ce M. Georges Ohnet dont elle avait tant aimé les romans, et, beaucoup plus loin dans le temps, le bal de la sous-préfecture donné en l'honneur de l'empereur — autant d'images qu'elle aimait évoquer devant ses huit petits-enfants.

— Est-ce bien vrai grand'mère que vous avez dansé avec l'empereur Napoléon III ? demandait Lucile.

Affectant un air bourru, Mme Carbec répondait :

— Tu me l'as déjà demandé cent fois !

— Oui, mais nous aimons que vous nous racontiez cette histoire, insistait Marie-Christine.

Un sourire éclairait alors le vieux visage.

— C'était au mois d'août 1858, j'avais donc seize ans, lorsque Napoléon III et l'impératrice Eugénie sont venus à Saint-Malo. À leur arrivée, deux jeunes filles leur ont offert un bouquet de fleurs, Louise Rouxin la fille du maire et moi-même. Le soir, on a donné un grand bal à la sous-préfecture auquel j'étais invitée parce que votre arrière-grand-père Le Moal était conseiller municipal. C'était quelqu'un, savez-vous ! Moins important qu'un Carbec, il était armateur lui aussi. Or, voilà que dans l'après-midi, l'empereur fait savoir qu'il ouvrirait le bal avec Louise Rouxin et qu'il tournerait la seconde danse avec Léonie Le Moal : qu'on veuille prévenir ces deux demoiselles !... Ça en a fait du berdi-berda ! Entre nous, nos parents n'étaient pas peu fiers, mais je pense qu'ils étaient encore plus inquiets. Dame ! c'est qu'il n'avait point trop bonne réputation le Napoléon ! On le disait coureur de jupons... Si bien que nos pères ont demandé au sous-préfet de remercier l'empereur d'une attention à laquelle ils avaient été très sensibles, mais de lui dire aussi que c'était là un trop grand honneur pour deux jeunes filles dont la modestie risquait d'être choquée.

À ce passage du récit devenu légendaire dans la famille, il arrivait toujours qu'un des petits-enfants ne pouvait s'empêcher de rire. Une fille demandait alors sur un ton innocent :

— Et qu'a donc fait Napoléon III ?

— Vous le savez bien, pétasses !

— Dites-le-nous encore, suppliaient les cousines.

— Eh bien, l'empereur a répondu au sous-préfet que s'il n'ouvrait pas le bal avec nous deux, il ne danserait pas de toute la soirée.

— D'après ce que nous savons, M. Rouxin et notre arrière-grand-père ont calé ! ricanait un garçon.

— Au lieu d'envoyer Iphigénie à la maison, renchérissait un autre, ils l'ont conduite eux-mêmes au sacrifice.

— Ça ne s'est pas passé si vite ! répliquait Mme Carbec. Finalement, c'est M. l'archiprêtre qui a eu le dernier mot en assurant qu'il n'y avait point de risque, dans cette affaire, d'offenser Dieu ou la morale. Obéir à l'empereur, n'était-ce pas donner à César ce qui revient à César ?

— César dansait-il bien, grand'mère ?

— Il m'a marché plusieurs fois sur les pieds, mais je ne savais plus moi-même ce que je faisais. Dame ! mettez-vous à ma place, c'était l'empereur. Un bel homme qui portait l'uniforme de général, avait de beaux yeux bleus, sentait bon l'eau de Cologne et souriait d'un air un peu triste.

— Vous a-t-il parlé ?

— Sans doute a-t-il prononcé quelques phrases de circonstance comme « Je suis heureux ce soir de danser avec une aussi jolie Malouinette... ».

— Et que lui avez-vous répondu ?

— Rien du tout ! J'ai dû sourire comme une godiche. J'avais hâte que ce soit fini pour être libre d'aller danser avec les jeunes officiers des navires de la Marine. Il a fallu que je fasse la révérence à l'impératrice Eugénie. Quelques semaines plus tard, Louise Rouxin a reçu des Tuileries une bague ornée d'une perle noire et moi un camée monté en broche.

Léonie Le Moal avait porté tous les jours ce bijou, jusqu'au moment de ses fiançailles, cinq ans plus tard, avec Jean-François Carbec, un géant aux cheveux roux qui appelait volontiers Napoléon III M. Badinguet, du nom dont l'affublaient les jeunes opposants au régime. Entrer dans une famille qui avait compté autrefois quelques grands messieurs de Saint-Malo dont certains s'étaient enorgueillis d'une lettre de noblesse signée par Louis XIV, c'était une sorte de promotion sociale. Sans doute, la plus grosse partie des piastres accumulées dans leurs caves malouines, au temps de la course, des épices, des toiles peintes et des nègres avait-elle disparu, mais de même qu'ils avaient su conserver leur tête sur leurs épaules, les Carbec avaient sauvé la vieille compagnie d'armement, berceau de leur fortune. Quatre terre-neuvas et deux cap-horniers, c'est tout ce qui restait en 1863, année du mariage de Jean-François, de la splendeur d'autrefois, au temps où les Carbec, hissés dans la société bourgeoise à la force du poignet, étaient parvenus à forcer les salons et les chambres des Magon, des Danycan ou des Le Fer à Saint-Malo, et des gros Nantais du quai de la Fosse. Quatre terre-neuvas et deux cap-horniers, cela représentait un patrimoine assez considérable pour faire alors de Jean-François Carbec, seul héritier de cet armement, un des deux ou trois partis les plus convoités de Saint-Malo.

L'ayant emporté, Léonie Le Moal n'ignorait pas ce qui l'attendait. Entrer dans la famille Carbec, ça n'était pas seulement épouser un bel homme, grand et mince, dont les yeux bleus retenaient le regard des mères autant que celui des filles, c'était accepter d'y être tolérée sans tenir la certitude d'y être un jour admise, c'était consentir à agir, à penser, selon la coutume du clan, et être fière d'y parvenir. Léonie s'était promis dès les premiers jours de devenir plus Carbec que les Carbec, adoptant d'emblée leur façon d'être pour tout ce qui concerne la politique et la religion, les affaires, les relations ou la cuisine et bientôt l'éducation des enfants, mais bien décidée, une fois la partie gagnée, à n'en faire qu'à sa tête : à Malouin, Malouine et demie ! Fine mouche, elle avait d'abord étudié de près l'arbre généalogique de sa nouvelle famille où elle avait noté les noms de quelques capitaines, marchands, corsaires à l'occasion, de cadets partis aux Indes, à Saint-Domingue ou au Canada, d'armateurs devenus négriers à Nantes, et surtout d'une certaine Marie-Thérèse devenue comtesse de Kerelen dont l'un des fils avait rejoint l'armée des Princes en 1792 et n'était jamais revenu en France. Bien tenu jusqu'à la Révolution, l'arbre des Carbec n'avait plus intéressé personne. Une certaine tradition orale y suppléait cependant. C'est ainsi que Léonie apprit de son mari l'existence de trois oncles célibataires dont la mort qui ne remontait qu'à quelques années avait fait de Jean-François un héritier digne d'intérêt. Le premier de ces oncles s'était enrichi en fournissant des subsistances à l'armée d'Italie du général Bonaparte, le second avait commandé à Waterloo un régiment de dragons, et le troisième ayant ressorti, on ne sait d'où mais au bon moment, la lettre de noblesse signée autrefois par Louis XIV, était devenu M. Carbec de la Bargelière, préfet du Maine-et-Loire par la grâce de S.M. Charles X. Ou bien les trois célibataires étaient morts sans descendance, ou bien leurs bâtards ne voulaient rien revendiquer. On ignorait aussi le sort du Canadien autant que celui du Créole. En revanche Jean-François savait qu'un certain général von Keirelhein commandait une brigade de cavalerie en Poméranie parce que ce hobereau prussien avait prétendu récemment faire valoir des droits douteux de propriété sur le domaine de la Couesnière.

Écoutant ce dernier propos, la jeune Mme Carbec avait réagi comme si elle eût été souffletée.

— Des droits sur notre malouinière !

— Oui, chère Léonie, sur notre malouinière qui appartenait à Marie-Thérèse Carbec au moment de son mariage avec le comte de Kerelen dont un fils, vous le savez, émigra en Allemagne et y fit souche. Lorsque déclarées biens nationaux, les propriétés des émigrés ont été mises en vente, la Couesnière fut rachetée par mon grand-père qui, bon républicain autant que bon Carbec, en est devenu propriétaire légitime. J'en ai hérité, vous en êtes aujourd'hui la maîtresse, je vous promets que vous le demeurerez, parce que les Carbec et leur malouinière sont inséparables.

Jean-François avait dit encore :

— Notre malouinière, comprenez que c'est notre patrimoine le plus précieux, plus que nos navires ou notre maison malouine. C'est notre terre, c'est notre tradition, parce que sans terre, si petite soit-elle, on n'est jamais qu'un romanichel. Si quelqu'un voulait nous la prendre, je vous jure que je serais capable de l'étrangler avec ces deux mains-là.

Ces derniers mots, l'héritier des Carbec les avait prononcés avec une sorte de grognement au fond de la gorge tandis qu'il écartait ses dix doigts, de gros doigts de matelot plus que d'armateur, comme pour les prendre à témoin de son serment. Il avait ajouté :

— La Couesnière a été achetée en bonne et due forme, le notaire me l'a dit. L'acquisition d'un bien national, c'est sacré. Rien que pour cela, je serais républicain.

Mme Carbec savait qu'il ne fallait jamais contredire une opinion de son mari sur ces sortes de sujets politiques, et pas davantage y faire chorus, sûrs moyens l'un et l'autre de transformer une houle en raz de marée. Elle voulut savoir si ces Keirelhein allemands revendiquaient toujours la malouinière.

— Non, dit-il. Cela a fait long feu. Ils avaient été abusés par quelque marchand de biens véreux, et se sont excusés comme de parfaits gentilshommes. Les Kerelen de Nantes qui sont leurs plus proches cousins avaient d'ailleurs pris notre parti. Je m'échauffe pour un rien, vous me connaissez. C'est mon sang malouin. Ma mère disait : « Les Carbec ne sont pas susceptibles mais il ne faut pas effleurer leurs sabots ! »

— Dame ! c'est que tous les Carbec sont de bons Malouins !

— Tous ? Je n'en sais trop rien, pas plus que je ne sais ce qu'ils sont tous devenus. Aujourd'hui il doit y en avoir un peu partout dans le monde, sans doute plus souvent matelots qu'amiraux.

— Tout compte fait, bien que vous n'ayez pas encore trente ans, c'est vous le chef de la maison Carbec !

— Le chef ? C'est un bien grand mot, dit Jean-François en prenant un air modeste à peine menteur.

— Pour moi, reprit-elle, je ne sais guère vous expliquer cela, mais je crois qu'une famille ne commence à exister qu'à partir du moment où apparaît un de ses membres qui, par ses défauts ou ses qualités, ses réussites ou ses échecs, rejette dans l'ombre les inconnus qui l'ont précédé. Il en fait ses descendants. Pour vous autres, les Carbec, c'est Mathieu, le petit regrattier devenu armateur. Tous ceux qui ont vécu avant lui ou après lui n'existeraient pas sans son aventure, non seulement vous qui êtes fils unique mais tous vos cousins, les Le Coz, Biniac, Saint-Mleux, Lecoulant, Guinemer, Le Floch, Pinabel, les Kerelen de Nantes et les von Keirelhein de Potsdam...

— Alors vous pensez, dit Jean-François en riant de bon cœur, que je suis devenu le chef de toute cette famille que vous appelez la maison Carbec comme nous disions au collège «la Maison d'Autriche»?

— Dame oui!

Mme Carbec avait ajouté, tout à trac:

— Je pense donc que si votre général prussien s'avisait un jour de venir en Bretagne, il vous faudrait l'inviter dans notre malouinière et profiter de l'occasion pour réunir tous vos Carbec. Après tout, ce Keirelhein, il est bien notre cousin, non?

— Pour sûr! avait déclaré Jean-François en serrant sa femme dans ses bras. Pour sûr aussi que vous êtes devenue une vraie Carbec.

De tous les grands moments de sa vie conjugale, celui que la grand'mère préférait évoquer après tant d'années demeurait le jour où son mari lui avait dit qu'elle était devenue une vraie Carbec. Elle s'en souvenait comme si la scène se fût passée hier, elle entendait la voix de Jean-François et sentait sa main serrer plus fort son bras. Elle s'entendait dire elle-même que si le général prussien venait en Bretagne, il faudrait l'inviter à la Couesnière. Tout était parti de cette simple phrase en forme de boutade peu destinée à renvoyer un écho mais qui, cheminant dans la tête des deux époux était devenue une idée, d'abord sans consistance, avant de prendre la forme d'un projet. Peu de temps après était survenue cette guerre de 70 où, quelques semaines plus tard, l'ancien danseur de Léonie Le Moal s'était rendu à l'ennemi dans des conditions peu honorables. Allez donc savoir si le cousin von Keirelhein ne se trouvait pas aux côtés du roi de Prusse pour recevoir l'épée de Napoléon III?

— Maintenant, celui-là, pour sûr qu'il ne mettra jamais ses bottes à la Couesnière! avait tonné Jean-François en apprenant l'affaire de Sedan, même si dans le fond de son cœur la proclamation de la République compensait la défaite des armées de l'Empire.

Personne n'avait jamais plus parlé du grand projet de réunir les Carbec. Il paraissait avoir été absorbé par d'autres desseins, d'autres espoirs, et tant de labeurs et de soucis, mariages, naissances, deuils, bonheurs et chagrins, petits faits sans pesanteur et lourds événements, tout ce qui fait la trame des jours et qu'on appelle communément la vie. Avec les années, Mme Carbec était devenue une grande dame de Saint-Malo, mère de deux garçons, pieuse non bigote, charitable sans générosité, ne manquant pas davantage la communion de Pâques que le dîner annuel offert par le sous-préfet aux notabilités de son arrondissement. Elle savait gré, secrètement, à son mari de lui avoir fait franchir l'espace social plus perceptible que mesurable qui sépare la moyenne de la grande bourgeoisie provinciale, et elle pensait souvent à ce que Jean-François lui avait dit un jour à propos de la malouinière, « c'est notre patrimoine le plus précieux ». Semblables à d'autres familles d'armateurs, de capitaines et de négociants, les Carbec devaient tout à la mer, mais ils avaient mieux pris conscience de leur position quand ils avaient enfin acquis cette terre de la Couesnière où ils avaient amarré deux siècles d'aventure. La maison de Saint-Malo, dressée sur les remparts, face à la mer, au temps du Grand Roi, sa façade toute pailletée de granit qu'éclairaient de hautes fenêtres encadrées de bandeaux en relief, ses charpentes taillées dans des fûts de châtaignier, ses caves voûtées sur deux étages, ses cheminées dressées comme une insolence, toute cette architecture proclamait le courage et l'audace des bâtisseurs autant que leur réussite brutale, leur fortune rapide, la vanité d'être riche. La malouinière, c'était une vieille demeure avec des bois, des champs, un étang, une étable, une écurie et une basse-cour. Ses premiers maîtres et plus tard les Carbec avaient été conduits, selon leur goût bon ou mauvais, et le nombre de leurs écus, à en modifier la distribution quand la famille s'agrandissait. Les uns avaient aménagé des chambres dans le grenier, les autres avaient transformé une pièce en bibliothèque, ceux-ci avaient semé du gazon selon la mode anglaise, ceux-là avaient empoissonné l'étang ou taillé des allées dans le bois, aucun n'avait altéré la noblesse originelle de l'ancien manoir autour duquel on entendait, selon les saisons, le bêlement des agneaux ou le crissement des faux qu'on aiguise, parfois le ronflement de la batteuse, tout ce qui avait manqué à la jeunesse de Léonie dans la maison du petit armateur Le Moal où, dès qu'on ouvrait une fenêtre, les bruits domestiques disparaissaient dans la rumeur de la mer et du vent, et ces cris rouillés des grands oiseaux gris et blancs qui ont l'air d'être toujours en colère. Léonie Carbec s'était vite attachée à la Couesnière comme elle avait aimé tout cet arrière-pays qu'on nomme le Clos-Poulet où les bourgeois malouins avaient bâti autrefois des gentilhommières pour donner à leurs blasons tout neufs ce supplément d'authenticité que la terre immobile confère davantage que le commerce vagabond. Dans cette terre campagnarde elle se trouvait à l'aise : avec les quelques familles de la noblesse qui y résidaient toute l'année, avec les paysans qui s'y échinaient à faire pousser des pommes de terre, ou même ces anciens matelots, soudain écœurés de la navigation, revenus planter des choux là même où au temps de leur jeunesse quelque marchand d'hommes leur avait extorqué une signature, souvent une simple croix, au bas d'un rôle d'équipage après les avoir soûlés à mort.

Semblable à tous les messieurs du XIXe siècle, Jean-François Carbec n'entendait pas que sa femme se mêlât de ses comptes, et n'éprouvait pas le besoin de la mettre au courant de ses affaires. Il les dirigeait tout seul. Capitaines ou boscos, constructeurs ou assureurs, avitailleurs ou commissionnaires, personne ne pouvait lui en conter. Comme tous les autres Carbec il avait l'armement dans le sang. Acharné à son travail, ne s'intéressant guère qu'à la préparation des campagnes de pêche et à la vente du poisson ramené de Terre-Neuve, il avait laissé à Léonie tout le soin de la maison de ville ou de la Couesnière comme celui des deux garçons. Cependant, toujours bon Malouin, M. Carbec ne dédaignait pas d'être considéré comme un notable et d'être placé au premier rang à l'occasion d'une cérémonie officielle où il se poussait sans vergogne à côté du maire ou du sous-préfet. On l'avait même vu faire des grâces à un vieux monsieur vêtu d'un curieux habit brodé de palmes vertes, coiffé d'un bicorne, portant l'épée et qu'on appelait curieusement « maître », venu de Paris pour inaugurer une statue élevée à la gloire de Chateaubriand, et une autre fois lors de la visite officielle du président Félix Faure, s'entretenir avec un ministre barbu et ne le lâchant pas avant que le correspondant de *L'Ouest-Éclair* les eût photographiés l'un près de l'autre. L'âge venant, conscient d'avoir bien manœuvré au vent de la prospérité qui soufflait sur le pays, une voix secrète venue on ne sait d'où lui chuchotait qu'il était fait pour entreprendre de grandes affaires, davantage à sa mesure. Quatre terre-neuvas et deux cap-horniers, cela représente un joli denier, mais le mystérieux murmure ne laissait pas de conseiller à Jean-François de plus vastes entreprises, par exemple comme ces La Chambre qui transformaient en or la fiente d'oiseaux que leurs navires allaient chercher au Chili, ou comme ces autres Malouins acoquinés avec des banquiers parisiens pour acheter, dix sous le mètre, d'immenses terrains situés à Paramé, Dinard ou Saint-Briac.

Tiraillé comme l'avaient été tous ses ancêtres entre l'audace et la prudence, le goût du gain et la terreur de la ruine, il s'était alors contenté d'installer en Angleterre des commissionnaires, les uns pour le charbon, les autres pour la pomme de terre. Dans son esprit, c'était poser des pions que son fils aîné, Jean-Marie, pourrait utiliser plus tard. Pour l'instant, il ne lui venait pas même l'idée de souffler un peu : la retraite, c'est bon pour les fonctionnaires comme les vacances ne sont bonnes que pour les enfants.

Un jour qu'il s'était rendu à la sous-préfecture pour obtenir quelque autorisation administrative, Jean-François entendit le représentant du gouvernement lui faire des propositions auxquelles il était loin de s'attendre :

— Monsieur Carbec, vous n'ignorez pas dans quelle haute estime je vous tiens. Jugement personnel ? J'en conviens, mais qui reflète celui de vos concitoyens. Ne protestez pas, j'en suis sûr. Je suis placé à un poste d'observation n'est-ce pas ? Vous appartenez à l'une des familles les plus anciennes et les plus respectées de Saint-Malo, vous dirigez un armement prospère, ne pensez-vous pas que le moment soit venu de faire profiter vos compatriotes de votre expérience des affaires ?

Surpris, un peu flatté, Jean-François répondit prudemment :

— Je n'ai jamais refusé un conseil lorsque j'ai cru pouvoir le donner, monsieur le sous-préfet.

— J'en suis bien convaincu. Il s'agirait aujourd'hui d'une mission plus importante. Venons-en tout de suite au fait. Mon préfet serait très heureux de vous voir siéger au Conseil Général. Notre département a besoin d'hommes tels que vous. La République aussi. Je vous le dis parce que vous êtes susceptible de réunir sur votre nom des suffrages qui n'obéiraient pas forcément à des positions politiques irréductibles. S'il s'agissait d'élections législatives, je ne vous tiendrais peut-être pas le même langage, mes fonctions me faisant une obligation de rechercher d'abord ce que nous appelons des « hommes de progrès ». Vos sentiments religieux et ceux de votre famille ne sauraient être mis en cause. Vous allez à la messe, vos enfants fréquentent un établissement religieux, cela ne regarde que votre seule conscience. Mais nous vous savons bon républicain : voilà qui compte plus que tout le reste. Il s'agit, n'est-ce pas, d'une simple cantonale...

Jean-François avait laissé le sous-préfet emmêler les propositions de son discours sans jamais l'interrompre, et le regardant avec des yeux vides d'expression. Les deux hommes s'observèrent en silence.

— Eh bien, qu'en pensez-vous ? dit le sous-préfet.

— Qui vous dit que je serais élu ? répondit Jean-François.

— Cela fait très peu de doute, d'autant que vous seriez le candidat de la Préfecture.

— Qu'entendez-vous donc par là ? demanda M. Carbec en se levant tout droit.

— Rien qui puisse vous compromettre, je vous en donne ma parole !

— Avez-vous pensé à mon âge ? Oubliez-vous que j'ai soixante-sept ans ?

— Pas du tout, bien au contraire. Vous vous tenez plus droit que beaucoup de jeunes hommes. Dans deux ans, en 1907, nous aurons des élections à la Haute Assemblée. J'ai idée, monsieur Carbec, que vous feriez un excellent sénateur. Pour tout vous dire, c'est le but que M. le Préfet voudrait vous voir atteindre. Il faut s'y prendre en deux temps. Faites-nous confiance, et laissez-vous faire.

Sénateur ! ... Il n'y en avait jamais eu chez les Carbec. Jean-François hocha la tête. Ce «laissez-vous faire» ne lui convenait pas davantage que d'accorder facilement sa confiance.

— Je vais réfléchir, finit-il par dire. Quand voulez-vous ma réponse ?

— La date des élections est fixée au 10 janvier prochain, donc dans six mois. M. le Préfet aimerait connaître votre décision avant la fin octobre. Cette conversation, je n'ai pas besoin de vous le dire, doit demeurer confidentielle, sauf pour Mme Carbec bien entendu. Allons ! ne restez pas debout, asseyez-vous donc et donnez-moi maintenant des nouvelles de votre famille.

L'armateur s'était assis. Sa tête commençait à lui tourner un peu.

— Passons plutôt dans mon appartement, dit le sous-préfet. Vous prendrez bien un verre de porto. Comment va Mme Carbec ?

— Elle se porte bien, Dieu soit loué ! La voilà partie pour notre malouinière depuis une semaine. Dès que les beaux jours arrivent, je ne peux plus la retenir dans les murs.

— Elle a bien raison, dit le sous-préfet. Vous avez une des plus belles malouinières du Clos-Poulet. Et vos garçons ? Quel âge a donc votre aîné ? Tout le monde à Saint-Malo le juge très capable.

— Jean-Marie ? Il va sur ses quarante ans. Dame ! le temps passe... Pour être capable, pour sûr qu'il est capable ! L'armement, il le connaît autant que moi, peut-être mieux.

— Donc, monsieur Carbec, la maison sera bien gardée, vous n'aurez pas d'inquiétude de ce côté-là.

Levant son verre, le sous-préfet dit en souriant :

— À votre santé, monsieur le sénateur !

— Causez toujours ! Je n'ai point encore pris de décision.

— Et votre second fils, Guillaume n'est-ce pas ? Je crois qu'il est médecin à Paris ?

— Il est même chirurgien des hôpitaux, dit Jean-François avec fierté, et bientôt professeur agrégé.

Sorti de la sous-préfecture, M. Carbec s'en alla sur les remparts faire son tour quotidien. Il était cinq heures de l'après-midi. Le soleil d'été encore haut dans le ciel cuirassait la mer dont la respiration gonflait la houle. Des oiseaux piailleurs tournaient autour des barques de pêche filant vers le port où les attendaient des femmes déjà occupées d'affûter leur langue, si c'est tout c'que vous nous ramenez comme pessons, vous pouvez vous en retourner sacrés maudits ! Tout à l'heure, après avoir gourmandé leurs hommes, elles s'en iraient par les rues étroites, panier sous le bras, ventre bombé, sabots sonores, maquereaux frais qui vient d'arriver ! Sacré pétasses, pensa Jean-François, on ne les changera jamais, ça n'est pas moi qui m'en plaindrai, dame non. C'est peut-être tout ce qui reste du vieux

Saint-Malo avec les matelots fins soûls d'avoir bu leur prime avant d'embarquer. Les pauvres gars ! Pour sûr que ce sont de pauvres gars. L'armement, disait mon père, ça n'est pas seulement une question de gréement et d'avitaillement, c'est aussi une question d'hommes. Mon fils Jean-Marie ne s'en préoccupe pas assez. Il les tient trop dur, comme s'il ne les aimait pas, et pense que ce serait s'abaisser de siffler une goutte avec eux. À l'occasion, moi ça m'arrive de leur payer un mic. Jean-Marie, j'aurais dû l'envoyer pilotin à bord d'un trois-mâts barque qui fait Valparaiso, comme mon père l'avait exigé pour moi. De fortes têtes, pour sûr qu'il n'en manque point, mais il y a davantage de braves bougres... Il en a de bonnes, le sous-préfet, de vouloir faire de moi un conseiller général ! D'abord, si j'étais battu, j'en rougirais de honte, un Carbec c'est fait pour gagner. Si j'étais élu, il faudrait bien que je laisse la bride sur le cou à Jean-Marie, peut-être même que j'en fasse un associé. Non de d'là ! Je suis le maître, non ? Tant que je vivrai, il n'y aura point de Carbec et Cie.

Six mois plus tard, l'armateur avait été élu conseiller général, et ses nouvelles obligations l'avaient bientôt contraint à relâcher les liens qui bridaient les initiatives d'un fils taraudé par l'impatience du commandement. Malgré qu'il en eût, Jean-François Carbec n'était pas fâché d'être devenu une notabilité départementale et de s'entendre donner du « monsieur le conseiller général » par un préfet dont c'était le b, a, ba du métier de soupeser les vanités locales et de promettre la main sur le cœur le même fauteuil de sénateur à plusieurs candidats éventuels. De tous ceux-là, le Carbec lui paraissait être le mieux placé pour s'asseoir un jour parmi les pères conscrits d'une république de notables bien nantis. Le nom, la notoriété, la compétence maritime et commerciale, rien ne paraissait lui manquer, sauf l'approbation sans réserve de certains grands électeurs qui n'avaient pas été unanimes à se féliciter du succès remporté par un homme de leur clan social inscrit sur une liste d'Union républicaine. Jean-François le savait sans y attacher d'importance. Autant les campagnes législatives mettent face à face des gladiateurs qui se portent les pires coups, hauts ou bas mais visibles, en présence d'un corps électoral composé de tous les citoyens, autant les sénatoriales se font et se défont dans le secret de quelques conciliabules avant d'aboutir à un vote le plus souvent imprévisible et presque toujours plus motivé par des sentiments personnels que des idées politiques. Mme Carbec avait vite décelé le danger qui menacerait son grand homme le jour où il ne résisterait pas à l'appel des sirènes du palais du Luxembourg. Elle savait déjà qu'élu de son canton, son mari, chef d'une famille qui avait décoré l'histoire et la légende du pays malouin, risquait fort de n'en plus demeurer le premier personnage mais de devenir bientôt l'obligé d'un petit chef-lieu de canton parmi tant d'autres. D'imperceptibles sourires ou des félicitations voilées d'une ironie du meilleur ton, sans compter les visages fermés au verrou, l'avaient confortée dans son inquiétude. La victoire du candidat Carbec aux futures élections sénatoriales serait difficile à obtenir dans certaines communes du Clos-Poulet, là où, selon la sous-préfecture, les forces de la réaction demeuraient vives. Maire de son village par droit successoral, tel petit hobereau disait tout haut que son voisin l'avait choqué en acceptant d'aller siéger à la préfecture au moment où la République retirait aux congrégations le droit d'enseigner, tel autre rappelait tout bas que la famille du nouveau conseiller général avait profité de la Révolution pour acheter à vil prix le domaine de la Couesnière déclaré bien national après le départ du comte de Kerelen pour l'armée des Princes... Mais Jean-François ne se préoccupait pas de ces rumeurs au ras du sol, il ne s'en doutait même pas, plus soucieux de remplir honnêtement son mandat et de surveiller de loin la gestion de l'armement Carbec désormais confié au fils aîné sauf les affaires d'import-export avec l'Angleterre qu'il entendait se réserver et diriger lui-même. Il fallut que Léonie s'en mêlât :

— Vous ne dormez point.

— Non. Pourquoi me demandez-vous cela ?

— Parce que je vous entends vous tourner et vous retourner depuis une heure que nous sommes couchés.

— C'est donc que vous ne dormez pas vous non plus. Quelque chose vous tracasse ?

— Oui.

— Quoi donc ?

— Avez-vous vraiment l'intention de vous présenter au Sénat ?

— Le préfet me dit qu'il en fait son affaire.

— C'est bien ce qui m'inquiète.

— Comment cela ?

— En acceptant d'être le candidat de la République vous devenez celui de l'anticléricalisme. Y avez-vous pensé ?

— Allons donc ! Tout le monde connaît nos sentiments religieux, et sait que je ne manque pas la messe.

— Justement ! Vous vous compromettez. En toute innocence, peut-être ? Permettez-moi de vous dire qu'on ne vous en fait pas moins reproche. À voix basse, bien sûr. Votre préfet est un rusé. Il va vous brouiller avec tous ceux qui défendent les mêmes idées que notre famille.

— Les femmes n'entendent rien à la politique !

— Et vous ? répondit-elle avec un petit rire moqueur. En tout cas, si je n'entends rien à la politique, j'ai d'assez bonnes oreilles pour entendre tout le reste.

— Vous entendez toujours ce qu'on ne dit pas.

Il avait dit cela sur un ton excédé, parvenu au seuil d'une de ces colères montant soudain comme du lait qui se sauve et dont les vieux époux sont coutumiers.

— J'entends ce qu'on pense, on n'a pas besoin de parler.

Ce fut à son tour de se moquer :

— L'intuition féminine, sans doute ?

— Dites toujours ! N'empêche que votre préfet va nous séparer de notre famille et que vous n'irez pas au Sénat pour autant.

— Et pourquoi donc ?

— Parce qu'il vous manquera les quelques voix que vous dédaignez aujourd'hui.

— Moi ? Je ne dédaigne personne ! Vous me chantez pouilles parce que cela ne vous ferait pas plaisir de me voir sénateur.

— Oh dame si ! Je dis seulement que vous vous y prenez mal. Vous en faites trop, on vous voit partout, vous buvez la goutte avec n'importe qui, vous répondez à toutes les lettres que vous recevez, vous êtes devenu une sorte de domestique. Vous feriez mieux de penser davantage à vos vrais amis qui n'ont pas de services à quémander. Vous vous trompez d'électeurs, Jean-François. Pour aller au Sénat, il vous faudra les voix des maires du Clos-Poulet. Personne ne vous soutiendrait mieux que les Carbec si vous pensiez davantage à eux. Dieu merci, il y en a partout, cousins éloignés ou alliés, qui sont bien placés. Mais vous n'en faites jamais qu'à votre tête...

— Vous savez bien que je vous écoute toujours, dit-il.

Jean-François Carbec avait posé sa main sur celle de sa femme sans avoir besoin de la chercher, sûr d'en reconnaître la maigre douceur du premier geste comme il le faisait chaque soir depuis tant d'années avant de s'endormir.

— Vous souvenez-vous du beau projet que nous avions fait tous les deux dans les premiers temps de notre mariage ? Nous voulions réunir tous les Carbec à la Couesnière.

— C'était l'année de la naissance de Jean-Marie, il y a quarante ans, c'est pas Dieu possible que le temps passe si vite ! Si je m'en souviens ? Même que vous vouliez inviter notre cousin allemand... Celui-là, il a dû mourir depuis longtemps. Que le diable l'emporte et son Guillaume avec lui !

— Beaucoup d'autres Carbec ont dû mourir aussi, que nous n'aurons jamais reçus dans notre malouinière, dit très lentement Léonie.

— C'est pourtant vrai ! acquiesça Jean-François. L'aîné des garçons s'est bien marié à Saint-Malo, mais c'était l'hiver, et le deuxième à Paris. Nous n'avons pas eu d'autres occasions d'ouvrir tout grand la porte de la Couesnière.

— Et si nous la donnions maintenant ?

— Quoi donc ?

— Cette réception, dame ! Je crois que le fait de rassembler les Carbec de la région et d'ailleurs vous réconcilierait avec tous ceux de votre clan, et pourrait arranger vos affaires pour le Sénat.

— Pour ces choses-là, vous êtes plus maligne que moi. Vous avez peut-être raison.

— Connaissez-vous la date des élections ?

— Le mois de juin de l'an prochain.

— Voyons, dit Léonie comptant sur ses doigts, nous sommes en octobre, il nous reste donc à peu près six mois. Il me faudra bien ce temps pour tout organiser. Savez-vous que j'en ai rêvé pendant des années ?

— C'est décidé ! Cette fois, rien ne nous empêchera d'aller jusqu'au bout. Occupez-vous de cela, mais ne comptez pas trop sur moi pour vous aider, j'ai trop de travail ici et à Rennes, sans compter mes voyages en Angleterre. J'y vais la semaine prochaine pour régler une affaire de charbonnage.

Jean-François Carbec était parti quelques jours plus tard pour l'Angleterre à bord d'un des vapeurs de la South Western Cy qui reliait Saint-Malo à Southampton. Il aimait faire ce voyage où se retrouvaient quelques gens de bonne compagnie, parlant le même langage, buvant sec, s'habillant de tweed, et qui s'installaient le soir dans les fauteuils de quelque pub devant les plus honnêtes bouteilles de whisky, ale, gin et bitter, by appointement of His Majesty, pour y porter de bon cœur des santés au roi Édouard VII qui achetait si bien les pommes de terre du Clos-Poulet. Au lendemain de la signature de l'Entente Cordiale, les conseillers municipaux de Saint-Malo ne s'étaient-ils pas empressés de faire exécuter un demi-tour à la statue de Surcouf qui jusqu'alors brandissait son sabre d'abordage dans la direction des côtes anglaises ? Personne n'aurait pu y voir on ne sait quelle trahison envers l'Histoire, sauf que le chef de la maison Carbec, lorsqu'il levait son verre à la santé des Saxe-Cobourg, prenait soin de préciser : « Il n'y a point d'offense ! »

Alors qu'il avait l'habitude d'y rester une semaine entière, Jean-François ne demeura cette fois que quatre jours à Southampton, et embarqua à bord du *Hilda* qui reliait chaque samedi les côtes anglaises à Saint-Malo pour permettre aux habitués de la South Western de passer le dimanche en famille. Naviguer par gros temps ne faisait peur à personne. Ce jour-là, il arriva que la mer fut plus dure que lors des autres traversées. Son navire pris dans la brume et aveuglé par une tourmente de neige, le captain Gregory ne parvint devant Saint-Malo qu'à dix heures du soir. Il décida de demeurer au large pour y attendre le jour et entrer au port sans prendre de risques inutiles. Qui nous a donc foutu un capitaine aussi timoré ? Ça n'est tout de même pas un English qui va nous apprendre là où sont les passes, non ? Les éperons, les chicots, tous les hauts-fonds, nous y avons filé à travers, depuis l'enfance, sur nos barques ! Nous n'allons pas passer une nuit entière devant notre ville où nos femmes nous attendent... Lassé des remontrances de ses passagers malouins, le captain Gregory avait fini par céder. En avant, doucement. Quelques instants plus tard, le *Hilda* s'ouvrait en deux sur un rocher, avant même d'avoir eu le temps d'envoyer un signal de détresse. Le lendemain, de bonne heure, comme un marin-pêcheur de Saint-Cast se rendait au bas de l'eau pour retirer des casiers, il resta cloué au sol. Poussés par la marée, soixante cadavres de noyés, tous maintenus debout par leur ceinture de sauvetage, se dirigeaient vers lui. Il en reconnut quelques-uns, dont Jean-François Carbec, fit un rapide signe de croix et courut donner l'alarme autant que ses jambes pouvaient le porter. Il était livide comme le petit matin qui se levait sur la mer grise où tournoyaient déjà des cris d'oiseaux.

Sur le coup, Léonie sentit confusément que quelque chose d'indéfinissable ou qu'elle n'osait pas analyser, par exemple sa foi dans la bonté divine, peut-être son goût de la vie quotidienne, s'effaçait du plus creux d'elle-même, comme le flot se retire les jours de grande marée et laisse les plages désertes. Au prêtre qui lui recommandait de chercher une consolation dans la prière et l'acceptation de l'épreuve sans jamais tenter de chercher une explication aux desseins impénétrables, elle s'était contentée de répondre par le silence d'un sourire sous son grand voile noir. Chrétienne de tradition et catholique pratiquante, encore que raisonneuse, elle refusait de mêler Dieu au naufrage du *Hilda*, mais femme et fille d'armateur, Malouine de toujours, elle n'était pas loin de penser que la mort de son mari, une nuit de grosse tempête, se situait dans une certaine logique dont les embrouillaminis lui paraissaient plus faciles à démêler que toutes les contradictions de la Providence. Son chagrin ne regardait qu'elle seule. Pour le souvenir du disparu, pour tous ceux qui l'observaient, ses deux grands garçons, ses belles-filles et ses huit petits-enfants, surtout pour elle-même, le moment était venu de se rappeler ce que Jean-François lui avait dit, le jour où l'on avait appris à Saint-Malo que les armées de l'empereur avaient été battues à Sedan : « Souvenez-vous bien de ceci, ma mie : dans toutes les circonstances graves, il faut se montrer plus Carbec que jamais ! »

PREMIÈRE PARTIE

Cette année 1914, Mme Carbec attendit le mois de mai pour venir s'installer à la Couesnière. Se rappelant qu'elle avait été invitée à la sous-préfecture en 1858 lors de la venue de Napoléon III, et en 1896 pour celle de M. Félix Faure, deux beaux hommes, elle ne voulait pour rien au monde manquer la visite officielle du président de la République. La bonne bourgeoisie pardonnait volontiers à M. Poincaré d'avoir épousé une femme divorcée puisqu'il s'était racheté en faisant voter, contre la volonté socialiste, une loi qui portait à trois ans la durée du service militaire.

Un autre événement, sans doute plus familial que national mais qui lui tenait à cœur, aurait exigé cependant la présence de Mme Carbec à la Couesnière. Petite vieille trotte-menu, guère plus de quarante-cinq kilos, vêtue de noir depuis la mort de son mari, les cheveux battus en neige sous un bonnet de dentelle dont les deux rubans retombaient sur les épaules, sa coquetterie d'être toujours bien coiffée et bien habillée s'accordait avec une autorité naturelle que personne n'avait jamais osé affronter. Lorsque son fils Jean-Marie lui avait souhaité la bonne année, le premier janvier dernier, elle lui avait dit :

— À soixante-douze ans, si on n'a plus l'âge de faire des projets, on a encore celui d'en réaliser un ou deux.

Elle lui avait alors confié le vieux souhait de rassembler un jour les Carbec à la malouinière, auquel elle rêvait depuis une cinquantaine d'années, ton père était d'accord mais il survenait toujours quelque événement qui se mettait en travers. Lorsque ton père a disparu, j'avais déjà commencé à dresser la liste des invités. Après, je n'en ai plus eu le courage, tu me comprends ? Aujourd'hui, je pense que, là où il est, il serait heureux de nous voir tous réunis dans notre malouinière. Sais-tu ce qui me ferait plaisir ? C'est de connaître nos cousins allemands et américains. Qu'en penses-tu Jean-Marie ?

À la mort de son père, Jean-Marie s'était saisi des affaires Carbec. Homme d'action, la réalité du pouvoir l'intéressait davantage que ses apparences. Il n'avait jamais partagé les illusions politiques de son père et tenait pour vrai qu'un chef d'entreprise détient plus de puissance qu'un élu du peuple qu'il imaginait volontiers avocat sans clients, médecin sans malades, fonctionnaire sans emploi, ou hobereau démuni. Par déférence, il n'avait pas tenté de disputer à sa mère le rang et les prérogatives de chef de famille. Une sorte d'accord tacite s'était immédiatement établi entre eux : elle régnerait, il gouvernerait. À lui le soin du patrimoine comme il l'entendrait, à elle le rôle qu'elle avait toujours tenu dans la maison auprès des garçons, belles-filles, petits enfants, toute une ribambelle de cousins plus ou moins éloignés, et ces alliés dont on ne soupçonnait pas toujours l'existence mais qui avaient manifesté leur sympathie au moment du naufrage du *Hilda*. Parmi de nombreux messages, Mme Carbec avait reçu, datée de Potsdam, une lettre très cérémonieuse signée Helmut von Keirelhein, et de Kansas City (Kansas) un télégramme de condoléances expédié par un certain John David Carbeack.

Jean-Marie ne s'était jamais contenté de rêver. Pour lui, un projet non réalisé n'avait guère plus de consistance qu'une bulle de savon.

— Si c'est là votre idée, il ne faut plus perdre de temps. Vous savez que j'aime les décisions rapides. Pourquoi ne pas donner cette petite fête pendant les vacances prochaines ? Cela vous donnerait le temps d'inviter nos cousins allemands et américains.

— Il faudrait aussi refaire les peintures du salon et de plusieurs chambres, avait soupiré Mme Carbec.

— Vous avez carte blanche ! Faites donc comme vous l'entendez.

Elle lui dit alors, tout heureuse, qu'il était un bon gars, sans même se douter que Jean-Marie recherchait depuis quelque temps à étendre ses relations de société au-delà du milieu maritime. Il y avait déjà quatre années qu'il avait rompu toutes attaches avec la grande pêche. L'événement s'était passé en quelques semaines à la suite d'un meeting de matelots organisé devant l'Hôtel de Ville par un délégué de la C.G.T. pour réclamer de meilleures conditions de salaire et de travail. Jean-Marie avait entendu des braillards hurler : « Vive la Sociale ! » et, quelques instants plus tard : « À bas Carbec ! » Secoué de colère et de rancune, rompant d'un coup avec une tradition familiale vieille de deux siècles et demi, il avait vendu ses bateaux de pêche, que les marins syndiqués aillent donc se faire payer par le diable, remis à sa mère et à son frère les parts qui leur revenaient, et il s'était tout de suite lancé dans la spéculation immobilière tout le long du littoral qu'on appelait maintenant Côte d'Émeraude. Soucieux de bons contacts avec les nombreux Anglais qui faisaient la fortune de Dinard, Jean-Marie avait cependant gardé deux navires charbonniers pour aller charger du cardiff à Newcastle. Il était alors loin de se douter du rôle que joueraient bientôt dans sa vie les deux derniers navires de l'armement Carbec.

Tous les matins, à six heures et demie, Solène, une petite bonne qui avait suivi Mme Carbec à la malouinière, lui apportait une tasse de café, demandait si elle avait bien dormi, ouvrait les deux fenêtres de la chambre, retournait à la cuisine d'où elle remontait à huit heures avec un pot de thé et des tartines de beurre salé. C'est le meilleur moment de la journée, disait la maîtresse de la Couesnière. Elle buvait son café à petites gorgées en regardant la longue allée bordée de chênes où pépiaient les oiseaux du printemps. Tels les musiciens d'un orchestre qui ont fini d'accorder leurs instruments, les oiseaux se taisaient tout à coup : ils s'étaient dispersés dans les bois de la Couesnière. Toujours surprise de ce silence après tant de tapage, Mme Carbec se rendormait bientôt, repos plutôt que sommeil dont la tirait enfin le retour de Solène et les bruits ensoleillés de la campagne. Autrefois, dans leur demeure de ville, c'est son mari qui ouvrait tout grand les fenêtres. Il demeurait un long moment immobile, debout, solitaire devant le ciel et la mer, mais attendant que Léonie se lève elle aussi et vienne s'appuyer contre lui, attentive au réveil de la maisonnée. Cela avait duré des années, le temps d'une de ces vies quotidiennes, sans gros orages, au cours desquelles on ne se rend même pas compte qu'on est heureux, comme si le bonheur se définissait par l'absence du malheur. Après le naufrage du *Hilda*, Mme Carbec n'avait jamais plus voulu qu'on ouvrît en sa présence les fenêtres de sa chambre malouine. Tournant le dos à la mer, pelotonnée dans l'hiver, elle attendait le retour des beaux jours qui la ramèneraient à la Couesnière, au milieu des bois.

Ce matin de juillet, Mme Carbec ne se rendormit pas après avoir bu sa tasse de café. Il ne lui restait plus qu'une dizaine de jours pour régler les derniers détails de sa réception fixée au 14 juillet malgré les observations du comte Octave de Kerelen, un cousin nantais qui, le jour de la fête nationale, ne manquait pas d'accrocher un drapeau tricolore à la fenêtre des cabinets appelés en cette circonstance « les chiottes ». Mme Carbec avait tenu bon. Le principe de la réunion familiale une fois adopté, elle s'était empressée d'écrire aux cousins allemands et américains pour leur faire part du projet de rassembler, au cours du prochain mois de juillet 1914, les descendants des Carbec : « Viendrez-vous au rendez-vous de la malouinière ?... » Le jeune Helmut von Keirelhein, Oberleutnant au 4e régiment de hussards tenant garnison à Metz, avait répondu qu'il se ferait un devoir d'être présent, d'autant qu'il devait participer au Concours hippique de Dinard le 15 juillet prochain. Quant à J.D. Carbeack, il profita de l'occasion pour faire connaître à ses cousins français qu'il allait bientôt se marier et confia le soin de son faire-part à l'Eastern Union Telegraph : « So glad to meet french family stop Next july we'd like to go to Europe on honeymoon trip with Pamela stop Love to you and hurrah for the Carbeacks stop John David. » Finalement, tout le monde s'était mis d'accord sur la date du 14.

Les années passées, lorsque Jean-François recensait ses électeurs, Léonie avait été si stupéfaite de dénombrer tous ceux qui se recommandaient de la même parentèle qu'elle avait bougonné avec humeur : « On n'en finira jamais avec tous ces Carbec, vous serez bientôt pires que les Magon ! » Cette fois, il ne s'agissait plus de rassembler tous les descendants de Mathieu Carbec, la collaboration d'un généalogiste n'y eût pas suffi, mais de réunir les plus proches parents et les collatéraux avec lesquels on avait gardé quelque lien d'amitié ou de société, et dont on n'avait pas à rougir. De sa propre autorité, Mme Carbec avait donc exclu un sergent-chef de la Coloniale qui faisait calebasse avec une négresse de Ziguinchor, une femme divorcée vivant à Paris avec un sociétaire de la Comédie-Française, un garde-chiourme affecté au navire pénitencier de Cayenne, un instituteur syndicaliste, et une sorte de bohème chevelu qui, ayant posé un jour son chevalet sur les remparts, était venu frapper à la porte de l'hôtel Carbec pour faire reconnaître sa qualité de lointain cousin et vendre un coucher de soleil sur la Rance. Tous ceux-là et quelques autres jugés indésirables avaient été éliminés. Pour être convié à cette petite fête familiale, il convenait d'abord d'appartenir à ce milieu que, selon les circonstances, Mme Carbec appelait « bonne bourgeoisie » ou « bonne noblesse », convaincue d'appartenir à celle-là, d'être alliée à celle-ci, et assurée que les liens sociaux l'emportent sur ceux du sang.

Assise sur son lit, le dos et la tête bien calés par plusieurs oreillers, Mme Carbec prit sur sa table de nuit une chemise de carton souple sur laquelle elle avait calligraphié « Réunion de la famille Carbec, 14 juillet 1914 » et qui contenait la copie des lettres adressées à ses invités, leurs réponses, les factures du peintre et du plombier, des projets de menu, des plans pour répartir dans les chambres ceux qui coucheraient à la Couesnière pendant quelques nuits. Il y avait là une masse de feuilles et de bouts de papier de toutes formes, toutes couleurs, griffonnés de signes minuscules, ornés d'une écriture hautaine, ou revêtus de caractères appliqués et maladroits. Elle ouvrit le dossier, en retira la liste définitive de ses invités et la relut une fois de plus, bien qu'elle la connût par cœur.

Pendant les mois d'été, toutes les chambres de la malouinière étaient occupées. Avec les années, au fur et à mesure que de nouveaux petits-enfants apparaissaient, il avait fallu aménager les greniers où traînaient de vieilles odeurs de pommes talées que les jeunes Carbec associeraient toujours au souvenir de leurs vacances. Suivant un ordre établi une fois pour toutes et que personne n'aurait songé à transgresser, le premier étage était occupé par la maîtresse de la Couesnière, les deux ménages Carbec et leurs trois filles. Les cinq garçons logeaient au-dessus. Personne ne se serait avisé de vouloir passer le mois d'août autre part, sauf Jean-Pierre, l'aîné de Jean-Marie, envoyé au Maroc quelques mois après sa sortie de Saint-Cyr, en 1912. La maison était pleine. Comment vais-je loger tout le monde ? Aucun problème ne se pose pour ceux qui viennent seulement pour le grand déjeuner du 14 juillet : Jean Le Coz, le commandant Biniac et sa fille, le vieux notaire Huvard habitent Saint-Malo, les Kerelen viennent de s'installer dans leur villa de Dinard où leur fils, le lieutenant Louis de Kerelen les rejoindra, et les Lecoz-Mainarde ont l'habitude de descendre au Grand Hôtel de Paramé. Il reste mon Allemand et mes Américains. Ceux-là ne peuvent pas loger autre part qu'à la malouinière pour cette première réunion de famille. Il me paraît impossible de déranger les habitudes de mes fils qui, à la rigueur y consentiraient, mais cela risquerait de provoquer un drame avec mes belles-filles, peut-être pas avec Yvonne qui est un peu niquedouille mais brave, plus sûrement avec la femme de Guillaume. Celle-là, elle n'a pas fini de nous en faire voir ! Pauvre Guillaume ! Quelle idée lui a pris d'épouser cette Olga Zabrowsky ? Je sais bien que le père était alors un grand chirurgien qui a permis à Guillaume de s'installer à Paris. Être le gendre d'un professeur, il paraît que cela compte beaucoup dans la médecine... Donc, je laisse les deux ménages Carbec dormir dans leurs chambres habituelles, un seul lit pour les Guillaume, deux pour les Jean-Marie. Il ne me reste plus qu'à donner mon propre lit aux Américains et prendre pour moi le lit de Solène. Elle ira coucher à la ferme et n'en sera pas fâchée un soir de 14 juillet ! J'avais prévu de donner à Helmut la chambre de Jean-Pierre qui est libre, mais c'est une pièce bien petite pour un lieutenant von Keirelhein, qui a vingt-sept ans et qui est reçu ici pour la première fois. Je vais le loger dans la chambre des plus jeunes qui est grande et nous installerons Roger et Hervé sur des lits de camp dans le cellier où ils aiment jouer aux Peaux-Rouges. Quant à Léon et Yves, le futur médecin et le futur amiral, ils coucheront dans la même chambre comme ils l'ont toujours fait.

À quoi peuvent-ils ressembler ces cousins étrangers ? John David m'a envoyé une petite photographie où l'on voit une jeune fille, tête nue, au volant d'une automobile, et à côté d'elle un garçon qui rit de toutes ses dents. Au dos, il y a écrit : John David et Pamela. Peut-être bien qu'à New York les femmes conduisent maintenant les autos ? Ce Carbec-là doit appartenir à la branche qui a émigré au Canada à la fin du XVIIe siècle. Pourquoi sont-ils devenus américains ? Je le leur demanderai. Pamela et John David, ce sont des noms de roman. Quand je suis sortie du couvent, je me rappelle avoir lu un roman anglais où le personnage principal s'appelait Pamela. Et Helmut, donc ! Est-ce seulement un nom chrétien ? Celui-là il descend pourtant en ligne directe d'une Marie-Thérèse Carbec qui épousa un comte de Kerelen dont un fils alla prendre du service chez le roi de Prusse après la Révolution. Il y a dans le salon une grande peinture de cette Marie-Thérèse. Peut-être cet Helmut lui ressemble-t-il un peu ? Ce sera un bien joli spectacle de voir devant le portrait de leur lointaine aïeule, Louis et Helmut, ces deux lieutenants de cavalerie, le Français et l'Allemand. À peu de chose près ils doivent avoir le même âge. On m'a dit que les hommes de cheval ont toujours le même sujet de conversation. J'espère qu'ils s'entendront bien... et que cesseront bientôt tous ces bruits de guerre dont on nous rebat périodiquement les oreilles.

La semaine passée, Jean-Marie était venu à la Couesnière. Ayant laissé à sa mère le gouvernement de la maison, il s'intéressait à la gestion de la ferme et entendait tirer profit, si modeste fût-il, du blé, des pommes de terre ou des choux cultivés sur les trente hectares du domaine. Cette année la moisson s'annonçait belle, les pluies de printemps étaient tombées au bon moment, le soleil dorait les épis bien gonflés. Nous ferons peut-être bien du dix quintaux, on n'a jamais vu cela, estimait Nicolas Lehidec, valet toutes mains à qui on n'avait jamais proposé un contrat de louage mais qui partageait les bonheurs et les malheurs des Carbec sinon les sous, comme ses parents et ses grands-parents l'avaient fait avant lui à la Couesnière où ils étaient tous nés. Ce jour-là, Jean-Marie avait donné rendez-vous au concessionnaire McCormick pour lui acheter une faucheuse mécanique.

— Sauras-tu au moins la faire marcher, Nicolas ?

— Il l'a essayée et a tout de suite compris, répondit le vendeur. Ce n'est pas bien sorcier, vous appuyez sur ce levier pour placer les dents de la lame d'acier à la hauteur que vous désirez, et vous dites « Hue donc ! » à votre cheval. Le blé est coupé sur une largeur de deux mètres, vous n'avez plus qu'à en faire des gerbes et vous avez économisé la paye de cinq hommes. Sans vous offenser, monsieur Carbec, la moisson à la faux c'est comme la marine à voile.

Jean-Marie avait passé toute la matinée à la Couesnière, faisant monter Nicolas Lehidec sur l'appareil, l'essayant lui-même et goûtant bientôt du plaisir à sa manœuvre comme chaque fois qu'il prenait dans ses mains le volant de sa Lion-Peugeot, une sorte de monstre jaune et noir aux énormes yeux cerclés de cuivre. Deux voix contradictoires, malouines l'une et l'autre, le tiraillaient, l'une freinant la dépense par souci d'épargner, l'autre l'y engageant par besoin de paraître. Était-ce bien raisonnable d'acheter cette mécanique pour moissonner des emblavures de petite surface ?

— En avez-vous beaucoup vendu dans la région ? demanda-t-il.

— Rien que pour le Clos-Poulet, il y en a déjà quatre, répondit le McCormick. Attendez la prochaine moisson, vous les entendrez par tout le pays.

Ils discutèrent encore un long moment, sachant déjà l'un et l'autre qu'ils tomberaient d'accord. C'était une manière de politesse pour le vendeur comme pour l'acheteur. Juste avant de conclure, Jean-Marie prit son air de bon patron :

— Cela te ferait-il plaisir, Nicolas, de conduire cette mécanique ?

— Pour sûr, monsieur Jean-Marie !

— Alors, c'est entendu, garde-la !

Il avait prononcé ces derniers mots en affectant une très bonne humeur, mais le McCormick à peine parti, il empoigna Nicolas par la chemise :

— Je t'ai répété cent fois, espèce de bourrique, que depuis la mort de mon père, il y aura bientôt dix ans, tu ne dois plus m'appeler monsieur Jean-Marie, mais monsieur Carbec. C'est la dernière fois que je te le dis.

Habitué à ces coups de vent, Lehidec avait baissé la tête. Au bout d'un moment, il avait pourtant demandé :

— Et pour votre frère, le docteur de Paris, comment faut-il l'appeler ?

— Lui, avait répondu Jean-Marie Carbec, tu peux l'appeler monsieur Guillaume, cela n'a pas d'importance. Il n'y a qu'un seul monsieur Carbec, c'est moi.

— Donne-moi des nouvelles de la ville, demanda Mme Carbec.

Bien qu'elle fût attentive aux délices de la solitude, elle appréciait les visites hebdomadaires de son fils. Lui-même n'était pas fâché, déjeunant seul avec sa mère, de lui faire part de ses projets immobiliers et de son affaire de charbonnage qui prenait de plus en plus d'importance, ou de l'associer à telle décision qu'il avait prise depuis longtemps sans lui demander son avis. Elle écoutait avec intérêt mais dans le secret de sa pensée, elle regrettait le temps où les Carbec étaient considérés à Saint-Malo parmi les deux ou trois premières familles d'armateurs. Le coup de colère de Jean-Marie qui lui avait fait vendre tous ses voiliers la bouleversait encore. Comment des gars qu'elle avait toujours connus chez son père ou chez son mari, croisés dans les rues de Saint-Malo et dont elle tutoyait souvent les femmes et les enfants, avaient-ils pu crier « À bas Carbec ! » ? Il lui semblait que quelque chose, plus ressenti que défini, une manière de vivre, une façon de se saluer au hasard d'un placître, bonjour madame Carbec, bonjour ma fî, avait sombré dans une tempête soudaine. Elle n'entendait rien aux affaires d'armement mais elle se rappelait avoir entendu son mari dire un jour : « L'armement à la pêche exige des rapports directs entre les matelots et leur armateur. Quand les syndicats se mettront en travers, il n'y aura plus d'armement possible à la pêche. » Jean-François avait dit cela tout haut, et personne n'avait protesté. Même si on avait crié « à bas Carbec ! » est-ce que Jean-François aurait vendu, sur un coup de sang, tous ses terre-neuvas ? Elle n'osait pas répondre à cette question. Pour sûr que Jean-Marie avait gardé deux charbonniers et qu'il gagnait beaucoup d'argent avec les banquiers parisiens, mais il n'était plus le deuxième armateur de Saint-Malo dont on citait le nom tout de suite après celui des La Chambre. Cela la mortifiait un peu et l'inquiétait davantage. Des affaires ! Les Carbec faisaient maintenant des affaires. D'abord qu'est-ce que cela veut dire des affaires ? Mme Carbec était parvenue à cet âge où l'on retrouve cette lucidité de la jeunesse qui fait juger sans complaisance ceux qu'on aime le plus. Sans tendresse, peut-être sans indulgence, elle examina son fils, assis devant elle, en train de dévorer une cuisse de poulet comme font les ogres dans les contes. De taille moyenne, le ventre rond pointant sous un gilet barré d'une chaîne d'or, le cheveu roux taillé en brosse, la barbe et la grosse moustache très soignées l'une et l'autre, les yeux bleus et le regard grave, Jean-Marie Carbec étalait les signes les plus conventionnels d'un homme sérieux qui a du répondant et auquel on est tenté de confier ses économies pour les faire fructifier. Il ne l'ignorait pas et s'appliquait à entretenir ce portrait idéal d'un bourgeois républicain et conservateur pour qui l'ordre dans la rue, dans les affaires et dans la famille demeure la base de toute réflexion politique. Croyant par habitude, patriote par tradition, il avait été antidreyfusard par principe. Connaît-on jamais ses enfants tels qu'ils sont ? pensa tout à coup Mme Carbec. Celui-là, âgé de cinquante ans, qui déjeunait aujourd'hui en face d'elle, venait de lui dire qu'en accord avec un architecte parisien et un banquier de Londres, il avait acheté de grands terrains vagues à Saint-Briac et à Saint-Lunaire sur lesquels ils allaient construire des hôtels, un casino, des villas... Disant ces mots, une flamme qu'elle ne lui avait jamais vue avait brûlé son regard de bourgeois raisonnable.

— Es-tu sûr que cela soit bien prudent ?

— Vous regretterez donc toujours la pêche à la morue, malgré l'injure qu'on m'a faite ?

— Dame ! Ton père, le mien, tous les nôtres, n'ont guère connu autre chose.

— Vous parlez pour votre famille, celle des Le Moal. Les Carbec, eux, sont souvent sortis de la marée. Prenez l'exemple de mon frère. M. le professeur est allé s'installer à Paris ! Vous n'imaginiez tout de même pas que j'allais me contenter de la morue ?

Jean-Marie avait dit cela d'une voix âpre où tremblait une colère montée soudain comme une volonté de revanche. Contre qui ou contre quoi ? Il était arrivé plus d'une fois à Mme Carbec de se demander si l'aîné de ses deux garçons n'avait pas été un peu jaloux des succès universitaires, et autres, remportés par le cadet pendant leur jeunesse, et si depuis ce temps une compétition inavouée n'opposait pas les deux frères ? Brillant élève du collège de Saint-Malo, Guillaume était devenu un chirurgien réputé, on l'appelait M. le Professeur, alors que l'autre, rebelle aux humanités, avait dû se contenter d'apprendre la comptabilité dans une petite école de commerce et d'attendre la mort de son père pour prétendre s'appeler autrement que Jean-Marie. Persuadée que le vieux ciment familial finirait par l'emporter, leur mère n'avait pas voulu y attacher d'importance. Aujourd'hui elle découvrait dans le visage de son fils, le timbre de sa voix, autant que la robustesse des épaules et l'épaisseur du cou, un goût forcené de l'argent, du pouvoir, des honneurs et sans doute des femmes, qui aurait sauté aux yeux du moindre observateur.

Solène venait de leur servir le café. Jean-Marie aimait le prendre à table, avec un peu d'eau-de-vie de cidre au fond de la tasse. Il but lentement, aspira avec un léger bruit quelques gouttes demeurées dans sa moustache, les yeux perdus au loin et dit sans avoir l'air d'y attacher la moindre importance :

— Quel âge a donc votre Solène ?

— Dix-sept ans bientôt.

— Diable ! fit-il. Elle aura bientôt envie de se marier.

Mme Carbec n'aima pas le ton avec lequel son fils avait dit cela.

— Tu n'as pas honte, gronda-t-elle. Tu oublies que tes deux filles sont plus âgées que Solène. Aimerais-tu qu'un homme de cinquante ans les regarde comme tu viens de le faire ?

Jean-Marie prit le parti de rire :

— Ça n'est pas la même chose. Vous n'allez tout de même pas comparer Lucile et Annick avec cette petite bonne !

Mme Carbec ne répondit pas. Pendant quelques instants on entendit le tintement des petites cuillers dans les tasses. Pour faire diversion, Jean-Marie se racla la gorge :

— Je vous ai apporté les journaux dit-il. *L'Écho de Paris*, *L'Ouest-Éclair*, et votre *Salut*. Vous aurez de la lecture. On parle beaucoup de Mme Caillaux, la date de son procès est fixée au 20 juillet prochain. En attendant, elle se fait apporter tous les jours dans sa cellule ses repas d'un bon restaurant et elle reçoit des fleurs.

— Est-ce possible ? s'indigna Mme Carbec. Cette Mme Caillaux est une effrontée.

— Effrontée ? Une femme qui a froidement assassiné le directeur du *Figaro* ? Mais c'est une criminelle !

— De mon temps, répondit Mme Carbec, c'est un mot qui disait bien ce qu'il veut dire. Une femme de ministre qui tire des coups de revolver ! Cela ne présage rien de bon, crois-moi. Où allons-nous ?

— On parle aussi du prochain voyage de M. Poincaré en Russie. Il doit s'embarquer le 16 juillet à bord du cuirassé *France*.

— Voilà une bonne nouvelle ! approuva Mme Carbec. Je ne sais pas pourquoi, mais j'ai confiance dans ce M. Poincaré comme j'ai confiance dans ces Russes. Nous avons bien fait de leur prêter cet argent. Que racontent encore tes journaux ? Ne me parle pas du *Salut*, je le lirai moi-même.

Jean-Marie déploya *L'Écho de Paris* :

— L'archiduc François-Ferdinand a été assassiné.

— Qui est-ce celui-là ?

— L'héritier du trône autrichien. C'est une affaire qui regarde l'Europe centrale.

— Encore les Balkans ! On n'en finira donc jamais avec eux ! Tous ces coups de revolver m'inquiètent.

— Ne vous tracassez pas. L'Autriche, la Serbie, la Bosnie, la Bulgarie, c'est bien loin de Saint-Malo. Dites-moi plutôt où en sont les préparatifs de notre petite fête. Voulez-vous qu'Yvonne vienne vous aider ?

— Ah dame non ! Je n'ai besoin de personne. Mon programme, les menus, les chambres, tout est prêt. Lorsque vous viendrez vous installer à la Couesnière, samedi prochain, c'est bien le 11 juillet n'est-ce pas ? avec ta femme et les enfants, amenez comme d'habitude votre cuisinière. Pour le grand jour du 14, j'aurai deux serveurs de l'hôtel Chateaubriand. À quelle heure comptez-vous arriver ?

Maîtresse de maison autoritaire parce que son besoin de régenter se confondait avec son goût d'organiser, elle parlait sur un ton déterminé.

— Dès qu'Yves sera arrivé de Brest. Nous serons donc là vers quatre heures, Yvonne, Yves, Annick et moi. Notre Jean-Pierre nous a écrit de Meknès qu'il penserait bien à nous tous. Quant à Lucile, elle arrivera avec les Guillaume. Savez-vous quand ?

— J'ai reçu une lettre de ton frère qui m'annonce leur arrivée pour le dimanche 12. J'enverrai Nicolas les chercher à la gare avec la patache. Olga n'aime pas cette voiture. Elle prétend qu'elle ressemble à un vieil omnibus d'hôtel. Mais avec tous ses bagages, c'est le plus pratique. Il faudra bien qu'elle s'en contente. Quand elle voyage avec toutes ses malles, ses valises, ses cartons à chapeaux, ta belle-sœur ressemble à une actrice. On dirait Sarah Bernhardt.

— C'est aussi votre belle-fille.

— Je ne l'ai pas choisie, dame non !

— Vous ne l'aimerez donc jamais ?

— C'est elle qui ne m'aime pas ! Pas plus qu'elle n'aime la Couesnière. Elle préférerait aller à l'hôtel. La vie cosmopolite, entre nous, c'est ce qui lui convient. Mais elle n'ose pas. Tu verras qu'elle finira tout de même par convaincre Guillaume de faire construire une villa à Dinard.

— Eh bien, je lui vendrai un terrain, dit trop rapidement Jean-Marie.

Mme Carbec ne releva pas le mot. Elle connaissait assez son fils aîné pour savoir qu'il espérait bien être un jour le seul maître de la malouinière. Ne serait-ce pas mieux ainsi ? Elle ne voyait pas ses deux fils, et après eux ses huit petits-enfants, rester dans l'indivision sans se déchirer. Se contentant de hocher la tête, Mme Carbec ne put éviter la petite phrase que toutes les vieilles gens, même les plus modestes, n'ont jamais manqué de prononcer au moins une fois dans leur vie depuis que les hommes ont fait de la propriété le fondement du pacte social :

— Après ma mort, vous ferez ce que vous voudrez.

Jean-Marie esquissa un léger geste de protestation et demanda doucement à sa mère :

— De vous à moi, ne trouvez-vous pas quelque excuse à votre belle-fille Olga si elle s'ennuie un peu à la Couesnière ? Pêcher dans l'étang, faire de la chaise longue, jouer au croquet pendant deux mois...

— Allons donc ! Elle entraîne Guillaume au casino tous les jours, coupa Mme Carbec. Elle ajouta, perfide, « vous la défendez tous contre moi. Toi, le premier ! »

— Moi, avant toute chose, je lui sais gré, convint Jean-Marie, de s'occuper comme elle le fait de notre fille Lucile à Paris.

C'était là un sujet de conversation qu'il était difficile d'aborder sans provoquer l'humeur de la vieille dame. Lucile, l'aînée de Jean-Marie, était sa petite-fille préférée. Blonde un peu rousse au regard bleu, on disait qu'elle était le portrait du grand-père mort noyé lors du naufrage du *Hilda.* Parce qu'il était de tradition qu'une fille Carbec, à chaque génération, fût élevée au couvent de Dinan, elle y avait été pensionnaire pendant six années alors que sa sœur Annick avait suivi les cours donnés par les Sœurs de la Rédemption à l'Institution Notre-Dame de Saint-Malo. D'autres motifs avaient conduit les parents de Lucile à prendre cette décision. Petite fille coléreuse, ardente aux jeux réservés d'habitude aux garçons, toujours imprévisible, prête à faire tout ce qui est défendu, insolente, Lucile avait fini par inquiéter ses parents. À ce démon il convenait d'appliquer le remède que la bonne société prescrivait depuis plusieurs siècles : au couvent, au couvent ! « C'est pour ton bien, ma fille, crois que nous sommes très peinés de nous séparer de toi. Plus tard tu nous remercieras... » Mais six ans plus tard, sortie de la pieuse maison avec une bonne orthographe, un peu d'histoire et de géographie, la connaissance des quatre règles et une jolie façon de rougir sans paraître trop godiche, Lucile, au lieu de remercier ses parents, s'était tout de suite prise de querelle avec sa mère parce qu'on lui interdisait de se mêler à une bande de garçons et de filles qui passaient joyeusement les mois d'été à rire, se baigner et danser sur la plage et au casino : « Ce ne sont pas des fréquentations pour toi, les vacances terminées, ces Parisiens et ces Anglais rentreront chez eux, toi tu resteras ici où l'on ne manquera pas de jaser sur ton manque de tenue. Tu n'as encore que dix-huit ans. Pense un peu à ton père qui a un nom et une réputation à tenir. Tout le monde nous connaît à Saint-Malo. À ton âge, si j'étais allée me baigner avec des garçons, je ne me serais jamais mariée avec ton père. Pour sûr qu'il n'aurait point voulu de moi. » L'occasion de manifester une autorité que personne ne reconnaissait dans la famille, Mme Jean-Marie Carbec ne l'avait pas ratée, mais deux jours plus tard, ses parents à peine couchés, Lucile avait entraîné sa jeune sœur Annick, seize ans, au casino pour y rejoindre une bande joyeuse. Elles étaient rentrées à minuit passé, tenant leurs souliers à la main, précaution rituelle et inutile car leur mère les attendait, larmoyante et farouche. L'affaire avait fait grand bruit. Menacées d'être envoyées toutes les deux au couvent, une réflexion doucereuse de la grand'mère, « ces dames de Dinan ont si bien réussi à l'aînée, n'est-ce pas ? », les avait sauvées. Finalement, la femme du professeur Carbec, celle qu'on appelait tante Olga, avait mis fin à un conseil de famille réuni pour la circonstance, en proposant de prendre Lucile à Paris où elle la ferait inscrire à l'Université des Annales : les bourgeoises aisées et sans diplômes pouvaient y entendre des conférences littéraires et y suivre des cours d'enseignement ménager. Tout le monde, sauf la grand'mère, était tombé d'accord qu'il fallait préserver Annick de l'influence de sa sœur aînée. Mme Carbec aurait voulu garder près d'elle sa petite-fille dont les audaces l'enchantaient et lui faisaient découvrir la jeunesse comme un fruit rare qu'il n'est pas donné à tout le monde de mordre.

— Ils ne tiendront jamais tous dans la patache, dit Jean-Marie à sa mère.

— Eh bien, ils se serreront, la route n'est pas si longue ! assura la vieille dame.

— Avez-vous des nouvelles des étrangers ? demanda Jean-Marie comme s'il n'avait rien entendu.

— Nos jeunes mariés américains ont dû débarquer au Havre avant-hier avec leur automobile. Ils arriveront à la Couesnière dans la journée du 13, vous n'avez pas à vous occuper d'eux.

— Et le cousin allemand ?

— Il arrivera le 13, lui aussi, mais par le train. Pensant que les deux cousins, officiers l'un et l'autre, devaient se rencontrer seuls pour la première fois, j'ai demandé à Louis de Kerelen d'aller le chercher à la gare et de le conduire à la Couesnière. Ai-je eu raison ?

— Tout à fait. Je vois que tout a été prévu. Comme toujours. Bravo maman !

— Ne crois-tu pas qu'à la fin du déjeuner il conviendrait de prononcer quelques mots ? Pas un discours, mais une sorte de compliment improvisé. C'est à toi que cela revient, tu es le chef de la famille Carbec.

Au moment de quitter la malouinière pour regagner Saint-Malo, Jean-Marie dit encore :

— Plus j'y pense, plus je crois que tous nos Parisiens ne tiendront pas dans la patache. Réfléchissez, maman. Ils sont sept : Guillaume, Olga, leurs quatre enfants plus Lucile. Envoyez Nicolas à la gare, moi j'irai de mon côté avec la Lion-Peugeot.

— Fais donc ce que tu veux. Ta belle-sœur sera ravie de faire la route avec toi.

— Jean-Marie, dites-moi tout ce qu'il y a d'intéressant cette année dans le programme de la saison, demanda Mme Guillaume Carbec.

— Ma chère belle-sœur...

— Vous ne m'appelez plus Olga ?

Elle avait interrompu Jean-Marie en lui coulant un regard gai dont elle connaissait le charme et dont elle gratifiait tout le monde autour d'elle, sa famille, ses amis ou n'importe quel fournisseur. Vêtue d'une robe légère, à petites rayures roses et grises, qui lui moulait les hanches et s'épanouissait vers le bas comme une corolle, « n'est-ce pas que cette robe fait très campagne ? », elle était étendue sur une chaise longue placée sous un parasol installé au bord de l'étang où vivaient encore des carpes auxquelles une certaine tante Clacla, devenue comtesse et propriétaire de la Couesnière, avait jeté du pain sous Louis XIV.

— Seriez-vous fâché contre moi ?

Il rougit, haussa les épaules, protesta :

— Vous savez bien que non !

— Alors pourquoi ce cérémonial ?

— C'est peut-être parce que nous ne nous sommes pas vus depuis l'été dernier, dit-il. Chaque fois, c'est la même retenue, depuis une vingtaine d'années.

— C'est vrai ? Moi je vous ai appelé tout de suite Jean-Marie. Je n'ai jamais changé.

— Ce n'est pas la même chose, vous le savez aussi.

— Vous êtes tous les mêmes, dit-elle avec un léger rire venu du fond de la gorge. Quand on pose à un homme une question qui l'embarrasse, il répond toujours que ça n'est pas la même chose.

Dès les premiers temps de son mariage avec Guillaume Carbec alors interne à l'hôpital Saint-Antoine dans le service du professeur Zabrowsky, elle avait deviné le trouble que dissimulait mal son beau-frère pendant les vacances à la Couesnière : les femmes les moins futées perçoivent ces choses et n'y sont pas insensibles. Jeune Parisienne habituée de bonne heure aux hommages des futurs médecins qui gravitaient autour de son père avec un appétit forcené de faire carrière, elle n'y avait pas attaché d'importance. Un peu coquette et le sachant elle s'en était même amusée jusqu'au jour où, se promenant avec elle dans le petit bois de la malouinière, Jean-Marie l'avait brutalement prise dans ses bras : « Avec moi on ne joue pas à ce petit jeu ! C'est tout ou rien ! » Olga lui avait rendu, non sur les joues ou sur les lèvres mais dans la bouche, un baiser comme il n'en avait jamais reçu et comme il n'aurait jamais osé en donner, surtout à sa propre femme. Cela n'avait duré que quelques secondes. La belle-sœur s'était vite dégagée pour remettre droit son chapeau de paille piqué de fleurs, et partant d'un grand éclat de rire : « Vous en aviez envie depuis bientôt deux ans, moi aussi, eh bien, voilà qui est fait ! Nous n'en parlerons plus jamais. C'est juré ? » Le visage de Jean-Marie avait pris à ce moment-là la teinte d'un crustacé plongé dans un court-bouillon. Décontenancé, il avait promis et tenu parole, mais chaque année lorsque le temps des vacances ramenait à la Couesnière la Parisienne, il s'efforçait au moins pendant les premiers jours, d'éviter le moindre geste ou le moindre mot dont la familiarité eût pu faire croire que sa présence le troublait toujours.

— Je crois que d'une année à l'autre, le programme de ce que vous appelez « la saison » ne change pas beaucoup. Elle commencera le 16 juillet à Dinard, vendredi prochain, par le Concours hippique où nous verrons nos cousins Louis de Kerelen et Helmut von Keirelhein se mesurer...

— Quand arrivent-ils ces deux-là ?

— Ils devraient bientôt être là, dit Jean-Marie en jetant un coup d'œil sur la montre d'or sortie de son gilet de piqué blanc.

D'une pochette de soie posée sur l'herbe, Olga Carbec tira aussitôt un petit miroir, un poudrier, un bâton de rouge et entreprit de se farder avec cette expression de gravité qu'elles prennent toutes dans cette circonstance. Ses gestes précis témoignaient d'une longue pratique. Son attitude paraissait libre de toute gêne, sans plus s'occuper de la présence de Jean-Marie qui la regardait avec surprise et une légère inquiétude. Il n'ignorait pas qu'à Paris les femmes de la bonne bourgeoisie n'hésitaient pas, depuis quelques années, à farder leur visage même en plein jour, mais que quelqu'un de sa famille, la femme de son frère, une Carbec, puisse se passer du rose sur les joues et se mettre du rouge à lèvres devant lui, à cinq heures de l'après-midi et avec la même aisance que si elle se fût trouvée dans un cabinet de toilette, cela le choquait. Cela le ravissait aussi. Il trouva le moyen d'exprimer par une seule phrase la complexité des sentiments qui le troublaient :

— Vous n'avez pas besoin de ces artifices.

— Voilà qui fait toujours plaisir à entendre mais, mon cher, vous n'y entendez rien.

C'est vrai qu'elle n'avait pas besoin de cela pour provoquer le désir des hommes. Quatre maternités et vingt années écoulées depuis son mariage avaient à peine modifié sa tournure, comme on aurait dit du temps de Mme Carbec mère et que les couturiers appelaient maintenant « la ligne », son visage n'avait pas pris une ride, ses yeux bleus pas un cerne, ses cheveux noirs pas un fil blanc. Elle ressemblait toujours à une très jeune femme. D'où lui venaient donc ces joues demeurées lisses et ce teint toujours éclatant ? De son ascendance polonaise, de son besoin de plaire, de l'amour ou d'une grande sérénité ? Jean-Marie aurait eu beaucoup de mal à résoudre ces questions qu'il s'était posées souvent et qui le taraudaient encore. Il garda pour lui seul que si sa belle-sœur n'avait pas besoin de ces artifices, le rouge à lèvres rendait encore sa bouche plus désirable.

— Comme tous les ans, poursuivit-il, nous aurons de nombreuses fêtes nautiques : bien entendu, les grandes régates de Saint-Malo et la course des bisquines à Cancale l'emporteront sur les autres. On nous promet la visite à bord de leurs appareils de nos deux aviateurs préférés, Brindejonc des Moulinais et Roland Garros.

— Et au casino ? au casino ? s'impatienta Olga.

— Là, vous ne serez pas déçue. Le programme de la saison malouine affiche *La Belle Aventure*, *Le Roi*, et *Le Bois sacré* avec Signoret, *Le Procureur Hallers* avec Gémier.

— Mais j'ai vu tout cela, mon pauvre Jean-Marie !

— Attendez un peu, je n'ai pas fini, il y a aussi la musique : *Cavaleria Rusticana*, *La Fille de Mme Angot*, *La Bohème*, *Manon*, *La Veuve joyeuse*...

— ... L'Harmonie municipale et la fanfare du 47e, enchaîna-t-elle en éclatant de rire. Je déteste toutes ces musiques !

— Nous autres provinciaux, nous aimons les musiques dont on retient les airs.

— Pardonnez-moi, Jean-Marie, vous savez que je parle toujours trop vite. Dans les premières années de notre mariage, cela agaçait Guillaume. Maintenant il n'y prend plus garde, je pense qu'il ne m'entend même pas.

Elle avait dit ces derniers mots sur un ton plus grave, peut-être triste. Elle retrouva très vite ce que Mme Carbec mère appelait « l'exubérance slave de ma belle-fille Olga Zabrowsky ».

— Je vous promets d'aller réentendre *La Veuve joyeuse* avec vous et avec Yvonne. Pauvre Yvonne, la vie ne doit pas être gaie l'hiver à Saint-Malo ? J'aime beaucoup Yvonne vous savez. Nous déciderons Guillaume à nous accompagner. À Paris, il ne va jamais au théâtre sauf à l'Opéra, surtout pour Wagner. Il est allé trois fois à *Parsifal.* Moi je préfère Debussy, alors c'est ma nièce qui m'accompagne.

— Jamais je n'oublierai ce que vous faites pour elle depuis deux ans. Si, si, ne protestez pas, vous savez bien que c'est vrai. Hier, à la gare, elle m'a sauté au cou. Il y a longtemps que cela ne lui était pas arrivé. Quand nous avions envoyé Lucile au couvent de Dinan, elle avait douze ans, nous croyions bien faire. Lorsqu'elle en est sortie six ans plus tard, elle ne nous aimait plus.

— Vous êtes fou d'imaginer une chose pareille !

— Non, je ne rêve pas. J'y pense souvent. En tout cas, elle ne pouvait plus supporter sa mère. Je sais bien que cette pauvre Yvonne n'est pas très adroite, mais cela c'est une autre affaire ! Et puis, pourquoi les parents devraient-ils être adroits. Est-ce leur rôle ? Tout a commencé dès le lendemain du retour de Lucile à la maison. Après s'être levée pendant six ans à six heures et demie, elle voulait faire la grasse matinée jusqu'à neuf heures. Sa mère l'a forcée à se déhaler dès sept heures pour l'accompagner à la messe de communion. C'était un dimanche. J'aurais dû intervenir, prendre la défense de Lucile, je ne l'ai pas fait parce que c'est l'affaire des mères de s'occuper des enfants, ce qui aujourd'hui n'est pas une tâche facile, j'en conviens. Après il y a eu le drame que vous connaissez : mes deux filles rentrant à deux heures du matin. Comme des voleuses ! Pensez un peu au scandale si des Malouins les avaient rencontrées ! Jamais elles n'auraient pu songer à se marier un jour.

— Mon pauvre Jean-Marie, vous n'y êtes plus du tout ! dit en riant la jeune Mme Carbec. Je peux vous assurer que mes nièces se marieront quand elles le voudront. À Paris, les jeunes filles de vingt ans ne sont plus chaperonnées du matin au soir. La province finira bien par en faire autant. Lucile est très entourée par de nombreux élèves de Guillaume : nous la laissons sortir avec les plus gais. Votre frère dit que ce sont toujours les plus sérieux. Je crois que Lucile est heureuse et j'espère que vous nous la laisserez autant qu'elle le voudra. C'est elle ma vraie fille.

— Et Marie-Christine ? s'étonna Jean-Marie.

— Mon cher, je vais sans doute vous surprendre : Marie-Christine veut entrer au couvent.

— Ça n'est peut-être qu'une crise mystique ? On m'a dit que ces sortes de pseudo-vocations sont courantes à son âge.

— C'est ce que dit aussi son père. Lui, vous le savez, ne croit plus ni à Dieu ni au diable. Moi, je sais que la résolution de Marie-Christine est définitive. Pour ce qui est de la volonté, les deux cousines sont aussi Carbec l'une que l'autre. Vous avez raison Jean-Marie, ça n'est pas facile d'élever des enfants en 1914.

Le dimanche 13 juillet, en sortant du « Crystal » où il avait offert un alexandra à de jolies Anglaises, Louis de Kerelen n'avait pas encore trouvé une réponse satisfaisante à la question qu'il se posait depuis son arrivée à Dinard où il passerait ses vingt jours de permission. Irait-il à la gare de Saint-Malo en tenue civile pour accueillir son cousin Helmut ou garderait-il l'uniforme endossé ce matin pour assister à la messe ? Ne pas commettre d'impair. La période des vacances me permet sans doute le blazer et le canotier, d'autant qu'Helmut sera en tenue de voyage. Mais le cousin Helmut est aussi l'Oberleutnant von Keirelhein, la politesse militaire veut que je lui fasse honneur en le recevant autrement que vêtu en pékin. Maintenant, est-ce convenable de faire claquer mes talons à un moment où des bruits de guerre circulent ici et là ? Même si personne n'y croit, l'Oberleutnant von Keirelhein ne prendra-t-il pas comme une provocation d'être reçu en tunique, sabre au côté ? Après tout, si cela était ? Le cousin Helmut est d'abord un Allemand et il ne serait pas inutile de lui faire comprendre que l'armée française est prête à en découdre. Nous ne pensons qu'à cela. Tous les ans, à l'arrivée des nouvelles recrues, je conduis mon peloton à Vittonville, en face de la frontière et je fais jurer à ma bleusaille, la lance haute, de délivrer l'Alsace-Lorraine. Je ne vais pas me dégonfler devant le cousin, non ? À la rigueur je pourrais aller à Saint-Malo et demander l'avis du colonel du 47e. Non. C'est un fantassin, il ne doit rien comprendre à ces subtilités de cavalier. Il vaut mieux que j'en parle à mon père, lui il doit connaître ces problèmes d'étiquette.

La vie ne s'était montrée ni cruelle ni originale au vieux comte de Kerelen, à croire que les romanciers de la fin du XIXe siècle avaient frappé juste quand ils mariaient des gentilshommes quinquagénaires à des roturières impatientes d'échanger leur pucelage et l'argent de papa contre un titre de noblesse respecté par une République bonne fille et tenue hier sur les fonts baptismaux par des Jules et des ducs. Inutile, portant beau, membre du Jockey et abonné à l'Opéra, il avait épousé, à quarante ans, les Sardines Dupond-Dupuy et du même coup une ingénue dont la corbeille de noces était pleine de jetons de présence. Dix mois plus tard, la jeune comtesse avait enfanté un garçon normalement constitué qu'on avait appelé Louis en souvenir d'un ancêtre qui s'était distingué à la bataille de Denain. Une fois accompli son devoir de géniteur, M. de Kerelen était retourné à ses pouliches et à ses danseuses, sans plus honorer son épouse qui, manque d'imagination et de courage, avait consacré sa vie à l'éducation de son fils et à la pratique des bonnes œuvres. Enfant studieux, plus tard bon jeune homme, élevé dans une jésuitière où l'on ne dissociait pas la foi religieuse de la foi patriotique, assuré que les Sardines Dupond-Dupuy lui distribueraient de confortables revenus, il était naturel que Louis de Kerelen choisît la carrière militaire. Sa mère en avait pleuré de joie. Son père ne s'y était pas opposé mais, ayant de son plein chef rayé de l'Histoire une fois pour toutes la Révolution et l'Empire, il avait déclaré sentencieusement, le soir même du Triomphe de Saint-Cyr :

— Vous voilà donc devenu officier. Votre classement vous permettant de choisir la cavalerie, vous allez vivre au milieu de gens de bonne condition. Vous n'y manquerez ni de chevaux ni de femmes. Jadis, c'était un beau métier que d'être soldat, des nombreux Kerelen s'y sont illustrés. N'en faites pas un sacerdoce, la République ne le mérite pas. Rappelez-vous toujours que vous servez votre pays et non un régime transitoire.

Furieux, mais trop bien élevé pour contredire son père, le jeune officier était demeuré figé dans un garde-à-vous vide d'expression. Six années avaient passé. Le comte de Kerelen était devenu un vieux monsieur, péremptoire, féru de généalogie, lecteur du *Gaulois* et fidèle légitimiste au point de détourner la tête pour n'avoir pas à saluer le descendant d'un régicide, s'il lui arrivait de croiser tel prince d'Orléans venu passer les mois d'été à Dinard. Son fils, lieutenant au 12e dragons, tenait garnison à Pont-à-Mousson. Semblable à tous ses camarades, celui-ci était impatient de partir au galop de charge pour une guerre de revanche qui ramènerait l'Alsace et la Lorraine à la patrie.

Petite taille, épaules chétives et visage étroit, M. de Kerelen avait toujours regardé de haut les êtres et les événements, les uns et les autres promptement jugés d'une voix aiguë. Il écouta son fils lui conter son embarras : fallait-il ou non se mettre en tenue pour accueillir l'Oberleutnant von Keirelhein ? Sa réponse fut rapide :

— Pour moi, cela ne fait pas de doute, vous gardez votre uniforme. La politesse exige seulement que vous soyez sans bottes, bien entendu. Tenue de ville mon garçon !

— Malgré ces bruits..., hasarda le lieutenant.

— Quels bruits ?

— Les bruits de guerre. L'assassinat de l'archiduc peut être gros de conséquences.

— Vous n'y entendez rien ! L'empereur François-Joseph est un homme d'expérience et ces Serbes ne gagneraient rien à se séparer de l'empire autrichien. N'oubliez pas, mon fils, que les Habsbourg sont étroitement liés aux Hohenzollern qui cousinent avec les Saxe-Cobourg autant qu'avec les Romanov. On fera un peu de bruit à la frontière et tout s'apaisera bientôt. Au-dessus des agitateurs, la vieille Europe existe encore, Dieu merci ! C'est l'Europe des grandes familles, celle du prince de Ligne. Mais pourquoi chercher si loin pour en être convaincus ? Tenons-nous-en à l'exemple de cet Helmut von Keirelhein que vous allez tout à l'heure accueillir à Saint-Malo. Son nom figure au Gotha, je l'ai vérifié. Croyez-vous que j'eusse accepté l'invitation de cette Mme Carbec si notre cousin allemand n'avait pas été convié à la Couesnière ?

— Je me demande, dit doucement l'officier, si vous ne faites pas trop bon marché du patriotisme ?

— Ne me racontez pas de sornettes. Le patriotisme, c'est une invention jacobine, du romantisme, une idée de gauche ! trancha le comte de Kerelen.

— Les gens de droite sont pourtant bons patriotes.

— Je vous en prie ! Laissez donc cela à Déroulède, à Barrès, aux petites gens de l'Action française. Nous autres Kerelen, nous sommes européens depuis des siècles.

— Comment pouvez-vous tenir de tels propos à votre fils qui est militaire ? Je pense que vous vous trompez gravement. À quelques nuances près, tous les Français d'aujourd'hui sont profondément patriotes, autant que les Allemands peuvent l'être.

— C'est bien ce qui m'inquiète, dit M. de Kerelen sur un ton moins vif. Autrefois, quand il y avait une guerre, les armées du roi se battaient les unes contre les autres. Aujourd'hui des peuples entiers se préparent au massacre au nom du principe de la nation armée, c'est bien cela que vous appelez le patriotisme, n'est-ce pas ?

Le lieutenant serra les mâchoires, silencieux un long moment et dit enfin :

— Je vous prie de m'excuser, il est temps que je parte pour Saint-Malo. Ne m'attendez pas ce soir, je dînerai avec notre cousin. À ce propos, puis-je vous demander de retirer le drapeau que vous avez mis à la fenêtre des cabinets, comme tous les ans, à l'occasion du 14 juillet ? Helmut von Keirelhein vous rendra certainement visite, il ne comprendrait pas ce geste qui, vous le savez, me désoblige personnellement.

— Je l'enlèverai demain soir, après le feu d'artifice. Allons, ne faites pas cette tête-là ! Savez-vous que l'uniforme vous sied à merveille et que vous êtes un bel officier ? Dépêchez-vous, vous allez être en retard : je me suis laissé dire que l'exactitude n'était plus militaire. La République aura même supprimé cette politesse élémentaire.

Grâce à une pension mensuelle versée par les Sardines Dupond-Dupuy, Louis de Kerelen avait pu acheter une petite automobile de forme allongée, décapotable, appelée torpédo, qui faisait grand bruit et était censée parcourir 80 kilomètres en une heure. Pour aller à Saint-Malo, il lui fallait descendre jusqu'à Dinan, traverser la Rance et remonter le long de l'autre rive. Quand il y arriva, la gare était déjà pleine de gens venus attendre les voyageurs du 14 juillet. Une sonnerie, aussitôt couverte par des clameurs, annonça l'arrivée du train de Paris, et l'on vit s'avancer majestueusement une énorme locomotive soufflant et crachant de partout, qui s'immobilisa enfin dans une terrible secousse comme si elle avait rendu sa ferraille, épuisée d'avoir parcouru 450 kilomètres. La voix du chef de gare, Saint-Malo terminus tout le monde descend, se perdit dans le joyeux tintamarre des enfants, brandissant les filets à crevettes de l'année dernière, et le caquetage inquiet des mères de famille recherchant leurs marmots et leurs billets de chemin de fer perdus. D'habitude, on comptait très peu de maris ou de célibataires dans ces trains de vacances. À part les fonctionnaires, les militaires, les rentiers, quelques avocats et médecins, les bourgeois ne s'arrêtaient pas de travailler pendant les mois d'été, sauf deux ou trois jours, par exemple lorsque le 14 juillet ou le 15 août, ces deux fêtes nationales de la France, tombaient la veille ou le lendemain d'un dimanche, mais les uns et les autres s'arrangeaient volontiers pour laisser à leurs épouses le soin de conduire les enfants « au bord de la mer », et préféraient voyager seuls, la canne à la main. Louis de Kerelen, perdu dans la foule et attentif à ne pas manquer le cousin Helmut, admira que celui-ci ait consenti à prendre ce « train de baigneurs ». C'est vrai, admit-il aussitôt, qu'il voyage en première classe et que ces compartiments-là sont souvent vides. Bien qu'il ne l'eût jamais rencontré, il était sûr de le reconnaître du premier coup d'œil : un officier habillé en vêtements civils ne trompe personne et encore moins un camarade, surtout s'il s'agit d'un Prussien. Un camarade ? Non, pensa le Français, il n'est pas un camarade. Le flot des Parisiens n'en finissait pas de couler, parfois ralenti parce qu'un contrôleur refusait le passage à une femme encombrée de marmaille et de valises qui ne retrouvant pas ses billets, s'impatientait, prenait la foule à témoin de sa bonne foi et finissait par gifler un de ses mouflets en larmes. Voilà un spectacle qui va donner à Helmut une image du désordre français, s'inquiéta le lieutenant de Kerelen tandis qu'il vérifiait l'aplomb de son sabre et vissait un monocle sous son arcade sourcilière droite afin que l'élégance de sa tenue corrige un peu toute cette pagaille.

C'est à ce moment que Louis de Kerelen entendit une voix légère dire derrière lui :

— Bonjour, mon cousin.

Il se retourna vivement, comprit qu'il se trouvait devant l'Oberleutnant von Keirelhein, ne le reconnut pas comme il l'avait imaginé, le gratifia d'un très léger claquement de talons, politesse plus qu'honneurs, et s'excusa de l'avoir manqué. Personne ne ressemblait moins à un officier prussien que ce jeune Allemand vêtu de tweed, visage mat, yeux bleus, gestes souples, encore qu'il fût coiffé d'un feutre vert foncé à bord étroit dont le ruban s'ornait d'une petite plume. Les deux hommes se serrèrent longuement la main en se dévisageant comme s'ils cherchaient à se trouver quelques traits de ressemblance.

— Avez-vous fait un bon voyage, mon cousin ? La famille m'a délégué pour vous saluer et vous conduire à la Couesnière où les Carbec vous attendent.

Louis de Kerelen avait prononcé cette phrase en allemand, cherchant des mots exacts, ce qui donnait un peu plus de raideur et un peu moins de cordialité au ton qu'il voulait adopter pour mettre l'autre tout de suite à son aise.

— Vous parlez admirablement l'allemand, répondit Helmut. Je voudrais que pendant mon séjour nous ne nous exprimions qu'en français, cela sera pour moi un excellent exercice dont j'ai bien besoin.

Il s'était exprimé avec autant de facilité que s'il avait été un ancien de Saumur et non d'une École de Cadets, peut-être avec un léger accent oxonien qui ourlait son langage d'une préciosité très peu militaire.

— You are fishing ! fit Kerelen. Je suis sûr que nos cousines seront ravies de vous aider à faire ces exercices dont vous n'avez pas besoin.

Ensemble les deux jeunes gens rirent de bon cœur. Une fois installés côte à côte dans la torpédo, ils décidèrent de s'appeler par leur prénom. Comme il allait desserrer le frein à main, Louis demanda :

— Quand vos chevaux arrivent-ils ? Nous irons après-demain à Dinard pour que vous reconnaissiez le parcours. Vous aurez deux jours devant vous, cela est bien suffisant.

Helmut ne répondit pas immédiatement. Une rougeur subite colorait ses joues. Il finit par avouer :

— Écoutez, il vaut mieux que vous le sachiez tout de suite. Au dernier moment, mon colonel m'a refusé l'autorisation de participer à ce Military.

Surpris, Louis de Kerelen demeura quelques instants silencieux, la main posée sur le levier du frein.

— Oui... oui, je comprends, répondit-il d'une voix détimbrée. Dans notre métier on n'est jamais sûr de rien. Me permettez-vous de vous poser une question ?

— Bien sûr.

— Pourquoi votre colonel vous a-t-il laissé partir quand même ?

— Parce que mon tour de permission régulière était arrivé, dit Helmut.

— Eh bien, fit Louis soudain détendu, ça n'est que partie remise. J'espère que nous participerons ensemble le 15 août prochain au raid international Bruxelles-Louvain où sont inscrits des cavaliers allemands, anglais, belges, russes et français. En serez-vous, Helmut ?

— Je l'espère bien.

— L'essentiel, fit Kerelen en frappant l'épaule de son cousin, c'est que vous soyez présent à la fête des Carbec. Au lieu d'aller reconnaître le parcours, nous irons faire le tour des remparts de Saint-Malo.

Le frein une fois libéré, il enclencha la première vitesse de la petite Panhard-Sport, appuya sur l'accélérateur pour emballer le moteur et cria à son compagnon assourdi :

— Bien sûr, cela ne vaut pas une bonne jument, mais c'est très amusant, non ?

C'était la fin d'un bel après-midi d'été qui sentait l'herbe chaude. Lorsque les deux officiers étaient arrivés à la Couesnière, le soleil déjà incliné sur l'horizon illuminait les fenêtres de la malouinière, hautes et blanches encadrées de granit, au bout de la longue allée de chênes. Louis de Kerelen avait ralenti son allure pour que le cousin allemand ressente encore plus vivement l'accord parfait dans lequel s'unissait la noblesse du paysage à l'équilibre de l'architecture. Au grand complet, les Carbec s'étaient groupés sur la pelouse, devant la maison, dès qu'ils avaient entendu l'auto pétarader.

— Les voilà ! s'écrièrent les deux plus jeunes, Roger et Hervé, l'un onze ans et l'autre neuf, bien décidés à faire mauvais visage au Prussien, l'ennemi héréditaire. Tout le monde se posait des questions. Comment était-il ce cousin ? Avait-on eu raison d'inviter cet Allemand ? Surtout un militaire, comme s'il n'y en avait pas assez dans la famille. N'était-ce pas le meilleur moyen de provoquer des frictions ? Était-il grand, petit, maigre, gros, blond, roux, hautain ? Savait-il seulement quelques mots de français ?

— Madame, dit cérémonieusement le lieutenant de Kerelen en s'avançant vers la maîtresse de la Couesnière, je vous présente notre cousin, l'Oberleutnant Helmut von Keirelhein.

Helmut s'inclina, un peu raide, devant la vieille dame pour baiser la main qu'elle lui tendait cordialement. Peu habituée à ce genre de courtoisie, se sentant soudain gauche, Mme Carbec dit en souriant :

— Laissez-moi vous embrasser plutôt, mon garçon, je suis votre aînée de cinquante ans !

Elle l'embrassa trois fois, selon la coutume bretonne. Un peu éberlué, Helmut se ressaisit tout de suite :

— Mes cousines et mes cousins, dit-il, j'avais préparé un petit compliment. La gentillesse de votre accueil, peut-être l'émotion, voilà que j'ai tout oublié. Laissez-moi vous dire simplement que tout à l'heure, sur la route de Saint-Malo, j'ai eu l'impression que je rentrais à la Couesnière après un très long voyage comme en faisaient nos ancêtres communs. Et maintenant, en vous regardant tous, je comprends mieux le sens d'un proverbe qu'on dit souvent chez nous, en Allemagne : « Heureux comme Dieu en France ! »

Tout le monde applaudit, il est charmant notre cousin Helmut, tu ne trouves pas ? Les deux jeunes garçons gardaient leur visage hostile et n'avaient d'yeux que pour leur cousin français, sanglé dans son uniforme de lieutenant de dragons. Comme l'eût fait une douairière rompue à la pratique du droit successoral, Mme Carbec présenta ses fils, ses belles-filles et ses petits-enfants par ordre de primogéniture et conduisit son hôte dans la pièce où ses bagages avaient été déposés.

— Après un aussi long voyage, vous avez besoin de vous remettre. Nous nous tiendrons au salon pour attendre les Américains. La cloche du dîner sonnera à sept heures. Prenez votre temps.

L'Oberleutnant retira de sa valise un costume sombre qu'il suspendit à un cintre, chercha vainement une salle de douches, se contenta d'un broc d'eau et, frais rasé, ouvrit la fenêtre de sa chambre. Le soleil avait disparu derrière les arbres de la grande allée mais dorait encore le ciel immobile. Un bruit d'ailes précipité lui révéla un envol de canards au-dessus du petit plan d'eau qu'il avait aperçu tout à l'heure entre des peupliers. Il entendit le grincement d'un essieu, écouta le son d'une enclume. Le parc de la Couesnière ressemblait à la campagne comme la campagne environnante ressemblait à un parc. Là-bas, en Poméranie, autour du château familial des Keirelhein, des sapins se dressaient dramatiques dans les brouillards étalés sur d'immenses étangs. Ici, tout paraissait lumineux, gai, ordonnancé. Brusquement, il se souvint des derniers mots prononcés par son colonel au moment de quitter Metz : « Je vous laisse partir en permission, mais sans vos chevaux. Il ne peut en être question dans les circonstances actuelles. N'oubliez pas de laisser votre adresse si nous devions vous envoyer un télégramme pour rappel d'urgence. »

Quand Helmut rejoignit ses cousins, ceux-ci étaient assis en rond, verre à la main, dans le salon de la malouinière, une grande pièce carrée aux murs lambrissés de chêne où étaient accrochés quelques tableaux et éclairée par quatre fenêtres en lanterne. Il y avait là plusieurs meubles précieux, commodes nantaises, chaises cannées, bergères, une table de tric-trac et de plus nombreux fauteuils ou canapés d'aspect bon bourgeois dont le confort modérait la banalité. Près de la cheminée un cachemire drapait la laideur d'un piano droit, clavier apparent, la partition d'une valse de Chopin sur le pupitre.

— Pour vous montrer que vous n'êtes pas un invité mais que vous êtes ici chez vous, dit aussitôt Olga Carbec en allant vers lui, nous ne vous avons pas attendu pour prendre l'apéritif. Que prendrez-vous ? Porto, muscat, vermouth ?

Helmut n'ignorait pas que cette mode française était maintenant suivie par tous les milieux, aristocratiques ou plébéiens. Il hésita un instant, plus sensible au charme de l'hôtesse qu'aux boissons proposées. La cordialité de Jean-Marie le tira d'embarras :

— Faites donc comme moi, prenez un whisky ! Nous autres Malouins qui sommes en affaires avec Jersey et Southampton, nous nous sommes mis au whisky. C'est excellent pour les artères.

— Voilà une affirmation bien hasardeuse, protesta le docteur Carbec. Je pense plutôt que l'alcool risque à la longue d'encrasser et de détruire les artères. Mais de temps en temps, rien ne l'interdit quand on se porte bien.

— Dis-nous alors pourquoi tu n'en bois jamais ? Tu ne t'en privais pas lorsque nous étions jeunes. Serais-tu souffrant ?

— Rassure-toi, je me porte à merveille. Je ne bois par d'alcool parce que j'opère tous les matins.

— Les fameuses mains du professeur Carbec ! Figurez-vous, cousin, que mon frère refuse même d'acheter une automobile, tellement il a peur que le volant ne fasse trembler ses doigts !

Helmut crut entendre dans le rire de Jean-Marie une légère pointe d'agressivité. Au lieu d'y répondre, il dit qu'il prendrait volontiers un peu de porto et se mêla aux autres. Les deux lieutenants échangèrent un clignement d'œil qu'ils furent seuls à saisir comme si une sorte de connivence les unissait déjà.

— Nous allons voir, dit Louis de Kerelen, si Helmut peut mettre un nom sur tous les visages des jeunes cousines et des petits-cousins qu'on lui a présentés en arrivant. Celui-ci par exemple ?

— Je ne me rappelle pas son prénom... mais je le reconnais. Avec des yeux pareils, c'est le marin. Moi aussi, j'ai un frère qui sert dans la Kriegsmarine, à bord d'un sous-marin. Vous autres, on vous reconnaît toujours.

— Comme tous les militaires en tenue civile !

— Pourtant, Louis ne m'a pas reconnu à la gare de Saint-Malo.

— Cela ne m'étonne pas, intervint Olga. Vous ne ressemblez pas du tout à un officier allemand.

— À quoi donc ressemble un officier allemand ? demanda Helmut avec un sourire amusé.

— À un dessin d'Hansi ! lança un des deux garçons.

Les plus jeunes furent seuls à rire de la repartie. L'Oberleutnant les accompagna bientôt avec bonne humeur :

— Ce qu'on vient de dire, — c'est Roger, n'est-ce pas ? — est souvent vrai. Je préférerais ne pas ressembler aux caricatures de cet Alsacien, quel que soit son talent.

Le petit jeu continua avec les filles : Lucile, Marie-Christine, Annick. Helmut avait confondu les deux dernières mais il reconnut tout de suite le regard gris-bleu, moqueur, peut-être provocant, les cheveux roux, le visage mince et cette flexibilité moitié femme moitié garçon de Lucile à laquelle il n'avait pas été insensible en arrivant à la malouinière. Il crut cependant qu'elle était la fille de Guillaume, mais ne se trompa pas pour identifier Léon, étudiant en médecine, et Hervé le plus jeune des Carbec.

Occupées à surveiller l'ordonnance de la table dressée dans la salle à manger, Mme Carbec mère et sa belle-fille malouine entrèrent à ce moment dans le salon. Malgré sa taille menue et la canne dont elle s'aidait pour marcher, la vieille dame ne manquait pas d'allure, vêtue d'une robe noire ornée çà et là de jais, au col montant et aux poignets très serrés, toujours coiffée du bonnet de dentelle dont les deux rubans flottaient sur ses épaules. L'Oberleutnant von Keirelhein vit qu'elle portait autour de la taille une sorte de petit ruban auquel était suspendu un trousseau de clés qui ne devait jamais la quitter car il l'avait déjà observé tout à l'heure. Il s'étonna surtout du respect affectueux qui saluait l'arrivée de Mme Carbec : tout le monde s'était levé et s'était tu. Jusqu'à ce moment il aurait cru volontiers que de telles marques de déférence étaient réservées aux seules familles allemandes.

— Nous vous attendions, dit le docteur à sa mère, pour présenter à notre cousin nos ancêtres communs.

Elle entraîna Helmut vers deux tableaux suspendus de part et d'autre de la cheminée et commença son récit.

— À part moi qui suis une Le Moal, ma belle-fille Yvonne qui est une Huvard, et mon autre belle-fille Olga qui est née Zabrowsky, vous êtes tous les descendants de ce capitaine Louis de Kerelen et de son épouse Marie-Thérèse Carbec...

Ils connaissaient cette histoire pour l'avoir écoutée souvent mais, sachant le plaisir de la vieille dame à la raconter, ils feignaient toujours de l'entendre pour la première fois et même d'y prendre intérêt. Helmut, pas moins averti de son lignage, savait que des deux frères Kerelen partis rejoindre l'armée des Princes en 1792, l'un était rentré en Bretagne par la grâce du Premier Consul, tandis que l'autre, demeuré fidèle aux Bourbons, avait préféré épouser la fille d'un baron balte. C'était la première fois qu'il voyait les portraits de ses arrière-grands-parents français, au moins tels qu'un peintre du XVIIIe siècle plus ou moins complaisant les avait fixés sur la toile. Il s'efforça de s'y reconnaître, n'y parvint pas davantage que d'être ému. Le sang du baron balte avait dû être le plus fort. Pourtant, il s'était senti tout de suite à l'aise chez ces Carbec comme, dès le premier regard, il avait souhaité devenir un ami du lieutenant de dragons. Il sentait que tout le monde l'observait et cherchait quelque trait de ressemblance entre son visage et celui des ancêtres, peut-être la douceur à la fois rêveuse et sceptique qui éclairait les yeux du capitaine au Royal Dragons et en faisait davantage, malgré l'uniforme, un homme de cabinet qu'un homme de guerre, alors que lui-même essayait de retrouver dans les visages de Louis et Marie-Thérèse de Kerelen, le nez, la bouche, le menton, les yeux ou mieux le regard de tous ces cousins et cousines de Saint-Malo qu'il reconnaissait ce soir.

La cloche du dîner sonna.

— C'est l'heure de souper, annonça Mme Carbec. Les Américains ne sont pas encore arrivés, nous allons passer à table sans les attendre davantage. Ce soir vous n'aurez qu'un tout petit repas, vous vous rattraperez demain.

Autant la vieille dame avait-elle dit ces mots avec bonhomie, autant elle se dirigea cérémonieusement vers Helmut von Keirelhein, lui signifiant ainsi qu'elle l'avait choisi ce soir pour l'accompagner à table :

— Prenez mon bras.

Le couple se dirigea vers la salle à manger dont on venait d'ouvrir la double porte, suivi par Louis de Kerelen et Olga, Jean-Marie et sa fille Lucile, Guillaume et sa belle-sœur Yvonne, formant cortège selon un protocole établi par Mme Carbec, les plus jeunes étant dispensés d'en suivre la discipline.

Ils étaient maintenant revenus au salon. Les femmes buvaient leur camomille et les hommes une vieille eau-de-vie distillée avec les pommes de la Couesnière. Les Américains n'étaient toujours pas arrivés.

— Ils se sont perdus en route, se lamenta Yvonne Carbec qu'on n'avait guère entendue pendant le dîner. Il est déjà difficile de trouver une malouinière le jour, alors quand il fait nuit...

— Si vous aviez le téléphone, hasarda Olga.

— Ma chère, coupa Mme Carbec, votre beau-frère fera ce qu'il voudra quand je serai morte, mais tant que je serai là vous ne verrez jamais cette machine ici. On ne me sonne pas, moi !

— Ce que j'en dis, ça n'est pas pour moi, c'est pour Guillaume qui peut être appelé en consultation à n'importe quel moment en France ou à l'étranger. Il ne pourra plus prendre de vacances à la Couesnière.

Mme Carbec haussa imperceptiblement les épaules et jeta un coup d'œil à son fils aîné comme pour lui rappeler tu vois ce que je t'avais dit, ta chère belle-sœur n'aime pas notre maison et complote de s'installer à Dinard. Dans un coin du salon, les plus jeunes parlaient avec animation et riaient aux éclats en écoutant Lucile raconter comment elle avait renvoyé rue Descartes un jeune polytechnicien avec qui on avait espéré la fiancer, vous voyez d'ici le type du bon jeune homme, sérieux, bien élevé, à la fois très timide et très sûr de sa supériorité, un peu pingre, avec douze boutons sur l'uniforme et seize sur la figure. Nous sommes sortis ensemble, la première fois pour aller au musée du Louvre, la seconde pour entendre une conférence de M. Doumic, et la troisième pour voir *Polyeucte* à la Comédie-Française. En me raccompagnant il avait les yeux tellement fixés sur le compteur du taxi qu'il n'a même pas pensé à m'embrasser. Les internes de l'oncle Guillaume sont plus drôles.

— Comme je voudrais parler allemand aussi bien que vous parlez français, disait Louis de Kerelen à Helmut. C'est à croire que vous avez fait vos études à Paris, ou peut-être à Londres.

— J'ai passé en effet de nombreuses vacances en Angleterre.

— Ça n'est tout de même pas la première fois que vous venez en France ? demanda Guillaume.

— Cela nous arrive, dit-il en riant, de nous mettre en civil pour aller dîner à Nancy, comme les officiers français le font pour venir à Metz, n'est-ce pas Louis ?

— C'est vrai. Nous avons les uns et les autres de faux papiers. Les postes frontières ont bien nos photographies, mais nous passons quand même sans nous faire prendre, sinon repérer !

— Diable, affecta de rire Jean-Marie, voilà au moins des frontières bien gardées ! Vous ne nous avez pas encore dit comment vous êtes devenu bilingue ?

— C'est très simple, il y a toujours eu à la maison une demoiselle française, mon père était abonné au *Journal des Débats*, et ma mère assurait qu'il est important de lire dans le texte original les romanciers français et les poètes allemands. À quinze ans, j'avais lu plusieurs fois *Les Trois Mousquetaires* et *Les Misérables*.

Comme on se récriait, Helmut poursuivit comme pour s'excuser :

— Quand on passe ses vacances dans le château d'Uckermunde, en Poméranie, les jours sont longs. Ici, les distractions ne manquent pas à la jeunesse. Là-bas, la lecture m'a aidé à supporter l'École des Cadets mais je ne suis pas sûr qu'elle m'ait fait très bien noter ? À quoi se destinent mes deux plus jeunes cousins ?

— Ils sont bien jeunes pour le savoir, répondit Guillaume. L'aîné a pourtant décidé qu'il serait marin. À chaque génération nous en avons au moins un. Quant au plus jeune, Hervé, il ne s'intéresse qu'à la musique. Il tient davantage du côté de ma femme que des Carbec.

— Et j'en suis fière ! affirma Olga qui venait prendre part à la conversation des hommes. Un peu de sang polonais dans toutes ces veines bretonnes aura peut-être donné un artiste à votre famille.

— Pourquoi pas ? dit Helmut subitement intéressé. J'imagine que vous êtes vous-même musicienne ?

— Si je ne m'étais pas mariée très jeune, je crois que j'aurais tenté de faire une carrière de concertiste. Mon petit Hervé me remplacera. Tous ceux qui l'ont entendu, des pianistes comme Ricardo Vinès ou Rissler, affirment qu'il a des dons peu communs pour son âge. Marguerite Long dit même : « C'est un tempérament. » Moi, je me contente de le faire travailler.

— Tu fais cela très bien, dit doucement le docteur en lui posant une main sur l'épaule.

— Oh, je ne regrette rien ! Pourtant, ajouta Olga d'une voix plus grave, il m'arrive parfois d'imaginer la minute vécue par un concertiste lorsqu'il réussit à entraîner, à faire battre un millier de cœurs soudés les uns aux autres jusqu'à l'explosion de l'accord final. À certains moments on doit se sentir le maître d'un pouvoir irrésistible, quasi magique, semblable à ce flûtiste d'un fameux conte de Grimm. Vous qui êtes allemand, vous devez me comprendre.

— Moi aussi, dit rêveusement Helmut, j'aurais voulu devenir musicien. Si j'avais été un véritable artiste, j'aurais sans doute résisté à la volonté de mon père. Pour lui ça n'était pas digne d'un Keirelhein.

— Même si vous étiez devenu un autre Beethoven ou un Wagner ?

— Oui, c'était une occupation futile, un art d'agrément, pas un métier, ou alors de baladin. J'ai dû me contenter de jouer du piano en amateur, ainsi qu'il arrive dans toutes nos familles où chacun joue plus ou moins bien d'un instrument.

— Le général von Keirelhein détestait à ce point la musique ?

— Mais non, au contraire ! mon père aimait beaucoup la musique, il jouait même assez bien de la flûte traversière.

— Je ne vois guère notre général Joffre jouer de la flûte, dit Louis sur un ton un peu goguenard.

— Pensez-vous, mon cher, répondit Helmut sur le même ton, qu'il soit nécessaire qu'un généralissime joue du tambour ou de la trompette pour être victorieux un jour ?

La repartie fit rire, mais l'Oberleutnant entendit plus de courtoisie que de bonne humeur dans ce rire-là et comprit du même coup que les Français, volontiers enclins à railler leurs généraux, entendent réserver à eux seuls le plaisir de les plaisanter. Pour faire diversion, ii demanda :

— Je voudrais bien que mon jeune cousin Hervé nous joue quelque chose.

— Bien sûr ! dit Olga.

Assis côte à côte sur un canapé, dans le fond du salon, les deux plus jeunes Carbec tournaient les pages d'un récent numéro de *L'Illustration*. L'aîné, Roger, visage tourmenté, cheveux bruns en bataille, petits yeux en boutons de bottine, souffla à son frère en lui donnant un petit coup de coude dans les côtes : « Tu n'es pas un singe savant à qui on demande de faire des tours, non ? » L'autre, dont les joues gardaient encore le modelé de l'enfance, hésitait à répondre, terrorisé, les yeux fixés sur les images du magazine qui reproduisaient l'attentat de Sarajevo : un homme tirant des coups de revolver sur un couple qui s'écroulait dans une automobile découverte.

— Mon fils est très timide, mais je suis sûre qu'il ne refusera pas. Tu ne veux pas faire plaisir à ta maman ?

Olga avait posé la question d'une voix très douce qui était déjà de la musique. Jean-Marie l'observait, à la fois rancunier et charmé, incapable de délabyrinther ses sentiments, elle emploie les mêmes séductions avec tout le monde, que ce soit moi ou son mari, ses enfants, ses neveux, notre mère est seule à lui résister. Hervé leva enfin les yeux, rencontra le regard de sa mère et lui rendit un charmant sourire. Il allait se lever quand son frère lui donna un autre coup de coude dans les côtes qui lui coupa le souffle, réponds non, ne te dégonfle pas devant ce Prussien. Mais Helmut von Keirelhein s'était avancé vers Hervé et lui disait :

— Ça n'est pas ton cousin allemand qui te le demande, c'est un vieux musicien qui s'adresse à un jeune musicien.

Hervé rougit, adressa à Helmut le même genre de sourire qu'il venait d'offrir à sa mère, se leva et s'installa devant le piano. La tête légèrement inclinée, il parut réfléchir un instant et ses deux mains égrenèrent bientôt une suite de notes aériennes dont l'agencement révélait une sorte d'élégance aristocratique qui valait autant pour le compositeur que pour l'interprète. Dès les premières mesures, Olga et Helmut s'étaient regardés. Ils dirent ensemble à mi-voix :

— Corelli.

C'était une transcription pour piano du fameux Concerto n° 8 *Pour la nuit de Noël* qui n'exige pas de prouesses techniques mais un toucher délicat, discret, quasi furtif. Comment un gamin de neuf ans pouvait-il parvenir à perler la gaieté de tel mouvement rapide et à exprimer avec le même bonheur la tendresse un peu grave de tel andante avec ses mains encore étroites et des jambes qui parvenaient à peine jusqu'aux pédales du piano ? Peu mélomanes, les Carbec estimaient que le petit jouait bien pour son âge. La grand-mère somnolait derrière ses lunettes, les autres, sauf Olga et Guillaume, entendaient sans écouter et comprenaient mal l'attitude du cousin Helmut. Celui-ci, jusque-là si calme, paraissait fort agité. Tout à coup, il quitta son fauteuil, vint s'asseoir à gauche d'Hervé et plaquant à son tour ses mains sur le clavier :

— Continue à jouer, dit-il, ne t'occupe pas de moi, je vais improviser une basse.

Un accord mystérieux s'établit immédiatement entre eux. Helmut suivait le jeune garçon aile à aile, trouvant parfois des timbres et des contre-chants qui le faisaient sourire. À un moment, fronçant les sourcils, il dit à Hervé en continuant à jouer :

— Que se passe-t-il ? Je ne te suis plus, tu ne joues plus du Corelli. As-tu un trou de mémoire ?

— Non, répondit Hervé, j'avais envie de jouer autre chose pour voir si vous pourriez me suivre quand même.

— Allons-y !

Le garçon attaqua d'étourdissantes variations sur quatre notes, la, mi bémol, do, si, que son compagnon reconnut tout de suite, et dont il souligna aussitôt la gaieté et la jeunesse. Après le *Carnaval* de Schumann, les deux pianistes firent crépiter les fusées debussystes du *Doctor Gradus ad Parnassum* sans bien savoir lequel des deux en commandait maintenant le tir, quand leur pyrotechnie fut soudain troublée par le ronflement d'un moteur qu'accompagnait une sorte de hurlement syncopé jamais entendu encore à Saint-Malo ou même en France : les Américains arrivaient enfin et signalaient leur arrivée à grands coups de klaxon.

Après avoir tourné en rond à travers les villages du Clos-Poulet, incapables de s'y reconnaître entre tous ces saints bretons, saint Suliac, saint Méloir, saint Coulomb, qui ne figurent pas au calendrier, John David et Pamela Carbeack avaient fini par échouer à Cancale où, en se gorgeant d'huîtres, ils avaient voulu attendre le retour des bisquines chargées de poisson. Trompés par la clarté diffuse du ciel, bientôt surpris par la nuit, ils avaient dû généreusement convaincre un jeune garçon de passer devant eux avec sa bicyclette pour leur indiquer le chemin de la Couesnière. Riant avec fracas, aussi heureux d'avoir enfin découvert la malouinière que d'y être parvenus si tard, comme s'ils avaient joué un bon tour, tapant sur l'épaule des uns et des autres et leur secouant la main avec vigueur, ils avaient fini par embrasser tout le monde. Épaules de joueur de rugby et jambes de champion de base-ball, John David parlait avec l'accent picard le français de Québec, celui de Molière, où explosait parfois une expression américaine que personne ne comprenait, mais J.D. continuait son train, aidait à décharger ses valises et des sacs de toile comme en usent les marins, sans s'occuper de Pamela, robuste beauté blonde comme on imagine volontiers, de ce côté de l'eau, toutes les jeunes filles américaines, qui étourdie par ce tapage avait déjà oublié les quelques formules de politesse qu'elle s'était juré d'utiliser dès le premier jour, et se contentait de répéter :

— So glad to see you ! So glad to see you ! So glad to see you !

Les présentations terminées, on voulut savoir si les nouveaux arrivés ne désiraient pas prendre une collation. Non, ils avaient assez bu de muscadet pour se sentir plutôt pressés par la soif. On les désaltéra, mais Mme Carbec voulut leur faire goûter des prunes à l'eau-de-vie préparées par elle-même et réservées pour les soirées exceptionnelles. Assise sur un fauteuil de velours vert, un peu pelucheux, dont le dossier était protégé par une passementerie de macramé, Pamela regarda la coiffe de la petite bonne venue tirer les doubles rideaux, but une gorgée du vieil alcool parfumé, good ! vit l'un de ses cousins frotter inutilement une demi-douzaine d'allumettes pour rallumer la lampe à pétrole qu'il venait d'éteindre en voulant régler une mèche fumeuse, et elle comprit alors qu'elle était bien arrivée dans la famille française de son mari. Lucile s'était installée près d'elle avec l'intention d'utiliser le mince vocabulaire hérité du couvent, my dear, could you speak slowly, for to enter into conversation with me, please ? Elle s'y reprit plusieurs fois, articulant comme on le lui avait appris, jusqu'au moment où Pamela ayant enfin deviné ce que l'autre voulait dire, s'exclama en cherchant ses mots Aoh ! yes, but it's better pour moi si vous parler français. OK darling ?

— Puis-je vous rendre quelque service ? intervint Helmut en s'asseyant entre les deux filles. Mme Carbec, pour sa part, s'était emparée de John David et ne le lâchait plus, impatiente de connaître comment ce nouveau Malouin poussé au Canada était devenu américain au point de s'appeler maintenant Carbeack, avec un *a* et un *k* supplémentaires. C'est une curieuse histoire, cette émigration des Canadiens français vers le pays yankee, que John David raconta.

La rapide croissance de la population avait d'abord poussé les hommes à passer la frontière pour aider les moissonneurs du New Hampshire, du Maine ou du Vermont. Dame ! on avait tellement d'enfants qu'il n'y avait pas assez de monnaie pour tout le monde. Les gars s'en allaient par les routes, la faux sur l'épaule et s'en revenaient au pays avec un petit magot qui leur permettait d'acheter une terre. Tout a commencé ainsi, mammy. Un jour, au lieu de ramasser du grain, les gars ont préféré aller travailler dans les usines, des grandes fabriques qui poussaient partout avaient besoin d'ouvriers et payaient cher. Bientôt des familles sont parties, parfois des paroisses entières qui emmenaient leur curé pour être sûres de garder la religion et le parler français. Elles ne sont plus revenues au Canada. Mettez-vous à leur place, mammy ! À Chicago et à Detroit, les boys valaient trois fois plus cher qu'à Montréal. C'est peut-être les femmes qui ont le plus poussé les hommes à émigrer, parce que l'industrie textile en réclamait et payait gros. Des sous, à part ceux que rapportaient leur père ou leur mari, elles n'en avaient jamais vus. Au pays, la vie était devenue trop dure. Moi, je suis né aux States en 1889. Mon père et ma mère y étaient arrivés deux ans avant, ils venaient de se marier. On dit aujourd'hui au Québec que les meilleurs sont restés là-bas, moi je sais que si mes parents n'avaient pas eu le courage d'émigrer au Massachusetts, je serais coupeur de bois ou séminariste. Mes arrière-grands-parents avaient appris à lire dans un petit livre de catéchisme qui avait échappé à la grande brûlerie ordonnée par les Anglais. Mon père et ma mère en ont fait autant et ils ont toujours continué à parler français. Ça ne les a pas empêchés d'apprendre l'anglais et de devenir bons Américains après avoir prêté serment on the star-spangled banner, ça c'est sacré. Moi aussi j'ai appris à lire dans le même livre de catéchisme. Plus tard, je suis allé à l'université de Buffalo, that was a good time, j'ai connu Pamela sur le campus. Pamela, c'est une Irlandaise. Sur les registres de l'usine de Springfield où mon père avait été engagé, on écrivit notre nom d'après la prononciation américaine. Deux ans plus tard, le jour de ma naissance, cette orthographe est devenue officielle. So that's it mammy !

John David avait conté l'aventure de ses parents sans que personne ne l'interrompît. Le cercle de la famille l'entourait, muet et attentif parce que depuis la découverte du Canada chaque Malouin est plus ou moins convaincu qu'un de ses parents fut un compagnon de Jacques Cartier. Ce qui les émouvait le plus ce soir, c'était moins la misère et le courage qui avaient poussé à émigrer vers les usines américaines leurs lointains cousins après s'être tant battus contre la forêt, le froid, les bêtes féroces et les Iroquois, que la volonté de garder, envers et contre tout, leur religion et leur langue, l'une et l'autre inséparables d'un petit livre de catéchisme miraculeusement sauvé le jour que le gouverneur anglais avait ordonné de brûler tous les livres français, et transmis depuis de génération en génération. Seul, Helmut se tenait un peu à l'écart. Cela ne le concernait pas beaucoup. Le sang Carbec avait dû se diluer dans celui des Kerelen nantais et plus tard des Keirelhein poméraniens : il en était resté juste assez pour lui permettre cette rencontre musicale avec le jeune Hervé qui tenait du prodige.

— Nos voyageurs doivent être fatigués, dit la vieille dame. C'est l'heure d'aller se coucher.

Dans le vestibule d'où s'élançait un vaste escalier de pierre, des lampes à pétrole, candélabres et simples bougeoirs, alignés sur une table étroite, attendaient les hôtes. Dans le brouhaha des « Bonsoir mon cousin, bonne nuit ma cousine », Louis de Kerelen demanda tout bas à Olga :

— Êtes-vous fatiguée, vous ?

— Non, pourquoi ?

— Pour aller danser au casino.

— Invitez plutôt les jeunes filles, c'est de leur âge et du vôtre.

— Elles sont trop jeunes pour mon goût.

— Mais elles sont charmantes.

— Moins que vous.

— Flatteur ! chuchota-t-elle, et plus haut : À demain, monsieur de Kerelen !

Chacun tenant une lampe à la main, ils montèrent l'escalier dans une joyeuse rumeur de vacances. Mme Carbec mère marchait devant avec Pamela qui la soutenait. Comme ils s'engageaient dans un long couloir, elle montra une porte, dit d'une voix modeste, sans plus insister, « les commodités », et plus loin devant une autre porte, « si vous voulez prendre un bain demain matin, Solène vous apportera de l'eau chaude ». Parvenus devant leur chambre, les jeunes mariés embrassèrent la vieille dame, good night mammy, plus tendrement que ses petits-enfants ne le faisaient depuis longtemps. Tout émue, elle s'en alla dormir dans la soupente de sa petite bonne, laissant Pamela perplexe devant un lit à baldaquin, deux brocs, un seau de toilette, une large cuvette de faïence rose ornée d'une guirlande de roses pompons, et un pot de chambre.

Relégués aux celliers, les deux plus jeunes garçons en avaient profité pour faire une promenade autour de l'étang et réveiller les canards endormis. Ils étaient maintenant étendus sur leur petit lit de camp comme au temps où ils jouaient tous les deux aux trappeurs et aux Peaux-Rouges. Contrairement à ce que pensait leur grand'mère, le Far West ne les intéressait déjà plus.

— Que penses-tu des cousins américains ? demanda Hervé.

— Pamela, elle est plutôt gironde ! admit Roger. Tu as vu leur bagnole ? John David m'a dit qu'on tapait du 100 à l'heure avec ça.

— Et le cousin Helmut ?

— Celui-là je ne peux pas le blairer !

— Pourquoi ?

— D'abord c'est un Prussien, un sale boche, un casque à pointe.

— Et alors ?

— Et alors ? Hier, le père nous a pris l'Alsace-Lorraine, aujourd'hui le fils nous prend notre chambre et couche dans notre lit. Et demain ? Qu'est-ce qu'ils vont nous prendre, demain, les Pruscos ?

— Qu'est-ce que tu veux qu'ils nous prennent ?

— Pauvre idiot, tu ne comprends donc rien ! Écoute, tu es peut-être un petit prodige mais tu es aussi un petit con. Laisse-moi dormir, eh Mozart !

Au milieu de la nappe blanche et damassée, trônait la maquette d'un brigantin, toutes voiles étarquées, avec ses dix-huit canons, quatorze en batterie dans les sabords, deux à l'avant pour la poursuite, deux de retraite à l'arrière. C'était *Le Renard*, le premier navire armé à la course en 1674 par Mathieu Carbec, l'ancêtre du clan, en association avec le capitaine Le Coz dont la fille devait épouser un jour le fils de ce Mathieu. Toute la fortune des Carbec, argent, alliances, charges, honneurs, tout était sorti de ce *Renard*. Précieusement gardée par toutes les générations qui s'étaient succédé depuis sa construction par un ancien maître d'équipage, cette maquette avait toujours trôné sous un globe de verre dans le salon malouin de la famille. Mme Carbec l'avait emportée dans ses bagages quand elle était venue s'installer à la Couesnière après la visite officielle de M. Poincaré.

Loués à l'hôtel Chateaubriand, deux garçons promus maîtres d'hôtel pour la circonstance avaient dressé une table de vingt couverts, derrière la malouinière, sur une pelouse fauchée la veille, d'où montait sous le soleil une odeur d'herbe chaude mêlée à de succulents fumets venus de la cuisine.

Levée tôt, la vieille dame avait veillé à ce que chacun exécutât le rôle pour lequel il avait été désigné depuis longtemps. Pendant que les cousins étrangers visitaient Saint-Malo sous la conduite de Guillaume et que les jeunes garçons assistaient au défilé du 47e, les filles avaient fleuri la maison et disposé près de l'étang des meubles de jardin où les invités prendraient l'apéritif et le café qu'elles devraient servir elles-mêmes. Jean-Marie en personne était allé à Cancale pour en ramener, sortis de l'eau, les homards et les soles pour la timbale de fruits de mer préparée d'après la recette de Mme Chuche, une fameuse cuisinière malouine que la reine de Roumanie, le grand-duc Cyrille et le prince de Galles avaient daigné féliciter. De grandes barres de glace avaient été amenées de Saint-Malo pour rafraîchir les boissons et alimenter la sorbetière : ce serait la tâche de Nicolas Lehidec, une fois qu'il aurait aidé à ranger les voitures à cheval et les automobiles à droite et à gauche de la grande allée, à l'ombre des chênes. Aucune mission bien définie n'avait été dévolue à Yvonne Carbec, sauf celle de suivre l'ombre de sa belle-mère pas à pas, de la cuisine au salon, de la pelouse où était dressée la grande table aux berges de l'étang confiées aux filles, du vestibule à la resserre aux provisions, et de l'aider à surveiller les moindres détails des préparatifs. Ainsi, s'étant enhardie à soulever le couvercle d'un sucrier, elle fit part à la vieille dame que celui-ci était à moitié vide.

— Heureusement que je vous ai, ma bonne ! avait remercié celle-ci. Sans vous commander, allez donc remplir ce sucrier.

— Mais... le sucre est enfermé dans le placard de l'office.

— Eh bien, voici la clé, n'oubliez pas de me la rapporter ! Et le plus naturellement du monde, Mme Carbec mère avait détaché du trousseau qui pendait sur sa belle robe de fête une petite clé qu'elle avait tendue en souriant à la femme de Jean-Marie. C'était la même robe portée la veille, mais ornée cette fois du camée offert par l'empereur Napoléon III.

Là-haut, dans sa chambre, assise devant le miroir ovale d'une coiffeuse drapée à petits plis, Olga Carbec mettait la dernière touche à son propre tableau, légers mouvements des paumes pour aérer la mousse des cheveux, pincement des lèvres pour mieux étaler le rouge, un peu de fard sous les yeux peut-être ? Cette nuit, avant de s'endormir, Guillaume lui avait fait l'amour. M. le professeur assurait que l'air marin uni à la respiration chlorophyllienne développait ses instincts génésiques dès qu'il arrivait à la malouinière. À Paris, Guillaume prétendait que, parvenu au seuil de la cinquantaine, un chirurgien doit s'abstenir, la veille d'une intervention, de fréquenter Bacchus ou Vénus. Élevée dans le sérail médical, sa femme ne croyait pas un mot de ces sortes de balivernes faites pour les dîners en ville, elle avait même quelques raisons de penser que son mari ne dédaignait pas les brèves aventures de la vie hospitalière, mais ne lui en témoignait pas rancune parce qu'elle-même n'en souffrait pas, ses propres appétits sexuels étant inversement proportionnels au plaisir qu'elle éprouvait à les provoquer chez les autres, sans vouloir les partager. Olga qui n'avait jamais eu d'amant, aurait sans doute mérité dix fois d'être corrigée, peut-être forcée, si ses victimes n'avaient pas appartenu à une société où il n'est guère dans les usages de recourir à ces procédés indiscrets. Cher Guillaume ! Il était devenu ce qu'elle avait toujours deviné et voulu qu'il devînt. D'un petit Malouin, interne en chirurgie, dont les ambitions étaient aussi précises que les mains, mais de manières trop provinciales, le professeur Zabrowsky et sa fille Olga étaient parvenus à faire le meilleur spécialiste des prostates parisiennes, futur candidat à l'Académie de médecine, amateur de peinture impressionniste, abonné à l'Opéra et capable de chantonner le prélude de *Parsifal.*

Après avoir un peu ralenti pour prendre le virage qui débouche sur la grande allée de la malouinière, Jean Le Coz caressa d'un léger coup de fouet le ventre de son cheval, allez Pompon ! et la charrette anglaise repartit à belle allure.

— Quand nous étions jeunes, dit-il, la politesse exigeait qu'on arrive au trot pour manifester sa hâte de rencontrer son hôte, et qu'on reparte au pas pour marquer son regret de le quitter. Tu te rappelles ?

— C'est bien loin ! répondit son voisin. Avec une automobile, ce doit être plus facile, tu appuies sur la pédale et te voilà reparti.

— L'automobile, c'est comme les navires à vapeur, mon vieux Biniac, si ta mécanique est détraquée te voilà bientôt au sec.

Ils échangèrent le sourire d'une connivence vieille d'un demi-siècle, leur âge, qu'ils adressèrent aussi à une plus jeune personne assise derrière eux. « Allez Pompon, reprit Jean Le Coz en faisant claquer cette fois sa langue, conduis-toi comme un cheval bien élevé ! » Après une carrière de capitaine au long cours sur les cap-horniers de MM. Bordes, armateurs à Nantes, il venait de prendre sa retraite, atteint par la limite d'âge au-delà de laquelle il ne pouvait plus prétendre à un commandement à la mer. Longtemps premier lieutenant et second capitaine avant de devenir « le vieux » de l'équipage, il avait navigué pendant trente années, ne touchant terre que pour charger ou décharger 3 000 tonnes de marchandises lourdes, nitrate, bois, nickel, guano, charbon, avant de recevoir un télégramme de sa compagnie lui signifiant de repartir pour Hambourg ou Iquique, Nouméa ou Fort-de-France, Vancouver, Rotterdam ou Dunkerque. Anglais, Allemands, Hollandais, Italiens, Français, âpres rivaux et bons compagnons, ils étaient quelques centaines à faire le même métier, se connaissaient tous, se croisaient sur les mers en se saluant d'un coup de pavillon, se rencontraient au hasard des escales pour échanger de bonnes adresses, la dernière « maison de conversation » à San Francisco ou le meilleur café dansant de Valparaiso, et repartaient dans la bouillasse avec leurs quatre-mâts et cinq mille mètres carrés de toile gonflés de vent. C'était leur vie quotidienne. Quelques-uns s'étaient mariés et faisaient des enfants entre deux longs périples, un « coup de partance », comme ils disaient. On en citait même cinq ou six qui avaient embarqué leur femme à bord. Jean Le Coz était demeuré célibataire. Quand j'aurai cinquante ans, pensait-il parfois, si MM. Bordes me proposent une place de capitaine d'armement et si je trouve une jeune veuve qui veuille bien de moi, pour sûr que je prendrai les deux, ah dame oui ! La cinquantaine avait fini par arriver, MM. Bordes avaient proposé à leur meilleur commandant de bord un poste de capitaine d'armement, mais à la pensée qu'il lui faudrait désormais s'enfermer tous les jours dans un bureau et faire de la paperasserie, Jean Le Coz avait décidé de prendre sa retraite au pays où le ramenait la nostalgie de sa jeunesse.

En attendant de rencontrer la jeune veuve qui lui tiendrait chaud, mijoterait sa cuisine et écouterait ses souvenirs, il avait été heureux de retrouver les placîtres, les ruelles étroites, la rue Saint-Vincent qui monte vers la cathédrale, les grandes demeures fouettées de vent, le ciel bleu et blanc rayé du cri des mouettes et des goélands, l'odeur du maquereau grillé, et tous ces rochers dont il connaissait les noms par cœur, le petit Bé, le grand Bé, les Pointus, Cézembre, Harbour, Fort-National, la Conchée... qu'il aimait voir s'effacer dans la brume d'une dernière promenade sur les remparts en écoutant sonner la Noguette. Une bonne retraite, une maison héritée de ses parents, un petit magot économisé sur sa paye et sur ses primes lui permettaient de se rendre régulièrement à Rennes dans une maison de bonne tenue, fréquentée par une clientèle bourgeoise, et moins souvent à Paris où un frère plus âgé avait épousé la fille d'un agent de change. Il venait d'acheter une charrette anglaise pour visiter les amis du Clos-Poulet, avait retrouvé d'innombrables cousins, et s'était fait inscrire à l'Association des anciens élèves du collège de

Saint-Malo. Tout était paré pour embarquer vers une nouvelle vie avec la certitude qu'on lui donnerait jusqu'à sa mort du « Monsieur Le Coz », ainsi qu'on le doit aux capitaines au long cours.

De tous ses anciens camarades du collège de Saint-Malo, les Carbec, Le Masson, du Longbois, Levavasseur, Saint-Mleux, Brice Michel, Guinemer, Bazin, Faragu et autres Pinabel retrouvés avec plaisir, c'était Pierre Biniac, le compagnon avec lequel il se rendait aujourd'hui à la Couesnière, qu'il avait toujours préféré. Jeunes garçons, en avaient-ils fait tous les deux des parties de pêche au bas de l'eau pour attraper des lançons dans l'anse de Rothéneuf ou traquer des tourteaux sous les cailloux de Rochebonne ! Inséparables, ils s'étaient juré de ne pas se séparer, mais à dix-huit ans, l'un était entré à l'École d'hydrographie de Saint-Malo et l'autre était parti pour Rennes afin d'y préparer Saint-Cyr. Les garnisons de celui-ci, les voyages de celui-là, avaient eu bientôt fait d'espacer leur correspondance : je suis promu capitaine et je suis fiancé,... j'ai trouvé ta lettre à Nantes au retour d'Halifax... j'ai eu le grand malheur de perdre ma femme à la naissance de ma petite fille... je pars pour Montevideo avec un chargement de baudets du Poitou... je suis reçu à l'École de guerre... bravo mon futur général nous arroserons cela à mon retour de Shanghaï... j'ai obtenu un bataillon du 47ᵉ pour faire mon temps de commandement. Plus d'autres nouvelles jusqu'au jour où Jean Le Coz, débarquant à Dunkerque, avait lu dans un journal datant de la semaine précédente : « Graves incidents à Saint-Malo. Réquisitionnée par le préfet de l'Ille-et-Vilaine pour permettre à l'agent des Domaines de procéder à l'inventaire des objets du culte dans la cathédrale, la troupe refuse d'obéir. Un chef de bataillon du 47ᵉ R.I., le commandant Pierre Biniac, mis aux arrêts de rigueur, adresse sa démission au ministre de la Guerre. » Quelques jours plus tard, les deux amis se retrouvaient. C'était au mois de mars 1906. Leur rencontre précédente remontait à plus de dix ans.

— As-tu pensé à ta carrière, demanda le marin, quand tu as refusé d'obéir ?

— Il n'y avait pas d'avenir pour moi chez les crocheteurs d'église, répondit l'ancien officier.

Les années avaient passé. Pierre Biniac était devenu inspecteur d'une compagnie d'assurances, et sa fille donnait des leçons de piano aux demoiselles de la bourgeoisie malouine.

— Oh ! Oh là Pompon. Nous voici arrivés.

— Vous êtes les premiers, dirent Jean-Marie et Guillaume Carbec en venant les accueillir.

Les deux frères tutoyaient Jean Le Coz, proche cousin, pas Pierre Biniac, appelé « mon commandant » par tous ceux qui ne voulaient oublier ni l'affaire des Inventaires ni l'attitude de celui qui avait refusé de faire enfoncer la porte de la cathédrale par des soldats placés sous ses ordres. Le docteur Carbec lui-même, dont les attaches malouines s'étaient cependant aussi distendues depuis son mariage parisien que sa foi religieuse s'était peu à peu refroidie au point de ne plus guère évoquer autre chose que des cantiques enfantins et parfumés d'encens, ne perdait jamais l'occasion de lui témoigner des marques de déférence dues davantage à sa personne qu'à un grade militaire auquel, devenu réserviste, le chef de bataillon Biniac semblait beaucoup tenir. Bien qu'il vécût chichement et qu'on le rencontrât allant de porte à porte pour placer ses polices d'assurance-incendie, pendant que sa fille distribuait du rudiment musical à deux francs l'heure, ils étaient reçus tous les deux dans la société bourgeoise, celle qu'on appelle la «bonne» bourgeoisie cependant peu sensible aux embarras d'argent des autres. C'est pour toutes ces raisons que Mme Carbec les avait inscrits en haut de la liste de ses hôtes, avant même les Kerelen et les Lecoz-Mainarde.

Tous les invités furent bientôt réunis au bord de l'étang. Un peu lasse, la vieille dame de la Couesnière s'était assise dans un fauteuil de rotin, son âge le lui permettait, mais quand elle avait vu sa belle-fille Olga aller de l'un à l'autre, souriante et se conduisant comme si elle eût été la maîtresse de la Couesnière, elle s'était tout de suite redressée, décidée à demeurer debout appuyée sur sa canne jusqu'au moment de passer à table. C'est vrai qu'elle était charmante la femme de Guillaume dans sa robe de garden-party faite de dentelle Chantilly rose thé, serrée à la taille et traînant un peu derrière elle. Elles-mêmes, les femmes prenaient du plaisir à la regarder et à lui faire compliment de sa toilette, hommage banal quand il était formulé par les dames Carbec ou Kerelen qui se faisaient habiller à Saint-Malo et à Rennes, mais plus méritoire pour Mme Lecoz-Mainarde habituée aux couturiers parisiens et parvenue à un âge où le sens critique s'affûte comme une lame. Olga appréciait ce genre de flatteries. Ne redoutant pas encore de rivales, elle comblait en retour d'hyperboles les femmes rencontrées dans quelque réception, car elle avait compris que pour être bien accueillie par celles, et davantage par ceux, qui en font l'objet, la louange doit être démesurée.

— Plus ravissante que jamais ! dit-elle à Mme Lecoz-Mainarde en montrant du doigt la robe vaporeuse et mauve portée par celle-ci. Doucet, n'est-ce pas ?

— Non, Redfern.

— Ma chère, tout le monde n'est pas à la fois la fille et l'épouse d'un agent de change ! dit Olga en riant.

Les deux Parisiennes se regardaient comme deux augures. L'une et l'autre s'étaient mariées avec de jeunes Malouins, beaux hommes entreprenants et ambitieux, auxquels on prédisait ce qu'il est convenu d'appeler un bel avenir. Pendant que Jean Le Coz se préparait à devenir capitaine au long cours, son frère Georges étudiait le droit à Rennes, décidé déjà à ne plus revenir dans les murs de la forteresse désertée depuis longtemps par le grand négoce qui en avait fait autrefois une cité d'hommes assez riches pour traiter d'égaux à égaux avec les banquiers de la Cour.

— Non ! avait dit Georges Le Coz à son frère qui étudiait l'hydrographie, je ne me vois pas ouvrir la fenêtre de notre chambre qui donne sur une cour de la rue Broussais, et m'écrier : « Saint-Malo, à nous deux ! » Suivons plutôt l'exemple de nos ancêtres, et allons chercher les épices là où elles sont !

Une année qu'il passait les mois d'été sur la Côte d'Émeraude, sa licence obtenue, il avait flairé parmi d'autres jeunes Parisiennes une certaine Béatrice Mainarde, fille unique d'un agent de change et sensible aux manières d'un dandy carnassier. Les deux jeunes gens eurent bientôt fait tout ce qu'un garçon prudent et une jeune fille bien élevée pouvaient alors se permettre pendant ces vacances au bord de la mer : promenades, régates, pique-niques sur l'herbe, baignades, danses, petits baisers au coin des lèvres... Au bout de cinq semaines, Georges Le Coz avait posé à Béatrice une question dont la réponse allait orienter le reste de sa vie :

— Que faut-il faire pour devenir agent de change ?

— Avoir un bon tailleur et un beau-père, avait-elle répondu.

De retour à Paris, Georges Le Coz s'était empressé de commander un costume fait sur mesure. C'était le premier. Six mois plus tard, il devenait le mari de Béatrice, épousant du même coup une charmante personne et une charge d'officier ministériel dont il espérait bien racheter un jour la majorité des parts. Pour que nul ne s'y trompe dans les milieux de la Bourse, il n'avait pas hésité à faire graver tout de suite des cartes de visite où son patronyme s'accolait à celui du beau-père, Georges Le Coz-Mainarde, le graphisme du trait d'union ayant valeur de promotion sociale pour une certaine bourgeoisie d'affaires. Quelques années avaient suffi pour en faire un agent de change très parisien sans altérer pour autant une fidélité familiale qui lui avait permis de placer sagement les primes touchées par le capitaine au long cours et de conseiller aux cousins Carbec d'acheter des Suez, des Mines d'Anzin et des Royal Dutch.

L'habit fait toujours un peu le moine. À part le lieutenant de dragons et l'enseigne de vaisseau, inimaginables sans leur uniforme un 14 juillet, les autres arboraient des tenues qui convenaient au caractère ou à la position de chacun d'eux et portaient témoignage d'un siècle entêté à se survivre. Fleur à la boutonnière, petites bottines à tiges gris perle, le comte de Kerelen portait jaquette, et Georges Le Coz-Mainarde un prince-de-galles, tandis que son frère Jean et le commandant Biniac transpiraient déjà à grosses gouttes dans un complet de drap bleu. Jean-Marie Carbec et le notaire Huvard avaient estimé que le veston noir sur pantalon rayé convenait le mieux à leur situation de notables malouins. Seul, le docteur s'était permis une veste d'alpaga. Quant à Helmut von Keirelhein, malgré son allure si peu militaire, il n'était pas besoin de l'observer attentivement pour comprendre qu'il avait été victime d'un tailleur de garnison. C'était jour de fête. Ils s'étaient donc tous habillés comme s'ils avaient été conviés à une cérémonie solennelle, mariage ou enterrement, et regardaient avec quelque surprise la tenue de John David : blazer rayé bleu et blanc, pantalon de flanelle et large chapeau texan.

De ses origines polonaises, Olga parlait couramment l'anglais et l'allemand. Mme Carbec fut bien obligée de lui confier la présentation des cousins étrangers aux nouveaux arrivés. Son père, le professeur Zabrowsky, lui avait donné l'habitude de ces rencontres parisiennes où des hommes et des femmes mis fortuitement en présence se reconnaissent à un mot, un nom, une exclamation, un geste, un rire, avant de se connaître. Ici, peu de souvenirs communs pouvaient servir de dénominateur à une vieille parentèle qui réunissait tous ces Carbec sans les unir. À part la jeunesse qui s'était tout de suite rassemblée autour d'une table chargée de verres et de bouteilles au milieu desquels le pavillon d'un phonographe nasillait *La Valse brune*, on s'observait plus qu'on ne fraternisait. Des petits groupes se formèrent bientôt. L'agent de change et le docteur parisien, cependant cousins éloignés, se savaient plus près l'un de l'autre que de leurs propres frères. Ils tournaient le dos aussi au comte de Kerelen lancé dans la démonstration d'une paix européenne garantie par un nouveau pacte de famille dont l'argumentation faisait naître un sourire déférent sur les lèvres d'Helmut von Keirelhein. Jean-Marie avait entraîné un peu à l'écart le notaire Huvard et lui parlait à voix basse.

— Que pensez-vous du défilé du 47e ? demanda le commandant Biniac.

— Mon commandant, répondit l'air un peu confus Louis de

Kerelen, je dois vous avouer que je n'y ai pas assisté. Vous savez que je suis descendu à Dinard chez mes parents. Ce matin, il a fallu que j'entraîne ma jument pour le Military...

— C'est bon ! c'est bon ! Ne vous excusez pas ! Vous autres cavaliers, nous savons dans quelle piètre estime vous tenez la biffe. C'est vrai, oui ou non ?

— Je vous assure...

— Allons donc ! L'un de vous m'a dit un jour, textuellement : « Ce qui fait l'incontestable supériorité du cavalier sur le fantassin c'est que, monté sur son cheval, il voit les choses de plus haut ! » Avez-vous jamais entendu rien de plus stupide ?

Les autres s'étaient rapprochés en riant.

— N'y a-t-il pas un peu de vérité dans ce qu'assurait ce cavalier ? hasarda Helmut.

— Oh ! c'est vrai, je crois que vous êtes cavalier, vous aussi ?

Un léger tremblement altérait la voix du commandant Biniac. Absent de l'armée depuis huit ans, il n'avait pas perdu l'habitude d'avoir raison et se raidissait vite en face d'un contradicteur. Tandis que la jeunesse des deux lieutenants avait tout de suite cousiné, il était visible que le chef de bataillon n'appréciait pas la présence de l'Oberleutnant.

— Oui, mon commandant, 4ᵉ régiment de hussards

Mû par un incontrôlable réflexe, l'officier allemand s'était redressé, claquant légèrement les talons, et avait pris une attitude très peu comparable à la nonchalance peut-être affectée depuis son arrivée. Guillaume Carbec en fut surpris et craignit d'y voir une sorte de provocation, mais le commandant Biniac, longtemps frustré de garde-à-vous, reçut cet hommage avec un plaisir si peu dissimulé que ses bonnes joues celtiques barrées d'une forte moustache en rougirent un peu. C'est alors que Louis pensa intervenir :

— Savez-vous, mon commandant, que les cavaliers savent aussi bien se moquer d'eux-mêmes ? Demandez donc à notre cousin Helmut de raconter la boutade qui fait rire toute l'armée allemande.

Les hommes s'étaient rassemblés autour des trois officiers, les femmes écoutaient déjà, les jeunes gens faisaient signe aux jeunes filles de se taire.

— Messieurs, lança l'Oberleutnant von Keirelhein, après l'Empereur, il n'y a rien, puis encore rien, et enfin l'officier de cavalerie après lequel il n'y a rien, puis encore rien et enfin le cheval de l'officier de cavalerie après lequel il n'y a plus rien !

Tout le monde fut réuni par un joyeux éclat de rire et chacun leva son verre. Ces Allemands, on ne les comprendrait jamais. Comment pouvaient-ils inventer de telles plaisanteries et être en même temps convaincus qu'il n'y avait rien au-dessus de l'armée ?

Le commandant Biniac se contenta de sourire. Mieux que les autres, il savait que l'armée allemande était une formidable machine de guerre dont la puissance de feu était capable d'anéantir en quelques semaines plusieurs divisions françaises. Il regarda avec tristesse les deux jeunes officiers, le dragon et le hussard, choquer leurs verres avec bonne humeur et n'entendit pas le maître d'hôtel annoncer que Madame était servie. Cependant, la maîtresse de la Couesnière venait lui demander son bras pour prendre la tête du cortège qui allait se diriger vers la table du banquet. Mme Carbec avait mûrement réfléchi avant de fixer ce protocole. La veille, Helmut se trouvant être le seul hôte étranger, le problème ne se posait même pas, cette fois, il fallait choisir entre les deux frères Le Coz, le notaire Huvard, le comte de Kerelen, le commandant Biniac et John David. Depuis qu'elle était devenue Mme Carbec, elle n'avait jamais pris part à un repas prié dans la société malouine sans voir cet usage du cortège pratiqué avec rigueur et elle n'ignorait pas à quelle rancune une maîtresse de maison risquait de s'exposer en commettant le plus léger impair. Longtemps indécise, elle avait sélectionné deux noms, celui du commandant Biniac parce qu'il était chevalier de la Légion d'honneur, et celui de John David Carbeack, citoyen des États-Unis. Finalement son choix s'était arrêté sur l'Américain, la bienséance l'exigeait et c'était du même coup apaiser la déception des autres, mais quand elle avait vu tout à l'heure John David coiffé de son chapeau texan, la vieille dame avait changé d'avis. Non, cela n'est pas possible, on ne me verra pas donner le bras à un cow-boy !

— Commandant Biniac, voulez-vous me faire le plaisir de prendre mon bras ?

Chaque homme avait reçu en arrivant à la malouinière un petit carton où était écrit le nom de la cavalière qu'il devrait accompagner et qui deviendrait sa voisine à table. Là encore, Mme Carbec s'était livrée à de savants calculs de permutations pour être sûre que sa belle-fille Olga se trouve placée entre le comte de Kerelen et le notaire, son fils Jean-Marie honorant Mme de Kerelen et Mme Lecoz-Mainarde. Enfin, pour que tout le cérémonial fût réglé à l'avance, elle avait recommandé à ses petits-fils :

— Au moment où le cortège s'ébranlera, n'oubliez pas de jouer la *Marche d'Aïda*. Préparez le disque à l'avance.

C'était un bien joli spectacle, celui de ces femmes et de ces jeunes filles en robes de fête, coiffées de chapeaux de paille ou d'étoffes légères, s'abritant du soleil sous des ombrelles garnies de volants de mousseline, et posant une main gantée de blanc sur le bras de leur cavalier. Vêtue d'une robe romantique et rose, évocatrice de la guerre de Sécession, Pamela accompagnait son mari : « La coutume française, avait déclaré péremptoire Mme Carbec aux cousins américains, exige de ne jamais séparer les jeunes mariés pendant leur voyage de noces. » Guillaume se contentait de sa belle-sœur mais sa nièce Lucile paraissait aussi ravie de s'appuyer légèrement sur les deux galons d'argent d'un lieutenant de dragons que pouvait l'être la jeune Denise Le Coz-Mainarde d'accompagner un lieutenant de hussards. Quand tout le monde eut trouvé sa place, Mme Carbec agitant son ombrelle de droite à gauche donna le signal du départ. Alors le cortège se mit en route sur le gazon. À ce moment précis, retentit une musique militaire tonitruante et cuivrée dont les premières mesures furent aussitôt suivies d'un chant patriotique chanté partout en France depuis quelques années : « Vous avez pris l'Alsace et la Lorraine — Mais malgré vous nous resterons français... » La vieille dame, un peu dure d'oreille, ne reconnut pas les trompettes de Verdi et pensa seulement que ses petits-fils s'étaient trompés de disque. Après tout, celui-ci avait aussi de la moustache ! Helmut von Keirelhein s'était arrêté une seconde, les lèvres un peu crispées, et faisait face à quelques visages interdits. Derrière eux, le phonographe hurlait toujours sa bravade revancharde : « *Vous avez pu germaniser la plaine — Mais notre cœur vous ne l'aurez jamais.* » Louis de Kerelen se pencha alors vers son voisin :

— Excusez-les, ce sont des enfants ! dit-il sans savoir si sa gêne ne le cédait pas à un plus secret plaisir.

— Il est bon que les enfants soient patriotes, répondit l'Oberleutnant sur un ton plus grave.

— Les monstres ! confia le docteur à sa voisine en faisant effort pour garder son sérieux.

Lorsque le cortège eut disparu derrière la maison, Roger Carbec arrêta le phonographe et dit à son jeune frère :

— Puisque ton Prussien aime tant la musique, je lui en ai foutu un air, hein ?

— Tu n'as pas peur que papa ne nous envoie déjeuner à la cuisine ? s'inquiéta Hervé.

— Papa ? Il doit se tordre de rire. C'est la fête des Carbec, non ?

Après s'être promenés pendant huit jours dans les rues de Saint-Malo, sur les remparts et le Sillon, et dans tout le pays de Dinan et du Mont-Saint-Michel, les cousins américains avaient quitté la Couesnière en jurant d'être présents au prochain rendez-vous. Ils étaient partis pour Paris, Nice et Venise où ils s'embarqueraient sur un paquebot de la Lloyd Triestino : adieux touchants que personne n'avait eu besoin de traduire lorsque Pamela, au moment de s'installer dans la torpédo, avait dit, battant des cils « Oh ! I think I have a good cry !... » Deux jours auparavant, l'Oberleutnant avait reçu un télégramme qui l'avait contraint à un départ précipité, juste le temps de boucler sa valise, serrer des mains, en baiser d'autres, faire promettre au jeune Hervé Carbec de n'être jamais infidèle à la musique.

Les jours de vacances avaient retrouvé maintenant leur rythme des années précédentes. Tôt levés, les deux plus jeunes garçons enfourchaient leur bicyclette et disparaissaient. On ne les revoyait qu'aux heures des repas. Yves, que ses cousins appelaient « l'amiral Carbec », emmenait Léon, le futur médecin, pour une promenade matinale en mer avec une ou deux des filles, laissant les autres à la disposition de la grand'mère pour l'aider à préparer les menus, faire des courses, surveiller le ménage des chambres et le décor de la table, besognes à la fois mineures et difficiles car la vieille dame entendait bien ne partager avec personne le commandement de la malouinière. Cette volonté de pouvoir absolu s'était d'ailleurs durcie depuis qu'avaient disparu les soucis qui lui tenaient compagnie depuis longtemps. La certitude d'avoir matérialisé son vieux rêve et réussi sa fête la laissait avec des mains inutiles, une tête vide, un cœur dont les battements n'avaient plus guère d'objet. Quand à la fin du banquet, son fils aîné avait proposé à tous les Carbec de se réunir une fois tous les cinq ans, les autres avaient applaudi et s'étaient donné rendez-vous à la Couesnière en 1919. Mais où donc serait-elle alors ? On avait beaucoup mangé et beaucoup bu, maintenant on levait en son honneur des coupes de champagne, tous les visages étaient gais, les yeux rieurs, les voix joyeuses, même sa belle-fille Yvonne risquait de paisibles plaisanteries et le commandant Biniac avait l'air de s'amuser. La vieille dame pensait souvent à cette fin de repas. À un moment, elle s'en souvenait, voyant ses mains aux doigts déformés par des rhumatismes qui ne lui faisaient même plus mal, elle avait tout de suite regardé celles du vieux notaire, moins tordues que les siennes mais plus tachées. Faisant le tour de la table, elle avait essayé de comparer telles mains à telles autres, accordant à celles du vieux Kerelen une maigreur aristocratique qui s'opposait à la rondeur courtaude des mains de son épouse qu'une chevalière armoriée accusait davantage. Mon fils Guillaume a des mains solides et fines, de menuisier autant que de couturière. Olga, les siennes lui ressemblent, adroites, des mains de faiseuse de tours. John David, celui-là c'est un cow-boy, tout à l'heure il a ouvert d'un coup de pouce une bouteille de champagne dont le bouchon résistait au maître d'hôtel et même aux gros doigts de Jean-Marie... L'un après l'autre, les petits-enfants de Mme Carbec s'étaient levés pour venir heurter leur verre contre le sien et l'embrasser :

— Grand-mère, est-ce vrai que le camée que vous portez vous a été offert par Napoléon III ?

— Vous le savez bien !

— Nous, oui, mais nos cousins l'ignorent.

Coquette, elle s'était fait un peu prier avant de raconter son aventure qui, avec les années, s'était incorporée dans la légende Carbec. Quelques instants plus tard, les garçons et les filles étaient repartis vers l'étang pour jeter du pain à une vieille carpe, baptisée Clacla depuis plusieurs générations et qui, elle aussi, faisait partie de la chronique familiale. Du même coup les rires et la jeunesse avaient déserté la table jusqu'au moment où la femme de Guillaume avait lancé : « Qui va m'emmener ce soir à Saint-Malo pour danser au bal du 14 juillet ? » Ils s'étaient tous promis de se retrouver sur la place Chateaubriand à l'heure où le feu d'artifice serait tiré. Le notaire et le commandant Biniac seraient de la partie, et le comte de Kerelen paraissait tout émoustillé à la pensée de s'encanailler ce soir pendant quelques instants sur le pavé malouin en tournant une mazurka avec la Polonaise. Personne n'avait proposé à la vieille dame de l'emmener elle aussi. J'aurais refusé, pour sûr ! Mais on ne m'a rien demandé... Il avait fallu cette réunion familiale pour qu'elle se rendît enfin compte qu'elle appartenait à un autre âge : tout à l'heure un aéroplane biplan avait survolé la Couesnière en battant des ailes. Si on ne lui avait pas proposé de l'emmener au bal du 14 juillet, elle se promettait bien de se rendre à Dinard le mois prochain pour entendre *Thaïs* et *La Tosca.* C'était le temps des vacances, pour elle aussi non ? Ces Américains, tout de même, ils ne ressemblent pas aux autres ! Quand j'ai demandé à John David, au moment de son départ : « Viendrez-vous encore à la malouinière ? » Il m'a répondu en me coiffant de son grand chapeau : « Je vous le laisse, mummy, et je vous jure de revenir le chercher dans cinq ans ! » Cinq ans ? Il y a longtemps que je serai morte mais ils parleront peut-être encore de moi, une fois de temps en temps, vous vous souvenez de la vieille Carbec qui avait dansé jadis avec Napoléon III ? Le plus important, c'est qu'ils s'entendent toujours bien quand je ne serai plus là pour les surveiller. Il me semble que Jean-Marie et Guillaume paraissent heureux de se revoir. Jamais je ne les ai vus se promener ensemble si souvent. Mes petits-enfants, je n'en profite guère. À part les repas, les voilà partis pour la plage, le casino, Dieu sait où ? De mon temps, ah de mon temps, la jeunesse était tenue plus serrée ! Pour être juste, je dois avouer que mes deux belles-filles passent tous leurs après-midi à la Couesnière et me tiennent compagnie. Olga se rattrape le soir en allant danser à Paramé ou à Dinard ! Ce pauvre Guillaume qui aurait tant besoin de se reposer, elle le mène par le bout du nez. Elle change de robe tous les jours. Quand on est jeune, passe encore, mais elle a quarante-deux ans et quatre enfants. Quelle idée a-t-il eue d'épouser cette Zabrowsky au lieu de se marier avec une Malouine ? J'entends encore ma vieille amie Thérèse Herpin me dire : « Moi je n'allierai jamais mes souris qu'aux rats du grenier. » Allez savoir qui et quoi va nous ramener toute cette jeunesse bientôt bonne à marier ? Ma grande Lucile, celle-là ne se laissera pas prendre par n'importe quel beau parleur, sa sœur Annick, il m'a semblé que le fils Lecoz-Mainarde lui tournait un peu autour des cotillons, un futur architecte, ça doit être un bon métier. Quant à Marie-Christine, son idée d'entrer au couvent lui passera peut-être... Il y a aussi les grands garçons, ceux-là ils n'en feront jamais qu'à leur tête. Le Jean-Pierre, depuis deux ans qu'il est parti au Maroc, il ne va pas nous ramener une moukère, non ? Les autres, il faut d'abord qu'ils s'établissent. Si mes huit petits-enfants se marient et ont chacun quatre enfants, trente-deux petits-enfants viendront prendre leurs vacances à la malouinière, trente-deux plus seize pères et mères, cela fera quarante-huit Carbec à table.... Ça n'est pas ces maudits Balkans qui vont empêcher cela. La guerre, les hommes en parlent toujours mais ils n'y croient pas. Moi non plus. N'empêche qu'en 70, personne n'y croyait et qu'elle nous est tombée dessus comme la foudre. Mon pauvre mari disait : « C'est la faute à Badinguet, ton danseur ! »

La guerre, on en parlait de plus en plus, sans y croire encore. Les deux frères Carbec partaient tous les matins pour Saint-Malo où ils achetaient *L'Ouest-Éclair, Le Télégramme de Brest* et des journaux de Paris parus la veille. Au casino ou à la terrasse des cafés de la place Chateaubriand, ils rencontraient des gens bien informés, la plupart optimistes, qui démontraient avec assurance tout le bluff monté par le vieux François-Joseph.

— Avez-vous lu le dernier numéro du *Temps,* hasarda Guillaume, où l'on résume les exigences de l'ultimatum autrichien adressé à la Serbie ?

— Oui, je l'ai lu.

— Vous ne pensez pas que ces exigences soient inacceptables ?

— Je ne pense rien, je sais seulement que Vienne n'ira jamais au-delà de ses menaces.

— Pourquoi donc ?

— Réfléchissez une seconde, monsieur le professeur. Que l'Autriche veuille châtier la Serbie, cela est certain mais elle redoute autant la réaction de la Russie, pays slave, en faveur d'un autre pays slave. Si la Russie prenait la défense de la Serbie, l'Allemagne, qui est liée comme vous le savez à l'Autriche, interviendrait immédiatement. Vous me suivez ?

— Je m'y efforce, monsieur.

— Et comme la Russie est l'alliée de la France... Vous voyez où on en arrive ! Ce serait monstrueux, donc impossible !

— Hum, fit doucement Guillaume, le danger c'est qu'il y a des monstres dans la nature, particulièrement chez les hommes. Je ne vois pas ce qui pourrait arrêter l'Allemagne. Je me demande même si elle ne tire pas les ficelles de toute cette affaire !

— Vous n'y pensez pas ! Pour l'Allemagne ce serait un véritable suicide. Elle serait obligée de se battre sur deux fronts, à l'est et à l'ouest. Même si Guillaume II a doublé l'an dernier son budget militaire, il n'est pas fou à ce point !

— Moi, dit Jean-Marie Carbec, quelque chose me rassure, c'est le voyage de Poincaré et de Viviani en Russie. Si l'on craignait une guerre prochaine, le président de la République et son président du Conseil ne se seraient pas embarqués le 15 juillet à bord du *France.*

— Voilà qui est bien dit ! affirma celui qui en savait long.

— Ce qui m'inquiète un peu plus, dit Guillaume, c'est le départ de notre cousin Helmut.

— Bah ! il aura dû rejoindre quelque Fraülein sur les bords du Rhin pour terminer sa permission.

— Non, dit le commandant Biniac venu se mêler à la conversation, l'Oberleutnant von Keirelhein a reçu un télégramme officiel.

— Comment savez-vous cela ?

— Le sous-préfet me l'a dit. Depuis dix jours, tous les télégrammes expédiés de l'étranger lui sont communiqués.

— Eh bien, moi, je vais vous apprendre une autre nouvelle, mon commandant. J'arrive de Morlaix où j'ai passé une semaine chez mes cousins Le Jeune, et je puis vous assurer qu'hier encore le général Foch passait de paisibles vacances dans sa propriété de Traonfeuntennion. Il commande pourtant le XXe Corps de couverture à l'est, n'est-ce pas ? Je vous prie de croire que les habitants de Morlaix sont très rassurés de le voir faire sa promenade quotidienne à cheval.

Le lendemain, c'était le samedi 25 juillet, les deux frères Carbec s'en souviendraient toute leur vie, un gros titre barrait la première page de *L'Ouest-Éclair*: « Est-ce la guerre ? », au-dessus d'un éditorial qui disait : « L'heure est des plus graves. Il nous faut garder tout notre sang-froid et être prêts à toute éventualité. » Les habitués des cafés de la place Chateaubriand paraissaient plus silencieux que la veille et admettaient maintenant la possibilité du pire : l'invasion du territoire serbe par les troupes autrichiennes. Comme ils passaient devant la gare de Saint-Malo, ils aperçurent le lieutenant de Kerelen.

— Vous nous quittez déjà ? lui dit Jean-Marie sur un ton qui affectait d'être plaisant.

— Je suis rappelé.

— C'est donc sérieux ? fit Guillaume inquiet.

— Je l'espère bien ! répondit Louis de Kerelen. Cette fois, on y va enfin ! Depuis le temps que nous attendons ce moment ! Vous connaissez le mot de Napoléon : « La guerre de cavalerie, c'est une affaire de lieutenants ! »

Il avait gardé sa tenue militaire de ville. Avec son pantalon rouge, sa tunique noire aux neuf boutons d'argent, ses bottines à élastique, son képi mou rouge et noir soutaché d'un nœud hongrois et ses gants blancs, le lieutenant de Kerelen avait plutôt l'air d'aller au bal, malgré son sabre, que de partir faire la guerre. Le voyant si joyeux et si élégant dans cet uniforme d'opérette viennoise, bien qu'il eût l'air déterminé, Jean-Marie pensa qu'il devait accompagner le lendemain soir sa belle-sœur au casino de Dinard. Par association d'idées, il demanda :

— Vous ne voyagez pas en auto ?

— Non, répondit Kerelen. Ou bien il ne s'agit que d'une alerte, et je suis de retour dans huit jours, ou bien c'est la guerre et je reviens dans trois mois chercher mon auto à Dinard où de toute façon elle sera plus en sûreté dans la villa de mes parents que dans un garage de Pont-à-Mousson.

Ce jour-là, les frères Carbec rentrèrent à la malouinière avec un paquet de journaux sous le bras. Venant à leur rencontre en courant, Roger et Hervé criaient rouges de bonheur : « C'est la guerre ! On va reprendre l'Alsace-Lorraine ! » Le déjeuner fut animé, tout le monde parlait à la fois sans que la grand-mère n'intervînt d'un mot ou d'un regard comme elle le faisait d'habitude pour obtenir plus de tenue. À peine sortis de table, les cousins et les cousines avaient disparu.

— Si j'avais été candidat au prix de Rome et qu'on eût donné cette année pour sujet « La Liberté... », je crois, dit Guillaume, que je me serais contenté de dessiner une bicyclette.

— Et tu aurais été recalé, dit Olga.

— Sans doute, ces messieurs des Beaux-Arts n'aiment pas les libertés.

Ils échangèrent tous les deux un de ces imperceptibles sourires dont sont seuls capables deux êtres liés par de profondes connivences. Les autres buvaient leur café et lisaient paisiblement les journaux rapportés de Saint-Malo, assis autour d'une table de jardin installée sur la pelouse, devant la maison. C'était l'heure de la lumière immobile et chaude.

— Ça, c'est tapé ! dit Jean-Marie, levant les yeux de *L'Écho de Paris.*

— Quoi donc ?

— C'est la déposition d'un certain Henry Bernstein au procès de Mme Caillaux.

— Qui est-ce encore celui-là ? demanda Mme Carbec.

— Un auteur dramatique, répondit Olga. Qu'a-t-il dit ?

— Écoutez ça : « Je suis artilleur, je pars le quatrième jour de la mobilisation et la mobilisation est peut-être pour demain. Je ne sais pas quel jour part Caillaux mais je dois le prévenir qu'à la guerre on ne peut pas se faire remplacer par une femme et qu'il faut tirer soi-même ! »

— Bravo ! approuva la grand'mère.

— Moi, dit Olga, je comprends Mme Caillaux. Si un journaliste publiait les lettres que j'écris à mon mari, je serais capable de faire la même chose qu'elle.

La vieille dame s'était levée.

— Il n'y a jamais eu d'assassin chez les Carbec ! trancha-t-elle. Accompagnez-moi donc jusqu'à ma chambre, ma bonne Yvonne, je vais aller faire ma sieste.

Interdite, Olga allait se lever elle aussi pour s'excuser d'avoir provoqué une telle algarade lorsque Guillaume posa sur elle sa main.

— Ne t'inquiète pas, j'arrangerai cela avec maman.

Ils restèrent silencieux tous les trois un long moment, sachant très bien que le malaise venu soudain troubler ce bel après-midi d'été était autant dû à la réplique de la grand'mère qu'au mot « mobilisation » prononcé pour la première fois.

— Non, ça n'est pas possible ! dit alors Olga. Lisez plutôt la rubrique mondaine du *Salut* : « Sont arrivés cette semaine au Grand Hôtel de Paramé : les familles Larrea et Prieto, de Cuba, Hustin et Wheaterby, de Londres, M. et Mme Plaoutine, de Saint-Petersbourg, M. et Mme Bernard, de Genève, et le conseiller d'État Eisenberg de Francfort. » Ils ne sont pas fous, ces gens-là !

Les deux frères se contentèrent de hocher la tête. Depuis quelques instants, ils avaient remarqué qu'un petit nuage de poussière roulait sur la grande allée bordée de chênes.

— C'est un cycliste, dit Guillaume.

— Les enfants rentrent donc déjà ?

— Non, c'est un gendarme.

Ils allèrent au-devant de lui. Cramoisi sous son képi, suant dans une vareuse de gros drap et trop étroite, l'homme salua et sortit une enveloppe de la sacoche de cuir qu'il portait en bandoulière.

— Enseigne de vaisseau de deuxième classe Yves Carbec, c'est bien ici ?

— Je suis son père, dit Jean-Marie.

— J'ai un pli urgent à lui remettre, dit le gendarme, mais vous pouvez signer la décharge. Je pense qu'il s'agit d'un rappel de permission. Depuis ce matin, je cours dans tout le Clos-Poulet.

— Vous devez avoir soif, par cette chaleur ?

— Dans une autre occasion ça ne serait pas de refus mais aujourd'hui je n'ai point le temps. On rappelle tous les permissionnaires.

— Qu'est-ce que vous en pensez, vous ?

— Moi, je pense surtout que ça ne va pas arranger les moissons !

Ils revinrent à pas lents, sans rien se dire. Jean-Marie tournait l'enveloppe et la retournait. Il posa sa main sur ses yeux comme un homme saisi de vertige.

— Comment te sens-tu ? demanda Guillaume qui l'observait.

— Franchement ça m'a fichu un coup ! avoua Jean-Marie.

— Tu devais bien te douter que ton fils allait être rappelé.

— Que voulait ce gendarme ? questionna Olga.

— Il apportait un pli urgent pour Yves.

— Vous savez ce qu'il y a dedans ?

— Non. Nous nous en doutons, c'est tout.

— Eh bien, ouvrez-le !

— Ah non, Yves est un officier ! Un pli de la Marine nationale, c'est sacré.

— Alors, il faut aller le chercher puisque c'est urgent. Ils passent tous leurs après-midi au casino de Paramé.

— Ne nous affolons pas et n'allons pas leur gâcher un jour de vacances, dit Guillaume.

Professionnellement, il n'ignorait pas que les plaisanteries sont de bons antidotes contre l'angoisse. Il ajouta donc :

— L'escadre de la Manche n'appareillera pas sans l'amiral Carbec. Chez les militaires, plus que chez les médecins, tout est toujours urgent.

Il venait de comprendre que la guerre, à laquelle ni son frère ni sa belle-sœur ne voulaient croire il y a cinq minutes, venait de prendre soudain le visage d'un gendarme pour jouer le rôle du messager des tragédies antiques.

— Tu n'es plus mobilisable, toi ?

— Non, répondit Jean-Marie, j'ai cinquante ans, et j'étais deuxième classe dans la territoriale. Mais toi, tu es bien major ?

— Oui, mais je ne sais pas où je serai affecté... Il faudrait peut-être que je m'en préoccupe. Mes internes sont tous mobilisables dès les premiers jours. Que deviendrait alors mon service à Lariboisière ?

— Ça va te permettre de faire une petite période militaire et de prendre du galon, mon gaillard ! dit Jean-Marie en riant, mais le cœur n'y était pas.

Le train de Saint-Malo arriva à la gare Montparnasse à 9 heures du matin avec deux heures de retard sur son horaire. C'était le lundi 27 juillet. Les quais grouillaient de monde. Guillaume dut faire la queue pendant plus d'un quart d'heure avant de pouvoir donner son billet au contrôleur et parvenir enfin à la sortie où se bousculaient des hommes aux visages fripés et mangés de barbe, fatigués d'avoir voyagé toute la nuit.

L'apparition du gendarme à la malouinière avait tout déclenché. À la pensée que les circonstances pourraient désorganiser en quelques jours, peut-être moins, son service d'urologie à Lariboisière, l'idée lui était venue de faire un saut à Paris, entre deux trains, pour examiner avec son assistant et la direction de l'hôpital les dispositions à prendre éventuellement. À Olga qui voulait l'accompagner : « Il faut que tu restes à la Couesnière auprès des enfants, avait-il dit sur un ton sans réplique. Ne sois pas trop brusque avec Jean-Marie, le rappel d'Yves l'a beaucoup touché. Sous ses apparences de gros coriace, tu sais bien que mon frère est un tendre. Un fils au Maroc, un autre qui sera demain en mer, c'est beaucoup. Emmène-le au casino, cela lui changera les idées. Je serai de retour après-demain. »

Les voyageurs qui le précédaient avaient pris d'assaut les fiacres et les taxis venus attendre les trains du matin. Guillaume décida de marcher un peu. Après avoir été confiné pendant dix heures dans un compartiment de chemin de fer où ses compagnons de voyage refusaient de baisser les vitres, il avait besoin de se détendre et de respirer largement. D'abord prendre un café. Il entra dans un Biard du boulevard Montparnasse, s'installa devant le comptoir de zinc et commanda « un p'tit noir » avec un croissant. Autour de lui, des hommes de toutes conditions, cela se voyait à leur façon de se vêtir, et de tous âges, se parlaient cordialement sans se connaître et déployaient des journaux barrés de gros titres. On savait maintenant que plusieurs divisions autrichiennes étaient massées sur la frontière serbe et que la Russie avait fait savoir qu'elle ne permettrait pas la violation d'un territoire slave. L'avant-veille, à la Couesnière, le gendarme s'était contenté de dire que tout cela « n'arrangerait pas les moissons ». Aujourd'hui, dans ce petit bistrot parisien, tout le monde paraissait impatient d'en découdre.

— Si on mobilise, je pars le troisième jour, dit un client coiffé d'un chapeau melon.

— Et moi, immédiatement et sans délai ! c'est écrit sur mon livret militaire ! répondit un jeune homme sur le ton d'un défi où vibrait un peu de gloriole.

« Immédiatement et sans délai », voilà un joli pléonasme pensa Guillaume Carbec en posant vingt centimes sur le comptoir. Ayant décidé de marcher un peu avant de héler un taxi en maraude pour se faire conduire chez lui, il prit le boulevard Montparnasse, passa devant le Dôme encore désert à cette heure matinale de sa clientèle de peintres et de sculpteurs montés un jour dans l'Orient-Express, à Sofia, Belgrade, Budapest, Vienne ou Munich pour venir à Paris vivre la vie rêvée. Un agent de police armé d'un bâton blanc et d'un sifflet à roulette réglait une circulation devenue difficile au carrefour Vavin depuis la récente percée du boulevard Raspail. Guillaume Carbec s'y arrêta quelques instants pour regarder passer un cortège de jeunes gens où flottaient des drapeaux tricolores. Sur le trottoir, il entendit bien un cri isolé : « À bas la guerre ! » mais la *Marseillaise* l'emportait et couvrait la voix des pacifistes sans troubler pour autant une volée de moineaux venus s'abattre sur la chaussée fleurie de crottin frais.

Il continua son chemin, passa sous les platanes de la Closerie des Lilas, accorda un sourire à la statue du maréchal Ney, un souvenir au Bal Bullier, et tourna à gauche au moment où s'engageait dans le boulevard Saint-Michel un chevrier joueur de flûte menant son troupeau au milieu des tramways et des autobus pour y vendre du lait tiré à la demande des bourgeois du VIe arrondissement.

Sans même s'en rendre compte, ses pas le conduisaient vers le décor de sa jeunesse, ce Quartier Latin qu'il connaissait par cœur, où il avait fait de longues études et enseignait à son tour. Parvenu place Médicis, il entra dans le jardin du Luxembourg et se dirigea naturellement vers une chaise qui se trouvait vide aux pieds de Blanche de Castille, la statue qu'il préférait parce qu'autrefois il s'y était assis sous sa protection pour relire une dernière question avant le concours de l'internat. Guillaume Carbec se revit jeune étudiant breton arrivant à Paris après avoir passé trois années à la faculté de médecine de Rennes, voyons, ce devait être en 1889, quelques semaines avant que l'Exposition du centenaire de la Révolution ne ferme ses portes. J'avais vingt-trois ans, je portais une petite barbe blonde, un béret d'étudiant et une cravate lavallière. Mon père m'avait retenu une chambre rue Monsieur-le-Prince pour que je sois plus près de la faculté de médecine. Je suis d'abord allé voir la tour Eiffel et la Galerie des machines. L'éclairage des lampes à arc était féerique. Avant la fin de l'année, j'avais déjà découvert Wagner aux Concerts Lamoureux. Combien de fois ne suis-je pas venu me promener au Luxembourg, m'asseoir ici pour lire du Bourget, du Barrès ou faire des projets d'avenir? Mes parents voulaient que je sois interne des Hôpitaux de Paris avant de venir m'installer à Saint-Malo. Moi aussi. Si je n'étais pas entré dans le service d'urologie du père Zabrowsky, c'est sans doute ce qui serait arrivé, j'aurais épousé quelque fille du Clos-Poulet et je serais allé hier au soir entendre en famille *La Fille de Mme Angot* au casino de Dinard après l'avoir entendue l'année dernière à Saint-Malo et l'année précédente à Paramé. Aurais-je été plus heureux? D'abord je ne suis pas malheureux, Olga est une femme adorable et difficile, c'est peut-être parce qu'elle est difficile qu'elle est adorable. Les hommes doivent aimer cela. Son besoin de provoquer m'a fait souvent enrager, peut-être souffrir dans les premiers temps de notre mariage. Aujourd'hui cela m'amuse. Il nous arrive encore de faire l'amour, elle a toujours fait cela comme une diablesse. L'autre nuit encore à la malouinière... On dit que je suis devenu un chirurgien arrivé. Arrivé à quoi? Lorsque je venais ici, autrefois, avec des camarades de la Faculté, nous entamions de longues discussions, toujours inachevées, pour essayer de comprendre quel sens pouvait bien avoir la vie humaine et si elle avait même un autre sens que celle d'un simple protozoaire. Les uns demeuraient exclusivement positivistes, les autres commençaient à se poser des questions sur la valeur du déterminisme et commentaient un certain Bergson. Que pensent-ils aujourd'hui? Ils doivent faire comme moi: consultations, opérations, visites, dîners en ville, épouse, femmes par-ci par-là, enfants, on n'a plus le temps de penser. Est-ce que les étudiants de 1914 agitent plus de problèmes éternels que nous n'en remuions hier? S'il faut en croire l'enquête parue l'an dernier dans *L'Opinion*, ils seraient autant idéalistes que nous étions pessimistes, aussi nationalistes et patriotes que nous l'étions peu. Il est vrai que *L'Opinion* n'a jamais interrogé que de jeunes bourgeois parisiens. La jeunesse est en train de devenir une clientèle politique et littéraire... Peut-être que mon fils Léon vient s'asseoir comme moi sur cette chaise aux pieds de Blanche de Castille. Il voudrait bien réussir son concours lui aussi. C'est tout ce que je sais de lui. Ses opinions politiques, ses sentiments religieux, ses amours?

Un simple camarade rencontré un soir dans un café doit en connaître davantage que moi, son père. Il travaille trop, ce petit. Moi, j'ai fait la même chose et je n'avais personne pour me recommander à un patron. Lorsque j'ai connu le père Zabrowsky, j'étais déjà interne. Après, cela a été plus facile, c'est vrai, mais ça n'est tout de même pas Olga qui a fait ma carrière comme le disent mes bons confrères. Qu'est-ce qui peut bien rendre les êtres si méchants ? Sont-ils malheureux, miséreux, laids ?

Guillaume Carbec était sorti du Luxembourg depuis quelques instants et attendait le passage d'un taxi, place Médicis, devant la vitrine d'une pâtisserie. Il se regarda dans un grand miroir de la boutique. Son visage n'évoquait ni le malheur, ni la laideur, ni la misère. Une longue nuit passée en chemin de fer n'était pas parvenue à friper son costume du bon faiseur ou à abîmer ses joues qui avaient pourtant besoin d'être rasées. La moustache et la barbe inséparables de la profession demeuraient bien taillées, quelques fils blancs brillaient sur ses tempes et lui donnaient un petit air de distinction urbaine qu'on ne lui avait pas connu plus jeune. Pour parfaire sa silhouette restée mince, il ne lui manquait plus qu'un petit ruban rouge, hier moqué aujourd'hui espéré. Pourquoi ce salaud de Martin-Durand l'a-t-il eu à la promotion du 14 juillet, et pas moi ?

Guillaume Carbec fut assez satisfait de son examen pour le prolonger sans déplaisir dans sa salle de bains, une fois qu'il fut arrivé chez lui, boulevard de Courcelles, un appartement de grand bourgeois surchargé de doubles rideaux à crépines, commodes ventrues, bergères tapissées au petit point, où trônaient çà et là des bronzes emphatiques, adressés au beau-père et au gendre en souvenir de prostates défuntes, et dont dix fenêtres donnaient sur le parc Monceau. Où donc avait-il rangé ses papiers militaires ? Il savait seulement qu'on l'avait promu dans la réserve, major à trois galons après le concours de l'agrégation. Guillaume vida inutilement les tiroirs du scriban où il rangeait ses dossiers personnels et pensa qu'il valait mieux s'adresser directement au Service de santé où il se rendrait cette après-midi après avoir déjeuné à l'hôpital.

— Je ne veux pas vous déranger, dit-il en s'excusant presque de sa venue à son assistant qui dirigeait le Service d'urologie en l'absence du grand patron, je ne fais que passer. Je voudrais savoir ce que l'Administration a prévu en cas de mobilisation.

— Le directeur de l'hôpital est en congé, mais je pense que vous pourrez voir le sous-directeur. Tout ce que nous savons, c'est que nous partirions tous, les externes le premier jour, les autres dans les quatre jours.

— Qui vous remplacerait ?

— Ça patron, cela regarde l'Administration ! Il ne faut peut-être pas s'affoler. Vous croyez vraiment à la guerre ?

Après une longue hésitation, Guillaume répondit :

— J'ai peur. J'ai peur que nous ne soyons entraînés à faire une sanglante connerie.

— Ne dites pas cela tout haut ! Depuis hier, la température monte en clocher. Nos garçons sont très excités, ils ne parlent plus que de reprendre l'Alsace-Lorraine. Si votre fils se trouvait parmi eux, il dirait la même chose, non ?

— Bien sûr qu'il dirait la même chose. Je connais bien ce genre d'enthousiasme. Le goût du danger, le refus de subir, la maîtrise de soi, le sacrifice à une cause qui nous dépasse, le patriotisme, voilà des sentiments très louables. Mais je me demande aussi si toute notre politique nationale qui se résume aujourd'hui dans la pensée de la revanche, n'est pas en même temps une idée politique dangereuse et somme toute assez mince ? Tout à l'heure, boulevard Montparnasse, j'ai vu passer un cortège de jeunes gens, drapeaux tricolores en tête, qui chantaient la *Marseillaise*, et j'ai entendu un petit groupe d'ouvriers qui leur répondaient « À bas la guerre ! » Pour tout vous dire, mon cœur battait de concert avec celui des revanchards, il y avait là, c'est vrai, quelque chose de séduisant auquel il est difficile de résister. Entraîné par la vieille magie des drapeaux, je me suis même surpris à marcher pendant quelques secondes au pas cadencé. Mais je n'en suis pas fier. Parlons d'autre chose. Comment va le service ?

— La routine. J'ai fait ce matin une prostate, nous en avons quatre en attente.

— Bon ! Faites-les bien pisser.

— Nous avons aussi une vessie au programme.

— Polypes ? Tumeur ?

L'assistant esquissa un geste dubitatif :

— Les clichés ne sont pas nets.

— Alors, il faut y aller.

— Vous déjeunez ici, monsieur ?

— Oui, si je ne les embête pas trop ! Cela me ferait plaisir de déjeuner en salle de garde.

— Je suis sûr qu'ils y seront très sensibles.

— Voulez-vous avoir la gentillesse de le leur demander ?

La coutume voulait qu'un chef de service ne vînt déjeuner en salle de garde que s'il était invité à l'occasion de quelque circonstance. Le professeur fut reçu par une chanson gaillarde lancée à pleine voix par une dizaine de jeunes hommes : « *C'était un grenadier qui revenait des Flandres — L'était si mal vêtu qu'on lui voyait son membre — Le tambour bat la générale — La générale bat, ne l'entendez-vous pas?* » Il écouta debout, souriant et visiblement heureux, les quatorze couplets de la chanson dont il reprit le refrain, et s'assit sans façon au milieu des internes devant la table d'hôtes dressée au milieu d'une salle dont les murs étaient ornés de fresques coloriées représentant des filles peu vêtues cueillant à pleines mains et portant à leurs bouches d'étranges phalloïdes qui n'étaient peut-être que des champignons. Ils étaient là une dizaine de très jeunes hommes vêtus de blouses blanches.

— Merci de m'accueillir parmi vous. Faites comme si je n'étais pas là et continuez votre conversation. De quoi parliez-vous ?

De quoi auraient-ils pu parler, sinon de la guerre ? Guillaume s'en voulut d'avoir posé une aussi sotte question. C'était idiot. Ils répondirent tous en même temps. « S'ils la veulent, ils l'auront... Il y a assez longtemps qu'ils nous cherchent, ces cochons.. Il vaut mieux en finir une bonne fois. Nous leur casserons les reins... C'est une occasion merveilleuse de reprendre l'Alsace-Lorraine... » Ils parlaient tous à la fois, ardents, décidés, d'un même cœur comme ses fils et son neveu, hier, à la malouinière. Guillaume Carbec les regarda avec amitié.

— Vous avez certainement raison, dit-il très doucement, mais à mon âge, il est peut-être permis de craindre qu'une guerre susceptible d'embraser l'Europe ne déclenche une série d'événements qui mettraient en danger une civilisation très fragile, et tout cela au nom du nationalisme.

Il n'alla pas plus loin. Ses paroles étaient tombées dans le vide absolu, enveloppées d'un silence que personne ne pouvait confondre avec le respect dû à un grand patron de la médecine. Il éprouva même le sentiment que certains regards le fixaient sans sympathie. Les autres se dérobaient. Ces garçons qu'il aimait bien, quelques-uns avaient été ses élèves, et dont il s'était toujours senti très proche, voilà qu'ils n'étaient plus d'accord avec lui. Tout à l'heure dès son départ de la salle de garde ils diraient peut-être : « Carbec ? c'est un salaud ! »

— Vous avez parlé de la civilisation, monsieur, dit l'un d'eux. Pour moi, la civilisation c'est d'abord la liberté.

— La liberté de mourir ? questionna Guillaume avec une légère pointe d'ironie qu'il regretta aussitôt.

— Certainement, répondit le jeune homme.

À ce moment, Guillaume Carbec sut que le mécanisme de la tragédie était déclenché sans retour. Il commanda qu'on apporte des bouteilles de vin de Bordeaux pour améliorer l'ordinaire de l'hôpital et, entre deux phrases comme s'il avait voulu rentrer dans les bonnes grâces des jeunes gens, déclara qu'il demanderait dès cet après-midi à servir dans une ambulance chirurgicale.

Le médecin-major chargé des affectations du Service de santé reçut avec courtoisie le professeur Guillaume Carbec. C'était un gros homme à cheveux blancs, moustachu, bedonnant et débonnaire dont la morphologie rappelait celle du généralissime Joffre qui depuis quelques jours apparaissait à la première page des journaux. Quatre galons d'or obtenus pour avoir, pendant quarante ans, distribué sans faiblir du sulfate de soude à des coliquards et des jours de salle de police à des tire-au-flanc, ornaient les manches de son dolman noir. Sans aucune sorte de flatterie de sa part, il dit qu'il était heureux et honoré de recevoir la visite d'un éminent chirurgien dont il connaissait le renom.

— Vous autres, médecins civils, vous avez bien de la chance, les promotions ne vous empêchent pas d'exercer. Nous autres, médecins militaires, plus nous montons en grade moins nous faisons de médecine. Il y a plus de dix ans que je n'ai pas soigné un malade.

— Vous faites autre chose, dit Guillaume, qui n'est pas moins important. Ça ne doit pas être une mince affaire que d'organiser tout ce que suppose un Service de santé en temps de guerre.

— Surtout quand on manque de moyens ! soupira le brave homme.

— Vous en manquez à ce point ? s'inquiéta Guillaume.

— De vous à moi, monsieur le professeur, nous manquons à peu près de tout : installations mobiles, moyens de transport, camions radio, ambulances chirurgicales, infirmiers qualifiés... Nous avons juste de quoi subvenir aux besoins d'une armée qui compterait 100 000 hommes, alors qu'une mobilisation générale en jetterait vingt fois plus rien que sur les lignes de l'avant, et autant à l'arrière. Je vais vous faire une confidence, gardez-la ou ne la gardez pas, je m'en fiche, je suis arrivé à la veille de la retraite.

Il souffla à travers ses grosses moustaches :

— Ça sera pire qu'en 70 ! Il faudra tout improviser. Nos femmes et nos enfants feront de la charpie pour les blessés.

Guillaume Carbec regarda le major avec un intérêt de clinicien : les joues un peu flasques et couperosées, la sclérotique jaunâtre, la main droite agitée d'un léger tremblement, l'haleine aux relents d'alambic, tout cela lui disait que le bonhomme trouvait dans le picon-curaçao et le dénigrement systématique une compensation quotidienne à la médiocrité de sa carrière. À tout bien considérer, il valait mieux avoir affaire à celui-là qu'à un fier-à-bras, va-t-en-guerre sûr de son fait, du genre il ne manque pas un bouton de guêtre. Par politesse confraternelle, Guillaume répondit à la diatribe :

— Si tout cela est vrai, félicitons-nous d'avoir en France de bons médecins militaires. J'en connais un certain nombre qui sont excellents. Aux colonies, ils font un très remarquable travail.

L'autre lui lança un regard humide de reconnaissance :

— C'est vrai, monsieur le professeur, nos médecins sont des hommes de devoir et de dévouement.

— Avez-vous assez de chirurgiens ? demanda Guillaume.

— Bien sûr que non ! Et si nous en avions un nombre suffisant, ils manqueraient d'expérience ! Mais cela a-t-il tellement d'importance ! Entre nous ?

— Diable ! fit Guillaume en avançant sa chaise et feignant d'être très intéressé. Expliquez-moi donc cela, mon cher confrère.

Flatté, le major s'enhardit :

— D'abord, monsieur le professeur, ça n'est pas moi qui vais vous rappeler que nos diplômes sont communs et qu'ils nous donnent le droit de commettre n'importe quel acte médical.

— Sans aucun doute. La loi vous autorise de faire une laparotomie aussi bien ou aussi mal que moi, dit en souriant Guillaume Carbec.

— La question n'est pas là. Bien au contraire. Suivez-moi, monsieur le professeur. Vous autres, grands patrons des hôpitaux...

Guillaume Carbec esquissa un geste de protestation qui voulait témoigner de sa modestie, mais le major enhardi et tout fiérot d'avoir été appelé « mon cher confrère », continua sans y prêter attention.

— ... vous pratiquez des interventions extrêmement délicates dont la réussite, ou l'échec, conditionne votre réputation : vésicule, péritonite, prostate, bronchotomie... Bref, vous travaillez dans la broderie avec des doigts de dentellière. C'est une chirurgie minutieuse et lente qui n'a pas grand-chose de commun avec la chirurgie de guerre, fruste et rapide, qui se résume à peu de chose près à couper ici un bras et là une jambe, ou à extraire quelque projectile. Ça n'est pas très sorcier. On fait cela depuis des siècles. Sous Napoléon, Larrey vous tranchait une cuisse en quelques secondes. Feriez-vous mieux, monsieur le professeur ?

Guillaume avait écouté le major avec une stupéfaction amusée : tout n'était pas faux dans ses propos si on faisait la part du carabin qui sommeille au cœur de tout médecin. Il se contenta de répondre qu'il espérait bien n'avoir jamais à se poser une telle question là où on voudrait bien l'affecter.

— Auriez-vous quelques préférences, monsieur le professeur ?

— J'imagine que des hôpitaux légers seraient installés, le cas échéant, près des lignes de feu, pour les cas graves et urgents? Si cela est possible, mettez-moi là.

— Vous n'y êtes pas. La doctrine veut que tous les grands blessés soient le plus vite possible acheminés vers l'arrière où ils seront alors opérés...

— La doctrine? interrompit Guillaume Carbec. Quelle doctrine? Celle de la guerre de 70? A-t-on seulement tiré la moindre leçon de la guerre des Balkans où les armes automatiques ont fait des blessures affreuses qui réclamaient des interventions immédiates?

Le major écarta des bras impuissants:

— Je vous l'ai dit tout à l'heure, monsieur le professeur, ça sera pire qu'en 70. Heureusement que cela ne durera que quelques mois!

Faisant cette prédiction, il feuilletait un gros dossier d'un doigt mouillé:

— Voici quelque chose qui vous conviendrait peut-être. Le médecin-chef de l'hôpital militaire de Lyon, major à cinq galons, agrégé du Val-de-Grâce et proche de la limite d'âge, aura besoin d'un adjoint de premier plan. Ce serait pour vous la certitude d'obtenir rapidement un quatrième galon.

Guillaume Carbec fit la moue:

— Lyon? Pourquoi pas Marseille ou Montpellier? Si je ne peux pas travailler à l'avant, affectez-moi plutôt au Val-de-Grâce. Là, je pourrais au moins jeter un œil sur mon service à Lariboisière.

— Impossible. Tous les postes du Val sont déjà pourvus. Vos collègues ont été plus rapides que vous. Bien sûr, si vous faites intervenir quelqu'un de très important auprès du ministre...

— N'y comptez pas.

Le médecin militaire tournait toujours les pages de son dossier. Il tenait à obliger son visiteur. Entre collègues, on se rend de ces menus services.

— Il y a bien une affectation qui vous conviendrait, vous êtes tout désigné pour elle, mais cela ne dépend plus de mon service. Seul, le médecin général inspecteur pourrait en décider.

— De quoi s'agit-il donc?

— Du Grand Quartier général.

— Je n'en demande pas tant!

— Mais si! mais si! Plus j'y pense, plus je crois que vous y seriez à votre vraie place, cela n'est pas si courant dans l'armée! Suivez-moi bien. Le G.Q.G. cela représente une centaine d'officiers supérieurs et une dizaine de généraux qui pissent plutôt mal et dont les prostates exigent d'être surveillées. Êtes-vous le grand spécialiste de la question, oui ou non ? Vous me direz qu'il y a de bons urologues au Service de santé, c'est vrai mais tout médecins qu'ils soient, ils n'en sont pas moins militaires, et je n'imagine pas le généralissime et son chef d'état-major montrer volontiers leur derrière à un officier subalterne. Avec vous, c'est autre chose. Même en uniforme et avec vos trois petits galons vous demeurez le professeur Guillaume Carbec. À tout hasard, je note votre nom... Oh ! voici autre chose qui pourrait vous convenir. Il s'agit d'un train sanitaire circulant entre la zone des armées et l'arrière. Nous en avons trois qui sont de véritables petits hôpitaux mobiles, très bien aménagés avec des appareils modernes. Je dispose encore d'un poste de médecin-chef. Vous y seriez maître après Dieu comme un de vos ancêtres malouins à son bord, et vous disposeriez d'une petite chambre et d'un bureau avec une glacière pleine de champagne. Bien entendu, le choix du personnel embarqué vous serait soumis, et d'abord celui de vos infirmières, cela va sans dire.

Soudain intéressé par la dernière proposition du major, Guillaume Carbec se fit donner quelques précisions supplémentaires sur l'organisation de ces trains sanitaires. Si le poste ne lui convenait pas, il pourrait toujours en demander un autre.

— En cas de mobilisation générale, où et quand devrais-je rejoindre ?

— Dès le lendemain vous devrez vous présenter, en uniforme, au Commissaire régulateur de la gare de l'Est.

— Vous avez mon accord.

Ce soir-là, le professeur Carbec dîna solitaire chez Pocardi, restaurant italien à la mode. Il avait envoyé un télégramme à une jeune infirmière, qui prenait en ce moment son congé dans sa famille, pour lui demander de le rejoindre immédiatement à Paris si la situation s'aggravait. Trois mois avec elle dans un train sanitaire ne serait peut-être pas si désagréable. Après tout, le derrière de Micheline serait plus charmant que celui du généralissime. Il fut tiré de sa rêverie par les cris d'une bande de jeunes hommes en colère et brandissant des cannes, sur le boulevard des Italiens. Paris venait d'apprendre l'acquittement de Mme Caillaux. Quelques instants plus tard, des camelots hurlaient dans les rues le gros titre d'une édition spéciale de *L'Intransigeant*: « L'Autriche déclare la guerre à la Serbie. »

Guillaume était reparti pour Saint-Malo par le premier train du matin, inquiet de ne pas pouvoir rejoindre les siens si tous les chemins de fer étaient réquisitionnés par l'armée d'un moment à l'autre. Sa mère, sa femme, ses enfants, ses neveux et nièces rassemblés pour les vacances à la Couesnière occupaient sa pensée. Avait-il été un bon père de famille ? N'avait-il pas accordé plus de temps, peut-être plus de prix, à sa carrière, ses travaux, les honneurs... et le reste, qu'à son foyer ? Impatient de retrouver la malouinière dont la silhouette dressée au fond de la grande allée de chênes matérialisait soudain les traditions et les souvenirs auxquels il découvrait qu'il était très attaché, le docteur s'en était pris au contrôleur parce qu'on ne finissait pas d'ahaner, de s'arrêter pour laisser la voie libre à des trains de marchandises aux wagons recouverts de bâches sous lesquelles il crut reconnaître la forme menaçante des canons. On repartait enfin avec de terribles secousses. À quelques kilomètres de Chartres, en pleine Beauce, des files de moissonneurs marchaient dans les blés, la faux à la main. Le train était immobilisé le long d'un chemin où des soldats, pantalons rouges et capotes bleues sous le soleil, marchaient au pas de route et chantaient gaiement : *« V'la l'102 qui passe — Toujours sac au dos — Les hommes de la classe — S'en iront bientôt ! »* Ces visages, cette chanson innocente, ces voix de jeunes garçons, Guillaume Carbec se les rappellera toute sa vie.

À la Couesnière, on attendait son retour. Il apprit qu'à Paramé et à Dinard les hôtels s'étaient à moitié vidés et que les villas fermaient leurs volets les unes après les autres. Madame mère avait demandé à Jean-Marie de faire des provisions de sucre et d'aller à la banque pour avoir devant soi des réserves de billets, et mieux, d'or. Croyez-moi, je sais ce que je dis, j'ai vu cela de près en 70. Olga s'efforçait de paraître insouciante, lisait et relisait plusieurs journaux, feignant de s'intéresser au programme de la saison.

— Vous ne croyez pas que cela va nous faire du tort d'avoir reçu un officier allemand à la Couesnière ? s'inquiéta Yvonne.

— Avant d'être un officier allemand, c'est d'abord un Carbec ! trancha la vieille dame.

— La moisson commence demain jeudi, dit Jean-Marie à son frère. Tu n'as pas encore vu la machine que j'ai achetée pour Nicolas ?

C'était prétexte pour avoir tout de suite une conversation avec Guillaume :

— Puisque tu arrives de Paris, avec toutes tes relations, tu dois savoir où nous en sommes ?

— Je n'en sais pas plus que toi sauf qu'à Paris on paraît beaucoup plus excité qu'ici. Je suis sûr que notre brave Nicolas n'est pas très enthousiaste à l'idée d'aller faire la guerre.

— Eh bien, je suis mieux renseigné que toi. D'abord la Russie mobilise. C'est officiel. D'autre part, tous les maires du département ont reçu ce matin l'ordre d'interdire la vente des chevaux. Maintenant, lis donc ça.

Jean-Marie tira de sa poche un numéro de *L'Ouest-Éclair* où était imprimée une circulaire rappelant aux réservistes qu'ils devraient, en cas de mobilisation, apporter une ou deux paires de souliers de marche neufs, en bon état, pourvus d'une semelle épaisse et cloutés.

— C'est plutôt rassurant ! dit en ricanant Guillaume.

— Tu trouves ?

— Oui, précisa Guillaume, parce qu'un pays qui demande à ses soldats d'apporter leurs souliers n'a certainement pas l'intention de faire la guerre pour de bon ! Ou alors ses chefs militaires sont des cons.

Ils trouvèrent Nicolas Lehidec, courbé sur sa faucheuse mécanique, une burette d'huile à la main.

— Sacré Nicolas, te voilà donc devenu mécanicien ?

— Bonjour, monsieur Guillaume.

Nicolas était né à la Couesnière où ses parents s'occupaient déjà du domaine. À douze ans, sachant signer son nom mais à peine lire, embarqué mousse pour Terre-Neuve, il en était revenu terrorisé, n'avait plus voulu reprendre la mer et ne parlait jamais de cette campagne de pêche dont il avait gardé un horrible souvenir : un jour de saoulerie, des hommes l'avaient sodomisé. Ces affaires étaient peu fréquentes mais on savait bien qu'elles arrivaient, même si les capitaines et les maîtres d'équipage ne les rapportaient jamais à leurs armateurs. Jean-François Carbec s'était bien douté de quelque chose mais n'avait pas voulu essayer de provoquer des confidences du garçon par peur de l'humilier. On avait employé Nicolas à la ferme pour de petites besognes jusqu'au jour où il avait succédé à son père quand celui-ci tombé fin saoul était passé sous les roues d'une charrette.

— Alors, on attaque demain ?

— Oui, monsieur Jean-Marie.

— Tu es bien sûr qu'on peut y aller ?

— Pour sûr ! Par un soleil pareil ! J'ai jamais vu des épis aussi gros.

— Tu vas en avoir pour combien de temps ?

— Avec cette mécanique, je ne sais point trop. Peut-être quatre ou cinq jours. La Germaine et les enfants vont m'aider à lier les gerbes. Si les gars de M. Guillaume nous donnaient un coup de main on aurait tôt fait d'avoir fini.

Il contemplait la machine toute neuve avec des yeux de fiancé, à la fois impatient et inquiet de la prendre demain à l'aube, dans les champs. La guerre ? Nicolas ne savait pas lire, ne fréquentait pas les bistrots et en dehors de ses maîtres n'adressait guère la parole qu'à sa mère, Cancalaise édentée qui buvait la goutte en cachette, et à Germaine, une fille de Saint-Père épousée au retour du service qui lui avait fait trois enfants, bêchait le potager et donnait aux poules.

— Tu as l'air heureux !

— Dame oui, monsieur Guillaume, répondit Nicolas. Avec une machine pareille !

Les deux frères revinrent lentement vers la malouinière, à travers les bois de leur jeunesse qu'ils avaient si souvent aidé à débroussailler pendant le temps des vacances, dont ils connaissaient tous les sentiers, les bons coins à champignons et à bécasses. Ils n'avaient pas besoin de se parler pour s'entendre évoquer les merveilleux souvenirs d'une enfance disparue depuis de longues années mais qui leur sautait au cœur dès qu'ils se retrouvaient à la Couesnière.

— Quel âge a donc Nicolas ? demanda Guillaume.

— Je pense qu'il a trente-six ou trente-sept ans.

— Des gars comme lui, on n'en verra bientôt plus.

— Qu'est-ce qui te fait dire cela ?

— La manière dont il dit « monsieur Guillaume » ou « monsieur Jean-Marie ». Tout cela c'est fini, même si la guerre ne devait durer que quelques mois. Écoute-moi mon vieux, ne nous faisons plus d'illusions, c'est pour demain ou après-demain. Je laisserai ici Olga et les enfants. Tu es le chef de la famille, je te demande de t'occuper d'eux pendant mon absence. As-tu des nouvelles d'Yves ?

— Nous savons qu'il est bien arrivé à Brest.

— Et Jean-Pierre ?

— Pour une fois, je suis content de le savoir au Maroc. Il y craindra moins qu'ici. Avant qu'on fasse revenir nos troupes de là-bas, le rouleau compresseur russe aura déjà écrasé les Allemands.

— Peut-être.

Ça n'est pas parce que tous ces bruits de guerre devenaient de plus en plus menaçants, estimait Jean-Marie Carbec, qu'il fallait croiser les bras ou les mains et attendre que l'événement se précise. Il avait entrepris depuis plusieurs jours de faire le siège du cousin Lecoz-Mainarde, l'agent de change parisien, pour l'intéresser à une grosse affaire immobilière sur des terrains situés à Dinard et à Saint-Cast. Notez, mon cher cousin, que nous ne serions pas les seuls à en tirer profit. Une fois constituée, la société pourrait prendre votre fils Gilbert comme architecte. Où en est-il de ses études ? Consulté, le jeune Lecoz-Mainarde avait manifesté peu d'enthousiasme pour les juxtapositions de briques rouges et jaunes, les revêtements de céramique, les bow-windows et autres vérandas, les surcharges d'accessoires décoratifs, tout ce néo-gothique flamboyant qui suait les écus et représentait l'architecture balnéaire. Il avait d'autres ambitions, surtout d'autres goûts, rêvait de marcher sur la voie ouverte par les frères Perret avec le théâtre des Champs-Élysées, non d'obéir aux commandes de bourgeois qui exigeraient des clochetons et des belvédères à la mesure de leur réussite financière. Jean-Marie Carbec n'avait pas trop insisté, le jeune homme ne devant pas obtenir avant deux années son diplôme, mais il n'avait cessé d'observer l'empressement du futur architecte auprès de sa fille Annick, sans pouvoir s'empêcher de penser qu'une union Carbec-Lecoz-Mainarde comblerait à la fois ses espérances familiales et ses appétits fonciers.

En arrivant ce matin du 1er août à Saint-Malo pour y faire comme les autres jours leur provision de nouvelles, les deux frères Carbec avaient remarqué quelques jeunes hommes, musette au dos, qui se dirigeaient les uns vers la gare, les autres vers Rocabey où les soldats du 47e étaient casernés. Rappelés individuellement, ils rejoignaient leur corps, l'air à la fois décidé et sombre : on était loin des joyeux coups de clairon qui avaient salué la cérémonie du conseil de révision « Bons pour le Service » il n'y a pas si longtemps. Un énorme titre barrant la première page de *L'Ouest-Éclair* disait que le chef du parti socialiste, Jean Jaurès, avait été assassiné la veille à Paris, une autre dépêche faisait état d'un ultimatum allemand adressé à la Russie lui intimant d'arrêter immédiatement la mobilisation de ses troupes. Encore plus que les autres jours, on s'abordait dans les rues et à la terrasse des cafés, sans se connaître, pour échanger des nouvelles ou donner un avis.

— Si nous allions faire un tour au cimetière ? demanda tout à coup Guillaume.

Son frère le regarda, surpris :

— Pour quoi faire ?

— Toi, tu y vas tous les ans, à la Toussaint. Moi, je n'y suis pas allé depuis la mort de notre père. Tous ces événements qui se précipitent me troublent beaucoup. Je voudrais me recueillir quelques instants.

— Toi ? dit Jean-Marie de plus en plus surpris.

— Ça n'est pas par conviction religieuse, répondit Guillaume, je n'en ai plus, depuis longtemps. Les morts c'est autre chose.

— C'est peut-être eux, la patrie ? questionna Jean-Marie.

— Tu as lu cela dans *Le Salut*, n'est-ce pas ?

— Tu sais bien que je n'ai pas beaucoup réfléchi à ces choses.

— La patrie confondue avec les morts, ça c'est une idée chère à M. Barrès. Elle connaît un grand succès dans les milieux de patronage. Moi je la trouve incomplète, trop étroite, uniquement tournée vers le passé. Pour te dire toute ma pensée c'est une idée de nécromant. Le pauvre Jaurès qu'on vient d'assassiner, Dieu sait si je ne partage pas toutes ses idées, a dit un jour que la patrie, c'est l'immobilité des tombes et le va-et-vient des berceaux. Il pensait juste. Les Carbec, ça n'est pas seulement ceux qui vivent aujourd'hui à la Couesnière, pas plus que tous ceux péris en mer à Saint-Malo, aux Indes ou à Saint-Domingue, c'est aussi tous ceux que nos enfants vont nous faire, tu comprends ? C'est le présent et l'avenir autant que le passé.

Guillaume dit aussi, cette fois avec emportement :

— On ne va tout de même pas faire massacrer des milliers de gens uniquement pour des morts ! La patrie, synonyme du dieu Moloch, ah non ! Pas ça !

Et brusquement, ayant changé d'avis parce qu'on entendait la sirène d'un navire :

— Allons plutôt faire un tour de rempart tous les deux.

Déhalé du quai, l'*Alberta* de la South Western se dirigeait lentement vers le chenal, des centaines de voyageurs anglais accoudés aux rambardes faisaient des gestes d'adieu à leurs vacances interrompues. Si habitués qu'ils fussent à voir entrer ou sortir des navires dans leur port, les Malouins n'en manquaient aucun, ni les steamers de Southampton ou de Jersey, ni les cargos norvégiens, ni les charbonniers, encore moins les terre-neuvas et même les barques qui rentraient tous les jours avec leurs paniers où les maquereaux brillaient comme des couteaux. Les deux frères furent surpris de rencontrer peu de monde sur les remparts, à l'heure où Saint-Malo s'y donnait rendez-vous, à part quelques vieux capitaines de pêche, groupés autour de la batterie du bastion de la Hollande, larges épaules, visage massif sous la casquette à courte visière, jumelles en sautoir, appréciant en connaisseurs la manœuvre du captain de la South Western.

— Je te parie, dit Guillaume, que je reconnais tous les rochers que tu vas me montrer.

— Mon pauvre gars, ça va te coûter cher !

— Qu'est-ce que nous parions ?

— Chiche... Un mic, au Chateaubriand, moitié café, moitié calva.

— Allons-y !

— Celui-là ?

— Fort National.
— Celui-là ?
— Harbour.
— Celui-là ?
— La Conchée.
— Celui-là ?
— Le Pointu.
— Celui-là ?
— Le Fourchu.
— C'est bon, dit Jean-Marie. Nous reviendrons à marée basse, on verra bien si tu es aussi savant. Les deux frères riaient de bon cœur en se donnant des bourrades, surpris de retrouver la camaraderie de leur jeunesse et leurs jeux sur les remparts. Surpris, Jean-Marie le fut davantage lorsque croisant un promeneur qui arrivait devant eux, celui-ci ôta sa casquette : c'était un des matelots qui, quelques années auparavant, avait crié devant l'Hôtel de Ville : « À bas les Carbec ! Vive la Sociale ! »

Il était midi passé lorsque les deux frères arrivèrent à la malouinière. Mme Carbec les attendait depuis un quart d'heure, moins impatiente de nouvelles que mécontente du retard de ses fils. Apprenant la mort de Jaurès, elle s'exclama « Encore un coup de revolver ! » et ajouta aussitôt avec une moue qui en disait long :

— Il est vrai que pour celui-là ...

Les deux jeunes garçons suivaient depuis le matin la faucheuse mécanique de Nicolas et aidaient la Germaine et les deux aînés à lier les gerbes. On leur avait préparé un panier plein de cochonnailles et de fruits pour un déjeuner sur l'herbe. La veille, ils étaient entrés à la malouinière, fourbus, couverts de poussière, sentant la paille chaude, les yeux brillants d'avoir vu une compagnie du 47e qui faisait la petite guerre en tirant non loin d'eux des cartouches à blanc.

Ils venaient tous de boire leur café au bord de l'étang, lorsque Lucile déclara :

— Nous allons rejoindre Gilbert sur la plage de Rochebonne.

— Il n'est que deux heures, mes enfants ! observa Yvonne Carbec.

— Oui, mais c'est le dernier jour de Gilbert, dit Annick d'une voix précipitée et en rougissant.

— Les Lecoz-Mainarde rentrent à Paris demain matin, conclut le futur médecin.

— Viendrez-vous vous baigner avec nous, oncle Guillaume ? demanda Lucile.

— Oui, rien que pour te voir en maillot collant, dit-il en plaisantant.

— Comment ? tu te baignes avec un maillot collant, comme une... Oh ! c'est vous Olga qui ... ?

À part Yvonne, toute la famille savait que cette année-là, les filles Carbec avaient jeté aux orties le costume de bain dont les pièces n'avaient guère changé depuis l'avènement de la IIIe République : pantalon serré à mi-jambes, casaque à col marin, bonnet froncé jusqu'aux yeux, espadrilles lacées sur les chevilles.

— Oui, c'est moi, dit Olga. Vous ne croyez tout de même pas que j'allais laisser ces trois jolies filles, la vôtre et les deux miennes, se ridiculiser plus longtemps ! D'abord, sur la plage de Dinard, tout le monde se baigne en maillot depuis l'année dernière.

— Dinard n'est pas Saint-Malo, ni même Paramé, lança Yvonne à travers ses lèvres minces. Qu'en penses-tu Jean-Marie, toi qui es leur père ?

— Bah ! dit lâchement Jean-Marie, on ne peut pas en vouloir à Olga qui leur a fait cadeau de leurs maillots.

— Verse-moi donc une petite goutte dans le fond de ma tasse, dit alors la vieille dame à Jean-Marie en lui coulant un des regards dont elle avait le secret quand elle ne voulait pas prendre part à la conversation. À chacun son mic, mes garçons !

— Et vous, tante Olga, viendrez-vous vous baigner avec nous ? demanda Lucile.

— Je n'ai plus vingt ans mes enfants, mais votre oncle Guillaume sera ravi de vous rejoindre. Il porte un maillot cerclé de rayures, qui lui tombe jusqu'aux genoux et le fait ressembler à un zèbre. Rien que pour ce spectacle, j'irai moi aussi sur la plage de Rochebonne. En attendant, Jean-Marie, vous nous conduirez bien au casino de Paramé ?

Une immense plage de sable relie Saint-Malo à Paramé. Tous les envahisseurs de l'été y passaient plusieurs heures ou quelques instants mais ne manquaient pas de s'y montrer tous les jours, sauf quelques originaux qui préféraient le casino à la mer. Promenades à cheval, courses à âne, concours de châteaux de sable, pêche à la crevette et au crabe, jeu de croquet, marchands de glaces et d'oublies, diabolos et raquettes, il y en avait, proclamait une affiche aux couleurs suaves, pour tous les âges et pour tous les goûts. On s'y baignait aussi. Quelques audacieux nageaient la brasse, les autres faisaient trempette en sautillant à petits cris. Avant de se jeter dans les vagues, ils avaient enfilé leur costume à l'abri des regards, cachés dans des cabines roulantes amenées à marée basse au bord de l'eau et où, dix minutes plus tard, le temps de leur bain, ils étaient sûrs de trouver un baquet d'eau bouillante destiné à leur éviter une congestion. La plupart des femmes, toujours coiffées de vastes chapeaux, se contentaient de relever l'appareil de leurs jupes et de se mouiller jusqu'aux chevilles tout en surveillant leurs enfants avec une vigilance de chien de troupeau. Cependant, en cet été 1914, un passe-temps l'emportait sur tous les autres : contempler pendant des heures les ouvriers d'une entreprise de travaux publics qui enfonçaient d'énormes pieux dans le sable au moyen d'étranges machines nommées « chèvres ». Groupés autour d'un appareil de levage fait de trois poutres disposées en pyramide triangulaire, cinq hommes hissaient à son sommet une masse de fonte en chantant pour rythmer leur effort : « *Les filles de Cancale, elles n'ont point de tétons — Ell's s'mettent de la filasse pour faire croire qu'elles en ont.* » À ce moment précis, ils lâchaient leurs cordes : la masse, qu'ils appelaient « mouton », tombait sur le pieu, bang ! et l'enfonçait d'un ou deux centimètres. En voici un !... en voici deux !... disaient-ils à chaque coup.

Ce jour-là ressemblait à n'importe quel autre jour de vacances ensoleillé. Des enfants pêchaient dans des trous d'eau, d'autres construisaient des fortifications avec l'espoir qu'elles résisteraient le plus longtemps possible aux petites vagues de la mer montante qui se pressaient les unes derrière les autres en chuchotant, les plus petits, armés d'un seau et d'une pelle, riaient aux éclats. Volontiers grégaire la jeunesse, ici comme partout, se groupait par bandes qui formaient autant de petits cercles très fermés et jaloux de leurs souvenirs communs dont les rappels étaient autant de mots de passe. On citait la bande Mégret, la bande Guinemer, la bande Saint-Mleux, la bande Carbec et d'autres d'après le nom de celui ou celle qui paraissait en être le meneur. Ainsi, parce qu'elle était belle, à la fois charmante et moqueuse, sans doute plus résolue que les garçons empêtrés dans leurs études et leurs complexes, Lucile était vite devenue la reine incontestée du groupe formé par les cousins germains de la Couesnière et les deux Lecoz-Mainarde.

Déserte pendant l'heure sacrée du déjeuner, la plage de Rochebonne avait retrouvé la plupart de ses habitués, sauf les pensionnaires du Grand Hôtel à peu près tous disparus depuis la veille.

— Nous attendons l'oncle Guillaume pour nous baigner. Après, nous lui demanderons de nous offrir un goûter au thé-dansant du casino, décréta Lucile.

— Vous me ferez danser *Destiny Waltz* une dernière fois ? demanda Annick à Gilbert Lecoz-Mainarde.

— Promis.

Ils étaient là, tous les six, assis en rond sur le sable, moins bavards que d'habitude, tristes de voir si rapidement gâchées ces grandes vacances à peine commencées. Des jeunes gens présents à la fête de la malouinière, trois avaient été rappelés d'urgence et voilà que les Lecoz-Mainarde décidaient de rentrer à leur tour à Paris dès demain matin. Délaissant les filles, le futur architecte et le futur médecin échangeaient à voix basse des propos d'hommes : « ultimatum... armée russe... classe 14... » Derrière eux, les batteurs de pieux chantaient les *Filles de Cancale.* En voici trois ! Bang ! et les voix repartaient de plus belle, en voici quatre ! Bang !

— Votre père n'aurait-il pas pu rentrer seul à Paris et vous laisser ici avec votre mère ? demanda Annick Carbec à Denise Lecoz-Mainarde.

— Mon père pense que la situation est trop grave pour nous séparer.

— Moi, dit Lucile, je pense que tout le monde exagère. Avez-vous fini vos messes basses tous les deux ?

Ils n'avaient pas encore remarqué que les ouvriers du chantier s'étaient arrêtés de chanter depuis un bon moment.

— Que se passe-t-il ? s'inquiéta Marie-Christine.

— Taisez-vous, écoutez ! dit Léon Carbec en se levant d'un bond.

Un énorme silence pesait sur la plage, mais on entendait dans le lointain les cloches de Paramé.

— C'est le tocsin, dit encore Léon.

Personne ne s'y était trompé. Les ouvriers avaient cessé aussitôt de battre leurs pieux et s'étaient dispersés. Chacun avait hâte de rentrer cbez soi. Les hommes n'avaient plus qu'un seul souci, celui de vérifier ce qui était écrit sur leur livret militaire et prendre le premier train. Il ne fallait pas être en retard. Roides, pensant déjà aux difficultés matérielles de demain, les femmes exigeaient que leurs enfants cessent aussitôt de jouer. Elles ramassaient elles-mêmes les seaux, les pelles, les pliants, et donnaient des gifles à ceux qui ne voulaient pas abandonner leurs châteaux de sable. En quelques minutes, la plage ne fut plus qu'un désert le long duquel venait rire le chuchotis de la marée montante sous le soleil du 1er août. La bande Carbec se retrouva bientôt sur la petite place de Rochebonne au milieu d'une centaine de personnes plantées devant une grande affiche blanche qui venait d'être placardée : « Ordre de Mobilisation Générale. Par décret du Président de la République... » chacun lisait et relisait le texte officiel sans toujours comprendre ce qu'il voulait dire sauf que, cette fois, c'était bien la guerre, les vacances étaient finies et tous les hommes de moins de quarante-huit ans allaient rejoindre leurs régiments. Qu'est-ce que nous allons devenir ? sanglota une jeune femme portant un bébé sur les bras, alors que deux autres marmots s'accrochaient à ses jupes. Tout cela sera fini à Noël !

affirma un autre. D'abord, douta un vieux monsieur décoré, rien ne dit que nous aurons la guerre ? Mobiliser, c'est prendre des précautions pour préserver la paix. Tu parles ! lança une voix déterminée. Il vaut mieux en finir une bonne fois, vive la France ! À ce moment, une vingtaine de jeunes gens qu'on n'avait jamais vus se mêler aux Parisiens de la plage débouchèrent sur la place de la Mairie. C'étaient des gars du pays. Ils chantaient à tue-tête : « *Jamais les Prussiens n'viendront — Manger la soupe en Bretagne — Jamais les Prussiens n'viendront — Manger la soupe des Bretons.* » La foule battit des mains et cria : Vive la France !

— Gilbert, demanda Lucile, tous les étudiants sont-ils sursitaires ?

— Souvent, répondit-il, mais moi je m'engagerai dès demain.

— Moi aussi, dit Léon Carbec.

Les quatre filles les regardèrent avec des yeux brillants. Elles étaient plus fières qu'inquiètes et pensaient qu'il est bon que les hommes soient des héros.

— Je pense que nous devons maintenant nous dire au revoir, dit encore Gilbert Lecoz-Mainarde, nos parents doivent se demander ce que nous faisons.

Il prit par le bras Annick Carbec et l'emmena un peu à l'écart :

— As-tu reconnu l'air de la chanson que les garçons de Paramé chantaient tout à l'heure ?

C'était la première fois qu'il la tutoyait.

— Bien sûr ! dit-elle en rougissant.

— Alors, dis-moi les paroles de la vraie chanson, celle que nous chantions pendant nos promenades à bicyclette sur la route du Mont-Dol.

Annick rougit encore et fredonna pour lui seul :

— *Monsieur l'curé veut bien — que les gars embrassent les filles.*

— *Mais il ne permet pas — que les filles embrassent les gars.*

— Alors, dit Gilbert, c'est moi qui vais t'embrasser. Ne pleure pas. Je te jure que je reviendrai bientôt et que nous danserons *Destiny Waltz.*

Au loin, on entendait encore les garçons de Paramé chanter leur refrain : « *Jamais les Prussiens n'viendront — Manger la soupe des Bretons !...* »

Yvonne était restée à la Couesnière pour tenir compagnie à sa belle-mère. Bouleversée par le rappel de son fils Yves, elle aurait voulu chercher à se rassurer en murmurant quelques évidences... « Les militaires, il est normal qu'on les rappelle par précaution, surtout dans la Marine, n'est-ce pas, mère ? » Feignant de dormir, allongée sur une chaise longue au bord de l'étang, la vieille dame n'avait pas répondu. Sachant par expérience qu'il ne fallait jamais déranger le sommeil vrai ou imité de Mme Carbec, Yvonne n'insista pas. Il faisait une chaleur accablante et silencieuse, orchestrée en sourdine par la vibration de quelques insectes et, de temps à autre, le floc d'un poisson sur l'étang immobile.

— Vous n'entendez donc rien ? demanda soudain la vieille dame. Moi, j'entends les cloches du côté de Saint-Père. Il doit y avoir le feu, pas loin d'ici.

— Avec cette chaleur, ça ne serait pas étonnant, répondit Yvonne qui n'osait pas dire tout haut ce qu'elle avait tout de suite compris.

Quelques instants plus tard, les deux dames de la malouinière avaient entendu le cliquetis de la moissonneuse.

— Les voilà qui reviennent avec leur mécanique ? interrogea Mme Carbec.

Rouges, les cheveux en désordre, le front moite, les deux jeunes garçons couraient déjà vers elle, faisant de grands gestes et donnant de la voix.

— Bonne maman ! c'est la guerre, c'est la guerre !

Derrière eux, on avait vu arriver Nicolas Lehidec, avec sa femme et ses trois enfants se tenant par la main. Ils marchaient lentement. Sur le visage de l'homme cuit par le grand soleil d'une journée de travail, apparaissaient ici et là des taches blanches qui rendaient encore plus tragique la fixité des yeux bleus. Ils s'arrêtèrent à quelques pas, distance respectueuse, des deux dames malouines.

— Eh bien, Nicolas, la moisson est-elle bonne ? avait demandé Mme Carbec.

Les yeux écarquillés et sans regard, la voix détimbrée, Lehidec répondit :

— Brezel so deklaret ! [1]

L'air hébété, on eût dit un homme foudroyé. Sa femme s'était jetée, en larmes, contre lui, aussitôt imitée par ses enfants. La plus jeune, Sigolène, qui n'avait pas encore quatre ans et ne comprenait

1. La guerre est déclarée !

pas pourquoi les autres pleuraient, tirait la jupe de sa mère et s'étouffait de sanglots. Mme Carbec s'était levée.

— Es-tu un homme Nicolas, oui ou non ? En voilà une affaire ! La guerre, moi je sais ce que c'est, j'ai connu celle de 70, même que j'ai vu partir mon mari avec les mobiles du département. Est-ce que les femmes ont pleuré ? Non, elles ont fait de la charpie. Eh bien, nous allons faire la même chose, pendant que tu iras tuer les Prussiens !

Ses deux petits-fils, Roger et Hervé, n'en croyaient pas leurs oreilles. Ils battirent des mains. Elle avait belle allure, cette grand'mère appuyée sur sa canne, dont le visage couturé de rides disait à lui seul toute la fierté Carbec. Sa voix ne tremblait pas. Elle demanda :

— Quand pars-tu, Nicolas ?

— Je ne sais pas.

— Comment, tu ne sais pas ?

— Il ne sait pas où il a rangé son livret, intervint la Lehidec.

— Allez le chercher ! Vous viendrez le montrer à M. Jean-Marie qui ne va pas tarder à rentrer. Dépêchez-vous donc, au lieu de rester au sec tous les cinq, dit-elle encore d'une voix rude.

Le même soir, Guillaume Carbec avait regagné Paris avec sa femme et son fils Léon, confiant les autres enfants à son frère aîné Jean-Marie. Toute la famille était allée les accompagner à la gare. Pris d'assaut par une meute, le train était parti avec plus d'une heure de retard glissant le long du quai où une foule immense, tout à l'heure jacassante, s'était tue tout à coup. Au moment de monter dans son compartiment, Olga avait embrassé son beau-frère sur les deux joues, en lui murmurant presque tendre :

— Décidément nous n'avons pas de chance tous les deux ! Vous m'emmènerez voir *La Veuve joyeuse* une autre fois. J'y compte, Jean-Marie !

De retour à la malouinière, Jean-Marie avait tout de suite dit à sa femme que les circonstances l'empêchaient de demeurer à la Couesnière. Il lui faudrait rentrer à Saint-Malo dès le lendemain matin, j'ai des affaires à régler, on aura besoin de moi à la capitainerie, à l'hôtel de ville ou ailleurs.

— Tu n'es pas mobilisable.

— Non, mais il est probable que mes deux navires charbonniers seront réquisitionnés. Je dois me mettre tout de suite à la disposition de la Marine.

— Tu vas donc nous laisser seuls ?

Jean-Marie avait vu tant de détresse dans les yeux de sa femme qu'il l'avait prise dans ses bras. Ce geste ne lui était pas arrivé depuis très longtemps.

— Je sais que tu penses surtout à nos deux fils, dit-il plus doucement. Essayons d'avoir du courage, c'est ce que nous pouvons faire de plus utile tous les deux pour nos enfants.

— Emmène-moi à Saint-Malo avec toi, je veux rentrer à la maison ! dit Yvonne en saisissant les revers du veston de son mari.

Elle le regardait avec des yeux de chien battu. Il lui répondit sur un ton soudain plus brusque comme s'il ne pouvait plus la supporter.

— Il n'en est pas question. On ne peut pas laisser maman seule à la Couesnière avec les enfants. Elle se fait vieille, c'est toi qui dirigeras la maison. Ne t'inquiètes pas, je vais lui parler. Ma mère est un peu vive, mais elle t'aime bien, tu le sais.

— Oui, souffla-t-elle, soumise.

— Voilà ce que j'ai décidé. Je vais m'installer à Saint-Malo avec Lucile. Elle tiendra la maison. Puisque tu t'entends mieux avec ta belle-mère qu'avec ta fille, tu resteras donc ici avec maman, Annick, Marie-Christine et les deux garçons, jusqu'à ce qu'on y voit plus clair. Avec nos 75 d'un côté et l'armée russe de l'autre, il n'y en aura pas pour longtemps. Nicolas ne doit rejoindre son régiment, à Dinan, que dans trois jours, j'ai vérifié son livret. Quand il sera parti, sa femme viendra ici tous les jours pour aider la cuisinière. Elle ne sera pas de trop, parce que j'ai l'intention d'emmener aussi Solène à Saint-Malo.

— Solène ? se regimba Yvonne, tu n'y penses pas !

Elle dit aussi, regardant droit son mari dans les yeux :

— Pour quoi faire ? Tu n'as pas honte, alors que tes deux fils partent à la guerre ! Tu ne penses qu'à ça !

Elle éclata en sanglots. Jean-Marie Carbec n'appréciait ni les reproches ni les larmes. Venant de sa femme, ceux-là autant que celles-ci faisaient monter en lui une colère immense. Tout avait commencé, il y a une vingtaine d'années, quelques mois après la naissance d'Annick, alors qu'il lui faisait l'amour. Brusquement, il s'était aperçu qu'il accomplissait une sorte d'exercice qui le dégoûtait. Interdit, sur le point d'affaler ses voiles, il n'avait pu arriver au port qu'en pensant à sa belle-sœur Olga. Quelques jours plus tard, prétextant que c'était l'usage des gens de bonne condition, il avait décidé de faire chambre à part, la maison malouine était assez grande ! Yvonne s'était inclinée, elle s'inclinait toujours, mais confinée désormais dans les soucis domestiques, familiaux et sociaux, elle n'avait jamais plus regardé son mari qu'avec des yeux de procureur triste.

Contenant son exaspération, Jean-Marie agitait d'un geste nerveux la petite breloque accrochée à sa chaîne de montre. Parce que ma femme me soupçonne de vouloir coucher avec la bonne, voilà qu'elle veut m'en faire honte sous prétexte que c'est la guerre !

— Ne nous disputons pas, dit-il enfin. Pas aujourd'hui, pas tant que nos garçons seront au feu. Nous sommes assez inquiets tous les deux sans avoir besoin de nous tourmenter pour des affaires qui n'en valent pas la peine. Solène restera à la Couesnière autant que ma mère le voudra. Es-tu contente ?

— Merci, dit-elle d'une voix confiante.

Ils se regardèrent tous les deux, sans rancune, peut-être avec amitié. Jean-Marie se rappela à ce moment-là avoir croisé sur les remparts le marin pêcheur qui l'avait salué d'un coup de casquette : c'était l'un de ceux qui avaient crié le plus fort, il y a quelques années « À bas Carbec ! » Puisque tout le monde se réconciliait, il n'allait pas se quereller avec sa femme, non ? Prenant tout à coup un ton solennel, il dit doucement, une main sur l'épaule d'Yvonne :

— Je ne sais pas aussi bien parler que mon frère Guillaume, mais je dois te dire une chose. Les journaux, je l'ai lu dans *L'Écho de Paris*, disent que la France va vivre ce qu'ils appellent une tragédie. Eh bien, il va falloir que tous les Carbec, les hommes comme les femmes, vivent cette tragédie en se montrant plus Carbec que jamais. Il n'y aura donc rien de changé à la Couesnière, sauf que pendant ces deux mois d'été je vais m'installer à Saint-Malo avec Lucile parce que c'est mon devoir. Je viendrai vous voir le plus souvent possible.

Quoi qu'ait pu penser Jean-Marie, la vie quotidienne à la malouinière pendant ces mois de vacances de l'année 1914 ressembla fort peu à celle que Mme Carbec avait eu le souci d'organiser depuis tant de lustres. Jamais la maison n'avait paru plus vide à la vieille dame, au point qu'elle regrettait l'absence d'Olga Zabrowsky, surtout pour la lecture des journaux. C'était toujours le grand moment de la journée. Vers onze heures, chacun guettait le facteur. On le voyait arriver de loin, marchant d'un bon pas sous le soleil et s'arrêtant au milieu de la grande allée pour ôter son képi et se passer sur le front un mouchoir à carreaux rouges et blancs, large comme un torchon. Il n'avait plus l'âge d'être mobilisé, mais l'Administration des Postes estimait que ses pieds étaient encore assez solides pour faire quarante kilomètres par jour sur les petites routes qui desservent les manoirs du pays malouin où il était sûr de trouver ici une bolée, là un mic, plus loin une goutte. Mme Carbec tenait beaucoup à recevoir elle-même le courrier des mains du facteur, conduire celui-ci à la cuisine et remplir son verre d'une eau-de-vie de cidre qui n'avait pas encore eu le temps de vieillir. L'homme levait son gobelet à la hauteur des yeux « À la victoire ! » et en avalait le contenu d'un seul trait. La gorge incendiée, exprimant à la fois sa connaissance des usages et celle des bons alcools, sa sentence tombait grave et quotidienne : « C'est du raide, mais c'est du bon ! »

D'un œil soupçonneux, Mme Carbec examinait de près les enveloppes — format, écriture, poids, cachets — avant de les distribuer à leurs destinataires, et elle remettait les journaux, *L'Écho de Paris*, *L'Ouest-Éclair* et *Le Salut* à Yvonne chargée d'en faire la lecture à haute voix. On ouvrait d'abord le courrier, la vieille dame avec une épingle à cheveux retirée de son bonnet, Yvonne avec un coupe-papier, les jeunes filles avec leurs doigts. Annick reçut un jour une lettre de Gilbert Lecoz-Mainarde où le futur architecte exprimait sa déception et sa colère d'avoir été expédié dans une garnison limousine où « des bas-offs nous aboient les subtilités du pas cadencé et les marques de respect dues aux supérieurs hiérarchiques. Du train dont nous allons, la guerre sera finie bien avant qu'on nous ait appris à nous servir d'un fusil. Il est vrai que nous saurons superbement défiler sous l'Arc de Triomphe le jour de la victoire ». L'amiral Carbec, de son côté, enrageait dans une lettre adressée à sa mère d'avoir été affecté à une unité de fusiliers marins casernés à Brest alors qu'il avait tant espéré un embarquement à bord d'un torpilleur. Quant à Léon, étudiant en médecine de 2e année, un bureau de recrutement l'avait expédié vers le dépôt d'un bataillon de chasseurs replié derrière la Loire. Quelle que fût leur humeur, tous les trois redoutaient le ridicule d'être renvoyés à leurs études après quelques semaines de corvées de chiottes et de garde-à-vous sans que leur jeunesse ait eu le temps de jouer au héros.

Comme il arriva dans toutes les familles françaises les cœurs battirent la chamade lorsque Yvonne Carbec, autant que sa voix cassée par l'émotion le permettait, répéta tout haut ce qu'elle venait de lire dans *L'Ouest-Éclair* : « Dans la mémorable journée du 8 août, les régiments qui avaient eu le périlleux honneur de garder notre frontière, ont pénétré d'un irrésistible élan sur le sol d'Alsace et ont enlevé à la pointe de la baïonnette les villes d'Altkirch et Mulhouse. »

Yvonne Carbec s'inquiéta bien un peu de rester sans nouvelles de son fils aîné Jean-Pierre, le lieutenant qui servait au Maroc dans un régiment de tirailleurs, mais elle n'était pas loin d'être convaincue que la paix serait signée avant que les troupes d'Afrique du Nord aient eu le temps de traverser la Méditerranée et d'être jetées au combat. Ne disait-on pas que l'ennemi venait de subir une grave défaite et que des drapeaux français ornaient déjà toutes les fenêtres alsaciennes ? Les témoignages ne manquaient pas. « Moi, avait rapporté sérieusement un soldat, dans *L'Écho de Paris*, je ne prends même plus mon fusil, je prends une tartine de confitures : quand les Allemands me voient ils me suivent ! » Sans doute, les jours suivants, le ton des communiqués officiels avait-il paru plus secret. Aucun nom de villes ou de villages reconquis n'était cité, mais ce manque de précision correspondait certainement à l'élémentaire précaution d'un généralissime soucieux de n'offrir aucun renseignement à l'ennemi dont on savait que les espions étaient partout, même qu'on en avait vu circuler en automobile sur les routes et jeter par la portière des sacs de bonbons empoisonnés pour que les petits Français les mangent et en meurent ! Ce silence subit de l'État-Major, loin de présager quelque événement funeste, ne convenait-il pas plutôt de l'interpréter comme une ruse de guerre ? On en disputait gravement avec des regards d'autant plus confiants que les nouvelles du front français étant devenues incertaines, les journaux ne manquaient pas de souligner les succès remportés par les armées du tsar.

— Écoutez cela, avait dit Jean-Marie Carbec en déployant *Le Figaro* un soir qu'il était venu dîner à la malouinière : « Nos alliés russes marchent d'un pas décidé vers la capitale de l'Allemagne que l'anxiété gagne, et infligent des revers multiples à des troupes qui se replient. » C'est signé Alfred Capus de l'Académie française. Alfred Capus, c'est quelqu'un, et l'Académie française ça n'est pas rien ! Vous allez voir, mes enfants, que nous allons apprendre bientôt une grande nouvelle, je sens cela.

— Et nos gars ? demanda Mme Carbec, en as-tu des nouvelles ?

— Pas d'autres que les vôtres, dit-il plus bas, mais il paraît qu'il n'y a là rien d'inquiétant. À Saint-Malo, ceux du 47e n'ont pas encore écrit. C'est normal, n'est-ce pas, il faut leur donner le temps d'organiser un service postal. Et puis, ils ont autre chose à faire.

Jean-Marie avait prononcé ces dernières phrases en affectant de débiter des banalités, comme s'il eût voulu, sans même y prendre garde, rassurer sa famille et lui-même.

— Pas de nouvelles de Nicolas ? demanda-t-il.

— Non, dit Yvonne Carbec, Germaine nous aurait prévenus.

— Vous voyez bien ! dit Jean-Marie sur le ton de quelqu'un qui exprime une vérité évidente.

Il dit aussi, sans avoir l'air d'y attacher une grande importance :

— On m'a rapporté qu'un train de blessés arrivera demain à Dinard. L'hôtel Royal a été réquisitionné et transformé en hôpital militaire.

Yvonne s'était levée, toute pâle :

— Des blessés jusque par chez nous ? En Bretagne ! Il y en a donc tant que cela, déjà ? Mon Dieu ! fit-elle dans un bref sanglot.

— Ne vous affolez pas pour rien ! coupa aigrement Mme Carbec. Il y a combien de blessés dans un train sanitaire ?

— Sans doute une centaine, dit Jean-Marie.

— Eh bien, ma bonne, les dames de Saint-Malo vont recommencer à faire de la charpie. En 70, j'en ai fait des corbeilles. Dieu merci, nos armoires sont pleines de vieux draps.

Le nez enfoui dans un journal illustré, les deux garçons entendaient sans avoir l'air d'écouter. Roger donna un léger coup de coude à son frère et murmura sans qu'on vît ses lèvres bouger : « C'est parti ! grand'mère va nous raconter sa guerre de 70 ! » La famille Carbec s'était tue. On entendit alors la voix de Jean-Marie annoncer doucement :

— Lucile s'est engagée cet après-midi comme infirmière.

— Quoi ? gronda sa mère.

— Elle a passé son brevet de la Croix-Rouge à Paris n'est-ce pas ? demanda Mme Carbec.

— Encore une idée de sa tante Olga ! protesta Yvonne. Lucile n'est pas encore majeure, il lui faut l'autorisation de ses parents !

— Je la lui ai donnée, dit Jean-Marie.

— Comment as-tu pu faire une chose pareille sans m'en parler ? Lucile est aussi ma fille, non ? As-tu seulement pensé à tout ce qu'elle va voir qui n'est pas fait pour une jeune fille de son âge et de sa condition ?

Roger donna un autre coup de coude à son frère et ne parvint pas à refouler le fou rire qui lui encombrait la gorge. Impassible, la grand'mère décréta alors :

— C'est l'heure d'aller vous coucher mes enfants, vous aussi mes petites filles.

Maintenant, Mme Carbec, son fils et sa belle-fille se trouvaient seuls dans le salon de la malouinière.

— Lucile a été embauchée immédiatenent à l'hôpital de Saint-Malo, dit Jean-Marie. D'autres trains de blessés vont arriver les jours prochains. Le casino et le Grand Hôtel de Paramé ont été réquisitionnés. J'ai entendu dire qu'on allait installer des lits dans les villas non occupées.

— Mon Dieu ! gémit Yvonne. C'est donc pour cela qu'on ne nous dit plus rien.

— Mais non, dit Jean-Marie irrité. Au lieu de se lamenter, il vaut mieux que chacun rende service là où il peut le faire. Personne n'est plus confiant que moi, mais il faut tout envisager. Si demain il le fallait, je ne m'opposerais pas à ce qu'Annick suive l'exemple de sa sœur, et Marie-Christine celui de sa cousine. Restons calmes et attendons les événements. Je suis sûr que nous allons avoir une bonne surprise.

De nombreux convois suivirent en effet le premier train de Dinard. Il en arrivait tous les jours, à ce point qu'on manqua bientôt de lits, d'infirmières diplômées et de médecins, même de pansements, d'alcool et de teinture d'iode. Les communiqués restaient toujours laconiques mais les blessés parlaient assez pour faire comprendre qu'une grande bataille de frontières avait été engagée et perdue. Il fallait se rendre à l'évidence : l'illusion de l'Alsace libérée n'avait guère duré plus de vingt-quatre heures. Partout où elle se lançait sur les canons lourds et les mitrailleuses de l'armée allemande avec ses pantalons rouges, ses baïonnettes et un courage enragé, l'armée française était battue. Pris sous un feu terrifiant, des bataillons entiers avaient été massacrés. Hébétés, les yeux fous, les blessés qui arrivaient à Saint-Malo ne savaient même plus quand ils avaient été frappés depuis qu'on les trimbalait tantôt vers le sud, tantôt vers l'ouest, sous des pansements barbouillés de sang coagulé, énormes cataplasmes, en attendant de trouver un hôpital où ils pourraient enfin être accueillis. Ils parlaient peu, disaient qu'ils avaient été fauchés en quelques minutes par des armes automatiques. Beaucoup avaient été atteints aux jambes qu'il avait fallu couper le plus haut possible parce que déjà gangrenées. Pour eux, qui faisaient partie des troupes d'active et n'avaient pas plus de vingt ans, la guerre était déjà terminée, mais ils ignoraient encore qu'on leur avait tranché la cuisse. Personne n'osait le leur avouer.

Plus bavards des réfugiés racontaient qu'ils avaient dû tout abandonner, maison, meubles, bêtes, sur l'ordre de l'Armée — ce mot soudain paré d'un caractère sacré ne s'écrivait plus qu'avec un A majuscule — pour permettre aux unités de circuler librement. Parmi eux se trouvaient quelques centaines de Belges. Pourquoi des Belges à Saint-Malo ? se demandaient les marins-pêcheurs qui commençaient à rentrer de Terre-Neuve. Que viennent-ils faire chez nous ? N'en ont-ils point assez avec leur Knokke-le-Zoute et leur Ostende dont on nous rebat les oreilles ? Ceux-là, à peine débarqués de leurs trois-mâts barques, les gendarmes les avaient expédiés sur les dépôts de Brest et de Lorient. La situation était-elle donc devenue grave à ce point qu'après six mois de campagne passés sur les bancs de pêche les pauvres gars avaient eu à peine le temps d'engrosser leur femme ou de décharger chez les putains le poids de leur solitude ? Interrogé par les notables, le sous-préfet lui-même ne savait rien. Comment aurait-il pu deviner que quatre armées allemandes se ruaient à travers la Belgique, alors que le haut-commandement n'en avait pas encore informé le président de la République ? Le bruit courut cependant que le 47e aurait eu de nombreux morts à Charleroi.

— Charleroi ? tu n'y penses pas ! dit Jean-Marie Carbec à Jean Lecoz qui lui rapportait cette rumeur.

— Pourquoi donc ?

— Parce que ma mère a reçu du commandant Biniac une carte postale datée de Mézières. Charleroi, ça n'est pas Charleville, c'est en Belgique du côté de Namur.

— C'est ce qui m'inquiète le plus, avait répondu Jean Lecoz. Regarde cette carte. Nous autres, nous avons plus l'habitude des cartes marines que des Michelin mais nous savons lire, non ? Hier, on entrait à Mulhouse. Puis, plus rien. Aujourd'hui on se bat en Belgique, demain on se battra à Lille.

— Tu le crois vraiment ?

— Je crains que ce ne soit déjà fait.

Quelques jours plus tard, c'était le 29 août, un communiqué officiel du Grand Quartier général annonça laconiquement : « Situation inchangée de la Somme aux Vosges. » À la Couesnière, Yvonne Carbec avait lu tout haut cette phrase imprimée sur la première page du journal, sans y attacher plus d'importance que les autres fois. Le facteur était passé ce jour-là plus tard que d'habitude et les Carbec s'étaient déjà mis à table lorsque Yvonne avait ouvert *L'Ouest-Éclair* pour lire le communiqué quotidien.

— « Situation inchangée... » Comme d'habitude, cela ne veut rien dire, dit-elle en haussant les épaules.

Muets, les Carbec regardaient le fond de leur assiette et mangeaient en silence les hors-d'œuvre préparés par Joséphine, radis, andouille, tomates... autant de minuscules détails que se rappellerait longtemps un des petits-fils de la vieille dame parce que celle-ci lui avait dit soudain :

— Va donc me chercher dans la bibliothèque le grand dictionnaire, celui de la lettre F.

Roger s'était aussitôt levé, fier de la confiance manifestée par sa grand'mère. Le Larousse, c'était son affaire, il passait des heures entières à le feuilleter, moins gourmand d'histoire ou de géographie que d'anatomie et recherchant la définition des mots mystérieux, phallus, vagin, testicules, sexe, pénis, cul, maîtresse, syphilis et tant d'autres dont il aurait voulu forcer le secret. Comme il rentrait dans la salle à manger avec le lourd volume dans ses bras, il entendit la voix véhémente de Mme Carbec :

— Situation inchangée de la Somme aux Vosges ! On se moque

de nous ! Et vous trouvez que cela ne veut rien dire ? Apporte-moi ça mon garçon.

Elle avait redressé ses lunettes qui descendaient toujours sur le bout de son nez, ouvrit le dictionnaire, le feuilleta jusqu'à ce qu'elle eut trouvé une carte de France.

— Je n'aime pas qu'on se lève de table pendant les repas, mais aujourd'hui cela en vaut la peine. Venez regarder.

Ils s'étaient tous levés et entouraient la vieille dame dont un doigt déformé par les rhumatismes désignait, tout tremblant, un point sur la carte.

— Voici la Somme... et voilà les Vosges. Eh bien, si vous savez lire, cela veut dire qu'on a reculé jusque-là.

Yvonne avait posé aussitôt sa main sur son sein gauche, geste qui lui était familier autant pour exprimer une émotion que pour la contenir. Les autres lisaient à mi-voix les noms situés au nord d'une ligne imaginaire qui aurait relié Amiens à Épinal : Valenciennes, Maubeuge, Saint-Quentin, Péronne, Mézières, Sedan...

— Nous avons été trahis ! déclama la belle-fille.

— Taisez-vous donc ! dit la vieille dame. On dit toujours cela quand on est battu, mais ça n'est pas le meilleur moyen de se ressaisir. Maintenant rasseyez-vous et continuez votre déjeuner. Nous allons avoir besoin de manger du solide.

— Je n'ai pas faim, dit Yvonne Carbec en tamponnant avec son mouchoir ses yeux rouges de larmes.

— Soyez donc raisonnable, ma bonne. Je comprends votre inquiétude. La guerre sera peut-être plus longue qu'on ne pensait ! Si vous perdez connaissance à la première mauvaise nouvelle, nous n'en sortirons jamais.

— Vous n'avez donc jamais eu de pressentiments quand vos garçons étaient jeunes ? lança Yvonne sur un ton où l'on aurait été bien incapable de déceler la part de l'angoisse et celle de la haine.

Elle s'était levée et avait claqué la porte de la salle à manger en sanglotant.

— La pauvre ! dit la vieille dame. Mangez, mes enfants. Quoi qu'en disent les gens de Vire, moi je préfère l'andouille de Guéménée. Eh bien, vous ne mangez plus ?

— Pardonnez-moi grand'mère, dit Annick, je voudrais aller rejoindre maman, elle m'a dit ce matin qu'Yves lui était apparu en rêve. Elle croit qu'il a été tué.

— Va, dit Mme Carbec. Tâche de la ramener. Je vous ai fait préparer un bon dessert aujourd'hui.

— Quoi donc ? demanda Roger.

— Des profiteroles au chocolat.

Pour faire plaisir à leur grand'mère, les petits-enfants feignirent d'être satisfaits mais leurs pensées avaient déserté la malouinière depuis longtenps, chacun d'eux paraissant se désintéresser de son voisin. Comme toutes les vieilles personnes, Mme Carbec couvait ses propres secrets et ne supportait guère ceux des autres.

— À quoi penses-tu donc, Hervé ?

Sorti de sa songerie, le jeune garçon avait l'air d'être pris en faute. Il dit, après quelques secondes, les joues en feu :

— Je me demandais ce qu'avait bien pu devenir notre cousin Helmut.

— Celui-là, riposta Roger, j'espère bien qu'il est déjà crevé ! Tu ferais mieux de penser à ton frère et à tes cousins.

— Et toi, Marie-Christine ?

— Moi, je pense que si la guerre devait continuer, je me ferais inscrire à la Croix-Rouge. Ma cousine Annick pense la même chose. Il paraît qu'il arrive de plus en plus de blessés et qu'on manque d'infirmières. Où voulez-vous prendre votre café, grand'mère ? Ici, au salon ou dehors ?

— Accompagne-moi donc près de l'étang, nous lancerons du pain à Clacla. Vous les garçons, allez jouer. Avez-vous fait au moins vos devoirs de vacances ?

— Non, c'est la guerre ! répondirent-ils en se sauvant.

Mme Carbec aimait prendre son café près de l'étang, sous les arbres d'où elle pouvait voir la première ombre de la malouinière projetée sur la pelouse et surveiller la grande allée ouverte sur le domaine. Chaque année, à pareille époque, le parc se peuplait de bavardages, rires et chansons. C'est là que bien souvent, lorsque les grandes personnes avaient disparu pour aller faire la sieste dans leur chambre, une fille ou un garçon était venu lui faire quelque confidence, au moment où une irrésistible envie de dormir l'étourdissait. Cet été, la guerre lui avait volé ses vacances, la maison s'était vidée d'un seul coup. Tout à l'heure, nous n'étions que six à nous mettre à table, et quatre seulement après le départ d'Yvonne et d'Annick. Les autres années, nous n'étions jamais moins de douze. Mme Carbec buvait son café à très petites gorgées, la moitié d'une tasse seulement si vous ne voulez pas que votre cœur vous joue des tours, avait prescrit le docteur. Elle aimait autant le goût du moka que le contact sur ses lèvres et ses doigts d'une petite tasse en porcelaine, dernier vestige d'un service de six cents pièces commandé jadis au subrécargue qui représentait alors la Compagnie malouine des Indes à Canton. C'était une tradition chez les Carbec que cette dernière tasse fût réservée au seul usage de l'épouse du fils aîné. Quand je serai morte, c'est donc Yvonne qui en héritera, je préfère encore cela. Pauvre fille, elle se fait bien du souci avec ses deux garçons dont nous n'avons aucune nouvelle. J'ai connu cela moi-même. C'était en été, il faisait chaud comme aujourd'hui, la moisson n'était pas rentrée. Les hommes étaient partis se battre en criant eux aussi « À Berlin ! » et puis, après quelques semaines, des centaines de blessés sont arrivés à Saint-Malo, même qu'on les a installés au casino et que toutes les dames ont fait de la charpie. Je ne me rappelle pas si les Prussiens sont allés aussi vite, mais je sais bien que mon mari, pauvre cher homme, s'est engagé dans les gardes mobiles et s'est battu à Meudon, autant dire sous les murs de Paris. Nous, les femmes, on priait, on faisait des processions. Depuis les temps, on en a pris l'habitude. Nous avions tendu au-dessus de la Vierge de la Grande Porte une banderole ornée de lettres d'or qui disaient « Ô Marie, protégez nos armées. » La Vierge ne nous a pas entendues.

Rêverie, assoupissement involontaire ? Mme Carbec rouvrit les yeux au moment où Marie-Christine lui retirait doucement des mains la tasse de porcelaine. Elle regarda attentivement sa petite-fille. Avec sa manie de vouloir chercher des ressemblances avec un quelconque parent, mort ou vivant, la vieille dame avait souvent évoqué quantité d'ovales, de mentons, d'yeux, de fronts, de nez ou de bouches consciencieusement répertoriés dans sa mémoire demeurée infaillible pour tout ce qui concernait sa famille. À qui donc ressemblait cette Marie-Christine, aussi brune que Lucile était dorée ? Il lui manquait le moelleux de sa mère et le sourire cajoleur de sa cousine, mais une sorte de douceur entêtée nimbait son visage et en faisait une Carbec authentique.

— Vous êtes inquiète pour Jean-Pierre et Yves ? demanda Marie-Christine.

— Il ne faut pas trop le montrer à ta tante. C'est à toi que je pensais.

— À côté de ce qui se passe, je compte pour peu de chose.

— C'est vrai, ma petite fille, mais entre les événements qui se passent et ce que tu nous as déclaré tout à l'heure, il y a tout de même un certain rapport.

— Quoi donc, grand'mère ?

— Tu nous as bien dit que tu deviendrais infirmière si la guerre se prolongeait ?

— Certainement.

— Approche donc ta chaise de mon fauteuil pour que nous puissions parler toutes les deux plus à l'aise et tout bas. Tu sais que tu peux tout me dire. Où en es-tu de ta vocation religieuse ?

— Elle n'a pas changé.

La jeune fille avait parlé sur un ton catégorique à la limite de l'impatience. Elle avait même fait mine de se lever.

— Non, je n'ai pas fini, dit Mme Carbec. Crois-tu qu'on puisse être en même temps infirmière et novice ?

— Beaucoup de religieuses sont infirmières, les hôpitaux en sont pleins.

— C'est vrai, mais elles ne sont pas si jeunes. Quel âge as-tu donc ?

— Dix-huit ans.

— Sais-tu qu'on ne fait pas, qu'on ne voit pas et qu'on n'entend pas dans un hôpital les mêmes choses que dans un couvent ?

— Qui vous dit que je veuille m'enfermer dans un couvent ?

— J'avais cru comprendre, dit doucement Mme Carbec, que tu voulais devenir carmélite ou clarisse. Il y a deux ans de cela, tu avais à peine seize ans, tu m'en avais fait la confidence. Tu te rappelles ? C'était ici, au bord de l'étang, je tenais ta main dans la mienne comme aujourd'hui.

Elles s'en souvenaient toutes les deux. Un jour de vacances ensoleillé comme celui-ci, alors que tous les autres étaient partis sur les routes, au casino ou à la plage, Marie-Christine, demeurée seule à la malouinière avec la vieille dame, lui avait demandé gravement :

— Est-ce que vous croyez en Dieu, grand'mère ?

— Bien entendu. En voilà une question !

— Mais vous contentez-vous d'y croire comme tout le monde, ou bien avec une conviction profonde ?

— Avec conviction. Cela s'appelle la foi.

— Donc, lorsque vous communiez, vous avez la certitude de recevoir le corps, le sang, l'âme et la divinité de Jésus-Christ.

— Oui, c'est le sacrement de l'eucharistie. En douterais-tu toi-même ? demanda Mme Carbec.

— Non, bien au contraire. J'en suis même si profondément convaincue que je ne comprends pas qu'on puisse communier le matin à la messe, c'est-à-dire recevoir Dieu lui-même, en présence réelle, et sortir de l'église, entrer dans une pâtisserie, jouer au tennis, faire un bon déjeuner, danser au casino, enfin tout ce qu'on fait pendant les vacances. Quand on croit à ce prodige qu'est l'eucharistie et qu'on a la chance d'y participer, comment la vie quotidienne telle que nous la menons pourrait-elle être possible ? On ne peut pas lésiner avec Dieu. On lui donne tout ou rien. Mon choix est fait. Je lui donnerai tout.

Bouleversée, Mme Carbec avait serré plus fort, aussi fort que le pouvaient ses vieux doigts, la main de Marie-Christine. Elle aussi, au même âge, celui où le sacrifice ne paraît pas si difficile, elle avait connu un semblable éblouissement... et un soir de bal avait apaisé son intransigeance.

— Tu as sans doute raison, l'eucharistie est le sacrement essentiel de notre religion, mais Dieu ne nous a jamais demandé de tout lui sacrifier.

— Mais si, mais si ! avait protesté Marie-Christine Vous oubliez « Tu quitteras ton père et ta mère... »

— Bien sûr ! consentait la vieille dame. Ton catéchisme de persévérance est plus présent que le mien. Peut-être que ma foi, avec les années, s'est un peu engourdie dans une certitude sans problème. Mais le Christ a dit aussi : « Rendez à César... »

— Non ! s'était alors insurgée la jeune fille. Pas vous ! C'est trop commode. Les hommes utilisent toujours cette parabole pour se défiler ou pour justifier César, à croire qu'elle a été inventée par César !

— Voilà que tu interprètes l'Évangile maintenant ? As-tu parlé de tout cela à tes parents ?

— Maman croit que je traverse une crise mystique à laquelle elle n'attache pas plus d'importance qu'à une rougeole, papa ne s'intéresse guère à la religion, et l'aumônier de la pension m'a répondu que l'Église devait se montrer très prudente envers les vocations précoces ou tardives. De toute façon, j'entrerai au couvent.

Mme Carbec n'avait pas su quoi répondre. Surtout, ne pas heurter ma petite-fille. Il lui était cependant arrivé de poser sottement la question — elle s'en était repentie aussitôt — que n'importe quelle autre grand'mère aurait posée dans une semblable circonstance :

— Tu n'as pas eu de peines de cœur ? Une désillusion sentimentale ? Enfin, tu vois ce que je veux dire.

Marie-Christine s'était dressée :

— Ne me confondez pas avec ces bonnes sœurs qui apportent à Dieu ce que les hommes n'ont pas voulu.

Après deux années, Mme Carbec se souvenait mot pour mot de ces confidences. Marie-Christine était devenue la jeune fille qu'elle promettait : ni laide ni belle avec un visage aigu dont l'expression volontaire, parfois ironique, devait peu encourager les garçons.

— Je suis allée hier à Saint-Malo et j'ai parlé à Lucile de mon projet. Elle m'a répondu : « Non, ne fais pas cela, ce que je vois et ce que je fais est trop affreux ! »

— N'est-ce pas ce que je t'ai dit tout à l'heure ?

— C'est ce qui m'a décidé à devenir infirmière. Ma vocation religieuse reste la même, grand'mère. Aider ceux qui souffrent doit être une bonne manière de prier Dieu, peut-être la meilleure, sinon la charité chrétienne ne voudrait rien dire du tout.

Pour ne pas se tenir battue, la vieille dame insista encore :

— Ta cousine Lucile a son brevet de la Croix-Rouge, pas toi.

— Croyez-vous qu'un diplôme soit nécessaire pour laver par terre ou vider des bassines ?

Enfermée dans sa chambre, Yvonne n'était pas descendue pour le dîner. Elle réapparut le lendemain pour guetter la venue du facteur.

— Je n'ai pas de lettres, madame Carbec. Ne vous faites pas de mauvais sang, il n'y en a aujourd'hui pour personne Je ne sais pas ce qui se passe, je n'ai que les journaux du pays dans ma boîte.

Par habitude, Yvonne dit d'une voix détimbrée :

— Vous prendrez bien une petite goutte ?

L'homme ôta son képi pour en essuyer le cuir trempé de sueur.

— Pas aujourd'hui, non, je n'ai pas le cœur à la goutte aujourd'hui. Ça ira sans doute mieux demain. Au revoir madame Carbec.

Yvonne arracha la bande du journal. Aucun gros titre ne barrait la première page du *Salut*. Il lui fallut quelques instants pour trouver un article relatif au communiqué de la veille. Elle lut enfin, atterrée : « Une colonne allemande essaie de se glisser par Saint-Quentin et Laon jusqu'à Paris, autour duquel sont faits en ce moment d'importants préparatifs de camp retranché... »

Un mois, il y avait juste un mois qu'on avait sonné le tocsin pour appeler tous les Français à prendre les armes ! La guerre ne devait durer pas plus de douze semaines et voilà que les Allemands marchaient sur Paris. Incapable de supporter seule le poids d'une telle nouvelle, Yvonne Carbec entra dans la salle à manger, lut tout haut le journal et lança :

— La guerre est perdue ! Il vaut mieux que Paris tombe tout de suite et qu'on nous rende nos gars.

Les autres se taisaient. Roger, soudain furieux, lui répondit :

— D'abord la guerre n'est pas perdue. Qui vous l'a dit ? Le pape ?

— À ton âge, observa Yvonne, les enfants ne parlent pas à table sans autorisation.

— Ce sont les vacances, ma bonne ! dit la grand'mère qui ajouta : Il a raison, les Prussiens ne sont pas encore à Paris. Moi qui vous parle, en 1870...

Mme Carbec venait de plonger dans sa vieille vie d'où elle ramenait toujours le bal de Napoléon III, le siège de Paris, l'Exposition Universelle, le naufrage du *Hilda*, la journée des Inventaires, la grève des marins-pêcheurs à Cancale, ou sa première crise de rhumatismes.

— En 1870, votre grand'père était pour Gambetta...

— Celui qui est parti en ballon pour organiser la résistance ?

— Oui, mon chéri. Moi, je penchais du côté de M. Thiers. Cela ne nous a pas empêchés d'être tous les deux d'accord lorsque le conseil municipal a fini par se rallier à la République. Nous autres les Carbec, on était plutôt dans ces idées-là, mais à condition que l'ordre soit respecté. On n'était pas pour l'anarchie, ah dame non ! C'est pourquoi les Malouins ont envoyé un bataillon de volontaires pour aider les Versaillais. On dira ce qu'on voudra de M. Thiers, mais sans lui, mes pauvres enfants, vous ne seriez point les héritiers de notre malouinière, parce qu'avec les communards il n'y a ni propriétés ni héritiers. Si les Prussiens doivent entrer demain dans Paris, qu'ils y entrent donc, mais M. Poincaré ferait bien d'avoir alors, lui aussi, des Versaillais.

— Qu'est-ce que vous nous racontez là ! Jamais les Boches ne rentreront à Paris ! Vous m'entendez ? Jamais, jamais !

Roger s'était levé, rouge de colère, pour dire ces mots comme s'il avait craché du feu à la figure de sa grand'mère. Impassible, admirant autant qu'elle refusait d'admettre la violence de son petit-fils, elle intima :

— Sors de table, tu es privé de dessert.

— Je peux sortir avec lui ? demanda Hervé.

— Si tu veux.

Roger jeta à son frère un coup d'œil complice qui voulait dire « Merci, tu es un chic frangin, je te revaudrai ça ! »

— Depuis le départ de leur père, ils sont intenables, dit Annick.

— J'ai raison de vouloir que cette guerre finisse tout de suite, soupira Yvonne. Sinon, ça n'est pas seulement à Paris que la révolution éclatera. Nous l'aurons aussi dans nos familles. Voyez où nous en sommes déjà !

Jean-Marie Carbec arriva le lendemain à la Couesnière. Il apportait des nouvelles de ses deux fils. Avant qu'il fût descendu de sa Lion-Peugeot, Yvonne avait couru au-devant de lui. Elle cria :

— Yves ?

— Ils vont bien tous les deux. J'ai deux lettres !

— Donne-les-moi vite.

Ses doigts tremblaient trop fort pour ouvrir les enveloppes aussi vite qu'elle le voulait sans les déchirer. Elle lut d'abord celle du petit marin, d'une seule goulée, à la fois heureuse et déçue qu'elle fût si brève, surtout si peu héroïque alors que son cœur battait à lui défoncer les côtes, et la relut une autre fois, et une autre fois encore, tout bas, pour elle seule, avant de la lire enfin à haute voix pour les autres : « Mes chers parents, je suis en très bonne santé et je ne regrette plus mon affectation aux fusiliers marins. Je commande une section où il y a quelques gars de Saint-Malo. Nous nous trouvons dans le Nord, du côté de la Belgique, le communiqué vous en dira sans doute davantage. Ne vous inquiétez pas pour moi. Je pense que tout cela finira bientôt. Je suis sans aucune nouvelle de vous, c'est ce qu'il y a de plus dur. Savez-vous si mon frère Jean-Pierre se trouve encore au Maroc ? Nous aurions bien besoin ici de ses tirailleurs. Écrivez-moi à l'adresse suivante : Enseigne de vaisseau Yves Carbec, Secteur Postal 770. Je ne vous en dis pas plus, le vaguemestre va passer et j'ai juste le temps de vous embrasser très fort : maman, papa, grand'mère, les filles et les garçons, toute la malouinière. Votre fils Yves. »

— Il ne nous dit pas grand-chose, mon petit frère, remarqua Annick.

— C'est normal, fit Roger sur un ton important, tu ne voudrais pas qu'il raconte où il est et ce qu'il fait ? C'est un officier. Moi, je la trouve épatante la lettre de l'amiral Carbec. De quand est-elle datée ?

— Du 20 août, précisa Jean-Marie.

Marie-Christine compta sur ses doigts :

— Nous sommes le 3 septembre, cela fait quatorze jours.

Absorbée maintenant par la lecture de l'autre lettre, Yvonne paraissait ne rien entendre. Elle dit à mi-voix :

— Jean-Pierre est encore au Maroc, j'espère qu'il y restera longtemps.

Jean-Marie se contenta d'un geste évasif, gardant le silence sur le spectacle colonial offert par Saint-Malo depuis quelques jours. Sur les remparts et sur le Sillon on voyait déambuler des groupes de blessés convalescents dont le bureau de recrutement se situait d'évidence au-delà des mers : tirailleurs enturbannés dont le visage orné d'une mince moustache au ras des lèvres paraissait avoir été taillé dans une racine de buis, zouaves aux culottes bouffantes, turcos basanés vêtus de bleu ciel à passementeries jaunes, Sénégalais coiffés de chéchias rouges et encore plus vrais, avec le sourire en moins, que les affiches y a bon Banania. Tous portaient témoignage que, dès les premiers jours de la guerre, des troupes africaines avaient été jetées dans la bataille en même temps que les régiments métropolitains. Sans rien connaître du secret militaire, il n'était pas difficile d'imaginer que d'autres contingents coloniaux embarqués à Dakar, Casablanca, Oran ou Alger, traversaient déjà la mer. Le lieutenant Jean-Pierre Carbec ne se trouvait-il pas parmi eux ?

— Nous voilà plus rassurés qu'hier ma pauvre Yvonne ! affirma Mme Carbec.

La vieille dame brûlait de lire, elle aussi, la lettre de son petit-fils sans oser le demander à sa belle-fille qui venait d'en replier les feuillets et les remettait dans leur enveloppe.

— Je vous la donnerai ce soir. C'est une longue lettre, je veux la relire lentement.

Elle avait repris de l'énergie, comme si son fils aîné, du Maroc où il tenait garnison, lui assurait une protection dont elle avait eu toujours besoin et qu'elle n'avait jamais trouvée à la malouinière.

— Et ta fille ? Comment va Lucile ? demanda Yvonne d'une voix légèrement plus pointue à son mari.

— Notre fille va bien mais la pauvre petite n'a pas très bonne mine. Son travail est très dur, je ne la vois pas souvent, elle n'a guère le temps de s'occuper de la maison comme je l'espérais.

Jean-Marie disait cela sur un ton qui cachait mal son embarras, cherchait ses mots comme s'il voulait les peser pour prévenir une attaque.

— Tu la vois au moins le matin et le soir ?

— Pas toujours. Elle travaille aussi la nuit.

— Elle rentre au moins à la maison ? s'inquiéta sa mère.

— Pas toujours, avoua Jean-Marie. Elle couche souvent au casino.

— Au casino ?

— Oui, on a dû y installer un hôpital.

— Et tu permets cela ? Que vont penser les autres familles ?

— Elles penseront ce qu'elles voudront ! dit Jean-Marie avec emportement. Lucile n'est pas la seule jeune fille de Saint-Malo à être infirmière. Les blessés arrivent tous les jours, de plus en plus nombreux. Nous manquons de tout. Les vieux médecins, heureusement, nous donnent un coup de main. Moi, je me suis inscrit à la Croix-Rouge, je les aide comme je peux.

— Je veux faire comme Lucile, dit Annick.

— Moi aussi ! confirma Marie-Christine.

— Taisez-vous ! gronda Yvonne Carbec. Vous êtes deux folles ! Cette guerre tourne la tête à tout le monde, vous feriez mieux de prier Dieu davantage et veiller à ce que les garçons fassent leurs devoirs de vacances. C'est tout ce qu'on vous demande. S'il y a une dévergondée dans la famille, je vous jure qu'il n'y en aura pas trois !

Jean-Marie hochait la tête d'un air triste.

— Vos disputes sont ridicules, dit-il sur un ton plus grave. Je vais vous apprendre quelque chose qui, je l'espère, les apaisera. J'ai vu le sous-préfet tout à l'heure, il m'a confié ce que les journaux vous apprendront demain : le gouvernement quitte Paris et s'installe à Bordeaux.

— Les députés aussi ?

— Bien entendu.

— Ils fuient déjà ? ricana la vieille dame.

— Au contraire, c'est pour continuer la guerre au cas où Paris viendrait à tomber.

— Eh bien, à la bonne heure! dit Mme Carbec.

Les autres avaient baissé la tête. Une grosse larme tomba sur la joue droite de Roger. Mme Carbec répéta :

— À la bonne heure! Seulement, ce ne sont pas les députés qui font la guerre, c'est nos pauvres gars! En 70...

Jean-Marie interrompit sa mère avec humeur :

— Dieu merci, Poincaré n'est pas votre Napoléon III, Joffre n'est pas Bazaine, et Gallieni n'est pas Trochu. Nous sommes en 1914, non en 1870, rien n'est comparable!

— Sauf, s'entêta la vieille dame, qu'on nous a dit aussi qu'il ne manquait pas un seul bouton de guêtre à l'armée. Ça sera donc toujours la même chose? Mes pauvres enfants, heureusement pour lui que votre grand'père ne voit pas cela, il aurait été capable, à son âge, de s'engager ce soir même dans les francs-tireurs.

— Que va devenir maman, si Paris est assiégé? demanda Marie-Christine.

— J'ai pu lui téléphoner pour lui demander de prendre le premier train pour Saint-Malo. Ta mère ne veut rien entendre. Elle veut rester à Paris quoi qu'il arrive.

— Je vais la rejoindre, dit Marie-Christine.

— Nous aussi! firent les garçons.

— Vous resterez à la Couesnière. Il faut faire confiance à nos soldats et à leurs chefs, comme nous avons confiance en Dieu.

— Bien parlé, mon garçon! approuva Mme Carbec.

— Je vous emmène tous au Salut de la cathédrale, si vous voulez profiter de mon auto avant qu'elle soit réquisitionnée.

Tout le monde fut d'accord sauf Yvonne Carbec. Des graves nouvelles rapportées par son mari, elle avait surtout retenu son coup de téléphone à Paris pour tenter de faire revenir Olga à la malouinière. Cela lui avait gâché sa joie de tenir dans ses mains les lettres de ses deux fils. D'où venait cette subite idée d'aller au salut, alors que Jean-Marie s'était toujours contenté d'aller à la messe le dimanche mais ne fréquentait jamais les autres offices? Fallait il donc qu'il fût inquiet à ce point? Pour ses fils? Pour la patrie ? Pour Paris? Pour Olga, peut-être?

— Allez-y sans moi. Vous serez assez serrés comme cela dans l'automobile. Je me sens un peu fatiguée et je préfère rester ici pour lire à tête reposée les lettres de mes garçons.

— Sans vous commander, ma bonne, vous voudrez bien veiller au dîner, lui dit sa belle-mère en s'installant fièrement à côté de son fils dans la Lion-Peugeot.

Lorsque le lieutenant Jean-Pierre Carbec était parti pour le Maroc, il avait été convenu qu'il écrirait tantôt à son père, tantôt à sa mère. Postée à Fès le 20 août, la lettre qui venait d'arriver était adressée à Jean-Marie.

« Je ne vous ai pas écrit plus tôt parce que je croyais bien arriver moi-même en France avant une lettre confiée à la poste militaire. Dès le trente juillet, en effet, mon régiment se préparait à quitter le Maroc. Ça n'est pas une mince affaire de plier armes et bagages et de les transporter avec trois mille hommes de l'autre côté de la mer ! Comme vous le pensez, tout le monde s'activait de bon cœur. Qui n'a pas bu et chanté dans un mess d'officiers de tirailleurs au moment où la guerre s'est déclenchée, ne peut se faire une idée de l'enthousiasme avec lequel cette nouvelle a été reçue par nous tous. Je bouclais déjà ma cantine, lorsque notre colonel nous a fait connaître qu'un bataillon resterait provisoirement au Maroc. C'est le mien qui subit ce mauvais sort. Je n'ai pas besoin de vous dire ma déception. Quelle que soit l'inquiétude que n'aurait pas manqué de causer à maman et à vous-même mon départ immédiat pour le front, vous conviendrez avec moi que j'aurais raté ma vocation si la guerre venait à se terminer sans que j'aie eu le temps d'y participer. C'est vous dire mon espoir que mes nouvelles fonctions ne m'empêcheront pas de rejoindre mon bataillon lorsque son tour sera venu d'embarquer pour la France, car j'assume aujourd'hui, à Fès, de nouvelles fonctions auxquelles je m'attendais peu.

« Figurez-vous que revenant de Casablanca où j'étais allé accompagner jusqu'au bateau des camarades de promotion, j'ai passé quelques heures à Rabat où sont installés, vous le savez, les bureaux de la Résidence Générale et de l'État-Major. Je pensais bien y glaner, par-ci, par-là, quelques « tuyaux » sur la situation générale et les rapporter dans le bled où nous ne savons à peu près rien des événements. Tout le monde ici brûle de partir en France mais pense aussi que le Maroc serait perdu si on le vidait d'un seul coup de tous ses bataillons. Comme je déjeunais à la popote du cabinet du Résident Général où m'avait invité un camarade de Saint-Cyr devenu un des officiers d'ordonnance du général Lyautey, figurez-vous qu'on m'a proposé à Fès un poste rendu libre par le départ subit d'un lieutenant qui s'était débrouillé comme un chef pour réintégrer son régiment de spahis au moment où celui-ci allait s'embarquer. D'abord, j'ai hésité. Cela ne me plaisait pas de quitter mes compagnons du bataillon. “N'ayez pas tant de scrupules, m'a dit alors mon futur patron qui était l'un des convives de ce repas, c'est le commandant X..., vous avez fait deux ans de bled avec la troupe. Je vous connais.

Il est temps pour vous de faire autre chose. J'ai besoin d'un officier adjoint pour le Service des Renseignements de Fès. Je vous promets que vous rejoindrez votre bataillon de tirailleurs quand son tour viendra de partir." Tout le monde me poussait à accepter. De vous à moi, je commençais à en avoir assez des marches, chantiers de pistes, bivouacs, rations d'eau et autres boîtes de singe ou de sardines. J'ai dit oui. Tout s'est passé très vite avec l'État-Major pour régler ma situation. En France, trois mois de démarches et un kilo de papier n'y eussent pas suffi. Ici, tout se fait d'après le triple mot d'ordre du grand chef : "vite, large, loin."

« Voilà donc comment votre fils est devenu, sur sa bonne mine, l'adjoint du commandant X..., chef politique et militaire d'un territoire pacifié depuis peu de temps et dont il convient de contrôler la population et plus encore les chefs traditionnels, autant pour soustraire ces derniers à certaines influences que pour les protéger eux-mêmes contre leur propre tendance à tondre leurs administrés. Je ne connais pas encore très bien ce qu'on attend de moi, mais je pense que je m'adapterai rapidement à ces nouvelles fonctions parce que, semblable à tous mes camarades, je me suis très vite attaché à ce pays et à ses habitants. Dites à maman que je suis installé dans une vraie maison — adieu la tente et le lit de camp ! — un cube de pierre passée à la chaux, couverte d'une terrasse et ornée de tuiles vernissées, de couleur verte. On y accède après avoir traversé un jardin où poussent pêle-mêle des orangers, des lilas, des grenadiers, des géraniums, et après avoir ouvert une minuscule porte cloutée de fer, avec une clef énorme. Toutes les autres pièces s'ouvrent sur une cour intérieure nommée ici patio comme en Espagne, pavée de mosaïques multicolores, au centre de laquelle on a creusé un petit bassin d'où s'élève un jet d'eau. J'ai pu garder avec moi Salem, mon ordonnance des tirailleurs mais j'ai hérité des quatre serviteurs de mon prédécesseur que j'ai trouvés en arrivant ici et qui ne doutaient pas de devenir les miens : cuisinier, palefrenier, serveur, gardien.

« Il y a là une sorte d'enchantement dont je serais ravi en d'autres circonstances car je ne peux pas me défendre d'une certaine honte quand je me glisse le soir dans mes draps en écoutant le murmure de ma fontaine, et que je pense au sort de mes camarades du régiment. Les nouvelles ne sont pas bonnes. Demain, il se peut qu'elles soient mauvaises, et sans doute graves quand ma lettre vous parviendra. Mais la victoire effacera un jour nos inquiétudes, peut-être nos chagrins. J'espère de toutes mes forces, vous le savez, participer à cette victoire après y avoir contribué au milieu de mes tirailleurs. J'envie mon frère Yves qui doit vivre, sur un vaisseau de guerre, une aventure digne de nos Malouins d'autrefois. Léon est-il mobilisé ? Et mon oncle Guillaume? Donnez-moi des nouvelles de la famille. Je vous embrasse tous et toutes... »

Ce soir-là, Jean-Marie resta à la malouinière. Le départ de Nicolas privait le domaine d'un homme à tout faire qu'il faudrait remplacer pour aider la Germaine qui ne s'occupait guère que de sa maison, donnait aux poules, faisait la lessive et aidait Mme Yvonne les jours de grand ménage.

— As-tu des nouvelles de Nicolas?

— Non, m'sieur Jean-Marie. Vous savez bien qu'il ne sait pas écrire.

— Il aurait pu le demander à un autre?

— Peut-être bien que les autres sont comme lui. L'école, c'était pas son fort. Nicolas, il aime surtout la mécanique. Sa faucheuse, ça lui a fait deuil de la quitter.

— Comment te débrouilles-tu toute seule?

— Pour sûr que c'est difficile!

— Je vais te louer un homme pour t'aider. Un vieux par exemple?

— Un vieux! J'en veux point! Il voudrait me commander. J'en veux point, dame non, m'sieur Jean-Marie!

Les deux mains appuyées sur son ventre, elle regardait son maître droit dans les yeux et répétait, butée: « j'en veux point, j'en veux point!... »

— Vas-tu te taire, sacrée pétasse! commanda Jean-Marie.

Il ne lui déplaisait pas que la Germaine lui tînt tête de cette façon-là, têtue sans effronterie comme toutes celles de par ici. Jambes courtes, ronde des fesses, les joues vernissées comme une pomme à cidre, d'odeur forte, elle était sans grâce, mais ses hanches trapues, le timbre de sa voix et l'éclat de ses petits yeux noirs disaient qu'elle était faite pour le commandement à la maison autant qu'au lit. Saisi d'une fringale subite comme il arrive qu'on soit mis en appétit par le fumet d'une nourriture lourde, Jean-Marie la culbutait deux ou trois fois l'an. D'abord passive, n'osant pas même le moindre geste, elle prenait soudain la direction de l'affaire, marquait vite un but, se relevait en se secouant et disparaissait, ses cottes à peine rabattues.

— Si tu ne veux pas d'un vieux, c'est peut-être que tu voudrais bien d'un jeune qui ne soit point encore mobilisé?

Il avait dit ces mots sur le ton d'une raillerie qui voulait dissimuler la brutalité de son désir. Il s'avança vers elle, jusqu'à la toucher. La Germaine recula d'un pas:

— Non, dit-elle, d'une voix douce qu'il ne lui avait jamais entendue. Non, pas tant que Nicolas ne sera pas revenu.

Jean-Marie rougit, baissa la tête et pour se donner bonne contenance, il sortit la grosse montre qui barrait son gilet et regarda l'heure. Il se revoyait au milieu des autres Malouins rassemblés à la cathédrale et chantant à pleine voix le vieux cantique que tous les Carbec des temps disparus avaient entonné lorsque le malheur menaçait la patrie : « Sauvez, sauvez la France au nom du Sacré-Cœur ! » Il s'était agenouillé, avait courbé la tête, anéanti dans la fumée des encensoirs, bousculé par la houle des grandes orgues, implorant Dieu d'arrêter la marche des armées ennemies, et voilà que deux heures plus tard, cagot honteux, il se faisait remiser par une maritorne dont l'homme mourait peut-être au même moment quelque part entre la Somme et les Vosges.

— N'ayez dont point de tracas, le travail sera fait, dit Germaine Lehidec en lui tournant le dos.

Sûre de son dard, elle dit encore :

— Pensez donc à vos deux grands gars, m'sieur Jean-Marie, des fois que ça vous changerait les idées.

Pendant quelques jours, tout le monde crut que la situation était désespérée. Les Allemands avançaient toujours vers Paris, les Français reculaient sans leur résister et, de plus en plus nombreux, les blessés qui arrivaient à Saint-Malo rapportaient de terribles rumeurs : la troupe n'en pouvait plus de faire retraite, le gouvernement venait de rétablir les cours martiales pour fusiller les fuyards, les gendarmes abattaient les traînards surpris à jeter leur équipement dans les fossés, en cinq semaines de combat, on avait perdu 200 000 hommes. Ces nouvelles invérifiables, les blessés et les réfugiés n'étaient pas seuls à les répandre. Depuis que la capitale se trouvait menacée, les Parisiens qui avaient précipitamment interrompu leurs vacances revenaient ouvrir leurs villas pour s'y mettre à l'abri et apportaient avec eux, amplifiés par leur propre inquiétude, tous les bruits répandus dans les salles de rédaction, les couloirs politiques et les salons, dont on retenait surtout qu'on avait vu des uhlans dans la forêt d'Ermenonville et que plusieurs généraux avaient été relevés de leur commandement. Où était la vérité ? L'erreur ? Peut-être le mensonge ?

Pour apaiser son besoin d'agir, d'organiser, de diriger, Jean-Marie, au nom de la Croix-Rouge, frappait à toutes les portes pour obtenir les draps, oreillers et couvertures dont on manquait le plus, transformait d'autorité les grandes maisons de Dinard en hôpitaux auxiliaires, installait à la gare des cantines, aménageait des centres d'accueil pour les réfugiés. Les armoires s'ouvraient, les resserres se vidaient, chacun voulait faire sa guerre, et l'on se retrouvait le soir, pressés les uns contre les autres, dans la cathédrale, sauvez, sauvez la France au nom du Sacré-Cœur, après s'être rendu à Saint-Servan dans l'épicerie des Frères Provençaux pour lire sur un tableau noir, écrites à la craie, les dernières nouvelles diffusées par la tour Eiffel. C'est là que Jean-Marie apprit le 6 septembre l'ordre du jour du général Joffre dont il ne retint qu'une phrase : « Se faire tuer sur place plutôt que reculer. » Le lendemain le front s'était retourné. De Meaux à Verdun, ceux qui n'en pouvaient plus de faire retraite, crevés de fatigue, épuisés au point de lâcher pied, étaient repartis à l'offensive. Pendant deux jours, la bataille fut indécise, jusqu'au moment où ce fut au tour des Allemands de reculer. Paris était sauvé. Jean-Marie retourna chercher sa famille à la malouinière, mais cette fois parce qu'un *Te Deum* était célébré pour la victoire remportée sur la Marne. Un gros titre barrait la première page du journal : « La Déroute Allemande ».

— Je vous l'avais bien dit, les filles, qu'on leur tendait un piège ! triompha Roger auprès d'Annick et de Marie-Christine. Les boches sont tombés dedans, Ils sont tombés dedans ! Ils sont foutus ! On va les repousser à la baïonnette jusqu'à Berlin !

— Quel miracle ! s'extasiait Yvonne.

Une première liste de Malouins morts au combat depuis le début de la guerre fut publiée par la mairie la semaine suivante. Parmi de nombreux autres, figuraient les noms du chef de bataillon Biniac et de l'enseigne de vaisseau Yves Carbec.

On avait cru que tout serait terminé dans trois mois, et voilà que depuis trois ans des millions d'hommes se jetaient les uns contre les autres dans d'immenses tueries pour obtenir des résultats dérisoires. La tentative de poursuite imaginée par Joffre au lendemain du coup d'arrêt assené, entre l'Aisne et la Marne, aux troupes allemandes déferlant sur Paris, n'avait duré que quelques jours. Tout de suite, les deux armées s'étaient enlisées dans une guerre de siège où il n'y avait ni assiégeants ni assiégés. Impatientes d'en finir, elles avaient bien lancé de grandes offensives en Artois, en Champagne, sur la Somme, surtout à Verdun, ou multiplié des opérations de moindre envergure, jamais elles n'étaient parvenues à modifier profondément les lignes de tranchées creusées de la mer du Nord à la frontière suisse. Ou bien les attaques s'étaient brisées sur des organisations solidement fortifiées, ou bien le terrain conquis avait été bientôt repris par l'ennemi. Et quand une véritable percée avait réussi, les réserves étaient arrivées toujours trop tard pour exploiter le succès éphémère. Cela durait depuis un millier de jours et de nuits, à croire que, dans un camp comme dans l'autre, l'ère des grands capitaines inspirés n'appartenait plus qu'à la légende militaire, et que les généraux se laissaient conduire par les événements au lieu de les mener, comme si leur rôle fût réduit à envoyer périodiquement à l'abattoir des troupeaux humains gorgés de gnaule et d'ordres du jour qui leur disaient : « Courage ! C'est le suprême effort ! L'heure de la victoire est arrivée. »

Ces sortes de réflexions, Guillaume Carbec ne pouvait s'empêcher de les ressasser dans le train qui le menait à Compiègne où il allait rejoindre son nouveau poste. C'était en 1917, dans les derniers jours du mois de mars. Tout à l'heure, à la gare du Nord, il avait assisté au départ d'un convoi de permissionnaires qui remontaient au front. Sanglés dans leurs capotes de gros drap bleu horizon, la figure mangée de barbe, les épaules sciées par les cordons de musettes pleines à craquer, les uns affectaient un air rigolard, les autres gardaient au fond de leurs yeux tristes l'image de la femme et des gosses qu'ils venaient de quitter. Jugulaire au menton, mousqueton en bandoulière, des gendarmes casqués intervenaient pour les diriger vers le quai d'embarquenent, accueillis par des clameurs à la limite de la menace : « Mort aux vaches ! » Impassibles mais inquiets, les cognes poussaient le plus doucement possible les hommes pour les faire monter dans leur compartiment. Aux portières, des visages où brillait encore le plaisir d'une dernière nuit passée dans un lit se penchaient vers des infirmières qui leur distribuaient des gobelets de vin chaud. Dérisoire, le coup de sifflet usuel destiné à faire partir le train déclencha d'un bout à l'autre du convoi un refrain populaire « Il est cocu le chef de gare... », gaiement braillé par tous ceux-là qui repartaient au massacre. Comptables ou terrassiers, commis ou épiciers, garçons de café ou clercs de notaire, ingénieurs ou concierges, étudiants ou journalistes, la vertu d'une chanson gaillarde avait suffi pour souder dans une énorme farce tous ces hommes qui avaient la conscience très précise d'appartenir à un monde à part et ne rataient jamais l'occasion de mépriser du regard, de la voix ou du geste ceux qui n'en étaient pas. Comme le train, ébranlé par une grande secousse de ferraille, partait lentement, un jeune garçon arrivé au dernier moment fut happé par deux paires de bras, maintenu sur le marchepied et hissé par la portière. Il était blond, ne devait avoir guère plus de dix-huit ans, on aurait dit un agneau. Il ressemblait à Léon Carbec. Guillaume, le cœur serré à l'écrou pensa à son fils aspirant dans un bataillon de chasseurs, quelque part du côté de Reims, blessé deux fois depuis qu'il s'était engagé dès les premiers jours de la guerre.

Le train dans lequel se trouvait le médecin major était parti à son tour. Jamais l'hiver n'avait paru plus dur et plus long. À travers les vitres embuées, la banlieue parisienne gravait des eaux-fortes noires et blanches, dans la neige et la suie, la misère et le sordide. Têtières en macramé, miroirs, menuiseries d'acajou, paysages ensoleillés de la Côte d'Azur, et ces banquettes moelleuses de drap gris perle qui sentent l'odeur du feutre humide des taxis par temps de pluie, le compartiment où Guillaume Carbec s'était installé gardait encore la décoration et le confort destinés hier aux riches voyageurs ou aux grands commis qui n'ont pas l'habitude d'acheter leur billet. Un petit carton frappé de tricolore indiquait que deux compartiments situés au milieu du wagon demeuraient réservés aux officiers supérieurs du Grand Quartier Général. Ils étaient à peu près vides. Après une brève hésitation, bien qu'il eût reçu son quatrième galon depuis plus d'un an et qu'il fût affecté à Compiègne, Guillaume n'avait pas voulu troubler les méditations des penseurs au collet orné de foudres dorées qui les occupaient. L'étiquette militaire exigeant qu'il se présente au chef d'État-Major du G.Q.G. avant tout contact avec ses futurs compagnons, il s'était finalement casé au milieu de jeunes capitaines et lieutenants qui avaient observé sans indulgence le médecin major jusqu'au moment où celui-ci ayant ôté son manteau, ils avaient compté sur la manche de sa vareuse un nombre satisfaisant de chevrons et remarqué sur sa poitrine une honnête croix de guerre à côté d'un ruban rouge. L'un d'eux s'était alors levé pour lui céder sa place de coin : c'était le reconnaître pour l'un des leurs.

Un médecin ne fait pas la guerre la fleur au fusil. Guillaume Carbec n'avait pas quitté ses élèves et ses malades avec enthousiasme, mais à partir du moment où il avait revêtu son uniforme militaire, il était parvenu à concilier le serment d'Hippocrate et le sentiment profond de la patrie en danger jamais confondu avec le patriotisme bêtifiant que d'illustres écrivains faisaient dégouliner en bleu, blanc, rouge, sur la page des journaux, emboîtant le pas à un certain Henri Lavedan de l'Académie française qui, dès les premières semaines de la guerre, avait osé écrire dans *L'Écho de Paris* : « La baïonnette est le jouet favori du troupier, l'arme des braves par excellence sous le baiser perçant de laquelle ils aiment bien mourir. » Au plus creux de sa pensée, il se sentait plus proche de Romain Rolland, même si celui-ci s'était exclu de la communauté française en écrivant *Au-dessus de la mêlée*, mais Guillaume n'admettait pas qu'on puisse étaler son refus de partager les malheurs et les espoirs de la patrie dans un manifeste écrit et publié à Genève, à l'abri des mitrailleuses, au moment que des milliers d'hommes mouraient chaque jour. Pour se permettre de demeurer en accord avec lui-même et de considérer, sans rougir, cette guerre comme la plus grande catastrophe de l'histoire européenne, le professeur Carbec s'était porté volontaire pour des postes périlleux. Récusant au bout de trois mois la responsabilité du train sanitaire qu'on lui avait d'abord confiée, il avait obtenu d'installer une antenne chirurgicale au plus près des lignes où il soignerait immédiatement les blessés au lieu de les évacuer vers l'arrière. Il avait fallu tout organiser sur le terrain, trouver du matériel et des moyens de transport, opérer pendant quinze heures d'affilée, démonter les abris de toile au dernier moment, lorsque le feu de l'ennemi devenait intenable, pour les remonter plus loin. Simple major à trois galons, Guillaume avait mis à contribution ses relations parisiennes pour obtenir, sans passer par la voie hiérarchique, des instruments ou des appareils peu utilisés, souvent inconnus, par la médecine militaire. Ailleurs, on utilisait encore des sondes métalliques pour localiser avec peu de précision une balle ou un éclat d'obus, comme aux soirs de Wagram, de Magenta ou de Wissembourg, mais la petite ambulance du major Carbec avait tout de suite disposé d'un camion-radio grâce à Mme Curie. Alertée, l'Inspection Générale de la Santé Militaire avait songé à faire revenir à Paris un si remarquable organisateur, mais le major avait tenu bon. Non-combattant par statut international, il entendait faire la guerre de près, au milieu de ceux qui souffraient le plus, Français ou Allemands. C'était sa façon d'accomplir son devoir et de justifier sa protestation intime contre les tueries dont il était le témoin muet et révolté. Cela avait duré trente mois. Maintenant, il ne croyait plus seulement que cette guerre était une catastrophe politique, il pensait aussi qu'elle était une monstruosité. Il avait assisté à trop de « coups décisifs » qui tournaient court, vu trop de corps mutilés, entendu trop de cris et de râles pour ne pas être convaincu que rien au monde ne pouvait justifier la mort d'un million de jeunes hommes. Dans son langage de carabin jamais oublié, il lui était arrivé de dire tout haut à la popote de la division où il avait été invité pour fêter sa Légion d'honneur : « Connerie majeure et sanglante, héroïque mais connerie tout de même !... » À la fin du repas, le général l'avait pris amicalement par le bras :

— Mon cher professeur, gardez donc ces réflexions pour vous. Entre nous, je partage votre point de vue, mais il nous est interdit de le dire tout haut, on nous accuserait de défaitisme. Au point où nous en sommes, il nous faut continuer jusqu'au bout, sans cela tout serait à recommencer dans vingt ans. D'autre part, permettez-moi de vous dire que toutes les actions entreprises n'ont pas été inutiles : elles ont entretenu le moral de la troupe.

Guillaume Carbec avait failli répondre : « Vous plaisantez ? » Il s'était contenté de jeter un regard effrayé à son interlocuteur, sachant bien que celui-ci n'était ni un plaisantin, ni un barbare, ni même un imbécile.

— Comprenez-moi, poursuivit le général, à un certain échelon de la hiérarchie militaire, il ne s'agit plus de faire l'ange comme un saint-cyrien ! On doit museler sa sensibilité sinon on ne donnerait jamais l'ordre d'une attaque. Dites-vous bien, mon cher, qu'une troupe trop longtemps au repos devient vite vacharde et inutilisable.

— Vous le pensez réellement ?

— Dans une certaine mesure, oui...

— Mais dans la démesure, non ? demanda le médecin major.

— En tout cas, c'est la doctrine du G.Q.G., avait conclu le général sans répondre directement à la question posée. Il avait dit aussi : « Je vous souhaite une très bonne permission. Ces dix jours, vous les avez bien mérités. Grâce à vous les services sanitaires de la division sont satisfaisants, mes félicitations s'adressent autant au praticien qu'à l'organisateur. J'ai été très heureux de vous remettre cette croix. Vous serez toujours le bienvenu si on vous renvoie ici.

— Mais je compte bien revenir dans dix jours, mon général !

— Je vous ai dit cela parce que je dois vous faire part d'une note de la Direction du Service de Santé qui vous convoque à Paris.

Le même soir, Guillaume Carbec avait regagné, l'air soucieux, son ambulance installée alors dans un secteur calme où cantonnaient des troupes au repos. Il pensait aux propos échangés avec le général « à mon échelon, mon cher, il ne s'agit plus de faire l'ange », et il se demandait si à partir du moment qu'ils avaient franchi les grades de lieutenant et de capitaine les chefs militaires étaient encore capables de se hausser aux dimensions de la tragédie quotidienne vécue par les hommes du rang.

Lorsque l'officier permissionnaire Guillaume Carbec était arrivé à Paris la semaine précédente, il avait été tout de suite frappé par la fixité des regards, la maigreur des visages, la lassitude grise de tous ces gens, le plus souvent des femmes, qui s'engouffraient dans les bouches du métro pour aller travailler. Depuis sa mobilisation il y était revenu quelquefois, trois permissions de quatre jours et deux plus brèves missions, la dernière pour une consultation au Val-de-Grâce au sujet d'une grave opération subie par le général Gallieni. Jamais il n'avait manqué de lire dans les yeux de tout ce petit peuple l'inquiétude qui avait si vite éteint la flamme des premiers jours quand on croyait que la guerre se gagnerait vite, à coups de baïonnettes et à coups de clairon. Cette fois, les observations du professeur paraissaient être plus graves. Il faisait froid et noir, le thermomètre marquait — 17°, mal balayée la neige sale encombrait les rues et les trottoirs où l'on faisait déjà la queue devant les boutiques encore fermées pour y acheter du sucre, du lait ou des petits sacs de cinq kilos de charbon. En trois ans on avait pu passer de l'enthousiasme à la désillusion, enfin à la résignation, mais personne n'avait jamais douté de la victoire finale. Guillaume croyait surprendre quelque chose de nouveau dans la tristesse des regards et le poids des épaules courbées, qui rôdait comme l'odeur de la fièvre dans une chambre de malade et que les spécialistes du ministère de l'Intérieur appelaient le « pessimisme ». Il se rappela alors un fameux dessin de Forain qui représentait deux poilus dans une tranchée. « Pourvu qu'ils tiennent ! » disait l'un d'eux, la mine inquiète sous une giclée d'éclats. « Qui donc ? » demandait l'autre. « Les civils ! »

Sans pouvoir en préciser le moment, Guillaume avait prévenu qu'il arriverait dans la matinée. Il s'arrêta un instant dans la loge des concierges pour leur dire bonjour, refusa l'ascenseur, monta comme un jeune homme les deux étages et s'aperçut tout à coup qu'il était heureux de revenir chez lui où sa femme l'attendait. Se rappelant une tendre plaisanterie des premiers temps de leur mariage, il sonna trois fois, trois longues qui se traduisaient en morse par un O comme Olga. Tout de suite, il reconnut les pas précipités et la cascade de son rire.

Ils ne s'étaient pas vus depuis six mois. Même quand elle était le plus spontanée avec ceux qu'elle aimait le plus, Olga Carbec ne pouvait s'empêcher d'esquisser un pas de séduction. Guillaume le savait mieux que personne, il en avait un peu souffert autrefois lorsque l'intermède s'adresssait à d'autres que lui, plus tard il en avait souri avec indulgence, aujourd'hui il appréciait d'être accueilli par cette femme qui, après plus de vingt ans de mariage et quatre enfants, dansait encore si bien la parade amoureuse sous son joli peignoir du matin.

— Laisse-moi d'abord prendre un bain, dit-il en se dégageant.

— Non, laisse-moi te regarder avec ton casque, ta capote, ta Légion d'honneur, ta croix de guerre... Guillaume, j'ai été si inquiète ! Tous les jours, et toutes les nuits.

Elle touchait sa figure, ses épaules, ses décorations, éclata en sanglots, s'arrêta de pleurer, je vais être défigurée, et entraîna le héros dans le lit encore tiède de la nuit.

— Tu en avais tellement envie ? demanda Guillaume en riant après une si rapide étreinte qu'il en avait un peu honte.

Elle se trouvait encore sous lui qui n'avait pas même enlevé son ceinturon.

— Oui, dit-elle sans la moindre gêne, et ajouta aussitôt : pas tant envie de faire l'amour que de toi. Vous autres, les hommes, vous ne pouvez pas comprendre cela.

Redevenus paisibles, lui baigné et rasé, vêtu d'un pyjama, elle recoiffée, ils étaient maintenant assis dans leur lit, côte à côte, prenant leur petit déjeuner comme deux vieux époux qui savent tout le prix des habitudes, et parlant de leurs enfants.

— As-tu des nouvelles de notre aspirant ? questionna Guillaume en souriant.

— Oui, répondit-elle sur le même ton. Il m'écrit régulièrement quelques lignes, au crayon. J'ai reçu une carte avant-hier. Tu vas être fier de ton fils, il va être promu sous-lieutenant.

Tous les deux affectaient de prendre un air détaché sans ignorer qu'ils se mentaient l'un l'autre pour masquer leur angoisse. Comme Guillaume ne répondait pas, Olga haussa la voix.

— Moi, je suis très fière de mes deux hommes !

Jusqu'à présent, leur garçon s'en était tiré avec des égratignures. Il y a de ces miracles. Mais la chance d'un combattant ne se comptabilise pas de la même façon que celle d'un médecin, d'un avocat ou d'un écrivain, même d'un joueur, où il peut arriver qu'un succès en provoque immédiatement un autre. Alors la chance se capitalise. À la guerre elle s'amenuise chaque fois qu'elle se manifeste. Le major Carbec n'ignorait pas le rôle qu'on avait fait jouer aux aspirants et aux sous-lieutenants en Artois, sur la Somme, en Champagne ou à Verdun. Il se contenta de hocher la tête, feignant d'être absorbé dans la difficile entreprise d'étaler du beurre sur la fragilité d'une biscotte.

— Dieu protège notre fils, affirma Olga.

Pourquoi le nôtre, plus qu'un autre ? pensa-t-il tout bas, sans oser exprimer sa défiance, comme si un vieux fond de superstition faisait craindre à cet incrédule d'attirer la foudre sur la tête de son enfant.

— Parle-moi de Marie-Christine et des garçons.

À la fin de l'été 1914, les Carbec de Saint-Malo avaient jugé plus prudent de faire inscrire au collège de la ville Roger et Hervé, quitte à les faire rentrer à Paris pour y rejoindre leur mère dès que les Allemands auraient été chassés plus loin. Les vacances terminées, la grand'mère avait donc fermé sa malouinière pour se réinstaller « dans les murs » avec tout son monde endeuillé par la mort du jeune Yves, tombé à Dixmude devant sa section de fusiliers marins. Les premiers jours de la rentrée scolaire avaient pesé lourd sur les épaules des deux garçons peu habitués à la règle d'un établissement religieux, même si leur patronyme leur avait permis d'ignorer la période de curiosité un peu hostile réservée aux « nouveaux ». Avec des Malouins de leur âge, Lemoine, du Longpré, Brice-Michel, Le Masson, Torquat, Garnier-Duparc, Herpin, Saint-Mleux et d'autres, ils avaient bientôt partagé les libres vagabondages permis par la guerre aux adolescents depuis que les pères étaient mobilisés : promenades jusqu'au bout du Sillon, sorties en mer, pêche au bas de l'eau, découverte des cigarettes caporal données par les blessés sortis de l'hôpital, balades à bicyclette vers le Mont-Saint-Michel. Le soir, quand Roger et Hervé rentraient dans la grande demeure dressée sur les remparts, devoirs non faits, leçons non apprises, personne n'osait les gronder ni même se soucier d'eux. L'oncle Jean-Marie était le plus souvent absent, la tante Yvonne ne quittait plus guère sa chambre que pour entendre la messe du matin et le salut du soir, les trois filles étaient retenues à l'hôpital par leur service d'infirmières.

Le feu aux joues, les cheveux encore pleins de vent, Roger et Hervé s'asseyaient silencieux en face de leur grand'mère qui faisait tous les jours dresser huit couverts dans la salle à manger de forme ovale, lambrissée d'acajou et moulurée d'ébène comme au temps de la Compagnie des Indes lorsque les capitaines Carbec ramenaient en contrebande des piastres pour leurs caves et des soieries brochées d'or pour leurs femmes. La vieille dame accueillait les deux frères avec le sourire où elle savait mettre autant d'indulgence que de complicité, leur permettait aussitôt de beurrer leur pain et agitait une clochette de cuivre semblable à celles dont se servent les enfants de chœur. Alors, Solène entrait dans la salle avec sa soupière.

Quand on lui avait appris la mort de son petit-fils, la vieille dame avait durci son visage, surtout ne pas pleurer devant les enfants, le reste me regarde. Elle s'était surtout occupée d'Yvonne qui avait gémi comme une bête « Je le savais, je le savais depuis huit jours ! » et de Jean-Marie qu'une douleur de plébéien terrassait. Cette nuit-là, assise sur son lit, Mme Carbec avait entendu remonter jusque sur ses lèvres une chanson qu'elle avait apprise à ses propres garçons, Jean-Marie et Guillaume, quand ils avaient six et quatre ans, pendant le dur hiver de 70 où le froid avait tué autant de jeunes hommes que les fusils : « Petits enfants priez pour les soldats de France — Qui dorment tout là-bas de leur dernier sommeil — À tous ces fiers garçons morts un jour d'espérance — Au Bon Dieu demandez un rayon de soleil ! » À son chagrin se mêlait un sentiment de fierté qu'elle voulait garder pour elle seule. Comptable des gloires de la famille, elle n'était pas loin de penser que la mort d'un jeune héros tombé parmi les premiers dans une guerre de revanche ajouterait un fleuron nouveau à la généalogie Carbec qui s'enorgueillissait surtout de capitaines marchands et de financiers, d'armateurs et de grands commis. Une chose la tourmentait. Elle en avait voulu autant à Dieu qu'au général Joffre, d'avoir fait mourir son petit enseigne de vaisseau dans la terre boueuse alors qu'il était le seul Carbec de sa génération à être demeuré fidèle à la mer. À l'aube, au premier chant des oiseaux, elle se réconcilia avec le Seigneur parce qu'il allait faire se lever le soleil, et avec le généralissime parce qu'il avait gagné la bataille de la Marne. Elle s'était aussi promis de ne plus gronder désormais ses autres petits-enfants, même si leur turbulence, acceptée volontiers pendant les mois d'été à la malouinière, lui devenait insupportable dès que la fin des grandes vacances approchait. « À chacun sa guerre ! » disait la vieille dame.

Lorsqu'à la fin de cette même année on avait commencé à douter du retour des hommes, Mme Carbec n'avait pas voulu entendre ces mauvais bruits. Elle préférait accorder son crédit aux journaux dont elle était lectrice fidèle, son *Écho de Paris* où M. Maurice Barrès écrivait : « Les Allemands doutent d'eux-mêmes puisqu'ils creusent des tranchées pour s'y terrer », et ses *Lectures pour Tous* où le brave général d'Urbal affirmait : « Nous les vaincrons quand nous voudrons et où nous voudrons. Nous romprons leur front à l'endroit qu'il nous plaira de choisir, à notre heure et à notre volonté. » Les mois avaient passé. La vieille dame avait rouvert sa malouinière pour le temps des grandes vacances, mais Olga Carbec, dès septembre 1915, sur le conseil de son beau-frère, était venue chercher ses deux garçons pour les boucler dans un pensionnat dirigé par des Pères maristes qui avaient la réputation de fabriquer des jeunes gens bien élevés et d'en faire si possible des bacheliers. Elle avait aussi ramené à Paris sa fille Marie-Christine.

À Saint-Malo, Jean-Marie avait obtenu qu'on lui rendît ses deux navires charbonniers pour aller charger du nitrate au Chili. Enfin arrivé en France avec un bataillon de tirailleurs marocains envoyé en renfort, son fils Jean-Pierre, blessé à Verdun, avait été promu capitaine. Devenue infirmière militaire, sa fille Lucile était partie pour la Serbie avec un corps expéditionnaire confié au général Sarrail. Au fur et à mesure que les mois passaient, les dimensions de la guerre devenaient de plus en plus grandes. On se battait sur terre, sur mer, dans les airs, en France, en Italie, en Russie, en Europe centrale, en Syrie. Pas en Allemagne.

— Commençons par Marie-Christine, demanda Guillaume.

— Je ne la comprends plus, je suis pourtant sa mère !

— Que se passe-t-il ?

— Je n'ai pas voulu t'inquiéter avec cela. Quelques semaines après ta dernière permission, Marie-Christine a décidé de donner sa démission de la Croix-Rouge.

— Cela est arrivé à d'autres, dit Guillaume. Beaucoup de jeunes filles ne peuvent pas le supporter longtemps.

— Non. C'est autre chose. Marie-Christine est solide. Pendant deux ans, elle n'a jamais flanché, au contraire. Elle était toujours volontaire pour les besognes les plus dégoûtantes, tu vois ce que je veux dire. Un jour, elle m'a déclaré qu'elle ne retournerait plus à son hôpital parce que les infirmières de la Croix-Rouge appartenaient à un milieu social dont elle se désolidarisait et que, d'autre part, elle ne voulait plus être une sorte de complice d'une guerre honteuse... Ce sont ses propres paroles. J'ai d'abord cru qu'elle était épuisée et j'ai compris que la pauvre petite n'en pouvait plus, physiquement et moralement. Je lui ai dit : tu sais il m'est arrivé de vouloir laisser à d'autres le soin du Tricot du Soldat, du Colis du Prisonnier, de l'Ouvroir des Champs-Élysées, des Oreillers du Blessé, du Petit

Noël du Poilu, ou d'autres œuvres dont je m'occupe, mais j'ai obéi à la duchesse de Gramont et à la marquise de Noailles lorsqu'elles m'ont dit qu'une Carbec se devait plus qu'une autre de demeurer à son poste de combat.

— Alors, elle t'a ri au nez, déclara Guillaume.

— Comment sais-tu cela ? D'abord, elle n'a pas ri. Elle a souri comme si elle avait encore treize ou quatorze ans, avec une sorte de déférence insolente et elle m'a dit : « À chacun ses relations, à chacun son combat. » Je ne sais qui a pu lui mettre ces idées-là dans la tête. Elle était si mignonne avec son voile bleu bordé de blanc et sa longue cape, alors qu'avec cette affreuse robe grise...

— Quelle robe grise ?

— Elle est devenue infirmière-visiteuse, autant dire une sorte de nurse, qui passe son temps dans les taudis, à Belleville et à Levallois. Ça n'est pas sa place !

— Parce qu'elle soigne des malheureux ? dit très doucement Guillaume. Moi, je ne fais pas autre chose.

— Toi, c'est ton métier.

— C'est peut-être la vocation de Marie-Christine.

— Une vocation d'assistante ? Je n'y crois pas, comme je n'ai jamais cru à sa vocation religieuse quand elle avait seize ans. Rappelle-toi nos dernières vacances à la Couesnière : elle parlait d'entrer au couvent mais elle était très heureuse de se mettre en maillot collant pour aller se baigner avec ses cousins. Non, ta fille est une révoltée !

— Qu'est-ce qui te fait dire cela ?

— Tout ! s'emporta Olga. Elle renie sa famille, nos amis, son milieu, même son père et son frère qui sont au front !

— Tu exagères un peu, non ?

— J'exagère ? Elle m'a reproché d'organiser des galas artistiques dans les hôpitaux.

— Ça n'est pas bien grave.

— Tu ne sais pas le pire. Elle m'a déclaré aussi qu'elle se sentait mal à l'aise dans notre appartement, trop luxueux, dit-elle, et elle est allée s'installer au sixième, dans une chambre de bonne où elle n'a ni eau courante ni lumière. Elle y vit comme une pauvre ! Je ne sais ce qu'en pensent nos voisins et les concierges.

Elle avait dit ces derniers mots, les larmes aux yeux en se serrant contre son mari.

— Tu sais, répondit-il après l'avoir cajolée, je me fous de tout ce que peuvent penser les voisins et les concierges, mais je ne veux pas que ma fille soit malheureuse. À son âge, il est normal qu'on aille jusqu'au bout de ses idées. La jeunesse, c'est peut-être le seul moment de la vie où l'on est vraiment honnête. Après, c'est trop tard. Laisse-la faire sa rougeole.

— Alors, tu l'approuves ?

— J'essaie de la comprendre, répondit Guillaume.

Ses yeux faisaient le tour de la chambre. Ils s'attardèrent sur les doubles rideaux gris perle à fines rayures roses, le lustre de cristal, la coiffeuse habillée de dentelle, le chiffonnier, les fauteuils légers, le petit secrétaire en satiné signé van Riesen, cadeau de Mme Carbec à sa belle-fille pour son mariage. Ici, tout était précieux, d'un goût assez sûr pour que le luxe n'apparût pas avec éclat, alors qu'il n'en allait pas de même pour les autres pièces de l'appartement où paradaient les meubles et les tableaux hérités du beau-père Zabrowsky. Jusqu'à présent, Guillaume Carbec ne s'en était pas même aperçu. Héritier de grands armateurs malouins dont les greniers, suivant la coutume du XVIIe siècle, étaient de véritables garde-meubles, devenu plus tard gendre d'un célèbre urologue répandu dans les salons, lui-même professeur notoire aux honoraires indiscutés, il ne lui était jamais venu à l'esprit qu'il y avait là, dans ce décor de grand bourgeois, quelque chose qui ressemblait au luxe, et encore moins que ce luxe pût être ostentatoire et honteux. Quelques heures avant d'arriver à Paris pour y passer dix jours de permission, il s'était efforcé de chasser de son esprit les visages écrasés, les membres mutilés, la sanie, les hurlements, toutes les horreurs de cette chirurgie de guerre à laquelle il ne s'habituerait jamais. Non seulement, il n'était pas parvenu à les oublier, mais le spectacle de la rue parisienne à peine réveillée et déjà pleine de visages usés lui avait serré le cœur. Cependant, à peine arrivé boulevard de Courcelles, tout lui avait paru naturel, le salut cordial du concierge, sa femme qui sentait bon de partout, les caresses reçues et données, le petit secrétaire, le lustre, le décor rose et gris, les tartines faites avec du beurre salé envoyé par la famille de Saint-Malo. D'un coup, la révolte de Marie-Christine le replongeait dans la misère quotidienne à laquelle il s'était tant promis de tourner le dos pendant dix jours.

— Qu'est-ce que tu veux comprendre ? demanda Olga. Moi, je crois qu'elle a rencontré quelqu'un qui lui monte la tête contre ce que cette sorte de gens appelle « la société ».

— Peut-être, dit Guillaume sur un ton évasif. Je pense plutôt que c'est là un phénomène de génération aggravé par la guerre. Tu as toujours l'air d'être la sœur de ta fille, mais tu as quand même 43 ans.

— Pas tout à fait...

— Excuse-moi. Vois-tu, que nous le refusions ou non, nous qui avons eu vingt ans avant l'Exposition, nous sommes des gens d'un vieux siècle qui s'est prolongé jusqu'en 1914. C'est là que tout a basculé. Je crois que cette guerre a provoqué des rapprochements sociaux, hier impossibles. Même s'ils ne devaient pas durer, ils auront permis à la jeunesse de réfléchir à des problèmes qui n'ont certainement pas effleuré les filles de ta génération. Je te considère comme une jeune femme, non ?

— Et tu le prouves, dit Olga en roucoulant.

— Moi, je ne me considère pas encore comme un vieux birbe, eh bien, je me demande si je ne suis pas plus près de ma vieille maman qui a dansé avec Napoléon III que de mes enfants. On peut objecter toutefois que nous nous trouvons là en présence d'un syndrome...

— Ah ! non, non ! l'interrompit-elle en riant. Ne faites pas votre cours, monsieur le professeur, j'ai assez entendu mon père pérorer dans le vide ! Vous autres, la guerre ne vous aura pas changés !

Guillaume prit le parti de rire lui aussi.

— Ce que je t'ai dit tout à l'heure, je le pense vraiment. Ne t'inquiète pas trop pour Marie-Christine, c'est peut-être sa façon de prier. Après tout, cela vaut bien le couvent. Est-elle au courant de ma permission ?

— Je lui ai dit. Elle en a paru contente.

— J'espère que vous vous voyez souvent ?

— Souvent, non. C'est une sauvage.

— Ne la brusque pas. Parle-moi maintenant des deux garçons. Ils ne te manquent pas trop ?

Lorsque Roger et Hervé étaient rentrés à Paris, après avoir passé à Saint-Malo la première année de la guerre, leur mère avait voulu les inscrire au lycée Carnot, proche du boulevard de Courcelles, où ils auraient pu se rendre à pied comme l'avait fait leur frère aîné. Stupéfaite, elle avait entendu son mari lui dire, lors d'une brève mission :

— Tu vas me les mettre pensionnaires dans une boîte de curés.

— Mais ça n'est pas dans tes idées !

— Il ne s'agit pas de cela. Plus tard nous verrons. Pour l'instant je ne veux pas que ces deux garçons soient externes, tu leur passerais tous leurs caprices et nous en ferions des bons à rien.

Olga connaissait assez bien son mari pour savoir que ce sceptique était capable de grands entêtements, celui des êtres doux sur lesquels rien, ni raison ni ruse, n'a prise.

— Où veux-tu que je les mette ?

— Où tu voudras, mais pas à Paris. Ça n'est pas mon affaire, c'est ton rôle.

— Tu ne t'es jamais occupé d'eux !

C'était vrai. Semblable à la plupart de ses confrères, Guillaume

Carbec avait voulu avoir plusieurs enfants mais ses responsabilités professionnelles qu'il appelait parfois « ma carrière », inséparables des obligations mondaines qui peuvent déboucher un jour sur l'Académie de médecine, lui avaient fait négliger leur éducation.

— Eh bien, je m'en occupe aujourd'hui ! Un de mes collègues m'a dit le plus grand bien du collège Saint-Vincent. C'est à Senlis, pas loin de Paris, tu pourras donc voir souvent tes pauvres petits. Recommande-toi du professeur Dufourmontel.

— Et la musique d'Hervé ? Il a déjà perdu un an avec cette pauvre Mlle Biniac qui en savait moins que lui !

— Fais-en donc un homme avant d'en faire un pianiste !

— Pour Roger, ce sera plus facile que pour Hervé qui est un enfant fragile...

C'était sa dernière cartouche.

— À plus forte raison ! avait cependant conclu Guillaume.

Quelques semaines plus tard, les deux Carbec avaient franchi le seuil de la vénérable institution où Louis XIV faisait élever naguère les fils de ses officiers décorés de l'ordre de Saint-Louis et morts au combat. Ils y avaient trouvé une centaine de garçons qui leur ressemblaient, jeunes bourgeois ou petits nobliaux, plus souvent fils de cultivateurs qui traînaient derrière eux une odeur de betterave et de lait caillé. Après deux ans d'internat, Roger et Hervé faisaient partie intégrante d'une communauté de jeunes gens où Dieu était inséparable de la patrie, les vers de Virgile des tragédies de Corneille, et qui s'enorgueillissait de compter parmi ses anciens élèves le maréchal Canrobert et José Maria de Heredia considérés, le premier comme un héros de l'histoire militaire et le second comme une illustration de la poésie française. Les deux frères étaient vite devenus populaires, l'aîné parce qu'aussi brillant élève qu'indiscipliné, le second à cause de son visage d'ange foudroyé et du talent avec lequel il tenait l'harmonium à la chapelle.

— J'irai les voir à leur collège, dit Guillaume.

— Pourquoi ne pas les faire venir à Paris ? Ils n'ont qu'un seul jour de sortie par mois.

— Il ne faut pas contrarier leurs études. Comment se passent-elles ?

— Plutôt bien. Roger est le premier de sa classe, mais tu sais qu'il est un enfant difficile. C'est un Carbec, n'est-ce pas ?

— Eh bien, j'en profiterai pour voir ses professeurs. Je compte aussi passer deux jours à Saint-Malo.

— Nous avons quatre dîners, dont deux chez tes confrères Delbet et Tuffier.

— Déjà ?

— Dès que j'ai connu la date de ta permission, j'ai arrangé cela. Comment allons-nous distribuer ton emploi du temps, mon chéri ?

Elle consultait un petit agenda en suçant le bout de son crayon.

— Avant de rien décider, tu aurais dû m'attendre. Je suis convoqué à l'Inspection du Service de Santé, nous aviserons après.

— Je vois que vous avez eu de l'avancement ! Il est d'ailleurs bien mérité. Un quatrième galon et la croix : bravo ! Pour peu que cette guerre dure encore, *quo non ascendes*? Asseyez-vous donc, monsieur le professeur.

Le chef du Bureau des Affectations du Service de Santé n'avait pas changé depuis le jour où Guillaume Carbec lui avait rendu visite. Il avait seulement pris un peu plus d'embonpoint, remplacé sa tunique noire par une vareuse bleu horizon et gardé au fond de sa voix l'aigreur des militaires relégués au bas du tableau d'avancement.

— Vous êtes superbe ! insistait-il. Une mine d'empereur ! Vous en avez de la veine ! C'est le grand air hein ? Ça vaut toutes les thérapies. Moi, j'ai pris du ventre et une sale gueule. On ne me le dit jamais mais je me regarde dans les yeux des autres. Tenez, vous-même, en entrant... Avouez que vous avez été surpris ?

— Franchement non ! Je trouve même que le bleu horizon ne vous va pas si mal.

— Ne vous moquez pas de moi. On me laisse moisir ici, alors que j'aurais pu rendre service ailleurs, au lieu de crever tout doucement d'une vieille cirrhose dans la paperasse. Vous, vous aurez votre cinquième galon, moi on m'aura déjà foutu à la porte !

— Je n'ai pas tant d'ambition militaire.

— Pourtant vous vous y prenez aussi bien qu'un breveté d'État-Major ! dit l'autre, acerbe.

— Je ne vous comprends pas.

— Vous ne prétendez tout de même pas de ne pas avoir agi en haut lieu pour obtenir une telle mutation ?

— Quelle mutation ? Je vous donne ma parole que je ne suis au courant de rien, sauf que je dois me présenter à l'Inspection Générale.

— Dans ces conditions, monsieur le professeur et cher camarade, je suis heureux de vous apprendre que le major de première classe Guillaume Carbec est muté au Grand Quartier Général.

— C'est une connerie ?

— Pas du tout. C'est même une des rares décisions intelligentes prises par le Service.

— Je n'y comprends rien. Et si je refusais ?

— Trop tard ! c'est trop tard, l'ordre est signé. Mon cher, vous êtes réclamé par le nouveau généralissime en personne. Auriez-vous préféré surveiller de près la prostate du père Joffre maintenant que nous en avons fait un maréchal de France pour le consoler de lui avoir retiré tout commandement ?

— Que devient mon ambulance chirurgicale dans cette affaire ?

— Votre successeur est déjà nommé. C'est un médecin militaire très bon chirurgien. Ne vous inquiétez pas, nous avons au cours de ces derniers trente mois coupé assez de bras et de jambes pour savoir comment nous y prendre. Vous, c'est autre chose, vous êtes un grand patron, c'est-à-dire un bon praticien et un bon organisateur. Vous avez surtout tapé dans l'œil du nouveau généralissime.

— Il ne m'a jamais vu !

— Mais il vous connaît de réputation. Tout le monde dit à Paris que le général Nivelle a de grands projets. Il s'entoure des meilleurs forts en thème. Entre nous, c'est plus facile à trouver que de bons divisionnaires. Je pense que vous ferez partie de son équipe immédiate pour donner votre avis sur l'organisation d'un véritable Service de Santé moderne. Avec Nivelle, c'est du moins ce que disent les officiers de son cabinet, la guerre sera terminée en quelques mois. Vous y croyez, vous ?

— Mon cher major, répondit Guillaume, à mon échelon, quand on a vu ce qu'on a vu, on ne croit plus au Père Noël, même s'il se déguise en général. Quand dois-je rejoindre ?

— Dès la fin de votre permission.

— Où se trouve aujourd'hui le G.Q.G. ?

— Ça, c'est un secret militaire. Tout le monde le connaît, mais il est défendu d'en parler. Le commissaire de la gare du Nord vous dira confidentiellement qu'il a quitté Chantilly pour Beauvais en attendant de s'installer à Compiègne. Vous allez vous asseoir parmi les dieux, monsieur le professeur ! S'il vous arrive de soigner de près notre nouveau généralissime, n'oubliez pas que, d'après certains historiens, Napoléon a perdu la bataille de Waterloo parce que ce jour-là ses hémorroïdes l'empêchaient de se tenir à cheval. Vous voyez où peut se placer le génie des grands chefs !

Guillaume Carbec sortit du ministère au milieu de l'après-midi. La nuit ne tomberait pas avant une heure. Il décida de rentrer chez lui à pied en passant par la Concorde, la rue Royale et le boulevard Malesherbes qu'il remonterait jusqu'au parc Monceau. Parvenu au milieu du pont de la Concorde, il s'arrêta un long moment, ému comme il ne l'avait jamais été par la noblesse des quais et l'ordonnance architecturale des hôtels construits par Gabriel. Des jeunes garçons qui devaient avoir l'âge de ses fils étaient accoudés au parapet pour voir défiler un convoi de péniches tirées par un remorqueur dont le pilote faisait basculer la cheminée pour passer sous les arches. Il se pencha lui aussi un instant, reprit sa marche, tourna le dos à la Seine, traversa la place où des fiacres trottaient au milieu de rares taxis et de limousines conduites par des chauffeurs en uniforme. Par raison d'économies, les sirènes des fontaines étaient privées d'eau et quelques réverbères déjà allumés ici et là répandaient autour d'eux une clarté pauvre. Beaucoup de militaires de tous grades et de tous âges, souvent décorés de la croix de guerre, donnaient le bras ou la main à des femmes et à des gosses qui marchaient fièrement à côté d'eux. Chaque fois, il avait détourné son regard pour leur éviter d'avoir à le saluer bien que les marques extérieures de respect ne fussent plus guère observées par les permissionnaires. Personnellement, Guillaume Carbec s'en souciait peu. Il n'ignorait pas cependant que l'armée russe était secouée par des mutineries devenues quasi permanentes et qui avaient commencé par de tels manques à la discipline élémentaire. Je me conduis comme un lâche, pensa-t-il au moment où son attention fut attirée par deux jeunes femmes qui marchaient devant lui : serré à la taille leur manteau s'arrêtait à mi-mollets, découvrant des bottines à lacets sous l'éclair d'un bas de soie. Elles parlaient gaiement, riaient parfois. Happé par leur jeunesse et par tout ce qu'il y avait de nouveau dans ces silhouettes parisiennes, il les suivit pendant quelques instants, pressa le pas, parvint à leur hauteur, tourna la tête et leur décocha une œillade d'homme qui fut récompensée par deux sourires dont il sut bien qu'ils s'adressaient autant à ses quatre galons d'or et à sa croix qu'à sa prestance. Non qu'il étalât la moindre fatuité, Guillaume Carbec savait qu'il plaisait aux femmes et que sa notoriété de chirurgien n'était pas étrangère à sa séduction. Cette fois, elle n'avait pas joué. Le regard gratuit des deux femmes s'adressait à un passant inconnu, un de ceux qu'on appelait volontiers, avant la guerre, « un beau militaire ». Il y fut d'autant plus sensible qu'il avait atteint l'âge où les hommes reçoivent avec ravissement ces minuscules témoignages qui les rassurent sans même qu'ils s'en rendent compte. Dans la rue Royale et place de la Madeleine, trottins, midinettes ou bourgeoises, à peine sorties des ateliers de couture ou des magasins, se hâtaient vers des stations de métro, de tramways ou d'autobus, avec une liberté de mouvements que Guillaume n'avait pas remarquée jusqu'alors bien qu'il se jugeât bon observateur dans ce domaine. Les ouvrières semblaient avoir abandonné définitivement la lourde jupe des romans d'Émile Zola et les autres n'avaient plus besoin de retrousser leurs robes pour traverser la rue. Il dénombra plusieurs jeunes veuves de guerre reconnaissables au bandeau blanc qui ourlait leurs voiles de deuil, mais perdues au milieu de la foule on ne faisait déjà plus attention à elles. Guillaume croisa aussi un groupe de jolies filles déguisées en infirmières. Celles-ci ne ressemblaient guère aux saintes laïques de son ambulance chirurgicale qui ne flanchaient jamais sous les bombardements, acceptaient les pires besognes comme de grands devoirs et trouvaient leur récompense en passant une heure dans le lit du médecin-chef où il n'y avait pas de place pour deux. Il arriva enfin à la grille du parc Monceau au moment où l'appel d'une trompe annonçait la prochaine fermeture des grilles. Au détour d'une allée, un gardien débonnaire dont la tunique plus verte que le gazon du square qu'il surveillait s'ornait d'une médaille militaire gagnée au temps de Jules Ferry dans un quelconque Tonkin, lui fit un salut de sous-officier que le médecin major rendit en souriant.

Olga l'attendait, impatiente, déjà habillée pour la sortie d'un grand soir. Fatigué par une nuit de train, l'accueil amoureux de son retour et la marche qu'il venait de faire, Guillaume avait espéré rester chez lui où il attendrait l'arrivée de Marie-Christine. Il n'osa pas décevoir sa femme.

— Où m'emmènes-tu ? demanda-t-il en manière de plaisanterie.

— Nous dînons au Café de Paris.

— Avec qui ?

— Personne. Nous serons tous les deux. Regarde ma robe, elle te plaît ? Je l'ai achetée chez Jeanne Lanvin. Elle a créé ce modèle pour les soirées de permisionnaires. Tu vois cette jupe courte et à godets ? Elle s'appelle crinoline de guerre. Dis-moi maintenant ce qu'on te voulait au ministère.

Guillaume raconta sa visite.

— Je voudrais bien connaître le salaud qui m'a joué ce vilain tour, dit-il bougonnant.

— Mais c'est merveilleux ! s'exclama-t-elle en faisant plusieurs petits signes de croix, à la polonaise. Tu ne seras plus sur le front, mon chéri ! D'abord, tu n'en as plus l'âge.

— Cela, on me l'a déjà dit.

— Mon mari au G.Q.G. ! J'ai un mari au Grand Quartier Général !

Elle se gargarisait de ces syllabes prodigieuses qui faisaient rêver ou empêchaient de dormir quelques centaines de généraux ou de colonels dont la situation toujours précaire dépendait d'un trait de plume au bas d'une page rayée de tricolore et timbrée des trois redoutables initiales : G.Q.G.

— Quand on me demandera de tes nouvelles, je vais maintenant répondre : « Mon mari a été appelé au Grand Quartier Général ! » Tu l'as bien mérité. Je t'aime ! Tu es un héros.

Jusque-là, il l'avait écoutée en souriant à ses bavardages enfantins et ses futilités sans lesquels il n'y aurait plus eu d'Olga Zabrowsky. Cette fois, il ne put se contenir.

— Tais-toi ! gronda-t-il. Tais-toi ! Ne prononce jamais ce mot devant moi. Il traîne trop souvent dans vos journaux d'idiots. Vous ne savez même pas ce que cela veut dire.

Interdite, penaude dans sa crinoline de guerre, les larmes aux yeux, elle baissa la tête et dit tout bas :

— Je te demande pardon. Tu es fatigué. Veux-tu que nous restions à la maison ?

Il n'hésita que quelques secondes :

— J'en ai pour une demi-heure, le temps de prendre une douche et de me changer.

— Te changer ? Tu n'y penses pas.

— Si. J'espère que le dernier complet bleu marine que j'ai fait faire en 1914 me va encore bien. Je n'ai perdu que deux kilos.

— Et tu crois que je vais sortir avec toi, habillé en pékin ? Pour qu'on te prenne pour un embusqué ? Ça, jamais !

Une heure plus tard, ils entraient dans le fameux restaurant de l'avenue de l'Opéra où un maître d'hôtel se précipita vers eux. « Bonjour, monsieur le professeur, nous sommes heureux et fiers de vous revoir au Café de Paris. Je vous ai fait réserver la table que vous aimez, celle que vous occupiez le soir où vous avez fêté votre agrégation. » Un petit orchestre composé d'un piano et de deux violons jouait en sourdine quelque romance. Sur un signe discret de l'homme en habit, il attaqua aussitôt *La Madelon*, refrain patriotique qu'on raclait à la terrasse de toutes les brasseries. Furieux, tête baissée, Guillaume Carbec traversa la salle du restaurant où tout le monde le regardait en chuchotant parfois son nom. La gloire dorait le visage d'Olga. Lui, il avait envie de la rosser.

Depuis le 1er août 1914, c'était la première fois que Guillaume Carbec revenait à Saint-Malo. L'émotion de revoir sa famille, après trois ans bientôt, n'empêcha pas le médecin de poser sur les uns et les autres un regard de clinicien. Sous son bonnet de dentelle noire dont les rubans tombaient toujours sur les frêles épaules, Mme Carbec mère n'avait pas beaucoup changé. Elle avait maintenant soixante-quinze ans. Ses voisins affirmaient que son visage s'était brusquement creusé de rides dès le lendemain du naufrage du *Hilda*, mais que depuis ce jour-là elle était devenue indifférente aux malheurs des autres. Même cette guerre maudite ne la concernait pas. Heureuse de revoir son fils en bonne santé, la vieille dame le complimenta sur sa manière de porter l'uniforme et le félicita d'avoir été décoré, cela est digne des Carbec, mon garçon. Elle lui savait surtout gré d'être venu la voir sans être accompagné de sa femme. Au premier coup d'œil, Guillaume avait cependant observé un détail qui révélait comme une altération du personnage : sa mère ne portait plus, accroché à sa ceinture, le trousseau de clés qu'il avait toujours vu pendre sur sa robe. Jean-Marie en donna une explication imprévue.

— Lorsque nous avons appris la mort de notre garçon, j'ai cru qu'Yvonne allait perdre la raison. Moi, j'ai tenu le coup grâce à notre cousin Le Coz, je te raconterai. Ta pauvre belle-sœur demeurait enfermée dans sa chambre et n'en sortait que pour aller à l'église. Elle mangeait à peine, ne disait rien. C'était pitié de la voir. Rien ne l'intéressait plus. Pense donc, elle ne faisait même plus son tour de remparts ! Notre mère, tu la connais, n'a jamais été très expansive, surtout avec ses belles-filles. Eh bien là, ne sachant comment s'y prendre avec Yvonne pour lui témoigner son amitié, elle lui a dit un jour : « Tenez, prenez mon trousseau de clés, c'est à votre tour de diriger la maison Carbec. Moi je n'y vois plus assez clair pour trouver le trou des serrures. » Ça n'était pas vrai, ses yeux sont encore bons pour ça ! Tu me croiras si tu veux, mais c'est à partir de ce moment qu'Yvonne a repris, doucement, goût à la vie. Pour maman, imagine un peu ce qu'un tel geste représentait !

— Et ton fils aîné ? demanda Guillaume.

— Tant que nous le savions au Maroc, nous n'y pensions pas trop. Maintenant, c'est autre chose. Il a été deux fois blessé. Cela suffit, non ? Il serait juste qu'on le renvoie à l'arrière.

— Sans doute, mais tu parais oublier que c'est un militaire de carrière.

— Et après ? éclata Jean-Marie. Ah ! elle est belle votre union sacrée ! Des mots ! Tiens, je ne sais plus ce que je dis. Moi aussi, je perds la tête. Un fils tué, un autre qui l'est peut-être à cette heure, une fille dans les Balkans... Ah ! malheur ! Il ne nous reste plus qu'Annick. Une sur quatre.

Quelques heures après son arrivée à Saint-Malo, Guillaume voulut faire le tour des remparts avec son frère, avant de redescendre sur les quais pour assister au retour des barques de pêche qui avaient pris la mer malgré le mauvais temps. Épaule contre épaule, courbés face au vent qui leur envoyait parfois des paquets d'eau en pleine figure, ils parlaient peu, mains dans les poches, l'un sa casquette malouine vissée sur sa tête ronde, l'autre son calot bleu ciel enfoncé au ras des sourcils. Jamais ils n'avaient été aussi unis depuis que les mêmes tourments les rapprochaient.

— Je ne t'ai même pas demandé des nouvelles de mon neveu Léon.

— Il écrit régulièrement, on l'a nommé sous-lieutenant.

— Les pauvres gars ! dit Jean-Marie. Toi qui vois ça de près, demanda-t-il après un long silence, dis-moi la vérité. Comment ça se passe, là-bas ? Pourquoi cette foutue guerre dure si longtemps ? Ils veulent donc nous tuer tous nos enfants !

— Je n'en sais guère plus que toi, je lis les communiqués, répondit prudemment Guillaume.

— Les communiqués, on n'y croit plus. Avec eux, nous faisons tous les jours des milliers de prisonniers et on ne nous parle jamais des morts, mais en Bretagne nous savons à quoi nous en tenir. Dans les communes du Clos-Poulet, il y a des familles qui ont perdu tous leurs hommes. Tu connais le maire de Paramé, hein ? Eh bien, il n'ose plus sortir de chez lui de peur de rencontrer Mme Ruellan à qui il a déjà annoncé la mort de cinq fils.

Jean-Marie serrait les poings, énormes battoirs, et criait des sacrés Bon Dieu que le vent lui refoulait dans la gorge. Pour l'apaiser, son frère rappela la dernière promenade faite tous les deux la veille de la mobilisation générale.

— Bien souvent, dit-il, j'y ai pensé. Je me récitais tout bas le grand Bé, le petit Bé, la Conchée, Cézembre, les Pointus... comme on fait avec les grains d'un chapelet.

— Dis-donc, interrompit Jean-Marie frappé par le ton grave de son frère, tu dis cela comme si tu étais revenu à la religion. Crois-tu seulement en Dieu, mécréant ? Moi, le malheur m'a rapproché des sacrements. Et toi ? Où en es-tu ?

— C'est difficile à dire... Il y a des jours où je me prends à douter, ce qui serait un bon commencement d'après l'aumonier de mon ambulance. Mais, tu vois, Jean-Marie, il m'est difficile d'admettre que ce Dieu-là, le tien, s'il existe, soit un Dieu bon.

Guillaume connut le bonheur de retrouver sa chambre de jeune homme perchée au faîte de la maison familiale près des hautes cheminées qui, après deux siècles et demi, portaient témoignage de la gloire et de la fortune des capitaines qui s'étaient enrichis à plein bord en lançant leurs navires interlopes sur les routes de la mer du Sud. Il était assez content d'y dormir seul. Autant il avait été heureux de retrouver Olga en arrivant à Paris au point d'être saisi par un brutal désir de lui faire l'amour et de la sentir contre lui pendant les quatre premières nuits de sa permission, autant il se félicitait de ne pas l'avoir emmenée à Saint-Malo. Il éprouvait d'autant plus de plaisir de se retrouver avec ses Bretons familiaux qu'il lui avait fallu subir à Paris quelques soirées où se mêlaient des gens étranges, poètes, musiciens, danseurs et peintres qui se tutoyaient tous, s'appelaient entre eux « mon chéri », se congratulaient avec emphase et se déchiraient méchamment. Olga, qui les avait hérités de son père, en nourrissait quelques-uns pendant ces temps difficiles avec l'espoir qu'ils aideraient plus tard la carrière artistique de son plus jeune fils. Guillaume s'était laissé faire parce qu'avant la guerre, il avait assisté à quelques Ballets Russes et même accueilli chez lui, après le spectacle, les jeunes gloires qui s'appelaient Stravinski, Ravel, Fokine ou Léon Bakst. Cela ne lui déplaisait pas que la femme du professeur Carbec tînt alors un salon de musique et fût considérée comme une rivale éventuelle de cette autre Polonaise de Paris, Misia Godebski, qui recevait Aristide Briand, Philippe Berthelot, Debussy, Paul Claudel, André Gide et Jacques-Émile Blanche. Aujourd'hui, c'était autre chose. La veille de son départ pour Saint-Malo, l'arrivée impromptue de quelques esthètes venus boulevard de Courcelles « prendre un verre », comme ils disaient, avait mis Guillaume de mauvaise humeur et déclenché ce qu'il appelait son système d'alarme personnel.

— Je n'aime pas beaucoup ce genre de saltimbanques ! avait-il remarqué après leur départ.

Suffoquée, Olga s'était récriée :

— Tu ne te rends pas compte que ce sont les précurseurs d'un art nouveau qui va naître de la guerre !

— J'ignore s'ils ont du génie, mais je sais que ce sont de faux bonshommes.

— Tu ne m'empêcherais tout de même pas de les voir ?

— Oh non ! Toi tu peux faire ce que tu voudras avec eux. Ces sortes de gens ne font jamais de mal aux femmes. Mais je t'interdis, tu m'entends, de leur faire rencontrer mes enfants.

Ce même après-midi, il avait emmené Marie-Christine goûter dans une pâtisserie de l'avenue des Ternes, et il avait découvert une inconnue dont l'intransigeance et le besoin d'absolu ne lui déplaisaient pas.

— Quand la guerre sera finie, il faudra se dépêcher tous les deux de mieux se connaître.

Marie-Christine n'avait rien répondu. Quand la guerre sera finie... il y avait bientôt trois ans que tout le monde disait la même chose, dès qu'un problème, grave ou minuscule, se posait. Mais la guerre ne finissait jamais.

Ici, dans le granit familial, Guillaume Carbec savourait à présent le plaisir d'être seul. Frais lavés, les draps avaient conservé leur bonne odeur d'eau de mer séchée au soleil, ses livres de prix remportés au collège s'alignaient toujours sur le même rayon de sa petite bibliothèque de garçon au-dessus des premiers traités d'anatomie ramenés naguère de la faculté de Rennes. Sur une petite table vernie au tampon, sa collection de coquillages s'étalait, roses ou verts, blancs ou noirs, clovisses, bulôts, buccins, cônes, coques, tritons, trompettes, et ces minuscules escadres d'argonautes venues de quelle Colchide pour s'échouer sur le sable de Rochebonne et tenir au creux de ses mains émerveillées ! Au mur, une gravure représentait Saint-Malo à l'époque où la ville construite de maisons en bois n'était reliée à la terre ferme qu'à marée basse par la chaussée du Sillon. C'était le temps où le bâtisseur de la famille, le premier qui eût donné du relief à son nom, Mathieu Carbec, avait acheté trois actions de la Compagnie royale des Indes orientales. Tout était parti de là, la maison en pierres taillées, les caves pleines de piastres, les beaux mariages et les héritages, plus tard la malouinière, toute une sacrée lignée de Carbec dont les portraits en pied ornaient le grand salon du premier étage où l'on voyait maintenant côte à côte deux belles photographies posées sur un guéridon : celle du grand-père Jean-François, en redingote, la main droite posée sur une chaîne de montre, la gauche sur la maquette d'un trois-mâts, et celle d'un enseigne de vaisseau imberbe comme une fille, mince comme un roseau. Depuis qu'il avait quitté son ambulance chirurgicale, jamais Guillaume ne s'était senti aussi calme. Compte tenu des délais de route, il lui restait encore un jour à passer à Saint-Malo et trois à Paris. Il demanderait à Jean-Marie de le conduire à la Couesnière, bien que la maison fût fermée selon la tradition jusqu'à Pâques. Pour prendre une large bolée d'air avant de s'endormir, il se leva, ouvrit la fenêtre et dut la refermer aussitôt. Il y avait tempête, le vent hurlait en tournant autour des cheminées. Recouché, il tendit l'oreille jusqu'à ce qu'il eût entendu la Noguette sonner dix heures de la nuit.

Les deux frères arrivèrent de bon matin à la Couesnière.

— Marche doucement, demanda Guillaume au moment où la vieille Lion-Peugeot entrait dans la grande allée bordée de chênes qui piquait droit jusqu'au manoir. Le ciel gris secoué de rafales et les arbres dépouillés accusaient la noblesse un peu austère de la malouinière. Au premier coup d'œil, il était visible que les bois étaient moins bien entretenus que les années précédentes et que les hautes fenêtres à petits carreaux avaient besoin d'un bon coup de peinture.

— On refera tout cela après la guerre, lorsque Nicolas sera rentré, dit Jean-Marie en descendant de son auto.

— Comment va-t-il notre Nicolas ?

— À sa dernière permission, après Verdun, il voulait se cacher pour ne plus retourner là-bas. C'est pire que l'enfer, qu'il disait. Il n'a pas dessoûlé pendant quatre jours. La veille de son départ, sa mère l'a menacé de le dénoncer. Tu ne ferais pas ça ? qu'il lui a dit. Pour sûr que oui, a répondu la vieille, je préfère avoir un fils mort que de voir les gendarmes à la maison !

— Et la Germaine ?

— Elle ne l'a pas retenu. Maintenant, c'est elle qui commande. C'est ainsi dans toutes les fermes du pays. Entre nous, jamais nos terres n'ont autant rapporté, à croire que les femelles sont plus dures que nous autres au travail. Qu'en penses-tu, toi ?

— Je pense que, selon les cas, elles sont meilleures ou pires que nous.

— Pas égales ? insista Jean-Marie.

— L'égalité, dit Guillaume, pour moi c'est un mot vide de sens.

Ils se dirigèrent tout de suite vers l'étang où l'on entendait des battements d'ailes. Ils s'étaient tus, marchaient à pas comptés sur l'herbe mouillée, se retrouvaient sur le sentier de la guerre comme aux temps disparus des grandes vacances où ils avaient découvert ensemble *Le Dernier des Mohicans.* À travers la brume qui flottait encore sur l'eau, l'autre rive de l'étang émergeait comme le souvenir d'un rêve. À leur arrivée, des colverts qui se suivaient à la queue leu leu en caquetant ne s'envolèrent même pas.

— Voilà trois saisons qu'on ne les a pas tirés, dit Jean-Marie à voix basse. Cela te ferait-il plaisir de brûler une cartouche ?

— Ah non, mon vieux ! protesta Guillaume. Les fusils j'en ai marre, tu comprends ! Raconte-moi plutôt ce que tu fais. Olga m'a dit que tu venais souvent à Paris.

— Souvent, non, répondit Jean-Marie comme s'il cherchait une excuse. Cela m'arrive quelquefois pour mes affaires. C'est grâce à elles que j'ai tenu le coup après la mort du petit.

Jean-Marie paraissait gêné. Il baissa la tête. Les deux frères demeurèrent un long moment silencieux. On entendait parfois le bruit d'une branche morte tombant quelque part dans les taillis.

— Que devient Clacla ? demanda Guillaume en souriant.

— On ne la voit plus guère. Dame, elle doit avoir plus de deux cents ans !

— Tu te rappelles, le jour du 14 juillet, tout le monde l'attendait. Eh bien, elle n'a pas manqué le rendez-vous des Carbec. Nos enfants mis à part, sais-tu ce que sont devenus ceux qui étaient présents ?

Jean-Marie raconta ce qu'il savait ou avait entendu dire dans les murs. Le cousin Biniac, on l'avait appris tout de suite, était mort pendant la bataille de la Marne. Sa fille donnait toujours des leçons de piano. Les Kerelen ne venaient plus passer l'été à Dinard parce que leur villa avait été prise par la Croix-Rouge, mais il paraît que les Sardines Dupond-Dupuy travaillent pour l'Intendance, tu vois ce que je veux dire ! Leur fils ? Eh bien, il est capitaine aviateur. Les Lecoz-Mainarde sont toujours à Paris mais depuis que la Bourse est fermée notre ami s'est associé avec moi dans quelques affaires.

— C'est donc pour cela que tu vas à Paris ?

— Oui... et non, dit Jean-Marie. Leur fils a été grièvement blessé et réformé. Il boitera tout le reste de sa vie, mais il est vivant, lui. Nous recevons souvent de ses nouvelles, pas moi, c'est à Annick qu'il écrit. Qui sait ? Cela finira peut-être par un mariage.

— Ce garçon ne voulait-il pas être architecte ?

— Il le veut toujours. Réformé, il continue ses études aux Beaux-Arts.

— Et notre cousin Jean Le Coz ? Tu m'as dit qu'il t'avait aidé.

— C'est toute une histoire... Je te raconterai cela à la maison. En auto, on est obligé de crier et on n'entend rien. Il est temps de rentrer. Yvonne a dû te préparer elle-même un bon déjeuner malouin comme tu les aimes avec la motte de beurre salé sur la table. Attends-moi ici un moment, il faut que je porte des sous à Germaine, je n'en ai pas pour longtemps.

Guillaume comprit que son frère ne tenait pas à être accompagné. Tout à l'heure, il n'avait pas osé dire tout haut qu'il s'était souvent inquiété du sort de leur cousin allemand. Qu'avait bien pu devenir dans cette tourmente le charmant Helmut von Keirelhein qui n'était plus aujourd'hui qu'un boche parmi des millions d'autres, dont certains journaux, subventionnés pour soutenir le moral de la nation, écrivaient qu'ils coupaient la main des petits enfants français ?

Le déjeuner avait tenu les promesses faites à Guillaume par Jean-Marie.

— Ne me remercie pas, dit Mme Carbec, tout le mérite en revient à ta belle-sœur. Elle s'est occupée de la cuisine et de la table. C'est son rôle de maîtresse de maison.

L'insistance, et même l'accent, de ces propos n'échappa à personne, pas même à Yvonne qui se contenta de répondre, avec un sourire presque gai :

— C'est un beau jour, dame oui !

Sans demander le moindre conseil à sa belle-mère, elle avait sorti des placards l'argenterie des grands dîners et le service de la Compagnie des Indes jamais utilisés après le naufrage du *Hilda*. Une telle audace venant de la part d'une bru longtemps jugée comme une niquedouille avait conduit la vieille dame à toutes sortes de considérations mijotées en silence : voyez-vous ça, on rase les murs pendant toute une vie en acceptant d'être ignorée ou rudoyée et dès qu'on vous délègue une parcelle d'autorité on en profite pour forcer les placards, je ne dirai rien parce que la pauvre Yvonne est toujours protégée par son malheur, ça n'est tout de même pas parce qu'on a perdu un fils à la guerre qu'il faille bouleverser l'ordre des choses dans une famille. À mon âge on peut se dire tout bas ces choses-là et se demander ce qu'il y a de plus grave dans une guerre, les destructions visibles ou toutes les autres ? Les maisons, les ponts, on les a toujours reconstruits. Mais il y a tout le reste, les mœurs, la discipline, la famille, la religion. Les morts ? C'est vrai, il y a les morts. À ce qu'on m'a dit, il y en a tellement que c'est à ne pas croire tout ce qu'on raconte. Quand le *Hilda* a fait naufrage et qu'on m'a ramené le corps de Jean-François... comme c'est curieux ! Depuis quelque temps, je ramène tout à moi-même. Je ne m'intéresse plus aux autres. Peut-être bien que les vieilles gens ont besoin comme les enfants de ne penser qu'à eux, ceux-là pour grandir et ceux-ci pour vivre encore un peu. N'empêche que la pauvre Yvonne est en train de devenir une Carbec à part entière. Mon trousseau de clés, je ne l'ai jamais donné que pour notre maison de ville mais je pourrais peut-être le raccrocher à ma jupe quand nous nous installerons à la malouinière ?

Le repas terminé, les femmes s'étaient discrètement effacées après qu'Yvonne eût servi elle-même le café dans le salon. Les convenances exigeaient de laisser les hommes seuls : c'était l'usage à Saint-Malo comme à Londres. Assis dans un large fauteuil, Guillaume regarda son frère dont les joues pleines, le teint hâlé et les yeux vifs n'exprimaient pas seulement l'euphorie d'une bonne digestion. Depuis qu'il l'avait revu, il lui semblait que quelque chose avait changé dans le comportement de Jean-Marie. Plus de manières, peut-être ? En l'observant davantage, à l'affût de deux ou trois détails qui l'auraient éclairé, il remarqua le pli du pantalon et découvrit tout à coup que la grosse chaîne d'or qui barrait le gilet avait disparu.

— Toujours pas d'alcool ? demanda Jean-Marie en se versant un verre de calvados à ras bord.

— Si, mais moins que toi.

— Alors, les fameuses mains du professeur Carbec ?

Guillaume se rappela les mots du vieux major : « La chirurgie de guerre n'a rien à voir avec la vôtre. Vous n'allez plus travailler dans la dentelle avec des mains de brodeuse ! » C'était vrai. Pendant ces trente mois, il n'avait pratiqué aucune intervention relevant de sa spécialité.

— Donne m'en seulement une goutte, et parle-moi de tes affaires.

— C'est toute une histoire...

Dans les premières semaines du mois de janvier 1915, Jean-Marie Carbec avait reçu la visite du cousin Jean Le Coz, le capitaine au long cours retraité depuis six mois après avoir fait carrière sur les cap-horniers de MM. Bordes à Nantes. Ses anciens armateurs venaient de lui proposer un commandement à la mer pour aller charger sur les côtes du Chili le nitrate indispensable à la fabrication des explosifs, et dont le stock insignifiant avait été vite épuisé car le haut-commandement militaire n'avait prévu que trois mois de combats victorieux... Énorme ! n'est-ce pas ? Maintenant que plus personne ne pouvait se faire d'illusions sur sa durée, il fallait bien s'ingénier à approvisionner la guerre par tous les moyens, quitte à passer des marchés avec des compagnies privées. Pressé par MM. Bordes de reprendre la route de Valparaiso qu'il connaissait bien pour y avoir transporté du charbon à l'aller et du nitrate au retour, destiné alors aux usines d'engrais, Jean Le Coz avait jugé qu'il était trop vieux pour commander un quatre-mâts barque de 5000 tonneaux. À la rigueur, il eût accepté de s'installer à Nantes avec les fonctions de capitaine d'armement : la place était déjà prise.

— Le cousin est venu me raconter son affaire, poursuivit Jean-Marie, et m'a dit tout à trac : « Ce que font les frères Bordes en grand, d'autres peuvent le faire en plus petit et gagner très gros quand même. J'ai pensé qu'avec tes relations à Paris tu pourrais trouver l'argent nécessaire pour acheter ou louer deux ou trois navires, des charbonniers par exemple, comme ceux que la marine t'a réquisitionnés. Si ça se trouvait, je pourrais être ton capitaine d'armement... et même, s'il fallait faire un petit voyage là-bas, à Iquique ou à Valparaiso où j'ai des amis, je ne refuserais pas. Qu'en penses-tu, cousin ? » Sur le moment, je n'ai rien pensé du tout, mais je ne peux pas dire que je n'ai pas été saisi. Pour y réfléchir, pour sûr que j'y ai réfléchi. Moi, j'avais perdu un fils à la guerre, Le Coz avait appris au même moment la mort du commandant Biniac, un frère pour lui. Tous les deux nous étions sans courage, tu comprends cela, hein ? Les services que nous rendions à la Croix-Rouge, entre nous, nous en avions assez. Alors, nous avons repris cette conversation et je me suis décidé à en parler au préfet du département. Quinze jours plus tard, je recevais la visite, ici, là où tu es, d'un commissaire de la Marine nationale envoyé par l'Amirauté pour me proposer de me rendre mes deux navires charbonniers si j'étais disposé à signer un contrat avec le service des Poudres pour la fourniture de nitrate du Chili. La Marine se chargeait de me fournir les équipages nécessaires. Le Coz m'a accompagné à Paris. Mon vieux, ça n'a pas traîné ! Un mois plus tard j'avais ma convention en poche et mes charbonniers m'étaient rendus, à croire que les guerres sont nécessaires pour dérouiller l'Administration. Remarque bien que nous n'avons pas traîné nous non plus. Dès le mois d'avril, nous avons pris la mer. La Défense nationale, c'est sacré !

Guillaume n'avait pas interrompu son frère. Il le pesait tel qu'il le connaissait, entreprenant, sûr de soi-même, prêt à l'aventure bien calculée, digne descendant de ces armateurs malouins, pas tous capitaines-corsaires, qui n'avaient pas laissé passer les guerres de Louis XIV sans tenter de remplir leurs coffres.

— Ça doit rapporter gros, comme dit le cousin Le Coz !

Prenant soudain un air plus réservé, Jean-Marie répondit :

— Assez pour couvrir les frais d'armement et d'assurances qui sont énormes, et pour m'avoir permis d'acheter un troisième navire.

— En deux ans à peine ?

— Oh ! Il y a des risques ! Les frères Bordes ont déjà eu plus de vingt trois-mâts coulés par les sous-marins. Tu me diras que mes vapeurs sont plus rapides que leurs voiliers, mais quand même...

— Si je comprends bien, coupa Guillaume, tu risques surtout de devenir très riche ?

Jean-Marie reçu le coup droit en pleine poitrine. Il l'effaça avec une gorgée d'alcool avant de riposter :

— Maintenant que tu es embusqué au G.Q.G., tu dois savoir mieux que personne que chacun peut faire son devoir là où il est placé.

— Sacré Jean-Marie ! dit Guillaume, reverse-moi donc une petite goutte dans le fond de ma tasse, ça va me faire un mic.

Le major de première classe Carbec était arrivé à Compiègne au moment que le Grand Quartier Général s'y installait. Transporter cinq cents officiers, huit cents secrétaires, plusieurs tonnes de matériel de bureau et d'archives, nécessitait deux trains complets et plusieurs centaines de camions automobiles. Pour un profane, un tel branle-bas pouvait paraître excessif et ressembler davantage au déménagement du cirque Barnum qu'au déplacement d'un État-Major en temps de guerre. C'eût été ignorer la ténacité des traditions militaires datant d'une époque où un chef d'armée ne pouvait pas se déplacer sans grand arroi : officiers de bouche, musiciens, cuisiniers, aides de camp, historiographes, et tout un petit monde de courtisans. Sans doute, nombres de services, dont la diligence s'apparentait fort peu avec la conduite des opérations, auraient pu sans inconvénient demeurer à Beauvais ou à Chantilly, mais le généralissime voulait avoir tout son monde sous la main. Le médecin major Carbec ne s'en était ni étonné ni irrité. Il lui était même apparu que comparés à la masse des trois millions d'hommes tenus sous les armes, les effectifs du G.Q.G. demeuraient somme toute assez minces au point de lui faire comparer l'armée à une sorte de monstre de l'espèce des dinosaures dont on sait, sans y mettre malice, que leur corps était gigantesque et leur cervelle toute petite. Pris dans la fébrilité de l'aménagement, renvoyé de bureau en bureau, se heurtant à des officiers affairés ou à des plantons devenus débardeurs, il n'était pas parvenu à apprendre ce qu'on attendait de lui. À la fin de l'après-midi, il avait cependant réussi à retenir l'attention d'un colonel auquel il s'était présenté.

— Ah ! c'est vous le professeur Carbec ? Je crois que le général veut vous voir personnellement mais ne comptez pas être reçu avant notre complète installation, dans deux jours. D'ici là, tuez le temps comme vous l'entendez. Si vous n'êtes pas déjà retenu, venez donc dîner tout à l'heure à ma popote, mes collaborateurs seront ravis de vous connaître. Tendant la main, l'officier avait dit très simplement : colonel Renouard.

C'était donc lui, le fameux colonel qui dirigeait le 3e Bureau de l'État-Major Général, autant dire le saint des saints du temple où une cinquantaine d'officiers supérieurs pensaient la guerre depuis le commencement des hostilités et s'efforçaient de faire cadrer les enseignements de l'École avec les réalités imprévues du combat. Guillaume ne fut pas insensible à l'honneur que lui faisaient en l'admettant à leur mess, ces grands mamamouchis de la guerre dont les officiers de troupe assuraient qu'ils dédaignaient leurs camarades des autres Bureaux, méprisaient les non-brevetés, et refusaient aux civils, mobilisés ou non, la possibilité de concevoir une idée quelconque sur la conduite des opérations. Guillaume connaissait tout cela. Il se garda donc, au cours de ce dîner, d'exprimer le moindre avis et se contenta d'écouter. Chacun affectait d'ailleurs de ne pas « parler boutique » et discourait plutôt sur deux événements d'importance : la révolution russe et l'entrée en guerre des États-Unis aux côtés des Alliés, sujets qui eussent dû normalement provoquer l'inquiétude et l'enthousiasme mais qui, à la grande surprise de Guillaume, furent commentés sans passion. Cela n'eût pas été conforme à la réserve pratiquée par ces têtes pensantes qui avaient pour règle de veiller à maîtriser leurs émotions. Le major Carbec ne put s'empêcher cependant de demander au colonel Renouard qui l'avait placé à sa droite pour lui montrer qu'il était ce soir un invité d'honneur mais qu'il ne faisait pas partie du séminaire :

— Pensez-vous, mon colonel, que l'entrée en guerre de l'Amérique puisse rapidement faire pencher la balance du côté des Alliés ?

— Rapidement, je ne le pense pas, mais à plus ou moins longue échéance, certainement. Toutefois, si rien de fâcheux ne se produit avant que les Américains aient débarqué.

Le colonel s'était exprimé à mi-voix, sur le ton grave d'une confidence qui correspondait peu à ce qu'on disait à Paris au sujet de la formidable offensive préparée par le nouveau généralissime et dont personne ne faisait mystère ni dans les dîners ni dans les antichambres politiques. Guillaume en éprouva un léger malaise qu'il ne put analyser sur le moment mais dont la suite des événements allait bientôt lui donner l'explication. « Si rien de fâcheux ne se produit avant... », avait dit Renouard. C'est donc qu'il ne croyait pas au succès de l'opération. Au moins, qu'il faisait des réserves. Guillaume écoutait ses voisins et regarda leurs visages. Tout à coup, il se rendit compte qu'il partageait le repas d'universitaires en uniforme liés les uns aux autres par la conscience de leur supériorité intellectuelle, la même intransigeance doctrinaire, les mêmes admirations, la même méfiance des idées neuves, et un même goût pour l'Histoire qui leur faisait systématiquement chercher dans le passé des explications pour le présent et des solutions pour l'avenir. Peut-être parmi eux y avait-il des petits Bonaparte qui ne s'ignoraient pas ? Trop prudents et trop honnêtes pour rêver à quelque 18 brumaire, ils imaginaient donc des plans d'opérations dont la conception exigeait de leur part des jours et des nuits de labeur consacrés à la rédaction de notes, synthèses, états, ordres, instructions secrètes, qui donnaient à ces travailleurs forcenés l'illusion d'être des stratèges. Concrétisés sur le terrain, leurs réflexions et leurs documents n'avaient abouti le plus souvent qu'à multiplier les hécatombes et provoquer la colère des hommes de l'avant, quel que soit leur grade. Le major Carbec avait entendu souvent des colonels ou de simples troufions proférer les pires injures contre ce qu'ils appelaient les conneries de l'État-Major. Partageant leur rage, il en était arrivé à se demander comment deux millions de combattants vivant dans la boue, la neige, la vermine, et envoyés périodiquement au massacre pour obtenir des gains dérisoires avaient pu obéir pendant trois hivers à des ordres tombés de grands chefs dont ils ignoraient même le nom mais dont ils savaient que bien chauffés et bien nourris ils logeaient dans de beaux châteaux loin des lignes. Qu'est-ce qui les faisait tenir, avec une telle endurance, souvent avec bonne humeur ? Le patriotisme, la défense du sol national, l'honneur, le devoir, la liberté ? C'étaient là des mots bons pour l'arrière, pour les journaux et les discours, pour les civils à qui le gouvernement racontait des balivernes tricolores. Ces mots, on ne les prononçait pas dans les tranchées. On n'y pensait même pas. Le médecin major Carbec ne se rappelait pas avoir entendu un seul combattant à qui il venait de couper un bras ou une jambe crier « Vive la France ! », mais il revoyait encore des files interminables de soldats descendant des lignes ou y remontant pendant la bataille de Verdun, harassés, muets, hagards. À quoi pensaient-ils ? Ils ne pensaient sans doute plus à rien, même pas à la chance d'avoir sauvé provisoirement leur peau. Pris dans cette énorme organisation qu'est une armée en guerre, ils allaient là où on leur disait d'aller, au casse-gueule ou au bordel de campagne suivant leur tour de bête. Si tout cela ne faisait pas une explication, c'est sans doute qu'il n'y avait rien à expliquer. Peut-être les copains ? Il avait été souvent le témoin bouleversé des sentiments profonds qui pouvaient lier les quelques hommes d'un même groupe de combat et leur faire supporter des conditions de vie inhumaines.

— Eh bien, monsieur le professeur, qu'avez-vous pensé de la

popote du 3e Bureau? demanda le colonel Renouard à la fin du repas.

Pris au milieu de ses réflexions, Guillaume s'en tira par une réponse de courtoisie à peine teintée d'ironie:

— Mon colonel, croyez que j'apprécie à sa valeur l'honneur d'avoir été ce soir l'invité des grands penseurs de l'armée.

— Je prends cette réponse à la lettre, dit Renouard en riant. Vous vous doutez bien que je n'ignore pas comment les hommes de l'avant nous traitent «ces cons d'officiers d'État-Major!»: c'est bien cela, n'est-ce pas? Ou c'est encore pire? Vous qui n'êtes pas du bâtiment vous pouvez tout me dire. Non? Cela vous gêne?

Les deux hommes revenaient à pied vers le château où étaient installés les officiers du 3e Bureau.

— Il faut que vous sachiez, monsieur Carbec, que tous mes collaborateurs, sans exception, sont volontaires pour un commandement sur le front. Ils ont fait une immense besogne méconnue et peu récompensée. Autour du général Joffre, nous formions avec mon prédécesseur le colonel Gamelin une équipe très unie. On nous a appelés «les Jeunes Turcs» parce que nous n'étions pas d'accord avec de nombreux officiers généraux de l'ancienne école qui nous rendent responsables d'avoir été limogés. La vérité, c'est qu'en pleine bataille des frontières, et pendant les six mois qui suivirent, le général Joffre a été contraint de retirer leur commandement à plusieurs de ses collègues parce que ceux-ci s'étaient montrés incapables.

— Voulez-vous me permettre une question, mon colonel?

— Je vous en prie.

— Qu'est-ce qu'un général incapable?

— Oh, il ne s'agit pas de valeur intellectuelle ou même technique. Sur ces plans-là, je pense qu'il n'y a rien à dire. À peu de chose près, tous les militaires qui font une carrière se valent. Un général incapable, c'est celui qui dans une situation difficile perd la maîtrise de ses nerfs, manque de caractère, ou bien ne parvient pas à imposer sa volonté à ses grands subordonnés. Placés où nous sommes, au G.Q.G., nous les voyons de très près.

— J'ai entendu dire que les limogés ont été nombreux.

— En effet.

— Tant que cela?

— Ce n'est pas un secret, il y en a cent trente-six.

— Cent trente-six généraux! Mais c'est énorme...

— C'est ce qui nous a permis de stabiliser le front. Ne l'oubliez pas, monsieur le professeur, il faut beaucoup de courage à un commandant en chef pour « fendre l'oreille », comme nous disons, à des camarades qui, somme toute, n'ont pas démérité !

— Beaucoup de courage ?

— Certainement.

— Plus, par exemple, dit très doucement Guillaume, que pour donner l'ordre d'une attaque qui va sûrement faire un millier de morts ?

— Cela ne se pèse pas sur les mêmes balances.

Ils étaient parvenus sur la grande place du château, face au péristyle de la cour d'honneur. La ville était déserte, noyée dans un silence qu'accusait le caractère aristocratique de ses avenues plantées d'arbres et ses belles demeures.

— Voyez-vous, mon colonel, après trente mois de guerre, quand il m'arrive de voir un mort sur ma table d'opération, je ne peux pas oublier son visage avant plusieurs jours.

— Je vous comprends. Si j'étais à votre place, j'éprouverais sans doute les mêmes sentiments. Mais moi je dirige le Bureau des Opérations. Vos nouvelles fonctions feront que vous allez être assimilé à un officier d'État-Major. À partir de ce moment, mon cher professeur, dites-vous bien que les morts n'auront plus de visages. Désormais anonymes, ils ne vous apparaîtront que sous l'aspect de chiffres statistiques dans l'État des Pertes qui vous sera communiqué tous les jours.

— Si je vous entends bien, mon colonel, vous sauriez donc ce qu'on attend de moi à Compiègne ?

— Je sais seuleunent qu'il existe de graves malentendus entre le Haut Commandement et le Service de Santé. Cela dure depuis le commencement de la guerre. Le général vous le dira lui-même. Il est parti ce matin pour Paris où se réunit un Comité de Guerre.

— Le général ne se fait pas accompagner par son chef du 3e Bureau ? s'étonna Guillaume.

Il parut au médecin major Carbec que le colonel Renouard se raidissait un peu pour répondre.

— Du temps de Joffre, nous l'accompagnions toujours, Gamelin ou moi. Le nouveau patron a amené avec lui ses hommes. C'est bien normal, non ? Son cabinet a conçu lui-même les plans de la prochaine offensive, de sorte que le 3e Bureau est relégué au second plan pour s'occuper des détails d'exécution. Vous allez voir cela de près. En ce moment, mes officiers doivent tirer à la courte paille pour savoir lequel d'entre nous couchera cette nuit dans la chambre de l'impératrice Eugénie. J'ai été très heureux de vous connaître. J'espère que nous aurons l'occasion de nous voir souvent, si tout se passe bien. Bonne nuit. Moi, je vais travailler jusqu'à deux heures. Si vous avez besoin d'une voiture, n'hésitez pas à me la demander demain matin.

— Pourrais-je aller à Senlis, mon colonel ? J'y ai deux garçons pensionnaires au collège.

— Cela va de soi, dit Renouard avec aménité.

Comme tous les matins, depuis plus de quarante ans qu'il en assumait les fonctions au collège Saint-Vincent, le préfet des études, montre en main, attendit qu'il fût exactement cinq heures pour saisir à deux mains la corde de la cloche qui sonna à toute volée le réveil des garçons. Il s'en alla alors vers la chapelle où l'attendait une religieuse qui sentait le cierge éteint et lui servait sa messe. La nuit était noire et froide. Le vieil homme marchait avec peine, s'éclairait d'une lampe Pigeon, tenait sous le bras gauche un gros paquet de copies qu'il venait de corriger, et souriait aux anges avant de reprendre le terrible regard qui transformerait son visage dès que les internes descendraient des dortoirs.

L'élève Roger Carbec n'entendait jamais la cloche ou feignait de ronfler jusqu'au moment où les autres récitaient la première prière du matin.

— Carbec, levez-vous ! Je sais que vous ne dormez pas.

Le surveillant, sous-diacre au teint jaune, réformé pour tuberculose, perdait déjà patience.

— Levez-vous tout de suite !

Au lieu d'aller faire leur toilette, un groupe de garçons s'étaient réunis autour du lit de leur camarade, curieux du dénouement de la scène qui se répétait tous les matins.

— Je compte jusqu'à trois. Une fois... deux fois...

À cet instant, cheveux ébouriffés et l'œil en bataille, Roger Carbec surgit hors de ses toiles :

— Alors on nous empêche maintenant de dormir dans ce bordel de bahut ?

Un rire fou colora les joues du plus grand nombre, sauf quelques cafards qui se hâtaient vers les lavabos.

— Vous avez cinquante mauvais points et vous serez consigné cet après-midi à l'heure de la promenade. Cette fois, je ferai un rapport à M. le Supérieur. Vous sortez à peine du séquestre, comptez sur moi pour vous y faire retourner.

Roger s'assit sur son lit, haussa les épaules, passa ses mains sales dans le désordre de sa tignasse, se leva enfin. Comme chaque dimanche matin, bien pliés dans un coffre qui lui servait de table de nuit et d'armoire, il trouva du linge propre et l'uniforme du collège : petite veste Eton à col de velours et ouverte sur un gilet, taillée dans un gros drap bleu, casquette à courte visière, gants de cuir marron foncé. Il enfila son pantalon sur sa chemise de nuit, rejoignit les autres qui achevaient déjà leur toilette, se passa un peu d'eau sur les joues, revint s'habiller en cinq sec et se trouva prêt à prendre la file de la division des moyens qui se dirigeait vers la chapelle pour la messe quotidienne.

Les deux frères Carbec étaient pensionnaires depuis dix-huit mois, l'aîné en classe de troisième et le cadet en cinquième. Hervé s'était adapté à la règle d'un établissement religieux où l'on ne badinait pas avec la discipline et où l'on se piquait de former le caractère et les bonnes manières des garçons qui lui étaient confiés. Curieusement, le jeune artiste s'y sentait à l'aise comme si ce système d'éducation et la vie communautaire le protégeaient plus qu'ils ne l'emprisonnaient. Au contraire, Roger s'était tout de suite rebellé contre les horaires, le mauvais chauffage, la cuisine, l'uniforme ou l'obligation de marcher en rang et en silence. Les Pères en avaient vu d'autres pour s'inquiéter de ce nouveau venu, mais quelques mois après son arrivée au collège, ils avaient mieux apprécié la difficulté de leur tâche à la suite d'un premier incident, inhabituel dans les annales de Saint-Vincent, qui avait éclaté à l'occasion d'une composition dont le sujet s'accordait avec les circonstances : « La Comédie-Française dont on avait fermé les portes au moment de la mobilisation générale vient de les rouvrir et a choisi *Horace* pour son premier spectacle. Expliquez et commentez ce choix. » Alors que la plupart des élèves séchaient sur leurs copies et se demandaient comment ils pourraient bien les remplir, Roger Carbec avait rapidement rédigé trois feuillets et, sa composition terminée, avait glissé à son voisin un billet qu'il venait de griffonner. L'autre, le lisant, n'avait pu se retenir de pouffer.

— Donnez-moi ce billet !

Le professeur de la classe avait bondi hors de sa chaire, suspectant aussitôt quelque tricherie, ou pire encore, sait-on jamais à quel genre de correspondance servent les billets ? Stupéfait, il y avait lu cette phrase : « Commentez cette pensée de Roger Carbec : "Camille est une emmerdeuse et le vieil Horace un vieux con." Habile homme, il n'avait pas pipé et s'était contenté de glisser le bout de papier dans son bréviaire. L'affaire devait cependant faire grand bruit, d'autant que la copie remise par l'élève Carbec, le plus jeune de la classe, était excellente, dénotait une maturité de pensée et de style inhabituelle chez un enfant de treize ans, et exaltait le sentiment patriotique qui demeurait une des plus solides bases de l'éducation telle que la concevaient les Pères maristes, catholiques et français toujours. Coup sur coup, Roger Carbec s'était alors classé premier, quelquefois second, à toutes les compositions trimestrielles. Rassuré, tout le monde avait poussé un soupir de soulagement du Père Supérieur au plus humble surveillant, parce qu'un brillant élève, et celui-ci était exceptionnel, ne saurait être atteint de ce virus communément appelé mauvais esprit C'était tirer des conclusions hâtives. Il arriva, en effet, à l'élève Carbec de se situer tantôt à la tête de sa classe et tantôt à la dernière place comme s'il eût voulu se payer le luxe non pas tant de ruiner les espérances du vieux collège que de battre sur leur propre terrain un certain nombre de cancres qui défendaient pied à pied leurs positions avec une constance impavide.

— Que vous est-il donc arrivé, monsieur Carbec ? s'était inquiété, avec une mine faussement paternelle, le préfet des études. Comment avez-vous pu vous y prendre pour être dernier ? C'est inconcevable.

— Non, mon Père, avait répondu Roger, ça n'est pas inconcevable. C'est très difficile.

Cette insolence ne fit sourire personne. On la lui fit payer cher. Au moment des grandes vacances, le nom de Roger Carbec n'avait été mentionné au palmarès que pour deux ou trois accessits mineurs, alors que le prix d'excellence avait été attribué à un fort en thème appliqué à ne pas s'écarter davantage de son sillon qu'un bœuf attelé à une charrue. Piqué au vif, Roger Carbec en avait éprouvé assez d'humiliation pour abandonner ce que le Supérieur avait eu l'esprit de railler en lui disant :

— Ce n'est qu'un jeu de petit prince, non de corsaire malouin.

À la rentrée d'octobre, il s'était permis d'être premier partout, sauf en discipline, et de demeurer conforme à une devise tombée du haut de ses treize ans : « Ne jamais trahir les serments faits à soi-même. » Il avait tenu parole, aussi habile à traduire Tite-Live que Dickens, rompu aux vers latins et aux exercices littéraires, se jouant des petits problèmes d'algèbre ou de géométrie, localisant Bombay, Vancouver ou Valparaiso, et capable de résumer en cinq lignes la guerre de Succession d'Espagne. Insolent, querelleur, grossier, s'ingéniant à multiplier les mauvaises notes de conduite le jour même où l'on proclamerait ses premières places en compositions, il n'avait pas été moins fidèle à cet autre aspect de son serment.

— Le meilleur et le pire ! soupiraient les révérends.

— C'est vrai, concédait le Supérieur, mais cette mauvaise tête est une tête solide.

Il ajoutait, y mettant une certaine complaisance, lui-même Breton de Saint-Brieuc :

— Que voulez-vous, c'est un Malouin ! Un jour, vous verrez que Saint-Vincent obtiendra une mention Très Bien au baccalauréat.

— *Deo gratias !* lui répondait-on.

Il arriva cependant un incident grave à la suite duquel le conseil de discipline, réuni pour la circonstance, se demanda s'il ne convenait pas, cette fois, de se séparer de l'élève Carbec. C'était le lundi 27 février 1917. Sur un quai de la gare du Nord, devant le petit train de Senlis, le préfet des études, bien enveloppé d'une douillette, chapeau de peluche à la main, distribuait des sourires, où se mêlaient autant de grâce que d'indulgence aux mères de famille venues accompagner leurs enfants qui retournaient au collège après avoir passé près d'elles le dimanche mensuel prévu par la règle. La gare grouillait de soldats, d'infirmières, de gendarmes, d'enfants et de femmes chargées de mauvaises valises raccommodées avec des ficelles, au milieu desquels des hommes d'équipe poussaient des chariots pleins de cantines métalliques. Vêtue d'astrakan, chaussée de bottes à lacets, laissant traîner derrière elle un sillage de Jicky, nouveau parfum dont toutes les femmes raffolaient, l'arrivée d'Olga Carbec avait provoqué quelques sifflets admiratifs partis des portières où s'encadraient les faces barbues de permissionnaires remontant au front, et les regards sournois des grands élèves, les philosophes, qui se poussaient du coude, tiens ! regarde la mère de Carbec, mon vieux je me l'enverrais bien, ça ne lui coûterait pas un sou. Après avoir embrassé tendrement ses fils, soyez sages et travaillez bien, elle était repartie vers ses Tricots du Soldat, les laissant sur le quai de la gare au milieu d'une cinquantaine de collégiens encore enfiévrés par ce jour de sortie, peu pressés de monter dans les compartiments qui leur étaient réservés, et prenant plaisir à se perdre dans la foule, riant aux éclats, malgré les rappels aboyés par le vieil homme qui, semblable à un chien de berger, allait de l'un à l'autre pour rassembler son troupeau. Montez donc ! Montez donc ! C'était comme s'il eût sifflé dans son beau chapeau de peluche. Bientôt agacé par tout ce désordre et cette gaieté bruyante qui ne correspondaient à aucun canon du jeune homme distingué tel qu'on le concevait à Saint-Vincent, inquiet des sourires ironiques qu'il voyait s'allumer dans les yeux des soldats, pressé d'en finir mais ne sachant plus comment s'y prendre, il avait soudain décidé d'employer les vieilles méthodes toujours en usage dans les établissements religieux lorsque la discipline l'exigeait. Fonçant, autant que ses jambes le lui permettaient, vers un petit groupe dont il voyait bien quel était le meneur, il avait dit avec cette voix de commandement et ces yeux terribles devant lesquels des centaines de jeunes garçons avaient plié :

— M'sieur Carbec ! Mettez-vous à genoux !

Terrorisés, tous s'étaient arrêtés de parler, les yeux baissés, mais Roger Carbec avait soutenu pendant quelques secondes le regard du prêtre et répondu avec courtoisie :

— Non, mon Père.

— Tout de suite ! Mettez-vous à genoux !

— Non, mon Père.

Des voyageurs s'étaient arrêtés, simples curieux ou goguenards, pour voir comment la scène allait se dérouler. Qui aurait raison du gosse têtu ou du curé ? Celui-ci, s'apercevant trop tard qu'il perdait la face s'approcha du rebelle, tout près, et son vieux visage ravagé de rides et de tristesse, supplia tout bas :

— J'vous en prie, j'vous en prie, m'sieur Carbec, faites-le pour moi !

— Jamais, répondit Roger Carbec.

Ils étaient aussi pâles l'un que l'autre. La voix du chef de train « les voyageurs pour Survilliers, Chantilly, Senlis, Pont-Sainte-Maxence, Creil... en voiture ! » les sauva tous les deux, mais le même soir, un conseil de discipline avait condamné l'élève de troisième Carbec à huit jours de séquestre. C'était la plus grave punition qui pouvait être infligée à un pensionnaire qu'on ne voulait pas mettre à la porte. Pendant une semaine Roger vécut en dehors de la communauté. Sauf à assister aux classes et aux offices religieux, il resta donc enfermé dans une petite cellule qui lui tint lieu de salle d'étude, de réfectoire et de dortoir. Il en était sorti sûr de son bon droit : aucun homme au monde ne contraindrait un Carbec à se mettre à genoux sur le quai d'une gare parce que les Carbec ne s'agenouillaient que devant Dieu.

Roger Carbec s'était cependant promis de ne pas trop tirer sur une corde qu'il sentait devenir plus fragile. Avec leur sacrée devise, *suaviter et fortiter*, jusqu'à quel point les Pères maristes maîtriseraient-ils leur patience ? Pendant une quinzaine de jours, il s'était donc contenté de jouer la seule comédie du sommeil et d'attendre l'arrivée du pion pour sortir du lit au dernier moment, mais voilà que ce matin-là, incapable de contrôler les limites de son personnage, il s'était laissé aller à qualifier le vieux collège de « bordel de bahut » et se trouvait menacé d'un nouveau rapport au Supérieur.

C'est dommage, pensa-t-il. Cet après-midi, je serais bien allé me promener en forêt au lieu de moisir dans une cellule. Ce qui m'a le plus privé, au séquestre, c'est l'absence des copains. Il y en a quelques-uns que j'aime bien, Berthier, Grou, Saint-André, Préval, Lefèvre, Grange, Mangematin, La Bedoyère, Uriez, de Sèze. Qu'est-ce que ce con de petit sous-diacre va encore conter au Supérieur ? La grand'messe est à dix heures, si je ne suis pas convoqué à midi, il y a du bon. Le séquestre, ça va bien une fois, mais j'en ai eu vite marre. Heureusement qu'Hervé est venu à peu près tous les jours, celui-là avec ses airs de fille il est drôlement gonflé, même qu'il a fait croire à la sœur de l'infirmerie qu'il avait mal à la gorge et qu'il s'est fait badigeonner à la teinture d'iode matin et soir pour pouvoir me glisser en douce sa part de chocolat au moment du goûter. Lui, ça n'est pas comme moi. Je veux bien apprendre tout ce qu'on veut mais je ne peux pas supporter qu'on me tanne. Lui, il ne sait rien, il est à peu près nul en tout, ça n'est pas qu'il soit idiot mais il ne s'intéresse qu'à la musique. Il se trouve bien ici. C'est vrai, tout le monde l'aime. C'est peut-être aussi parce qu'on ne peut pas faire autrement quand on voit ses cheveux bouclés, ses yeux bleus, sa petite gueule d'ange, comme disent les grands, même qu'il va falloir que je surveille ces salauds-là... Aujourd'hui dimanche, on a étude libre. Je vais en profiter pour mettre à jour ma carte du front et pour écrire à Léon. Celui-là, il a une drôle de veine : une petite blessure de rien du tout, la croix de guerre et un galon de sous-lieutenant. Ça doit être la belle vie ! Qu'est-ce qu'on va leur mettre aux boches à la prochaine offensive ! Si seulement la guerre pouvait durer encore trois ans ! J'aurai 14 ans avant la fin de l'année, on peut s'engager à dix-sept. Les chasseurs à pied, il paraît que c'est l'élite de l'armée. C'est peut-être Léon qui le dit ? Moi, j'aurais préféré l'aviation. Guynemer a le même âge que lui, il a déjà abattu plus de 35 avions boches. La chasse, tout seul dans un zinc au milieu du ciel...

Il fut tiré de sa rêverie par un surveillant, le même qui l'avait menacé ce matin, auquel le concierge venait de remettre un message.

— Monsieur Carbec, vous êtes appelé chez M. le Supérieur.

Au mince rictus qui crispait le visage du petit clerc, Roger répondit par un merde étouffé, rangea dans son pupitre la carte qu'il avait déjà étalée, rectifia le nœud de sa cravate, et souriant à toutes les têtes tournées vers lui sortit de l'étude. Soudain, il s'arrêta net, le cœur serré d'une inquiétude jamais ressentie encore. Et si on l'appelait pour un tout autre motif ? Depuis qu'il était devenu un des élèves du collège, une vingtaine de garçons avaient été convoqués comme lui par le Supérieur, au cours d'une classe ou d'une étude. On les avait vus revenir une heure plus tard, les yeux rouges et le visage bouleversé parce qu'ils venaient d'apprendre la mort de leur père ou d'un frère. Il fit un rapide signe de croix, respira largement, traversa les cloîtres, monta un escalier aux larges marches en s'efforçant de ralentir son pas et se retourna tout à coup parce qu'il entendait des pas précipités derrière lui. C'était son frère Hervé.

— Où vas-tu ?

— Chez le Supin. Toi aussi ?

— Oui. J'ai peur.

— Moi aussi.

Leur cœur cognait sous le petit gilet bleu à boutons dorés. Ils montèrent très lentement les derniers degrés de l'escalier, traversèrent silencieusement une antichambre au parquet luisant de cire bien frottée et meublée de fauteuils balzaciens.

— Entrez, mes enfants !

Quand ils virent devant eux leur père, ils se jetèrent dans ses bras en sanglotant.

Le médecin major avait été reçu avec la plus grande affabilité ecclésiastique par M. le Supérieur bien que celui-ci eût déjà pris connaissance du rapport dénonçant la nouvelle incartade de l'élève Carbec. C'était la règle de faire toujours bon visage aux parents et de leur faire croire que leurs enfants étaient à la fois de bons petits et des garçons très intelligents. Pour les cas désespérés, une formule lapidaire « pourrait mieux faire s'il utilisait ses indéniables facultés intellectuelles » était destinée à effacer de l'esprit des familles le doute d'avoir engendré un crétin. Elle ne manquait jamais son but, surtout lorsqu'elle s'adressait à quelque betteravier situé entre l'Oise et l'Aisne, ambitieux de siéger un jour au conseil général. Des formules, M. le Supérieur en avait pour toutes les causes. Trente ans de sacerdoce et vingt années de pratique à la direction d'un collège lui permettaient d'aborder et de simplifier toutes les petites difficultés de la vie communautaire sans jamais perdre la face. Bel homme, soigné de sa personne, portant avec une certaine distinction sur sa soutane de mariste le camail bordé d'un liséré rouge qui soulignait sa qualité de chanoine honoraire, il veillait à la bonne marche de sa maison mais déléguait volontiers ses pouvoirs au préfet des études pour toutes les questions relatives à l'enseignement, et préférait s'occuper du jardin, des relations avec les parents et avec les élèves, voire des amitiés particulières qu'il pourchassait avec le flair d'un épagneul lancé sur la trace d'un garenne. Amoureux des belles-lettres, ne dédaignant ni l'emphase ni les prosopopées que les circonstances favorisaient, il aimait lire tout haut des vers, en connaissait par cœur un bon millier et plaçait au sommet du Parnasse national Victor Hugo, Sully Prudhomme, François Coppée et Edmond Rostand.

Comme Guillaume Carbec avait d'abord admiré la belle ordonnance architecturale des bâtiments, le Supérieur n'avait pas manqué de rappeler que la chapelle avait été érigée au XIe siècle sur le vœu d'une jeune princesse russe, Anne de Kiev, partie en traîneau d'une Ukraine natale pour devenir à quatorze ans l'épouse d'Henri Ier roi de France. Connaissant son affaire sur le bout du doigt, son débit lui permettait de penser à la façon dont il allait se sortir de la situation où venait de le mettre un de ses surveillants en consignant le jeune Carbec le jour même où le célèbre chirurgien venait voir ses fils.

— Comment faut-il vous appeler ? demanda-t-il d'une voix à la fois respectueuse et cordiale, certainement suave. Mon commandant ? Monsieur le major ? Monsieur le professeur ?

— Monsieur, tout simplement, dit Guillaume ravi.

— Vous avez vu qu'une partie de nos murs sont devenus hôpital militaire. On vient d'ailleurs de nous demander un dortoir supplémentaire, mais ne craignez rien, il n'y a aucun contact possible entre nos malheureux blessés et nos chers élèves.

— Je l'espère bien, ça n'est pas un spectacle pour les enfants.

— Mon Dieu ! dit le chanoine, les bras légèrement écartés et les yeux levés vers le plafond de son cabinet, ce sont Roger et Hervé qui vont être heureux de voir leur papa ! En voilà une surprise ! Bien sûr, vous êtes permissionnaire ?

Guillaume dut expliquer qu'à la fin de sa permission, il venait de rejoindre Compiègne où il avait été affecté au G.Q.G.

— Au Grand Quartier général ? fit M. le Supérieur admiratif, en écartant à nouveau les bras. Mais cela change tout, cela change tout ! Alors, vous nous préparez la grande offensive de la victoire ?

— Qui vous a dit cela ?

— Mais... tout le monde.

— Vous êtes donc plus, et sans doute mieux renseigné que moi qui ne sais rien.

— Bravo, monsieur le major, encore bravo ! À peine affecté au G.Q.G., vous voilà déjà prisonnier du secret.

— Franchement, je ne sais rien. Mon affectation à Compiègne me permettra sans doute de venir de temps en temps à Senlis voir mes garçons. Êtes-vous satisfait d'eux, monsieur le Supérieur ?

De vocabulaire, M. le Supérieur n'en manquait pas, mais dans les circonstances délicates il lui arrivait de chercher ses mots pour mieux diluer sa pensée et il interrompait alors son discours par de menus bredouillements comme si ses lèvres eussent murmuré des points de suspension destinés à être entendus.

— Les enfants sont les enfants, n'est-il pas vrai ?... commença-t-il avec un sourire ourlé d'indulgence. Vous connaissez notre devise, *suaviter et fortiter*, que nous formulons par cette traduction élégante « une main de fer dans un gant de velours ». Notre rôle, notre devoir aussi, c'est d'exercer une douce et paternelle vigilance sur ces garçons qui nous sont confiés... agir sur le cœur par la conscience, et par tout ce qui éveille les sentiments élevés. Voilà les moyens que nous employons de préférence, mais il arrive parfois que certains surveillants, même certains professeurs de classe aient plus de fer dans la paume que de velours sur la main. Ça n'est pas facile, oh non mon Dieu, ça n'est pas facile de prévenir les fautes pour n'avoir pas à les réprimer...

— Si je vous comprends bien, l'aîné de mes garçons vous mène la vie dure. Ma femme m'a raconté ce qui s'est passé à la gare du Nord.

— La vie dure... la vie dure... euh ce serait beaucoup dire ! Disons plutôt que Roger est plus vif que méchant. Pour la petite affaire de la gare du Nord, j'avoue qu'il nous a placés dans un grand embarras. Nous ne pouvions pas laisser passer, comprenez-moi monsieur le professeur, cet affront public fait à notre préfet des études. Mais, je vous le dis entre nous, je ne pouvais pas donner entièrement tort à Roger.

— Moi non plus.

— Eh bien, nous sommes d'accord tous les deux. *Deo gratias!* Votre Roger tient la tête de sa classe. Nous fondons sur lui de grandes espérances. Son mauvais caractère prouve surtout qu'il a un caractère. Vous autres médecins et nous autres éducateurs nous comprenons ces choses, n'est-ce-pas ? Ce cher enfant fait-il des projets d'avenir ?

— Je pense qu'il rêve toujours de devenir un jour officier de marine, comme son cousin l'était. Oui, j'avais un neveu qui est mort à Dixmude, quelques semaines après sa sortie de l'École navale.

M. le Supérieur prit une mine douloureuse et esquissa un signe de croix. Il dit ensuite :

— Je pense que Roger fera preuve d'assez d'opiniâtreté pour préparer une grande école. Le moment venu, après ses deux baccalauréats, nous le ferons entrer à Sainte-Geneviève, c'est le meilleur moyen d'être reçu à un concours de ce genre. Bien sûr, nous aurons de mauvais moments à passer. Treize, quatorze, quinze ans, c'est toujours un drame parce que c'est l'âge où nous ne sommes guère conduits que par des instincts spontanés, si je puis me permettre ce pléonasme. Laissez-nous faire, nous avons l'habitude de ces problèmes. Moi aussi, à l'âge de Roger, je voulais être marin. Dieu en a décidé autrement. De toute façon, à partir du moment que la mer m'était interdite, je ne pouvais plus être qu'à Dieu. Vous êtes malouin, vous me comprenez ?

Rapide comme l'ombre d'une aile, il parut à Guillaume que l'expression d'un regret avait passé dans les yeux du prêtre.

— Parlons un peu du plus jeune, dit-il.

Le visage de M. le Supérieur s'illumina :

— C'est un ange, un ange musicien, tel qu'on en voit au musée du Vatican. Tout le monde l'aime. Sans doute... sans doute... il pourrait avoir de meilleures notes. Bien sûr... bien sûr ! Remarquez qu'Hervé est en cinquième et n'a pas encore douze ans. Son professeur de musique, M. Tinel, qui est aussi notre organiste et un compositeur renommé, le considère comme un sujet exceptionnel et voudrait le pousser jusqu'au Conservatoire. Mme Carbec aussi, je crois ?

— Elle y pense, en effet.

— Quels heureux parents vous êtes d'avoir deux fils tels que les vôtres ! Je crois que vous avez d'autres enfants, puis-je me permettre de vous demander de leurs nouvelles ?

— Nous avons un grand fils. Étudiant en médecine il s'est engagé le premier jour de la mobilisation. Aujourd'hui il est sous-lieutenant dans un bataillon de chasseurs.

— Rien que des garçons ?

— Nous avons aussi une fille. Elle paraît tentée par la vocation religieuse.

— Dieu a donc béni votre foyer.

— Je suis sûr de sa sincérité, mais moins certain de sa solidité.

— Laissez faire le temps, monsieur le professeur. Dieu est le meilleur des bergers. Il sait choisir son agneau préféré parmi l'immense troupeau des appelés.

M. le Supérieur s'était tiré de son fauteuil :

— J'aurais été heureux de vous inviter à partager notre repas, au réfectoire des Pères, mais je suppose que vous avez l'intention d'emmener vos enfants déjeuner au restaurant.

— Si cela n'est pas une entorse trop grave au règlement ?

— Aujourd'hui, c'est dimanche, monsieur le professeur ! Il y a bien eu un petit incident... ce matin... oui entre Roger et le surveillant du dortoir... oh ! une peccadille, un malentendu à propos des lavabos. Je vais arranger cela et faire appeler vos deux fils tout de suite. Je vous demande seulement de les ramener au collège avant cinq heures. Si vous ne savez pas où aller déjeuner, permettez-moi de vous conseiller l'hôtel du Grand Cerf : c'est là que von Kluck avait installé son État-Major en septembre 1914. L'établissement est devenu historique et la cuisine est de premier ordre.

Quel militaire ne fut jamais hanté par l'image d'un Napoléon qui aurait gagné toutes ses batailles, surtout la dernière ? L'installation du Grand Quartier Général au château de Compiègne où le souvenir de l'Empereur demeure vivant paraissait de bon augure à tous les officiers d'état-major. Parmi ceux-là qui avaient étudié le thème, les phases, le tempo de la prochaine offensive, il y en avait bien quelques-uns à hocher parfois la tête sans pouvoir retenir une moue incrédule. C'était le plus petit nombre. Tous les autres, disciplinés ou bons courtisans, s'enthousiasmaient devant les grandes cartes dressées sur les murs des salons blanc et or. Entre l'Aisne et l'Oise on attaquait, bille en tête, la forteresse ennemie dite Chemin des Dames : on l'enlevait dès le premier jour et on exploitait la rupture provoquée jusqu'à la dislocation totale des forces de l'ennemi en appliquant les mêmes mots d'ordre, vitesse, violence, brutalité, qui avaient réussi à Verdun pour reconquérir Douaumont. « Ma méthode », disait le général Nivelle, sûr de ses talents et de son étoile au point d'avoir écarté des grandes décisions ou des grands commandements[1] Foch, Castelnau et, dans une certaine mesure Pétain, qui s'étaient permis tous les trois de critiquer le projet du nouveau généralissime jugé trop aventureux.

À l'écoute de ceux-ci ou de ceux-là qui exprimaient leur doute et plus souvent leur certitude, Guillaume Carbec demeurait perplexe. Il avait partagé trop souvent la colère des hommes de l'avant pour pouvoir aujourd'hui accorder un crédit sans limites à ces nouveaux « Jeunes Turcs » et à leur chef. Ses études, sa profession, la mécanique personnelle de sa pensée le conduisaient en toute circonstance, par une pente naturelle, vers le doute philosophique qui laisse à l'esprit sa liberté et son initiative. Cette attitude le situait ainsi à l'opposé de ses nouveaux camarades du G.Q.G. pour lesquels il jugeait normal, sans doute nécessaire, que discipline et approbation demeurent synonymes. La conversation échangée avec le colonel Renouard, le soir même de son arrivée à Compiègne, l'avait donc d'autant plus troublé qu'il avait cru déceler dans les propos du chef du 3e Bureau comme une sorte de réserve qui n'osait pas, pouvait moins encore manifester son désaccord.

L'accueil que lui avait réservé deux jours plus tard le nouveau maître des armées l'avait rassuré — au moins sur l'homme. Malgré les lourdes bottes d'artilleur qui donnaient à sa silhouette une allure

1. Foch est chargé d'étudier l'éventualité d'une attaque allemande par la Suisse, Castelnau est envoyé en mission en Russie, Pétain se voit retirer la Ve armée du groupe qu'il commandait (*Note de l'éditeur*).

de reître, le général Nivelle était le contraire d'un soudard. Admis à Saint-Cyr et à Polytechnique, breveté de l'École de guerre, colonel en 1914, commandant d'armée deux ans plus tard, généralissime en décembre 1916, la rapidité de son ascension ne paraissait pas avoir provoqué une décharge de vanité très supérieure à celle toujours inséparable des hauts grades. Simple, très calme, son beau visage de penseur légèrement incliné vers son épaule droite, il avait reçu le médecin major Carbec avec la plus grande courtoisie et lui avait exposé un souci qui l'honorait.

— Je vous ai fait venir, monsieur le professeur, pour assurer une liaison permanente entre mon cabinet et le Service de Santé. L'évacuation des blessés est mal organisée. Cela dure depuis trente mois. C'est bien votre avis ?

— Oui, mon général.

— Je savais que vous me répondriez franchement. Vous allez consigner vos premières observations dans une note de quelques pages, quatre ou cinq, pas plus, que vous remettrez à mon chef de cabinet le lieutenant-colonel d'Alenson.

À la fin de l'entretien, le général déclara sur le ton d'une extrême bienveillance :

— On m'a dit que vous aviez un fils au 7e bataillon de chasseurs. J'avais pensé un moment faire demander à son colonel d'accorder au sous-lieutenant Carbec une permission exceptionnelle de vingt-quatre heures pour venir à Compiègne. Mon chef de cabinet m'a fait justement observer que les circonstances ne permettaient guère ce genre de faveur. Vous le comprenez, n'est-ce pas ?

— Certainement, mon général.

— Il faut toujours faire confiance à d'Alenson. C'est un officier remarquable.

Le généralissime jeta un coup d'œil vers les hautes fenêtres du salon où son bureau avait été aménagé. La pluie cinglait les vitres à travers lesquelles on voyait de grands arbres frissonner dans la tempête.

— Si seulement ce sacré mauvais temps pouvait s'arrêter ! Encore un peu de patience, et notre artillerie aura broyé tout le système de défense ennemi pour laisser la voie libre à notre infanterie. Dans quelques jours, mon cher professeur, vous pourrez embrasser votre fils et boire avec lui une coupe de champagne à la victoire. On les aura !

Il y avait dans la voix et le regard du commandant en chef une telle assurance que Guillaume fut convaincu. Cette fois, on les aurait. Quelques semaines plus tard, l'offensive du Chemin des Dames déclenchée le 16 avril 1917 était arrêtée sur l'ordre du gouvernement. Elle avait coûté plus de cent cinquante mille hommes sans parvenir à percer les lignes allemandes. Démis de son commandement, le général Nivelle allait être muté à Alger. Le sous-lieutenant Léon Carbec avait été tout de suite tué avec la première vague d'assaut venue se briser sur les fortifications demeurées intactes de l'ennemi.

— Sans vous commander, ma bonne, puisque c'est vous qui dirigez maintenant la Couesnière, ne pensez-vous pas qu'il soit grand temps de mettre la maison en état de passer l'hiver ?

— Nous ne rentrons à Saint-Malo que la semaine prochaine !

Yvonne avait répondu à sa belle-mère sur un ton légèrement irrité. C'était la tradition, à la fin des grandes vacances, de caparaçonner les fauteuils et les canapés sous de grandes housses, de rouler dans des journaux les tapis ficelés aux deux bouts et de vérifier avec une mine soupçonneuse d'huissier si le nombre des couverts d'argent rangés dans les tiroirs correspondait exactement à la liste établie naguère par la vieille dame. On décrochait même les doubles rideaux du salon. Semblable à un terre-neuvas retour d'une campagne de pêche, la malouinière affalait ses voiles et désarmait jusqu'au retour du prochain printemps.

Un peu pincée, Mme Carbec répondit à son tour :

— Faites donc comme vous l'entendrez. À vous le soin, n'est-ce pas !

« À vous le soin ! », c'est l'expression consacrée qu'utilisent tous les commandants à la mer au moment de passer à un second la responsabilité du navire. Sur les lèvres de Mme Carbec, la formule rappelait surtout que si la vieille dame avait délégué ses pouvoirs elle demeurait toujours maîtresse à bord.

— Soyez tranquille, dit Yvonne, laissons encore un peu de bon temps aux enfants avant leur retour à Paris. Tout sera prêt à temps. Vous êtes toujours à vous tracasser pour des riens !

— Comment des riens ? ces fauteuils, ces commodes, toute l'argenterie, vous appelez ça des riens ?

Mme Carbec fut sur le point d'ajouter : « On voit bien que vous n'étiez pas habituée, dans votre famille... », mais l'autre l'avait déjà prévenue, frémissante :

— Oui, des riens ! Des riens à côté de ce que j'ai perdu. Mais vous, vous préféreriez perdre vos autres petits-fils plutôt que de perdre l'argenterie des Carbec !

Yvonne cracha les derniers mots de sa réponse, roide dans sa robe de deuil où pendait le trousseau des clés qui ouvraient toutes les armoires de la malouinière. Sous ses cheveux blonds mêlés de fils d'argent, les joues étaient soudain devenues roses sous la poudre de riz blanche qui la faisait ressembler à une gaufre. Les deux femmes se regardèrent droit dans les yeux. Mme Carbec, la première, baissa les siens comme un escrimeur sa garde.

— Ma pauvre Yvonne ! dit-elle en branlant la tête. Je vous comprends, je vous pardonne aussi. Lorsque j'ai appris la mort de mon mari, j'ai peut-être pensé tout bas des choses très méchantes, même contre Dieu, comme celles que vous venez de me dire. Mais jamais tout haut. Dame, votre beau-père m'avait appris à être une Carbec !

Tournant le dos, les deux rubans de son bonnet de dentelle pendant sur ses épaules, elle quitta le salon appuyée sur sa canne, regardant droit devant elle. Elle monta lentement vers sa chambre et s'y enferma pour que personne ne la vît pleurer. Il y avait maintenant quatre ans que son petit-fils Yves avait été tué à Dixmude, et bientôt dix-huit mois que l'autre, Léon, était tombé au Chemin des Dames.

C'était la fin des vacances. Cette année, Roger et Hervé étaient arrivés à la malouinière dès les premiers jours du mois de juin parce qu'une terrible offensive allemande qui avait enfoncé le front français jusqu'aux environs de Villers-Cotterêts et menaçait Paris avait obligé le Supérieur du collège Saint-Vincent à renvoyer précipitamment tout le monde. Un matin, les élèves avaient vu la cour d'honneur envahie par des camions timbrés d'une croix rouge, arrivés pendant la nuit. Sous les cloîtres, une centaine de soldats livides, la capote déchirée, la tête ou les jambes recouvertes d'énormes pansements, étendus sur des brancards posés sur le sol attendaient que des infirmiers les installent dans des lits. Il n'y avait pas d'infirmiers, pas de lits non plus, mais d'heure en heure de nouveaux convois de blessés. Des gémissements, des jurons, parfois des cris, parvenaient jusque dans les salles de classe. Débordé, le médecin-chef de l'hôpital auxiliaire installé dans quelques bâtiments du collège avait eu alors l'idée de demander aux grands élèves de devenir brancardiers. Ils s'y étaient tous mis sous la direction des professeurs et des surveillants qui avaient pris sur eux de vider toutes les classes et les études pour faire de la place aux blessés. Cette nuit-là, on n'avait pas beaucoup dormi. Tous les garçons rêvaient d'en découdre. Là-haut, dans le ciel noir, ils entendaient gronder les escadrilles de gothas qui se dirigeaient vers Paris. Le lendemain matin, dans la cour de récréation, un énorme tas de choses innommables brûlaient en répandant une odeur infecte à côté d'un petit bâtiment sur la porte duquel on avait, la veille, cloué un écriteau : « Salle de triage ». Le même soir, tous les élèves avaient été renvoyés dans leur famille.

— Tu parles d'une veine ! dit Roger à son frère. Trois mois de vacances au lieu de deux !

Pas plus qu'aux autres, il ne lui était venu à l'esprit que la France pouvait être vaincue. Jamais cette pensée ne les avait effleurés un seul instant pendant ces quatre années où il s'était toujours trouvé un professeur, dans chaque classe, pour leur faire relire un poème de Victor Hugo su par cœur depuis longtemps et qui servait de péroraison aux homélies fignolées par M. le Supérieur pour honorer la mémoire de quelque ancien élève tombé à son tour : « Gloire à notre France éternelle, etc. » Que la France fût éternelle, c'était là un article de foi aussi évident que l'immortalité de l'âme. Cette certitude avait été pour Roger et Hervé une sorte de baume dont ils avaient oint leur peine quand ils avaient appris, l'année précédente, la mort de leur frère aîné au Chemin des Dames. Cette mort, après celle de leur cousin germain, ils en éprouvaient peut-être une sorte de gloriole enfantine assez comparable à l'orgueil qui avait aidé leur grand'mère à demeurer droite dans son chagrin, au moins devant les autres.

Bien que Mme Carbec eût toujours dénié à la femme de son fils Guillaume une telle qualité, Olga ne s'en était pas moins conduite comme une authentique Carbec devant la mort de son fils. La nouvelle lui avait été apportée par son mari : un soir d'avril 1917, à un moment où les journaux posaient des interrogations sur les silences et les contradictions des communiqués officiels publiés depuis le commencement de l'offensive Nivelle. À Paris, les pires rumeurs d'échec, sinon de défaite, circulaient dans les couloirs politiques et débordaient déjà dans la rue. Guillaume n'avait pas même eu besoin de parler, l'expression de son visage avait devancé les mots préparés, soudain figés au fond de sa pensée et de sa gorge parce qu'ils n'avaient plus de forme, plus de poids, plus de sens. Il était demeuré muet. Un regard, un bref sanglot d'homme, avaient suffi. Olga s'était jetée sur lui pour se protéger de la foudre qui allait la frapper, elle qui avait traversé la vie telle une écuyère de cirque franchit des cerceaux enflammés en souriant. Pour Olga, la mort c'était d'abord un cadavre, plus tard une tombe. Au souvenir de sa mère, à peine connue, son père, ses grands-parents polonais, les Zabrowsky aujourd'hui tous disparus, elle associait tantôt une image, tantôt le cimetière où ils reposaient, comme si elle eût été incapable de spiritualiser ceux qu'elle avait aimés naguère. Un mort sans cadavre, ce n'est pas tout à fait un mort pour les hommes nés de ce côté-ci de l'Occident qui dissocient si peu l'âme de la chair qu'ils espèrent retrouver un jour, dans la vallée de Josaphat, à l'heure du Jugement dernier, l'intégrité physique de leurs disparus. Son fils demeurait pour Olga le nouveau-né dont elle avait épié le premier regard, le petit garçon conduit à l'école par la main, le premier communiant au visage si grave, l'étudiant en médecine qui avait suspendu un squelette au plafond de sa chambre pour apprendre par cœur ses questions d'anatomie, le gai danseur du casino de Paramé, l'aspirant venu en permission montrer à sa maman son galon et sa croix de guerre. Elle refusait d'imaginer ses membres mutilés, il lui semblait qu'on lui avait volé son enfant, elle en arrivait à envier le geste de ces « Pietà » tenant sur leurs genoux un corps crucifié sur lequel un même sourire se penche que sur un berceau. Un matin, épaule contre épaule, Guillaume et sa femme étaient arrivés dans un petit village situé du côté de Soissons, dont il ne restait que quelques pans de murs. Olga n'avait vraiment compris que son fils était mort qu'en présence du petit tertre sur lequel se dressait une croix de bois où était écrit le nom du sous-lieutenant Carbec. Sous cette croix, sous cette levée de terre où elle s'était agenouillée pour déposer un bouquet de violettes acheté à Paris, le corps de son petit garçon était étendu. Il était là, physiquement. Elle l'avait retrouvé. Elle n'avait plus besoin de le chercher dans ce que les uns appellent l'éternité, les autres le néant, difficiles à concevoir pour ceux qui aiment la vie quotidienne avec une ardeur spontanée.

Dès le lendemain, se rappelant la possibilité accordée aux médecins des hôpitaux de demeurer sous les drapeaux tout en étant affectés au service qu'ils dirigeaient au moment de la mobilisation générale, Guillaume avait demandé à bénéficier de cette disposition. Médecin-chef d'une ambulance chirurgicale, il serait sûrement demeuré à son poste, mais les quelques semaines vécues à Compiègne l'avaient désorienté comme s'il avait passé cette période dans les coulisses d'un immense théâtre où tous les comédiens costumés en militaires se regardaient d'abord sur les manches avant de se regarder dans les yeux, acteurs d'une tragi-comédie dont ils auraient été aussi les spectateurs vigilants tandis que le véritable drame se jouait ailleurs. Telle une lame de fond, la mort de son fils avait ramené à la surface les tourments et les inquiétudes de sa jeunesse universitaire. Saisi par l'élan national qui avait emporté tout le pays vers la frontière avec ses pantalons rouges, il avait muselé ses doutes. Mais maintenant ? Où se situaient les meilleurs patriotes ? Ceux qui tentaient de rechercher une paix de compromis ou ceux qui exigeaient de continuer la guerre à n'importe quel prix ? Et qui donc paierait ce prix ? Lui, il n'avait plus rien à donner. Son devoir, c'était de veiller sur sa famille, sa femme dont il savait la fragilité, sa fille qui traversait une crise difficile, surtout ses deux garçons. Ceux-là, il s'était juré de les protéger.

Dix-huit mois avaient passé, les plus durs peut-être. Sur l'échec du Chemin des Dames s'étaient aussitôt greffés une propagande défaitiste qui n'était pas toujours d'origine étrangère, de très graves séditions militaires, des affaires d'espionnage, des grèves dans les usines d'armement. Bientôt la défection russe et la paix séparée de Brest-Litovsk allaient permettre à l'Allemagne de regrouper près de deux cents divisions sur le front occidental tandis que les Américains, avec leurs énormes camions, leur artillerie et leurs boîtes de conserve viendraient prêter main-forte aux régiments anglais et français qui n'en pouvaient plus de mourir. On s'était repris à espérer. De semaine en semaine, le pays se regroupait autour de son armée et de ses nouveaux chefs, Foch et Pétain, parce qu'un vieux jacobin nommé Clemenceau avait fait fusiller ou mettre en prison ceux qui voulaient abandonner la lutte et s'était écrié : « Il reste aux vivants de parachever l'œuvre des morts ! »

Aux vivants ou aux survivants ? Des proclamations tricolores, le haut commandement militaire n'osait plus en adresser aux troupes, mais le pouvoir politique ne se privait pas de faire encore appel aux écrivains les plus officiels sans parvenir à épuiser leur mauvaise littérature. Cette fois, cependant, les paroles du vieillard vendéen réveillaient et rassemblaient le pays sur soi-même. Disparue dans les désillusions d'une guerre interminable, l'union sacrée de 1914 semblait même se renouer, au moins pour ceux qui avaient le plus souffert. Olga Carbec l'avait perçu dans les yeux de ses voisins, de ses fournisseurs, de simples passants, et plus souvent dans les regards échangés par deux femmes vêtues de noir que tout séparait, qui ne se connaîtraient sans doute jamais, mais que la mort d'un soldat — mari, amant ou fils, c'était leur homme — rapprochait l'une de l'autre au hasard d'un croisement dans la rue, d'une rencontre dans un tramway. Lorsque les premiers obus allemands étaient tombés sur Paris et que les Allemands menaçaient de franchir une fois encore la Marne, elle avait décidé d'expédier ses deux fils à la Couesnière et de demeurer près de son mari qui avait retrouvé son service à l'hôpital.

— Trois mois de vacances à la malouinière, tu parles d'une veine ! avait dit Roger Carbec.

À quinze ans, on n'est pas encore un homme mais on a franchi depuis longtemps ce stade merveilleux de l'enfance où, inconscient du passé et insoucieux du futur, on jouit du seul présent. Pour Roger, l'avenir ne se présentait déjà plus sous les mêmes couleurs dont il avait rêvé : de médiocres résultats en mathématiques et l'apparition de troubles visuels qui le contraignaient depuis quelques mois à porter des lunettes, risquaient fort de l'empêcher d'être fidèle à la tradition Carbec qui exigeait un marin à chaque génération. Avec ses cheveux en bataille, ses petits yeux gris, son front têtu, son visage taché de son, sans grâce, toujours furieux et comme prêt à mordre, un sourire imprévisible le parait soudain d'un charme devant lequel ses maîtres, ses camarades, même son frère Hervé se trouvaient désarmés. Ce dernier ne s'intéressait plus guère qu'à la musique et préférait rimer lui-même des petits vers sous lesquels il écrivait quelque monodie plutôt que d'apprendre les subtilités de la prosodie latine, voire les règles élémentaires de la grammaire française. La roseur duvetée de ses joues n'avait pas encore été atteinte par le prurit de l'adolescence, au moins il n'y paraissait pas, et lorsqu'il improvisait quelque développement mélodique sur l'harmonium de la chapelle de son collège, M. le Supérieur n'était pas le seul à rêver que la musique céleste devait ressembler à celle-là et les anges à l'élève Carbec. Le plus heureux de tous, c'était son professeur de musique, vieil homme à la barbe buissonneuse et fourchue, dont les cheveux blancs bouclaient dans le cou, à l'artiste. Après le départ de ses deux fils pour le front, l'un pianiste et l'autre violoniste, M. Tinel avait bien voulu revenir au collège où, pendant une quarantaine d'années, il avait gagné sa vie, au moins son pain et celui de ses enfants, en s'efforçant d'apprendre le menuet du *Bourgeois gentilhomme* à des générations de petits cultivateurs picards dont la situation sociale commandait qu'ils eussent un maître de musique. Dès la première année de la guerre, les deux fils de M. Tinel avaient été tués. Veuf depuis longtemps, M. Tinel essayait de noyer son chagrin dans la musique comme d'autres le tentent avec la prière ou des expédients moins nobles. Il fallait le voir et l'entendre lorsque, assis devant le triple clavier des grandes orgues de Saint-Vincent, ses doigts et ses pieds déclenchaient, à partir d'un thème initial emprunté à J.S. Bach, tantôt des tonnerres de Dieu, tantôt des gémissements, des tempêtes, des orages et des tornades qui se résolvaient toujours dans la sérénité d'une aube immaculée sur la mer apaisée. La découverte d'Hervé Carbec avait été pour lui une récompense et une consolation. La première valait pour les longues années d'enseignement musical distribué inutilement à des garçons dont les mains étaient destinées à d'autres usages, la seconde valait autant pour la mort de ses deux fils que pour sa déception d'avoir manqué une carrière de concertiste et de compositeur rêvée pendant la jeunesse. Ce qu'il n'avait pas obtenu, succès, renommée, gloire peut-être, le petit Carbec allait le moissonner. Il en était si sûr qu'il s'était permis un jour de tutoyer son jeune élève :

— Tous les deux, nous sommes des artistes, mais toi tu es fait pour gagner. Tu as le don, c'est écrit sur ton front, je le lis dans tes yeux, dans tes mains. Laisse tout le reste. La musique, c'est comme Dieu. Rappelle-toi l'Évangile : « Tu abandonneras ton père et ta mère. » Si tu ne te consacres pas totalement à elle, tu ne seras jamais qu'un amateur. Pas toi, non pas toi, mon fils ! Ta mère me comprendra certainement. Je suis convaincu qu'elle va nous aider.

— Maman, oui, mais mon père veut que je sois bachelier.

— Tu perdrais ton temps. Tu dois entrer le plus tôt possible au Conservatoire. Je vais en parler à M. le Supérieur.

Guillaume et Olga Carbec en avaient débattu et s'étaient mis d'accord pour demander conseil à un pianiste de grande renommée, Ricardo Viñes, que les nouveaux compositeurs, les chefs d'orchestre et les éditeurs de musique tenaient en haute estime. « Sujet exceptionnel qui peut se présenter au concours d'entrée quand il le voudra », avait prononcé le maître à la fin d'une audition privée pendant laquelle Hervé dut interpréter des auteurs aussi différents que Diabelli, Chopin ou Liszt. « J'en étais sûre depuis longtemps ! » dit Olga, redevenue radieuse, comme si perdue ou gardée secrète, depuis la mort de son fils aîné, sa gourmandise de vivre fût tout à coup retrouvée. Le professeur Carbec avait manifesté un enthousiasme plus tempéré, les sujets exceptionnels, voire les petits génies de treize ans dont les fruits n'avaient jamais tenu la promesse des fleurs, il en avait sans doute trop connus au cours de sa carrière pour ne pas se montrer prudent. Finalement, il était parvenu à faire admettre un compromis. Hervé resterait encore une année à Saint-Vincent avant de tenter le concours du Conservatoire. S'il était reçu immédiatement, il y entrerait mais poursuivrait ses études secondaires avec l'aide de professeurs particuliers. En cas d'échec, il rentrerait au collège comme si rien ne s'était passé et M. Tinel devrait se contenter de considérer l'élève Carbec comme n'importe quel autre pensionnaire plus ou moins doué pour un art d'agrément.

Éperonné par cette perspective, Hervé avait promis à sa mère de consacrer trois heures par jour à son piano, pendant ces trois mois de vacances imprévus. Il avait tenu parole malgré l'insistance de son frère à lui faire partager ses promenades en mer ou ses jeux de petite guerre dans les bois de la malouinière où il avait été convenu une fois pour toutes que les deux Carbec représentaient les Alliés, et les enfants de Nicolas les Allemands. Ces jeux n'étaient pas toujours inoffensifs ou innocents. Tapis dans des trous creusés dans des clairières et censés représenter des tranchées, les combattants se dressaient soudain, un lance-pierre à la main, pour viser l'imprudent qui s'était montré. Un jour, touché en plein front par un caillou, Roger alla se faire panser au poste de secours tenu par Louison Lehidec qui, à quinze ans, partageait encore les jeux des garçons mais pensait à d'autres distractions. Hervé et Jean Lehidec avaient continué à s'invectiver et à s'envoyer tout ce qui leur tombait sous la main, jusqu'au moment où inquiets de ne pas voir revenir le blessé ils étaient partis à sa recherche. Le poste de secours, cabane de feuillage ornée d'un drapeau blanc frappé d'une petite croix rouge était vide. La main en porte-voix, ils appelèrent : « Roger ! Oh oh ! Louison ! », arpentèrent les ravines, les allées, les sentiers.

— Pourvu que mon frère ne soit pas gravement touché ? dit Hervé, terrorisé.

— Si tu trouves ma sœur, lança alors le fils Lehidec avec un rire moqueur, dis-lui que je suis rentré à la maison.

Hervé continua seul ses recherches. Il s'arrêta, le rouge au visage. Étendu derrière un fourré, son frère embrassait la Louison. Surprise, la fille se sauva en gloussant, sa culotte à la main, mais Roger s'était dressé lui aussi, l'œil mauvais, une bosse énorme sur le front, et disant au cadet :

— Si tu dis un mot à grand'mère, je te casse ta jolie petite gueule !

Il avait ajouté :

— Toi, on sait bien que tu n'aimes pas les filles.

Ni l'un ni l'autre n'avaient bientôt plus parlé de cette affaire, sauf qu'Hervé se rappellerait longtemps le rire bête de Louison et la phrase terrible de Roger. Des semaines passèrent. Tous les matins, après deux heures consacrées au piano, Hervé et son frère enfourchaient leur bicyclette et partaient vers la plage de Paramé où de nombreuses familles parisiennes revenues pour les vacances passaient une partie de leur temps à regarder des blessés au bras de jeunes infirmières attentives, avant de se rendre au casino pour participer à des matinées de bienfaisance données au bénéfice de la Journée du Poilu. Toutes les jeunes filles de la société malouine avaient ainsi adopté des convalescents auxquels elles faisaient faire leurs premiers pas. Il arrivait parfois aux deux frères de rencontrer leur cousine Annick qui, officieusement fiancée à Gilbert Lecoz-Mainarde revenu du front avec un œil en moins et une jambe raide, réservait ses soins aux seuls tirailleurs sénégalais que Roger saluait de loin par un sonore « Ya bon Banania ! » auquel les pauvres diables éberlués d'être dorlotés par une mademoiselle blonde après être sortis de l'enfer de la Champagne ou de la Somme répondaient invariablement « Ya bon ! » dans un rire enfantin. Un jour qu'Annick avait accompagné un de ses protégés, auquel on avait coupé la jambe, à une prise d'armes au cours de laquelle il devait recevoir la médaille militaire, elle avait entendu un dialogue dont elle faisait ses délices :

— De quel pays es-tu ? avait demandé le général d'une voix paternelle.

— Bobo-Dioulasso, avait répondu le tirailleur.

L'officier général hochait gravement la tête sous son képi à feuilles de chêne. Ancien lieutenant en 70, c'était un des cent trente-six limogés de 1914 qui faisaient encore merveille dans les cérémonies de ce genre, les distributions des prix et les présidences de comités pour le vin chaud du soldat. Il dit d'un air entendu :

— Alors toi, y en a Mossi ?

— Oui, mon général, y en a Mossi.

— Eh bien, c'est parfait, c'est parfait ! Toi y en a beaucoup la chance : y en a gagné la médaille militaire et y en a gagné pension. Maintenant plus jamais travailler, manioc pour calebasse, tabac pour pipe, femme pour la case. Qu'est-ce que tu veux de plus, mon gaillard ?

Sans malice, le tirailleur avait répondu :

— Moi, très content si y en a gagné aussi ma jambe !

Le général s'était alors adressé à Annick :

— Ce sont de grands enfants, vous les connaissez.

Et, passant au suivant, la voix bleu blanc rouge :

— Caporal Mamadou Diallo, au nom du Président de la République....

Malgré quelques horions, Roger et Hervé, inséparables, trouvaient à remplir leurs journées. Il y avait eu la moisson, le battage du blé, les grandes marées qui permettaient la pêche au lançon au bas de l'eau, les casiers posés à Rothéneuf, les petits drapeaux français, anglais et allemands fixés par une épingle sur une carte pour délimiter la ligne du front après la lecture du communiqué dans *L'Ouest-Éclair.* Il y avait aussi la bibliothèque de la malouinière où voisinaient Paul Bourget, Maurice Barrès, Pierre Loti, Anatole France et René Bazin, auxquels l'Académie française conférait un brevet de dignité littéraire. Roger leur avait préféré un certain Willy, auteur d'une *Claudine à l'école,* tandis qu'Hervé s'était jeté dans *La Guerre du feu* de Rosny aîné. Tout ce qu'ils avaient entrepris leur avait apporté le merveilleux bonheur quotidien des grandes vacances. L'un et l'autre en avaient conscience tandis que, de plus en plus vite, approchait le jour où il faudrait quitter la malouinière, passer quelque jours à Paris et rejoindre le collège où la cloche les réveillerait tous les matins à cinq heures. Il leur manqua toutefois d'avoir pu réaliser un de leurs projets, celui d'attraper Clacla au bout d'une ligne et de lui passer un anneau dans le nez pour qu'elle porte témoignage de leur génération. À plusieurs reprises, ils l'avaient guettée, ayant remarqué qu'à la fin des chaudes journées elle quittait les profondeurs de l'étang et montrait son museau. Il fallait opérer en cachette parce que Mme Carbec les aurait renvoyés sur l'heure à Paris si elle avait appris qu'on avait osé toucher à Clacla, protectrice de la malouinière depuis plus de deux siècles. Une fois, ils avaient cru parvenir à leurs fins. Plus gourmande que futée, elle s'était jetée sur un croûton gorgé d'eau, et du même coup sur l'hameçon qui y était caché. Sans même avoir eu le temps de se débattre, elle se trouvait prisonnière d'une épuisette tenue par deux lascars émerveillés de sa grosseur et de sa belle couleur jaune et vert bronze. Faisant mine de se rendre sans combat, la vieille Clacla avait permis à Roger de lui retirer l'hameçon qui l'avait crochée et, tout à coup, rassemblant toutes ses forces, elle avait fait un bond énorme dans l'étang retrouvé avec un gros floc qui avait l'air de dire :

— Courez toujours, maudits gars !

C'est ce même jour qu'arriva à la Couesnière un permissionnaire que personne n'attendait : Jean-Pierre Carbec, le fils aîné de Jean-Marie et d'Yvonne. Retenu à Fès jusqu'en 1916, il était arrivé en France au moment que se déclenchait la bataille de Verdun. Deux fois blessé et refusant de se faire évacuer, il avait toujours laissé son tour de permission à des camarades mariés et pères de famille pour demeurer présent à la compagnie dont il avait obtenu le commandement, jeune capitaine de vingt-sept ans, lorsque les troupes allemandes fonçaient sur Villers-Cotterêts. Depuis cette dernière bataille la situation se trouvait maintenant rétablie à l'avantage des Alliés. Il semblait même que, cette fois, la victoire changeait de camp. Pendant les mois de juillet et d'août, une série d'attaques françaises, anglaises et américaines venaient d'entamer les lignes ennemies en Champagne, sur la Somme et dans les Flandres. En moins d'un mois, les Allemands avaient perdu tout le terrain conquis pendant les quatre mois précédents. C'était le 15 septembre 1918, Roger Carbec s'en souviendrait toute sa vie parce qu'il avait ce jour-là modifié sa carte du front en piquant pour la première fois un petit drapeau américain dans la région de Commercy, comme l'avait fait la veille le général Pershing à Saint-Mihiel.

— Voilà l'oncle Jean-Marie !

Les garçons avaient reconnu le bruit de la Lion-Peugeot.

— Je vais vite rajouter un couvert, dit Yvonne rouge d'émotion.

D'habitude, lorsque votre oncle vient à la Couesnière, il arrive plus tôt. J'espère que rien de grave n'est arrivé.

— Vous ne changerez jamais, ma pauvre Yvonne! murmura Mme Carbec.

Des coups de klaxon plusieurs fois répétés sur un rythme rapide les rassurèrent. Ils furent tous bientôt dehors.

— Mon Dieu! s'exclama Yvonne en voyant son fils.

Elle ne pouvait pas dire autre chose, riait, pleurait, répétait des mon Dieu mon Dieu à n'en plus finir, l'embrassait comme un petit garçon, touchait son visage avec des doigts tremblants, le regardait, le contemplait, l'embrassait encore, et toujours ces mon Dieu mon Dieu!

— Alors, tu ne reconnais plus ta grand'mère? dit Mme Carbec qui commençait à trouver ces effusions un peu longues.

Le héros parvint à se dégager.

— Toi, dit la vieille dame, je savais qu'il ne t'arriverait rien parce que tu es l'aîné de mes petits-enfants.

Personne ne releva le propos. C'était maintenant au tour des deux garçons d'embrasser leur cousin.

— Hervé n'a pas beaucoup changé, dit le capitaine, mais Roger, je ne l'aurais pas reconnu, c'est presque un homme. Quel âge as-tu donc?

— Quinze ans et demi.

— Il entre en première à la fin du mois, intervint Yvonne.

— C'est bien. Et toi, Hervé, joues-tu toujours du piano?

— Oui, répondit Hervé timidement.

— Fais pas le modeste, dit Roger. Il joue n'importe quoi.

— Moi, tu sais, je suis resté un béotien. Mes goûts musicaux ne vont pas au-delà de *Poète et Paysans*: Pan — panpanpan — pan — pan! Boum!

Jean-Marie Carbec contemplait la scène avec une gravité attendrie. Il était fier de son garçon, de ses trois petits galons d'or et de sa croix de guerre dont les deux étoiles d'or et la palme de bronze laissaient prévoir une Légion d'honneur prochaine. Jean-Pierre, arrivé par le train du soir, avait trouvé son père dans la grande maison familiale, occupé à signer de nombreux papiers couverts de chiffres. Le père et le fils ne s'étaient pas revus depuis ce matin du mois de septembre 1912 où Jean-Marie Carbec avait accompagné jusqu'au quai d'embarquement, à Bordeaux, un lieutenant mince, blond et doux qui, naguère dans les cours de récréation, avait toujours fui les jeux turbulents mais dont la personnalité n'avait pas échappé aux maîtres du collège de Saint-Malo et plus tard aux jésuites de la rue des Postes à Paris. D'un bon jeune homme, studieux et prudent, dont personne n'avait soupçonné la vocation militaire, le Maroc et Verdun avaient fait un jeune chef de guerre en laissant intacte sa sensibilité mais en aiguisant peut-être sa capacité de jugement.

Ils étaient maintenant réunis tous les six, Mme Carbec, Jean-Marie et Yvonne, leur fils et leurs deux neveux, dans le grand salon de la malouinière. Le menu du souper avait été amélioré à la hâte avec un pâté en conserve, un plat de cèpes cueillis au cours de l'après-midi dans une ravine de la Couesnière, une bouteille de vieux bordeaux, le tout couronné par des œufs à la neige que la grand'mère avait tenu à préparer elle-même pour rappeler qu'elle n'avait pas oublié le dessert préféré de l'aîné de ses petits-enfants. Tandis que les hommes buvaient une vieille eau-de-vie, mon garçon je crois bien que cette lambic a l'âge qu'aurait aujourd'hui ton grand-père, les yeux de Mme Carbec allaient du portrait de Marie-Thérèse de Kerelen au visage du capitaine de tirailleurs : mon petit-fils a la même noblesse dans le maintien, le même regard, la même distinction. Mon Dieu, priait Yvonne, en regardant les photographies de son jeune fils et de son neveu posées côte à côte sur la cheminée, nous vous en avons déjà donné deux, laissez-moi celui-là, je vous en supplie. Le capitaine expliqua qu'il n'avait pas hésité cette fois à prendre quatre jours de permission parce que son régiment avait été mis au repos avant la grande offensive générale qui se préparait, ça n'est plus un secret, même les boches le savent, je puis bien vous le dire. Tout le monde s'était tu. Une grande offensive, on avait appris ce que cela voulait dire. Rompant le silence, Jean-Marie Carbec but un grand coup d'alcool et dit, comme une question posée en confidence :

— Tu crois que tout va bientôt finir ?

— Cette fois, oui. Mais je pense que ça commencera par les Balkans. Tout le reste suivra, ça sera quand même dur, parce que les Allemands sont de sacrés soldats !

— Les Français aussi ! affirma Roger.

— Bien sûr ! dit le cousin en souriant.

— Et tes tirailleurs marocains ? demanda Jean-Marie. Ils n'ont pas les mêmes raisons de se battre que nos poilus ? Tu fais confiance à ces sidis-là ?

Jean-Pierre prit son temps avant de répondre, tout doucement :

— Vous savez, l'important ça n'est pas toujours de se battre, c'est plutôt de tenir. Nos tirailleurs font très bien les deux. Il est évident, cependant, que la France ne représente pas la même chose que pour nous.

— Ce sont des mercenaires, quoi !

Le capitaine hésita quelques secondes avant de répondre :

— Si vous y tenez, oui dans un certain sens, mais à condition d'enlever à ce mot son caractère péjoratif. Ils ne se battent ni pour la France ni même pour l'argent, mais pour leurs sous-officiers, leurs lieutenants et leurs capitaines. Au-delà de ce grade, je pense qu'il n'existe plus de contact humain entre un officier et un homme du rang. Nous avons tous fait nos petites observations personnelles sur le commandement, n'est-ce pas ? J'en suis arrivé à croire que la valeur d'une troupe dépend d'abord de celui qui la mène, ce qui revient à dire qu'il y a plus de chefs insuffisants que de mauvais soldats. Il arrive aussi que les hommes du rang fassent les capitaines courageux. Vous ne pouvez imaginer combien la témérité des plus humbles nous oblige à nous tenir droits.

Roger buvait les paroles de son cousin.

— Dis-nous comment ça se passe là-bas, par exemple, pendant une attaque ?

— Ne me demande pas cela pendant une permission, dit Jean-Pierre, en s'efforçant de plaisanter avec un rire qui sonnait faux. Repos, camarade.

— Que veux-tu faire pendant tes quatre jours ? demanda alors son père.

— D'abord voir ma petite sœur Annick, j'espère qu'elle n'est pas de garde toutes les nuits à l'hôpital ?

Le capitaine avait sorti de sa poche une grosse pipe à tuyau recourbé qu'il entreprit de bourrer d'un pouce adroit avec un scaferlati frisé et noir vite allumé à un briquet d'amadou. Il ne lui était même pas venu à l'esprit d'en demander la permission à sa mère ou à sa grand'mère. « Voilà qui est plus Carbec que Kerelen », pensa celle-ci en faisant des efforts pour ne pas tousser.

— Ta sœur dînera avec nous demain soir, dit Jean-Marie. Elle t'apprendra elle-même qu'elle est quasiment fiancée à Gilbert Lecoz-Mainarde.

— Le fils de l'agent de change ?

— Oui, c'est un bon gars. Pour lui, la guerre est terminée : un œil en moins, une jambe raide, et la médaille militaire. Il continue ses études d'architecte à Paris.

— C'est un garçon très sérieux, renchérit Yvonne.

— La Bourse est bien toujours fermée ? demanda le capitaine.

— Oui. Pourquoi nous demandes-tu cela ?

— Eh bien, tant mieux ! Parce qu'on m'a dit que trop de gens réalisaient des fortunes scandaleuses pendant que les autres se faisaient casser la figure.

Jean-Marie n'osa pas dire qu'il avait associé l'agent de change parisien à ses affaires de nitrate et dévia aussitôt la conversation.

— Tu as bien connu son frère Jean ?

— Jean Le Coz, le capitaine marchand ? Je pense bien, mais je ne l'ai pas vu beaucoup, il était plus souvent à Vancouver, Shanghai ou Halifax qu'à Saint-Malo. Il a dû prendre sa retraite ?

— Oui et non, répondit Jean-Marie. Figure-toi que quelques semaines après la déclaration de guerre, l'Amirauté m'a demandé d'armer mes deux charbonniers, et d'autres vapeurs si je le pouvais, pour aller chercher du nitrate au Chili. Malgré les risques, j'ai accepté. C'était mon devoir, non ? Jean Le Coz venait de mettre sac à terre. Trop vieux pour commander à la mer, il a bien voulu être mon capitaine d'armement. Nous avons fait ce trafic pendant deux ans : un seul navire coulé par le travers du cap Finisterre où nous attendait un sous-marin boche. Et puis, tout à coup, sans qu'on sache pourquoi, le gouvernement a voulu prendre directement en charge les nitrates. Figure-toi qu'on accusait les armateurs d'avoir gagné trop d'argent. C'est un peu fort, non ? J'ai dû désarmer cinq navires.

— Tel que je vous connais, vous n'avez pas dû les laisser longtemps au sec ?

— Ma foi non ! dit Jean-Marie avec simplicité. En ce moment, nous en avons trois qui vont en Argentine chercher des chevaux et deux autres à Madagascar pour du corned beef que m'a commandé l'Intendance. Mais j'ai dû changer de capitaine d'armement...

— Vous ne vous êtes pas querellé avec Jean Le Coz ?

— Eh non, au contraire ! C'est toute une histoire... Figure-toi que la mort de ce pauvre commandant Biniac avait beaucoup frappé Jean Le Coz...

— Moi aussi ! interrompit Mme Carbec. Celui-là, on ne peut pas dire le contraire, c'était un homme !

— Il s'était mis dans la tête de venger son ami, poursuivit Jean-Marie. Quand notre navire, retour de Montevideo a été torpillé, Jean Le Coz est allé demander à l'Amirauté qu'on lui confie le commandement d'un bateau-piège pour faire la chasse aux U-boats.

— Qu'est-ce que c'est, cette machine-là ?

— Tu vas comprendre, mon capitaine, dit Roger qui paraissait en savoir long. C'est un gros bateau de pêche bourré d'instruments invisibles sur lequel est placée une pièce d'artillerie à tir rapide servie par des marins brevetés canonniers, tous volontaires. Le sous-marin ennemi fait surface pour contrôler leur cargaison. À ce moment-là, pan !

— Dites donc, c'est très dangereux une affaire pareille, observa Jean-Pierre. Est-ce bien efficace ?

— Nous en avons déjà coulé un, dit Jean-Marie avec fierté.

— Vous montez donc à bord avec Jean Le Coz ?

— Non, pas moi, mais le bateau-piège m'appartient, je l'ai payé avec les bénéfices du nitrate.

Le capitaine tira sur sa bouffarde avec des yeux rieurs :

— Je vois que les Carbec d'aujourd'hui respectent les bonnes vieilles traditions. À la bonne heure ! Redonnez-moi donc un peu de votre lambic centenaire pour boire à la santé du brave capitaine Le Coz.

Tel un prince russe dans les romans, il vida son verre d'un seul coup et demanda :

— Avez-vous des nouvelles de Lucile ? Elle m'écrit de temps en temps des petits billets, jamais une longue lettre.

— À nous non plus, dit Yvonne. C'est comme si elle avait quitté la famille. Quelle idée lui a donc pris d'aller chez ces Serbes ! C'est à cause d'eux que nous avons tous ces malheurs !

— Nous la reverrons bientôt, répondit Jean-Pierre. Je crois vous l'avoir déjà dit, je pense que la guerre s'arrêtera d'abord de ce côté-là. Je ne vous demande pas des nouvelles des Parisiens parce que je les ai vus hier entre deux trains. L'oncle Guillaume travaille comme un forcené. Il a repris la direction de son service à Lariboisière, et fait de la chirurgie générale dans un hôpital de la Croix-Rouge. Cela, dit-il, est nécessaire pour lui changer les idées. Quant à tante Olga, vous ne la reconnaîtriez pas : je l'ai vue habillée d'une longue robe grise boutonnée comme une soutane et agrémentée seulement de poignets et d'un petit col blanc. Elle accompagne tous les jours Marie-Chistine qui va aider les pauvres de la banlieue parisienne.

— J'ai toujours pensé qu'on méconnaissait ma belle-sœur. C'est une grande dame ! dit gravement Jean-Marie.

— Un peu excentrique, n'est-ce pas ? mais cela ne gâte rien, admit la maîtresse de la malouinière.

— Maintenant que nous avons fait le tour de la famille, je pense que nous pourrions aller nous coucher. Qu'en pensez-vous ?

Il y avait dans la question du capitaine une intonation qui trahissait l'habitude et le goût du commandement. Comme tout le monde s'était aussitôt levé, Jean-Pierre demanda aussi :

— Où est donc passée Solène, elle ne doit pas avoir loin de vingt ans ?

— Solène nous a quittés ! dit Mme Carbec d'une voix pointue. On l'a dévoyée. Elle est partie travailler à Rennes dans une usine où l'on tourne des obus. J'ai été trop bonne avec cette fille. Voilà ma récompense.

Gêné par cette sortie, à croire qu'elle le concernait plus ou moins,

Jean-Marie faisait mine de régler la mèche d'une lampe à pétrole qui fumait à propos.

— Et Clacla ? Que devient notre vieille Clacla ?

— Nous l'avons vue cet après-midi, répondit Hervé sans rougir. Elle faisait même des sauts énormes ! Nous la soignons bien, tu sais.

Cette année 1918, les élèves du collège Saint-Vincent se retrouvèrent avec des visages plus rieurs que lors des rentrées scolaires précédentes. Les réfectoires, dortoirs et salles d'étude réquisitionnés au mois de juin dernier avaient été rendus à l'économat, la grande offensive lancée sur tous les fronts par Foch, promu maréchal de France depuis quelques semaines, avait rompu les lignes ennemies. Tout donnait prétexte aux garçons d'être heureux de se retrouver après ces trois longs mois de vacances inattendues, même s'ils ne reprenaient pas de gaieté de cœur l'habitude de se lever à cinq heures du matin. Dans toutes les classes, les professeurs suspendaient leurs cours pour commenter les événements, la mine sévère du préfet des études s'épanouissait de jour en jour, et chacun pouvait lire la certitude de la victoire prochaine dans les yeux de M. le Supérieur dont on savait qu'il entretenait de cordiales relations avec le nouveau maréchal de France. Celui-ci avait choisi Senlis pour y installer son État-Major et venait tous les jours, à l'aube, recevoir la communion dans la chapelle de Saint-Vincent. On le savait, on le guettait, mais on ne parvenait guère qu'à surprendre parfois la silhouette d'un manteau de cavalerie s'engouffrer dans une limousine qui démarrait aussitôt dans le brouillard du petit matin. Au réfectoire dès que l'élève de philosophie avait fini de lire le communiqué officiel, tout le monde se levait pour applaudir. Un immense brouhaha de paroles, d'assiettes et de fourchettes résonnait alors aux oreilles des préfets de discipline impuissants à rétablir la discrétion que le collège se flattait de cultiver parallèlement au jardin des racines grecques. Élève de rhétorique, Roger Carbec entraînait toute sa classe derrière lui dans des explosions d'enthousiasme qui, en d'autres temps, lui eussent valu cinquante mauvais points de « convenance de distinction ». Mais comment punir des jeunes garçons qui humaient aujourd'hui le vent de la victoire comme ils s'étaient saoulés pendant plus de quatre ans avec l'odeur des héros ?

Un véritable cyclone secoua le vieux collège lorsque le 11 novembre, à 10 h 15, pendant la récréation de la matinée, toutes les cloches se mirent à sonner. Entraînée par les grands, une immense farandole de deux cents élèves s'était formée spontanément : elle parcourut en hurlant les classes, les salles d'étude, les réfectoires, les dortoirs, les cloîtres, les jardins pour revenir, à peine apaisée, dans les cours de récréation où l'attendait le terrible préfet, le visage nimbé d'une lumière qu'on ne lui avait jamais connue. Le même soir, avant l'heure du souper, la communauté tout entière se retrouva à la chapelle pour chanter un *Te Deum* solennel. Le vieux M. Tinel s'était installé devant les trois claviers de ses grandes orgues, immobile, la chevelure en bataille, sa barbe de fleuve étalée sur un plastron blanc, le regard inspiré et dominant du haut de la tribune le transept par où allaient apparaître tout à l'heure, en chasubles de cérémonie, les prêtres chargés d'officier. M. Tinel n'avait pas encore choisi son morceau d'ouverture : Bach, Haendel, Marc-Antoine Charpentier, Rameau ? Peut-être une batterie d'ordonnance telle que les trompettes des régiments du roi en jouaient sous Louis XIV ? Au dernier moment, sans fioritures sonores, sans la moindre variation, il attaqua carrément *La Marseillaise.* Le chant gronda comme le tonnerre, cogna les voûtes, remplit la chapelle, fit vibrer dans le même instant les vitraux et les cœurs de tous les agenouillés, maîtres et élèves soudain debout, saisis d'un charme terrifiant. Le Supérieur qui s'était déjà installé en chaire, en demeura interdit, mais chacun devinait qu'il avait repris tout bas lui aussi le refrain prodigieux « Aux armes, citoyens ! ». Bien décidé à laisser passer la tempête déchaînée par M. Tinel, il participait à la joie commune mais ne voulait pas que le navire dont il avait la charge chavire dans le désordre. Là-haut, devant ses claviers, pris de vertige, le vieux maître de musique ne se lassait pas d'enchaîner les « Allons enfants de la patrie » et de retrouver maintenant sous ses doigts les allusions sonores de Schumann et de Tchaïkovski à *La Marseillaise.* Il fallut envoyer quelqu'un pour le faire taire. Alors, dans la chapelle illuminée de nombreux cierges, là où huit siècles auparavant une petite reine de France âgée de quinze ans s'était agenouillée pour demander au ciel de lui accorder un fils, M. le Supérieur prononça quelques mots qui, à la surprise de ses confrères et des plus grands élèves, ne correspondaient pas à une homélie dont le thème aurait été choisi dans les textes sacrés. « Lorsque le vieil Œdipe, dit-il d'une voix chantante dont il ne méconnaissait pas la séduction, s'en vint au temple de Colone pour apaiser la destinée, il portait dans sa main droite un rameau d'olivier et dans sa main gauche un rameau funéraire. Comme lui, ce soir, je voudrais poser sur vos fronts ce symbole de la paix retrouvée qui nous remplit l'âme d'allégresse, mais il me faut déposer aussi une couronne mortuaire sur le souvenir des 150 anciens élèves de Saint-Vincent morts au champ d'honneur auxquels j'associe tous les héros de vos familles, pères, frères, oncles et cousins, tombés pour la patrie... »

Le lendemain, Roger Carbec demanda à son frère :

— Tu as entendu le discours du Supin ?

— J'ai trouvé cela très beau, dit Hervé.

— Bien sûr, puisque tu es son chouchou ! Et *La Marseillaise*? Ça, c'était formidable !

— Tu as reconnu les réminiscences de Schumann et de Tchaïkovski ?

— Je me fous de tes réminiscences. Sais-tu seulement qui est Œdipe ?

— Je crois que cela a un rapport avec le sphinx et une devinette.

— Moi je vais te le dire, petit con. Œdipe, c'est un type qui s'est crevé les yeux avec la boucle de sa ceinture parce qu'il avait couché avec sa mère.

— Salaud ! répondit Hervé.

— Plus tard, tu pourrais en faire un opéra : *Œdipe*, musique de Hervé Carbec, livret de M. le Supérieur.

Lucile Carbec revint en France au mois d'avril 1919. La jeune fille un peu acide de 1914 avait conservé le même visage mince, le même regard gris-bleu un peu moqueur, parfois provocant, et cette flexibilité des jambes et du corps qui faisait d'elle un personnage ambigu, moitié femelle moitié garçon, d'autant qu'elle avait déjà adopté la nouvelle mode des cheveux courts. Au premier coup d'œil, n'importe qui aurait pu cependant deviner que Mlle Carbec était devenue une femme. La tante Olga n'en fut ni surprise ni mécontente lorsque sa nièce débarqua boulevard de Courcelles après avoir annoncé son arrivée par un télégramme envoyé de Budapest où le général Franchet d'Esperey, commandant en chef des forces alliées dans les Balkans, avait installé une antenne d'État-Major.

À quelques semaines près, il y avait maintenant deux ans que le sous-lieutenant Carbec était tombé au Chemin des Dames. Dès le lendemain de l'armistice, fidèle à son vœu, Marie-Christine avait disparu dans un couvent d'ursulines à Jouy-en-Josas pour y commencer son noviciat. Restaient les deux garçons, Roger et Hervé. Ils ne venaient à Paris qu'un seul dimanche par mois mais leur présence, si précieuse fût-elle, n'avait jamais remplacé les connivences qui lient une mère à sa fille. Le retour de Lucile boulevard de Courcelles, c'était la réapparition du soleil. Il coïncidait avec les premières démobilisations d'étudiants pour leur permettre de poursuivre leurs études interrompues. Guillaume venait de retrouver ses anciens élèves. Pas tous. Un tiers d'entre eux étaient enfouis sous des croix de bois. La rage de vivre avait déjà croché les survivants, prêts à nouer des liens nouveaux, faits d'amitié et de respect, avec leur professeur dont ils connaissaient le deuil autant que sa part prise à la guerre alors que d'autres grands patrons s'étaient contentés d'être mobilisés dans leurs propres services hospitaliers. Lui-même, qui avait eu toujours le goût autant que le souci d'entretenir des relations cordiales avec ses internes, ne manquait aucune occasion d'aller déjeuner en salle de garde ou d'inviter chez lui ses collaborateurs. Puisque sa fille avait pris le voile, sa nièce trouverait peut-être un mari parmi eux. N'est-ce pas ainsi que de solides traditions se fondent dans les familles de médecins, d'avocats ou de militaires?

— Tu ne nous as pas beaucoup écrit, dit Olga à Lucile le premier soir de son retour. Rien que des billets de quelques lignes: «Je vais bien, je vous embrasse...»

— Aux autres non plus.

— Les autres ne sont pas moi. Tu m'as beaucoup manqué, surtout au moment de la mort de Léon.

— Je vous ai écrit une longue lettre dès que j'ai appris la nouvelle.

— C'est vrai, mais tu ne me parlais jamais de toi. Tu m'as manqué parce que j'avais besoin de pleurer tout mon saoul devant quelqu'un qui ne soit pas toujours ton oncle Guillaume. Tu comprends?

— Vous n'aviez pas Marie-Christine près de vous?

— Elle m'a été d'un grand secours. Pas tout de suite. Ta cousine n'est ni expansive ni tendre, je me demande parfois ce qu'elle donnera au Bon Dieu. Moi, j'avais besoin de tendresse et d'effusion. Immédiatement. Tu me comprends, n'est-ce pas? Cela ne t'est jamais arrivé?

— Si! dit gravement Lucile.

— Là-bas?

— Oui.

— Je m'en doutais. Tu me raconteras tout?

— Plus tard.

Tel un moteur qui a des ratés avant de tourner rond, la conversation avait du mal à retrouver le rythme des jours disparus.

— Tu as tellement de choses à me raconter! La guerre là-bas, ta vie de tous les jours, ta croix de guerre, les Anglais, les Italiens, les Serbes, les Français que tu as rencontrés, Belgrade, Budapest, Vienne, quelle aventure ! Et tout le reste que j'imagine...

Olga avait dit ces derniers mots avec ce petit rire de gorge qui lui appartenait en propre, signature sonore de ses discours précipités. Brisant le rythme de ses questions, elle demanda, presque émue :

— Dis-moi seulement aujourd'hui si tu es heureuse ?

— Je suis follement heureuse de vous revoir, tante Olga !

— Et le reste ? Tu sais que tu peux tout me dire. Comme avant, non ?

— Il n'y a pas de reste. Plus exactement il n'y en a plus.

— Il y en a eu beaucoup ? Raconte.

— Je ne sais plus, cinq ou six peut-être, sans compter les bricoles d'une seule nuit. Vous avez l'air offusquée ? Vous savez, tante Olga, il faut voir ces choses très simplement parce que ce sont des choses très simples. Quand des hommes vivent tous les jours et toutes les nuits à côté de quelques jeunes filles, loin de leur pays, et risquent à chaque instant leur peau, tout ce qu'on nous a appris dans nos familles et au couvent ne pèse plus rien du tout. Ce qui est important c'est de conserver un bon équilibre pour pouvoir remplir avec efficacité les tâches pour lesquelles on s'est engagé. C'est vrai pour les femmes autant que pour les hommes. Par exemple, dans une ambulance chirurgicale, il est nécessaire que les infirmières couchent avec les médecins si l'on veut que le service marche bien, surtout si l'on se trouve sur les bords de la Varna où le choléra vous fait crever en quarante-huit heures.

Lucile Carbec s'exprimait sur un ton uni, avec ce léger sourire au coin des yeux dont elle connaissait le charme. C'est ce ton si calme, si dénué de passion, encore davantage que son discours qui déconcertait sa tante.

— Mais l'amour ? dit Olga. Que devient l'amour dans tout cela ? Et que fais-tu du bonheur ?

— L'amour, c'est autre chose, tante Olga ! Bien sûr, certaines d'entre nous s'y sont laissé prendre. Moi-même, la première fois, j'y ai cru de toute mon âme parce que mon éducation m'obligeait à penser que je ne pouvais certainement pas « me donner » à un garçon, comme on dit dans les romans, sans être amoureuse de lui. Cela a duré trois mois. Il est mort à Salonique. J'ai voulu mourir moi aussi. Un jour, je me suis aperçue que je trichais avec un chagrin inventé de toutes pièces, et que j'avais surtout besoin d'un homme. Alors, ce que vous appelez « tout le reste » a commencé.

— Ma pauvre Lucile !

— Ne me plaignez pas. Le bonheur, je n'en ai jamais manqué

parce que, pour moi, le bonheur c'est... comment vous expliquer cela ? c'est une disposition d'être, un état permanent, quelque chose qu'on porte en soi, un peu comme la respiration.

— Ça ne serait donc pas quelque chose que les autres nous apportent, par exemple ceux qu'on aime et qui vous aiment ?

— Non, tante Olga. Les autres vous apportent du plaisir. On peut leur en donner aussi. C'est très important le plaisir. Le bonheur, c'est comme la circulation du sang.

— Allons donc ! finit par s'emporter Olga Carbec, que me chantes-tu là ? Tu es trop jeune pour parler de ces choses. C'est sans doute pour cela que tu en parles avec autant d'autorité. Le bonheur et le plaisir peuvent se confondre, ton oncle Guillaume m'a donné les deux, mes enfants aussi, toi autant qu'eux d'ailleurs. Je sais ce qu'est le bonheur de vivre, je le tiens serré dans ma main, comme une pomme ronde, parfois comme un caillou. La mort de mon petit garçon et le départ de Marie-Christine m'ont fait beaucoup de mal, mais je suis toujours sûre que le bonheur qu'on vous apporte est un cadeau merveilleux, et que c'est encore plus beau si on le donne. Un jour, tu comprendras mieux tout cela. Ne souris pas et embrasse-moi.

— Vous n'avez pas changé, tante Olga. Je vous retrouve telle que je vous aime. Pardonnez-moi, mais il faut comprendre que la guerre aura bouleversé toutes les filles de ma génération.

— Que comptes-tu faire, à présent ? Tu as 25 ans, n'est-ce pas ? Te marier ? Tu en as l'âge.

— Pas maintenant. Je veux vivre comme une femme libre.

— Qu'est-ce que cela veut dire ?

— Travailler pour ne pas dépendre d'un homme qui me nourrirait en échange de ce que vous appelez le devoir conjugal.

— Tu es une sotte. Moi, je n'ai jamais connu que le plaisir conjugal, ou le bonheur si tu veux ! Nous parlerons de tout cela avec ton oncle. Quels sont tes projets immédiats ?

— Passer quelques jours à Saint-Malo pour embrasser les parents et revenir à Paris.

— Ta chambre t'attendra toujours ici. En attendant, il faut t'habiller. Ce costume d'infirmière te sied à ravir, mais la guerre est finie depuis six mois. Je t'emmène dès demain faire le tour des couturiers, tu dois avoir besoin de tout, non ? Moi aussi d'ailleurs, j'en ai assez de cette robe grise qui me fait ressembler à une religieuse sécularisée. Ton oncle m'a dit hier que si je la gardais huit jours de plus, il irait chasser du côté des mannequins de la rue de la Paix. Eh bien, disons adieu aux dames patronnesses ! Tu me redonnes le goût de la jeunesse. La mode de printemps est ravissante, nous ne laisserons pas le champ libre au professeur Carbec. Demain après-midi, Jeanne Lanvin, Poiret, Chanel... Celle-là, tu ne connais pas, c'est une nouvelle mais tu aimeras ce qu'elle fait, c'est ton genre.

— J'ai bien fait quelques économies..., hasarda Lucile.

— Toi ? Pendant la guerre ?

— Oui, les soldes étaient bonnes là-bas, et les officiers nous payaient tout. Mais je n'aurai jamais assez d'argent pour m'habiller dans ces maisons-là !

— Ton père en a gagné bien assez ! Ne t'inquiète pas. Demande-lui n'importe quoi, il sera encore malheureux de ne pas en faire assez ! Après nos courses, nous irons prendre le thé rue de Rivoli chez Rumpelmeyer, et nous dirons à ton oncle de nous emmener voir *Phi-Phi* aux Bouffes-Parisiens.

— Vous ? s'étonna Lucile. Vous aimez donc cette musique-là maintenant ?

— Ma chère, on ne peut pas entendre toujours *Pelléas* ou *Parsifal.* Ton oncle, qui avait pris l'habitude de chanter la marche funèbre du *Crépuscule des dieux*, siffle tous les matins l'air des *Petits Païens*, en se rasant.

Roger Carbec savait maintenant qu'il devait renoncer définitivement à l'École navale. Il porterait des lunettes toute sa vie. Son humeur ne s'était pas plus améliorée que sa vue mais l'approche du baccalauréat l'obligeait à ne pas trop s'écarter des sentiers d'une discipline communautaire qui lui pesait toujours. Depuis qu'il avait dû abandonner ses projets de devenir un jour officier de marine, il ne tenait plus à demeurer le premier de sa classe, à quoi bon ? mais se situait cependant dans le peloton de tête de la rhétorique, quitte, d'un coup d'éperon imprévu, à se donner le luxe de distancer les meilleurs de plusieurs longueurs. N'ignorant pas qu'on parlerait longtemps de lui à Saint-Vincent, il ne voulait pas laisser une mauvaise image du garçon difficile qu'il avait été pendant quatre années mouvementées. Son succès à l'examen, autant que possible avec une mention flatteuse, effacerait d'un seul coup l'ardoise de ses punitions et le placerait immédiatement dans le panthéon des anciens élèves qui, à partir du moment qu'ils franchissaient le portail du collège, étaient parés des vertus les plus cardinales, eussent-ils été auparavant cancres indécrottables ou seulement médiocres. C'était en effet la dernière année de Roger à Senlis. La guerre étant terminée, le professeur Carbec estimait convenable de replacer son fils dans le droit chemin républicain et pensait de surcroît que l'enseignement de la philosophie, destiné à ouvrir l'esprit de la jeunesse sur des horizons nouveaux, doit être confié à un professeur laïque, de préférence normalien comme il arrive dans tous les grands lycées parisiens.

Pour Hervé Carbec aussi, il ne restait plus que quelques semaines à passer à Saint-Vincent. Fixé au mois de juin, le concours du Conservatoire l'obligerait même à quitter le collège dans le moment que son frère partirait pour Paris passer l'écrit du baccalauréat. Par faveur spéciale, on lui permettait certaines libertés, par exemple de remplacer une classe d'histoire, de géographie ou de mathématiques par une heure de musique, étant entendu que les programmes de français ou de latin ne pouvaient en aucun cas être modifiés. Hervé s'en arrangeait : séduit par son charme miraculeusement demeuré hors des attaques de la puberté, il se trouvait toujours un camarade qui lui préparait une analyse littéraire ou une version pour lui permettre, pendant les heures d'étude réservées aux devoirs, d'écrire quelque romance présentée le lendemain à la critique du cher M. Tinel. C'est ainsi qu'un soir de mai, alors qu'il composait les dernières mesures d'une mélodie dont il avait rédigé lui-même les paroles au lieu de peiner sur un texte de Salluste, il n'eut pas le temps de dissimuler sous un buvard la feuille de papier-musique sur laquelle il était courbé.

— Donnez-moi cette feuille de papier, monsieur Carbec !

Entré sans faire le moindre bruit pour surprendre mieux son monde, le préfet des études se tenait devant lui.

— Quel papier ?

— Sous votre buvard. Donnez-le-moi immédiatement.

Hervé dut s'exécuter. Le prêtre mit quelques instants pour lire les mots écrits sous les notes. Ses mains courtes et un peu grasses tremblaient sous les manches trop larges de la soutane. Il dit, d'une voix détimbrée, plus menaçante que si la colère l'eût secouée :

— Faites votre version latine. Moi, je vais remettre cette infamie à M. le Supérieur.

Assez musicien pour tenir parfois l'harmonium, le chanoine entendait cependant trop peu le solfège pour déchiffrer par une simple lecture la mélodie du jeune compositeur, mais il troussait avec quelque savoir-faire des petits poèmes dont il n'était pas toujours mécontent. Il ne s'embarrassa donc pas des harmonies inventées par Hervé Carbec et se précipita sur les vers qui les accompagnaient : « Sur tes cheveux de miel — J'ai posé un long baiser — Dans tes yeux, j'ai bu le ciel — Sans jamais m'en rassasier. » La première pensée qui vint à l'esprit de M. le Supérieur fut de connaître, avant tout autre examen, si le poème avait été inspiré par une fille ou un garçon ? Dans la première hypothèse, il faudrait se contenter d'un blâme accompagné d'une leçon de convenances morales, dans la seconde, il conviendrait de savoir très vite le nom de l'inspirateur, ouvrir une enquête pour connaître la nature exacte des relations des coupables, et prendre le cas échéant des mesures rapides pouvant aller jusqu'à l'exclusion des deux maudits. M. le Supérieur relut plus lentement le petit quatrain, en fut cette fois charmé malgré qu'il en eût, et y découvrit quelques légères erreurs de prosodie qui le firent sourire et apaisèrent du même coup son inquiétude et son courroux, mon Dieu nous n'en aurons donc jamais fini avec ces Carbec ! Il allait faire appeler Hervé dans son cabinet quand il se ravisa, ayant décidé d'en parler d'abord avec le vieux professeur de musique.

M. Tinel s'était assis devant son piano, les yeux écarquillés et la barbe bifide. Il poussa un petit cri d'admiration :

— Écoutez cette ligne mélodique ! Quelle pureté de style et quelle distinction ! Ah ! voici une septième majeure ! Où donc ce petit a-t-il trouvé de telles harmonies ? On croirait qu'il a écouté *Pelléas* ! Quelle merveille ! Quelle merveille !

— Je conviens que cette musique est très jolie.

— Non ! non ! monsieur le Supérieur, cette musique n'est pas jolie ! Laissez cela à M. Massenet... Ce que fait Hervé Carbec, c'est tout autre chose que du joli !

— Bon, bon ! Ce qui m'intéresse, ça n'est pas tant sa musique que ses vers. Les avez-vous seulement lus ?

— Ma foi non ! Dans une mélodie ça n'est pas les vers qui comptent, c'est la musique, voyons !

— J'entends bien, mais moi, berger de ce troupeau, je n'ai pas que des agneaux de lait à surveiller ! Il me faut savoir ce qu'ils pensent et ce qu'ils font. Lisez-le donc !

D'une voix monocorde M. Tinel lut le petit poème et dit, d'un air innocent qui plaidait déjà non coupable :

— Eh bien, que voyez-vous de grave dans ces vers de mirliton ?

— Mirliton ou non, il y est bien question de longs baisers et de cheveux de miel...

— Monsieur le Supérieur, je connais Hervé Carbec mieux que personne. À son âge, c'est déjà un véritable musicien doublé d'un poète. Je mettrais ma main au feu qu'il n'a rien fait de ce que vous pouvez supposer. Les artistes, tout se passe dans leur tête. Ne troublez donc pas cet enfant avec cette sotte histoire, et permettez-lui de se présenter calmement à son concours dans quelques semaines. Moi qui le fais travailler, j'en réponds et j'en suis fier comme le collège en sera fier un jour !

M. le Supérieur demeurait perplexe. Ce que lui avait dit

M. Tinel lui avait fait plaisir sans le rassurer tout à fait. Revenu dans son cabinet, partagé entre son désir de connaître la vérité et son souci de ne pas troubler le jeune prodige à la veille d'un concours dont le résultat orienterait la vie, il ne put se retenir de convoquer Hervé.

— À qui avez-vous pensé en écrivant ces vers et cette musique ?

Les joues rouges, le regard fixé au sol, Hervé Carbec avait pris un air buté qui convenait mal à son visage.

— Dites-le-moi, j'ai besoin de le savoir, cela restera entre nous.

Hervé n'avait pas changé d'attitude.

— Très bien, dit le prêtre. Demain matin, vous viendrez servir ma messe à 6 heures, et je vous donnerai la sainte communion. Maintenant, mettez-vous à genoux, je vais vous entendre en confession.

Il avait déjà passé une étole autour de son cou et s'était assis sur un petit fauteuil installé auprès d'un prie-Dieu. Après les premières prières d'usage, il demanda une nouvelle fois, mais d'une voix moins autoritaire :

— Dites-moi devant Dieu, mon enfant, à qui était destiné ce poème ?

Plusieurs secondes s'écoulèrent sans qu'Hervé n'ouvrît la bouche. Perdant patience, M. le Supérieur utilisa alors son ton de commandement :

— À un garçon ou à une fille ? Dites-le-moi, petit malheureux !

— À un garçon, souffla enfin Hervé.

— Je m'en doutais. Dites-moi maintenant son nom ?

— Jamais ! Ça n'est pas un péché ! Je n'ai rien fait de mal. Je le jure devant Dieu !

Hervé avait soudain retrouvé le ton des Carbec, aussi bien pour dire « jamais » que pour proférer son serment. Le Supérieur en fut à la fois ébranlé et ravi.

— Je vous crois, mon enfant. Agenouillé au tribunal de la pénitence, je savais que vous ne me mentiriez pas. Je vais donc vous donner l'absolution.

Un peu plus tard, ayant retiré son étole, il dit à l'élève Carbec :

— Relisons ensemble ce poème. Il est loin d'être parfait. Vous avez notamment oublié que les rimes masculines doivent alterner avec les rimes féminines. C'est là une des règles essentielles de la prosodie française sans l'observation desquelles il n'est plus de poésie. Il aurait fallu dire, par exemple : « Sur tes cheveux de miel — Quand j'ai posé ma lèvre — J'ai cru boire le ciel — Sans apaiser ma fièvre. » Vous avez remarqué, n'est-ce pas, que j'ai dit « ma lèvre » et non « mes lèvres » pour rimer avec « ma fièvre » parce qu'un mot au singulier ne peut pas rimer avec un mot au pluriel. Pour votre pénitence, vous apprendrez par cœur cinquante vers d'*Athalie* que vous viendrez me réciter après-demain. Ce ne sont pas les meilleurs de Racine, mais ils vous serviront toujours de leçon. Allez, mon enfant, et ne péchez plus contre la prosodie.

Le vœu exprimé par les Carbec, le 14 juillet 1914, de se donner rendez-vous à la malouinière tous les cinq ans n'avait pu être réalisé en 1919 : la fin de la guerre était encore trop proche. À peine refermées, plus d'un million de tombes avaient été creusées dans le sol labouré par les obus. Toutes les familles étaient frappées, aucune d'elles n'ayant au moins un mort à pleurer ou à s'inquiéter de la santé d'un survivant mutilé, blessé, gazé. Ceux qui, par miracle, étaient sortis indemnes du cyclone, personne ne les reconnaissait : les plus gais étaient devenus sombres, les plus laborieux ne songeaient guère qu'à se reposer, les plus chastes s'étaient changés en fornicateurs et les plus sobres s'enivraient plus qu'il n'est permis à un matelot de bonne race. Alors que dans le même temps un certain renouveau de ferveur religieuse apaisait bien souvent le chagrin de celles qui n'avaient pas vu revenir l'homme qu'elles aimaient, les soldats partis en 14 la fleur au fusil et le cœur bourré de certitudes étaient aujourd'hui des démobilisés qui ne croyaient plus à rien.

Dix-huit mois après la sonnerie du clairon de l'armistice, la vie était redevenue quotidienne. Les hommes et les événements le proclamaient : la paix signée à Versailles et la Société des Nations réunie à Genève, un congrès de la C.G.T. et une grève de cheminots, la reprise du Tour de France et celle de l'Orient-Express, l'élection du maréchal Foch à l'Académie française et le prix Goncourt à Marcel Proust, la victoire remportée à Dublin par l'équipe française de rugby et celle du boxeur Georges Carpentier à Londres en 1'15" contre Beckett, enfin le départ pour les bancs de pêche des terreneuvas réarmés. Le franc baissait à la Bourse de Paris, les anciens poilus se reconnaissaient sans amertume dans *Les Croix de bois* de Roland Dorgelès, et les héros d'hier, amputés d'une jambe ou d'un bras, étaient devenus de simples estropiés. Tout était rentré dans l'ordre et il n'y avait plus de raisons pour que la vieille dame de la

Couesnière ne rassemblât pas autour d'elle tous ses Carbec pendant cet été 1920.

À peine installée dans sa malouinière, Mme Carbec avait donc entrepris de compulser le dossier établi lors du dernier rendez-vous. Rien n'y manquait, noms et adresses des invités, menus, extras, toilettes, et tout l'argent dépensé à cette occasion. C'était pendant les vacances de Pâques. Ses deux petits-fils étaient arrivés de Paris depuis deux jours. Elle-même se trouvait dans son lit. Une nouvelle petite bonne fournie par un couvent de Saint-Brieuc venait de lui apporter son café matinal qu'elle n'avalait jamais sans remâcher sa rancune contre Solène, la maraude, quand je pense à tout le bien que je lui ai fait ! À la fin de la guerre, quand les usines de munitions ont fermé, je lui aurais pardonné si elle avait voulu reprendre son service. Mais non ! Mademoiselle a préféré aller à Paris où elle s'est engagée femme de chambre chez mon fils Guillaume. La traînée ! Ça c'est encore un coup d'Olga. N'importe quelle autre belle-fille aurait refusé, mais pas la Zabrowsky, oh non, pas elle ! Pélagie, ma nouvelle fille, je ne peux pas m'en plaindre, ça n'est pas une bouénneuse, la Solène arrangeait tout de même mieux les rubans de mon bonnet. Cela me fait penser qu'il me faudra en commander un neuf pour notre fête, plus on est vieille plus on doit se tenir et sentir bon. En 1914, j'avais déjà des misères mais je conservais bon pied bon œil. Ça a commencé par les oreilles puis les yeux, après ça m'a pris aux jambes. Soixante-dix-huit ans, tout le monde n'y arrive pas, j'en ai enterré plus d'un, je ne parle pas de mon pauvre cher homme et de mes petits-enfants parce que les naufrages, les guerres, pour nous autres Malouins, font partie des vicissitudes de la vie. C'est mon père qui disait cela. Vicissitude... qu'est-ce que cela peut bien vouloir signifier ? On se transmet des expressions de ce genre-là de génération en génération, qu'on répète sans bien savoir leur sens. La vie, moi, elle ne m'intéresse plus beaucoup. Je n'ai même pas d'appétit. C'est tout ce qui me restait. J'entends encore les oiseaux, je peux encore aller toute seule, appuyée sur ma canne, jusqu'à l'étang, mais je ne distingue plus Clacla des autres poissons et je dois prendre une loupe si je veux lire ou écrire. Il faut que je tienne bon jusqu'au 15 août, ce sera le deuxième rendez-vous de la malouinière. Pour moi, c'est le dernier. J'aimais bien entendre les oiseaux du printemps. Bien que j'aie laissé à Yvonne le soin de nos maisons, la fête des Carbec ne pourra pas se passer de ma direction. J'ai encore toute ma tête, non ? Cela ne sera pas facile. Jean-Marie n'a pas manqué de me dire : « Nous marierons Annick le même jour, vous ne pouvez pas empêcher sa mère de régler la cérémonie comme elle l'entend. Arrangez-vous avec elle, et dressez toutes les deux la liste de vos invités. » Yvonne, je la connais maintenant, elle ne voudra rien céder. Avant que je lui donne mon trousseau de clés, elle cachait bien son jeu. Aujourd'hui, elle veut tout régler, elle gourmande les domestiques, parle en maîtresse et compte les petites cuillers, sans s'apercevoir que tout le monde se moque d'elle derrière son dos. Elle ressemble à ces femmes qui ont été écrasées toute leur vie par leur mari et auxquelles les voiles de veuve font soudain prendre le large. Mon pauvre Jean-Marie ! En voilà un, merci mon Dieu, qui n'est pas près de mourir, jamais il n'a paru aussi prospère. Après la mort du petit Yves, il m'avait paru terrassé par le chagrin mais il a su réagir en se jetant dans le travail. Si ses affaires marchent bien tant mieux, tant mieux, tous les malheurs ne peuvent pas tomber sur les mêmes gens. Au fond, c'est peut-être lui qui a raison, il faut que je m'arrange avec Yvonne. Elle organisera le mariage de sa fille comme elle l'entend, et moi je me réserverai le rendez-vous des Carbec. J'entends encore mon Jean-François, le pauvre cher homme, dire qu'il faut toujours laisser aux petits chefs l'illusion du commandement.

Mme Carbec, le dos calé par deux oreillers, pouvait voir du lit où elle était assise la longue allée bordée de chênes par laquelle on entrait dans le domaine depuis plus de deux siècles, et qui s'ouvrait sur une large pelouse où se dressait la malouinière. C'est vrai qu'elle aimait les oiseaux du printemps. Chaque année, au mois d'avril, quand on remettait la Couesnière en état, elle passait de longs moments à les écouter et à les regarder avec le même plaisir qu'elle éprouvait à voir et à entendre, pendant les mois d'été, ses enfants et plus tard ses petits-enfants jouer, parler, rire autour de l'étang. Ce matin-là, comme des moineaux menaient grand tapage devant sa fenêtre, elle les avait éloignés du geste pour ne pas être distraite avant d'ouvrir une boîte en carton dont le contenu était précisé par une belle anglaise tracée d'une main encore ferme *Réunion de la famille Carbec, 14 juillet 1914*, d'où elle avait retiré parmi d'autres papiers la liste de ses invités. Elle l'avait lue avec quelques soupirs et hochements de tête, puis, armée d'un crayon dont elle suçait la mine dans le moment que ses souvenirs menaçaient de la submerger, elle s'était résolue à mettre une petite croix devant les noms d'Yves et Léon Carbec, du commandant Biniac, et du très cher Jean Le Coz, mort à bord de son bateau-piège trois semaines avant l'armistice. Mme Carbec avait ensuite placé un point d'interrogation devant les noms d'Helmut von Keirelhein et de John David Carbeack. Qu'avaient pu devenir le séduisant lieutenant de hussards allemand et le cousin américain ? Une carte de Pamela lui avait bien appris que J.D., parti avec les premiers boys avait tout de suite été blessé et rapatrié aux États-Unis sur un navire-hôpital, mais elle n'avait jamais reçu la moindre nouvelle du jeune Prussien depuis le jour où un télégramme de son colonel l'avait rappelé d'urgence à Metz. Était-il seulement vivant, on disait que l'Allemagne comptait deux millions de morts, ou bien se débattait-il dans les tempêtes révolutionnaires qui secouaient son pays ? Elle n'avait pas osé envoyer une lettre au château d'Uckermunde, en Poméranie, craignant de compromettre son destinataire au moment où les spartakistes pillaient les propriétés des hobereaux prussiens, mais elle se promettait d'écrire à Kansas-City (Kansas). Les autres invités de 1914, ceux-là étaient toujours bien gaillards, on pouvait compter sur leur présence et même y ajouter Jean-Pierre qui, cette fois, obtiendrait certainement une permission pour assister au mariage de sa sœur. Restait Marie-Christine, mais sa grand'mère considérait qu'elle s'était retirée du monde des vivants depuis qu'elle était entrée chez les ursulines.

Les Carbec de Saint-Malo et les Lecoz-Mainarde ne se mirent pas tout de suite d'accord sur le protocole qu'il convenait d'adopter pour le mariage de leurs enfants. Les deux belles-mères considéraient la réception donnée à la Couesnière comme une excellente occasion de réunir à nouveau les invités du 14 juillet 1914, tandis que la vieille dame n'entendait pas que le rendez-vous dont elle avait eu l'initiative se transforme en repas de noces.

— C'est mon dernier rendez-vous à la malouinière ! soupira-t-elle. Après moi, vous ferez ce que vous voudrez, ma bonne Yvonne.

— Vous nous avez déjà dit la même chose, il y a six ans, en 1914. Ce sont les plus jeunes qui sont morts, n'est-ce pas ? Vous, vous vous portez comme un charme !

On avait fini par s'entendre : les deux événements seraient célébrés le 15 août, mais le déjeuner ne rassemblerait que des Carbec choisis par la vieille dame. Dans l'après-midi, une garden-party permettrait d'inviter les relations malouines, parisiennes ou autres sans lesquelles il n'est point de beau mariage. Quatre mois pour préparer un tel raout paraissaient à peine suffisants à ceux qui devaient en assumer l'ordonnance. Mme Carbec prit sur elle de refaire les peintures de la malouinière tandis que les autres couraient les couturières et les traiteurs, envoyaient des faire-part et s'entendaient avec M. l'archiprêtre de Saint-Malo. Un mois avant le grand jour, la vieille dame savait qu'elle pouvait compter sur la présence de tous ses invités, à part celle des cousins américains retenus à Kansas-City (Kansas) par une grossesse de Pamela.

Leur année scolaire terminée, les deux jeunes Carbec arrivèrent à la Couesnière quelques jours après le 14 juillet. Roger venait d'être reçu à son deuxième baccalauréat et ne savait pas encore vers quelle direction il orienterait ses études après cette classe de philo dans un grand lycée parisien d'où il sortait à la fois ébloui et perplexe. À Condorcet, rien ne se passait comme à Saint-Vincent : tous les élèves étaient externes, le son du tambour remplaçait le tintement de la cloche, on ne marchait jamais en rang dans les couloirs, les préfets de discipline s'appelaient pions, les grandes soutanes boutonnées du haut en bas des Pères maristes avaient disparu. À Senlis, l'éducation était basée sur quelques principes sacrés et considérés comme autant de certitudes, Dieu, la patrie, la famille. À Paris, le professeur de la classe prononçait des mots jamais entendus, droits de l'homme, sociologie, pacifisme, Internationale... Homme doux, aux mains fines de couturière, M. Félicien Challaye, réputé philosophe de gauche, s'installait devant sa chaire après y avoir déposé son chapeau de feutre, ses gants de filoselle, une liasse de journaux où figuraient toujours en bonne place *L'Action française* et *L'Humanité* car, disait-il d'une voix amène : « Il convient de tout savoir pour tout comprendre et de tout comprendre pour tout aimer. » Roger Carbec avait tout de suite aimé cet universitaire si peu livresque, toujours affable, qui ne récitait pas un cours su par cœur après de longues années d'enseignement mais ne manquait jamais d'évoquer devant ses élèves, considérés comme de jeunes disciples, quelques souvenirs personnels de voyages aux Indes, en Afrique, au Japon, et citait avec la même suavité Anaxagore ou Platon, Karl Marx ou Bergson, la comtesse de Noailles ou Marcel Proust, Charles Péguy qui avait été son camarade à Normale et Shrî Aurobindo qu'il avait rencontré à New Delhi. Il avait paru à Roger Carbec que le monde s'ouvrait devant lui, et que derrière l'horizon se levaient d'autres horizons. Cependant, comme Félicien Challaye avait terminé une leçon de morale en disant aux garçons : « Messieurs, rappelez-vous toujours que la vie est le plus précieux des biens ! », l'ancien élève de Saint-Vincent s'était dressé sur son banc :

— Non, monsieur ! La vie n'a de sens que si on est capable de la sacrifier pour défendre ce qui lui donne précisément un sens : par exemple Dieu, la patrie, l'honneur, la famille, l'histoire...

Le professeur l'avait regardé en souriant, il y avait une grande tristesse dans ce sourire :

— Je souhaite seulement, répondit-il, que les hommes de votre génération ne meurent pas, par millions, sur de nouveaux champs de bataille, au nom de leurs certitudes, si respectables soient celles-ci.

Roger Carbec s'en était voulu d'avoir ainsi interpellé un maître vénéré, mais M. Challaye permettait à ses élèves d'interrompre à tout moment son discours pour engager une discussion. Il le félicita même d'avoir provoqué cet incident. Pour être admis à débattre en toute liberté d'aussi graves questions d'éthique avec leur professeur, Roger Carbec et ses nouveaux camarades de Condorcet n'en demeuraient pas moins de très jeunes bourgeois volontiers iconoclastes et certainement féroces quand une proie sans défense leur tombait sous la main. Autant ceux-ci révéraient leur professeur de philosophie, même s'ils l'appelaient entre eux Félicien, autant ils brocardaient l'inoffensif funambule qui leur enseignait la physique et la chimie. Dur d'oreille, absorbé dans la préparation d'expériences qui rataient quatre fois sur cinq, M. Arthur ne prenait même pas garde à la façon étrange dont ses élèves demandaient la permission de se rendre aux toilettes :

— M'sieur, j'peux aller baiser ta femme ?

M. Arthur ouvrait tout grand ses yeux, constatait avec surprise qu'un garçon était déjà sorti, et répondait innocemment :

— Prenez votre tour, il y a déjà quelqu'un.

Tout le monde s'esclaffait, Roger Carbec plus fort que les autres parce qu'il n'aurait jamais pu imaginer pendant les années passées à Senlis qu'on pût poser une telle question à un professeur. Bien que personne ne sût exactement si M. Arthur était marié ou célibataire, les bruits les plus fabuleux couraient sur son épouse potentielle : non seulement elle était belle, jeune, formidable mon vieux et désirable tu sais, mais elle faisait le bonheur de quelques élèves tout en demeurant invisible, Arlésienne de la Chaussée-d'Antin, pour mieux exciter l'imagination de ces adolescents dont aucun n'échappait aux tourments de la braguette.

Après quatre ans d'internat dans un collège religieux où la vie quotidienne était réglée au son de la cloche, de cinq heures du matin à neuf heures du soir, Roger Carbec s'était tout à coup rendu compte qu'il était devenu presque un étudiant, libre d'organiser son temps comme il l'entendait sauf à respecter les horaires des classes. Il en avait profité pour flâner dans le quartier de son lycée, les rues de Provence, Godot-de-Mauroy, du Havre, Caumartin, où il rencontrait des filles aux yeux charbonneux qui tenaient toujours un petit sac à la main, et l'invitaient à les suivre dans un des hôtels du quartier Saint-Lazare. Parfois, il engageait la conversation, marchandait comme un client sérieux qui connaît assez la musique pour ne pas se faire arnaquer, et au dernier moment, faute d'audace et d'argent, il rompait, poursuivi par les insultes de la putain, mais ravi et terrifié d'avoir été si près de commettre le péché suprême selon la morale enseignée hier par les bons Pères de Senlis. Comme il craignait surtout d'attraper la syphilis, Roger avait jugé plus prudent de tenter sa première expérience dans le lit d'une des petites bonnes au service des locataires de l'immeuble où il était revenu habiter avec ses parents. Quelques-unes étaient charmantes, jeunes, habillées comme des poupées par les bourgeoises qui les utilisaient. Dans l'escalier de service qu'il lui arrivait souvent d'emprunter pour les rencontrer, il avait vite compris qu'elles n'étaient pas insensibles aux sourires du petit monsieur du 2ᵉ étage, vous savez bien, le fils du docteur, celui qui porte des lunettes, mais il n'avait jamais osé en suivre une seule jusqu'au 6ᵉ, pas même lui adresser la parole sauf un bonjour un peu protecteur qu'on se doit d'accorder à une bonniche. L'arrivée de Solène porta à son comble le tourment de Roger Carbec. Celle-là, il la connaissait depuis longtemps, il l'avait toujours vue auprès de sa grand'mère avant la guerre, il n'allait pas se gêner avec elle, d'autant plus que la Malouine hier un peu courtaude, timide et mal fagotée, était devenue une petite femme de chambre dont on avait envie de lever la jupe sans dénouer, surtout pas, le petit tablier de dentelle ou enlever le bonnet tuyauté. Quinze jours après son engagement boulevard de Courcelles, Solène lui avait dit :

— Montez ce soir dans ma chambre, après mon service.

— Non, pas dans ta chambre !

— Pourquoi ? Parce qu'il n'y a ni l'électricité ni l'eau courante ? On n'a pas besoin de ça pour faire ce que vous voulez.

— C'est à cause des autres, je ne veux pas qu'elles me voient.

— Alors, vous devrez attendre mon jour de sortie. C'est le dimanche après-midi. On pourrait aller d'abord au cinéma, et puis...

— Oui, mais...

— Mais vous n'avez pas d'argent pour payer une chambre d'hôtel ? J'en ai. Laissez-moi faire, ça me fait plaisir à moi qui suis une Malouine de rien du tout de me payer un Carbec.

Ils s'étaient donné rendez-vous à Montmartre, dans le square d'Anvers. Ce dimanche de mars, le vent balayait assez fort les nuages parisiens pour laisser apparaître ici et là quelques taches de ciel bleu prometteuses du prochain printemps. Déjà, les marronniers municipaux bourgeonnaient. Roger arriva le premier, s'installa sur un banc, alluma une cigarette à bout doré, croisa les jambes et déploya un journal qui lui permettait de surveiller de loin l'arrivée de Solène sans avoir l'air d'être impatient. Jusqu'à présent, à la Couesnière, les jeux permis par Louison Lehidec, pour n'être pas innocents, n'avaient pas encore fait du garçon ce qu'il est convenu d'appeler un homme. Cette fois, il allait sauter le pas, il en était sûr et en éprouvait un trouble très localisé. Roger Carbec ne reconnut pas tout de suite Solène. Cette silhouette qui s'avançait vers lui n'avait rien de commun avec celle de la jeune femme de chambre de sa mère. S'étant débarrassée du petit tablier de dentelle et du bonnet tuyauté qui la faisaient ressembler à une soubrette de conte licencieux, Solène avait revêtu un manteau à fanfreluches dont le col s'ornait d'un boa à plumes, et elle s'était coiffée d'une sorte de chapeau de paille orné de cerises qui lui tombait sur les yeux. Pour mieux jouer à la dame, elle tenait de la main droite un mince parapluie enroulé et de la main gauche un petit sac en faux cuir. Sûre d'elle, elle s'arrêta devant le banc où s'était installé Roger.

— Alors, on ne me reconnaît pas ? Ça vous étonne, hein ? de me voir aussi bien habillée que madame !

Elle sentait le parfum à bon marché et ce fumet des aisselles qui s'apparente à l'odeur du saucisson à l'ail. Dégrisé d'un seul coup, Roger la regardait, stupéfait, à la limite de l'écœurement provoqué par les effluves du patchouli et du rire soulevé par le spectacle de la fille endimanchée. Non, ça n'était pas possible, jamais il ne la suivrait dans un hôtel, parée d'un tel accoutrement. Ce qu'il voulait, c'était la prendre par surprise, quand il en avait envie, n'importe où, dans la lingerie par exemple ou sur un canapé du salon, même sur une chaise, il paraît que cela se fait. Il se garda bien de conter à Solène sa déception, prétexta un empêchement subit qui le contraignait à rentrer immédiatement boulevard de Courcelles, se sauva en courant et ne s'arrêta que pour entrer dans un cinéma où John Barrymore interprétait *Le Docteur Jekyll et M. Hyde* d'après une nouvelle de Stevenson que Félicien Challaye avait commentée à ses élèves à propos des dédoublements de la personnalité. Quelques jours plus tard, Roger Carbec s'était rattrapé avec Louison Lehidec qui, cette fois, n'avait plus rien refusé à son ancien compagnon de jeux venu à la malouinière pour y passer les vacances de Pâques.

Il y avait juste trois mois que cette minuscule aventure s'était passée. À peine de retour à la Couesnière le bachelier voulut revoir Louison.

— Vous ne la verrez point ! avait déclaré Nicolas.

— Pourquoi donc ?

— Parce qu'elle travaille. Nous l'avons placée pour la saison.

— Où ça ?

— Sur la côte.

Il n'y avait là rien de surprenant. Louison Lehidec avait dix-sept ans, comme lui. Toutes les filles de cet âge servaient dans les hôtels ou les villas pendant les mois d'été. Ce qui inquiéta Roger Carbec, c'est le ton hargneux de Nicolas. Personne n'ignorait que depuis sa démobilisation le commis de la Couesnière, sacré buveur de goutte, ne s'intéressait même plus à ses mécaniques, laissait le soin de la ferme à la Germaine, et se prenait volontiers de querelle avec tout le monde, mais on savait aussi, dans toute la région du Clos-Poulet, qu'il ne se serait jamais avisé de manquer de respect à ses maîtres, adultes ou marmots.

— Allez donc prendre du bon temps ailleurs ! dit encore Nicolas.

— Quand commencerez-vous la moisson ?

— Si le beau temps se maintient, ça ne tardera point.

— Je viendrai vous aider.

— Moi et la Germaine, nous n'avons besoin de personne.

Nicolas parlait d'une voix brève, saccadée, les yeux fixés sur ses sabots, comme s'il avait eu honte de regarder en face Roger Carbec. Pourtant, il demanda :

— Votre père, M. Guillaume, il va bien venir pour la noce de votre cousine Annick ?

— Bien entendu.

— Savez-vous à quelle date il arrivera à la Couesnière ?

— Oui. Mon père et ma mère seront ici le 1er août. Pourquoi ? Vous avez besoin de le consulter ? Ça ne va pas, Nicolas ?

— C'est comme vous le dites. Allez donc vous amuser avec votre frère et laissez-nous travailler.

Roger Carbec était parti de plus en plus inquiet. Quelqu'un avait dû les surprendre et tout rapporter à Lehidec, cela expliquait l'éloignement de Louison et l'attitude de Nicolas qui voulait maintenant parler au professeur. Mon père, pensa-t-il, fera semblant de prendre la chose au sérieux mais en sourira le premier, ce qui le préoccupe le plus en ce moment c'est sa candidature à l'Académie de médecine. Il va falloir que je me trouve une autre fille pour les vacances. Ça ne va pas être facile. Les filles de notre milieu, comme dirait grand'mère, elles prêtent beaucoup mais ne donnent pas grand-chose. Il ne me reste plus que Solène. Après tout, la nuit, dans sa chambre je pourrai toujours la baiser sans chapeau et sans boa. Ce qui serait drôle, c'est qu'on se rencontre, moi et mon oncle Jean-Marie, celui-là il y a longtemps que je pense qu'il doit coucher avec les bonnes. Maman s'intéresse surtout à Hervé. C'est son préféré parce qu'il joue du piano et qu'il lui fait des cajoleries, elle adore ça. « Tu ne te rends donc pas compte que ton jeune frère est un petit prodige ! », j'entends cela depuis des années. C'est vrai qu'il est entré au Conservatoire la première fois qu'il s'y est présenté, et qu'il vient d'obtenir un premier accessit, mais un premier accessit ça n'est pas un premier prix. Il se représentera l'année prochaine, ça lui fera les pieds. Après tout, il n'a pas encore quinze ans. « Moi, disait l'autre soir son professeur Mme Long venue dîner à la maison, je lui aurais donné tout de suite son premier prix, Hervé n'a plus rien à apprendre mais je pense que le jury a eu raison. Il lui manque peut-être encore le talent de savoir effacer une trop grande facilité dans l'exécution comme dans le déchiffrage.» Et patati et patata, maman buvait du petit-lait, papa regardait le génie familial avec fierté, personne ne s'occupait de moi. Malgré ma mention assez bien à mon bac, j'avais l'air d'un minus, autant dire d'un con, même que Solène a fait exprès, deux fois de suite, d'oublier de me repasser les plats et qu'elle a servi Hervé avant moi. Je suis l'aîné, non? Cette histoire de la Louison m'emmerde. Hervé lui, il s'en fout. Il baise avec Chopin. C'est un gosse. Je l'aime bien, mais quatre ou six heures de piano par jour, moi je ne peux plus le supporter! Il y a des jours où j'ai envie de casser sa jolie petite gueule. À la rentrée, je vais demander à papa qu'il me loue une chambre, par exemple au sixième. Qu'est-ce que je vais faire à la rentrée? La médecine? Ça me rappellerait trop ce pauvre Léon qui s'enfermait dans sa chambre avec un squelette articulé pour apprendre par cœur les deux cent huit os qui le composent. Le pauvre vieux, il n'en dormait pas. Moi non plus. Au milieu de la nuit, derrière la cloison, je l'entendais réciter tout haut la liste des os de la boite crânienne. Je m'en souviens encore: le frontal, l'occiput, les pariétaux, les temporaux, le sphénoïde... À quoi ça lui a servi tout ça? La Sorbonne, la Fac de Droit, Sciences Po, papa prétend que cela ne conduit à rien si on ne prépare pas un grand concours. Il paraît que je ne suis pas assez régulier dans mon travail. Lui, il a dû être une bête à concours: Internat, Médicat des hôpitaux, Agrégation, tout comme mon grand-père Zabrowsky. Moi, d'abord, je ne veux pas qu'on m'emmerde. L'armée? La guerre s'est terminée trop tôt pour moi. J'aurais bien aimé. Mon cousin Jean-Pierre, quand il est entré à Saint-Cyr, c'était pour la revanche. Lui, il a eu de la veine. D'abord le Maroc, ensuite la guerre, maintenant le Maroc une deuxième fois. Celui-là il est verni. Mais il y a tous les autres qui font garnison à Lille, Strasbourg, Lunéville ou Montpellier, ou même à Mayence. Je me demande comment ils peuvent supporter une existence de rond-de-cuir militaire après avoir vécu quatre ans de batailles? Après tout, ils sont peut-être bien contents de mener une vie bien pépère, une main sur leur femme et l'autre sur l'Annuaire. Il faudra tout de même que j'en parle à Jean-Pierre qui ne va pas tarder à arriver.

Jean-Marie Carbec arriva un jour à la Couesnière alors que tout le monde pensait qu'il serait retenu à Paris jusqu'au 1er août. L'argent gagné pendant cinquante-huit mois de guerre avait confirmé la confiance en soi et le goût de l'autorité qui caractérisaient hier sa personne et aujourd'hui le personnage qu'il était devenu. Laborieux et imaginatif, n'entreprenant que pour réussir, capable cependant de générosité gratuite, il s'était dépensé sans compter sa peine et son temps, d'abord dans les services de la Croix-Rouge, ensuite en armant des navires affectés au transport des nitrates du Chili, puis des chevaux argentins, enfin en achetant ces deux fameux bateaux-pièges destinés à chasser les sous-marins ennemis et qui avaient été finalement torpillés après avoir coulé eux-mêmes deux U-Boats. De toutes ses entreprises, celle-ci avait été sans doute la plus profitable, non qu'elle eût conforté son compte en banque mais parce qu'elle avait fait de Jean-Marie une sorte de corsaire moderne qui le replaçait dans la lignée historique des Carbec d'autrefois, plus habiles à compter des écus qu'à manier un sabre d'abordage. La mort glorieuse du commandant Le Coz avait même contribué à situer l'homme d'affaires parmi ceux qui, n'ayant plus l'âge d'être mobilisés, s'étaient dévoués cependant au service du pays. L'auréole de deux héros, celle de son fils et celle de son ami, le parait à ce point que, lorsque les survivants du 47e regagnèrent leur garnison malouine après s'être battus pendant près de cinq années, Jean-Marie Carbec reçut lui aussi sa part d'ovations dans la tribune officielle où il était installé non loin du maire et du sous-préfet : l'armement des deux bateaux-pièges avait fait oublier une grosse fortune acquise avec les fournitures de guerre. Le citoyen Carbec s'était même vu proposer une place sur une liste de candidats aux prochaines élections législatives mais finalement le nom de Joseph Ruellan, ancien combattant de Paramé, cadet de cinq frères morts au combat, avait été retenu. Jean-Marie n'en avait ressenti aucune sorte d'humeur. Il ne se considérait pas fait pour la lutte politique, le tapage des réunions publiques, les insultes ou les copinages, les frappes sur l'épaule et les petits verres sur le zinc, vulgarités inséparables de la démocratie. N'en avait-il pas le goût ou en avait-il peur ? Il n'avait jamais oublié les grèves de 1910, lorsque les marins-pêcheurs avaient défilé sur le port : « À bas Carbec ! » Plus tard, il aviserait. Un fauteuil au Sénat, celui naguère brigué par son père, le tenterait peut-être ? Pour l'instant ses soucis étaient ailleurs. Jamais ce qu'il est convenu d'appeler « les affaires » ne lui avaient paru si nombreuses et si faciles à réaliser que dans cette période d'après-guerre : spéculations immobilières, création de sociétés d'aménagement, achats de « surplus » aux Intendances des armées anglaise, américaine ou française. Pour leur donner une dimension nouvelle, il avait été amené à installer à Paris un bureau d'import-export dont le secrétariat était confié à sa fille Lucile devenue experte en sténo-dactylographie et capable d'assurer une correspondance bilingue. Lui-même y séjournait plus souvent qu'à Saint-Malo.

— Tu as vu la nouvelle auto de l'oncle Jean-Marie ? demanda Roger.

— Non, dit Hervé. Qu'est-ce que c'est ?

— Une limousine Citroën, toute noire, 10 chevaux !

— C'est peut-être pour le mariage d'Annick.

Jean-Marie Carbec venait d'acheter l'automobile dont la marque et la silhouette commençaient à devenir familières : on disait que son constructeur avait gagné assez d'argent pendant la guerre pour lancer une voiture construite en grande série selon les méthodes industrielles pratiquées en Amérique par Henry Ford depuis plusieurs années. La Lion-Peugeot avait rendu l'âme peu de semaines avant le 11 novembre. Dans la position qu'il occupait aujourd'hui, Jean-Marie estimait qu'une conduite intérieure convenait mieux qu'une torpédo décapotable. Le mariage de sa fille avait été pour lui l'occasion d'acheter cette Citroën et de la conduire à la Couesnière où elle resterait garée après les noces. Lui, à Paris, il préférait les taxis autant que les hôtels, anonymes les uns et les autres, pour ses frasques de la cinquantaine.

Une autre raison motivait l'arrivée inattendue de Jean-Marie Carbec.

— Il va falloir que vous modifiiez votre plan de table, dit-il à sa mère à la fin du repas partagé avec elle et ses deux neveux.

— Je parie que nos Américains arrivent !

— Non, répondit-il l'air mi-narquois mi-gêné, il s'agit du fiancé de Denise Lecoz-Mainarde.

— Ses parents ont donc réussi à la caser, celle-là ?

— C'est-à-dire que... je ne dirai pas cela devant Annick mais comme elle se trouve encore à Saint-Malo avec sa mère, il n'y a pas de raisons que je me taise devant ces garçons, ils sont en âge de comprendre ces choses. Cela pourra d'ailleurs leur servir de leçon.

— Explique-toi donc au lieu de tergiverser !

— Eh bien, il a fallu brusquer les fiançailles et fixer en même temps la date du mariage de Denise parce qu'elle était un peu enceinte d'un jeune homme. Notre cousin a exigé réparation immédiate.

— Très bien ! jugea la vieille dame. Dans nos familles, cela ne peut pas se passer autrement. Vous entendez vous autres ? Quand on met une jeune fille en difficulté, on l'épouse tout de suite.

Roger sentit une chaleur rouge lui monter jusqu'aux oreilles et affecta un sourire niais tandis que son frère pelait une pomme avec l'air détaché de ceux qui ne sont pas concernés par les propos échangés devant eux.

— Quel âge a-t-elle donc ?

— Vingt-trois ans.

— Cette petite-là, dit Mme Carbec de ses lèvres minces et en hochant la tête d'un air entendu, je me suis toujours méfiée d'elle. À dix-huit ans, elle regardait les hommes comme une effrontée. Dis-moi, Jean-Marie, n'as-tu pas pensé, lorsque Jean-Pierre est revenu du front, qu'elle pourrait devenir ta belle-fille ?

— Peut-être bien.

— Comment cela, peut-être bien ? Une allumeuse, une fille qui boit de l'alcool et fume des cigarettes ! Non, ça n'était pas une femme pour Jean-Pierre. Et le fiancé de cette Denise, le connais-tu au moins ? Tu penses vraiment que je doive l'inviter ?

— Dame ! C'est le futur beau-frère de votre petite-fille ! N'ayez pas peur, c'est un bon jeune homme. Il ne sait pas faire grand-chose et ne me paraît pas très vaillant, mais ses manières sont bonnes et il a un oncle consul général. Il fera un très bon agent de change.

— A-t-il fait la guerre, ce futur cousin ? demanda Roger.

— Oui et non. Je crois qu'on l'avait versé dans l'auxiliaire pour raison de santé. Mais il a quand même failli mourir de la grippe espagnole. C'est très honorable.

Roger Carbec avait retrouvé tout à coup la hargne qui ne sommeillait jamais longtemps au fond de ses yeux :

— Évidemment, dit-il en regardant tout droit son oncle, tout le monde ne peut pas mourir comme mon frère Léon, mon cousin Yves, ou votre associé Jean Le Coz. N'est-ce pas ?

— Allez vous amuser mes enfants ! fit très doucement la vieille dame. J'ai à causer avec votre oncle. Conduis-moi donc jusqu'à l'étang, Jean-Marie, nous y prendrons tous les deux notre café !

Il y avait ce jour-là dans sa voix une aménité, presque une douceur dont elle n'avait guère l'habitude. Elle marchait lentement, hésitant à chaque pas et s'appuyant sur le bras de son fils. Tous les deux s'installèrent au bord de l'eau. Pélagie apporta le café. La vieille dame qui avait fermé les yeux, les rouvrit de façon imperceptible pour observer le regard de Jean-Marie dirigé vers les jambes de la petite bonne. Il s'en aperçut, rougit et convint :

— Votre Solène était plus agréable à regarder.

— J'espère bien que ta belle-sœur n'aura pas le toupet de l'amener ici ?

— Olga est trop fine pour cela.

Mme Carbec se contenta de faire la moue et essuya d'un geste rapide un peu de salive qui coulait sur son menton.

— Je connais bien mes deux belles-filles, dit-elle. Prétendre que je les aime ? non. Tout compte fait je m'aperçois aujourd'hui que je les aime bien. Je sais Jean-Marie, que tu admires beaucoup ta belle-sœur parce qu'elle fait étalage de ce que vous autres, les hommes, vous appelez le charme. Mais crois-moi, mon garçon, la grande dame ça n'est pas Olga, c'est ta femme. Olga ne m'a jamais résisté, elle vous glisse dans les doigts avec un sourire. Yvonne, je l'ai crue très longtemps un peu, voyons comment dirais-je cela ? un peu niquedouille. Je m'aperçois aujourd'hui du contraire. C'est une femme de commandement, une vraie Malouine, quoi ! C'est pourquoi je suis heureuse de savoir que notre malouinière sera bientôt entre des mains solides.

— Bientôt ? Que dites-vous là ?

— Crois-moi, je n'en ai plus pour longtemps. Cette fois, c'est vrai. Mon cœur me joue des tours. Parfois la nuit, je sens qu'il s'arrête de battre pendant quelques secondes, et puis il repart au moment que je vais étouffer.

— Vous en avez parlé à votre médecin ?

— À quoi bon ? On n'a jamais raccommodé un cœur, non ? Je te promets d'en parler à Guillaume. Ils arrivent tous les deux le 1er août, n'est-ce pas ?

— Dans quatre jours, exactement.

— Dis donc à Yvonne de venir s'installer à la malouinière le plus vite possible, dès qu'elle en aura fini avec ses couturières. Je lui abandonne le soin du déjeuner.

— Vous vous sentez mal à ce point ? demanda Jean-Marie tout à coup inquiet.

— Sois tranquille, rien ne troublera le mariage de ma petite-fille. Je serai là. Toi, Jean-Marie, fais bien attention à ta santé.

— Pourquoi me dites-vous cela ?

— Parce qu'il me semble que tu as moins bonne mine que la dernière fois que tu es venu. On ne te voit plus guère à Saint-Malo, non ?

— Les affaires...

— Rien que cela ?

— La vie à Paris est très fatigante, vous savez, maman.

— C'est bien ce que je pense.

Mme Carbec regarda son fils avec beaucoup d'indulgence et un peu d'inquiétude. C'est vrai qu'il avait changé Jean-Marie. Petit et râblé, ses joues paraissaient plus plates et moins colorées qu'hier. Est-ce parce que sa barbe avait disparu et qu'il portait la moustache plus courte ? Son aspect extérieur s'était modifié lui aussi : vêtements mieux coupés, montre-bracelet à la place de l'oignon accroché hier à la chaîne d'or pendue sur le gilet, cigarette Abdullah au lieu de la pipe.

— Tu dois être heureux du mariage de ta fille ? Malgré son œil en verre et sa jambe droite plus courte que la gauche, Gilbert est un beau parti. Architecte, c'est un bon métier. Et puis les Lecoz sont des cousins...

— Une seule chose me tracasse, c'est son prochain départ pour le Maroc. J'y ai déjà un fils, c'est bien suffisant. Je ne sais pas ce qui arrive à la jeunesse d'aujourd'hui : ils rêvent tous d'aller là-bas.

— Leur départ est certain ? questionna la vieille dame.

Jean-Marie haussa les épaules, l'air furieux :

— Quelques jours après leur mariage. Maintenant la chose est certaine. Plusieurs jeunes gens sortis des Beaux-Arts étaient candidats pour une place dans un cabinet d'architecte à Rabat, c'est Gilbert qui l'a obtenue par priorité à cause de sa mutilation et de sa médaille militaire. Que vont-ils faire dans ce pays où les habitants couchent sous la tente et ne vendent guère que des tapis ? Alors qu'ici, Gilbert était assuré de construire plus de villas et d'hôtels qu'il aurait pu en rêver. Entre nous, je soupçonne Jean-Pierre d'avoir influencé sa sœur et son futur beau-frère.

— Mon pauvre Jean-Marie, n'oublie pas que ces deux enfants sont des Malouins. Ton père aussi avait le goût de l'aventure. Il ne faut point les contrarier. On fait son bonheur soi-même. Moi, puisque Annick est ma première petite-fille à se marier, je lui donnerai le jour de ses noces le camée dont me fit cadeau Napoléon III.

— À c't'heure, dit Nicolas, M. Guillaume est arrivé, il faut que j'aille le voir.

— Laisse-moi donc faire ! répondit Germaine.

— Non, c'est mon devoir.

— En as-tu seulement parlé à Roger ?

— Je l'ai vu une fois, je n'ai point osé lui en causer mais je crois bien qu'il m'a compris parce qu'il n'est plus venu rôder par ici.

Nicolas ouvrit une armoire et en sortit un vieux fusil de chasse.

— Que vas-tu faire avec ça, malheureux ?

— Rien. C'est pour leur faire peur. Un fusil, moi j'ai appris comment on s'en sert.

— Il est armé ?

— Est-ce que je sais ?

Nicolas s'était assis, tout pâle. La sueur lui coulait du front. Une quinte de toux lui déchira la gorge, cela lui arrivait de plus en plus souvent depuis qu'il avait été gazé.

— Assieds-toi donc ! dit plus doucement sa femme. Tu veux boire une goutte ? Ça va passer.

Il s'assit, se versa une bonne rasade dans un ancien verre à moutarde qu'il avala en deux gorgées, pendant que Germaine prenait le fusil, en retirait les cartouches, et rangeait l'arme dans l'armoire qu'elle ferma à clef.

— Laisse-moi y aller avec toi.

— Non, ça c'est le rôle du père. Rends-moi donc mon fusil.

— Tu veux donc que les gendarmes viennent te chercher, toi qui as échappé à la guerre ?

— N'aie pas peur, je ne leur ferai pas de mal. Les Carbec, pour moi c'est sacré, mais les Lehidec c'est sacré aussi. Mon fusil, garde-le donc, je n'en ai plus besoin. Ta goutte ça m'a donné du courage. C'est comme au front. Avant l'attaque on nous en versait un quart à plein bord. On appelait ça la gnaule. Ça ne sera pas long. Tu sais, le Jean-Marie et le Guillaume, je les aime bien tous les deux. Attends-moi donc ici !

Germaine le regarda s'en aller, tout droit, peut-être même un peu raide, dans son costume du dimanche revêtu pour la circonstance. Nicolas avait tourné plusieurs fois dans sa tête ce qu'il allait dire à Guillaume Carbec et le savait par cœur. Rien ni personne ne le ferait reculer, il n'avait pas fait Verdun pour se laisser intimider par les frères Carbec, encore que cette histoire eût été plus facile à régler avec l'aîné qu'avec le cadet. Jean-Marie, il connaissait sa façon de parler, sa manière de voir les choses et de juger les gens, ses habitudes semblables à quelques détails près, à celles des autres Malouins, malgré tous ses sous. Guillaume, c'était le Parisien décoré de la Légion d'honneur, un monsieur dont on avait vu deux fois la photographie dans *L'Ouest-Éclair*. La gnaule aidant, il arriva devant la malouinière où bavardaient les deux frères.

— Ah ! voici notre Nicolas ! fit Guillaume en ouvrant cordialement les bras.

— Mâtin ! dit Jean-Marie, te voilà greyé comme si c'était aujourd'hui la noce ! Tu t'es trompé de jour, mon pauvre gars.

Nicolas répondit, gravement, sans oser regarder en face les deux Carbec :

— Je ne me suis point trompé. C'est pour une affaire d'honneur.

— Diable ! fit Guillaume en riant. Tu veux te battre en duel ? Eh bien, nous serons tes témoins. Nous allons arranger ton affaire.

— C'est une affaire qui nous concerne tous les deux, dit Nicolas en dévisageant cette fois Guillaume.

Jean-Marie, sans comprendre exactement le motif d'une telle démarche, en avait déjà deviné le sens mais ne parvenait pas à démêler s'il s'agissait de Germaine et de Guillaume, ou de Roger et de Louison. Le plus curieux, c'est que lui-même ne paraissait pas être mis en cause alors qu'il lui arrivait encore de besogner la Germaine, vite fait. Pour désarmer Nicolas, dont l'haleine puait le mauvais lambic, il lui vint alors l'idée de le faire entrer dans le grand salon de la malouinière, là où sur les murs lambrissés veillaient les ancêtres de la famille, en uniforme ou robe d'apparat.

— Assieds-toi donc, Nicolas.

— J'aime autant rester debout.

— Pas pour trinquer avec nous?

Guillaume avait déjà retiré d'un petit meuble trois verres et un carafon de cristal liséré d'or. Nicolas posa le bout de ses fesses sur un canapé de velours, regarda autour de lui, vit dans leurs cadres dorés plusieurs générations de Carbec devant lesquelles il avait l'air maintenant de comparaître, et se décida à tremper ses lèvres dans son verre.

— Ça te plaît ? demanda Guillaume.

— Pour sûr que ça n'est point du tord-boyaux.

— Sacré Nicolas ! Fin connaisseur avec ça ! dit Jean-Marie. À présent, raconte-nous ton histoire.

— C'est difficile.

— Nous sommes entre amis, non ?

— Justement.

— Comment cela « justement » ? Qu'est-ce que cela veut dire ? Vide ton sac, tout de suite, ou je vais me mettre en colère ! gronda Guillaume.

— « Justement », dit alors Nicolas tout à trac, ça veut dire que Roger a engrossé Louison.

Les deux frères se regardèrent sans savoir, l'un autant que l'autre, s'il convenait de se mettre en colère, de s'apitoyer, de sourire, ou de douter d'une telle affirmation.

— En effet, finit par admettre Guillaume, c'est une histoire difficile.

— C'est une affaire d'honneur, répondit sentencieusement Nicolas. Je vous l'avais bien dit.

— L'honneur ! l'honneur ! affecta de dire Jean-Marie avec un rire imbécile, tu vas un peu loin. Pour moi, c'est une affaire de cul, ni plus ni moins, entre deux enfants. En as-tu parlé à Roger ?

— Je n'ai point osé parce que je lui aurais peut-être donné un coup de fusil.

— Es-tu sûr que ce soit lui ?

— Louison nous a tout dit. Et il y a un témoin.

— Alors ?

— Alors, j'ai dit que c'était une question d'honneur. Celui des Lehidec vaut bien celui des Carbec, déclara Nicolas en montrant les cadres immobiles. Il ajouta : « Il faut réparer. »

— Réparer ? s'inquiéta Guillaume. Que veux-tu dire par là ?

— C'est tout simple, il y a des lois pour cela.

Guillaume éclata de rire :

— Sacré Nicolas ! Tu ne veux pourtant pas que mon fils épouse ta fille ? Tu nous vois tous les deux compères le jour de la noce, et ta Louison assise dans notre salon sous le portrait de mon aïeule la comtesse de Kerelen ?

Doucement entêté, sans colère, Nicolas répétait :

— Il faut réparer, il faut réparer. Moi, son père, je n'ai pas autre chose à vous dire.

Les deux frères se regardèrent, tout à coup inquiets. Ils n'avaient plus envie de rire. Jean-Marie entraîna Guillaume vers la cheminée pour lui souffler le plus bas possible :

— Toi qui es chirurgien, tu pourrais peut-être arranger cela ?

— Je ne suis pas une tricoteuse ! Ne me répète jamais une chose pareille.

Les deux frères Carbec s'étaient tus. Nicolas Lehidec soudain conciliant renoua le fil :

— Écoutez, monsieur Guillaume, nous n'allons pas nous disputer toute notre vie parce que ma fille a fauté avec votre gars. Mettez-vous seulement à ma place. Louison est grosse...

— D'abord, en es-tu sûr ?

— Dame oui ! Même que sa mère l'a menée au docteur. Donc, je vous disais que si ma Louison est grosse, je ne peux plus la marier. Alors, vous devez réparer.

— Qu'est-ce que cela veut dire « réparer » dans ta tête de mule ? coupa brutalement Jean-Marie.

Baissant le front, comme s'il eût honte, Nicolas répondit :

— « Réparer », peut-être bien que ça voudrait dire « payer ».

— Eh bien, il fallait le dire plus tôt, bougre d'idiot, tonna Jean-Marie.

— Il est certain, convint le professeur Carbec, que dans un tel cas les maris sont plus faciles à trouver avec une bonne dot.

— Même avec une petite, précisa Jean-Marie.

— On pourrait sans doute chercher un bon gars..., hasarda Guillaume.

— Les bons gars, il n'y en a plus guère au pays, dit Nicolas en secouant la tête, ils se sont tous fait tuer. Ou alors, ils sont mutilés.

Jean-Marie se précipita sur ce dernier mot :

— Justement Nicolas ! En général, les mutilés sont de bons gars, des héros quoi ! Ma fille Annick va en épouser un, je sais ce que je dis. Toi aussi tu vas en trouver un, ça ne sera pas difficile, il n'en manque point. Avec la pension du gouvernement, et la dot que Guillaume va donner à Louison, tes deux tourtereaux seront bientôt plus riches que nous. Qu'est-ce que tu dirais d'une dot de cinq mille francs par exemple ?

— Il faut que j'en cause à la Germaine.

— Tu vas bien prendre la dernière goutte de l'amitié ?

— C'est pas de refus, dit Nicolas en tendant son verre.

Ils étaient là, tous les trois, assis dans le grand salon de la malouinière, buvant lentement la vieille eau-de-vie familiale et se félicitant, chacun à sa manière, d'avoir trouvé une solution à un problème qui risquait de les diviser. Jean-Marie leva les yeux vers les portraits d'ancêtres et pensa que tous les mâles de cette époque avaient dû ensemencer les filles du Clos-Poulet sans qu'on vînt leur chanter pouilles. D'un œil de clinicien, Guillaume observait pour sa part le teint de Nicolas, son tremblement de main, la couleur jaune de sa sclérotique, et l'écoutait tousser. Pauvre diable, il n'en a plus pour longtemps, tandis que celui-ci, l'œil fixe, roulait des chiffres dans sa tête.

— La moisson sera-t-elle belle cette année ? demanda Jean-Marie.

— C'est selon, dit Nicolas qui avait retrouvé son langage familier et sa prudence paysanne. Avec les orages, il y a eu de la verse.

— Quand commences-tu ?

— La semaine prochaine, peut-être bien...

— Je vais te faire une sacrée surprise. Écoute-moi bien. Dès demain, je vais t'acheter une nouvelle mécanique, pas une simple faucheuse comme celle de 14, mais une botteleuse. Avec cette machine-là les gerbes sortent toutes ficelées. Tu seras le premier à conduire une telle mécanique américaine. Es-tu content, au moins ?

— Dame oui que je suis content ! L'autre mécanique, celle de 14, la Germaine a bien fait ce qu'elle a pu pendant la guerre, mais c'est pas pour dire, elle l'a moins bien entretenue. Dame oui que je suis content !

— Tu l'auras demain ta McCormick. Sacré Nicolas !

Le lendemain soir, ils avaient fini par se mettre d'accord sur les bases suivantes : Louison recevrait une dot de six mille francs, plus un trousseau, un lit et une armoire à glace. Mais Nicolas avait exigé que Roger fût éloigné de la malouinière dès le lendemain du 15 août :

— Des fois que me reprenne l'envie de lui donner un mauvais coup. Il y a des jours où je ne sais plus très bien ce que je fais. C'est la guerre, sans doute.

Jamais la saison n'avait paru aussi brillante sur la Côte d'Émeraude que pendant ces premiers jours du mois d'août de l'année 1920, à croire que la guerre n'eût laissé aucune trace. À Saint-Malo, Paramé, Dinard, Saint-Lunaire, Saint-Briac, toutes les villas étaient occupées et les chambres d'hôtel louées jusqu'au mois de septembre. Beaucoup de jeunes hommes avaient disparu mais, semblables aux nouvelles pousses d'une futaie hier dévastée par la tempête, d'autres garçons les avaient remplacés déjà, vêtus de blazer à larges rayures rouges ou bleues et animés d'une fureur de vivre inconnue de leurs aînés. Toutes les jeunes filles se baignaient maintenant en maillot, portaient les cheveux courts et avaient la permission le soir d'aller danser en robes courtes au casino où des orchestres de jazz, piano, batterie, violon, clarinette, jouaient *Le Pélican* et *Over there*, laissant à de grandes pipes en cuivre nommées saxophones la mission de leur faire découvrir en sanglotant les premiers negro spirituals avec *Old Man River*. Le temps où Yvonne Carbec interdisait à ses filles de sortir avec des jeunes gens dont on ne connaissait pas les familles paraissait si loin que certains observateurs n'hésitaient plus à dater du 1er août 1914 le commencement du XXe siècle. Des quatre jeunes filles réunies le jour de la mobilisation sur la plage de Rochebonne, la première vivait aujourd'hui librement à Paris, la deuxième avait affirmé sa volonté d'entrer au couvent, les deux autres avaient choisi leurs fiancés sans rien demander à personne : aucune n'avait sollicité l'avis des parents pour orienter sa vie personnelle.

Bourgeois lucides, non sans inquiétudes, les Lecoz-Mainarde professaient que la société ne pouvait plus revenir six ans en arrière, il fallait en prendre son parti, mieux s'y accommoder, à condition toutefois de respecter certaines règles : courtoisie, discrétion et secret. C'est dans cet état d'esprit qu'ils avaient accepté le prochain départ de leur fils pour le Maroc et les fiançailles précipitées de leur fille. Pour l'instant, ils s'étaient installés au Grand Hôtel de Paramé pour y passer le mois d'août selon une vieille habitude interrompue pendant la guerre. De là, ils se trouveraient à quelques kilomètres de la malouinière des Carbec et tout près de Rothéneuf où ils faisaient construire une grande villa dont Gilbert avait bien voulu consentir à faire les plans.

En s'associant aux entreprises de Jean-Marie Carbec, Georges Lecoz-Mainarde avait gagné assez d'argent pour ne plus faire figure devant sa femme d'un mari qui fut d'abord un gendre comblé par son beau-père. Comme toutes les personnes auxquelles les fins de mois n'ont pas longtemps posé de problèmes insolubles ou seulement difficiles, il professait volontiers que l'argent ne fait pas le bonheur, cependant il avait le bon goût d'ajouter aussitôt que c'était là une sorte de proverbe inventé par quelque fermier général. La guerre l'avait inquiété au moment des deux ruées allemandes sur Paris et lorsque son fils avait été gravement blessé, mais la mort de son frère Jean Le Coz, survenue en mer quelques jours seulement avant le 11 novembre, n'avait guère provoqué qu'une sorte de confusion des peines où finalement le beau tumulte de la victoire l'avait emporté sur la tristesse du chagrin. Aujourd'hui, les beaux jours revenus, il portait moralement, mais avec fierté, la médaille de l'un et la croix de l'autre, honneurs familiaux dont ne pouvaient pas s'enorgueillir tous ses confrères de la Bourse cependant liés entre eux par certains rites d'urbanité dans le langage, les manières et le costume que cinq ans de guerre n'avaient pas altérés. C'est ainsi que M. Lecoz-Mainarde avait conservé l'élégance, qu'il appelait le « chic 1900 » : col dur, cravate ornée d'une épingle à perle, bottines à boutons, veston aux revers gansés et pantalon rayé. Peu mélomane mais amateur de danseuses, il s'était abonné à l'Opéra et entretenait une petite ballerine aux jambes à peine éloquentes qui le faisait enrager tous les ans, au moment des promotions, parce qu'il n'était pas intervenu avec assez d'insistance auprès du directeur pour lui faire obtenir un emploi de coryphée dans le corps de ballet dirigé par Mlle Zambelli. Il s'en tirait avec une bague, ou un manteau de fourrure, promettait une Citroën, et venait de lui faire obtenir quelques cachets dans les casinos de Saint-Malo, Paramé ou Dinard pour lui permettre de danser *La Mort du cygne.*

— Elle est charmante cette petite, dit perfidement Mme Lecoz-Mainarde, vous devriez lui envoyer des fleurs avec notre carte. J'adore cette partition de Saint-Saëns. Notre amie Olga prétend que cette musique n'est plus à la mode, mais vous connaissez son snobisme. Pour elle, la musique commence avec Stravinski et la danse avec Diaghilev. Quelle horreur ! Maintenant que le mariage de nos enfants va nous rapprocher encore davantage, elle voudra m'entraîner dans son cirque. Remarquez que je l'adore, cette chère Olga, mais il y a des jours où je ne puis supporter sa prétention de vouloir connaître tout ce qui sera demain à la mode, que ce soit robes, chapeaux, musique, peinture ou roman. Vous allez voir tout le charme qu'elle va déployer le jour du mariage ! Elle hissera son grand pavois et tous les hommes s'y laisseront prendre, bien sûr son beau-frère, c'est connu mais même vous, mon cher Georges...

Absorbé dans la lecture de la page financière du *Temps* M. Lecoz-Mainarde répondit d'une voix acide :

— Soyez donc un peu plus généreuse avec les autres femmes ! Je n'en connais aucune que vous ne critiquiez en ayant l'air de la cajoler. Leurs défauts, même minimes, vous intéressent davantage que leurs qualités, à moins que celles-ci vous soient insupportables. Je vous connais trop bien. Pour ce qui concerne notre amie Olga, vous oubliez souvent qu'elle a eu le malheur de perdre un fils à la guerre.

Bonne Parisienne, Béatrice Lecoz-Mainarde savait attraper au vol le jugement des autres pour le faire sien avec la conviction de l'avoir conçu elle-même, quitte à le renier pour défendre avec la même certitude une opinion contraire entendue peu de temps après. Un certain génie de la dérobade et du rétablissement l'habitait comme si elle avait été un politicien doucereux et retors.

— C'est vrai, fit-elle d'un ton apitoyé, cette pauvre Olga n'a vraiment pas de chance : son fils mort, sa fille au couvent, sa nièce qui l'a quittée pour vivre sa vie... À ce propos, savez-vous avec qui j'ai rencontré hier cette Lucile Carbec ?

— Vos commérages ne m'intéressent pas. Laissez-moi lire mon journal.

— Il s'agit pourtant de la future belle-sœur de votre fils.

— Je vous écoute deux minutes.

— Hier après-midi, au casino de Dinard, Lucile Carbec dansait avec le beau Kerelen.

— Eh bien ? Bravo ! C'est de leur âge !

— Je sais que la chorégraphie vous est chère, mais ici il s'agissait de tout autre chose. Je les ai observés sans qu'ils s'en doutent. Ils formaient tous les deux un couple. Vous comprenez ce que je veux dire ? Croyez-moi, ce genre d'affaires ne me trompe pas. Lorsque deux êtres dansent un tango de cette façon-là, c'est qu'ils couchent ensemble.

— Vous oubliez que Lucile a vingt-six ans.

— Je ne l'oublie pas. Elle est libre de vivre comme elle l'entend, mais vous semblez oublier que dans nos milieux on n'a pas le droit de s'afficher. Dieu merci, notre future belle-fille Annick me paraît être aussi réservée que sa sœur l'est peu ! Je ne veux pas être mauvaise langue. Après tout, cela finira peut-être par un mariage. Ce sont les Carbec qui seraient heureux ! Avoir une fille comtesse ! On croirait relire *Le Bourgeois gentilhomme.* Vous ne croyez pas, cher ami, que M. Jourdain fût un petit monsieur de Saint-Malo rencontré autrefois par Molière ?

M. Lecoz-Mainarde se sentit piqué. Lui aussi était malouin. Comme tel, il se brocardait volontiers mais n'appréciait pas les plaisanteries des autres.

— Ne répétez pas trop souvent ce que vous venez de dire, répondit-il d'une voix brève, tout le monde croirait que c'est par dépit de n'avoir pas réussi à faire votre gendre du capitaine de Kerelen.

Les Kerelen étaient revenus s'installer à Dinard dès les premiers jours du mois de juillet. Il avait fallu près d'une année aux maçons, peintres, menuisiers et plombiers pour remettre en état leur villa réquisitionnée par la Croix-Rouge dès l'arrivée des premiers blessés de Charleroi dont le nombre avait surpris les plus pessimistes. Les Sardines Dupond-Dupuy ayant gagné assez d'argent pour ne pas avoir besoin d'attendre les libéralités des Dommages de guerre, la vie quotidienne des anciens jours allait donc reprendre : six mois à Paris pour le Jockey, quatre mois à Nantes pour le quai de la Fosse et les conseils d'administration, deux mois à Dinard pour le Gotha. L'un et l'autre estimaient qu'ils avaient bien mérité ce répit avant de comparaître devant le tribunal du Dieu de leurs ancêtres dans lequel ils avaient placé une confiance sans réserve pour que leur fils unique leur revienne vivant. Le comte de Kerelen et son épouse ne s'étaient d'ailleurs pas contentés de s'abîmer dans la prière : lui s'était ingénié pendant quatre ans et demi à répertorier les morts et les blessés appartenant aux familles titrées de France ainsi que les citations et décorations reçues, avec le grand dessein, la paix revenue, de publier une sorte de Bottin mondain des Héros de la Guerre. Plus pragmatique, la comtesse avait tricoté des chaussettes et des passe-montagnes ou fait parvenir dans les camps de prisonniers quelques milliers de boîtes de sardines signées Dupond-Dupuy.

Tant de confiance et de générosité avaient été récompensées par le retour sain et sauf, malgré deux blessures, d'un capitaine aviateur bardé de décorations. Après avoir passé dix-huit mois à cheval, Louis de Kerelen était devenu aviateur comme quelques centaines de ses camarades qui préféraient risquer leur vie à chaque sortie dans le ciel plutôt que de se faire tuer au fond d'une tranchée boueuse infestée de rats et de vermine. Ainsi, il avait vécu les jours quotidiens d'une escadrille, les départs à l'aube pour des missions solitaires, les brefs combats où celui qui se fait surprendre le premier est déjà mort, les retours avec moteur giclant l'huile de partout, les énormes beuveries pour arroser une palme, la camaraderie joyeuse ou silencieuse de jeunes hommes promis au même destin, admirés et jalousés par ceux d'en bas à cause de leurs bars remplis de champagne, des permissions illégales dont ils bénéficiaient, de leur légende ailée, de leurs noms cités parfois par le communiqué officiel alors que le même texte disait « Rien à signaler sur l'ensemble du front » parce que, ce jour-là, l'état des pertes ne faisait apparaître qu'un petit millier de morts.

Un jour du mois de mai 1917, venu à Paris en permission de convalescence, il avait été entraîné au théâtre du Châtelet par un ami de collège devenu diplomate et qui faisait la guerre dans un bureau du Quai d'Orsay. C'était au lendemain de la malheureuse offensive du Chemin des Dames qui avait mis 130 000 hommes hors de combat. Des régiments s'étaient mutinés. Le pays manquait de charbon, le pain et le sucre étaient rationnés. Rien n'avait cependant empêché quelques centaines de privilégiés triés sur le volet de venir assister à la première représentation d'une sorte de pantalonnade due à la collaboration d'un peintre déconcertant, d'un poète prestidigitateur et d'un musicien qui se prenait pour un génie à force de l'entendre dire dans quelques salons et affirmait lui-même que Claude Debussy lui devait tout. Dans la salle, on se montrait, déshabillées par de célèbres couturiers, les grandes mondaines de Paris, celles qui faisaient ou défaisaient les réputations, donnaient des bals, influençaient les votes des académiciens français et venaient d'inventer un mot nouveau, « l'avant-garde », pour qualifier et protéger toutes les bizarreries littéraires, picturales ou musicales d'une époque où les constructeurs de manoirs à l'envers étaient réputés originaux. Il y avait là les princesses de Polignac et Murat, les comtesses de Chabrillan, de Beaumont, de Chevigné, Mme Letellier, Misia Sert, Mme Edmond Rostand accompagnée de son fils Maurice... Dès les premières mesures d'une musique cependant sans saveur ni éclat, des sifflets avaient fusé çà et là, aussitôt couverts par des applaudissements frénétiques. Quelques instants plus tard, deux camps s'invectivaient. Provocateurs ! Métèques ! À Berlin ! Béotiens ! et autres insultes qui furent dépassées quand, mêlées aux cordes et aux bois, on entendit dans l'orchestre des machines à écrire qui crépitaient comme des mitrailleuses. Jusque-là, à cause de l'uniforme qu'il portait, Louis de Kerelen n'avait pas voulu se colleter avec ses voisins, jeunes garçons aux yeux fardés et supporters fervents.

— Sortons d'ici ! dit-il alors à voix haute. On ne se fait pas casser la gueule pour tous ces salauds et toutes ces salopes !

De la main, le capitaine avait désigné l'ensemble de la salle, spectateurs, acteurs, musiciens de *Parade* et, bousculant ses voisins sur son passage, il était allé terminer sa soirée chez Maxim's avec une fille qui ne faisait pas payer les aviateurs, mais leur faisait cadeau d'un bas de soie qu'ils se passaient autour du cou comme un porte-bonheur avant de voler.

Quelques semaines après l'armistice, « le temps de retoucher terre », leur avait-on dit — mais les hommes qui avaient survécu à la guerre pourraient-ils jamais rechausser les pantoufles de la vie quotidienne ? — Louis de Kerelen était parti pour l'Amérique du Sud avec quelques autres aviateurs choisis parmi les plus fameux, ceux qu'on appelait les « As », véritable mission de propagande organisée par les Affaires étrangères. Pendant trois mois, à Rio de Janeiro, Sao Paulo, Buenos Aires, Montevideo, Lima ou Caracas, les glorieux étalons avaient été fêtés, adulés, caressés : banquets, discours, décorations, punchs, tangos et femmes pour la sieste. Certains d'entre eux étaient revenus mariés ou fiancés à des héritières d'haciendas couvertes de cruzeiros, mais Louis de Kerelen estimait que sa liberté valait plus cher qu'une jolie Carioca, même agrémentée de quelques milliers de tonnes d'arabica, d'un troupeau de vaches argentines, et de dix mille hectares en Amazonie. Revenu en France et nommé à Bordeaux, son affectation lui avait permis la découverte d'une société féminine qui se disputait avec le même appétit les hommes de sa génération pour en faire des maris ou des amants : le quai des Chartrons regorgeait d'adorables ogresses de tous âges, encalminées depuis le départ d'une base américaine et prêtes aux aimables aventures à condition que celles-ci ne provoquent aucune sorte d'éclat que ni les pères les plus indulgents ni les maris les plus complaisants n'eussent longtemps toléré. Dans cette sorte de navigation sentimentale où les coups de vent qui exigent la prudence sont aussi dangereux que les bonasses où le pilote est tenté de relâcher son quart, Louis de Kerelen était passé maître. Il lui arriva donc de faire le bonheur de quelques Girondines et d'y prendre plaisir sans que, pour autant, son nom soit jamais cité dans la chronique scandaleuse de l'Aquitaine.

C'est au cours de cette période bordelaise de sa vie que le capitaine de Kerelen devait rencontrer par hasard Lucile Carbec à Paris, au bar du Claridge où la jeune fille avait rendez-vous avec quelques anciens camarades de l'armée d'Orient. Tous les deux ne s'étaient pas revus depuis le premier rendez-vous des Carbec organisé à la Couesnière, il y avait maintenant près de six ans.

— Je vous aurais reconnue entre mille ! Vous êtes plus belle que jamais.

La banalité du compliment ne la laissa pas indifférente.

— Pourtant, répondit Lucile, vous ne m'aviez pas beaucoup

regardée. Les jeunes filles ne vous intéressaient pas. Vous n'aviez d'yeux que pour ma tante Olga.

— C'est peut-être vrai. Ce soir...

Il voulait lui faire un compliment un peu moins médiocre que celui de tout à l'heure :

— Là-bas, dans votre malouinière, vous ressembliez à un éphèbe un peu moqueur dont il faut prendre garde, mais prometteur.

— Vraiment ?

— Vous deviez alors avoir à peine vingt ans ?

— C'est bien cela.

— Ce soir, vous me faites penser à l'un des plus beaux vers de la langue française : « Et les fruits ont passé la promesse des fleurs. »

— Qui a écrit cela ?

— La Fontaine. Racontez-moi tout. Qu'êtes-vous devenue pendant ces années ? Que faites-vous à Paris ? Habitez-vous toujours chez votre oncle ? Enfin, êtes-vous libre à dîner ce soir ?

Ils se regardèrent tous les deux, lui comme un homme de trente-trois ans qui sait comment les femmes aiment qu'on les regarde, elle comme une jeune fille qui a acquis avec l'habitude des hommes une certaine manière d'être, située entre le flirt et la camaraderie. La même nuit, ils faisaient l'amour sans autre souci que celui de prendre du bon temps.

Ils s'étaient revus quelquefois et avaient trouvé le même plaisir à sortir ensemble, fréquenter des bars où Louis rencontrait parfois des camarades d'escadrille, aller dans des petits restaurants chers, danser l'un contre l'autre avant d'aller finir la nuit dans la garçonnière de Lucile, deux pièces, salle de bains, cuisine, rue de Babylone, en face d'un couvent où une cloche sonnait matines. Pour eux deux, l'avenir n'était qu'une notion vide de sens, un mot jamais employé, sans doute jamais pensé. Lorsque le capitaine se trouvait dans le train qui le ramenait vers son escadrille et le quai des Chartrons, Lucile était déjà installée devant sa Remington et tapait le texte rédigé en anglais de quelque convention passée entre Carbec et Cie et Istanbul Ltd pour la vente de 50 000 brodequins provenant des surplus américains.

— Je n'ai pas besoin de te demander si tu es heureuse, lui demanda un jour sa tante.

— Vous me croyez amoureuse ?

— Cela se voit assez. Tu es épanouie.

— Vous vous trompez. Une fille de ma génération qui entend vivre libre est toujours heureuse quand elle fait un travail qui l'intéresse, habite seule, a le téléphone et une petite voiture.

— Tu oublies le principal.

— Un homme ? Peut-être y a-t-il un homme. Qui sait ? C'est en effet aussi important que le travail, la garçonnière, l'auto et le téléphone. Et quand on a une tante aussi adorable que vous, alors on est comblée. Voilà pourquoi, madame, votre nièce paraît être si heureuse.

Olga Carbec n'insista pas devant cette dérobade enfantine, mais comprit mieux ce jour-là le fossé qui s'était si vite creusé entre sa génération et celle de Lucile. Elle se rassura en pensant que le plus grand nombre des jeunes filles ressemblaient encore à Annick, son autre nièce, sage et fidèle, qui rêvait de fonder une famille avec le jeune homme qu'elle avait toujours aimé et qu'elle épouserait bientôt.

Si détachée qu'elle affectait de le paraître, Lucile ressentit un léger trouble l'après-midi d'un dimanche de mai où ils avaient loué une barque sur le lac du bois de Boulogne. Ils s'étaient aimés la nuit précédente, avaient déjeuné au lit et maintenant ils offraient le spectacle charmant et banal d'un homme jeune courbé sur les rames d'un bateau plat et d'une jeune fille tenant un petit chapeau cloche de la main gauche, laissant la droite effleurer l'eau.

— Il faut que je vous dise quelque chose.

Louis et Lucile ne se tutoyaient que pendant les gestes de l'amour. Elle fut cependant surprise, et tout de suite inquiète, du ton grave de son compagnon. Celui-ci s'était arrêté de ramer et avait rangé la barque le long de la rive, sous un saule.

— La vie inutile qu'on me fait mener à Bordeaux depuis mon retour de l'Amérique du Sud, et même depuis la fin de la guerre, ne pouvait pas durer.

— Je pense aussi que vous valez mieux que cela.

— C'est pourquoi, dit-il brusquement, je viens de recevoir mon affectation au commandement d'une escadrille en Tunisie.

— C'est sans doute bon pour votre carrière ? fit-elle observer, la voix un peu voilée.

— Certainement.

— Alors tout est bien. Quand devez-vous rejoindre votre poste ?

— Je m'embarque après-demain à Marseille, dit-il d'un air gêné.

— Vous le saviez depuis longtemps ?

— Un mois, je n'ai pas osé ou je n'ai pas eu le courage de vous le dire.

— Pourquoi ?

— Tout simplement parce que j'ai voulu prolonger jusqu'à la dernière minute le charme qui nous a réunis tous les deux, sans rien troubler.

— Je pense que vous avez eu raison. J'espère aussi qu'un jour ou l'autre nous aurons du plaisir à nous revoir. « Savoir quand ? » ajouta Lucile.

— Quand ? mais dans trois mois ! Le 15 août, au rendez-vous de la malouinière ! Ni mes parents ni moi ne le manquerons. Je vais poser une permission dès mon arrivée à Tunis.

Lorsque Nicolas Lehidec était sorti du salon de la Couesnière après avoir réglé avec les deux Carbec la dot de sa fille, il avait croisé Roger sans le saluer, se contentant de murmurer quelques mots où le garçon avait cru entendre « fusil... coup de fusil ». Une semaine s'était passée sans que son père ni son oncle ne lui fissent la moindre allusion à la scène dont ils avaient conservé un très désagréable souvenir. Tous les deux étaient convenus de garder le silence sur cette affaire pour ne pas troubler la fête que tout le monde préparait à la malouinière sous la direction d'Yvonne Carbec qu'on voyait, première levée et dernière couchée, passer de la cuisine à la salle à manger, du grand salon à la bibliothèque, visitant les chambres, s'assurant que tout était en ordre, distribuant son rôle à chacun et laissant derrière elle, sillage sonore, le cliquetis du trousseau de clefs pendu après sa robe. Hervé s'enfermait six heures par jour dans le salon, malgré le temps des vacances, devant un nouveau piano qu'on avait fait venir de Rennes où il s'ingéniait à déjouer les pièges tendus par Czerny et Diabelli aux futurs concertistes. On ne voyait guère plus son frère aîné à la Couesnière. Roger avait peur. L'autre jour, Nicolas Lehidec le rencontrant près de l'étang avait fait le simulacre de le coucher en joue. Le garçon n'osait rien dire à son père et préférait sauter sur sa bicyclette pour courir les chemins loin de la malouinière. Ses vacances étaient gâchées. Il se décida à tout raconter à son cousin Jean-Pierre, dès le lendemain de son arrivée.

Quelques mois après la signature de l'armistice, le capitaine Carbec était reparti au Maroc avec son régiment de tirailleurs. Il avait alors pensé donner sa démission de l'armée, parce qu'à son échelon, près de la troupe, il avait été le témoin de trop d'horreurs pour s'être « forgé une âme de vainqueur » selon le langage des chefs étoilés et bien nourris qui ignorent la misère quotidienne du soldat. Après les années qu'il venait de connaître, il lui paraissait impossible d'imaginer de faire carrière dans une garnison ou quelque bureau d'état-major dans l'attente d'une promotion qui deviendrait l'objectif essentiel de sa vie. Morose, Jean-Pierre s'en était ouvert non pas au colonel de son unité qui l'eût rabroué mais au commandant X... auprès duquel il avait passé, à Fès, une année féconde avant de rejoindre son régiment sur le front. Malgré ses demandes plusieurs fois renouvelées, le commandant X... n'avait pas quitté le Maroc pendant toute la période de la guerre. Sur l'ordre impératif de Lyautey, il avait dû poursuivre avec quelques autres la tâche quotidienne de la pacification d'un pays médiéval encore troublé par de nombreuses tribus qui refusaient l'autorité du sultan. Grâce à l'intelligence politique, au dévouement et à l'abnégation de ceux-là, le Protectorat avait pu être sauvé.

— Je comprends vos sentiments, dit le commandant X... N'ayant pas eu, comme vous, la chance de faire la guerre, du moins en France, il est probable que je prendrai ma retraite avec mon grade actuel. Eh bien si, par hypothèse, je recevais demain un cinquième galon et le commandement d'un régiment à Chartres, Angoulême ou Besançon, je crois que je préférerais démissionner. Quand on a connu la vie dans le bled, avec les multiples responsabilités politiques et militaires que cela comporte, on ne va pas aller faire du maniement d'armes ou de la bureaucratie, n'est-ce pas ? Écoutez-moi, Carbec. Vous avez passé une année à mes côtés. Moi, j'étais très content de vous, et il m'avait paru que ce métier vous intéressait.

— Il me passionnait, mon commandant.

— Eh bien, pourquoi n'entreriez-vous pas au Service ?

— Pensez-vous que cela soit possible ?

— Certainement ! Il nous faut de jeunes officiers cultivés, courageux, humains, doués d'intelligence politique, capables de vivre seuls, de pardonner et de châtier, d'être jardiniers, ingénieurs, architectes, légistes et chefs de bande. C'est à peu près tout.

— C'est beaucoup.

— C'est énorme ! C'est bien pourquoi je vous le propose. Mais ne perdez pas de temps. D'abord vous posez votre candidature par la voie hiérarchique bien entendu. Elle sera retenue, j'en fais mon affaire. À partir de ce moment, le Service vous prendra en charge et vous fera suivre à Rabat, avec vos camarades de promotion, il y en a une vingtaine par an, des cours d'histoire islamique, de géographie maghrébine, d'arabe dialectal et littéraire, de droit coutumier... Ces cours commencent en octobre et se terminent en juillet. À ce moment, vous bénéficierez d'une longue permission, et dès votre retour vous serez lâché dans le bled à la lisière de la dissidence, où vous serez l'officier adjoint du commandant d'un poste de renseignement. Ne comptez pas faire au Service ce qu'il est convenu d'appeler une brillante carrière, mais si vous terminez celle-ci avec cinq galons sur votre manche vous aurez connu dans votre vie plus de puissance, de crédit, d'indépendance, d'autorité et d'honneurs que n'importe quel général de corps d'armée qui doit céder le pas, vous le savez, à n'importe quel préfet minable.

Jean-Pierre Carbec avait écouté sans l'interrompre son cousin Roger.

— Si je comprends bien, dit-il à la fin, tu étais puceau.

— Oui, dit Roger en baissant la tête.

— Eh bien, tu as mis dans le mille, mon vieux ! Et ta Louison était-elle pucelle aussi ?

— Euh non... oui... enfin, je n'en sais rien.

— Comment tu n'en sais rien ? A-t-elle poussé un cri ?

— Oui, mais ça n'est pas parce que je lui faisais mal. Au contraire.

— Ah ! Voilà un détail intéressant. Parle-moi des menaces de Nicolas.

— Il fait semblant de me mettre en joue avec une arme. Pour tout te dire, j'ai rencontré hier la Germaine. Elle m'a dit : « Ne craignez rien, ça lui passera. Depuis la guerre, il ne sait pas toujours ce qu'il fait ou ce qu'il dit. J'ai caché son fusil. »

— Elle t'a bien dit cela ?

— Oui.

— C'est donc qu'elle a peur elle aussi, conclut Jean-Pierre.

— Tu crois ?

— Cela me semble très clair. Je vais en parler à ton père et au mien.

— Oh non !

— Tu as peur ? Quel âge as-tu ?

— J'aurai dix-huit ans au mois de novembre.

— À ton âge, en 1914, on pouvait s'engager.

— Je veux bien le faire, dit Roger.

— Ne fais pas l'idiot. Tu as passé ton bac de philo avec mention, tu peux entrer en fac ou préparer une école. As-tu une idée ?

— J'en avais une, l'École navale, mais il paraît que je suis hypermétrope. Tu as vu mes lunettes ? Depuis que je les porte je ne tourne plus très rond. J'ai pensé aussi à Saint-Cyr.

— Pour faire comme moi ? demanda Jean-Pierre en souriant avec gentillesse. Il lui donna une tape sur l'épaule.

— Pendant la guerre, dit Roger, il m'est arrivé souvent de t'envier.

— Et Yves ? Et Léon ? tu les as enviés eux aussi quand ils sont morts ?

— Oui, c'est vrai, je te le jure.

— Écoute-moi bien. Pour ceux de ma génération, Saint-Cyr, c'était merveilleux. Nous ne pensions qu'à la revanche et à l'Alsace-

Lorraine. Aujourd'hui, je ne vois pas un jeune homme de ton caractère, frondeur, rétif, indépendant, je me trompe ?

— Non, pas trop.

— Je ne te vois pas te soumettre au règlement et à la discipline de Saint-Cyr. Tu y serais très malheureux, et cela finirait mal. Je vais y réfléchir, fais-moi confiance.

Le repas des Carbec s'achevait. Il était déjà trois heures de l'après-midi et l'on attendait les premiers invités de la garden-party pour quatre heures. Au centre de la longue table dressée derrière la malouinière se tenaient côte à côte Mme Carbec et sa belle-fille Yvonne entourées de Guillaume et de Jean-Marie, en face des deux jeunes mariés flanqués eux-mêmes de leurs parents, M. Lecoz-Mainarde ayant Olga à sa droite, et Béatrice, le notaire Huvard à sa gauche. Cet ordre n'avait pas été facile à établir, la vieille dame de la malouinière exigeant de se tenir au centre de la table parce que doyenne des Carbec, et sa bru réclamant le même honneur parce que mère de la mariée. Tout s'était finalement réglé dans la bonne humeur. Yvonne avait même eu un geste charmant qui avait tiré une larme des yeux de sa belle-mère lorsque le docteur Guillaume avait empêché celle-ci de quitter la Couesnière pour se rendre à la cathédrale.

— La journée sera assez dure comme cela pour vous, sans vous exposer à quelque malaise pendant la cérémonie religieuse. Vous n'êtes pas en état de supporter toutes ces allées et venues si vous voulez demeurer au milieu de vos invités jusqu'à ce soir. Restez donc ici. Vous surveillerez de plus près la décoration de la table.

À ce moment, Yvonne d'un mouvement spontané avait décroché le trousseau de clefs qui pendait encore à sa robe.

— Tenez, reprenez-les et gardez-les jusqu'à demain. Aujourd'hui, cela vous revient de droit.

Ce jour-là, il parut pendant quelques instants à Mme Carbec que tout allait recommencer, que la guerre n'avait été qu'une sorte de parenthèse pas beaucoup plus tragique que la précédente, celle de 1870. Yvonne avait pris soin de commander le même menu, la table était dressée au même endroit, tout à l'heure la jeunesse était allée se promener autour de l'étang pour donner du pain à la vieille Clacla qui avait bien voulu faire quelques sauts en l'honneur des jeunes mariés, on avait formé cortège pour aller déjeuner, Jean-Marie venait de se rasseoir, une coupe de champagne à la main, après avoir fixé au mois d'août 1925 le prochain rendez-vous à la malouinière. Comme en 1914, Mme Carbec regarda ses hôtes les uns après les autres, d'abord la mariée, cette petite Annick, cela me fait tout drôle de penser que ce soir un homme va faire d'elle une femme, je n'aime pas beaucoup imaginer ces choses mais j'espère qu'elle sera heureuse peut-être pas la première fois, bientôt si ce Gilbert n'est pas trop pressé. Avec sa jaquette gris perle et son œillet blanc à la boutonnière le beau-père ressemble à un vieux beau, on dirait un garçon d'honneur qui s'est trompé de génération, sa femme porte une jolie robe en foulard dans les tons lilas qui doit coûter une fortune. Moi, je ne savais pas comment m'habiller, sauf le bonnet à rubans que je porte toujours, c'est ma couturière de Saint-Malo qui m'a conseillé le blanc. « À part la mariée personne ne peut se mettre en blanc, mais vous êtes la grand-mère, cela vous est permis, à condition de mettre çà et là quelques petites incrustations de dentelle noire ». Je crois que ma robe est très réussie, mieux en tout cas que celle de cette pauvre Yvonne qui n'est ni faite ni à faire, elle ressemble à une aubergine. Olga, toujours excentrique avec cette tunique rose qui lui découvre les jambes, ce triple collier de perles qui lui descend sur le ventre et cette poudre ocrée. Ça la vieillit. Eh oui, ma belle, les jolies filles passent encore plus vite que les grands hommes... Aujourd'hui, les femmes s'habillent comme les jeunes filles, et celles-ci comme celles-là, on ne sait plus qui est qui, les femmes se font couper les cheveux comme les garçons, un jour ce sont les garçons qui voudront ressembler aux filles. Toujours péroreur le vieux comte de Kerelen. Il fait un peu décrépit. Dame, il n'a pas loin de mon âge, et il parle fort comme un sourd, je ne comprends pas ce qu'il dit à ses voisins mais je l'entends. Qui donc a écrit qu'on voyait souvent mais qu'on n'entendait jamais rire un homme bien élevé ? Je préfère son fils Louis. L'uniforme lui va aussi bien qu'à Jean-Pierre. Ils sont beaux ces deux hommes. D'ailleurs on ne peut pas dire qu'une cérémonie de mariage soit réussie sans uniforme. La plus belle de toutes ces femmes, c'est notre Lucile. Il y a longtemps que je le sais. Aujourd'hui, elle est radieuse. Le capitaine de Kerelen a l'air de la trouver à son goût. Eh, eh, cela pourrait finir un jour par un mariage.

M. de Kerelen demeurait toujours conforme à son personnage. Il avait bien voulu consentir à pavoiser son balcon du drapeau tricolore le 11 novembre 1918 mais il installait encore celui-ci à la fenêtre des cabinets le 14 juillet. Incapable de ne pas engager une discussion politique dès qu'il se trouvait en présence de personnes dont il savait qu'elles ne partageaient pas ses opinions, il avait pris à partie le notaire qui avait commis l'imprudence d'affirmer :

— C'est quand même la République qui a gagné la guerre contre l'impérialisme allemand.

— Ah ! fameuse victoire, avait répliqué de Kerelen de sa voix pointue. Fameuse victoire que celle qui coûta plus d'un million de morts et 190 milliards de francs alors que le budget de 1913 ne dépassait pas 5 milliards !

— Mais nos soldats...

— Nos soldats, c'est tout autre chose ! Ils se sont battus comme des lions pour la France, pas pour la République ! Elle, elle les a envoyés au massacre en pantalons rouges sans mitrailleuses et sans artillerie lourde.

Craignant l'algarade, Guillaume était tout de suite intervenu :

— Cher cousin, pour nous autres Carbec, la France et la République ne font qu'un. Nous pensons même que cette terrible guerre a renforcé cette unité. Mon frère et moi qui avons perdu chacun un fils, nous en sommes persuadés, comme nous sommes sûrs que l'Europe s'est battue contre elle-même pour la dernière fois.

— Ah ! La der des ders ? J'ai en effet entendu parler de cela. Vous allez voir ce qui vous pend au nez. Des dictatures populaires ou militaires vont s'installer bientôt dans toute l'Europe. Cela est déjà commencé. Ah, nous allons les regretter les Habsbourg et les Hohenzollern !

— Vous ne contestez tout de même pas que la France se soit rassemblée tout entière autour de Clemenceau ?

— Parlons-en de votre Père la Victoire ! Je ne nie pas le rôle qu'il a joué à la fin de la guerre, mais un homme de mon âge ne peut pas oublier le démolisseur et le sectaire qu'il fut toute sa vie. En voulez-vous une preuve ? Saviez-vous, cher ami, que votre Père de la Patrie s'était opposé à ce que le président de la République et les membres du gouvernement assistent à un *Te Deum* donné à la cathédrale de Paris en l'honneur de la victoire ? Qu'en dites-vous ? D'ailleurs, vos députés et vos sénateurs ne s'y sont pas trompés : ils n'ont pas voulu faire un chef de l'État avec l'ancien maire communard de Montmartre.

— Pensez-vous qu'ils aient eu raison de lui préférer Paul Deschanel ?

Posée d'une voix volontairement innocente, la question de Jean-Pierre Carbec provoqua quelques rires.

— En tout cas, répondit M. de Kerelen, c'est moins dangereux. Avec votre fameuse Constitution votée à une seule voix de majorité, il n'y a rien à redouter d'un président de la République, même s'il est avéré qu'il se promène en pyjama, la nuit, sur les voies ferrées, et s'il trempe tous les matins un croissant chaud dans le bassin de l'Élysée à l'heure de son petit déjeuner.

La semaine précédente, Louis de Kerelen avait emmené Lucile faire une promenade dans le cabriolet Bugatti que sa mère venait de lui offrir. Il conduisait nerveusement, prenait ses virages trop secs, passait ses vitesses avec des gestes brusques.

— Vous voulez me faire peur ? Qu'est-ce qui ne va pas ?

— Rien ne va.

— Pourquoi ?

— Parce que je vais donner ma démission de l'armée.

— N'est-ce pas déraisonnable ?

— Peut-être, mais je n'aime pas qu'on se moque de moi.

— Que se passe-t-il, Louis ?

— Vous savez qu'on m'avait promis le commandement d'une escadrille ? Eh bien on m'a bien donné, en effet, une escadrille à commander, mais dans le Sud tunisien ! En arrivant là-bas, l'État-Major m'avait réservé cette mauvaise plaisanterie. Ces gens-là n'aiment pas les aviateurs, c'est bien connu. Parce que j'ai appartenu pendant la guerre à l'escadrille des Cigognes et que j'ai fait partie de la mission envoyée en Amérique du Sud, messieurs les ronds-de-cuir militaires veulent me le faire payer. Eh bien, le capitaine de Kerelen leur dit « Allez vous faire foutre ! »

Il enclencha rageusement une vitesse et fit ronfler sa Bugatti comme un moteur d'avion.

— C'est sérieux, ou c'est un mouvement d'humeur ? demanda Lucile.

— C'est très sérieux.

Il avait posé sa main sur un genou de la jeune fille. La lueur qui éclaira leurs yeux à ce moment disait qu'ils n'avaient rien oublié, ni l'un ni l'autre. Kerelen arrêta sa voiture au bord de la route et Lucile se rapprocha tout de suite de lui, gênée par le changement de vitesse et le frein qui firent sauter les mailles de ses bas.

— Allons chez vous, nous serons plus tranquilles, dit-il de la voix sourde que Lucile lui connaissait bien quand il avait envie de la prendre sans attendre.

— Chez moi ? Vous voulez dire, chez mes parents, à Saint-Malo ? Vous êtes fou !

— Tous vos parents sont à la Couesnière, non ?

— Vous n'avez aucun sens moral, dit-elle en se reculant.

Il la regarda avec le regard moqueur qu'elle aimait le plus :

— J'avais cru comprendre que ni vous ni moi n'accordions ce mot à la sauce Carbec.

— Sans doute, mais nous n'irons pas chez mes parents, même si la maison est vide, parce que c'est dans ma chambre, que j'ai longtemps partagée avec ma sœur, qu'Annick doit passer dans quelques jours sa nuit de noces. Maintenant, dites-vous bien que j'ai envie de faire l'amour autant que vous.

Elle s'était de nouveau rapprochée de lui. Il l'embrassa longtemps et essaya de la caresser mais il y avait toujours ces deux leviers d'acier qui se dressaient entre eux.

— Allons à l'hôtel ! finit-il par dire, exaspéré.

— Encore moins ! Vous n'y pensez pas !

— Vous avez peur du qu'en-dira-t-on ?

— Mettez-vous à ma place, tout le monde ici connaît la famille Carbec, depuis trois siècles !

— Décidément, gouailla Louis de Kerelen, vous me ferez croire que mon père a raison quand il assure qu'une des différences essentielles qui séparent un véritable gentilhomme d'un bon bourgeois, c'est que le premier affecte toujours de mépriser ce qu'on peut penser de lui.

Finalement, ils étaient partis vers le cap Fréhel, où installés à l'arrière du coupé ils étaient parvenus à s'aimer d'une manière inconfortable et charmante.

Guillaume Carbec avait attendu la veille du mariage pour avoir enfin avec son fils la conversation qu'il méditait depuis deux semaines sans se résoudre à l'aborder.

— M'accompagnes-tu jusqu'à l'étang ? Nous allons voir comment se porte Clacla.

Roger redoutait et souhaitait en même temps que ce moment arrivât : son cousin l'avait informé qu'une sorte de petit conseil de famille réunissant son père, son oncle et lui-même s'était réuni sur son initiative pour essayer de régler au mieux son affaire, nous t'aimons tous beaucoup, tu n'as rien à craindre. Roger le savait bien, mais le grand monsieur qu'était devenu son père l'intimidait depuis qu'il savait avec quel respect les chefs de clinique et les internes qui fréquentaient le boulevard de Courcelles considéraient le professeur Carbec.

— Eh bien, mon bonhomme, dit Guillaume en mettant une main sur l'épaule de son fils, on ne te voit pas beaucoup à la malouinière...

— Parce que je vais faire du bateau.

— Passes-tu au moins de bonnes vacances ?

Roger sentit que le moment était venu de se jeter à l'eau.

— Vous savez bien que non !

Guillaume ne joua pas la surprise. Jeune homme, il lui était arrivé de ne pas oser parler de certaines choses avec son père, et il comprenait depuis quelques jours que les pères sont encore plus embarrassés que leurs enfants pour aborder avec eux ces choses-là. Il serra davantage l'épaule de son fils.

— C'est vrai, je le sais depuis le lendemain de mon arrivée ici. Nicolas est venu nous raconter cette affaire que nous avons pu régler au moindre mal des intérêts de tout le monde. Ce que je ne savais pas, c'est que Nicolas t'a menacé. Cela, je ne le supporte pas. Jean-Pierre nous a prévenus. Je ne pense pas que ces menaces soient jamais suivies d'effet, mais il faut les prendre au sérieux. Nicolas a beaucoup changé, il est devenu alcoolique au sens médical du mot. On ne peut jamais prévoir les réactions de ces sortes d'individus, même de braves types comme lui. Je pense qu'aujourd'hui sa colère doit être tombée, car il est venu ce matin m'annoncer spontanément une nouvelle importante. Louison a fait une fausse couche. Te voilà rassuré ? Tu es tout rouge. Il voulait me rendre l'argent. Oui, je lui en avais donné un peu. Eh bien, ça sera la dot de Louison. Celle-là, elle ferait bien de se marier le plus vite possible. Elle a le feu au derrière, cette petite, non ? Tu n'en sais rien ? Bon. Mais toi, tu as le feu autre part, ça je le sais. Nous sommes tous passés par là. La prochaine fois, tâche de ne pas être si maladroit et va chasser loin de tes terres. Je n'ai pas voulu te parler de tout cela pour ne pas empoisonner l'atmosphère des jours qui précèdent notre grand rendez-vous Carbec où tu penses bien que Mlle Lehidec serait déplacée. Maintenant, embrasse-moi et ne parlons plus de cette affaire.

— Et maman ?

— Ta mère ne sait rien et ne saura rien. Ta grand-mère non plus, du moins je l'espère. Tu sais, il faut toujours se méfier un peu des vieilles gens qui se plaignent de leurs mauvais yeux et de leurs oreilles dures, elles voient et entendent tout ce qu'on préférerait taire et cacher. À présent, il nous faut aussi parler de ton avenir. Tes études secondaires sont terminées. As-tu quelque projet ?

— J'en avais ! Je ne sais pas quoi faire. J'en ai parlé à Jean-Pierre qui m'a déconseillé Saint-Cyr.

— Il a raison. J'ignore si l'armée correspond à une véritable vocation, en tout cas il ne faut pas y entrer à reculons, ce qui serait ton cas. Je ne pense pas que tu sois fait pour le métier militaire, non que tu ne sois pas capable d'en partager les grandeurs mais tu en accepterais mal les servitudes. T'inscrire dans une fac quelconque sans savoir vers quel but te diriger ? C'est possible, mais tu risques de perdre ton temps, sans profit personnel. Moi, je te fais confiance parce que tu as refusé de t'humilier, quand tu avais quatorze ans, sur le quai de la gare du Nord. Ce jour-là tu t'es conduit comme un homme, un vrai Malouin, et j'ai été fier de toi. Tu n'as jamais été un garçon facile mon Roger, et en ce moment tu traverses une crise de jeunesse où risquent d'exploser tes qualités et tes défauts qui sont encore à l'état brut. Je les connais bien, ce sont ceux des Carbec légèrement modifiés par ceux des Zabrowsky : tu es intelligent, imaginatif, intransigeant, querelleur, hargneux, sensuel, à la fois travailleur et paresseux, sans doute orgueilleux dans le meilleur sens du terme et peut-être rusé. Tu as donc tout ce qu'il faut pour réussir le meilleur ou tomber dans le pire. Nous en avons discuté longuement avec ton oncle et ton cousin, et nous sommes parvenus à la conclusion suivante. Ton oncle Jean-Marie propose de te faire embarquer à bord d'un cargo qui fait du tramping. Tu vivras à bord d'un gros vapeur de 10 000 tonnes, tu y rendras les services que te demandera le commandant, tu feras escale dans de nombreux ports d'Amérique et d'Asie, tu connaîtras la vie des marins qui n'est sans doute pas celle que tu imagines, tu seras une sorte de pilotin privilégié et lorsque tu nous reverras, dans un an, tu seras devenu un homme, un véritable Carbec. Si tu as toujours la mer dans le sang, comme on dit chez nous, eh bien tu pourrais faire une licence de droit et préparer par exemple le concours du Commissariat de la Marine nationale où l'on ne te fera pas grief de porter des lunettes. Qu'en dis-tu mon garçon ? Réfléchis à cette proposition, et donne ta réponse à ton oncle le plus rapidement possible.

— Si j'étais d'accord, je partirais dès la fin des vacances ?

— Allons ! allons ! dit le professeur Carbec avec un rire indulgent, je vois que tu es encore un enfant qui mesure le temps en jours de vacances. Si tu es d'accord, je pense que tu pourrais embarquer dès la semaine prochaine. C'est d'ailleurs à ce moment-là que ta mère, moi et Hervé quitterons la Couesnière pour nous rendre à Salzbourg au festival Mozart. Ton frère a bien mérité cette récompense. Ne le jalouse pas, toi tu vas faire le tour du monde.

La vieille dame avait achevé son tour de table en accordant un regard distrait au notaire Huvard, à Denise Lecoz-Mainarde qui avait trop bu, à son fiancé qui s'habillait déjà comme un agent de change, et à Mlle Biniac toute fière d'avoir donné quelques leçons de piano à Hervé Carbec. Celui-ci n'avait pas cessé de parler tout bas à son frère aîné qui se trouvait à sa gauche. Quels secrets pouvaient bien se confier ces deux-là ? Mme Carbec fut satisfaite de son examen : il y avait autour d'elle assez de jeunesse pour perpétuer la race. Elle revit alors, à la place qu'ils occupaient il y a six ans, les absents d'aujourd'hui, Yves et Léon Carbec, le commandant Biniac, Jean Le Coz. Ceux-là, je sais que je vais les revoir bientôt. Dans la vallée de Josaphat ? C'est bien loin et bien petit pour tant de monde. Si mon Jean-François m'y rencontre, peut-être bien qu'il ne me reconnaîtra pas avec mes joues ridées et mon menton qui tombe. Au prochain rendez-vous Carbec, combien seront-ils ? Le notaire Huvard et le vieux Kerelen, pour ces deux-là : couic ! à la trappe ! Mais il y aura certainement des petits-enfants, mes arrière-petits-enfants, peut-être les cousins américains et cet Helmut dont j'ai reçu hier un télégramme. Celui-là, je l'aimais beaucoup, bien qu'il soit allemand et même prussien. John David et Pamela, je les aime bien aussi. Dieu merci, ils sont vivants tous les trois. Qu'est-ce qui peut bien pousser les hommes à faire la guerre ? Je suis fatiguée. Guillaume a eu raison de m'empêcher d'aller à la cathédrale. Il va falloir maintenant recevoir tous ces Malouins et ces Parisiens. Après, je n'aurai plus rien à faire. Je vais demander à Jean-Marie qu'il m'aide à me lever de table. Si je mourrais cette nuit... Non, je ne peux pas faire cela à ma petite-fille qui se marie aujourd'hui. Ils sont beaux à voir ces jeunes mariés. Un œil de verre, ça n'est pas bien grave. Ils n'ont pas voulu aller au Grand Hôtel de Dinard passer leur nuit de noces, mais à Saint-Malo dans la maison Carbec où, tout à l'heure, il n'y aura plus que le vent, la mer, les étoiles et eux deux. Pare à virer mes enfants !

DEUXIÈME PARTIE

Parvenu à la hauteur de la place de Villiers, Guillaume Carbec avait rendu la liberté à son chauffeur pour faire à pied, en passant par le parc Monceau, une petite promenade de printemps avant de rentrer chez lui. C'était le premier dimanche d'avril de l'année 1925, un heureux millésime de sa carrière : depuis quelques semaines sa boutonnière s'ornait d'une discrète rosette de la Légion d'honneur et sa carte de visite portait un titre nouveau : « Membre de l'Académie de médecine ». Parvenu à l'âge où l'on apprécie communément ces sortes de récompenses comme les enfants dégustent un dessert longtemps attendu, Guillaume Carbec estimait avoir mérité de tels honneurs au même titre que ceux qui avaient fait campagne pour son élection, Calmette, Babinsky, Delbet et Vincent. Il n'en tirait pas gloriole mais ne pouvait se défendre d'une joie un peu naïve quand il rencontrait le regard d'un de ses internes, le matin à l'hôpital au moment de la visite. Bien qu'il eût bientôt soixante ans, la meilleure heure de la journée demeurait celle où la cloche de Lariboisière sonnait pour annoncer la présence du professeur Carbec dans son service, comme le clairon salue l'arrivée d'un général dans un bâtiment militaire. Une vingtaine de jeunes gens vêtus de blouses blanches l'attendaient, curieux des colères qu'il allait inventer, quêtant ses clins d'œil, à la fois inquiets et ravis d'être désignés pour répondre à la question toujours imprévisible posée par le patron. Guillaume entrait dans la salle tel un empereur romain qui monte au Capitole suivi de ses prétoriens, passait devant chaque lit, lisait des fiches, interrogeait son chef de clinique, un ou deux internes, penchait parfois sur le malade un visage soudain humanisé, et résumait ses observations en une mini-conférence dont chaque terme dénotait une pensée claire exprimée avec une syntaxe sans concession. Parmi d'autres, c'était une de ses coquetteries. Il attachait beaucoup d'importance à ce rite de la visite quotidienne, pas tant pour le résultat des examens cliniques que pour le réconfort apporté par sa présence aux patients. Tombé de ses lèvres un mot gentil accompagné d'un sourire valait souvent mieux qu'une prescription. Guillaume le savait comme il savait que ses internes appréciaient sa manière d'être et qu'ils l'aimaient assez pour que lui-même se serve de cette affection afin d'exiger d'eux plus de rigueur dans leur tâche. Ce contact permanent avec des êtres en bonne santé, que plusieurs années d'études protégeraient encore des saloperies auxquelles la vie les promettait, lui avait été toujours nécessaire. Il lui était devenu indispensable avec les années, avec les honneurs, comme si ceux-ci et celles-là avaient eu besoin d'être purifiés par ce seul moment de la vie, la jeunesse, où l'on peut devenir un héros ou un saint, spontanément, comme l'avaient été son fils au Chemin des Dames et sa fille auprès des pauvres avant le couvent des ursulines.

Contrairement à son habitude, Guillaume Carbec n'avait pas prolongé ce jour-là le cérémonial de la visite par quelques conversations plus intimes engagées avec ses élèves. Il s'était contenté d'une tape amicale sur le derrière de l'infirmière-chef. C'était dimanche. À part les internes de garde, tout le monde avait hâte d'être libre. Lui-même était attendu boulevard de Courcelles pour un déjeuner familial auquel étaient conviés son frère Jean-Marie et sa nièce Lucile.

Il entra dans le parc Monceau par la grande porte ouverte sur le boulevard Malesherbes et s'y trouva aussitôt à l'aise. La courbe des allées bien sablées, le soin apporté aux pelouses, l'ordonnance des massifs de tulipes et de pensées, les mesures bourgeoises de cet enclos parisien confié à des jardiniers plus cartésiens que fantaisistes, lui convenaient, le rassuraient et le débarrassaient des images visuelles ou olfactives rapportées de Lariboisière. Il regarda sa montre : midi et demi. Jean-Marie et Lucile ne seraient pas là avant une heure. Comme il arrive à Paris dès les premiers jours du printemps, les marronniers étaient fleuris d'innombrables cornets à la crème, et les pierres aristocratiques des immeubles qui bordent le parc Monceau paraissaient recouvertes d'une imperceptible mousseline d'or sous le ciel bleu où traînaient des nuages blancs. Quelques rares enfants jouaient encore sur un tas de sable avec un seau et une pelle. Les autres étaient déjà rentrés déjeuner chez eux, accompagnés de leur mère ou de leur bonne. Sur un banc, un jeune couple qui s'embrassait à pleine bouche ne parut pas gêné en voyant s'approcher Guillaume. Ce fut lui qui détourna la tête. De mon temps, pensa-t-il, on ne s'embrassait pas de cette façon devant tout le monde. La guerre aura même changé cela, nos petits-enfants feront l'amour dans le métro. De mon temps ? Voilà une expression qu'il m'arrive d'employer de plus en plus souvent. Attention. C'est un signe qui ne trompe pas. On dit « de mon temps », on perd la mémoire des noms propres, on oublie de fermer sa braguette, on s'abonne à *La Revue des Deux Mondes*, on est décoré de la rosette de la Légion d'honneur, on pisse mal, on est foutu.

Pour saluer ce premier dimanche d'avril, Guillaume Carbec avait revêtu ce matin un nouveau costume qui venait de lui être livré : veston croisé taillé dans un tissu de laine, à lignes fines croisées, de teinte gris clair appelé communément prince-de-galles. Dès la fin de la guerre, il avait abandonné l'usage du chapeau melon pour un feutre à bord roulé mais conservé la canne à manche d'argent léguée par son père, l'armateur malouin péri en mer lors du naufrage du *Hilda*. Avec sa gabardine sur le bras gauche, ses souliers bas et lacés à la Richelieu, sa chemise rayée à col souple et à poignets mousquetaires, il représentait assez bien la nouvelle élégance masculine qui s'était débarrassée des chaussures à boutons, des lourdes étoffes et des faux cols cylindriques dans le même temps que les femmes avaient jeté aux orties leurs corsets, leurs semelles compensées et leur crinière. À mon âge, professait-il, il est important d'avoir un bon tailleur, de sentir bon et d'aller tous les quinze jours chez son coiffeur. Cela, qui lui valait parfois le sourire connaisseur d'une femme croisée dans la rue, lui rapporta ce matin-là le salut très militaire d'un gardien du parc. Jeune encore, il avait salué de la main gauche, l'autre ayant été arrachée pendant la guerre. C'était la première fois que le professeur Carbec le rencontrait.

— Vous êtes nouveau ici ? demanda Guillaume.

— J'ai été muté depuis quinze jours. Avant, j'étais aux Buttes-Chaumont. Ici, c'est plus tranquille. Je connais déjà quelques promeneurs, vous par exemple, mon ancien me les a montrés avant de prendre sa retraite.

Guillaume regardait la médaille militaire, la croix de guerre et la manche vide du gardien.

— Que faisiez-vous avant la guerre ?

— J'étais sous-officier, monsieur. J'ai eu la chance de pouvoir bénéficier d'une place réservée aux mutilés.

L'homme parlait d'une voix ferme et calme, sans rancœur « j'ai eu de la chance... » Guillaume lui demanda encore :

— Quel âge avez-vous ?

— Trente et un ans, monsieur.

— Quand donc avez-vous perdu votre bras ?

— En 1917, au Chemin des Dames.

Guillaume baissa la tête. Il lui arrivait parfois, malgré sa jeunesse apparente, de se sentir soudain vieux.

— C'est là que mon fils a été tué, dit-il. Il avait le même âge que vous.

Le gardien fit un geste vague qui voulait dire peut-être « il y en a tant eu ! » ou bien « je vous comprends ! », et demeura un bref instant muet et planté dans un garde-à-vous de sous-officier devant ce vieux monsieur décoré.

— Eh bien, nous nous reverrons de temps en temps, dit Guillaume en lui tendant la main. J'habite en face.

— Mon ancien me l'avait dit, monsieur.

Le professeur Carbec se rappela alors la silhouette de l'ancien gardien qui l'avait gratifié d'un superbe salut lorsque, revêtu de son uniforme de médecin major de première classe, il avait au mois de mars 1917 traversé comme aujourd'hui le parc Monceau. Il y avait huit ans de cela. C'était l'année terrible, celle où la France perdait courage, se révoltait contre les tueries et avait retiré sa confiance aux grands chefs militaires admirés hier sans réserve. Par quel miracle la situation s'était-elle retournée alors que tout semblait perdu et que de nombreux hommes de gouvernement pensaient tout bas, sans oser le proclamer tout haut, qu'il valait mieux arrêter le combat que de recommencer des offensives meurtrières dont les résultats demeuraient pratiquement nuls après trois ans d'efforts et un million de cadavres ? L'action personnelle de Pétain ? Le commandement suprême des forces alliées confié à Foch ? La ténacité héroïque des combattants ? Le poids du ravitaillement américain ? La volonté jacobine de Clemenceau ? Aucune de ces réponses ne le satisfaisait. Dans quelle mesure les grands meneurs d'hommes peuvent-ils conduire les masses à leur destin historique ? Le professeur accordait en 1925 un peu moins de crédit à Plutarque qu'il ne lui avait voué d'admiration au temps de sa jeunesse. Pour demeurer fidèle à de telles certitudes et à beaucoup d'autres, quand on a atteint la soixantaine, Guillaume Carbec estimait qu'il était prudent de ne se poser aucune question, quitte à finir ses jours dans la quiétude d'un boy-scout promu général ou se contenter d'en afficher les apparences sociales. Lui, il se posait des questions, il s'en était toujours posé. La guerre qu'il avait faite, d'abord au plus creux de la misère humaine et plus tard au contact de quelques grands chefs, avait précipité en cascade ses points d'interrogation. Qui ne s'en posait pas aujourd'hui ? On disait que la France vivait des années folles et ne parvenait pas à épuiser l'ivresse de la paix retrouvée, alors que dans tout le pays s'élevaient des obélisques dont les noms gravés racontaient la tragédie des villages massacrés. Qui s'en souciait ? « Ils ont des droits sur nous ! » s'était exclamé le père Clemenceau en parlant des combattants. Cause toujours, vieux jacobin ! On les trouvait déjà encombrants, ridicules, suspects, factieux, témoins et acteurs d'un cauchemar dont personne ne voulait plus se souvenir. Tout à l'heure, Guillaume Carbec retrouverait autour d'une table décorée avec goût et chargée de mets succulents, sa femme Olga plus Zabrowsky que jamais, son frère Jean-Marie qui avait édifié une fortune sur les nitrates chiliens pendant la guerre, son fils Hervé dont le talent s'épanouissait au Conservatoire parallèlement à ses tendances homosexuelles, sa nièce Lucile qui vivait comme une garçonne, conduisait une cinq CV et fumait des cigarettes Caporal. Voici ce qu'étaient devenus les Carbec parisiens groupés autour du réputé professeur membre de l'Académie de médecine et futur candidat à l'Institut pour peu que quelques mauvais hivers déblaient le terrain encore occupé par deux ou trois égrotants entêtés.

Lucile lui ouvrit la porte.

— C'est gentil, dit-il en l'embrassant, d'être venue avant Solène.

— Solène n'est pas là, mon oncle, c'est dimanche. Tante Olga lui donne toute sa journée, sans cela elle ne la garderait pas !

— Tant pis pour moi ! répondit Guillaume en affectant un air dépité. J'avais cru que tu t'étais précipitée pour m'embrasser la première.

— Quel fat vous faites ! dit-elle en riant. Vous ne changerez jamais, mon oncle. J'imagine que vos infirmières sont toutes amoureuses de vous.

Il haussa les épaules, le visage soudain coloré d'une bouffée de joie, et posa sa main sur un bras nu de Lucile parce que sa présence lui apportait la jeunesse nécessaire à sa vie. Comme elle le débarrassait de son chapeau, de sa gabardine et de sa canne, il demanda, plus bas, de la façon dont on sollicite une confidence :

— Que t'arrive-t-il ? Tu es plus lumineuse que jamais. Amoureuse ?

— Peut-être un peu.

— C'est sérieux, cette fois ?

— Non ! C'est le printemps.

— On se marie souvent au printemps.

— Vous n'y pensez pas, mon oncle ! J'ai trente et un ans, il y a longtemps que j'ai dépassé l'âge de me marier.

— Tu dis des bêtises. Trente ans, c'est l'âge merveilleux des femmes. Si je n'étais pas ton oncle...

— Si je n'étais pas votre nièce...

Ils partirent tous les deux d'un grand éclat de rire. Cette petite comédie, ils se la jouaient depuis que, désertant Saint-Malo, Lucile était venue habiter naguère boulevard de Courcelles. Interrompue pendant cinq ans, ils l'avaient reprise aussitôt mais colorée d'une affection plus profonde parce qu'à son retour des Balkans la jolie nièce avait ramené avec elle le soleil disparu depuis la mort de Léon et le départ de Marie-Christine pour le couvent. Guillaume Carbec lui en gardait une reconnaissance faite de sentiments non troubles mais un peu confus. Se rendant vers le salon où les attendaient les autres, Lucile demanda :

— Vous seriez donc très heureux, mon oncle, si je vous annonçais mon mariage ?

Pris au dépourvu, Guillaume ne répondait pas.

— Dites-moi très simplement oui ou non, insista-t-elle.

— Ça n'est pas si simple. Je veux simplement que tu sois heureuse.

— Mais vous, mon oncle, en seriez-vous heureux ?

— Non.

— Pourquoi ?

— Parce que ce jour-là, ça ne sera plus tout à fait comme avant.

— Aujourd'hui, déclara Olga Carbec, les femmes n'ont plus le droit d'être vieilles ou laides, la beauté et la jeunesse sont mises à la portée de toutes les bourses. Les parfums et les fards se vendent au poids, et les grands magasins présentent d'adorables robes de confection.

— Voilà qui va nous faire faire des économies, dit Guillaume en souriant.

Il la regardait toujours avec une tendresse un peu amusée depuis plus de trente ans, malgré ses caprices, ses engouements aussi rapides que ses désenchantements. Un sens aigu de la mode à venir, qu'il s'agisse de robes ou de littérature, de peinture ou de musique tenait lieu de jugement à Olga Carbec. Iconoclaste de bon ton et thuriféraire sans réticence, elle attrapait au vol l'opinion des autres pour la resservir à sa manière avec l'honnête conviction de l'avoir conçue elle-même, quitte à la renier l'instant d'après pour défendre avec la même passion une conviction contraire entendue plus récemment. Guillaume savait apprécier à leur valeur les bons tours de prestidigitation qui paraissaient marquer dans de si nombreux domaines ce temps des illusions et pensait que sa femme était une sorte d'adorable et insupportable caméléon, toujours prête à souffler dans une trompette pour qu'on pense qu'elle avait fait partir le train. Il la croyait très fidèle, plus que lui-même, et lui savait gré de n'avoir jamais attaché d'importance à des aventures sans lendemain qu'il appelait ses desserts, mais qui fussent devenus sans doute des plats de résistance si Olga n'avait pas eu l'intelligence de les ignorer. Elle était demeurée belle, pulpeuse, amoureuse quand il le fallait, dévouée à son grand homme, fière d'avoir contribué à sa carrière en le poussant vers les honneurs, creusant son propre sillon dans cette société parisienne d'après-guerre où les Beaumont, les Noailles et les Polignac protégeaient Stravinski, Diaghilev, Picasso, Juan Gris, Paul Morand, Cendrars, Ravel ou Satie, et tournaient résolument le dos à Wagner, Debussy et Barrès, jetés aux orties comme de vieux frocs.

Le déjeuner avait été très familial. Tous ces Carbec s'aimaient bien, même les deux frères que la mort de leurs fils avait rapprochés l'un de l'autre. On avait parlé de la prochaine ouverture de l'Exposition des Arts décoratifs, de l'évacuation de la Ruhr, de la baisse du franc, du Cartel des gauches, de Jaurès au Panthéon, du Parti communiste, de l'Action française, de la cinq CV Citroën, du maréchal Hindenburg, de Lucienne Boyer et des Dolly Sisters. Les deux femmes avaient donné leur avis sur la question de la dette allemande aussi bien que sur les jerseys à la mode, tandis que les hommes s'étaient gravement prononcés sur l'isolationnisme américain et les sourires de la politique britannique adressés à Berlin. « Une fois de plus, les Anglais vont jouer un jeu personnel, dit Jean-Marie, il va falloir retourner la statue de Dugay-Trouin du bon côté. » Seul, perdu dans quelle pensées ? Hervé ne prenait pas part à la conversation générale. Les difficultés monétaires et les complications de la politique internationale ne l'intéressaient pas. À la surprise de tous, il dit soudain :

— J'ai entendu tout à l'heure à la T.S.F. qu'on parlait de Rabat.

Tout le monde dressa l'oreille. Depuis la fin de la guerre, le Maroc était devenu une sorte d'aimant qui attirait les meilleurs cadres de l'administration et de l'armée, de l'industrie et du commerce. Ingénieurs, officiers, médecins, architectes, colons, agents des services publics, imaginatifs, entreprenants, audacieux et libérés des pesanteurs métropolitaines bâtissaient des immeubles, des usines et des hôpitaux, des écoles, des cathédrales, creusaient des ports, élevaient des barrages, lançaient des ponts, construisaient des routes et des voies ferrées, et donnaient à ce vieux pays à peine délié de ses coutumes féodales, le visage de leur propre jeunesse. À cette aventure pensée et conduite par la volonté d'un proconsul lorrain dont la réussite aurait été susceptible de réconcilier Guillaume avec Plutarque, quelques Carbec prenaient part et s'y trouvaient à l'aise : Jean-Pierre commandait un poste au nord de Fès, Annick devenue l'épouse de l'architecte Gilbert Lecoz-Mainarde habitait Rabat, et Roger, après un an de tramping en mer et dix-huit mois de service militaire avait finalement décidé de devenir colon pour mener une vie libre, au grand air, loin des études livresques pour lesquelles sa famille l'avait cru doué.

— Qu'as-tu entendu ? demanda Jean-Marie. J'espère que Lyautey n'est pas encore malade...

— Je n'ai pas beaucoup prêté attention à ce qu'on racontait, mais j'ai cru comprendre qu'on redoutait un soulèvement des tribus du Rif.

Jean-Marie haussa les épaules.

— Tu ne sais pas ce que tu dis. Je suis allé au Maroc il y a six mois, je vous assure que l'ordre règne là-bas. On voudrait bien que ce soit la même chose en France.

— Peut-être bien, dit Hervé. J'ai pourtant entendu qu'il était question d'Abd el-Krim et des postes situés dans la zone française.

— Encore une histoire de journaliste, trancha Jean-Marie d'une voix brève. Occupe-toi plutôt de ta musique, tu ne comprends rien à ces choses.

À vingt ans, Hervé avait conservé une sensibilité de petit garçon. Il rougit, se tut, et lança vers sa mère un regard qui demandait du secours. Olga le rassura d'un sourire. De ses quatre enfants, c'est le seul qui lui restait et elle entendait bien le garder auprès d'elle, pour la musique, les courses chez les antiquaires, les visites aux expositions et, de temps en temps, les thés dansants du Claridge où le jazz des Billy Arnolds troublait les femmes de son âge. « On doit te prendre pour mon gigolo, tu ne trouves pas cela drôle, mon chéri ? » Hervé ne partageait pas cette façon de penser, se contentait de hocher la tête, notait au passage le tempo d'un mouvement ou la plainte déchirante d'une trompette bouchée et s'en voulait d'avoir séché son cours de fugue pour accompagner sa mère au dancing. Si j'avais quelque chose dans le ventre, je ne serais pas là, je serais rue de Madrid au Conservatoire dans la classe de Georges Caussade. Je réussis mes concours mais je n'ai rien à dire, je vais ressembler à un ancien normalien qui connaît bien la littérature et demeure incapable de devenir un écrivain, je ne suis même pas un gigolo, je suis un faux gigolo. Si j'étais un véritable artiste, je plaquerais tout, maman, papa, l'appartement du boulevard de Courcelles, comme Marie-Christine et Roger l'ont fait. Jamais je ne serai un compositeur dont on parle. Pas même un concertiste, je n'ai pas assez de santé. Le vieux Tinel avait raison quand il me disait, à Senlis, tu laisses tout tomber pour te donner totalement à la musique ou alors tu seras un traître et c'est la musique qui te laissera tomber. Je ne peux pas faire cela à maman, elle en mourrait. Ce serait aussi dur pour elle que si j'avais une maîtresse. Heureusement, je n'en ai pas envie, les femmes ne m'attirent pas, ma cousine Lucile peut-être un peu. Parce qu'elle ressemble à un garçon ? Maman ne se doute de rien. Pour elle je suis resté son petit enfant. Papa doit le savoir, au moins le supposer, il considère cela comme un médecin, jamais il ne m'en parlera mais je comprends mieux pourquoi il n'aime pas rencontrer à la maison les musiciens, les peintres et les poètes qui font le salon de maman. Mon oncle Jean-Marie, celui-là, j'ai l'impression qu'il ne peut pas me supporter. Parfois, je me demande pourquoi je suis différent des autres garçons ? Roger à douze ans lorgnait déjà les femmes. Moi, au même âge, je composais des mélodies pour mes camarades de classe. C'est vrai que j'avais des amitiés particulières, mais elles ne se situaient jamais autre part que dans mon imagination et ne s'expliquaient que par mon besoin d'aimer et d'admirer. La première fois que j'ai éprouvé ce sentiment, j'étais un tout petit garçon, je n'avais pas encore neuf ans, c'est lorsque notre cousin allemand Helmut est venu à la fête des Carbec, à la malouinière. Il était grand, beau, lieutenant de cavalerie, élégant, ses doigts volaient sur le clavier comme des ailes d'oiseau lorsque nous avons joué à quatre mains, la, mi bémol, do, si, le *Carnaval* de Schumann. Ce jour-là, je me suis donné totalement à lui. C'est un des plus merveilleux instants de ma vie. J'avais l'impression d'être emporté dans les nuages par un cheval ailé.

— Qu'est-ce qui ne va pas, cher Jean-Marie ? demanda Olga en battant des cils. Je ne vous ai jamais vu d'aussi mauvaise humeur. Je comprends que vous soyez inquiet, nous-mêmes nous avons un fils au Maroc et vos enfants sont aussi les nôtres, mais est-ce une raison pour vous en prendre à votre neveu, même s'il a plus ou moins bien compris ce que disait la T.S.F. ?

Ce fut au tour de Jean-Marie de rougir, pas tant à cause de la réflexion faite par sa belle-sœur que pour la façon dont elle le regardait. Après plus de trente ans, bien qu'il eût organisé à Paris une vie sentimentale parallèle à sa vie sociale menée à Saint-Malo, il lui arrivait encore d'être troublé par Olga et en était secrètement ravi même s'il s'en voulait de tomber si facilement dans le piège de ses sourires. Il s'excusa, penaud, demanda à Hervé, avec une gentillesse bourrue, où il en était de ses études musicales, et le pria de leur jouer quelque chose.

— Sois gentil, insista Lucile.

Hervé s'installa devant le grand piano de concert acheté par son père dès qu'il avait obtenu son premier prix. Que vais-je leur donner ? Me voici réduit à ce que je suis en réalité : un pianiste du dimanche qui joue en famille. Il réfléchit quelques secondes, feignant de se concentrer à la manière des grands virtuoses avant de célébrer la messe musicale. Sa mère eût aimé entendre du Debussy ou du Ravel, peut-être la *Ballade* de Fauré, son père aurait été ravi d'écouter une transcription de la *Chevauchée des Walkyries*. Et

Lucile ? En fait, il ignorait tout de la vie, des goûts, des préférences de sa cousine qui le traitait toujours comme un bébé. Aimait-elle seulement la musique ? Il imagina qu'elle ne devrait pas être indifférente aux rythmes rapportés d'Amérique du Sud par Darius Milhaud et fut sur le point d'attaquer les premières notes de *Saudades do Brazil.* Il se ravisa. Puisqu'il devait jouer pour l'oncle Jean-Marie, eh bien il allait lui en donner pour son argent, par exemple une valse de Chopin très romantique que l'oncle connaissait certainement par cœur et dont l'audition le comblerait puisqu'il était de ceux qui n'aiment bien que ce qu'ils connaissent déjà.

Tout à l'heure Guillaume avait été surpris lui aussi de la brutalité avec laquelle son frère s'était adressé à Hervé. Maintenant il regardait Jean-Marie dont la tête, envahie de sommeil, dodelinait de droite à gauche. Cela n'était pas dans les habitudes du monsieur de Saint-Malo qui, sans distinction naturelle, demeurait toujours soucieux d'être correct surtout en présence de sa belle-sœur. L'œil médical observa des paupières bistrées, des joues flasques, un front perlé de sueur, un léger tremblement de la main, nous n'avons pourtant que deux ans de différence. Qu'arrive-t-il à ce pauvre Jean-Marie ? Affalé sur un divan, Jean-Marie dormait maintenant, la bouche ouverte, le visage vide d'expression, semblable à un voyageur qui ronfle dans le train. Guillaume Carbec soupçonnait son frère aîné d'entretenir à Paris, loin des commérages malouins, une femme beaucoup plus jeune que lui. En fait, je n'en sais rien, pas plus que je ne connais la vie de ma nièce, ou même celle d'Hervé qui a vingt ans, termine sa classe de fugue au Conservatoire avant d'entrer dans celle de composition, habite avec nous, ne découche jamais. Et Olga ? Les femmes sont toujours vulnérables, surtout à cet âge. Quand il m'arrive de rentrer à pied, le soir, j'en rencontre quelques-unes, le visage ardent, à la recherche du taxi qui les ramènera au domicile conjugal avant le retour du mari. Vite, chauffeur ! Vous aurez un bon pourboire si vous arrivez avant huit heures ! Les rues de Paris sont pleines de ces voix essoufflées et inquiètes. Jean-Marie a toujours aimé la goutte, notre père appelait cela un coup de lambic. Aujourd'hui, il a laissé à moitié vide son verre de fine, pourtant elle est bonne ma fine, elle est meilleure que celle que notre mère nous a laissée dans les placards de la Couesnière. Pauvre maman, voilà bientôt cinq ans qu'elle est morte. C'était deux jours après le dernier rendez-vous de la malouinière. Elle était montée dans sa chambre après le déjeuner pour se reposer. Inquiète de ne pas la voir descendre au milieu de l'après-midi, Yvonne l'a trouvée étendue sur son lit, le visage paisible, ses cheveux blancs toujours bien coiffés sous son bonnet noir aux deux rubans. Je suis monté la voir, j'ai vu tout de suite qu'elle était morte. Sa grosse alliance d'or jaune brillait sur ses mains jointes, mais sa bague de fiançailles et le camée de Napoléon III se trouvaient sur la table de nuit à côté d'un verre d'eau, d'une petite carafe et d'un sucrier, tous ces détails se sont gravés dans ma mémoire. Elle avait gardé son air impérieux qui semblait dire à cette pauvre Yvonne : « Vous voyez bien que je fais ma sieste, ne me dérangez donc pas ! »

Hervé plaqua les deux derniers accords de sa valse, et le silence réveilla son oncle.

— J'ai dû m'assoupir quelques instants, excusez-moi. C'est très joli ce que tu nous as joué. Déjà trois heures ! Ne vous dérangez pas, Olga.

— Vous n'êtes pas si pressé ? C'est dimanche.

Jean-Marie s'était déjà levé, son frère aussi. Les deux hommes sortirent ensemble du salon.

— Tu as bien cinq minutes, dit Guillaume, je voudrais te parler seul à seul. Passe dans mon cabinet.

Impressionné par le ton de commandement pris tout à coup par son cadet, Jean-Marie entra dans le bureau du professeur Carbec, une grande pièce rectangulaire dont les murs disparaissaient sous les belles reliures, les tableaux modernes et quelques autographes de Voltaire, Diderot, Talleyrand, Napoléon, Hugo et Balzac.

— Assieds-toi.

Guillaume s'était lui-même assis derrière une longue table d'acajou ornée d'un seul sous-main, d'une lampe et de la photo d'un sous-lieutenant.

— Maintenant raconte-moi ton affaire !

Jean-Marie prit le parti de rire :

— Suis-je chez le juge d'instruction ou à confesse ?

— Tu es chez un médecin qui est aussi ton frère. Puisque tu sembles pressé, raconte-moi vite ce qui ne va pas.

— Mes affaires marchent très bien, Lucile s'occupe de l'import-export avec l'Angleterre et moi du reste. Je pars ce soir pour Saint-Malo...

— Si tu ne veux rien me dire, ne me dis rien et va consulter un autre médecin, s'impatienta Guillaume.

— Qui t'a dit que j'en avais besoin ?

— Mon pauvre vieux, cela se voit comme un nez au milieu de la figure. Quand on met un loup le jour du mardi gras, on cache son visage mais tout le monde voit qu'on porte un masque. Eh bien, quand on est malade, c'est la même chose. Alors ?

— Je crois que je pisse mal, dit Jean-Marie en rougissant.

— Tu crois ou tu en es sûr ?

— Je crois que j'en suis sûr.

— Depuis quand ?

— Quelques mois.

— Et c'est maintenant que tu me le dis ?

— À mon âge, je pensais que c'était normal.

— Eh bien, nous allons tout de suite voir ça. Déculotte-toi.

— Tu crois que c'est nécessaire ?

— Enlève ta culotte et ton caleçon. Maintenant, mets-toi à genoux sur cette banquette.

— Mais...

— Écoute, mon vieux, tu es pressé ? Moi aussi.

— Qu'est-ce que tu vas me faire ?

— Un toucher.

— Quoi ?

— Pour être précis, je vais te foutre mon doigt dans le cul. Est-ce clair ?

— Mais...

— Sois tranquille, je vais mettre un gant. Tu m'as assez emmerdé lorsque nous étions gosses parce que tu étais l'aîné et le plus fort. Aujourd'hui, c'est moi qui commande. À genoux ! Bien. Relève ta chemise et ne fais pas ta tête de matou qui fait dans la braise. Un jour ou l'autre tous les culs y passent, l'Institut, le Sénat, l'Académie française, l'Épiscopat, le Conseil Supérieur de la Guerre, le Conseil d'État et la Cour de Cassation, ils se ressemblent tous.

Guillaume qui avait soudain retrouvé une vieille gouaille de carabin n'était pas fâché de tenir à sa merci son frère pendant quelques instants. Il avait retiré son veston.

— Baisse la tête, dit-il, appuie-toi sur tes deux mains et relève un peu ton derrière. Là, très bien. Ne bouge plus. Je te fais mal ?

— Non ?

— Et comme cela ?

— Non.

— Et là ?

— Aïe !

— Très mal ?

— Euh ? oui... non.

— Oui ou non ?

— Ça dépend ! Ne me brutalise pas, Guillaume !

Le médecin poursuivit lentement son exploration sans se soucier de l'autre qui respirait mal.

— C'est parfait. Tu peux te rhabiller.

— Alors ? demanda Jean-Marie.

Guillaume ne répondit pas tout de suite. Le visage soucieux, il se lavait lentement les mains dans un petit cabinet de toilette attenant à son bureau. Il demanda enfin, d'une voix neutre :

— Il t'est arrivé de pisser du sang ?

— Oui, deux ou trois fois.

— Beaucoup ?

— Non.

Assis derrière sa table, le professeur Carbec enleva très lentement le capuchon d'or de son stylo et écrivit quelques mots sur un grand bloc-notes. Inquiet, Jean-Marie demanda :

— C'est grave ?

Il y avait une sorte de comique douloureux, semblable à celui qu'on voit au cirque, dans le spectacle de ce sexagénaire corpulent et rougeaud qui rassemblait ses effets épars sur le tapis et se rhabillait maladroitement avec un souffle rapide.

— Peut-être, dit Guillaume, mais ça n'est pas sûr. Il me faut une radio. Présente-toi dès demain au service de radiologie à Lariboisière et remets cette lettre au docteur Flobert. Il n'est pas question que tu partes ce soir pour Saint-Malo. Je ne peux pas encore me prononcer, mais un jour ou l'autre, mon pauvre vieux, il faudra t'opérer.

— De la prostate ?

— Certainement. Et puis après ? Tu connais le mot de Clemenceau qui est médecin lui aussi : « Il y a deux organes inutiles, la prostate et la Présidence de la République. » Tu ne ris pas ?

— Non, parce que j'ai entendu dire qu'après l'ablation de la prostate, on n'était plus un homme, tu vois ce que veux dire ?

Le visage de Jean-Marie suait l'angoisse. Son frère vint vers lui et lui serra affectueusement l'épaule.

— Quand on est bien opéré on ne risque pas grand-chose du moins de ce côté-là, mais je ne dois pas te cacher qu'il s'agit d'une intervention grave.

— Le général Gallieni ?

— Oui. J'avais été appelé en consultation.

— Mourir, dit Jean-Marie, nous y passerons tous. Mais devenir impuissant, non, je ne m'y résoudrais pas. Surtout en ce moment. Si cela devait m'arriver, promets-moi...

— Te promettre quoi ? dit Guillaume en s'efforçant de rire. Il y a autre chose que cela dans la vie, surtout à nos âges... Mais nous n'en sommes pas là. Des prostates, j'en fais tous les jours. Dépêche-toi d'aller chez le radiologue, si tu veux être sur pied le 15 août prochain pour le rendez-vous de la malouinière. Yvonne a dû commencer les préparatifs de la fête, non ? Cette fois toute l'organisation reposera sur elle. Je suis sûr qu'elle saura se montrer digne de notre mère — et que tu seras un hôte fastueux, un vrai Carbec !

Jean-Marie parti, Guillaume demeura pensif un long moment. L'examen auquel il s'était livré l'inquiétait. Sans doute, il convenait d'attendre les radios pour être tout à fait sûr de ce qu'il redoutait mais il avait une assez longue expérience de ces choses pour reconnaître au seul toucher une simple prostatite d'une tumeur. Pauvre vieux, dit-il à mi-voix, ils sont tous les mêmes. Ce qui les inquiète le plus ça n'est pas de mourir mais de devenir impuissants, c'est aussi vrai pour les intellectuels que pour les brutes, à croire que le goût de vivre est bien localisé. Jean-Marie voudra certainement que je l'opère moi-même, je n'aime pas beaucoup cela, les médecins ne sont pas faits pour soigner leur famille, mais avec lui je ne pourrai pas me dérober. Je crois que je vais le refiler à mon assistant, il opère mieux que moi. Il y a ce congrès aux États-Unis où je dois me rendre... Le professeur Carbec consulta son agenda : départ Le Havre à bord du *Paris*, le 6 mai. Arrivée à New York le 10. Séjour au Plazza du 10 au 17. Retour au Havre et Paris le 22. Évidemment, je pourrais renoncer à ce voyage, les congrès n'ont jamais été organisés que pour y parader et promener des femmes. Je ne peux pas faire cela à Olga, elle y compte trop. Quinze jours d'absence, ça n'est pas le diable ! Si Jean-Marie ne peut plus pisser on pourra toujours lui mettre une sonde en m'attendant.

Jean-Marie Carbec n'avait pas été surpris d'entendre son frère lui annoncer qu'il devrait se faire opérer. Il s'y attendait depuis quelques mois, mais préférait ne pas connaître la vérité. Maintenant, il se sentait à la fois libéré et assommé. Son frère l'avait pris en traître, l'avait forcé à se déculotter, à genoux, et lui avait mis... Le salaud ! Tout ça pour m'humilier, je le connais, parce que je suis plus riche que lui ! « Il y a autre chose que cela dans la vie, surtout à nos âges... », il en a de bonnes lui, avec son Académie de médecine, sa bibliothèque, sa collection d'autographes, sa rosette de la Légion d'honneur, Olga, ses infirmières, ses relations. Moi, il faut que je baise, cela m'est aussi nécessaire que de gagner de l'argent. Le jour où je ne pourrai plus, qu'est-ce que je vais devenir ? Faire un tour de remparts deux fois par jour et jouer aux dominos avec Yvonne ? Ah malheur ! Bon dieu de malheur ! Ce que j'en dis, c'est encore plus vrai pour Madeleine. Si je ne peux plus lui faire l'amour, elle ira le faire ailleurs. À son âge, c'est couru.

Madeleine Larchette, ça n'était pas une aventure. Avant elle, Jean-Marie se contentait de secousses brèves avec des bonniches, filles de ferme ou d'usine, voire de bordels où il avait quelques habitudes parce que cet amateur de subit était aussi un homme d'ordre. Cette fois, le hasard avait organisé une rencontre qui allait concilier son goût de l'imprévu et son besoin de sécurité bourgeoise. Il y aurait bientôt cinq ans de cela. C'était en septembre 1920. Comme le train pour Paris s'était arrêté au Mans, Jean-Marie avait vu monter dans le compartiment où il se trouvait seul une jeune femme encombrée d'une lourde valise qu'elle ne parvenait pas à hisser dans le filet à bagages. Il l'aida, retourna dans son coin, la regarda en louchant un peu parce qu'il la voyait juste au-dessus de *L'Écho de Paris* qu'il venait de déployer, la trouva non jolie mais charmante, très « comme il faut » avec sa blouse de soie blanche à peine échancrée, sa jupe bleu foncé et son petit canotier. Il observa aussi qu'elle portait à la main gauche une modeste bague. Fiancée ? Elle devait avoir une trentaine d'années. Jean-Marie entendit une voix qui lui disait à l'oreille « ne regarde pas cette femme avec de tels yeux, tu ne vois donc pas qu'elle a l'âge de ton fils aîné ? » C'était la voix de Mme Carbec, la vieille dame de la malouinière, morte depuis trois semaines. Il en portait le deuil sévère et conforme aux usages, costume et cravate noirs, chemise blanche, signes rassurants d'un notable nanti qui lui donnaient presque un air distingué. Comment engagerait-il la conversation avec cette petite brune aux yeux clairs, si réservée, qui lui souriait cependant de temps en temps comme pour le remercier encore de l'avoir aidée. Avec une autre, il n'y serait pas allé par quatre chemins, il se rappela même avoir besogné naguère une voyageuse inconnue quelque part entre Vitré et Rennes. Alors il était jeune. Aujourd'hui, il lui fallait employer des méthodes plus subtiles, mais le hussard devenu général se tenait encore bien en selle. Elle parla la première :

— Vous me permettez de baisser la vitre ?

Jean-Marie s'empressa de le faire lui-même, et demanda aussitôt :

— Vous rentrez à Paris, c'est la fin des vacances.

— Oui, dit-elle, je rentre en classe.

— En classe ?

— Je suis institutrice.

— Heureux élèves ! dit Jean-Marie, surpris de la rapidité d'une telle repartie. J'aurais bien besoin de retourner à l'école.

Lorsque le train arriva à la gare Montparnasse, il savait tout ce qu'elle avait bien voulu dire : elle venait d'avoir trente ans, son fiancé était mort en 1914, elle avait passé deux mois auprès de ses vieux parents à la campagne et rentrait à Paris pour prendre la classe du certificat d'études dans une école communale de filles du XIXe arrondissement, à côté des Buttes-Chaumont. Un véritable roman rose tel que sa femme Yvonne en lisait. Pendant quelques instants, Jean-Marie Carbec s'était un peu méfié. Attention, mon gars, une institutrice n'est pas faite pour un homme comme toi ou alors prépare-toi à voir du pays. D'abord, les instituteurs ce sont des rouges. Mais la voyageuse était charmante, parlait avec des mots simples, ne tirait pas toujours sur sa jupe quand celle-ci remontait sur ses jambes, ne lui posait pas de questions et avait l'air de prendre très au sérieux ce monsieur vêtu de noir, paternel et robuste. Il l'avait invitée à dîner pour le lendemain. Sans faire de manières, elle avait accepté l'invitation avec la même simplicité qu'elle avait bien voulu qu'il portât sa valise jusqu'à la sortie de la gare.

— Où m'emmenez-vous demain ?

Pris au dépourvu, Jean-Marie chercha dans ses souvenirs de provincial un nom, et se rappela celui d'un restaurant où Lecoz-Mainarde, le père de son gendre, lui avait donné une fois rendez-vous.

— Drouant ? Cela vous convient-il ?

— Là où l'on donne le prix Goncourt ?

— Je ne sais pas...

— Je vous expliquerai cela demain soir, dit-elle en riant.

— Vous y êtes allée aussi ?

— Oh non, ça n'est pas un restaurant pour moi !

Comme un taxi s'arrêtait devant eux, Jean-Marie pensa un court instant qu'il serait peut-être galant, au moins civil, de l'accompagner jusque chez elle. Il eut peur qu'elle y vît une sorte de ruse pour connaître son adresse, et se contenta de lui dire au revoir. Plus tard, elle lui avoua que s'il avait tenté de monter chez elle sous prétexte de porter sa valise, elle ne l'aurait jamais revu.

Il arriva le premier au restaurant, choisit une table un peu isolée des autres, commanda un porto et ouvrit un journal du soir qui annonçait l'élection à la Présidence de la République de M. Alexandre Millerand, un ancien homme de gauche qui souhaitait obtenir des pouvoirs exorbitants, par exemple celui de dissoudre la Chambre des députés selon son bon vouloir. Un quart d'heure plus tard, après avoir regardé sa montre plusieurs fois, Jean-Marie crut remarquer un sourire à peine perceptible sur les lèvres du maître d'hôtel. Je me suis conduit comme un pauvre imbécile, elle me pose un lapin et je ne connais ni son nom ni son adresse. Il commanda un autre porto et demanda, dix minutes plus tard, qu'on lui apporte la carte. Solennel et compatissant, le maître d'hôtel la lui tendit avec un empressement mesuré qui voulait dire « Des clients comme vous, j'en ai vu d'autres ! Composez-vous un bon menu, aucune déception ne résiste à une douzaine de marennes et à un pouilly-fuissé 1912. » Elle arriva enfin, essoufflée, un peu rougeaude, vêtue de la même façon que la veille, excusez mon retard j'ai manqué deux correspondances de métro, s'assit sur la banquette à côté de lui et parut émerveillée par les nappes blanches, les assiettes, les verres, les garçons en habit.

— Il y a du beau monde ici, dit-elle ravie. C'est gentil de m'avoir invitée dans un endroit pareil. Avec un autre, je n'aurais pas accepté, mais j'ai tout de suite vu que vous étiez un bon papa gâteau. Tout de même, je ne voudrais pas vous entraîner dans les dépenses.

Feinte ou réelle, fallait-il sourire d'une telle ingénuité ou bien s'en méfier ? Jean-Marie décida d'en rire. À partir du moment qu'il avait sauvé la face devant ce grand escogriffe de valet en queue-de-pie qui tout à l'heure se moquait de sa déconvenue, tout lui paraissait agréable à entendre quand bien même on le considérait comme un barbon. Plus tard, il saurait prendre sa revanche. En attendant, il lui parut prudent d'en savoir davantage sur la voyageuse du Mans.

— Ne pensez-vous pas qu'il est temps de nous présenter l'un à l'autre ?

— Mais je vous ai tout dit !

— Sauf votre nom.

— Je m'appelle Madeleine. Madeleine Larchette. Mes parents m'appellent toujours Madeleine, mais les autres disent Mado. Ça fait plus moderne, non ? Et vous ?

— Moi, Jean-Marie Carbec, j'habite Saint-Malo.

— Je l'aurais deviné !

— Pourquoi donc ?

— Parce que si vous étiez monté à Rennes, à Vitré ou à Laval, vous n'auriez pas eu la même allure.

— Vous voulez dire que je ressemble à un vieux corsaire ?

— Peut-être bien, dit-elle en clignant de l'œil. Ne me dites pas ce que vous faites, je vais le deviner.

— Allez-y ! dit-il gaiement.

— Eh bien... D'abord vous êtes veuf, vous étiez armateur à la pêche, maintenant vous avez pris votre retraite, et vous vous rendez à Paris deux ou trois fois par an pour vous donner du bon temps. Dites-moi que tout cela n'est pas vrai.

— Il y a un peu de vrai. J'ai été en effet armateur à la grande pêche, mais je me rends une semaine sur deux à Paris pour y travailler, non pour y prendre du bon temps.

Jean-Marie jugea qu'il n'était pas indispensable de mêler le nom d'Yvonne et ceux de ses quatre enfants à cette minuscule aventure qui lui permettrait de passer une charmante soirée en compagnie d'une jeune femme dont les manières ne ressemblaient pas à celles de sa famille malouine, regardait encore la vie avec des yeux tout neufs et paraissait si éloignée de l'image d'une institutrice, encore qu'elle eût dit tout à l'heure devant l'immense menu ouvert sous ses yeux par le maître d'hôtel :

— Ça n'est pas une carte, c'est un atlas !

— Tous les dîners que je prends à Paris sont très loin de celui-ci, Mado. Vous permettez que je vous appelle Mado ?

Il avait posé sa main, une grosse main d'homme héritée des anciens Carbec, sur la sienne. Elle ne la retira pas tout de suite.

— Bien sûr ! Je vous ai dit que tout le monde m'appelait Mado.

— Qu'est-ce que cela veut dire « tout le monde » ?

— Les collègues, mes amis.

— Vous avez beaucoup d'amis ?

— Comme tout le monde.

— Et un ami ?

— Pas en ce moment. Vous voilà renseigné. Maintenant, ayez la gentillesse de retirer votre main pour me permettre de déguster ces filets de sole.

Elle ajouta, avec la simplicité de langage et la mine d'une petite fille qui a faim :

— Hon ! je n'ai jamais mangé quelque chose d'aussi bon.

— Vous êtes gourmande ?

— Très. Vous aussi d'ailleurs.

— Comment avez-vous deviné cela ?

— En vous regardant.

Aucune femme ne lui avait encore parlé sur ce ton, pas même sa belle-sœur Olga qui ne pouvait jamais s'empêcher, quand elle s'adressait à Jean-Marie, de parer son propos d'une légère touche de provocation. Il lui semblait découvrir un monde inconnu qui le séduisait et dont il avait un peu peur. Un moment, M. Carbec avait été presque gêné de voir, assise à côté de lui, la petite institutrice dont le vêtement paraissait pauvre à côté des jolies robes de dîner qui faisaient du restaurant une corbeille de fleurs. Lui aussi aurait aimé arriver chez Drouant en tenant par le bras une jolie jeune femme, élégante et parfumée, qui aurait fait lever les têtes sur son passage. Depuis qu'il avait gagné beaucoup d'argent, il rêvait d'une liaison avec une danseuse, une comédienne, une artiste de music-hall, tout ce qui représentait pour lui ce qu'il avait toujours ignoré, la fantaisie, le luxe, le plaisir de la dépense, l'insouciance du lendemain. L'exemple de Georges Lecoz-Mainarde le fascinait : être agent de change, faire fortune avec l'argent des autres, entretenir une danseuse de l'Opéra. Son compère avait bien essayé de l'entraîner vers les coulisses qu'il fréquentait, mais Jean-Marie s'était toujours montré réticent. Au dernier moment, il n'osait pas. On commence par emmener une fille souper chez Maxim's, on finit sur la paille. Il voulait bien perdre un peu son âme, pas ses écus.

— Qu'avez-vous encore deviné en me regardant ? demanda-t-il.

— Que vous étiez un homme décidé, autoritaire, peut-être brutal, certainement dominateur et sensuel.

— Où avez-vous vu cela ?

— Dans votre main, votre regard, votre cou, votre voix, tout ce qu'on ne peut pas cacher tout à fait.

— Supposons que ces traits de mon caractère soient exacts. Vous les aimez ?

Elle le regarda sans coquetterie.

— Toutes les femmes aiment cela.

J'ai marqué un point, pensa Jean-Marie. J'en ai même marqué plusieurs. Ce qui est curieux, c'est que je n'ai pas encore envie de la sauter. Qu'est-ce qui m'arrive là ? Tout ce qu'elle me dit devrait pourtant m'exciter, mais elle le dit sans provocation, aussi simplement qu'elle a déclaré en se mettant à table : « Je ne voudrais pas vous pousser à la dépense ! » Évidemment elle n'est pas de notre monde. Bien sûr, je ne l'inviterais jamais à dîner dans un restaurant de Saint-Malo mais ici, à Paris, personne ne me connaît, je m'en fous. Le maître d'hôtel a l'air de penser que je fais une bonne action envers une jeune parente dans le besoin. Et si j'avais envie de faire une bonne action, sans rien demander en retour ?

— Quelle est cette histoire de prix et de concours dont vous m'avez parlé ?

— Prix Goncourt, avec un *G* !

— Si vous y tenez. Dites toujours.

— C'est une récompense donnée par dix écrivains célèbres au meilleur roman de l'année. Ils déjeunent dans ce restaurant le jour de l'attribution du prix. C'est ici que Marcel Proust a été couronné l'année dernière. Vous n'en avez jamais entendu parler ?

— Peut-être bien. Ce nom-là me dit quelque chose. Ce doit être chez mon frère.

— Vous avez donc un frère ? Armateur malouin, lui aussi ?

— Non, il est chirurgien, à Paris. C'est même un grand chirurgien.

— Et vous n'avez pas eu d'enfants, ni l'un ni l'autre ?

— Oh si ! mon frère Guillaume en a eu quatre. Il en a perdu deux : un garçon à la guerre, une fille au couvent.

— Au couvent ? Vous avez donc une nièce qui est bonne sœur ?

Elle avait dit ces mots avec une intonation légèrement ironique qui déplut à Jean-Marie.

— Cela vous étonne ?

— Oui, parce que dans ma famille, nous sommes très loin de ces idées-là.

— Vous avez bien fait votre première communion ?

— Non. Je ne suis pas baptisée non plus.

Jean-Marie demeura interdit. Il venait d'avoir cinquante-six ans et c'est la première fois qu'il dînait en tête à tête avec quelqu'un qui se situait en dehors de l'Église. Il hésita pendant quelques secondes avant de demander :

— Vous croyez tout de même en Dieu ?

— Franchement, je ne me suis jamais posé une telle question.

— Alors, vous êtes athée ?

— Je ne pense pas qu'on puisse croire à un bon Dieu en 1920, après tant de meurtres.

— Mon frère m'a dit un jour à peu près la même chose, dit Jean-Marie. Moi, je ne suis pas de cet avis, et pourtant j'ai eu un fils tué pendant la guerre, moi aussi.

— Vous avez eu d'autres enfants ?

— Il m'en reste trois, dit-il en rougissant. Et je ne suis pas veuf. Cela ne m'empêche pas d'être très seul.

Ce fut au tour de Madeleine Larchette de poser sa main sur celle de Jean-Marie. Il ferma les yeux et se rappela avoir vu quelque part, je ne sais plus où, une photo agrandie qui représentait un énorme buffle pataugeant dans une rizière devant un petit enfant qui le menait avec une simple tige de bambou.

Ils s'étaient revus, au restaurant, au concert, au cinéma, chacun avançant à pas de loup dans la vie de l'autre. Plusieurs fois, il avait eu envie de l'embrasser. Elle s'était dérobée en riant au moment précis où il allait se décider, comme si une sorte d'instinct l'eût avertie. Ces soirs-là, après l'avoir raccompagnée en taxi jusqu'à la porte du modeste immeuble qu'elle habitait, rue Fessard, pas loin de l'école communale, il cherchait vite une fille de trottoir pour apaiser sa fringale, de préférence assez vulgaire, dont le déhanchement, les jambes lourdes et la bouche épaisse lui paraissaient prometteurs d'un orgasme rapide. Six mois après leur première rencontre, prétextant un voyage d'affaires à Madrid, il avait proposé à Madeleine de l'emmener. C'était pendant les vacances de Pâques, elle accepta sans faire de manières, et lui dit avec la plus grande simplicité au moment qu'ils entraient au Carlton :

— Pourquoi prendre deux chambres ? Le portier ne croira jamais que nous ne couchons pas ensemble. Alors ?

À deux semaines près, il y avait juste quatre ans qu'ils avaient fait l'amour pour la première fois. Tout de suite, ils avaient paru contents l'un de l'autre, elle parce qu'elle n'aurait jamais pu imagi-

celles, pendant le déjeuner, il avait envié secrètement son frère d'avoir pu réunir ce déjeuner familial. Maintenant, la tristesse d'un dimanche parisien dans une chambre d'hôtel l'accablait et lui disait qu'il n'avait peut-être pas été capable d'aimer assez ceux qui portaient son nom pour en recevoir aujourd'hui une présence secourable. Un de ses enfants était mort, deux autres s'étaient expatriés. Lucile dont il avait fait sa collaboratrice n'était pas devenue son amie, il semblait au contraire qu'elle s'était un peu éloignée comme si elle eût deviné sa liaison avec Mlle Larchette. Est-ce qu'il avait jamais reproché à sa fille, lui, de vivre comme une garçonne ? Et lui-même, avait-il de vieux amis ? Malgré tout ce qui l'opposait à son frère Guillaume, il n'en avait jamais eu d'autres que lui, bien qu'il fallût des circonstances exceptionnelles pour que leur affection se manifestât : la guerre, la mort de leurs garçons, l'affaire de Roger avec la fille Lehidec, et maintenant cette foutue prostate. Restait Yvonne, sa femme. Celle-là ne le repousserait pas, au contraire. Elle attendait patiemment son retour avec la lueur nouvelle qui brillait dans ses yeux depuis le jour où elle avait accroché les clés de la malouinière à sa ceinture. Jean-Marie Carbec opéré ? Quelle aubaine ! Elle se précipiterait à l'église pour remercier Dieu de lui avoir enfin rendu son mari après l'avoir châtré. Cette idée le révolta. D'abord, rien ne dit que j'en sortirai impuissant. Guillaume va me sortir de là. Je suis encore gaillard, et le meilleur moyen d'en être sûr, c'est de le prouver tout de suite... M. Carbec regarda sa montre, sept heures, se leva, fit un brin de toilette et se trouva bientôt sur la place du Théâtre-Français où un groom de l'hôtel lui chercha un taxi pendant qu'il entrait lui-même dans une fameuse boutique pour s'acheter deux cigares. « Rue Fessard, commanda-t-il au chauffeur, vous m'arrêterez cinq minutes devant un fleuriste. »

Un petit bouquet à la main, Mado aimait les violettes de Parme, Jean-Marie Carbec avait grimpé trois étages sans prendre le soin de s'arrêter à chaque palier. Comme la poitrine lui battait à peine, il lui suffit de souffler pendant quelques secondes, j'ai le cœur d'un jeune homme, avant de sonner, juste le temps de vérifier son nœud de cravate car Mlle Larchette voulait qu'on ait de la tenue. D'habitude, elle venait tout de suite. Il dut sonner plusieurs fois avant de frapper à la porte. Plus que l'inquiétude, la colère l'empourprait. M. Carbec ne pouvait imaginer un seul instant que Mado ne restât pas chez elle à l'attendre en corrigeant les cahiers des petites filles du XIXe arrondissement. Rageur, il redescendit l'escalier, passa devant la loge de la concierge sans oser y laisser un message, et jeta son bouquet de violettes derrière un arbre. Où était-elle allée courir cette traînée ? Il se retrouva dans une allée des Buttes-Chaumont. Eh bien, puisqu'il était seul, il irait dîner seul au restaurant du Lac et reviendrait tout à l'heure rue Fessard. C'est alors qu'il reconnut devant lui la silhouette de Mado. Elle n'était pas seule. Un homme marchait tout près d'elle, la main posée sur sa taille et disait des choses qui la faisaient rire. M. Carbec considéra que le rôle d'un amant trompé ne convenait pas à son personnage. Il marcha un bref instant derrière le couple en s'efforçant de respirer avec calme, le dépassa d'un pas rapide et lança comme s'il s'était adressé à n'importe quels promeneurs du printemps :

— Bonne nuit les amoureux !

Après avoir fait sauter quelques postes frontaliers tenus par de petites garnisons, et contraint plusieurs tribus de passer en dissidence, la ruée rifaine avait été arrêtée de justesse devant Taza alors qu'elle menaçait déjà Fès. Pendant trois mois, Lyautey et son équipe s'étaient ingéniés à colmater les brèches, repousser çà et là les rebelles sur leurs bases de départ, rassurer les ralliés de fraîche date, poursuivre l'œuvre entreprise comme si l'insurrection d'Abd el-Krim ne pouvait en aucun cas remettre en question le Protectorat français au Maroc. Parallèlement aux actions militaires menées par des Groupes mobiles, l'action politique des officiers de Renseignements avait été capitale : grâce à elle, l'influence rifaine n'avait entraîné que quelques caïds. Le plus grand nombre d'entre eux avaient voulu conduire au baroud leurs propres guerriers aux côtés de ces hommes au képi bleu et or en qui ils avaient confiance parce que ceux-ci les protégeaient contre les autres ou contre eux-mêmes, distribuaient les semences, disaient le droit, soignaient les malades et ne leur mentaient jamais.

Semblable à tous ses camarades, le capitaine Jean-Pierre Carbec avait connu des jours d'angoisse et des nuits sans sommeil. Responsable militaire et politique d'une zone située au nord de Fès, perméable aux infiltrations ennemies, il n'avait subi aucune défection, et quand le moment était venu de lever des partisans, pour aider les troupes régulières, il n'avait pas pu enrôler tous ceux qui s'étaient portés volontaires. C'était la récompense des cinq années pendant lesquelles il avait apaisé d'inexpiables querelles de clan, rendu la justice, tracé des routes, creusé des puits, ouvert une école et pris des contacts personnels avec tel ou tel chef de grande tente qui s'obstinait à ne pas vouloir reconnaître l'autorité du sultan dont la France était devenue le bras armé. Aux heures les plus difficiles des premiers jours du mois de juillet, il avait mené lui-même son goum et ses partisans au combat dans une région où la tête de son camarade de promotion, un certain lieutenant de Bournazel, avait été mise à prix par Abd el-Krim. Quelques semaines plus tard, les troupes rebelles refoulées, le capitaine Carbec avait ramené ses guerriers dans leurs douars. Bien qu'il en manquât une vingtaine, le retour des vainqueurs avait été salué par les youyous des femmes et une chanson immédiatement improvisée : « *Notre hakem est revenu vainqueur, il a bon visage la chance est avec lui, nous le suivrons jusqu'au ciel !...* »

Dans le courrier arrivé pendant son absence, le capitaine trouva une lettre de sa sœur Lucile.

« Comme tu devais t'y attendre, mon cher Jean-Pierre, le rendez-vous des Carbec prévu cette année 1925 dans la malouinière familiale n'aura pas lieu le 15 août prochain. Ton absence due aux événements survenus au Maroc, comme celle de notre sœur Annick qui attend un troisième enfant à Rabat, c'était là une raison suffisante pour que nous prenions cette décision. Mais il y a plus grave : la santé de notre père nous donne les plus grandes inquiétudes au point de nous faire redouter le pire dans un délai plus ou moins bref. L'oncle Guillaume n'en a encore parlé qu'à moi seule et m'a chargée de te prévenir. D'après ce que j'ai cru comprendre, notre père serait atteint d'un cancer de la prostate. Pendant ces trois derniers mois, l'oncle Guillaume l'a fait traiter aux rayons X pour essayer de réduire la tumeur mais les résultats obtenus seraient à peu près nuls. Dans ces conditions, il ne resterait à envisager qu'une opération toujours difficile et dans le cas présent sans grand espoir de succès. Encore que cette nouvelle m'ait profondément bouleversée, elle ne m'a pas totalement surprise. Je m'étais en effet aperçue depuis trois mois environ que papa avait brusquement changé, comme si un événement soudain le frappait. J'ai mis cela sur le compte du surmenage, tu sais bien que notre père a toujours été très gourmand de la vie, qu'il s'agisse des affaires, de la bonne chère et de la chair tout court. À nos âges, je pense, n'est-ce pas, que nous pouvons parler librement de ces choses entre nous. Je lui ai conseillé de s'installer à la Couesnière et de s'y reposer. Mais tu le connais, la seule pensée de se trouver enfermé à la malouinière sous la surveillance trop dévouée de notre mère lui paraissait insupportable. Il a continué à travailler, sans même me dire qu'il avait consulté son frère et, à plus forte raison, qu'il suivait un traitement. C'est seulement au retour d'un rapide voyage à New York de l'oncle Guillaume que j'ai connu la vérité. J'ai attendu plusieurs jours avant de t'écrire cette lettre parce que je te savais toi-même en danger. Lorsque tu la liras, il est probable que papa aura été opéré. Nous devrons alors nous attendre à tout. Notre oncle m'a dit avoir été surpris par un comportement inhabituel de son frère. Il avait quitté un lutteur, il a retrouvé un vaincu. Dans ces tristes circonstances, voilà peut-être ce qui me cause le plus de chagrin. C'est vrai que notre père était un lutteur, parfois un peu rude mais je me demande aujourd'hui si sa brutalité n'était pas une façon maladroite de cacher des manières plus tendres qu'il ne savait pas ou était incapable d'exprimer, peut-être par simple pudeur masculine. Finalement, je l'ai délivré d'un grand poids en lui disant que j'étais au courant de tout. Il m'a dit en m'embrassant comme il ne l'avait jamais fait : « Je vous aime tous, de tout mon cœur, je n'ai pas dû vous le dire assez. Puisque tu sais ce qui m'arrive, je voudrais que tu restes à côté de moi jusqu'à la fin. » Bien sûr, je me suis récriée, l'assurant qu'il allait guérir, que la chirurgie faisait des miracles, enfin tout ce qu'on raconte à ceux qui sont perdus. Il m'a répondu : « C'est peut-être vrai quand on a la volonté de s'en sortir. Moi, je suis trop fatigué, je suis devenu brusquement un vieil homme au moment où je ne m'y attendais pas. Je n'ai rien dit parce que j'avais honte de ce qui m'arrivait. Maintenant, ça m'est égal. J'ai cru pendant trop longtemps que j'étais encore jeune... » Notre oncle fixera dans quelques jours la date où il opérera notre père. Je préviendrai directement Annick, ce sera plus facile que de courir après toi dans le bled, puisque le téléphone automatique fonctionne déjà au Maroc alors que nous en sommes encore à nous disputer ici avec les demoiselles des P.T.T. Je lui écris d'ailleurs à Rabat par ce même courrier, mais avec plus de précautions, vu son état. Tâche de la voir si cela est possible. Moi, je vais m'occuper de maman, j'ignore comment elle réagira. En réalité, les enfants ne connaissent pas davantage leurs parents que ceux-ci prétendent connaître ceux-là... »

Le capitaine relut plusieurs fois la lettre de sa sœur qui lui semblait venue d'un monde auquel il n'appartenait plus depuis longtemps. Tout à l'heure, à cheval derrière le porte-fanion du goum, quand il avait franchi le mur d'enceinte de son poste devant lequel l'attendaient son officier adjoint, une cinquantaine de cavaliers en burnous bleus et quelques centaines d'hommes, femmes ou enfants, placés sous sa protection, il avait éprouvé le sentiment très profond de retrouver les siens. Ce petit groupe de Berbères, fraction d'une tribu plus importante, c'était sa famille. Il les connaissait un par un, sans doute mieux que son père, sa mère et ses deux sœurs. Ces bergers et ces laboureurs, il les savait rudes et durs, âpres et retors, querelleurs et imprévoyants, aussi méfiants que prompts à croire aux fables les plus étranges. Quand le capitaine Carbec leur envoyait un médecin pour soigner leurs malades, ou se transformait lui-même en vétérinaire pour vacciner leurs troupeaux, faisait creuser des puits ou réglait des droits d'eau, ils lui témoignaient volontiers leur satisfaction, sinon leur reconnaissance, par quelque geste simple, par exemple celui d'un baiser furtif sur l'épaule, marque suprême d'un respect qu'on n'accorde guère qu'à son vieux père, mais s'il lui arrivait jamais de vanter les prodiges du téléphone, du chemin de fer ou de l'aviation mis à leur portée, il s'en trouvait toujours un parmi eux pour déclarer gravement qu'Allah s'était servi des Français pour venir aider le Maroc. C'était là, somme toute, une dialectique qui rejoignait celle du vieux curé malouin de son enfance assurant que la Providence use toujours de voies et moyens imprévus pour parvenir à ses fins, elles-mêmes imprévisibles.

Tandis que Jean-Pierre Carbec baroudait au nord de Taza, ses administrés étaient demeurés calmes et confiants mais chacun d'eux redoutait, à échéance plus ou moins longue de nouvelles difficultés avec Abd el-Krim tant qu'on ne l'aurait pas réduit définitivement à merci. Cela supposait l'arrivée de renforts demandés à Paris et la négociation à Madrid d'accords militaires franco-espagnols. D'ici là, les guerriers redeviendraient des hommes de la terre, aussi heureux de retrouver leurs femmes et leurs troupeaux qu'ils l'avaient été hier d'être désignés par l'officier au képi bleu pour le suivre avec un fusil et des cartouches. Le soir même de leur retour, le lieutenant responsable du poste en l'absence du capitaine avait organisé une petite fête. Les deux chefs durent aller de groupe en groupe, goûter aux moutons entiers qui rôtissaient lentement sur la braise et que personne n'aurait osé toucher avant eux. Tout le monde avait bu beaucoup de thé à la menthe, beaucoup chanté, beaucoup ri, beaucoup mangé, épaule contre épaule, dans l'ambiance d'un compagnonnage inconnu des officiers de troupe et souvent critiqué par l'État-Major de Rabat. Tard dans la nuit, Jean-Pierre avait regagné sa demeure, une maison blanche aux murs épais dont il avait été l'architecte, et recouverte d'une terrasse faite de chaux et de sable longtemps battus à pieds nus selon des méthodes ancestrales qui l'emportaient sur celles des meilleurs spécialistes de l'étanchéité. Après avoir dormi pendant trois mois sous une guitoune de toile, il était heureux de retrouver sa chambre, une pièce tout en longueur tapissée à mi-hauteur de nattes aux dessins géométriques, meublée d'un matelas posé sur un sommier métallique, d'une table de nuit, d'une chaise pliante et d'une étagère pour les livres. Blancs et noirs, tissés en tribus et qui sentaient le suint, des tapis recouvraient le lit et le sol. Avant d'entrer dans sa chambre, devant laquelle dormirait tout à l'heure Salem, couché en travers de la porte, le capitaine respira une dernière fois la nuit marocaine pleine d'étoiles et de bruits d'insectes :

un chacal jappa au loin, des chiens furieux lui répondirent, et un peu plus tard, là-bas, deux coups de feu. Il entra chez lui. Accroupie dans un coin de la chambre, les yeux baissés sur son haïk, Zoubida attendait.

Un petit avion des lignes Latécoère reliait alors tous les jours Casablanca à Toulouse en faisant escale à Rabat, Malaga, Alicante, Valence et Barcelone. Il transportait le courrier et quatre passagers assis tant bien que mal dans une cabine étroite sur des banquettes installées en vis-à-vis. La durée du parcours, une dizaine d'heures, avait été calculée pour permettre aux voyageurs de sauter dans le train postal de nuit qui les conduirait à Paris. Débarqué à la gare d'Austerlitz dès le petit matin, Jean-Pierre Carbec avait le temps de faire sa toilette avant de prendre à Montparnasse le train de Saint-Malo où il arriverait la veille des obsèques de son père. Il loua une chambre dans un petit hôtel de la rue de Rennes, se rasa, effaça sous une douche la fatigue d'une journée d'avion ajoutée à une nuit de chemin de fer, mais trouva difficilement une place dans un compartiment bondé de Parisiens qui partaient passer les fêtes du 15 août sur la Côte d'Émeraude. Le Maroc était loin, et autour de lui, des hommes et des femmes qui sentaient bon, parlaient avec animation du clou de l'Exposition des Arts décoratifs, ces trois péniches baptisées Amours, Délices et Orgues où Paul Poiret tirait ses derniers feux d'artifice, et vantaient les mérites du premier grand film de Charlie Chaplin, *La Ruée vers l'or.* Avaient-ils seulement entendu parler de la guerre du Rif ?

Dès qu'il avait reçu le télégramme redouté, père décédé, le capitaine Carbec en avait prévenu son chef direct : l'ancien commandant X qui venait d'être enfin promu lieutenant-colonel et dirigeait les Affaires politiques à l'État-Major de Fès.

— Je suppose que vous voudriez aller passer quelques jours auprès de votre mère ? avait demandé l'officier auprès duquel Jean-Pierre avait fait ses premiers pas dans le service.

— Pensez-vous que cela soit possible ?

— Il y a un mois, non. Aujourd'hui, je pense qu'on peut vous accorder une permission exceptionnelle de quelques jours à condition que vous preniez à votre charge les frais de voyage en avion. Le général de Chambrun à qui j'ai fait part de votre deuil voudrait vous voir.

Toujours calme et souriant, parfois caustique, les cheveux battus en neige et la figure rubiconde, le général de Chambrun ressemblait à une pêche melba. Descendant de La Fayette, époux d'une nièce de Theodore Roosevelt, délégué pendant la guerre auprès du général

Pershing, il affectait volontiers un accent nasillard et parsemait son discours d'expressions américaines. Grand seigneur, solide buveur de whisky et bon bridgeur, il avait fait de Fès placé sous son commandement un des points d'attraction du Maroc vers lequel se précipitaient les journalistes du monde entier, sûrs d'y trouver un accueil intelligent. Gentilhomme rompu aux habitudes du monde, le général ne dédaignait pas d'ouvrir les portes de sa maison, voire sa table, aux aventuriers de passage à condition qu'ils aient bonne allure. Pacifique et diplomate, il s'était révélé un chef de guerre solide au moment de la ruée rifaine sans jamais cesser d'être courtois et placide.

— Vous faites un excellent travail, dit le général au capitaine. J'aurais aimé vous en féliciter dans d'autres circonstances. Vous avez déjà deux belles croix de guerre, nous y ajouterons une palme à votre retour. En attendant, je vous accorde une permission exceptionnelle de quatre jours pour vous permettre d'être présent aux obsèques de votre père. J'ai jeté un coup d'œil sur votre dossier personnel. Vous devez avoir trente-cinq ans, je crois ?

— Oui, mon général.

— C'est un peu tôt pour être proposé au grade supérieur. Voilà ce qui arrive aux officiers qui ont été de très jeunes capitaines. Vous devriez préparer l'École de guerre, sinon, surtout dans les Renseignements, vous risquez d'attendre encore longtemps. Parlez-vous couramment l'anglais ?

— À peu près, mon général.

— Et aimez-vous Shakespeare ?

Décontenancé, Jean-Pierre Carbec avait répondu :

— Il m'arrive de relire certains de ses poèmes que je trimbale dans ma cantine depuis plusieurs années.

— Good ! À votre retour, vous viendrez dîner à Dar Tazi. Ma femme sera ravie de rencontrer quelqu'un qui aime Shakespeare et ne manquera pas de vous lire quelques pages du livre qu'elle écrit. Jusqu'à présent, elle m'a pris pour cible ainsi que deux officiers de mon État-Major, les capitaines Juin et de Lattre, mais nous n'en pouvons plus, ni eux ni moi. Indeed !

Après avoir retenu une place dans l'avion Latécoère qui partait le lendemain matin pour Toulouse, Jean-Pierre était monté dans une sorte de guimbarde automobile qui attendait d'avoir fait son plein de voyageurs pour démarrer. Toutes les places assises étaient déjà occupées. Une dizaine de clients, juchés sur le toit du véhicule, s'étaient installés au milieu de ballots de jute, de couffins et de cages à poules, mais d'autres prétendants marchandaient encore leur passage avec une telle véhémence qu'on eût cru qu'ils étaient sur le point de s'égorger. La plupart étaient des fellahs ou de petits boutiquiers, vêtus de la djellaba paysanne, qui s'en allaient rendre visite à quelque parent installé à Casablanca, sûrs d'y être bien accueillis et d'y demeurer aussi longtemps qu'ils le voudraient sans se soucier de savoir s'ils disposeraient jamais de la somme nécessaire au retour. Quelques-uns, séduits par une minuscule aventure, ne savaient même pas où ils allaient. Ils se contentaient de tirer quelques billets crasseux de la torsade de laine enroulée autour de leur crâne : « Donne-m'en pour tant d'argent ! » La propriétaire de l'énorme guimbarde, une femme courte et ronde, brune et sans âge mais dont la silhouette semblait aussi redoutable que le nom, Mme Zakar, se tenait près de la portière. D'un geste de prestidigitateur, gib el flouss, elle faisait disparaître la monnaie dans une sacoche portée en bandoulière où brillait l'acier d'un pistolet, tandis qu'avec la même vitesse elle opérait son calcul : « Tu descendras à Bir Tam Tam... à Meknès... à Khémisset... Monte ! » Quelques jours auparavant, l'homme avait peut-être fait parler la poudre, aujourd'hui, obéissant tel un agneau, il trouvait à se caser au milieu du troupeau bavard et rieur.

Guère plus de quarante heures s'étaient écoulées depuis le moment que Mme Zakar en prenant le volant dans ses mains potelées chargées de bagues avait ordonné : « Mettez-vous à côté de moi, capitaine ! » Et voilà que Jean-Pierre se trouvait installé dans le confortable compartiment de 1re classe d'un train roulant vers Saint-Malo où les voyageurs parlaient d'une certaine *Revue nègre* qui faisait courir tout Paris pour y voir sauter et chanter une danseuse nue, we have no bananas to day, qui s'appelait Joséphine Baker. Tous ces gens-là paraissaient heureux de vivre et se comprenaient sans même se connaître, rien que par le jeu d'allusions discrètes, un mot, un regard, un geste, qui les faisaient rire comme s'ils utilisaient un langage secret dont l'officier ignorait les codes. Le train traversait maintenant la Beauce où de grandes mécaniques peintes en rouge et vert allaient et venaient au milieu des chaumes coupés ras. Jean-Pierre pensa aux maigres récoltes de ses paysans berbères auxquels il distribuait des pioches, des houes et des semences chaque automne. Il pensa aussi à son jeune cousin Roger, la tête dure de la famille, celui qu'on avait embarqué sur un cargo, pour l'éloigner de la malouinière lorsque Nicolas Lehidec le menaçait d'un mauvais coup. L'autre soir, à Rabat, Roger était venu dîner chez Annick Lecoz-Mainarde pour le rencontrer et lui dire son espoir d'obtenir bientôt un lot de colonisation.

— Tu sais, Jean-Pierre, je n'oublierai jamais ce que je te dois !

— Tu ne me dois rien.

— Tu m'as fait connaître le Maroc en me conseillant de devancer l'appel pour être sûr d'y faire mon service militaire. Tout est parti de là. J'ai découvert ma vraie vocation. Mon stage agricole sera terminé à la fin de l'année, il me tarde d'avoir une terre à moi, de la labourer et d'y construire une maison.

— J'en ferai les plans! avait promis l'architecte.

— Tout compte fait, avait conclu Annick, nous demeurons bien dans la tradition malouine des Carbec et des Lecoz. Le Maroc, c'est notre Canada.

— Pas tout à fait, avait dit Jean-Pierre en souriant.

— Mais si! Toi tu fais la guerre à des sortes d'Iroquois, Roger défriche la terre, Gilbert bâtit une cathédrale, et moi je fais des enfants!

— Vous oubliez une chose capitale, répondait doucement le capitaine. Le Canada, c'était la France. On l'appelait même la Nouvelle-France. Ici, nous sommes dans un pays étranger dont nous assurons la protection.

— Eh bien?

— Eh bien, il ne faudrait pas qu'emportés par notre goût d'agir vite, de réaliser, de diriger, de créer des richesses et de faire régner l'ordre français, nous construisions le Maroc moderne sans demander l'avis des Marocains.

— Alors, il n'y aurait ni routes, ni ponts, ni téléphone, ni électricité, ni écoles, ni hôpitaux...

— Nous irions moins vite, c'est vrai. Et après?

Le capitaine se rappelait avoir échangé des propos similaires avec son père venu à Rabat, l'année précédente, autant pour visiter la génération marocaine des Carbec que pour y étudier des possibilités d'affaires. Toujours bourdonnant de projets, le vieux Malouin s'était heurté aux réticences de son fils et n'avait pas voulu admettre que la présence française puisse se manifester autrement que par une administration autoritaire directe. Toujours nuancé, Jean-Pierre avait bien tenté d'expliquer la pensée profonde du général Lyautey, mais honnêtement, il avait dû en convenir: la passion d'entreprendre qui consumait le grand chef contredisait souvent sa philosophie politique. «Pauvre papa, pensa le capitaine Carbec, je ne l'ai pas connu assez. Il était fait pour être un de ceux que nous appelons aujourd'hui les bâtisseurs d'empire. Nous autres, malgré notre enthousiasme et notre volonté de réussir, nous nous embarrassons peut-être trop de scrupules...» Le train était arrivé à Saint-Malo. Vêtue de noir, Lucile attendait son frère.

Les tentures noires frappées de larmes d'argent, les grands candélabres aux énormes cierges, la tempête des orgues, la présence des autorités civiles et militaires, l'homélie de M. l'archiprêtre s'inclinant devant la dépouille, Dieu seul est grand mes frères, pour rappeler les vertus du chrétien, les mérites du citoyen et la fidélité du père de famille, rien n'avait manqué à la solennité des obsèques de Jean-Marie Carbec célébrées dans la cathédrale de Saint-Malo. Se tenant bien droite, le visage invisible derrière un long voile de veuve, Yvonne avait reçu les condoléances chuchotées de trois cents personnes dont une cinquantaine ne manquaient jamais un enterrement. Tous ceux-là ne ressentaient pas pour le défunt un sentiment particulier, mais c'était la coutume qu'entre gens de bonne bourgeoisie on se rendît cette sorte de dernière politesse soulignée par sa signature inscrite sur un registre déposé à l'entrée comme pour les conseils d'administration. Curieux d'une distraction de vacances imprévue, des touristes balnéaires s'étaient mêlés à la foule malouine sur le parvis de l'église pour assister au départ du corbillard de première classe chargé de fleurs et tiré par deux chevaux caparaçonnés, précédé d'un porteur de croix flanqué de deux enfants de chœur. Yvonne Carbec apparut la première dans sa robe de grand deuil, suivie de son fils en uniforme et de sa fille vêtue d'un strict tailleur noir et coiffée d'un petit chapeau en forme de cloche dont le crêpe faisait flamber la rousseur de ses cheveux. Guillaume, Olga et leur fils Hervé se tenaient derrière, bientôt suivis du sous-préfet qui, par peur d'être confondu avec le croque-mort-chef, avait négligé de se mettre en tenue, et du député-maire Gasnier-Duparc à la tête du conseil municipal. Perdues dans la cohue, sous le joyeux soleil de cette matinée du mois d'août, quelques commères qui connaissaient toutes les familles malouines sur le bout de leur langue, ne manquaient pas de renseigner leurs voisins : « La grande blonde que vous voyez à côté de sa mère, c'est Lucile, la fille à Jean-Marie... Je pense bien qu'elle est belle ! Moi qui vous cause, je l'ai connue toute petite, les gars lui couraient déjà après les cotillons, même que ses parents ont été obligés de la mettre au couvent à Dinan. Elle ne s'est jamais entendue avec sa mère, elle a bientôt filé à Paris et on ne l'a plus revue par chez nous. Il paraît qu'elle travaillait avec son père. Une Carbec, travailler ! Ils n'ont pourtant point besoin de ça, pour sûr que non. Aujourd'hui, les filles, elles ont inventé le travail pour faire la vie, c'est moi qui vous le dis ! La pauvre Yvonne, elle en a avalé des couleuvres pendant son mariage. Dame ! une Huvard, même fille d'un notaire, ça n'est pas la même chose qu'une Carbec... Jusqu'à la mort de la vieille Carbec, vous savez bien la veuve au

Jean-François, celui qui a péri avec le *Hilda*, Yvonne a dû filer doux, même qu'à cinquante ans elle n'avait pas encore le droit de prendre un morceau de sucre sans la permission de sa belle-mère, une terrible celle-là, comme les femmes de l'ancien temps qui n'avaient point besoin d'aller travailler au-dehors pour être maîtres à bord. Le Jean-Marie, celui qu'on enterre aujourd'hui, on ne peut pas dire qu'il était mauvais gars, dame non! mais il était trop dur, il aimait trop les sous et courait trop après les jupons. C'était un homme, quoi! Les Carbec, il faut les prendre comme ils sont. Quand je pense que deux de leurs gars sont morts à la guerre... deux beaux petits gars... vingt ans! Il y en a un qui serait certainement devenu amiral. Avec un nom pareil, vous pensez! L'autre voulait être médecin, comme son père... Son père, c'est celui que vous voyez derrière le corbillard à côté du capitaine, on dit que c'est un grand professeur, j'ai vu sa photographie dans *L'Ouest-Éclair*. C'est un bel homme n'est-ce pas? Vous regardez plutôt le capitaine? Lui aussi, c'est un beau garçon, c'est le fils aîné du défunt. On dit qu'il est très intelligent. C'est dommage qu'il soit entré dans l'armée. Tout le monde ne peut pas être dans la marine, non? Ah! voici la belle-sœur de Jean-Marie... oui, la femme de Guillaume, le docteur. Vous la trouvez si élégante que ça? Moi je trouve que sa tenue n'est pas assez discrète pour un enterrement. Cela n'est pas étonnant. C'est une Polonaise, vous savez. Il paraît que ce fut un grand mariage d'amour. Sa belle-mère Carbec, la vieille Léonie qui dansa avec Napoléon III, ne pouvait pas la sentir. Elle s'appelle Olga. C'est une créature qui fait la cour aux hommes, la pauvre Yvonne en sait quelque chose! Le petit jeune homme blond? C'est Hervé, un des fils de la Polonaise et de Guillaume. Il ne fait rien de bon, pianiste ou quelque chose comme ça. Sa mère le soutient. Les autres, à part le capitaine qui est venu en avion, ont dû rester là-bas au Maroc. Qu'est-ce qui arrive aux Malouins? Ils s'en vont tous. Bientôt, ils seront comme les Corses, il y en aura davantage autre part que chez eux. On ne les verra que pour les vacances, les enterrements et les élections... Ah! voilà que les dames Carbec montent en voiture, les messieurs iront à pied jusqu'au cimetière. Vous avez vu comme il y a des fleurs! On n'a pas regardé à la dépense. La veuve Carbec, c'est elle. Elle va régner maintenant à la Couesnière. Ça ne va pas traîner. Entre nous, elle ne l'aura pas volé! Je voudrais être tout à l'heure à la malouinière pour voir comment elle va présider le repas de famille au retour du cimetière. Mais je le saurai, ils ont loué deux serveurs de l'Hôtel Chateaubriand... »

La veuve Carbec avait voulu que tout demeurât conforme à la tradition de la Couesnière. À peine de retour du cimetière, elle monta dans sa chambre pour enlever son grand voile noir, passa autour de sa taille le cordon de soie où était accroché le trousseau de clés qui attestait son autorité sur la malouinière, descendit dans la salle à manger pour vérifier l'ordonnance de la table et, la tête haute, entra dans le salon où venaient d'arriver ceux qu'elle avait priés de se joindre à la famille directe de mon pauvre cher homme, et qui noyaient leurs émotions funéraires dans quelques verres de porto. Il y avait là, à côté des Carbec, le très vieux comte de Kerelen, à mon âge on ne se rend pas à un enterrement sans une certaine satisfaction inavouée, accompagné de son épouse des Sardines Dupond-Dupuy et de leur fils Louis, l'agent de change parisien Lecoz-Mainarde avec sa femme Béatrice, Mlle Biniac qui avait vu disparaître une à une ses élèves depuis que le piano n'était plus considéré comme une des bases essentielles de l'éducation bourgeoise.

— Ma pauvre Yvonne, dit Olga, nous vous donnons bien du mal...

— Pas du tout ! l'interrompit Yvonne. Il n'y a rien de changé. La Couesnière continue. J'espère vous y accueillir tous les ans. Une famille est faite de morts et de vivants, ça n'est pas parce que Jean-Marie n'est plus que les Carbec doivent renoncer à la petite fête qui les rassemble tous les cinq ans. Cette année, notre rendez-vous à la malouinière ne sera pas bien gai, mais je vous promets, si Dieu le veut, que nous nous rattraperons en 1930. Vous pourrez alors tous loger ici, j'ai l'intention d'installer des salles de bains dans toutes les chambres et d'aménager les combles. En attendant, pour faire honneur aux absents, disparus ou au loin, je vous ai préparé un bon déjeuner qui vous rappellera de chers souvenirs.

Mme Carbec ne demanda pas au comte de Kerelen de prendre son bras, cette coutume avait été abandonnée au lendemain de la guerre, mais elle le pria de s'asseoir à sa droite et désigna la chaise gauche à son beau-frère Guillaume.

— Tu présides la table avec moi, dit-elle à son fils Jean-Pierre.

C'était signifier que désormais, la malouinière, c'était elle. Personne ne s'y trompa et tout le monde pensa au temps si proche où sous la férule de la vieille dame qui régnait à la Couesnière, ma bonne Yvonne rasait les murs et n'osait jamais contredire son mari ni sa belle-mère. À part le capitaine qui se trouvait alors dans le bled marocain avec ses tirailleurs, tous étaient présents à la réunion de juillet 1914. Ils reconnurent avec gourmandise le menu traditionnel dont ils n'avaient pas perdu le souvenir et mangèrent de bon appétit la timbale de homard et le gigot de pré-salé : les repas qui suivent les enterrements aiguisent la faim autant que les bons souvenirs tandis que les morts s'en vont. Le plus difficile, ils l'avaient vécu avec la brève maladie de Jean-Marie, l'impuissance de la médecine, les formalités qu'exige un décès, tout cet attirail funéraire qui entoure la mort jusqu'au bruit de la première pelletée de terre sur le cercueil. Ils n'avaient pas encore eu le temps d'être malheureux. Ce déjeuner à la malouinière, c'était comme un temps de repos entre le choc brutal subi hier par toute la famille, et le chagrin qui prendrait demain la mesure de chacun d'eux. Vivant le premier jour d'une revanche longtemps attendue, Yvonne Carbec la drapait d'instinct dans la double responsabilité d'assumer désormais les traditions familiales et de préserver d'autant plus la mémoire de son époux qu'elle avait connu mieux que d'autres ses faiblesses. Tout à l'heure, à la cathédrale, lorsque l'archiprêtre avait souligné dans un beau morceau de rhétorique religieuse les vertus du chrétien, les mérites du citoyen et la fidélité du père de famille, elle avait tout à coup décidé que ce serait désormais la vérité profonde de Jean-Marie Carbec, qu'elle parachèverait cette image, et s'efforcerait de faire partager autour d'elle une admiration sans réserve à laquelle elle finirait par souscrire elle-même. Si elle avait un rôle à tenir, il fallait s'en emparer tout de suite, et montrer à tous ces Carbec, fils ou filles, beau-frère ou belle-sœur, neveux, nièces ou cousins qu'il faudra compter avec elle. Surtout ne pas se laisser déborder par les autres. Guillaume ? Lui, je m'en accommoderais encore. Olga ? jamais. Si elle pense que je ne me suis pas aperçue de ses manigances pour essayer de prendre mon mari, elle se trompe. J'ai tout vu, tout deviné. C'est à cause d'elle que Jean-Marie n'a plus voulu faire l'amour avec moi et qu'il est allé courir après les bonnes. C'est encore à cause d'elle qu'au lendemain de la mort de sa mère, il a fait installer tout de suite le téléphone et une salle de bains à côté de sa chambre. Tout ça pour la retenir, pour qu'elle n'aille pas passer l'été à Dinard. Guillaume, c'est le seul qui m'ait prêté jamais un peu d'attention, lui il ne m'a jamais appelée « ma bonne Yvonne ». Heureusement, j'ai mon Jean-Pierre. Il est venu tout de suite pour être là, à côté de moi, il me l'a dit, mais il va repartir dans deux ou trois jours. Par droit d'aînesse, il héritera de la Couesnière. Comme il est toujours au Maroc, ça ne dérangera pas mes projets. Mon Dieu, gardez-le célibataire le plus longtemps possible. Lucile ? Nous ne nous entendrons jamais, maintenant c'est trop tard. Tout de même, elle s'est bien conduite avec moi pour m'annoncer la maladie de son père. Elle est venue me chercher ici, m'a conduite à Paris, et elle est restée auprès de son père jusqu'à la fin. Après, elle l'a veillé, moi je ne pouvais pas. Un mort, c'est d'abord un cadavre. Lucile, elle a toujours eu plus de tête que de cœur. En ce moment, elle fait des mines à son voisin, ce Louis de Kerelen qui lui faisait un peu la cour à la fin de la guerre, même que Jean-Marie croyait que ça finirait par un mariage et que sa fille deviendrait comtesse de Kerelen. Habillé en costume civil, je le trouve beaucoup moins bien. Mon Jean-Pierre, lui, se tient comme un prince.

— Nos enfants ont l'air heureux de se retrouver, chère cousine ! dit le vieux Kerelen à Mme Carbec.

— J'y pensais justement.

Ça n'était pas la première fois que M. de Kerelen observait son fils. Déjà, lors du mariage de la petite Annick, il avait remarqué que les deux jeunes gens ne se déplaisaient pas et, animé soudain d'un souci de bon gestionnaire acquis avec l'âge, s'en était ouvert à Louis : « J'ai cru remarquer que la jeune Lucile ne t'était pas indifférente. Tu as maintenant trente-trois ans, c'est le bon âge pour s'établir. Les Carbec c'est du solide. Je sais que tu n'as pas besoin de cela, mais mon gaillard, avec la vie qui a renchéri, tes goûts, les plaisirs que tu t'offres, ne proteste pas, je sais ce que je dis, tu vas avoir de gros besoins d'argent frais. Les autos, les femmes, les chevaux, les voyages, tout cela coûte cher, je l'ai su avant toi. Avant la guerre, ça n'était pas toujours facile, mais souvent possible. Il existait une société où les gens de notre monde même sans argent vivaient à l'aise comme des poissons dans l'eau parce qu'on pouvait y vivre à crédit. On trouvait toujours un imbécile pour vous prêter quelques billets et vous en être reconnaissant par surcroît. Aujourd'hui, tout va changer. Cette guerre aura précipité la fin du monde. Vois-tu, mon fils, j'aimerais mieux te voir dépenser une bonne dot Carbec, ou même hypothéquer tes espérances, que d'imaginer que tu puisses écorner le capital des Sardines Dupond-Dupuy qui nous font tous vivre. » Louis s'était contenté de rire : il trouvait charmante lui aussi Lucile Carbec, mais, après quatre ans et demi de guerre, il n'envisageait pas de se passer une corde au cou.

Placé à la droite de Lucile, Louis de Kerelen affecta de prendre un air grave qui s'accordait aux circonstances et au chagrin de sa voisine. Leur aventure s'était dénouée au moment où, chacun faisant surenchère d'un cynisme à la mode, ils s'étaient aperçus qu'ils risquaient de transformer le goût qu'ils avaient l'un de l'autre en un sentiment plus profond dont ils feignaient de se méfier. Pendant ces cinq dernières années, il leur était arrivé toutefois de se rencontrer, de retrouver le même agrément à se prendre et de savourer le même pincement au cœur au moment de se séparer. Ni l'un ni l'autre n'avaient pu envisager de vivre face à face plus de six jours, durée idéale pour un voyage d'amants sans que l'un d'eux n'ait à souffrir du besoin d'une promenade solitaire. Une telle disposition d'être ne leur interdisait pas des liaisons parallèles qui, après une brève scène de jalousie dont ils riaient bientôt par moquerie d'eux-mêmes, aiguisaient le plaisir de leurs retrouvailles en les parant d'un petit air de fredaine. Peu de temps après la guerre, Louis de Kerelen avait voulu quitter l'armée. Il n'y trouvait plus l'esprit de camaraderie de l'escadrille où il avait vécu dangereusement mais des rivalités de carrière et des besognes quotidiennes qui lui déplaisaient. Finalement il avait accepté un poste d'attaché militaire à Stockholm, et bientôt à Rome où il n'était insensible ni au charme des Italiennes ni à l'expérience fasciste, ni l'un ni l'autre ne l'absorbant assez pour lui interdire de faire de temps en temps un saut à Paris et de prendre à Dinard sa permission traditionnelle du mois d'août.

— Je vous sais gré d'être venu, dit tout bas Lucile.

— Honnêtement, je suis en permission. Mais je serais certainement venu pour être à côté de vous.

— Merci. Vous restez à Dinard quelques jours ?

— Une dizaine.

— Nous nous verrons ?

— Autant que vous voudrez.

Tous les deux avaient échangé ces quelques mots sur le ton d'une confidence. Ils furent interrompus par Guillaume Carbec qui demanda, une lueur d'ironie au fond des yeux :

— Le capitaine de Kerelen peut-il nous dire ce que devient le grand homme du jour ?

Louis feignit de ne pas comprendre la question.

— Je ne vois pas de qui vous voulez parler.

— Mais de Mussolini, du Duce !

— Si vous voulez mon avis, je pense que nous aurions tort, en France, de ne pas prendre au sérieux Mussolini et le fascisme.

— Vous les approuvez ?

— Mon rôle est celui d'un observateur, non d'un juge.

— Vous avez donc observé que les intellectuels de l'opposition sont envoyés aux îles Lipari ?

— C'est exact. J'ai aussi observé que les trains arrivent à l'heure et que les grèves ont disparu dans ce pays.

— Vous ne pensez tout de même pas que les purges d'huile de ricin administrées aux adversaires de l'ordre fasciste soient nécessaires à la régularité des chemins de fer ?

— Ne faites pas une caricature d'un mouvement profond.

— Votre Duce n'a pas besoin d'être caricaturé, il s'en charge très bien tout seul.

Enrobé de sourires à peine courtois, le dialogue n'était pas loin de ressembler à une sorte d'assaut d'escrime à pointes d'arrêt comme si quelque rivalité eût dressé les deux hommes l'un contre l'autre. Olga n'aima pas le ton persifleur de son mari, Lucile se sentit plus proche de son voisin et le lui prouva en déplaçant aussitôt sa jambe, sous la nappe, vers celle de Louis tandis que le vieux comte de Kerelen tentait d'apaiser les deux fleurettistes : « La seule présence de Victor-Emmanuel à Rome sauvera l'Italie des excès de la dictature, voilà pourquoi, mon cher professeur, il convient d'être royaliste plutôt que monarchiste. » Le professeur Carbec, tenté de relancer la discussion, fut interrompu par un léger murmure qui saluait l'arrivée d'un somptueux dessert. La conversation prit aussitôt un ton plus léger.

— La saison n'a jamais été aussi brillante, annonça Béatrice Lecoz-Mainarde. Cette année, le programme des casinos, à Dinard, Saint-Malo ou Paramé n'a plus rien à envier à Deauville. Le connaissez-vous, chère Olga ?

— Cette année, je ne pense pas qu'avec notre deuil...

— Votre cher beau-frère adorait les comédies musicales. Cette année, je suis sûre qu'il vous aurait accompagnée pour entendre *Ta bouche*. Vous ne croyez pas ?

Olga Carbec n'accusa pas le coup droit.

— Peut-être, répondit-elle, ça n'est pas si sûr. Depuis ces dernières années, Jean-Marie passait moins de temps qu'autrefois à la Couesnière. Les affaires, sans doute...

Elle enchaîna rapidement :

— Alors vous voici bientôt grand-mère pour la troisième fois ? Jean-Pierre nous a dit que c'était imminent. N'est-ce pas, Jean-Pierre ?

— Je pense que c'est une question de jours, sans cela Annick serait certainement ici. Nous avons dîné tous ensemble à Rabat il y a trois jours. Tout le monde allait très bien.

— Trois petits-enfants du côté de votre fils, un autre du côté de votre fille, quel effet cela vous fait-il, chère Béatrice ? insista Olga Carbec.

Elle ne lui avait pas pardonné d'avoir emmené un soir Hervé au Jockey, une boîte minuscule de Montparnasse décorée comme un saloon de western où des grands-mères de famille aux cheveux coupés ras sur la nuque jouaient du bas-ventre au son d'un orchestre de guitares hawaïennes. Le garçon avait tout raconté le lendemain à sa maman, sauf qu'emmené au bois de Boulogne par sa danseuse il n'était pas parvenu à conclure une soirée si bien commencée. Décidément, les femmes l'intéressaient peu, pas même les filles du Conservatoire d'Art dramatique où tant d'intrigues se nouaient et se dénouaient entre les Perdican et les Camille de la rue de Madrid.

Aujourd'hui, il se trouvait à l'aise parce qu'on l'avait placé à côté de Mlle Biniac.

— Alors vous avez terminé vos classes d'harmonie, de contrepoint et de fugue ?

— Je vais entrer en classe de composition.

— Pour le prix de Rome ?

— Dans deux ou trois ans, je tenterai peut-être le concours, mais vous savez, à part le séjour à la Villa Médicis, ça ne représente plus grand-chose.

— Et votre piano ?

— Concert ou composition, il faudra bien choisir.

— Mais vous pouvez tout faire, vous ! se récria Mlle Biniac.

— C'est bien ce qui m'inquiète.

— Pourquoi ?

— Parce que ceux qui peuvent tout faire ne font rien de bon.

Selon la coutume de la malouinière, ils s'installèrent tous autour de l'étang pour boire le café. Olga Carbec s'était assise à côté de Jean-Pierre.

— Tout cela a été si rapide, dit-elle à son neveu, que je ne puis y croire. Il me semble, à chaque instant, que je vais voir arriver ton père comme s'il ne nous avait jamais quittés.

Il la regarda avec un demi-sourire, un peu triste :

— Ce que vous me dites là m'émeut beaucoup. Depuis l'homélie de tout à l'heure, c'est la première fois que j'entends parler de mon père. Soyez gentille avec maman, ma tante, je n'en sais trop rien mais je suis sûr que votre présence à côté d'elle lui fera du bien. Moi, je ne les ai pas beaucoup connus, ni l'un ni l'autre, à part la période de l'enfance et celle des vacances passées auprès d'eux. La pension, Saint-Cyr, le Maroc, la guerre, encore le Maroc... c'est très curieux, mais, pendant le déjeuner, je vous écoutais tous parler de choses et d'autres sans que j'éprouve le besoin, même par politesse, de prendre part à votre conversation. J'ai dû me comporter comme un étranger. Pardonnez-moi. Là-bas, dans mon bled, il faut vivre beaucoup avec soi-même. Je comprends qu'on entre dans les ordres et qu'on s'y plaise. Parlez-moi de ma cousine Marie-Christine, ma tante.

— C'est un sujet difficile, Jean-Pierre. Nous l'abordons très rarement avec ton oncle Guillaume. Tu sais qu'il ne croit pas à grand-chose, il ne nie rien non plus. Moi, je ne sais pas toujours où j'en suis. Lorsque je vais voir Marie-Christine, une fois par an, derrière une grille, nous n'avons rien à nous dire. Même le timbre de sa voix a changé. Je regrette le temps où nous nous querellions, pendant la guerre. Si Dieu me l'a prise, je ne peux pas lutter avec lui, n'est-ce pas ? Tout ce que je peux te dire, j'espère que tu n'en seras pas offusqué, c'est que les vrais morts comme mon fils Léon, mon neveu Yves, aujourd'hui ton père, hier mes parents, demeurent plus près de moi, plus vivants, oui plus vivants que ma propre fille qui est cloîtrée et qui me regarde tantôt avec commisération tantôt avec indifférence. Me comprends-tu ?

— Il m'est difficile de me mettre à votre place. Si j'avais des enfants...

— J'espère bien que tu en auras !

— Qui sait ?

— Comment cela ? Et le nom des Carbec, alors ?

— Il n'est pas près de s'éteindre, ma tante, vous avez deux fils.

— Il ne faut pas compter sur Hervé. Sa carrière de concertiste s'y opposera. Il reste donc deux Carbec, Roger et toi. Celui-là aussi m'a fait enrager. J'ai toujours eu confiance en lui parce que c'est une tête à la fois solide et un peu folle, une sorte d'alliage fait de Carbec et de Zabrowsky.

— Eh bien, celui-là vous fera des petits-enfants !

Jean-Pierre ajouta avec un léger sourire :

— Ce sera à votre tour d'être grand'mère.

— Hein ! Tu as vu comment je l'ai coincée la Lecoz-Mainarde ! Quand repars-tu ?

— Demain, après déjeuner. Lucile me ramène à Paris en auto. Elle devait y rester mais elle m'a dit tout à l'heure qu'elle reviendrait dès le lendemain à la Couesnière.

— C'est bien normal, répondit la tante Olga en regardant sa nièce debout au bord de l'étang, tout près de Louis de Kerelen qui jetait du pain à la vieille Clacla.

Vers quatre heures de l'après-midi, les Carbec se retrouvèrent entre eux. Discrets, les cousins avaient quitté la malouinière pour laisser la place au notaire dont la visite était attendue. Vêtu de noir à l'ancienne mode, celle de 1914, Me Lecornic, successeur de Me Huvard, descendit de sa calèche à cinq heures précises, une serviette de cuir sous le bras comme en portaient les ministres. Premier clerc pendant de longues années, il avait attendu patiemment la mort de son patron pour racheter à son unique héritière, Yvonne Carbec, une étude qui, depuis trois cents ans, enregistrait quelques-uns des secrets des messieurs et des dames de Saint-Malo. Me Lecornic s'inclina cérémonieusement devant la famille réunie dans le grand salon, prononça quelques paroles de circonstance et ouvrit enfin sa serviette dont il retira une large enveloppe qu'il décacheta avec des gestes de prêtre. De tous ceux qui étaient présents, personne n'espérait ou ne redoutait quelque surprise : chacun sachant que Jean-Marie Carbec et Yvonne Huvard s'étaient mariés sous le régime de la séparation des biens, il était clair qu'à part quelques dons personnels, l'héritage du de cujus serait partagé entre ses trois enfants. « Je soussigné Jean-Marie Carbec, sain de corps et d'esprit né à Saint-Malo le 18 mars 1864... » On connut tout de suite la répartition des biens immobiliers : la grande maison de ville bâtie sur les remparts revenait à Jean-Pierre, la Couesnière à Lucile, trois villas modernes à Annick. Le notaire lisait son texte d'une voix monocorde. Il s'arrêta un bref instant et jeta un regard sur ceux qui l'écoutaient. Tous demeuraient impavides, feignant peut-être d'être absorbés par quelque pensée qui les emportait loin de cette réunion où ils n'auraient eu que faire. Seule la veuve trahissait une émotion bien compréhensible en tapotant de petits coups rapides ses paupières avec un mouchoir fin roulé en boule. Mᵉ Lecornic reprit sa lecture. Les biens mobiliers du défunt : numéraire, comptes en banque, créances diverses, actions, obligations, bons du Trésor, etc., dont une liste minutieuse avait été établie par le notaire, étaient partagés entre ses trois enfants sous réserve que ceux-ci assurent à leur mère une pension annuelle de six mille francs. Suivait une liste de dons « pour mon frère Guillaume, ma montre en or et la chevalière d'or où sont gravées les armes des Carbec de la Bargelière ; pour ma chère belle-sœur Olga, le collier de perles fines hérité de ma mère ; pour mon neveu Roger, ma dernière automobile Citroën ; pour mon neveu Hervé, le piano à queue Gaveau installé dans le grand salon de la malouinière ; pour Nicolas et Germaine Lehidec une pension de mille francs par an. »

— Telles sont les dispositions testamentaires de feu Jean-Marie Carbec, dit le notaire. Elles ont été rédigées en ma présence, il y a déjà deux ans. Toutefois, il me reste à vous faire connaître un codicille qui ne date que du mois de mai dernier. Le voici : « Je désigne ma fille Lucile mon exécuteur testamentaire. À ce titre, elle bénéficiera d'un préciput fixé à dix pour cent du montant total de ma succession à charge pour elle 1°) de veiller au règlement d'une assurance-vie souscrite par moi depuis le 15 janvier 1922 à la Compagnie l'Abeille au bénéfice de Mlle Madeleine Larchette, demeurant à Paris 24*bis*, rue Fessard ; 2°) de verser au couvent des sœurs ursulines, à Jouy-en-Josas, où ma nièce Marie-Christine est en religion, une somme dont le montant est laissé à sa discrétion, mais qui ne devra pas dépasser deux cent cinquante francs par an, pour faire dire des prières au nom de tous les Carbec disparus ; 3°) de prendre un livret de Caisse d'Épargne au nom de mes petits-fils, petits-neveux nés ou à venir, et d'y verser une somme de cinq mille francs. Fait à Saint-Malo le 15 juin 1925. Signé : « Jean-Marie Carbec. » Ainsi que l'exige la loi, conclut Me Lecornic en rangeant ses papiers dans sa serviette, l'original de ce testament demeurera dans mon étude. Je vais vous en laisser plusieurs expéditions.

Ils restaient tous muets. Ce qu'ils venaient d'entendre présentait-il donc quelque chose de si étrange ? Collaboratrice de son père et résidant seule en France, puisque Jean-Pierre et Annick vivaient au Maroc, il était bien normal que Lucile ait été préférée aux deux autres pour assumer le rôle d'exécuteur testamentaire, et même qu'elle devienne propriétaire de la malouinière. Cela prouvait que le Jean-Marie, dès qu'il s'était vu condamné, avait voulu mettre ses affaires en ordre. Pourquoi aller chercher autre chose ? La pension léguée à sa femme qui avait récemment hérité elle-même d'un gros magot laissé par son père, c'était un assez beau geste de générosité posthume. Quant à moi, pensait Guillaume, je suis ravi d'hériter cette chevalière familiale et un peu ému des deux dernières dispositions du codicille qui me rappellent une conversation que nous avions eue, la veille de la mobilisation, sur la notion de la patrie, j'avais même cité la phrase de Jaurès sur l'immobilité des tombes et le va-et-vient des berceaux, ce sacré Jean-Marie s'en sera souvenu ! Bien sûr, il y a cette assurance sur la vie ? Après tout, c'est peut-être une charité désintéressée que mon frère nous cachait. On vit à côté des êtres sans les connaître. Sacré Jean-Marie qui faisait ses bonnes œuvres en cachette et qui demande des prières pour le repos de nos âmes ! Il n'a pas oublié non plus la Germaine.

Pâle, faisant effort pour ralentir les mots qui se pressaient sur ses lèvres et le rythme de sa respiration, Yvonne Carbec s'était soudain dressée :

— Je refuse ce testament.

Me Lecornic n'avait pas encore refermé sa serviette. Il dit sur un ton légèrement pointu :

— Je vous assure, madame, que ce document est parfaitement conforme à la loi et aux volontés du défunt.

— J'en suis sûre moi aussi, je ne suis pas fille de notaire pour rien, n'est-ce pas ? Je n'attaque pas le testament de mon mari en nullité, je le refuse.

— Vous voulez dire, sans doute, madame, que vous y renoncez ?

— C'est bien cela. J'y renonce pour raison personnelle. Disons que je laisse cet argent dont je n'ai pas besoin à la disposition de mes enfants et de mes petits-enfants pour compenser la perte qu'ils ont subie avec le paiement de cette assurance sur la vie souscrite en faveur d'une créature. Si vous voulez tout savoir, maintenant c'est dit.

— Prenez votre temps, madame, conseilla le notaire. Par exemple, quarante-huit heures. Peut-être changerez-vous d'avis ?

— Ma pauvre Yvonne..., dit Olga.

— Ah non ! Pas vous !

— Écoutez maman..., tenta Lucile.

— ... Et pas toi !

— Si vous ne changez pas d'avis, poursuivit le notaire, eh bien, je préparerai un acte de renonciation en bonne et due forme que je vous demanderai de signer le plus tôt possible pour ne pas retarder l'instrumentation de la succession.

Me Lecornic parlait d'une voix suave, comme s'il avait voulu apaiser le drame qui se nouait sous ses yeux en affectant de l'ignorer. Il boucla enfin sa serviette et allait prendre congé sans que personne n'eût songé à lui offrir le moindre verre d'eau. Lucile vint vers lui :

— Restez donc un instant, maître. Vous prendrez bien un verre de porto avant de regagner Saint-Malo ?

L'atmosphère parut alors se détendre, mais lorsque Lucile s'approcha de sa mère un flacon à la main celle-ci lui décocha :

— Toi, au moins, tu ne perds pas de temps !

Le dîner familial fut expédié rapidement. Personne n'avait faim. La timbale de homard et le gigot de pré-salé dont on avait resservi les reliefs ne parvenaient pas à passer, après la sortie de la veuve Carbec. Pour elle, c'était autre chose. Au moment précis qu'elle tenait enfin sa revanche, la mort de sa belle-mère n'ayant été qu'une sorte d'épisode préliminaire, voilà qu'elle subissait un double affront sans qu'elle sût encore apprécier celui des deux qui la révoltait le plus : la propriété de la malouinière dévolue à Lucile ou l'assurance-vie souscrite au nom d'une gourgandine ? Demeurée seule avec ses deux enfants, elle leur demanda :

— Comment jugez-vous le testament de votre père ?

— Nous n'avons pas à le juger, dit aussitôt Lucile.

— Bien entendu, repartit sa mère, puisque tu en es la grande bénéficiaire.

— Moi ?

— Oui, toi ! Ne fais pas l'innocente. La Couesnière revenait à ton frère par droit d'aînesse. Tu as manigancé tout cela avec ton père, la malouinière, le préciput, l'exécution du testament, le paiement de l'assurance-vie à cette gourgandine... que tu connais sans doute !

Le capitaine Carbec s'était levé !

— Je comprends votre chagrin, maman. Vous êtes certainement très fatiguée par toutes ces dernières journées, mais je dois vous dire tout de suite que je pense la même chose que Lucile. Nous n'avons pas à juger notre père.

— Permets-moi de te dire que tu es un nigaud ! La Couesnière te revenait de droit.

— Je ne vois pas pourquoi ?

— Parce que tu es l'aîné et que la Couesnière doit toujours appartenir à un garçon.

— Mais, il n'y a rien de changé, maman ! dit Lucile.

— Rien ? Tu veux rire, bien que ce ne soit guère le jour. Hier, j'étais ici chez moi. Depuis cinq heures de cet après-midi, je suis chez toi. À la fin de l'été, quand je retournerai à Saint-Malo, je serai chez ton frère. À part cela, il n'y a rien de changé. Eh bien, gardez-le donc l'argent des Carbec. Je n'en veux point ! Oh dame non que je n'en veux point ! Soyez tranquilles, je ne vous embarrasserai pas longtemps.

Ils étaient là tous les trois à se regarder, chacun les larmes aux yeux.

— Vous avez raison, dit soudain Mme Carbec, je suis toute gueurouée [1], je vais monter dans ma chambre. Il va falloir adresser dès demain des lettres de remerciements à toutes les personnes qui sont venues ce matin à l'église. Où donc sont les listes de signatures ?

— Dans le salon, sur le petit bureau en bois de rose.

— Je vais les prendre.

Au moment d'ouvrir la porte, la veuve de Jean-Marie se retourna brusquement, dénoua le cordon auquel était suspendu son trousseau de clés et jeta le tout sur la table de la salle à manger.

— Tiens ! Prends-les, dit-elle à Lucile. Elles reviennent à la maîtresse de la malouinière. Dans la famille Huvard on n'a jamais capté les héritages !

Parvenue dans sa chambre, elle ouvrit tout grand les fenêtres et demeura un long moment, les yeux fixés sans rien voir sur la grande allée bordée de chênes qui conduisait à la malouinière où elle n'avait pas eu le temps, après avoir subi tant d'avanies de la part de tous les Carbec, de présider la fête qui eût consacré sa revanche. Maintenant, c'était fini. Elle savait déjà qu'elle quitterait la Couesnière à la fin de l'été et n'y reviendrait plus, mais j'occuperai toujours la grande maison de ville pour ne pas donner aux pétasses de Saint-Malo l'occasion de clabauder sur notre famille ! Dès demain, elle enverrait une belle lettre à M. l'archiprêtre pour le remercier de sa belle homélie et le prier de la faire publier dans l'hebdomadaire local, ça coûtera ce que ça coûtera, et remercierait personnellement tous ceux qui avaient assisté aux obsèques de Jean-Marie : voyons donc un peu ces

1. J'ai froid, je suis engourdie.

listes. La nuit était maintenant tombée et la lune suspendue au-dessus des grands arbres faisait de la malouinière un décor de théâtre où ne manquaient même pas les silhouettes de deux personnages marchant côte à côte et parlant à voix si basse qu'on entendait seulement le bruit de leurs pas sur le gravier. C'est Guillaume et Olga, ils se promènent encore comme deux amoureux. Enfin, ils font semblant... Mme veuve Carbec ferma la fenêtre, alluma une lampe à pétrole, en régla soigneusement la mèche et entreprit la lecture de plusieurs feuilles blanches encadrées d'un filet noir. Tous les noms qui y figuraient, elle les connaissait bien : La Mettrie, Magon, Le Masson, Saint-Mleux, Surcouf, Trémaudan, Hovius, Brice-Michel, Pivet, Guernier, Tuloup, Herpin, Gautier, Guinemer, La Chambre, Suche, du Longbois, Foucqueron, Thébault, Trancheder, Lemoine, Pinabel, Gasnier-Duparc, Keranbellec, Villéon, Duquesnoy, Torquat, des Essarts... Oui, elle les connaissait tous. Elle buta cependant sur un nom qui lui rappelait bien quelque chose mais qu'elle ne parvenait pas identifier : Mlle Larchette. Ça n'est pas un nom de par chez nous. Mlle Larchette Madeleine... La mémoire lui revint tout à coup, Madeleine Larchette, c'était le nom écrit sur le testament. Comment cette créature avait-elle pu avoir l'audace de venir jusqu'à Saint-Malo pour assister aux obsèques de Jean-Marie ? Il fallait que ce fût une moins que rien ! Le souffle coupé, elle éteignit la lampe et ouvrit de nouveau la fenêtre pour respirer un peu d'air. Son beau-frère et sa belle-sœur se promenaient toujours au clair de lune. Se tenant par la taille, ils faisaient les cent pas au pied de la maison. Cette fois, elle parvint à entendre la voix de Guillaume qui disait :

— Cette pauvre Yvonne...

Cachée dans l'ombre de sa chambre elle tendit l'oreille pour en savoir davantage. Jamais Guillaume ne l'avait appelée « ma pauvre Yvonne ».

— Tu étais au courant de cette liaison ? demandait Olga.

— Franchement non. Rien ne nous assure qu'il en eût une. C'est peut-être une bonne œuvre.

Olga ne put s'empêcher de rire.

— Tu sais que j'aime toujours t'entendre rire, dit Guillaume en serrant sa femme contre lui. N'en profite pas, ce soir cela ne serait pas convenable.

— Tu en es bien sûr ?

Yvonne les écouta entrer dans la malouinière, monter l'escalier, ouvrir la porte de leur chambre.

— J'en ai assez, j'envoie tout au diable !

Il pleuvait depuis quatre jours. Cette nuit, une rafale plus violente que les autres avait disjoint les tôles ondulées qui couvraient la petite maison de torchis. Une masse d'eau était tombée sur le cou de Roger Carbec, le tirant d'un sommeil de brute comme peut en avoir un jeune homme de vingt-six ans après une longue journée de travail en plein air. C'était un petit matin du mois de décembre de l'année 1928, dans le bled marocain, quelque part au nord de Fès, une région où les bandes d'Abd el-Krim avaient réussi, il n'y a pas si longtemps, à entraîner des dangereuses dissidences dont la réduction avait demandé une longue année. L'ordre français à peine rétabli, des colons s'étaient installés sur ces terres encore chaudes.

— J'en ai assez, j'envoie tout au diable !

Ça n'était pas la première fois que Roger Carbec prenait une telle résolution. Le lendemain il n'y pensait plus. Cette nuit-là, il essaya de se protéger en ramenant sa couverture sur sa tête à la manière des Arabes pour s'endormir, mais le vent qui faisait claquer les tôles du toit l'empêcha de retrouver le sommeil perdu. Il finit par se lever, chercha une allumette sèche dans une boîte détrempée, alluma une lampe à gaz d'essence qu'on faisait fonctionner à l'aide d'une petite pompe, entreprit de tendre au-dessus de son lit la toile qui avait été son seul abri pendant plusieurs mois, se recoucha et prit, au hasard, un des quelques livres entassés sur la chaise pliante qui lui servait de table de chevet. C'était *Ouvert la nuit*, acheté en 1921 à Rio de Janeiro, lors d'une escale du navire sur lequel on l'avait embarqué sans lui demander son avis. Le style taillé en facettes aiguës et aux images imprévues, « des boys rapides comme des gifles », les personnages et les situations si peu conformes aux visages et aux routines littéraires, l'avaient séduit au point que le petit ouvrage de Paul Morand était devenu le compagnon du tramping qui l'avait conduit jusqu'à ces 170 hectares recouverts de pierres, de palmiers nains et de jujubiers qu'il fallait enlever un à un pour trouver en dessous un peu de terre. *Ouvert la nuit*... le livre dont il connaissait par cœur certaines pages lui tomba bientôt des mains. Le colon ferma les yeux et se rappela alors les premiers jours de son arrivée sur son bled.

Dès que l'Administration lui eut remis son acte de propriété, c'était le 10 juillet 1927, il s'en souviendrait toute sa vie, Roger Carbec était parti reconnaître son domaine. Il faisait ce jour-là une chaleur écrasante. À soixante kilomètres de Fès, après s'être trompé plusieurs fois de piste où sa Ford, araignée haute sur pattes, soulevait d'énormes nuages de poussière ocrée, il s'était enfin arrêté sur un plateau désertique devant un tas de cailloux où était fiché un pieu sommé d'un écriteau : Sidi M'Barek lot nº 7. C'était son domaine. Il avait aussitôt entrepris d'en vérifier le bornage et, le soir venu, avait planté sa tente à l'abri d'une petite colline, près d'un ruisseau bordé de lauriers-roses. Le site était vide. Autour de lui, pas le moindre gourbi, même pas un cri d'oiseau, mais tout à coup un vol de perdrix qui partit presque sous ses pieds avec un bruit de fronde. Il avait ouvert une boîte de sardines, taillé une tranche de pain dans une galette de blé dur qu'on appelle là-bas kessra, bu à la régalade quelques gorgées d'eau, et s'était juré de transformer bientôt ce désert en une propriété agricole où s'élèverait une maison couverte de tuiles, entourée d'arbres au milieu des blés, des orges, des maïs. D'autres l'avaient fait. Pourquoi pas lui ? Le vieux colon chez lequel il était resté vingt mois pour apprendre le métier lui avait dit en souriant : « Jeune homme, vous ne remercierez jamais assez l'Administration de vous avoir vendu ce lot de colonisation garanti par un acte de propriété en bonne et due forme que personne ne viendra jamais contester. De mon temps, il fallait prendre d'autres risques ! Nous avons été quelques-uns, Guillemet, Bernaudat, Amieux, Chavent, Bourotte, Brun et d'autres, avant même la signature du Protectorat en 1912, qui parcourions le bled à cheval pour acheter des terres. On emportait avec soi, comme dans les westerns, tout ce qui est nécessaire à l'existence, semoule, orge, charbon de bois, sel, sucre, thé, fusils, revolvers et cartouches. Pour passer d'une tribu à la tribu voisine, il fallait acheter le passage, parfois faire le coup de feu. Au cours de longues palabres on apprenait enfin qu'Untel, fils-d'Untel paraissait disposé à vendre. Après deux ou trois jours de conversations gorgées de thé à la menthe, le futur colon achetait une terre payée aussitôt en pièces d'argent, des douros espagnols qui ressemblaient aux pièces françaises de cinq francs. Il ne s'agissait que d'un premier versement, parce que dès le lendemain, surgissaient vingt voisins revendicateurs qui vous conduisaient chez le caïd et le cadi dont les appétits étaient encore plus insatiables. On achetait donc une deuxième fois, mais comme cette transaction avait suscité d'autres convoitises, on pouvait espérer en finir après avoir payé quatre ou cinq fois la même terre... à moins d'être abattu par un des vendeurs de la veille ! Aujourd'hui, vous êtes non seulement protégé par une législation foncière mais l'Administration vous donne quinze ans pour payer le prix de votre domaine. Je sais qu'un cahier des charges vous oblige à habiter sur votre bled, à y bâtir, creuser un puits, planter des arbres fruitiers, entretenir un cheptel vif et du matériel agricole, défricher, épierrer et mettre en culture suivant les méthodes européennes. Il va vous falloir un peu d'argent frais pour acheter du matériel, un peu plus de chance pour ne pas tomber sur un trop mauvais lot, et beaucoup de courage... »

Avant de s'endormir sous sa petite guitoune, Roger Carbec avait refait ses comptes. L'argent frais, il n'en avait pas beaucoup. La chance, il s'était fait une règle de croire qu'elle frappe deux ou trois fois à la porte au cours d'une vie d'homme. Le courage, il se faisait fort de montrer aux autres qu'il n'était pas manchot. De son père, il n'avait voulu accepter qu'une somme modeste pour faire face à ses premiers frais d'établissement, qu'il avait promis de rembourser dans deux ans en suivant avec la plus grande rigueur un plan mûrement réfléchi : défricher, labourer et emblaver dès la première année une quarantaine d'hectares pour assurer une première récolte qui permettrait d'autofinancer son exploitation. La main-d'œuvre ? Les deux années de son stage agricole lui avaient appris que les colons réputés bons payeurs en manquaient rarement. Dans ces conditions pourquoi acheter tout de suite un tracteur ? Les pioches et les houes dont j'ai rempli la Ford seront bien suffisantes pour arracher les palmiers nains et les jujubiers. Dès demain matin, j'irai voir le caïd et je lui demanderai de me fournir quelques ouvriers. Il avait fini par s'endormir mais une légère inquiétude qu'il n'osait pas trop s'avouer lui serrait le cœur. Sur ce plateau désertique, à part l'envol des perdrix qui l'avait surpris tout à l'heure, il n'avait entendu aucun bruit. Où trouverait-il des hommes qui consentiraient à venir vivre ici ?

Le lendemain matin le colon avait été réveillé par le chant vertical d'une alouette. Déjà haut dans le ciel, le soleil l'avait un peu ébloui, si bien qu'il ne vit pas tout de suite, en sortant de l'ombre de sa guitoune, une dizaine d'hommes assis en demi-cercle qui se levèrent pour le saluer. À plusieurs lieues à la ronde, tout se sait dans le bled. Il avait suffi qu'un seul œil eût vu la veille Roger Carbec planter sa tente au bord du petit oued bordé de lauriers-roses pour que tous les douars des environs apprennent aussitôt qu'un roumi venait de s'installer. Avant l'aube, des hommes s'étaient mis en marche vers

Sidi M'Barek, lieu-dit dont le nom rappelait celui d'un vieux marabout autrefois faiseur de miracles, et attendaient maintenant le réveil de leur futur patron car ils ne doutaient pas qu'il seraient tous embauchés. Échangeant les salamalecs d'usage, ils s'observèrent avec attention. Deux ans d'apprentissage avaient appris à Roger Carbec comment apprécier d'un coup d'œil la valeur physique d'un ouvrier agricole. Pour le reste, il savait qu'il aurait affaire à des Berbères souvent retors, parfois violents, comme il convient à des hommes de la terre. Un à un, il les passa en revue, tâtant leurs bras et les regardant droit dans les yeux, demanda leur nom et leur surnom, s'inquiéta de leur famille et du nombre de leurs enfants, fit deux ou trois plaisanteries qui les firent rire aux éclats, et fut satisfait de ce premier examen. Eux non plus n'étaient pas mécontents de leurs observations : la jeunesse de ce tager[1] qui avait appris à parler leur langue, autant que sa volonté de venir s'installer tout seul au milieu d'eux, témoignaient en sa faveur. Ils avaient tout de suite compris qu'ils n'avaient pas devant eux un marchand, un de ces courtiers venus de Casablanca pour acheter à bas prix et revendre cher, mais un homme qui allait entreprendre de cultiver la terre selon la méthode des roumis alors qu'eux-mêmes se contentaient de semer les grains au milieu des cailloux et de les enterrer tant bien que mal avec le soc en bois d'une petite charrue tirée par un âne.

— Savez-vous au moins vous servir d'une pioche ? avait demandé Roger Carbec. Aurez-vous seulement des bras assez solides pour arracher tous ces doums[2] ?

Les fellahs avaient saisi aussitôt les manches tout neufs et, han ! avaient frappé le sol au bon endroit sans oublier de prononcer le mot magique, bismillah ! pour attirer la bénédiction divine sur cette terre, au moins pour ne pas déranger les petits génies familiers qui s'y cachent invisibles. D'un seul coup de pioche ou de houe, les uns parvenaient à arracher les racines d'un palmier nain, les autres devaient s'y reprendre plusieurs fois, soit qu'ils fussent moins habiles ou moins forts, soit que le doum fût plus enfoncé dans le sol ou peut-être mieux protégé par quelque djinn furieux d'être dérangé, allez savoir. Trop souvent, le fer des instruments crissait sur des pierres qu'il fallait enlever à la main, mais la terre, noire et profonde, paraissait prometteuse une fois qu'elle serait mise à nu. Le plus vieux de la bande, que les autres appelaient Boulaya[3], et qui vous déracinait du premier coup la souche la plus dure, dit grave-

1. Patron.
2. Palmier nain.
3. Le barbu.

ment : « La terre, c'est comme la femme. Tu dois la frapper fort si tu veux en tirer quelque chose de bon. » À part la Louison Lehidec qu'il avait cru engrosser quand il avait dix-sept ans, Roger Carbec n'avait guère tenu dans ses jambes que des putains, filles de bars ou de bordels rencontrées au hasard des escales du temps qu'il naviguait pilotin, et plus tard dans les dancings du Maroc. La réflexion de Boulaya le fit rire, il n'imaginait pas qu'il pourrait demander un jour à une jeune fille de venir partager sa vie dans ce bled perdu. Aujourd'hui ses soucis étaient ailleurs. Pour le reste, les entraîneuses du Maroc-Hôtel y pourvoyaient. Ce soir-là, satisfait du travail accompli, le Malouin avait écrit son propre nom, Roger Carbec, en grosses lettres sur la pancarte qui indiquait la localisation du lot nº 7. Il avait vingt-cinq ans, était propriétaire d'un domaine de 170 hectares acheté 80 000 francs payables en quinze annuités, et venait d'engager dix hommes. L'avenir était à lui. Il s'endormit heureux.

— J'en ai assez, j'envoie tout au diable !

Il y avait maintenant dix-huit mois que le nouveau colon s'était installé ici. Payés à la tâche, ses ouvriers avaient beaucoup travaillé mais la terre de Sidi M'Barek était décidément trop dure, les palmiers nains et les jujubiers trop enfouis dans le sol, les pierres trop nombreuses. Roger Carbec avait dû recruter d'autres fellahs, acheter un tracteur à chenilles, une charrue à disques et un semoir, signer des traites, contracter un emprunt. Comparés aux dépenses engagées, les résultats obtenus apparaissaient peu encourageants. Alors qu'il avait prévu de défricher, labourer et emblaver une quarantaine d'hectares dès la première année, il n'avait pu réaliser que la moitié de son programe. Elle-même, la première moisson espérée n'avait pas tenu ses promesses, un coup de sirocco avait échaudé le blé en fleur. Bien qu'il eût dû modifier le plan initial de son exploitation, Roger Carbec gardait la même volonté d'entreprendre. Les déceptions l'enrageaient plus qu'elles ne le désespéraient. Il avait creusé un puits, construit des abris pour une vingtaine de cochons et cinquante moutons dont il espérait tirer un profit rapide, planté des eucalyptus à l'endroit où s'élèverait plus tard sa maison lorsque le temps des bonnes récoltes serait venu, et même quelques arbres fruitiers. En attendant, il logeait dans une baraque en planches depuis qu'un soir d'orage la tente sous laquelle il avait vécu pendant six mois avait été arrachée par une bourrasque. Il fallait apprendre à persévérer et à recommencer. Sa première moisson mal vendue, Roger Carbec avait passé les mois d'été sur son bled, aveuglé de soleil, la peau cuite, occupé avec ses ouvriers à ramasser les silex dont certaines parcelles étaient criblées, à croire qu'un aérolithe géant s'y était jadis écrasé, et à poursuivre le défrichement entrepris depuis un an. « Ce que je fais là, écrivit-il un jour à son frère Hervé, un bagnard du Maroni ne le ferait pas. Moi, je ne suis bouclé ni par un garde-chiourme, ni par un chef de bureau, ni même par des convenances. Je suis libre, comprends-tu cela ? Libre. Même lorsque je reçois une traite à payer : je lui colle dessus un bout de chewing-gum et je la lance vers mon plafond en tôle ondulée où elle rejoint d'autres papiers timbrés qui s'y balancent au moindre courant d'air. Cette première année, ma récolte a été mauvaise. Il paraît que c'est normal. J'ai donc recommencé à labourer et à semer, cette fois sur des surfaces plus grandes. Entre nous, heureusement que maman vient de m'envoyer un chèque confortable. Je ne suis pas le seul colon à être aidé par sa famille, un des rares quand même, la plupart tirent le diable par la queue... J'en connais quelques-uns qui se sont installés, d'une façon aussi précaire que la mienne, avec une femme et plusieurs enfants ! Il faut être gonflé, non ? "Aux petits des oiseaux..." tu connais la suite ! Notre cousine Annick m'a demandé de venir passer quelques jours chez elle à Rabat pour les fêtes de Noël. J'irai. Cela me changera. Remarque bien, tu le sais d'ailleurs, que je ne déteste pas la solitude. Avec moi, je ne m'emmerde pas. Il fait un temps que les gens des villes appellent "épouvantable". Au-dessus de ma tête, j'entends le vent soulever la tôle ondulée qui couvre mon gourbi. Pourvu qu'elle tienne ! Merci pour ta carte de Berlin. Je vois que ta carrière de concertiste commence bien. Mais quelle idée t'a pris d'aller faire de la musique chez les boches ! Faut-il te souhaiter pour 1929 un Grand Prix de Rome ? J'ai entendu dire que c'était une sorte de récompense accordée par un jury dont font partie les cons les plus solennels de l'Académie des beaux-arts. Si tu le décroches, tant mieux pour toi parce que tu iras passer trois ans à Rome aux frais de la princesse. Si tu n'obtiens rien, il te restera au moins les félicitations de ton vieux frère. Je te remercie bougrement des disques que tu m'as envoyés, surtout ceux de Gershwin et d'Arthur Honegger : *Rhapsody in Blue* et *Pacific 231*, je les fais tourner souvent sur le phono que m'a laissé Jean-Pierre quand il a quitté l'an dernier le Maroc. Entre nous, la famille est en train de perdre toute sa fantaisie : papa rêve d'entrer à l'Institut, toi à la Villa Médicis et notre cousin à l'École de guerre. À vous les vérités premières, les certitudes absolues et la découverte du passé ! Moi, pour ne pas m'engloutir dans mes soucis comptables, je viens d'acheter une torpédo Amilcar d'occasion, deux baquets au ras du sol, ça tape le 120 mon vieux ! Il est inutile que tu racontes cela aux parents, ils seraient capables d'imaginer que je mène un train de vie somptueux... »

Toute la nuit, la tempête avait hurlé et cela durait depuis quatre jours. Quel connard avait donc prétendu que petite pluie abat grand vent ? Ici, à Sidi M'Barek, le déluge et l'ouragan faisaient ensemble le sabbat, tourbillonnaient autour de la baraque et parvenaient à en démantibuler le toit que Roger Carbec devait aussitôt réparer en jurant qu'il avait envie d'envoyer tout au diable. Cette fois, c'en était trop. Il renonçait. Tout à l'heure, il verserait à ses ouvriers l'argent de leur paye et se rendrait à Fès, chez l'inspecteur de l'agriculture, pour lui faire part de sa décision. Il abandonnait la partie... Grelottant de froid, Roger Carbec se leva et alluma sa lampe à gaz d'essence. La toile de tente installée au-dessus de son petit lit de camp était devenue une cuvette pleine d'eau. Il envoya un coup de pied dans le tabouret qui lui servait de table de nuit, jura sacré bordel, jeta sur ses épaules une gandourah qui sentait le suint et ouvrit la porte. Le jour se levait à peine, un petit matin sale du mois de décembre noyé dans une pluie qui n'en finirait jamais. Le vent était tombé mais le silence de cette bouillasse paraissait encore plus triste. Le colon vit tout de suite ses fellahs. Comme tous les autres matins, ils avaient parcouru les quelques kilomètres qui séparaient leur douar du lot nº 7, et ils étaient là, une quinzaine d'hommes, vêtus de tuniques effilochées qui découvraient leurs jambes, la tête encapuchonnée, engourdis de froid, silencieux, mouillés à l'os, accroupis contre la murette de la bergerie, et attendant avec confiance que le tager apparaisse pour leur donner les ordres de la journée. Cinq ou six d'entre eux faisaient partie de la première équipe : Messaoud, homme rude qui, hier encore, devait régler ses différends avec ses voisins à coups de fusil, Hamidou qui gardait les moutons en chantant avec une voix de gorge pleine de vrilles, Bouchaïb un peu marabout, Salem le conteur, Moha auquel il prêtait de temps en temps sa carabine pour tirer un cochon sauvage, Abdallah qui n'avait pas son pareil pour frapper en pleine tête un lièvre courant à travers les doums en lançant sur lui un simple bâton. Ils se levèrent, et Roger Carbec les regarda avec amitié. Ceux-là qui ne l'avaient jamais quitté depuis dix-huit mois lui témoignaient une sorte de respect familier auquel il était sans doute plus sensible qu'il voulait bien se l'avouer. C'étaient de pauvres diables au cœur simple, même les plus rusés. Avant lui, ils n'avaient jamais vu un brabant, un chariot, une brouette, une boucle, un boulon. Aujourd'hui, ils rôdaient autour de la vieille Ford que quelques-un rêvaient de conduire. Pas plus généreux que les autres colons, Roger Carbec ne payait pas cher ses ouvriers, exigeait d'eux ce qu'il appelait lui-même un travail de bagnard, mais ne manquait jamais de leur verser à la date convenue ce qui leur revenait. Eux-mêmes essayaient bien de tricher un peu sur la quantité de travail fourni et parvenaient parfois à obtenir plus que ce qui leur était dû. À la fin, tout le monde y trouvait son compte. Au fur et à mesure que les parcelles étaient défrichées, les fellahs de Sidi M'Barek se sentaient confusément plus solidaires les uns des autres et de leur tager. Petit à petit, ils avaient même déplacé leurs nouallahs pour les installer avec leurs femmes et leurs enfants plus près du lot nº 7, devenu pour eux tous le gage d'une sécurité dont, imprévoyants autant que retors, ils ne s'étaient pas souciés jusqu'ici parce qu'Allah ne laisse jamais mourir de faim ses fils et leur tend toujours une manne secourable. Tous ceux qui étaient là, ce matin, sous la pluie froide et grise, attendaient cette manne sans inquiétude. Aucun d'eux n'en doutait. Le roumi demeurait un roumi, soit, mais qui pensait, disait et agissait droit. Tout à l'heure, il leur dirait ce qu'ils devaient faire aujourd'hui, les uns s'occuperaient des doums, les autres des pierres, ceux-ci des brebis et ceux-là des cochons. C'était jour de paye, demain jour de souk. Ni le froid ni la pluie ne pouvaient modifier le contrat tacite qui faisait d'eux, comme ils s'appelaient eux-mêmes, des Ouled Carbec[1].

— Boulaya va vous faire du thé pour vous réchauffer, dit Roger Carbec. Après, vous m'aiderez à réparer le toit de la maison, et nous irons ensemble arracher les doums de la parcelle commencée hier.

1. Enfants de Carbec.

Des nombreux comités auprès desquels elle s'était dévouée pendant la guerre, Olga Carbec avait gardé le goût des réunions mondaines où l'on se donne bonne conscience en buvant une tasse de thé, chère amie je n'aime que le darjeeling, tandis qu'un général à la retraite cautionne de sa respectabilité la lecture du bilan annuel de la société de bienfaisance dont il a été promu trésorier. Déjà membre des Comités directeurs de l'Union des Dames de France, du Lyceum Club, et de la Fédération Européenne Féminine, Olga Carbec venait d'accepter la vice-présidence de l'Association pour la Recherche contre le Cancer. Son sens de l'organisation autant que ses relations dans le monde médical, ou ce qui subsistait encore du « monde » tel qu'on l'entendait avant 1914, avaient sans doute guidé le choix des fondateurs. Ceux-là ne s'étaient pas trompés. Sans perdre de temps, Mme Carbec avait constitué un comité d'action où figuraient trois duchesses et trois épouses de banquier, auxquelles s'étaient bientôt jointes quelques solidités bourgeoises telles que Mmes Citroën, Renault, Voisin, Laguillonie, Bouilloux-Lafont, Wendel, Dreyfus et quelques inévitables Rothschild. Les unes savaient ouvrir les portes réputées blindées et les autres ne rataient jamais l'occasion d'un beau geste susceptible de réunir en un seul bouquet générosité et publicité, savoir-faire et faire savoir. Connaissant son Paris sur le bout des doigts, Olga Carbec avait pris garde de n'oublier ni Mme Sert ni Winnie de Polignac née Singer, qui se partageaient avec vigilance le monopole du mécénat musical. Ne pouvant refuser leur patronage à une œuvre si méritoire, elles avaient pardonné du même coup à Mme Carbec d'avoir osé chasser sur les lisières de leur domaine en invitant boulevard de Courcelles des compositeurs, peintres ou écrivains qui gravitaient autour des Ballets russes.

Olga Carbec avait tout de suite compris le parti qu'elle allait pouvoir tirer de cette vice-présidence de l'Association pour la Recherche contre le Cancer qui lui donnerait l'occasion d'organiser des manifestations artistiques susceptibles de recueillir des fonds importants. Par quoi commencerons-nous ? Évidemment, par un grand gala musical sous la direction d'un chef d'orchestre de renommée internationale et auquel participerait mon fils en interprétant un concerto qui le mettrait en valeur. Depuis qu'il a obtenu son Premier Prix, Hervé n'a guère joué en public que cinq ou six fois chez Colonne, Pasdeloup, ou Lamoureux. Les critiques ont été bonnes sans plus. À Paris, il faut autre chose. Être un très bon artiste ne suffit pas, il est nécessaire de se produire dans une circonstance exceptionnelle, une atmosphère préparée à l'avance par des articles, des échos, des photos, des rumeurs, une coterie. Cela se construit, et cela coûte cher, Misia Sert qui assure les fins de mois difficiles de Diaghilev pour lui permettre de payer ses musiciens, ses danseurs et ses jeunes amants en sait quelque chose, la comtesse de Polignac aussi, encore que pour celle-ci les machines à coudre y pourvoient. Pris par ses leçons d'harmonie, de fugue et de contrepoint, Hervé a trop délaissé sa carrière de concertiste. Je vais lui donner l'occasion de frapper un grand coup avec un gala où l'on invitera le Tout-Paris à payer un fauteuil d'orchestre dix fois son prix ordinaire. Pour une telle soirée il n'y a guère que l'Opéra. Stravinski avait lancé le Théâtre des Champs-Élysées avec son *Sacre du Printemps* mais Joséphine Baker en a fait un music-hall avec sa *Revue nègre.* Il faut que j'aille voir Rouché.

Grâce aux vins de l'Hérault dont il avait hérité et aux parfums qu'il avait épousés, M. Jacques Rouché, polytechnicien mélomane et amateur d'art dramatique, jouissait de revenus assez confortables pour lui permettre de combler tous les ans le déficit du Théâtre national de Musique et de Danse dont la direction, toujours renouvelée, lui était confiée par des gouvernements, assez adroits pour vouloir ignorer les opinions politiques d'un mécène aussi éclairé que généreux. Attentif aux nouveaux messages musicaux, il ouvrait tout grand les portes de l'Opéra à de jeunes compositeurs français auxquels il commandait des ballets, quitte à ne leur assurer qu'une dizaine de représentations, mais se refusait à faire de son théâtre une sorte de laboratoire d'acoustique pour sons étranges. Bon administrateur, il savait aussi qu'un drame lyrique signé par Gounod, Bizet, Léo Delibes, Massenet ou Saint-Saëns, remplissait davantage sa caisse qu'un poème chorégraphique dû à Albert Roussel, Jacques Ibert ou Florent Schmitt. Il lui fallait enfin compter avec ses abonnés, personnages influents et encombrants qui ne se contentaient pas d'intervenir auprès de lui, sinon du sous-secrétaire d'État aux

Beaux-Arts, pour obtenir une promotion en faveur d'une de leurs protégées, mais qui prétendaient être consultés sur la composition des programmes, afin que les inconditionnels de *Werther* ou de *Coppelia* ne soient pas privilégiés au détriment des fidèles du *Rosen Kavalier* et surtout de *Parsifal* dont le professeur Carbec s'affirmait un des champions les plus résolus.

Devenu grand bourgeois de Paris, toujours habillé d'un veston noir sur pantalon rayé, la barbichette blanche et bien taillée, M. Rouché pratiquait avec une égale courtoisie les parlementaires et les comédiens, les femmes du monde et les cantatrices, les chorégraphes et les chefs d'orchestre, les journalistes, les ténors illettrés et les membres de l'Institut, autant d'interlocuteurs et de clients convaincus de leur supériorité. Il reçut Olga Carbec avec d'autant plus d'amabilité qu'elle était l'épouse d'un de ses grands abonnés et qu'il avait déjà deviné, au moins pour l'essentiel, l'objet de sa visite. C'est dire qu'il l'écouta avec intérêt, hochant au bon moment une tête pleine de compréhension ainsi qu'il en usait avec les ministres et les compositeurs souvent persuadés et toujours ravis d'être considérés, les premiers comme des hommes d'État, les seconds comme de grands musiciens.

— Si je vous ai bien comprise, chère madame, vous voudriez que je vous loue la salle et l'orchestre de l'Opéra pour une grande soirée de gala dont le bénéfice reviendrait à l'Association pour la Recherche contre le Cancer dont vous assumez la vice-présidence, et dont M. Édouard Herriot est président ?

— C'est bien cela. Étant donné ses obligations politiques, M. Herriot n'a pas le temps de consacrer...

— Je conçois facilement qu'il ait des soucis plus graves.

— Ne croyez pas cela, interrompit vivement Mme Carbec, le président Herriot attache beaucoup d'importance à ma démarche !

— C'est bien ce que je voulais dire. Eh bien, chère madame, votre président ne pouvait choisir meilleure ambassadrice ! Il ne nous reste plus qu'à régler certains détails dont dépend le succès de votre affaire.

— Vous me louez donc l'Opéra !

— Oui et non. Je vous offre gratuitement la salle, le personnel d'accueil, l'éclairage et le chauffage. Pour une œuvre telle que la vôtre, je ne peux faire moins, mais l'orchestre demeurera à votre charge. À quel prix comptez-vous vendre les fauteuils d'orchestre, le balcon et les premières loges ? Ces places valent 45 francs.

— J'avais pensé fixer un prix minimum de 500 francs pour les places les plus chères, celles où l'on est vu par toute la salle, et 300 francs pour les secondes loges.

M. Rouché sourit :

— Si je pouvais pratiquer de tels prix, je n'aurais pas besoin d'intervenir personnellement pour boucler le budget de l'Opéra ! Mais vous avez raison, on ne paie jamais trop cher pour se montrer, surtout pour être vu. Tous vos billets seront vendus. Moins chers, vous n'auriez pas rempli la salle. Bien entendu, vous comptez sur la présence du président de la République ?

— Croyez-vous que M. Doumergue aime la musique ?

— Je n'en suis pas sûr, mais il a certainement le sens du devoir républicain. Sa présence officielle provoquera celle de quelques ministres. Les autres se feront représenter par un membre de leur cabinet qui en sera quitte pour louer un habit au Cor de Chasse et payer à sa femme une robe longue. Il paraît que nos grands couturiers font des prix spéciaux aux épouses des hauts fonctionnaires pour de telles occasions. Voulez-vous me permettre de vous donner un conseil ?

Olga Carbec arbora le sourire qu'elle savait être le plus séduisant, c'était son pavillon.

— Je suis venue pour que vous m'aidiez à réussir une entreprise que je sais difficile.

— Il nous faut « une salle », n'est-ce pas ? Eh bien, cette salle, il faut *la faire*, comme disent les directeurs de théâtre dans leur jargon. Au départ, il est nécessaire de pouvoir compter sur une vingtaine de noms qui joueront le rôle d'appelants ainsi qu'on en use pour la chasse au canard. Voici quelques noms jetés au hasard de souvenirs récents parce que je les utilise pour les grandes premières de l'Opéra : Chevigné, Polignac, Faucigny-Lucinge, Misia Sert, Chanel, Jean Cocteau, Gaston Gallimard, Bernard Grasset, Maurice Rostand, Jean et Valentine Hugo, Van Dongen, Beaumont, Ephrussi, Jeanne Lanvin, Marie-Louise Bousquet, Paul Morand, Jean-Gabriel Domergue, Léon-Paul Fargue, Christian Bérard, Anna de Noailles, le prince Ioussoupov... À tous ceux-là vous offrirez deux places présentées sous la forme d'un joli carton d'invitation gravé à leur nom, qu'ils s'empresseront d'accepter. Il ne vous restera plus qu'à faire publier ces mêmes noms dans *Le Figaro*. Dès le lendemain, on se disputera pour obtenir au prix fort une place à votre gala.

Olga Carbec, pensive, hasarda :

— Vous ne croyez pas que je risque de vexer quelques-unes de ces personnes en leur envoyant des places gratuites pour assister à un gala de bienfaisance ?

— Chère madame, répondit M. Rouché, ne vous faites pas plus de soucis que d'illusions. Vous connaissez votre Tout-Paris, n'est-ce pas ? Eh bien, il vous faut savoir que tous ces gens-là ne payent jamais leurs places et qu'ils seraient même horriblement vexés si quelqu'un s'avisait de leur en réclamer le prix. Avant 1914, ceux-là ne réglaient ni leur tailleur, ni leur couturier, ni leur bijoutier, du moins au comptant. Ces braves artisans, dont on dit qu'ils sont un des fleurons du haut commerce national, devaient se contenter de surveiller de près les colonnes du *Gaulois* ou du *Figaro* pour y découvrir l'avis de décès du grand-père, du père ou de l'oncle d'un de leurs débiteurs pour oser présenter une facture au joyeux héritier. La guerre a changé tout cela aussi. Aujourd'hui, on m'assure que les fournisseurs se font payer comptant, alors il faut bien se rattraper ailleurs. Par exemple sur la charité... Non, je ne suis ni cynique ni désabusé, je pense même être demeuré tout le contraire de cela malgré une vie déjà longue passée au milieu d'hommes et de femmes dont toutes les pensées et tous les gestes sont conditionnés par le spectacle, donc le faux-semblant, l'illusion, le passe-passe, l'imposture, tout ce que votre ami Cocteau personnifie avec brio et qui est peut-être le meilleur reflet d'une époque qui poétise les automobiles de course, les avions, les bars américains, les masques de l'Afrique noire, les jeux Olympiques, les dynamos, le jazz, le bruit, les Blue Bell Girls et l'homosexualité.

Mme Carbec sourit d'aise. C'était miracle d'entendre discourir comme l'eût fait un moraliste, ce vieux polytechnicien négociant en gros pinard et vendeur de médiocres parfums dont les bénéfices commerciaux permettaient à la République d'entretenir un Opéra comparable aux grands théâtres de musique qui à Milan, Rome, Berlin, Vienne ou New York aimantaient des foules de plus en plus denses et révélaient de nouveaux talents. Ce qu'elle venait d'entendre, Guillaume le lui avait dit quelquefois : « La poésie est en train de changer d'amants, ce qui n'est pas grave, et d'objet, ce qui est plus inquiétant. »

— Il me semble entendre mon mari...

— J'aime beaucoup le professeur Carbec, dit M. Rouché. Il manque rarement un spectacle wagnérien, surtout quand il s'agit de *Parsifal* ou de *Tristan.* Nous échangeons souvent quelques propos pendant les entractes. Je n'ai jamais eu l'honneur de vous y saluer...

— Wagner n'est pas un de mes musiciens préférés. Mon mari prétend qu'il convient de l'aimer physiquement et de le comprendre philosophiquement. Moi, je suis plus proche des goûts de la génération de mon fils qui, vous le savez sans doute, se trouve être cette année dans la classe de composition dirigée par Paul Dukas au Conservatoire.

— Directeur de l'Opéra, c'est mon devoir, chère madame, de

m'informer des études poursuivies par nos futurs musiciens, qu'ils deviennent auteurs ou interprètes. Où en est ce jeune homme ?

Olga Carbec raconta tout, d'un seul trait : l'enfance du jeune prodige, le premier prix de piano à quinze ans, les concerts chez Colonne et Pasdeloup vite abandonnés pour suivre les classes d'harmonie, de contrepoint et de fugue au détriment d'une carrière de virtuose pour laquelle il est né, cher monsieur, il suffit de le voir et de l'entendre une seule fois. J'avais pensé qu'un grand gala comme celui que nous allons donner à l'Opéra pourrait être pour lui l'occasion...

M. Rouché pensa tout bas « Nous y voilà donc !... » mais sans que le moindre muscle de son visage ne bouge. Il attendit même un court instant que la belle Mme Carbec — à cinquante-six ans elle méritait toujours d'être ainsi appelée — veuille bien terminer le discours qu'elle avait entamé avec une imperceptible pointe d'embarras. La phrase commencée demeurant toujours en suspens, il vint au secours de sa visiteuse avec bonne grâce.

— Notre salle une fois remplie, mais oui madame je m'en porte garant, il faut maintenant composer notre programme et nous entendre d'abord sur le choix d'un chef d'orchestre, d'un concertiste et éventuellement d'une cantatrice. C'est bien ainsi que vous voyez les choses ?

Olga Carbec sentit son cœur battre la chamade et sut que le rouge lui montait aux joues. Incapable de prononcer le moindre mot, elle dut se contenter de battre les cils. L'autre continuait déjà :

— J'ai cru comprendre que vous souhaiteriez voir votre fils participer à ce gala. Il est bien évident, vous le savez comme moi, que le nom d'Hervé Carbec imprimé sur une affiche, même celle de l'Opéra, sera moins prestigieux que celui de Rubinstein, Cortot, Braïlowsky ou Lortat, toutefois l'inconnu, l'imprévu et pour tout dire la jeunesse sont de nos jours autant de puissances d'attraction qu'on ne doit pas plus mésestimer que celles de l'exotisme. L'époque le veut ainsi, n'est-ce pas ? Enfin, votre fils a déjà fait ses preuves, je ne parle pas seulement des concerts que vous évoquiez tout à l'heure mais d'une aventure qui lui est arrivée, il y a deux ou trois ans quand il a remplacé au pied levé un des quatre pianistes de l'orchestre de *Noces*.

— Comment savez-vous cela ? demanda Mme Carbec, les larmes aux yeux.

— Stravinski me l'a dit lui-même. Il était enchanté. Si mes souvenirs sont exacts, je crois me rappeler le nom de deux autres pianistes, Auric et Poulenc. J'ai oublié celui du quatrième.

— Quelle mémoire !

— Cela, madame, c'est un des privilèges des anciens X. Il faut avoir une mémoire très bien organisée pour réussir le concours de Polytechnique. Les mauvaises langues affirment que la mémoire imite l'intelligence à s'y méprendre, mais il ne faut pas toujours les croire, ajouta M. Rouché en riant. Nous ferons passer dans la presse quelques échos pour rappeler l'anecdote des *Noces*. Venons-en maintenant à la cantatrice qui se produirait en solo. Que penseriez-vous de Fanny Heldy ? Pour ma part, je lui reconnais trois grandes qualités : sa voix est celle d'une parfaite musicienne, sa beauté physique est indéniable, et M. Boussac lui veut beaucoup de bien. Avec elle, vous êtes déjà assurée d'un concours gratuit, d'une rangée de fauteuils d'orchestre achetés immédiatement et d'un gros chèque pour votre fondation.

Le choix d'une cantatrice importait moins à Mme Carbec que celui du chef d'orchestre dont dépendrait dans une plus large mesure le succès de la soirée et du même coup celui d'Hervé. Elle donna son accord d'autant plus vite que Mlle Fanny Heldy venait de défrayer la chronique parisienne pour avoir osé monter en course, sur l'hippodrome d'Auteuil, une jument de l'écurie dont son protecteur était propriétaire.

— Il nous reste maintenant le plus difficile : choisir un chef d'orchestre, dit M. Rouché.

— Je m'en inquiète beaucoup, répondit Olga qui, bonne diplomate, dit aussi sans en penser un mot, n'en avez-vous pas cinq ou six autour de vous, mon cher directeur ?

La bouche de M. Rouché esquissa une moue à peine désolée.

— Bien sûr, l'Opéra dispose de bons chefs d'orchestre, ils sont même excellents pour diriger un répertoire connu par cœur mais, de vous à moi, aucun d'eux n'est parvenu à se situer au top niveau, comme disent les Américains. Messager ne s'intéresse plus qu'aux opérettes, Paul Vidal a le bras mou, Henri Busser se contente de battre la mesure, Albert Wolff se laisse conduire par ses musiciens et Grovlez joue les doublures. Je ne vois guère dans cette maison que Philippe Gaubert, mais il n'a pas encore acquis la dimension internationale qui convient. Bien sûr, nous pourrions nous adresser aux grandes formations symphoniques parisiennes mais très franchement, et toujours de vous à moi, je ne pense pas que le public auquel nous devons nous adresser pour ce genre de gala veuille bien se laisser séduire par la baguette de M. Gabriel Pierné, de M. René Bhaton, ou même de M. Paray.

Mme Carbec se gardait bien d'interrompre M. Rouché. Avec beaucoup d'autres, elle se permettait encore quelques provocations de regard ou de langage qui manquaient rarement leur but. Cette fois, conduite par une sorte d'instinct, elle sentait qu'elle se trouvait en face d'un personnage trop habitué à apprécier la virtuosité d'un pas de séduction pour y succomber de quelque manière que ce fût. En revanche, elle avait compris que ce fameux directeur qui faisait trembler tout un petit monde suspendu aux décisions de son implacable courtoisie ne répugnait pas à diligenter ses bons offices pour se mettre en situation de bénéficier par exemple d'une prochaine promotion dans l'ordre de la Légion d'honneur. Parti comme il était, elle le laissa courir sur son erre et se contenta de le considérer avec des yeux émerveillés.

— Il faut donc nous adresser à l'étranger, poursuivait M. Rouché, c'est-à-dire l'Allemagne ou les États-Unis. Donc, deux propositions à considérer. Dans la première, nous plaçons Bruno Walter, Otto Klemperer, Wilhelm Furtwängler : trois géants. Malheureusement, nous ne pouvons ni vous ni moi traiter directement avec l'un d'eux, dont la venue à Paris risquerait d'être considérée sous son seul aspect politique. Nous savons, vous et moi, que la situation actuelle se prêterait peut-être à des échanges artistiques franco-allemands, mais il nous faudra passer par le Quai d'Orsay. Beaucoup de plaies sont encore ouvertes...

Mme Carbec ne put s'empêcher d'interrompre :

— Un de mes fils est mort en 17.

M. Rouché s'était levé, un peu confus.

— Je vous demande pardon...

— Vous n'avez pas à vous excuser, nous sommes dans le monde quelques millions de parents à avoir perdu un fils pendant cette guerre. Nous ne l'avons pas oublié. Cela ne nous empêche pas d'aimer entendre du Bach, du Beethoven, du Schumann ou du Wagner.

— Je comprends bien... Mais... Vous n'éprouvez aucun ressentiment ?

— Contre l'Allemagne ? Non. Mon mari et moi, après en avoir souvent discuté, sommes tombés d'accord sur une vérité qui nous paraît essentielle : autant l'esprit de vengeance, la haine par exemple, peut se comprendre, peut-être même se justifier, quand il s'agit d'individus isolés, autant les haines collectives, entretenues et activées au nom de certaines philosophies politiques ou sociales, nous paraissent sans objet, ridicules et monstrueuses. Que Dieu préserve l'Allemagne d'être animée d'une volonté de revanche comparable à celle qui passionnait la France avant 1914 ! Nous avons un proche cousin qui est prussien et nous regrettons qu'une certaine réserve de sa part le retienne éloigné de nous. Mon mari approuve la politique menée de concert par M. Briand et par M. Stresemann, même s'il n'est dupe ni de la duplicité de celui-ci, ni des rêveries de celui-là. Pour ma part, je souhaiterais volontiers accueillir Furtwängler le jour de notre gala.

— Moi aussi, madame. Ce serait un honneur pour l'Opéra et sans doute une bonne chose pour la France. Toutefois, vous me permettrez de penser que pour mettre le maximum de chance de notre côté, il conviendrait mieux de nous adresser d'abord aux États-Unis où des hommes tels que Koussevitzky à Boston, Stokowski à Chicago, et Léonard Bernstein à New York sidèrent les mélomanes américains. J'entretiens une correspondance personnelle avec Koussevitzky. Vous savez qu'il a déjà dirigé une série de concerts à l'Opéra. On s'arrachait les derniers strapontins pour l'entendre, et pour le voir aussi car c'est un très séduisant chef d'orchestre qui, si vous voulez bien me permettre ce mot facile, traîne tous les chœurs après lui. S'il est libre pour le mois d'avril prochain, je pense pouvoir le décider, si vous me donnez votre accord. C'est un homme très généreux, il n'exigera aucun cachet pour une telle œuvre.

Olga Carbec rayonnait. Elle avait gagné la partie et elle n'ignorait pas que la victoire lui allait bien. L'idée du grand gala qu'elle avait imaginé d'organiser à l'Opéra avec le concours d'Hervé était acceptée. Il ne restait plus qu'à convaincre le maître du Boston Symphony Orchestra, mais elle ne douta ni de l'autorité de M. Rouché ni du prestige de l'Opéra de Paris.

Lorsqu'elle entendit la sonnerie qui annonçait la fin de l'entracte, Mme Carbec pensa défaillir tandis que la voix apaisante de son mari lui disait :

— Rassure-toi, tout va bien se passer. Je viens de voir Hervé, il est très calme et paraît sûr de lui. En ce moment, c'est toi qu'on regarde. Tu es très belle, mon chéri. Relève un peu la tête au lieu de la plonger dans ton programme.

Rouge et or, éclairée à pleins feux, la salle de l'Opéra se remplissait lentement dans un bruit de conversations discrètes tandis que les musiciens de l'orchestre, installés exceptionnellement sur la scène, accordaient leurs instruments sur le *la* donné par le premier violon. Assise au premier rang d'une loge de face, pas bien loin de celle qui était réservée au président de la République et à sa suite, Mme la vice-présidente de l'Association pour la Recherche contre le Cancer s'obstinait à faire semblant de lire l'immense programme imprimé pour la circonstance où se détachaient les seuls mots qui l'intéressaient : *Concerto en la mineur* de Robert Schumann interprété par Hervé Carbec. Tout à l'heure, avant que commence la première partie du concert et même pendant son exécution, elle n'avait pas manqué d'inspecter, travée par travée, les fauteuils d'orchestre ou de balcon, ainsi que les loges. La salle était bruissante de chuchotis, colorée de robes longues aux dos nus, d'habits noirs dont le revers gauche s'ornait de petites décorations suspendues à une chaîne minuscule, et de plastrons blancs où s'étoilait quelque commanderie de ces ordres mineurs, Nicham, Bénin, ou Mille Millions d'Éléphants qu'on distribue par poignées aux jeunes gens qui débutent dans la carrière pour leur permettre de parader sans modestie en attendant une Légion d'honneur accordée à l'ancienneté. Personne ne manquait à l'appel. De la comtesse de Chevigné à Mme Ephrussi, d'Étienne de Beaumont à André Citroën, d'Anna de Noailles au ménage Berthelot, d'André Tardieu à Maurice Rostand, tous ceux-là avaient convenablement joué leur rôle d'appelants ainsi que le prévoyait M. Rouché. Misia Sert elle-même était venue, serrée de près par Mlle Chanel qui semblait vouloir la consoler d'un récent divorce dont les échotiers se régalaient, ainsi que Jean Cocteau dont les gestes de prestidigitateur surdoué s'accordaient si bien, rien dans les mains rien dans les poches, à son talent et à son œuvre. Au nom d'une courtoisie diplomatique de rigueur, quelques ambassades de premier plan, Angleterre, Allemagne, États-Unis, Italie, Espagne, Suède auxquelles on devait associer les nouveaux venus de l'Europe centrale, étaient présentes, tantôt en la personne de leur titulaire, tantôt en celle d'un ministre conseiller, pour faire honneur au président de la République qui avait bien voulu accorder son haut patronage à ce gala. Tout à l'heure, Olga Carbec avait répondu en souriant aux saluts inclinés et aux petits gestes de la main qui lui étaient destinés, prenant bien garde de ne paraître ni triomphale ni triomphante. Maintenant, elle devinait qu'on l'épiait. Une légère crispation lui tira soudain la bouche vers le bas, je dois paraître dix ans de plus, tandis que des hommes vêtus de blouses sombres amenaient sur la scène un piano noir à la gueule béante pleine de dents. Au milieu des fauteuils d'orchestre se dressa soudain une jolie silhouette vêtue d'une tunique vert nil qui laissait nus les bras, la gorge et le dos, ornée d'un seul collier très long.

— Regarde Lucile qui te fait signe de la main, dit Guillaume.

— Elle aurait pu venir me dire bonjour pendant l'entracte, lança Olga un peu surprise.

— Lucile était auprès d'Hervé.

— Que faisait-elle avec lui ?

— Elle le rassurait.

— Ça n'est pas son rôle, c'est le mien !

— C'est moi qui l'ai conduite près de lui. Chut ! Voici que le président regagne sa loge.

La première partie du concert avait été acclamée. Vieux routier du spectacle musical, M. Rouché savait que la seule apparition du beau Serge Koussevitzky déchaînerait l'enthousiasme, surtout lorsque ce centaure chevelu conduirait comme un général d'Empire *La Chevauchée des Walkyries.* Le succès obtenu avait dépassé l'espoir du directeur et s'était maintenu au même niveau avec le *Prélude à l'après-midi d'un faune* dont le maître de Boston avait su traduire le panthéisme voluptueux, pour sonner en fanfare lorsque Mlle Fanny Heldy avait exprimé l'intensité lyrique de trois lieder de Richard Strauss.

Le premier, Serge Koussevitzky apparut. Grand, les épaules larges, le torse puissant, la face léonine, il s'installa au pupitre comme un empereur romain devait monter au Capitole pour remercier les dieux, et, dieu lui-même, salua la foule qui applaudissait son retour. Ayant estimé avoir reçu la part d'hommages personnels qui lui étaient due, il fit alors un large geste d'accueil dans la direction des coulisses pour dire au concertiste qu'il était autorisé à se montrer. Vêtu d'un frac bleu de nuit dont les manches un peu courtes découvraient des poignets de chemise en dentelle Hervé Carbec entra sur la scène, ébloui par la lumière des projecteurs, et demeura immobile un instant, paralysé d'émotion, aussi peu cabotin que le grand Serge pouvait l'être, avant d'incliner son beau visage encadré de boucles blondes face aux applaudissements d'usage et aux murmures de curiosité bienveillante qu'il entendait monter vers lui. Le souffle court, Olga Carbec observait son fils avec une jumelle de théâtre.

— Comme il est pâle ! Le pauvre petit. Il ne va pas pouvoir jouer dans cet état. Regarde comme ses jambes tremblent.

Hervé Carbec était maintenant assis devant l'immense piano noir. Tout le monde s'était tu et la salle de l'Opéra était devenue aussi silencieuse qu'une église vide. Serge Koussevitzky lança un coup d'œil amical au jeune homme pour le rassurer et pointa sa baguette vers l'orchestre qui retentit d'un merveilleux accord. Soudain sûr de lui, la tête pleine de la musique schumannienne, Hervé plaqua ses deux longues mains sur le clavier et pénétra dans un monde enchanté aux innombrables dimensions...

Mme Carbec attendait qu'il fût une heure de l'après-midi pour aller réveiller son fils. La veille, Hervé avait connu sinon un triomphe, au moins une très belle victoire puisqu'il avait obtenu un nombre de rappels égal à ceux qui avaient fêté Fanny Heldy. Comme il était difficile d'évaluer exactement la part du prestigieux chef d'orchestre et de mesurer celle des concertistes, chacun d'eux avait porté à son crédit la totalité de la réussite d'une grande soirée parisienne qui s'était achevée avec la pyrotechnie de l'*Apprenti Sorcier*, subtil hommage calculé par Olga Carbec afin d'associer le nom de Paul Dukas, professeur de composition au Conservatoire, à celui de son élève.

Du brouhaha des congratulations qu'elle avait reçues et des conversations entendues dans le grand escalier de marbre où des gardes républicains présentaient sabre au chef de l'État et à son cortège, Mme Carbec avait retenu quelques formules élogieuses dont la banalité mondaine l'avait cependant ravie : « Quel beau talent ! Quel brio ! Quelle sensibilité ! Il joue comme l'oiseau chante et comme l'eau coule ! On ne se lasserait pas de l'entendre ! Quelle délicatesse de toucher dans l'intermezzo ! Ma chère, votre fils m'a réconcilié avec la musique romantique... » M. Rouché avait déclaré sérieusement : « Mes fonctions m'obligeaient ce soir à me trouver dans la loge du président de la République, je puis vous assurer que M. Doumergue n'a pas dormi une seule seconde. » Il avait ajouté, comme une sorte de confidence : « J'ai observé l'ambassadeur d'Allemagne. Je crois que nous avons visé juste en inscrivant au programme Wagner, Richard Strauss et Schumann à côté de Debussy et Dukas. » Quant à Misia Sert, elle s'était contentée de dire, les yeux brillants : « Ce petit-là, est-il beau ! Quand je l'ai vu assis devant son piano, rejetant la tête en arrière, j'ai pensé à Dorian Gray la première fois qu'il se rendit dans l'atelier de Basil avec lord Wotton. »

Pendant toute la matinée, le téléphone n'avait cessé de sonner. Des amis hier sceptiques, et des relations qui n'avaient pas cru utile d'acheter cinq cents francs un fauteuil d'orchestre pour entendre un petit pianiste jouer un concerto que tout le monde connaissait par cœur, venaient au secours de la victoire. Il fallait maintenant attendre les journaux. Que penserait la presse ? Mme Carbec avait repéré hier soir, dans la salle, trois ou quatre compositeurs qui, ne faisant pas carrière, s'étaient reconvertis dans la critique musicale où leur bile trouvait un exutoire. Ceux-là ne se laisseraient pas séduire par la beauté de Dorian Gray, pas plus que l'accueil chaleureusement mondain dont avait bénéficié le jeune Carbec n'influencerait leur jugement. Bien au contraire. L'éclat de la soirée, avec tous ses bijoux et ses décorations, ses belles robes et ses beaux habits, son Bottin mondain, ses industriels parvenus, ses riches banquiers, ses académiciens, ses ambassadeurs et ses écrivains consacrés, ne manquerait pas de leur rappeler que le domaine des arts et des lettres est un bon champ clos pour y pratiquer la lutte des classes. Est-ce sa faute, à ce petit, s'il est beau, s'il ne manque pas d'argent, si son père s'est fait un nom dans la médecine après toute une lignée de Carbec qui se sont rendus célèbres dans l'armement, la marine, l'armée, la banque, le grand négoce ?

Cette merveilleuse soirée, un léger nuage l'avait cependant obscurcie, au moins aux yeux d'Olga Carbec qui avait fait le projet d'organiser, après le concert, un souper chez Maxim's auquel seraient conviés Koussevitzky, Fanny Heldy, Jacques Rouché, le directeur du *Figaro*, les Lecoz-Mainarde, le chef de cabinet du sous-secrétaire d'État aux Beaux-Arts et Lucile qui, à elle seule, avait placé dix fauteuils d'orchestre. Au dernier moment, quelques embarras y firent obstacle : Koussevitzky était réclamé par son ambassadeur, M. Boussac n'entendait pas que sa protégée prît froid en allant souper rue Royale, M. Rouché, légèrement grippé, rentrerait sagement comme tous les soirs dans son hôtel de la rue de Prony, et le directeur du *Figaro* devait se rendre obligatoirement à l'imprimerie de son journal. Mme Carbec avait alors décommandé sa table chez Maxim's pour en retenir une autre au Bœuf sur le Toit. Ce serait plus gai. C'était l'endroit à la mode. On était sûr d'y rencontrer des hommes en habit ou en chandail à col roulé, des princesses et des mannequins, des robes du soir et des petits tailleurs, le fantôme de Raymond Radiguet, Drieu la Rochelle et Mme Louis Renault, Georges Auric, Léon-Paul Fargue, Maurice Ravel et Darius Milhaud, Erik Satie tenant son parapluie comme un sceptre, René Clair ou André Breton, quelques Américaines emperlées et tout un petit monde d'éphèbes asexués qui s'étaient installés rue Boissy-d'Anglas depuis que Diaghilev avait choisi Monte-Carlo pour y chercher ses jeunes amants, et Venise pour y mourir bientôt. Guillaume Carbec eût préféré Montparnasse, plus proche de sa jeunesse, peut-être moins snob et plus sincère, mais il reconnaissait volontiers qu'aucun endroit n'existait à Paris où pétillaient dans un espace si réduit tant de trouvailles inédites, de paradoxes et de modes éphémères, de mots imprévisibles, d'étincelles aussi vite allumées et aussi promptes à s'éteindre pour crépiter à nouveau de table en table. Leur arrivée fut saluée par deux ou trois couples qui se trouvaient tout à l'heure à l'Opéra et étaient venus là finir leur soirée dans l'espoir d'y contempler quelques monstres des arts et des lettres qu'il convient de rencontrer au moins une fois dans sa vie. Ils s'installèrent autour d'une table ronde où un magnum de champagne était tenu au frais. Olga se trouvait à l'aise dans l'atmosphère de ce Bœuf sur le Toit où elle avait déjà répondu par un petit geste de la main au sourire de Nathalie Paley, qui dînait ce soir-là avec la princesse Soutzo et son mari Paul Morand. La nourriture était bonne, le champagne excellent, et la musique vous projetait sur les rives du Mississippi grâce aux sortilèges de deux pianos installés face à face où, tout en lisant des romans policiers, jouaient de fantastiques virtuoses du rag-time, accompagnés par la batterie d'un nègre triste, haut de deux mètres et plus imperturbable que Buster Keaton. Les Carbec parlaient tous avec animation, l'air joyeux et redemandaient à boire, sauf le héros de la fête qui faisait des efforts trop visibles pour s'accorder au rythme de ce bonheur familial qui le touchait en même temps qu'il le repoussait. On avait placé Hervé entre sa mère et son père. Celui-ci, profitant d'un moment où Olga détournait la tête, demanda tout bas :

— Es-tu heureux ?

Hervé attendit une seconde avant de répondre, plus bas encore :

— Oui.

Le professeur sut tout de suite que son fils ne disait pas la vérité, et il comprit dans le même temps que s'il mentait un pareil soir c'est qu'il était très malheureux. Comme un musicien, joueur de saxophone, venait de s'asseoir sur une petite estrade, en face des deux pianos, et tirait de son instrument un air jeune et un peu déhanché qu'elle reconnut pour être du Gershwin, Olga Carbec dit alors à son fils :

— Viens danser ce blues avec moi, mon chéri, cela te dégourdira un peu.

— Non, pas ce soir, maman. Excuse-moi, je suis épuisé.

— Bois d'abord un peu de champagne, cela va te remonter.

— Laisse-le donc tranquille, conseilla Guillaume. Il est très normal qu'après le choc de cette soirée, il veuille qu'on lui fiche la paix. Veux-tu rentrer à la maison, mon petit ?

— Non, dit Hervé, je me trouve très bien ici. Ce qui me ferait le plus plaisir c'est de vous voir danser tous les deux.

— Diable ! Il y a bien longtemps que ça ne m'est pas arrivé, répondit le professeur. Vous croyez, demanda-t-il aux autres en riant, qu'un membre de l'Académie de médecine puisse se permettre de danser au Bœuf sur le Toit ?

— Allez ! Viens donc, dit Olga en entraînant son mari. Tu n'es plus assez jeune et pas encore assez vieux pour te prendre au sérieux.

— Nous vivons des années folles, murmura Guillaume en se levant.

Entraînés par les rythmes du petit orchestre qui jouait maintenant sur un ton assourdi, les Lecoz-Mainarde s'étaient décidés eux aussi à danser, laissant seuls Hervé et Lucile. Elle posa tout de suite sa main sur celle de son jeune cousin :

— Tu sais que je suis très fière de toi ?

— Ne dis pas de bêtises !

— Tu ne peux tout de même pas nier que tout Paris t'a acclamé ce soir ?

— Je ne me fais aucune illusion. C'est Koussevitzky qu'on a applaudi, pas moi. Le jour où je donnerai un récital tout seul, sans orchestre, ce sera une autre paire de manches. Il n'y aura peut-être pas cinquante personnes dans la salle. Tout ce gala a été manigancé par maman, grâce à ses relations. La critique n'aime pas cela, elle va me démolir. D'ailleurs, je m'en fous !

— Tu es un adorable petit con...

— C'est ce que n'a cessé de me répéter Roger quand nous étions des enfants, seulement lui, il ne disait pas que j'étais adorable, il se contentait de dire la vérité.

— Verse-moi plutôt un verre. Bois, toi aussi. Mieux que cela. Encore un peu ! Tu reprends déjà des couleurs. Tu aimes que je sois à côté de toi ?

— Tu ne le sais pas ?

— Quel âge as-tu donc ? demanda Lucile sans répondre à la question posée par Hervé.

— Vingt-trois ans.

— Mon Dieu que tu es jeune ! J'ai onze ans de plus que toi. Je te revois à la Couesnière pendant les vacances d'été. Tu promettais déjà de devenir un grand pianiste. Il me semble t'entendre encore jouer à quatre mains avec notre cousin Helmut von Keirelhein.

— J'y pense souvent moi aussi.

— Qu'est-il devenu celui-là ?

— On sait qu'il n'est pas mort à la guerre puisqu'il nous a envoyé un télégramme pour le dernier rendez-vous Carbec, en 1925, mais il n'a plus jamais donné signe de vie. C'est dommage, non ?

— Je remplis ton verre ? dit Lucile.

— Bien sûr. Toute Parisienne que tu sois devenue, toi, tu es demeurée une sacrée Malouine, hein ?

— Dame oui dame ! répondit-elle en riant.

— As-tu des nouvelles de la Couesnière ? demanda Hervé.

— Oui, maman s'y est installée à Pâques selon la tradition. Elle a quand même boudé pendant deux ans ! Finalement, elle s'est rendu compte que son attitude nous chagrinait tous et qu'elle en était la première victime car elle ne peut pas se passer de la malouinière.

— Nous non plus.

— Tu viendras cet été ?

— Sans doute au mois d'août. Et toi ?

— Moi aussi. Maintenant que je suis la propriétaire, ajouta-t-elle en riant, je dois m'en occuper. Et puis, je ne vois pas comment je pourrais passer toute une année à Paris sans aller faire quelques tours de remparts à Saint-Malo.

— La malouinière, dit rêveusement Hervé, lorsque j'étais petit garçon et que j'y arrivais pour les vacances, tu avais une façon de me prendre dans tes bras et de m'embrasser qui me ravissait et me troublait. En 1914, lorsque je t'ai vue avec ton costume d'infirmière, une robe blanche sous une grande cape bleue, j'ai compris que j'étais follement amoureux de toi. Les adultes ne se rendent pas compte de la violence des sentiments qu'on peut éprouver à cet âge-là.

— J'espère qu'il en reste encore quelque chose pour ta vieille cousine ? dit Lucile en coulant de biais le sourire bleu dont elle connaissait le pouvoir de séduction.

— Écoute-moi, je vais ce soir te faire une confidence que tu ne devras jamais répéter à personne. Tu me le jures.

— C'est juré.

— J'ai vingt-trois ans n'est-ce pas ? Eh bien, tu es la seule fille, ou la seule femme si tu veux, qui m'ait jamais troublé. Tu comprends ce que je veux dire.

— La seule ?

— Oui, répéta Hervé avec une sorte de sanglot au fond de la gorge, la seule, je dis bien la seule.

Tous les deux, les yeux baissés comme s'ils n'osaient plus se regarder en face, demeurèrent silencieux pendant quelques instants.

— Tu n'es pas aveugle, fit Hervé, tu as bien dû te douter que les filles m'intéressaient moins que Roger ?

— Roger, bien sûr, dit Lucile, il a toujours couru après toutes les filles... Parle-moi plutôt de tes études. Où en sont-elles ?

— Nulle part. J'ai perdu du temps à être un trop bon élève en classe d'harmonie, de contrepoint et de fugue. Je crois que Dukas m'a appris à orchestrer et que je m'en sors pas plus mal qu'un autre. Je n'ai plus grand-chose à apprendre mais lorsque je compose je fais du bon Franck, du bon Debussy et du bon Ravel à s'y méprendre !

— Ça n'est pas si mal, dis donc !

— Il vaudrait mieux que je fasse du mauvais Carbec.

— Tu pourras toujours faire une carrière de virtuose.

— Là, il faut être le premier, sinon on n'est rien du tout. Donne-moi donc un peu de champagne au lieu de boire toute seule. De toute façon je ne serai jamais le premier, nulle part.

Les Carbec et les Lecoz-Mainarde avaient repris leur place autour de la table, tandis que les deux pianistes, le gros Doucet et le maigre Wiener, entreprenaient de concasser la noblesse de la *Marche des Pèlerins* et d'y introduire des syncopes d'un burlesque assez irrésistible pour que Guillaume Carbec, wagnérien impénitent, convienne de bonne grâce que la drôlerie obtenue l'emportait sur le sacrilège commis.

— Je voudrais bien jouer comme eux, dit Hervé.

— Tu es fou ! Tu ne pourrais plus jamais interpréter convenablement une partition classique, observa Olga avec une pointe d'humeur. Il me semble que vous avez bu tous les deux un peu trop de champagne. Chère Lucile, quand je te confie Hervé c'est comme si je te confiais mes yeux. Quels secrets échangiez-vous donc pendant que nous dansions tous les quatre ?

Hervé répondit aussitôt. Il expliquait à sa cousine, dit-il, que pendant les répétitions d'orchestre les exigences du chef américain lui étaient apparues autrement rigoureuses que celles auxquelles étaient habitués les instrumentistes français. Soucieux de perfection, Koussevitzky avait fait recommencer dix fois de suite aux musiciens de l'Opéra tel ou tel passage que ceux-ci savaient cependant par cœur, pour obtenir le tempo, le phrasé, la limpidité, tout ce qui pouvait le mieux spiritualiser la virtuosité inhérente à la conception et à l'exécution d'un concerto pour piano et orchestre. Au fur et à mesure qu'il parlait, animé par un sujet qu'il connaissait bien, Hervé paraissait plus sûr de lui comme s'il eût mis en déroute les démons invisibles qui le tenaient enchaîné. Son père lui adressa un sourire dont la tendresse rassurante ne pouvait être perçue par personne d'autre.

— Tu te sens mieux, n'est-ce pas, mon chéri ? demanda Olga.

— Très bien, maman.

Mme Lecoz-Mainarde regardait Hervé depuis quelques instants avec les yeux d'un ogre qui veut dévorer un petit enfant. Elle minauda :

— Puisque te voilà requinqué, fais plaisir à ta vieille amie en dansant avec elle. J'adore ce *Stormy weather*...

Lucile s'était levée, frémissante :

— Tout à l'heure, madame. Hervé m'a déjà promis cette danse.

Imperturbable, l'agent de change sortit de son frac un porte-cigarettes en or et alluma une Abdullah. Les autres ne purent effacer la surprise qui les mordait au visage. Mélancolique et sensuelle, la musique exhalée du saxophone, lentement rythmée par un drumming caresseur, enroulait déjà les deux jeunes gens unis l'un à l'autre, barque emportée sur un courant irrésistible et doux. Ils se taisaient, n'osant dire le moindre mot qui eût suffi à rompre le charme qui les enveloppait et faisait d'eux un couple si harmonieux que les autres danseurs s'étaient bientôt éclipsés pour leur laisser la piste libre. Complices, les musiciens étiraient, accentuaient, reprenaient sans se lasser le thème initial : *Stormy weather...* et lui imprimaient un mouvement de va-et-vient peu supportable très longtemps. Elle parla la première, affectant un ton détaché :

— Dis donc ! On dirait que je te trouble encore un peu ?

— Oui, souffla Hervé en rougissant.

Lucile attendit un long moment pour être sûre que son cousin n'aurait même pas besoin de répondre à la question qu'elle était décidée à lui poser.

— Tu voudrais faire l'amour avec moi ?

Il la serra plus fort contre lui. Elle avait assez l'habitude de l'arène pour savoir que les jeux de banderilles et de la cape avaient suffisamment duré.

— Ce soir ?

— Oui.

— Laisse-moi faire.

Quand ils revinrent vers leur table, Guillaume Carbec avait déjà réglé l'addition. Le professeur décréta qu'il était temps de partir. Après une soirée pareille vous devez être tous fatigués, il est deux heures du matin, je n'opère pas aujourd'hui mais je fais ma visite à neuf heures. D'un signe autoritaire, il réclama le vestiaire.

— C'est en effet une heure raisonnable, affirma Olga.

— Certainement pour vous deux ! dit alors Lucile, mais pas pour nous. Nous ne sommes pas du tout fatigués, au contraire, nous commençons à peine de nous amuser. Après une soirée pareille, comme dit mon oncle, Hervé a besoin d'un grand bol d'air. J'ai une voiture décapotable, nous allons faire un tour dans Paris !

— Vous êtes fous tous les deux ! Allons, Hervé, sois gentil, rentre avec nous.

— Je ne rentrerai pas tard, supplia Hervé en embrassant sa mère. Réveille-moi à une heure, je serai reposé. Nous déjeunerons tous les deux.

Conduire la nuit dans Paris devenu désert, c'est s'offrir un cadeau d'une qualité rare. Il faut le prendre entre deux heures et cinq heures du matin, entendre le silence de la ville assoupie, découvrir ses longues perspectives, partir au hasard, arriver n'importe où et s'y attarder, que ce soit boulevard du Montparnasse, avenue Montaigne, le long du canal Saint-Martin, rue Simon-Bolivar, quai Malaquais, boulevard Malesherbes, ou place de la République avant de repartir vers Montmartre ou Grenelle, l'École militaire et suivre le métro aérien jusqu'au moment où le monstre disparaît sous terre du côté de la rue Pasteur. Lucile s'offrait de temps en temps ce plaisir qu'elle n'aimait pas partager avec un compagnon parce que celui-ci, avec des mots ou avec ses mains, risquait trop souvent de gâcher l'émotion furtive née de minuscules découvertes aussi insaisissables que créatrices de bonheur solitaire. Ce soir-là, elle savait gré à son cousin de rester muet, immobile, ses cheveux bouclés au vent, le visage redevenu enfantin. Tout à l'heure, au Bœuf sur le Toit, ça n'était pas seulement pour s'amuser qu'elle avait mené Hervé sur la piste de danse après l'avoir fait boire un peu trop de champagne. En accordant avec précision chacun de ses gestes sur le rythme pendulaire de *Stormy weather* et le provoquant sans retenue, elle n'avait pas voulu seulement tenter, par jeu, de faire basculer le petit cousin dont elle n'ignorait pas les tendances sinon les goûts. À l'Opéra pendant la finale du *Concerto en la*, une idée lui était venue, irrésistible, et qui s'était soudain transformée en une volonté de puissance et de domination lorsque surgissant de l'accord final une tornade de bravos avait soulevé la salle, tandis qu'Hervé se redressait sous les projecteurs. À cet instant, Lucile s'était juré de l'avoir pour elle seule, parce que c'était une victoire Carbec qu'elle voulait partager et ne laisserait pas échapper. Une heure plus tard, le champagne, les confidences du cousin, le saxophoniste et son batteur avaient fait le reste. Mais Lucile s'était prise à son propre piège. Quand elle avait demandé à Hervé s'il voulait faire l'amour avec elle, c'était une manière de lui dire qu'elle-même en avait eu envie. Maintenant, sa flambée s'était un peu apaisée. Elle conduisait d'une main sûre, passait ses vitesses sans bruit, levait parfois les yeux vers une fenêtre allumée dans la masse sombre d'un immeuble, et parce qu'elle-même n'éteignait jamais la lampe afin de mieux épier dans le visage courbé sur elle l'approche de l'explosion finale, elle se prenait à imaginer que, là-haut, un homme et une femme faisaient l'amour. À cette pensée, Lucile posa sa main sur la cuisse de son voisin, un peu haut. Maintenant elle savait ce qu'elle voulait savoir. Elle demanda :

— Nous passons chez moi prendre un dernier verre ? ou préfères-tu le Gypsy's ?

Hervé ne savait pas encore ce que signifie exactement cette phrase anodine posée un jour ou l'autre par les femmes qu'on raccompagne chez elles, après le théâtre ou un dîner en ville. Confortablement installé à côté de Lucile sur une banquette de cuir, il essayait seulement d'apprivoiser deux thèmes musicaux, le premier assez sensuel et rappelant le *Stormy weather* de tout à l'heure, le second très pur et dépouillé comme une des gymnopédies de Satie, qui l'un et l'autre se chevauchaient dans son esprit et pourraient servir de matériaux, s'il parvenait à les retenir et les noter ce soir même, à la composition d'une petite suite d'orchestre en souvenir de cette nuit pleine de prodiges. Il prit la main de sa cousine, n'osa la porter qu'à ses lèvres.

— Allons chez toi.

Ils arrivèrent bientôt rue de Babylone, où habitait toujours Lucile, au moment où la cloche d'un couvent voisin sonnait quatre heures.

— Assieds-toi sur ce divan, dit-elle. Je passe un peignoir plus confortable que cette robe, et je nous prépare un drink. Mets-toi aussi à ton aise. Voilà longtemps que tu portes cet habit.

Elle entra dans une autre pièce, sa chambre, après lui avoir posé un léger baiser sur la bouche. Demeuré seul, Hervé se dirigea vers un petit meuble en forme de bar, l'ouvrit, prit un flacon d'alcool, au hasard, en avala une large lampée et revint s'asseoir sur le divan. Mais comment donc s'amorçaient les deux thèmes musicaux nés tout à l'heure, boulevard Saint-Michel, au moment où ils avaient croisé le petit train d'Arpajon qui descendait vers les Halles ? Comme dans le jeu du furet, ils apparaissaient par-ci, disparaissaient par-là, moins saisissables qu'une poignée d'eau.

— Enlève donc ce carcan ! dit Lucile.

Elle avait revêtu un déshabillé rose, moins décolleté que sa robe du soir mais plus court, surtout plus transparent, Hervé la regardait, craintif et fasciné. Ce qu'il recherchait maintenant avec l'angoisse de ne plus jamais pouvoir la retrouver ça n'était plus les thèmes entendus tout à l'heure en remontant vers le jardin du Luxembourg trempé dans un bain de lune, mais une musique intérieure plus profonde, le désir brutal et déjà évanoui de Lucile. Furieux contre lui-même, il la prit maladroitement par la taille.

— Non, pas comme ça ! dit-elle.

Elle venait de penser qu'il ne lui était jamais arrivé de faire l'amour avec un homme en queue-de-pie. Elle éclata de rire, un rire qui n'en finissait pas.

— Enlève ce frac ridicule, tu as l'air d'un pingouin !

Hervé Carbec passa la main droite sur son front où perlaient de grosses gouttes de sueur. Ce rire venait de l'achever. Il savait maintenant qu'il n'entendrait plus jamais chanter ni les deux thèmes de la petite suite d'orchestre à laquelle il avait rêvé pendant quelques secondes, ni la musique intérieure, violente comme un tam-tam africain dans la nuit, qui aurait pu peut-être le dénouer de ses fantasmes.

— Je ne me sens pas bien, dit-il d'une voix blanche, pardonne-moi. Ma soirée a été trop dure. Je n'en peux plus...

Pendant quelques instants, face à cette tête d'ange foudroyé, ne sachant pas si la colère l'emportait sur son dégoût, Lucile chercha les mots les plus méchants ou les plus vulgaires qu'elle allait adresser à son cousin. Lopette ? Pédale ? Tantouse ? Pire encore. Elle avait connu des occasions exceptionnelles, qui ne sont pas données à toutes les jeunes filles de la bonne bourgeoisie, d'enrichir son vocabulaire ordurier. Un moment, elle fut tentée de dire seulement : « Ton frère avait raison, tu es un petit con. Roger m'aurait déjà sautée. Même si je ne l'avais pas voulu je me serais laissé faire. Lui, c'est un homme ! » Elle dit enfin très doucement, presque tendre :

— Je vais te raccompagner boulevard de Courcelles. Ta maman sera rassurée d'entendre rentrer son petit garçon. Elle doit surveiller le bruit de l'ascenseur. Quand tu seras couché, pense très fort à moi, j'en ferai autant. Il nous arrivera peut-être d'être heureux en même temps, par exemple à cinq heures moins le quart. Règle ta montre sur la mienne. Tu veux bien ? Tais-toi, ne dis plus rien, passe devant. N'oublie pas ton foulard, tu risques d'attraper froid.

Deux fois par semaine, un cavalier en burnous bleu monté sur un petit cheval barbe et porteur d'un gros sac de toile en bandoulière, faisait la tournée des fermes du bled pour y porter le courrier. Ce matin-là, ayant aperçu de loin M. Carbec sur son tracteur, occupé à défricher une parcelle, le moghazeni piqua droit à travers les doums vers le colon et lui remit, tirée du gros sac de toile, une petite sacoche de cuir étiquetée à son nom. Roger Carbec en ouvrit le cadenas avec une clé qu'il portait toujours sur lui, retira quelques lettres de la sacoche et la rendit vide au cavalier. Celui-ci, dressé sur ses étriers, après un bref salut militaire, fit cabrer son cheval en manière de fantasia et regagna au galop la piste qui reliait les uns aux autres les lots de colonisation. Roger Carbec le regarda s'éloigner dans un tourbillon de poussière rouge, ce spectacle le ravissait toujours. Déjà haut, le soleil de cette fin du mois d'avril lui tapait sur la nuque malgré le vieux chapeau tout cabossé qui complétait si bien son vêtement, une chemise à gros carreaux comme on en voit dans les westerns passée dans un pantalon cylindrique maculé de taches de graisse. Triant son courrier, le colon rangea sous sa chemise, à même la peau, deux enveloppes après en avoir reconnu les écritures, l'une postée à Paris par sa mère, l'autre postée à Rabat par une jeune fille, Nicole Lherminat, qu'il avait rencontrée pendant les fêtes du dernier Noël chez les Lecoz-Mainarde et dont il était tombé amoureux sans grand espoir de parvenir au-delà des bagatelles de la porte. Un instant, il fut tenté de décacheter tout de suite cette deuxième enveloppe qui paraissait contenir une simple carte postale mais il s'en voulut de cette faiblesse car il s'était donné pour règle de ne lire son courrier, lettres ou journal, qu'après le repas de midi, juste avant la courte sieste qu'il se permettait. Roger Carbec remit son tracteur en marche, termina le travail entrepris, et revint vers son habitation, « la case », comme il disait à l'exemple des anciens

Malouins partis aux isles, à l'heure du déjeuner sonnée par Messaoud à grands coups de manche de pioche sur une vieille tôle ondulée.

Promu cuisinier, parce qu'il savait faire cuire les œufs, les tomates et les nouilles, que le tager mangeait tous les jours, en y mêlant parfois une boîte de corned beef, Messaoud dressait aussi le couvert : assiettes en aluminium, fourchettes et cuillers en fer battu, verre à moutarde, et se tenait près de son maître avec des prévenances de butler jusqu'au moment où il s'absentait quelques instants pour aller chercher un grand verre de thé à la menthe qu'il posait sur un plateau de cuivre monté sur un tréteau pliant près d'un fauteuil à bascule, seul meuble luxueux de la ferme Carbec. Le jeune colon fit honneur à la ratatouille de Messaoud et but de larges goulées d'eau fraîche tirées d'une gargoulette, tout en écoutant son cuisinier lui rapporter les dernières nouvelles : le vieux Taïeb était mort cette nuit, mesquine [1], l'eau était enfin arrivée dans le puits du lot n° 8, el hamdou lillah [2], ton voisin M. Watrigant el farouj [3] il a conduit ce matin sa femme à la maternité de Fès. Installé sur son fauteuil, Roger décacheta d'abord l'enveloppe de Rabat. Il en sortit une lettre et un carton timbré au chiffre de la Résidence Générale. La lettre, quelques mots tracés d'une écriture ronde à l'encre bleue, disait protocolairement : « Cher monsieur, sans vous en demander la permission, j'ai demandé à l'un de mes amis du Cabinet Civil de vous inscrire sur la liste des invités au bal qui sera donné à la Résidence générale, à l'occasion d'une escale au Maroc de l'escadre de la Méditerranée. Une carte d'invitation est jointe à cette lettre. J'espère que vous ne n'en voudrez pas et je souhaite que vous puissiez vous arracher à vos travaux agricoles. Je n'ai pas oublié notre première rencontre chez votre cousine Annick Lecoz-Mainarde, et encore moins votre passage à Rabat, le mois dernier, lorsque nous avons fait cette promenade dans votre Amilcar. C'est peut-être vous confier qu'il m'arrive de penser quelquefois à cette griserie, et c'est certainement ce qui me permet d'oser vous dire "à bientôt, Roger". Amicalement à vous. Nicole. » Étonné et plus satisfait qu'il voulait se l'avouer, il relut plusieurs fois le billet et le carton, cherchant dans celui-là un sens peut-être caché dont la découverte l'eût enchanté, et retenant aussitôt de celui-ci la date de la soirée offerte par le Résident général, le 4 mai, soit dans douze jours, à laquelle il se promit d'assister. Aujourd'hui même il répondrait à Nicole Lherminat et annoncerait

1. Le malheureux !
2. Dieu soit loué !
3. Quel coq !

sa prochaine arrivée à sa cousine Annick. En attendant, il se prit à imaginer la maison qu'il lui faudrait d'abord construire sur son lot n° 7 avant de songer à épouser une jeune fille comme Nicole Lherminat, fille d'un grand commis qui n'avait jamais habité autre part que dans des logements de fonction, bourrés de domestiques, bien chauffés l'hiver et dont les toits n'étaient pas enlevés par la tempête. Lorsque le soir de leur première rencontre, c'était pendant le dîner de Noël organisé chez les Lecoz-Mainarde, il lui avait raconté ses jours quotidiens, par exemple l'incident de la tôle arrachée par une bourrasque, elle lui avait dit sur un ton passionné :

— Oh ! vous devez avoir une vie merveilleuse ! J'ai toujours rêvé d'habiter le bled !

Ahuri, Roger l'avait mieux regardée, brune aux yeux clairs et dont le corps mince paraissait solide sous sa robe élégante et sage de demoiselle bien élevée. Assis à côté d'elle, il savait seulement que sa voisine, âgée de vingt et un ans, tenait la maison de son père divorcé, fonctionnaire de haut rang. Il s'aperçut tout de suite qu'elle était belle, qu'elle le regardait droit dans les yeux, sans agaceries, qu'elle sentait bon la lavande et l'œillet, une odeur de jeune fille qui aime l'eau, examen de passage auquel elle aurait été reçue aussitôt avec mention très honorable si elle n'avait pas dit au même moment :

— Vous n'avez pas l'air d'un colon !

Roger pensa à cet instant que Nicole Lherminat était une conne.

— À quoi donc ressemble un colon ? répondit-il sur le ton agressif qu'il n'avait jamais perdu tout à fait.

Elle s'était déjà rendu compte de sa bévue :

— Je voulais dire que vous ne ressemblez pas aux autres colons que j'ai pu rencontrer.

— Eh bien, venez me voir un jour à Sidi M'Barek, fit-il d'un ton rogue. Vous changerez peut-être d'avis, mademoiselle.

— Chiche ?

— Pari tenu.

Autant Roger Carbec prenait peu garde à son vêtement quand il se trouvait sur son bled, à croire même qu'il éprouvait un certain plaisir à jouer les clochards, autant il soignait de très près le moindre détail de sa tenue quand il lui arrivait de venir à Rabat : complet du bon faiseur, cravate et chemise signées Hildtich, souliers impeccables, chaussettes baguettées. D'où lui venaient ce souci et cette élégance, alors qu'à peine sorti du collège il avait mené une existence vagabonde, souvent rude, loin d'une famille où les hommes autant que les femmes avaient toujours fréquenté les couturières et les tailleurs parisiens ou malouins, voire londoniens ?

Ce soir de Noël, il portait un smoking dont les lignes sobres contrastaient avec sa chevelure demeurée rebelle et sa figure cuite de soleil.

— Vous ressemblez plutôt à un marin qui aurait beaucoup bourlingué. Cela vient sans doute de votre ascendance malouine ?

Rien ne pouvait faire plus plaisir à Roger. Il répondit :

— J'ai beaucoup bourlingué, je devrais naviguer encore. C'est toute une histoire.

— Racontez-la-moi. Vous permettez que je vous appelle par votre prénom ?

Elle était décidément très sympathique cette petite jeune fille, beaucoup moins sotte que je ne l'avais cru tout à l'heure. D'ailleurs, c'est la première fois que je rencontre une vraie jeune fille. Allez savoir comment c'est fait et ce que ça pense ? Roger avait dit alors que sa mauvaise vue l'ayant empêché de préparer l'École navale, son père lui avait offert pour le consoler de son désespoir un tour du monde à bord d'un cargo qui faisait du tramping. Plus tard, un de ses cousins, officier aux Affaires indigènes, lui avait fait connaître le Maroc.

— C'est ainsi qu'après Valparaiso, Hong-Kong, Hambourg ou Liverpool, ma barque est venue s'échouer à Sidi M'Barek pour une autre aventure au moins aussi passionnante.

— Quelle chance !

— Pourquoi donc ?

— Parce qu'on ne se serait pas connus !

— Cela se chante.

— Vous connaissez ?

Railleur, il fredonna la rengaine d'un vieux disque qui lui tenait parfois compagnie : « *Si l'on ne s'était pas connus — Jamais mes yeux, jamais mes lèvres...* » Elle continua sur le même ton « *Non jamais n'auraient retenu — Le souvenir de nos heures de fièvre !* » et dit aussitôt :

— Si j'ai bien compris, vous êtes le cousin du capitaine Carbec ?

— Vous le connaissez ?

— Mon père l'a bien connu au moment de la guerre du Rif. Il m'a dit que c'était un officier très brillant.

— Je l'aime beaucoup.

— Ah ?

— Pourquoi ce « Ah ? »

— Parce que vous parlez toujours sur un ton ironique, comme les gens qui ne sont pas capables d'aimer, ou en ont peur.

— Je sais que j'aime beaucoup mon cousin, c'est tout.

Roger Carbec n'était revenu à Rabat qu'au mois de mars suivant.

Il s'était empressé de téléphoner dès son arrivée à Nicole Lherminat à laquelle il avait pensé de temps à autre, ça n'est sans doute pas une conne mais c'est certainement une garce, en faisant tourner un de ses vieux disques : « Si l'on ne s'était pas connus... »

— Où êtes-vous ? dit-elle.

— Comme vous n'avez pas tenu votre promesse de me rendre visite à Sidi M'Barek, je suis venu à Rabat.

— J'attendais le printemps...

— ... Et moi, sous l'orme !

— Ne soyez pas méchant. Venez plutôt me chercher chez moi, nous irons nous promener.

— À quelle heure ?

— Cinq heures.

Roger était allé déjeuner chez ses cousins, selon son habitude. Il se sentait à l'aise dans ce foyer paisible, où cinq êtres, deux adultes et trois enfants, s'aimaient simplement. Gilbert Lecoz-Mainarde avait maintenant ouvert à son nom une agence d'architecte après avoir collaboré aux grands projets signés par Laprade, Prost ou Laforgue qui feraient un jour de Rabat la belle cité résidentielle que Lyautey avait rêvée. À son tour, il concevait de grands ensembles sous sa propre responsabilité, mesurant sa chance de réaliser de tels travaux à une époque où la reconstruction des régions détruites par la guerre une fois terminée, on ne bâtissait rien de neuf en France, à part les immeubles de Mallet-Stevens qui faisaient figure d'expérience de laboratoire. Annick, pour sa part, était devenue une des nombreuses mères de famille françaises qui donnaient à Rabat non seulement un ton charmant mais une stabilité sociale et politique au moins apparente sans laquelle cette ville sans passé, plaquée à côté de la réalité indigène, eût risqué de trop ressembler à un décor de théâtre planté pour y jouer une pièce éphémère. Parmi beaucoup d'autres, le couple Lecoz-Mainarde avec ses trois jeunes enfants, Frédéric, Colette et Yves, symbolisait pour Roger Carbec la solidité familiale dont il avait toujours eu besoin et dont, mouton noir malgré lui, des circonstances imprévues semblaient l'exclure, le ramener, et le rejeter tour à tour. Le repas terminé, demeuré seul avec sa cousine, il lui demanda :

— Que penses-tu de Nicole Lherminat ?

— Ça n'est pas pour elle que tu es venu à Rabat ! dit Annick en exagérant sa surprise.

— Un peu.

— Un peu ou beaucoup ?

— Beaucoup.

— Alors, méfie-toi.
— De Nicole Lherminat ?
— Non, de Roger Carbec.
— Dis-moi plutôt ce que tu penses d'elle.
— Elle est très charmante, très ambitieuse et désire se marier vite car elle a rompu déjà deux fois ses fiançailles. Elle fait la cour aux hommes mais elle est assez forte pour leur faire croire que ce sont eux qui lui courent après.
— Comment sais-tu cela ?
— Parce que je le vois, dame ! Et aussi parce qu'on me le raconte. Il y a beaucoup de jeunes célibataires à Rabat, officiers, médecins, ingénieurs, fonctionnaires. En général, ce sont les madames mères qui se jettent sur eux les premières, les filles n'interviennent qu'en deuxième vague. Nicole Lherminat, dont la mère a disparu on ne sait où, doit se débrouiller toute seule. Ne te fais pas trop d'illusions, ici, les filles n'accordent pas grand-chose si j'en crois les confidences des garçons. Je ne connais pas de « garçonnes » dans le genre de notre Lucile. Ça n'est pas le style de Rabat où la société, malgré ses airs indépendants, est celle d'une petite ville de garnison avec ses préséances et ses potins. Ce qui est le plus important c'est de se marier d'abord.
— Tu crois qu'une fille comme Nicole Lherminat accepterait de venir habiter à Sidi M'Barek ?
— Demande-le-lui. Moi j'aurais suivi Gilbert n'importe où ! Dis-toi bien que tu es un beau parti : tu as vingt-six ans, tu es propriétaire d'une ferme de 170 hectares et tu es le fils du professeur Carbec. Cela peut séduire Nicole. Tente ta chance. Elle ne donnera rien pour rien. Le fait que ton père soit un grand chirurgien plaidera pour toi. Maintenant, tu ferais bien d'être un peu honnête avec toi-même et te demander sincèrement si tu n'envisages pas de te marier pour avoir tous les soirs une femme dans ton lit ? Si tu veux mon avis, je ne pense pas que Nicole Lherminat veuille épouser un colon. Elle cherche quelqu'un dont la carrière soit susceptible de la faire briller, par exemple un diplomate ambitieux.
— Je croyais que l'arrivisme était réservé aux mâles ?
— Depuis quand les Carbec sont-ils devenus des enfants de chœur ? répondit Annick Lecoz-Mainarde.

— Excusez-moi, dit Nicole Lherminat en accueillant Roger Carbec à la porte d'un jardin où flambaient des bougainvilliers rouges et violets, je ne peux vous donner qu'une heure cet après-midi. J'ai un rendez-vous imprévu. Je suis désolée, mais ce soir, après dîner, je serai libre plus longtemps. C'est gentil d'être venu me voir.

Roger ne cacha pas sa mauvaise humeur.

— Où allons-nous ?

— Sur la route ! Où vous voudrez, j'adore faire de la vitesse. Sans aucun but.

Il n'ignorait pas la puissance de séduction que peut développer une voiture de grand sport, basse sur ses roues, dont le moteur se met à hurler sous la moindre pression du pied et qui vous emporte soudain dans le vent où basculent les arbres des deux côtés de la route. Tandis qu'elle s'installait auprès de lui, il abaissa le petit pare-brise et démarra en trombe. Puisqu'elle aimait la vitesse, elle serait servie. Maintenant, l'Amilcar fonçait sur la route de Casablanca, une large voie bitumée ourlée à droite par la mer. Attentif à la conduite de sa voiture, les yeux ne quittant guère la route que pour le compte-tours et la pression d'huile, Roger Carbec ne s'intéressait plus qu'à sa machine, saisi tout entier, corps et esprit, par ce nouveau vertige découvert depuis peu d'années par les hommes, la vitesse, qui avait trouvé son poète avec Marinetti, son romancier avec Paul Morand, et son musicien avec Honegger. Il demeurait muet. S'il eût ouvert la bouche le vent lui eût enfoncé dans la gorge des mots inaudibles. Il préférait surtout chanter à soi-même, pour lui seul, dans le secret de son cœur, le beau thème de *Pacific 231* lorsque les cuivres de l'orchestre clament le chant pathétique d'une locomotive lancée en pleine nuit à 120 à l'heure. La jeune fille, elle non plus, ne disait rien, mais les yeux fermés, emportée elle aussi par cette nouvelle ivresse découverte par sa génération en même temps que les cocktails et le jazz, s'avisait tout à coup que pendant des millénaires les hommes n'avaient pu enlever les femmes qu'au galop d'un cheval. Après une demi-heure de course menée au même train, Roger Carbec ralentit et s'arrêta devant une baraque en planches installée sur le bord de la route où un ancien légionnaire tenait cantine.

— Ouf ! fit Mlle Lherminat en arrangeant ses cheveux. Je suis toute décoiffée. Vous m'offrez un verre ?

Roger regarda sa montre.

— Pas question, nous avons juste le temps de rentrer pour que vous ne manquiez pas votre rendez-vous imprévu.

Il enclencha sa première vitesse et fit faire demi-tour à l'Amilcar.

Une demi-heure plus tard, les deux jeunes gens étaient de retour à Rabat.

— À ce soir, dit-elle.

Roger Carbec se pencha sur elle et l'embrassa longuement sur la bouche avant de lui répondre d'un air détaché :

— Excusez-moi, j'avais oublié de vous dire que je suis pris ce soir.

Il était aussitôt reparti pour Sidi M'Barek, triste et rancunier comme un petit garçon qui, boudant contre son ventre, vient de refuser la tartine dont il a le plus envie. Jusqu'à ce billet qui accompagnait l'invitation au bal donné en l'honneur de l'escadre de la Méditerranée, Roger Carbec n'avait plus eu de nouvelles de Mlle Lherminat. Il pensa qu'elle valait mieux que l'opinion qu'en pensait sa cousine Annick puisqu'elle ne paraissait pas lui en vouloir de l'affront qu'il lui avait infligé, mais il ne put s'empêcher de se rappeler aussi avec quelle technique la jeune fille lui avait rendu son baiser. Ce souvenir l'inquiétait encore. Il relut une autre fois le carton du Résident Général, hurla « Messaoud ! un autre verre de thé ! » et lut enfin la lettre de sa mère qui lui racontait en détail le succès obtenu au gala de l'Opéra par son frère Hervé.

« ... Il ne manquait que toi. Nous avons tous beaucoup regretté ton absence. Tu aurais été heureux d'entendre ton frère puisque tu t'es mis à aimer maintenant la musique, ce qui ne m'étonne pas parce que tous les Zabrowsky l'ont dans le sang. Envoie-moi, mon chéri, la liste des disques que tu préfères, classiques, modernes ou même jazz, je te les enverrai moi-même, Hervé n'aurait guère le temps de s'en charger. Figure-toi qu'il lui arrive une chose assez extraordinaire. Braïlowsky, c'est un grand pianiste dont tu ne connais peut-être pas le nom, devait donner au début du mois prochain quatre concerts en Allemagne. Toutes les places étaient déjà louées, lorsqu'il a dû déclarer forfait à cause d'une aggravation subite du mal dont il est atteint. C'est alors que l'ambassadeur d'Allemagne à Paris a fait demander à Hervé de le remplacer. Il fallait donner une réponse dans les vingt-quatre heures. Tu sais ce que nous pensons volontiers dans notre famille au sujet de la chance : elle sonne toujours trois ou quatre fois à la porte de chaque individu au cours de sa vie, encore faut-il l'entendre et la saisir. Celle-là était prodigieuse. Sans doute, la critique avait été bonne, même signée par des gens comme Vuillermoz, Poueigh ou Laloy, nous ne pouvions toutefois en espérer une si rapide exploitation. Tu connais aussi ton frère, toujours indécis, craintif, sceptique, comme si la vie ne l'avait pas comblé de dons, et cependant aussi prompt aux emballements qu'aux découragements. Il avait fallu que je lui fisse violence pour figurer au programme de l'Opéra. Cette fois encore j'ai dû prendre l'affaire en main. Cela n'a pas été facile, car le pauvre petit, il faut le comprendre n'est-ce pas, m'objectait que l'épreuve d'essai qu'il faut d'abord subir pour pouvoir se présenter au concours du Prix de Rome était déjà fixée au 25 mai. J'ai dû rendre visite à son professeur de composition, Paul Dukas, qui a conseillé lui-même à Hervé de ne pas manquer une pareille occasion : "Une absence d'une semaine dans de telles conditions est susceptible au contraire de vous être bénéfique." Ton frère s'est alors décidé. En ce moment, il répète dans un studio de la salle Gaveau un programme que par bonheur il possède bien : Chopin, Liszt, Mendelssohn, Schumann, la génération de 1810 comme disent les Allemands. Il part la semaine prochaine pour jouer le 2 mai à Francfort, le 3 à Stuttgart, le 4 à Munich et le 5 à Berlin. Quelle affaire ! Ma joie serait immense si je l'accompagnais... Tu penses bien que j'en avais ainsi décidé car le pauvre petit sera incapable de se diriger seul dans ce pays dont il ignore, à part quelques mots, tout de la langue et des coutumes que moi je connais assez bien. D'autre part, je n'ai aucune sorte de confiance dans l'imprésario, on appelle cela aujourd'hui un agent, qui doit le prendre en charge, régler ses notes d'hôtel, retenir ses places d'avion ou de chemin de fer, veiller sur ses bagages, enfin tout ce que Hervé n'a jamais su faire, alors que toi, mon grand fils, tu t'es toujours conduit comme un Carbec. C'est d'ailleurs un Carbec qui m'empêche d'accompagner ton frère. Celui-là, c'est ton père. Figure-toi que depuis quelque temps, il ne perd aucune occasion de critiquer la façon dont je vous ai élevés, surtout s'il s'agit d'Hervé : "Tu es trop mère poule, tu ne l'as jamais considéré comme un garçon, tu passes la moitié de ton temps à faire de la musique ou à sortir avec lui, au lieu de le laisser libre de voir ses amis. À son âge, on a des copains et des petites amies..." Tu entends cela d'ici. Cette fois nous avons failli nous disputer, d'autant plus que Lucile venue dîner à la maison lui donnait raison, comme toujours du reste... Je m'aperçois que je viens de poser trois points de suspension et je me demande bien pourquoi ? N'y fais pas attention, ta maman est un peu énervée. À un moment de la discussion, ta cousine nous a lancé une phrase en forme de proverbe dont l'auteur imprévisible serait Courteline : "Les voyages sont comme les femmes, ils forment la jeunesse !" Je me demande ce que les femmes viennent faire là-dedans. Toi qui, pour ton âge, a déjà beaucoup voyagé, qu'en penses-tu ? J'étais bien décidée à ne pas céder, quoi qu'il arrive, lorsque ton père a eu l'idée, bonne ou mauvaise, de demander l'avis d'Hervé. Celui-ci a hésité quelques secondes avant de répondre qu'il préférait partir seul. Dieu fasse que personne n'ait jamais à s'en repentir ! Si, comme c'est probable, ton frère franchit avec succès le cap des épreuves éliminatoires à son retour de Berlin, il devra entrer en loge pour subir l'épreuve du Concours de Rome au palais de Fontainebleau où il restera un mois environ. Cela nous mènera à la fin juillet, date à laquelle nous partirons pour la Couesnière où ta tante Yvonne, après avoir fait quelques manières, a bien voulu retourner cette année pour y passer quelques mois, quitte à remettre le gouvernement du mois d'août entre les mains de Lucile. Cette année, il va lui falloir prendre des dispositions pour remplacer à la ferme le pauvre Nicolas Lehidec qui vient de mourir. Depuis son retour de la guerre où il avait été gazé, il était d'humeur bizarre, mais c'était un brave homme qui nous aimait tous bien. L'an prochain, en 1930, lorsque tous les Carbec se réuniront dans la malouinière familiale, si Dieu le veut, ils trouveront quelques changements : l'eau courante, l'électricité, plusieurs salles de bains, les peintures refaites, des chambres d'enfants aménagées dans les combles pour les nouvelles générations. Il faut penser à l'avenir. Je suis déjà trois fois grand'tante avec les trois héritiers Lecoz-Mainarde, et je sens bien que tu feras de moi un jour prochain une grand'mère. Qui est donc cette Nicole Lherminat dont tu cites deux fois le nom dans ta dernière lettre ? Un simple flirt, comme je l'espère, ou quelque chose de plus sérieux, comme je le redoute ? Je ne te demande pas de confidences, mon cher petit, mais je crois te connaître assez pour savoir que les jeunes hommes faits comme toi, surtout s'ils vivent solitaires, qui paraissent être les plus farouches, les plus indépendants ou les moins sociables, sont aussi les plus vulnérables et se laissent souvent aussi facilement mener par une fille qu'un énorme buffle d'Asie se laisse conduire dans les rizières par un petit garçon de dix ans. Que veux-tu, j'appartiens à une génération où les hommes étaient plus souvent chasseurs que gibier ! Si tu ne veux rien confier à ta maman, je le comprendrais bien, mais je pense que tu devrais demander l'avis de ta cousine Annick avant de t'engager. C'est la plus solide de mes nièces, en tout cas la moins aventureuse des Carbec, et sans doute celle de vous tous qui a le plus d'aptitude au bonheur.

« Nous voilà arrivés à la fin du mois d'avril. Bientôt le mois de mai, ce sera le temps du muguet comme dans la vieille chanson russe que d'anciens officiers du tsar chantent le soir au Caveau caucasien en s'accompagnant de balalaïkas. Ton père m'y a menée dîner l'autre soir, nous y avons mangé du caviar et bu de la vodka. Des garçons vêtus de blouses courtes galonnées d'argent et serrées à la taille par une grosse ceinture à boucle circulaient de table en table en brandissant des deux mains des sortes de baïonnettes où flambaient encore des morceaux de viande à peine sorties du gril. Pas loin de nous, le prince Ioussoupov, celui chez qui Raspoutine a été enfin tué, buvait du champagne rosé, entouré de chauffeurs de taxi qui se disaient tous anciens colonels ou généraux : on leur apportait des bouteilles qu'ils décapitaient d'un coup de sabre. C'était merveilleux, on aurait cru un livre de ce jeune romancier dont on parle beaucoup en ce moment à Paris, Joseph Kessel. Ils ont chanté la *Marche des Hussards noirs.* Quelle admirable voix ont ces Russes ! J'ai entendu dire que des Troubetskoï, des Chérémetief, et même des Tolstoï avaient émigré au Maroc. Est-ce vrai ?

« Je t'écris à bâtons rompus, comme si nous bavardions tous les deux. Il y a si longtemps que cela ne nous est pas arrivé ! Les arbres du parc Monceau que je vois à travers les fenêtres sont couverts de fleurs roses ou blanches et je vois en ce moment, sous mes yeux, se promener le gardien revenu de la guerre gravement mutilé, un bras en moins, qui est devenu un ami de ton père dont tu connais les idées. Ton cousin Jean-Pierre vient d'être promu chef de bataillon : n'oublie pas de lui envoyer un mot de félicitations. Il termine sa seconde année à l'École de guerre et se demande s'il n'y perd pas son temps, sauf pour le tableau d'avancement ! Nous l'avons souvent à dîner. Inutile de te dire qu'il n'est pas souvent d'accord avec ton père qui a toujours soutenu la démarche politique de Briand alors que Jean-Pierre s'inquiète beaucoup de la rapidité avec laquelle l'Allemagne développerait, pour parler comme lui, son potentiel industriel. Il dit aussi que par veulerie ou idéologie pacifiste le gouvernement envisagerait déjà d'abandonner l'occupation de la Rhénanie. Ton père réplique qu'il n'y a pas d'autre politique possible si l'on veut éviter le désespoir, et toutes ses conséquences, du peuple allemand. Tu les entends. Voilà des propos bien sérieux et sans doute très éloignés de tes soucis. Écris-moi plus souvent. Parle-moi de ton installation, de ta vie quotidienne. Qui s'occupe de ta cuisine, de ton linge ? Ta vieille Ford tourne-t-elle toujours rond ? Il paraît que ces voitures sont increvables... »

À Tempelhof, où les avions descendent du ciel pour se poser sur une piste bordée de grands immeubles bétonnés, à quelques minutes du Kurfürstendamm, six musiciens délégués par la Philharmonique attendaient Hervé Carbec. Vêtus de noir, cols durs et pantalons rayés de gris, ils l'accueillirent avec gentillesse, l'accompagnèrent jusqu'à son hôtel et le convièrent à midi juste, ne soyez pas en retard, au Schlichter où ils déjeuneraient avant de se rendre au rendez-vous fixé par Furtwängler pour la répétition du concert qui devait avoir lieu le lendemain à cinq heures. L'Allemagne où il venait pour la première fois, Hervé Carbec ne la connaissait qu'à travers les bavardages de sa grand-mère, les récits d'Alphonse Daudet ou de René Bazin et les gazettes infantiles publiées pendant la guerre. C'était Bismarck plus que Goethe, Guillaume II plus que Schiller. Les noms de von Kluck et de Ludendorff, il les avait lus pendant près de cinq années dans les journaux, mais il ignorait l'existence de Kant ou de Nietzsche. Il se rappelait seulement que l'Allemagne était la terre des géants : Bach, Beethoven, Schumann, Mozart, Weber, Mendelssohn, Liszt, Wagner. De la dernière guerre qui s'était confondue avec son enfance, à part quelques images terribles comme celle de ce monceau de pansements et de membres mutilés auquel on avait mis le feu dans une cour de récréation soudain remplie d'ambulances une nuit du mois de juin 1918, il avait surtout gardé le souvenir d'un soir de novembre de cette même année lorsque son vieux maître de musique avait fait trembler les vitraux de la chapelle du collège sous l'ouragan de sa *Marseillaise*. Ce jour-là, semblable à tous ses camarades, il avait entendu sonner les trompettes de la victoire et en avait été submergé. Lui aussi, petit garçon de treize ans, il était vainqueur : l'Allemagne vaincue allait subir pendant plusieurs générations un châtiment qui ne ferait jamais payer assez cher tous les crimes que ces barbares avaient commis, les millions de cadavres dont ils devraient rendre compte, et pour commencer ceux d'Yves et de Léon Carbec...

Après onze années, Hervé Carbec n'était pas loin d'éprouver les mêmes sentiments quand, au Bourget, il avait pris place dans le Fokker qui allait le conduire d'abord à Francfort. Pour lui, un pays vaincu était synonyme de villes détruites, de campagnes ravagées, d'hommes et de femmes désespérés autant que misérables. Retranché du monde extérieur, prisonnier d'abord du piano, puis de ses études d'harmonie, de contrepoint et de fugue, enfin de composition et d'orchestration, ne lisant pas de journaux à part *Comoedia,* comment aurait-il pu connaître qu'après avoir failli sombrer au lendemain de sa défaite dans le chaos provoqué par la subversion, le chômage, l'inflation et plusieurs tentatives de coup d'État, l'Allemagne avait réussi dès 1925 un tel rétablissement politique, économique et monétaire, et que le nouveau Berlin, promu capitale de la République de Weimar, brillait d'un éclat intellectuel et artistique qui faisait d'elle une cité cosmopolite capable de rivaliser avec Paris cependant auréolé des prestiges de la victoire ?

Hervé avait dû réviser rapidement son jugement, modérer ses préventions, infléchir le comportement qu'il s'était promis. Ses compagnons de voyage, Allemands, Hollandais, Anglo-Saxons, tous aussi bien vêtus que bien nourris, appartenaient à cette catégorie sociale qu'on appelle généralement hommes d'affaires et dont la gravité, l'air important, le regard soucieux, les gestes de gens pressés qu'ils se donnent, sont sans doute autant de lieux communs déversés par les romans dans la vie quotidienne. Au-dessous de lui, regardée par les hublots, la campagne allemande parsemée de petites cités aussi charmantes que des jouets de Nuremberg n'avait visiblement jamais souffert de la guerre, pas plus que les usines des grandes villes survolées, Karlsruhe, Mannheim, Darmstadt et bientôt Francfort où, pour la première fois de sa vie, des photographes mitraillèrent Hervé au moment où il descendait du Fokker. Le même soir il donnait un récital Schumann devant un public de mélomanes avertis, plus connaisseurs que mondains et d'autant plus disposés à la critique que l'absence de Braïlowsky les décevait. Cette fois, pas d'orchestre sur la scène ni de Koussevitzky pour séduire, mais un immense piano noir, Minotaure qu'il lui avait fallu apprivoiser tout seul, caresser, brutaliser, dominer sans attendre le moindre secours du plus petit air de flûte. Il avait dû se battre durement, mesure après mesure. Finalement, il l'avait emporté avec la *Fantaisie en ut majeur* dont l'exaltation et la tendresse triste exprimaient si bien les propres inquiétudes du petit Thésée aux boucles blondes. Honnêtement, il fut applaudi. Les élèves de l'École de musique de

Francfort avaient même témoigné d'un bel enthousiasme, et ce soir-là, après le concert quelques jeunes gens avaient entraîné le Français dans une brasserie ruisselante d'électricité et de violons où, en mangeant des cervelas, il avait découvert des garçons et des filles qui ne ressemblaient plus aux Allemands dessinés par Hansi et lui posaient, sans avoir besoin d'interprète, cent questions à propos de Montparnasse, du surréalisme, d'André Gide ou de l'enseignement du Conservatoire auxquelles il pouvait à peine répondre. Le lendemain et le surlendemain, les mêmes scènes s'étaient répétées, au concert et après le concert. L'accueil du public demeurait bienveillant, parfois chaud, la presse était bonne et personne au cours des soirées passées en groupe en buvant des chopes de bière, n'avait jamais fait la moindre allusion à quelque événement politique, par exemple la présence de troupes sénégalaises en Rhénanie, qui aurait pu gêner Hervé Carbec, messager de la musique auquel on savait gré d'avoir remplacé au pied levé un virtuose bien-aimé et plus encore d'avoir respecté son programme où figuraient trois Allemands de cette génération de 1810 venue au monde au moment de l'aventure napoléonienne. Mais on lui demandait aussi : « Avez-vous lu *À l'Ouest, rien de nouveau*? Que pense-t-on en France du *Déclin de l'Occident* et du *Monde qui naît*? autant de questions qui le mettaient en embarras car il n'avait entendu parler ni d'Erich Maria Remarque, ni de Spengler, ni de Keyserling.

De la répétition d'orchestre avec Wilhelm Furtwängler, au milieu de l'après-midi, Hervé Carbec sortit exténué. Plus rigoureux encore que Koussevitzky, le maître de la Philharmonique lui avait fait recommencer six fois de suite les plus périlleuses acrobaties d'un *Concerto* de Mendelssohn, et avait consacré plus de trois quarts d'heure à mettre au point les quinze minutes du dialogue échangé, dans l'intermezzo du *Concerto* de Schumann, entre le soliste et l'orchestre. « Plus d'intériorité, Herr Carbec ! »

Reconduit à son hôtel, il demanda qu'on le laissât seul jusqu'au lendemain. Il aurait une grosse partie à jouer. La vie qu'on lui avait fait mener depuis quatre jours l'avait épuisé. Le repos, surtout le silence, lui étaient nécessaires.

— Du courrier est arrivé pour vous, monsieur Carbec, dit le portier en lui remettant sa clé et une enveloppe.

Hervé pensa tout de suite que c'était une lettre de sa mère, incapable de se contenter des coups de téléphone dont elle le harcelait tous les jours. Non, l'enveloppe n'était pas timbrée, elle avait été remise directement à l'hôtel. Il la décacheta. Son visage se nimba aussitôt d'un sourire radieux, le même qui naguère faisait penser au

Supérieur de Saint-Vincent que les anges musiciens assis sur les nuages du ciel devaient ressembler à l'élève Carbec.

« Mon cher cousin, disait la lettre, j'ai appris par les journaux que Hervé Carbec donnerait demain soir un concert à la Philharmonique. Je ne doute pas un seul instant qu'il s'agisse du petit garçon que j'ai connu autrefois dans une vieille demeure bretonne où sa grand'mère avait réuni les descendants d'un corsaire dont le nom est demeuré célèbre parmi les messieurs de Saint-Malo. C'était quelques jours avant l'horrible guerre qui nous a jetés les uns contre les autres. Je revois encore la Couesnière, ainsi que ses habitants et ses familiers. Mais c'est surtout de ce petit garçon que j'ai gardé le souvenir le plus précis et le plus charmant. Bien souvent, au cours de ces terribles années je ne parle pas seulement de 14-18, je pensais à notre rencontre et je vous revoyais dans le grand salon de la malouinière, jouer du Corelli. Il me semble même que c'était une transcription pour piano du fameux *Concerto «pour la nuit de Noël»*. Après, nous avons joué à quatre mains du Schumann, du Debussy, et bientôt je ne sais plus trop quelles improvisations un peu folles où, adorable et prodigieux bambin de neuf ans désigné par les dieux, vous vouliez m'entraîner. Après quinze années bientôt, je m'en souviens comme d'hier. Cette mémoire est celle d'un des moments les plus lumineux de ma vie qui, au lendemain de la guerre, a connu de dures traverses alors que vous faisiez déjà vos premiers pas sur la route du succès et sans doute de la gloire. Mais vous souvenez-vous seulement de moi ? Demain soir, je ne manquerai pas de me trouver dans la salle de la Philharmonique parmi tous ceux qui vous applaudiront. Je sais que je serai aussi tout près de vous. Pour demain, et pour votre vie, bonne chance petit cousin ! Helmut von Keirelhein. »

Étendu sur son lit, Hervé relut plusieurs fois la lettre du cousin allemand. Comment Helmut pouvait-il croire qu'il l'avait oublié, alors qu'il lui arrivait encore, après tant d'années, de penser à ce moment unique qui avait enchanté son enfance et dont il avait gardé, en secret, le bonheur ébloui de la rencontre d'un magicien aux doigts remplis de musique comme on en trouve dans les contes de fées ! Il allait lui répondre tout de suite, lui demander de venir le rejoindre, l'inviter à dîner car on devinait bien à travers tout ce qu'il ne disait pas, qu'Helmut était pauvre, qu'il avait peut-être faim. Aucune adresse, aucun numéro de téléphone, ni sur la lettre ni sur l'enveloppe. Il se leva, marcha de long en large dans sa chambre, se recoucha, sonna la réception pour demander si on savait où habitait le Graf von Keirelhein ? Nein, mein Herr. Trop énervé pour se reposer, il prit le parti d'aller se promener par les rues, là où la fantaisie conduirait ses pas. Peut-être qu'un miracle lui ferait rencontrer Helmut ? La nuit était tombée depuis longtemps quand il se retrouva dans le Kurfürstendamm, bordé de cinémas géants, de cafés à terrasses, de music-halls et de cabarets, rutilant d'éclairages racoleurs aux rythmes syncopés. Il avait flâné dans Unter den Linden parce qu'on ne pouvait prétendre qu'on était allé à Berlin sans s'y être promené, admiré avec quelle imagination les grands magasins de charcuterie présentaient leurs vitrines dans Friedrichstrasse, et s'était émerveillé, Potsdamer Platz, de la façon dont la circulation était réglée par des feux verts et rouges. Jusqu'à présent, il semblait qu'il eût passé inaperçu. C'est devant l'Eldorado qu'un jeune garçon, quatorze ans peut-être, s'approcha tout près de lui. Hervé n'avait pas besoin de savoir parler allemand pour comprendre ce que l'autre lui proposait. Il pensa s'en tirer en utilisant son maigre vocabulaire :

— Je ne sais pas parler allemand, laissez-moi tranquille !

Le jeune garçon insista en baragouinant quelques mots d'anglais :

— Come with me ! At home ! Come with me ! Ten marks.

Hervé hâta le pas sans répondre. Le voyou fit alors mine de s'en aller mais se retourna soudain :

— Donne dix dollars, dit-il enfin d'un air menaçant.

Blême de peur, Hervé tira de sa poche quelques billets, les tendit et rentra à son hôtel en courant le long du Kurfürstendamm où, respirant à pleins poumons la nuit d'avril, de paisibles Berlinois allaient et venaient sans se soucier des putains chaussées de cuissardes rouges ni des travestis, reconnaissables à leurs poignets de forgeron et leur cou de taureau, qui occupaient le trottoir. L'un d'eux lui décocha une œillade vulgaire et s'exclama en français :

— Bonne nuit, crème de beauté !

Quand il attaqua le Finale, Hervé Carbec sut qu'il allait connaître une grande victoire. Tout à l'heure, dans la première partie du concert, il avait prouvé sa virtuosité en se jouant des acrobaties de Mendelssohn devenues inapparentes sous la finesse de son beau métier. Il venait d'exécuter les deux premiers mouvements du *Concerto en la*, retrouvant la même veine qui l'avait inspiré à l'Opéra, et il avait entendu, à la fin de l'intermezzo, un léger frisson courir sur la salle, moire furtive et perceptible par ceux-là seuls qui la provoquent. Tournant le dos au public, Furtwängler, au même instant, avait été frôlé par la même onde née d'un accord exceptionnel entre un musicien et ses auditeurs, mystère réservé aux initiés, mythe d'Orphée, instant aussi peu mesurable que la naissance d'un amour. Le chef de la Philharmonique avait alors lancé au pianiste un rapide coup d'œil : complicité, plaisir, bonheur. Maintenant, Hervé montait à l'assaut, sûr de l'emporter, dominateur, sans plus s'occuper de l'orchestre, imprimant lui-même à l'*allegro vivace* un élan vertigineux qui donnait l'impression d'une valse démesurée dans la lumière, tumulte de sons et de couleurs où se réunissaient tous les thèmes de la partition avant d'exploser dans un bouquet final. À peine joués, les derniers accords furent salués par un orage d'applaudissements. Debout, la salle tout entière criait sa joie, mêlant les « bravo » latins aux « heil ! » germaniques. Wilhelm Furtwängler frappait lui aussi dans ses mains et faisait lever ses musiciens. Lui, Hervé Carbec, pris dans le faisceau d'un projecteur, redevenu timide et charmant, plus Chérubin que Siegfried, saluait en souriant. Il dut répondre à dix rappels et fit enfin signe qu'il allait jouer quelque chose, en solo, pour répondre aux *bis* qui fusaient de tous les côtés et à tous les niveaux de la grande salle archicomble. Quand le silence fut rétabli, Hervé demeura quelques instants encore immobile, puis, très doucement, ses doigts égrenèrent une mélancolie grave et raffinée de Corelli où il lui semblait entendre, mêlée aux propres battements de son cœur, la mémoire de son enfance indissociable du cousin Helmut von Keirelhein auquel il adressait ce message en souvenir de la malouinière.

Une centaine de jeunes hommes et de jeunes femmes attendaient dehors, à la porte de la Philharmonique, la sortie d'Hervé Carbec pour le voir de plus près, lui demander un autographe et le féliciter encore. Il reconnut tout de suite son cousin, écarta la cohue et se jeta dans ses bras. Après quinze années, vêtu maintenant d'un costume sombre, un peu élimé, taillé dans du gros drap, Helmut von Keirelhein avait gardé la même allure, le même sourire courtois, les mêmes yeux bleu pâle. Quelques rides creusaient son visage mince et ses cheveux étaient devenus gris. Il paraissait bouleversé par cette rencontre. S'éloignant un peu, il lui dit :

— Comme tu es beau !

— Ah non ! Pas vous ! Ne me dites jamais cela !

On eût dit qu'une guêpe venait de piquer Hervé. Keirelhein ne voulut pas y prêter attention et le laissa, pendant quelques instants, signer son nom sur des programmes que des jeunes filles lui tendaient.

— Bien sûr tu n'es pas libre ce soir ?

— Mais si ! J'ai déjeuné à midi à l'ambassade et j'ai réservé mon dîner. Après avoir lu votre lettre, je comptais bien passer cette soirée avec vous.

— Cela n'était pas si sûr. Si tu n'avais pas joué ce Corelli, je ne serais pas venu t'attendre.

— Pourquoi donc ?

— Sans doute, poursuivit le cousin allemand avec un triste sourire, parce que le passé est mort, et que le lieutenant Helmut von Keirelhein que tu as connu est mort lui aussi depuis de longues années.

— Eh bien, ce soir, nous le ressuscitons ! déclara Hervé d'un ton sans réplique. Je vous emmène dîner. Quel bon restaurant me conseillez-vous ?

— Ce soir tu es mon hôte. N'insiste pas. Invite-moi demain si tu veux. En ce moment, j'arrive à gagner ma vie. Modestement peut-être mais, comme on dit en France, je me débrouille. Ce soir, c'est jour de grande fête. Je t'emmène au Schwannecke, c'est un restaurant qui a la prétention d'être très Parizer Möde mais où l'on rencontre des musiciens, des peintres, des hommes de lettres, des journalistes, et où l'on boit des petits vins blancs de la Moselle dont vous n'avez pas l'équivalent en France.

— Cette soirée, nous la devons à Corelli, dit Helmut quand ils furent attablés. Cela ne t'ennuie pas au moins, que je te tutoie ? Quand je t'ai vu en face de moi, tout à l'heure, je n'ai pas pu m'en empêcher. Tu peux en faire autant, ce serait gentil de ta part.

— Je n'oserais jamais ! répondit Hervé le feu aux joues. Racontez-moi ce que vous êtes devenu. Nous nous sommes souvent posé cette question, ma grand-mère, mes parents, mon frère, mes cousins, mes cousines. Et moi plus que tous les autres...

— Je ne vais pas te raconter ma guerre, dit Helmut d'un ton devenu soudain un peu acide. Je l'ai faite comme tous les Allemands et comme tous les Français l'ont faite, ni mieux ni plus mal, en se tuant les uns les autres pendant cinq ans pour prendre des bouts de terrain qu'on se faisait reprendre quelques jours plus tard. Finalement, nos grands chefs n'étaient pas plus malins que les vôtres, et les petits se valaient pour le courage et l'endurance.

— Et après la guerre ?

Helmut haussa les épaules, les yeux perdus.

— Après la guerre, il s'est passé beaucoup de choses très laides. Tu es trop jeune pour en avoir entendu parler. Toi, tu regardais avec fierté des soldats vainqueurs passer dans la rue. Moi, je me suis retrouvé du jour au lendemain sur le pavé. Pour la première fois de ma vie, j'ai su qu'il fallait travailler pour manger. Dans l'armée, quel que soit son grade, on a toujours la gamelle.

— Vous n'êtes pas retourné dans votre château, en Poméranie ?

— Si, j'y suis allé. Le château des Keirelhein avait été saccagé, pillé, à moitié brûlé par des bandes rouges. Je suis revenu à Berlin parce que c'est la seule ville où j'avais peut-être une chance de gagner ma vie. Un officier de cavalerie, ça ne sait guère faire autre chose que monter à cheval. Moi, je savais aussi jouer du piano, parler français et anglais. Pendant quelques années, j'ai accompagné des chanteuses dans des boîtes de nuit, à l'Eldorado, au Scorpion, à l'Admirable où j'ai fait aussi danser les clients. Je connais par cœur tous les airs, *Le Pélican, Over there, Ramona, Nuits de Chine, Night and day, Tea for two, La troublante volupté, Stormy weather, Dinah, Ta bouche...* J'ai aussi tapé le piano dans des petits cinémas de quartier. Puis la crise de 23 est arrivée. Les usines et les commerces fermaient les uns après les autres mais jamais les cabarets ne furent aussi nombreux et florissants qu'à cette époque. Cela m'a permis de pouvoir toujours fumer des cigarettes américaines, même quand le paquet de Camel se vendait 4 milliards de marks. Tu sais, je ne suis pas le plus malheureux, au moins physiquement. Plusieurs de mes camarades, capitaines comme moi, sont devenus mineurs de fond dans la Sarre. Plus tard, quand la situation s'est améliorée, j'ai donné des leçons d'anglais dans un petit collège privé, j'en donne d'ailleurs encore, c'est un des bons moments de ma semaine, celui où je lis à de jeunes garçons des poèmes de Shelley, de Keats ou de Byron. Cette année nous étudions *Childe Harold*: « A long line of cliffs breaks on the sea... » Je travaille aussi dans une maison d'édition qui publie des traductions d'auteurs russes et américains, Gorki, Tolstoï, Upton Sinclair. Tout cela ne fait pas beaucoup d'argent à la fin du mois, mais me permet cependant d'aller quelquefois entendre de la musique comme ce soir. À Berlin, nous sommes gâtés. En dehors de la Philharmonique de Furtwängler, nous avons trois grands théâtres d'opéra dirigés par Erich Kleiber, Bruno Walter et Otto Klemperer. Les places coûtent très cher mais tu sais, on entend très bien du poulailler, et puis c'est là qu'on retrouve la jeunesse.

Hervé avait écouté le long discours de son cousin sans souffler le moindre mot. Tout à coup, il lui dit, le visage enflammé :

— Écoutez-moi, j'ai une idée ! Pendant ces cinq jours, j'ai gagné beaucoup d'argent qui m'est tombé par hasard. Prenez-le !

Helmut le regarda, les yeux embués :

— Tu es devenu celui que j'avais deviné lorsque tu étais un petit garçon. Dans tous les domaines. Je te remercie, je suis très ému, je n'ai besoin de rien.

Comme il s'apercevait qu'Hervé examinait sans la moindre discrétion les revers un peu lustrés de son veston et le col râpé de sa chemise, il ajouta d'une voix très douce mais définitive :

— Même si j'avais besoin de quoi que ce soit tu sais bien que je n'accepterais jamais.

— Êtes-vous heureux ? demanda alors Hervé en se rappelant que son père, le soir du gala à l'Opéra, lui avait posé la même question à laquelle il avait répondu par un mensonge. Il dit aussi : Vous n'avez jamais pensé à vous marier ?

— Non ! répondit Helmut un peu surpris. À vrai dire, je n'y ai jamais songé. C'est une idée qui ne m'effleure même pas. Parle-moi plutôt de ta famille, et surtout de toi. J'ai assez parlé de moi.

Hervé raconta les années de collège auprès de son vieux professeur de musique qui l'avait préparé au Conservatoire, je lui dois d'être là ce soir, à Berlin, et de vous avoir retrouvé. Il dit aussi que sa mère l'avait beaucoup aidé pour vaincre les réticences de son père, parla de ses études musicales, de sa grand-mère, des vacances à la malouinière, de sa sœur devenue religieuse, de son frère colon au Maroc, des cousines.

— Il y en avait une, interrompit Helmut, qui était très belle, rousse, aux jambes longues et aux mains étroites, avec un corps de jeune garçon...

— Lucile ? dit Hervé qui sentait le feu lui monter aux joues.

— Oui, c'est cela. Pourquoi rougis-tu ?

— Je ne rougis pas, il fait très chaud dans ce restaurant.

— Ne me mens pas. Tu rougis. Tu es amoureux d'elle ?

— Vous êtes fou ! On n'est pas amoureux de sa cousine !

— Ce sont des choses qui arrivent. D'ailleurs, beau comme tu es, artiste déjà renommé, tu ne dois pas manquer d'occasions. Toutes les filles te courent après, n'est-ce pas ? Allons, raconte à ton vieux cousin combien tu as eu déjà de maîtresses.

— Aucune ! répondit Hervé avec brusquerie.

Helmut posa doucement sa main sur celle de son cousin :

— Lorsque j'avais seize ans, dit-il à mi-voix, pendant les vacances d'été que je venais passer dans notre vieux château, en Poméranie, ma mère me lisait souvent des poètes français. Elle préférait Musset à tous les autres, surtout *Les Nuits.* Ce soir, quand je te regarde, il me semble l'entendre encore réciter : « Un enfant vêtu de noir qui me ressemblait comme un frère ! »

Pendant de longues minutes, ils ne dirent plus rien ni l'un ni l'autre. Autour d'eux, au fur et à mesure que la soirée s'avançait, la salle du restaurant Schwannecke s'animait, les conversations tout à l'heure feutrées devenaient plus bruyantes, et plus sonore le tintement des fourchettes et des couteaux sur les assiettes. À une table voisine de la leur, deux couples parlaient fort en s'empiffrant de foie gras truffé. Les hommes étaient gros et rouges, le cou trop serré dans leurs faux cols blancs et durs. Les femmes arboraient aux mains, aux oreilles et sur la poitrine une devanture de bijouterie.

— Cela, dit Helmut, c'est aussi une image du Berlin de 1929. Il n'y a rien de tel que les périodes de misère et de désespoir comme celles que nous avons connues au lendemain de la guerre pour permettre à certaines gens d'édifier des fortunes repoussantes. Lorsque tu seras rentré à Paris, rappelle-toi que le Berlin d'aujourd'hui c'est encore autre chose. C'est le rendez-vous d'une nouvelle génération d'Allemands qui s'intéressent au cubisme, au surréalisme, à l'art abstrait et à la musique sérielle. Vous avez Stravinski, Ravel, Milhaud, mais nous avons Schoenberg, Hindemith, Alban Berg, Webern. Que pèse le pauvre Satie auprès du grand Richard Strauss ? Si tu restais quelques jours à Berlin, je te ferais rencontrer des peintres comme Kandinsky ou Mondrian, des écrivains comme Nabokov, Döblin, Brecht ou Thomas Mann. Je ne suis pas toujours d'accord avec leurs idées politiques ni avec leur rage de casser les vieilles valeurs, mais je pense qu'une Allemagne nouvelle surgira de toute cette fermentation.

Hervé Carbec remarqua que le visage d'Helmut von Keirelhein s'était soudain durci, tandis qu'il prononçait ces derniers mots, et que le timbre de sa voix avait brusquement changé jusqu'à devenir aigu. Cela ne dura que quelques secondes.

— Quand repars-tu pour Paris ?

— Demain matin, de bonne heure, dit timidement Hervé.

— Tu es fou ! Qu'as-tu de si pressé à faire ? Revoir ta mère ? Ou peut-être ta cousine Lucile ? Avoue-le donc ! c'est elle, n'est-ce pas ?

— Je dois passer les épreuves éliminatoires du Concours de Rome la semaine prochaine.

— Le Prix de Rome ! s'emporta Helmut. Qu'as-tu à faire avec ce parchemin délivré par des pompiers ! Vous ne changerez donc jamais, vous autres les Français ? Vous avez toujours l'air d'être anticonformistes mais vous vous engluez dans les routines.

D'un geste brutal, il avait empoigné la bouteille de vin de Moselle et avait rempli son verre sans plus s'occuper de son voisin. Il dit, après avoir bu :

— À tout bien considérer, c'est peut-être ce conservatisme qui fait votre force. Eh bien, tu l'auras ton Grand Prix de Rome ! Ton cerveau sera estampillé par l'État et tu bénéficieras de quelques commandes officielles qui te conduiront tout droit à l'Institut. Je vais te raccompagner.

À deux heures du matin, les publicités lumineuses à la manière de Broadway éclairaient encore le Kufürstendamm. Helmut von Keirelhein et Hervé Carbec firent quelques pas sans souffler le moindre mot, croisèrent des marchandes de fleurs qui allaient de cabaret en cabaret, et des prostitués mâles et femelles qui leur adressèrent des sourires équivoques. Le premier, Hervé demanda :

— Vous habitez près d'ici ?

— Oh non ! Ici, ce sont les beaux quartiers. C'est trop cher pour moi. J'habite du côté d'Alexanderplatz, au milieu du petit peuple. On y côtoie beaucoup de juifs mais cela ne me gêne pas. Au contraire, j'aime les regarder et les entendre. Parfois, je pense que c'est à eux que Berlin doit aujourd'hui sa fermentation intellectuelle.

— C'est loin d'ici, Alexanderplatz ?

— Assez. Une promenade à pied n'a jamais rebuté un bon Allemand. Surtout une nuit de printemps. Tout à l'heure, j'ai dû te répondre un peu brutalement. Je t'en demande pardon, c'est sans doute mon sang prussien. J'avais espéré que tu resterais quelques jours avec moi. Je t'aurais appris un peu ce qu'est l'Allemagne dont tu ignores tout. J'ai l'impression que tout à l'heure je vais rentrer à nouveau dans un tunnel qui n'en finit jamais.

— Je veux que vous veniez l'an prochain au rendez-vous de la malouinière, dit Hervé. Je vous enverrai l'argent nécessaire. Promettez-moi de l'accepter. Nos cousins américains ont promis d'être là.

— Dès demain je vais faire des économies.

Ils étaient parvenus devant l'hôtel. Hervé interrogea :

— Vous n'avez pas répondu tout à l'heure à une question que je vous posais. Êtes-vous heureux ?

— Ce soir, oui. C'est si merveilleux notre rencontre ! Les autres jours, non. Tu sais bien que les gens comme nous ne sont jamais heureux bien longtemps, dit Helmut.

De ses deux mains, il avait tout à coup pris la tête d'Hervé et l'embrassait violemment. Celui-ci ne refusa pas le baiser. Encore étourdi, il vit le cousin allemand s'enfuir en courant. Devant la porte de l'hôtel, vêtu d'un uniforme vert forestier galonné d'or, le portier attendait, impassible. Il dit avec déférence :

— On a téléphoné trois fois de Paris à M. Carbec. On a insisté pour que M. Carbec rappelle dès son arrivée. À n'importe quelle heure. Je pense que c'est urgent.

Un peu plus tard, Hervé entendait la voix angoissée de sa mère :

— Allô, mon chéri ! C'est toi ? Je suis morte d'inquiétude, j'ai essayé dix fois de te téléphoner. Que faisais-tu ? Il est plus de deux heures du matin. Les Allemands se couchent pourtant très tôt. Comment s'est passé ce concert à la Philharmonique. Très très bien ? La salle debout ? Combien de rappels ? Six ou dix ? Je ne comprends pas très bien... Dix ? mais c'est formidable. Tu dois être éreinté. Non ? À quelle heure s'est terminé le concert ? À sept heures ! Et c'est seulement à deux heures et demie du matin que tu me téléphones ? Oui, bien sûr, je me doute bien, mon chéri, qu'on t'a invité à dîner. Qui ? répète, je n'entends pas très bien, il y a des grésillements. Mademoiselle, ne coupez pas ! Non je n'ai pas terminé. Ne coupez pas ! À quelle heure arrives-tu au Bourget ? Douze heures trente ? Tu dis bien midi et demi ? Bon, je serai là. Couche-toi vite, mon chéri.

Hervé Carbec se jeta sur son lit en sanglotant.

Ce dernier jour de l'année 1929, le professeur Guillaume Carbec demeura dans son cabinet de travail, occupé à étayer le plan de son discours de réception à l'Académie des sciences où il venait d'être élu. Il avait brigué les suffrages de ses membres en affectant un désintéressement de façade qui l'eût secouru en cas d'échec, non pas qu'il eût douté de ses mérites mais parce qu'il craignait de ne pas pouvoir franchir tous les obstacles, fausses promesses, mensonges cauteleux, serments non tenus et tant de flagorneries qui jalonnent le parcours d'un candidat à l'Institut. Son élection lui avait causé une joie profonde, au-delà de la vanité et même de l'orgueil. Désormais, il ne se contenterait plus des parlotes à l'Académie de médecine, mais il rencontrerait quai Conti des écrivains, mathématiciens, peintres, physiciens, sculpteurs, musiciens, historiens et philosophes qui seraient ses confrères et hommes de bonne compagnie. Ce serait bien le diable de ne pas découvrir parmi eux quelques esprits indépendants ouverts aux nouvelles données des sciences physiques et humaines autant qu'aux recherches esthétiques, et avec lesquels il pourrait faire part d'une inquiétude qui le tourmentait depuis qu'il avait lu, dès 1919, sous la signature de Paul Valéry, une question redoutable : « L'Europe restera-t-elle la partie la plus précieuse de l'univers terrestre, la perle de la sphère, le cerveau d'un vaste corps ? » Il aimait ce cabinet de travail éclairé par deux portes-fenêtres qui donnaient sur le parc Monceau recouvert depuis quelques jours de neige silencieuse. Il y passait de longues heures et y avait reçu beaucoup de patients, effacé quelques inquiétudes, apaisé des désespoirs, étudié le courage de ceux-ci et la déroute de ceux-là devant ses conclusions, parfois son verdict, en essayant d'« assumer le maximum d'humanité », comme disait Gide, qu'il n'aimait pas mais dont il appréciait le jugement littéraire. Aujourd'hui Guillaume Carbec achevait de consulter des ouvrages et de prendre des notes qui lui seraient nécessaires pour écrire quelques paragraphes de son remerciement consacrés à la place et au rôle pris par les médecins dans la littérature française. Un bon sujet de thèse pour un doctorat de lettres, pensa-t-il. Il eût aimé avoir un fils qui eût fait des études supérieures, avec lequel il aurait engagé des discussions passionnées sur l'individualisme, le progrès technique et moral, le scientisme, tout ce qui avait imprégné la jeunesse occidentale de sa génération, au-delà des clivages politiques et sociaux, tout ce système de références qui ne semblait plus correspondre tout à fait au monde nouveau en gestation et déjà en désaccord, après ces dix années un peu folles d'après-guerre, avec les pratiques et les idéologies libérales. Guillaume Carbec venait d'avoir soixante-cinq ans, l'âge où il lui semblait le plus nécessaire de confronter ses doutes et ses goûts d'homme veillissant aux certitudes et aux inclinations, voire aux enthousiasmes de la jeunesse, mais sans jamais rompre les amarres avec les solidités bourgeoises dont il connaissait assez les faiblesses pour vouloir les protéger. D'abord sa famille. Il y tenait plus que tout. C'était les Carbec, leurs traditions, leur ton, leur union indissociable malgré les apparences, leur goût de l'indépendance, leur façon de rejeter ce qu'ils ne phagocytaient pas du premier coup, leur goût du commandement et de l'impertinence, la maison des corsaires à Saint-Malo, et la malouinière du Clos-Poulet. Jean-Marie a bien fait de donner celle-là à Jean-Pierre et celle-ci à Lucile. Eux, et leurs enfants s'ils en ont un jour, maintiendront l'héritage. Avec mes enfants que serait-il advenu ? Dieu nous a pris Marie-Christine. Pense-t-elle seulement à nous ce soir ? Non, le 31 décembre est une fête païenne. Je la revois toujours dans sa petite robe de pauvresse, pendant la guerre, quand elle partait dans la banlieue aider les vieilles gens. Elle avait vingt ans. Je n'ai pas osé lui écrire que j'avais été élu à l'Institut. Qu'est-ce que peut bien représenter pour une jeune mystique un vieillard en uniforme de gala ? Roger, c'est l'aventurier de la famille, il y en a toujours eu un chez les Carbec. Tête dure, mais une tête. Comme c'est curieux, j'ai cru un moment quand il était le premier de sa classe que nous en ferions un universitaire et le voici colon au Maroc. Les parents font plus de rêves que leurs enfants. Lui, il s'en tirera. Il faudra sans doute que je lui donne un coup de main. Olga m'a dit qu'elle le soupçonnait d'avoir reçu un mauvais coup au cœur ? Mon pauvre Roger ! Les êtres taillés comme lui sont peut-être plus sensibles que les autres. Je me fais pourtant plus de soucis pour son frère Hervé. C'est bien dommage qu'il n'ait pas obtenu cette année son Premier Grand Prix ! Un Second Grand Prix, c'est très bien mais cela ne lui permettra pas d'aller résider à la Villa Médicis pendant trois ans. Il serait sorti des jupes de sa mère.

Bien qu'Hervé n'habite plus avec nous depuis son voyage en Allemagne, elle s'occupe toujours trop de lui. Elle est un peu responsable de ce qui est arrivé. C'était la guerre, je n'ai pas eu le temps de m'en aviser. Aujourd'hui c'est trop tard, et je n'ose pas m'en entretenir, pas plus avec lui qu'avec elle. Sait-il seulement ce qu'il est exactement, le pauvre enfant ? Un moment, j'ai pensé à la psychanalyse, mais j'ai eu peur, peut-être par lâcheté. Je dois appartenir à une génération qui se méfie de Freud ou qui redoute d'agiter les marais. Se jeter corps et âme dans la composition d'une grande œuvre musicale, cela le sauverait peut-être. Werther ne se serait pas suicidé, c'est bien connu, s'il avait écrit *Werther*. Faut-il encore avoir le goût d'entreprendre et le courage d'aller jusqu'au bout. Peut-être mon fils est-il davantage fait pour interpréter les œuvres des autres que pour en créer ? En attendant, il me faut rédiger ce discours de réception à l'Institut.

Ce soir du 31 décembre, le professeur avait invité à dîner sa plus proche famille qui se trouvait être à Paris, Lucile, Hervé et le commandant Jean-Pierre Carbec qui n'avait pas encore rejoint la garnison de Chartres pour y effectuer son temps de commandement avant d'être affecté à un État-Major. Il avait encore une heure devant lui. Personne ne le dérangerait, pas même Olga. Avec les années, elle avait fini par comprendre que la solitude, hier nécessaire, lui était devenue indispensable. Bien que l'appartement du vieux père Zabrowsky s'étendît sur près de trois cents mètres carrés, et que la porte de son cabinet de travail fût capitonnée, il entendait les bruits assourdis d'une petite fête qu'on prépare et il en éprouvait une joie enfantine qui lui faisait sourire l'âme. Ce matin, il avait tenu à descendre à la cave avec Solène pour choisir les bouteilles de meursault qui accompagneraient les huîtres et, destinés au chevreuil, les deux haut-brion décantés par ses soins dans un carafon hérité des messieurs de Saint-Malo. Voyons un peu les noms des grands romanciers qui ont introduit des médecins dans leurs œuvres : Balzac bien sûr, Flaubert, George Sand, les Goncourt, Alphonse Daudet, Émile Zola, Paul Bourget... Tous ne sont pas parvenus à la notoriété de Bianchon. Il va falloir que je me livre à une étude comparative de ces personnages qui ont souvent plus de consistance que beaucoup de mes confrères !

— Je ne vous dérange pas, mon oncle ?

— Jamais ! dit Guillaume en apercevant le visage de Lucile par la porte entrebâillée.

— Tante Olga m'a dit qu'à partir de huit heures vous permettiez qu'on pénètre dans votre caverne.

— Entre donc !

Elle fit quelques pas, s'inclina :

— Bonjour, maître !

— Ne te fous pas de moi ! dit-il de bonne humeur.

— Êtes-vous membre de l'Institut oui ou non ? Donc, personne ne m'empêchera de vous appeler « maître ». Il me tarde de vous voir en habit vert, avec une épée et un bicorne à plumes. Cela vous ira très bien.

— Tu crois que je ne serai pas ridicule ?

— Pas plus que les autres ! répondit Lucile. Elle dit aussi : Allons ! avouez que vous ne dédaignez pas les honneurs !

Guillaume réfléchit quelques secondes avant de répondre :

— Tu as peut-être raison. Cela doit venir avec l'âge. Quand on est jeune, c'est un mot, l'honneur, qui n'a de sens et qu'on n'emploie qu'au singulier. Le jour où l'on y ajoute un *s*, on est foutu. Embrasse plutôt ton vieil oncle. Comment fais-tu pour garder ce parfum de jeune fille ?

Elle s'était dégagée en riant :

— Prenez cette enveloppe, c'est mon cadeau de Jour de l'An.

— Voyons cela.

Guillaume Carbec avait repris place derrière son bureau et mis sur son nez de grosses lunettes d'écaille. Il retira de l'enveloppe une chemise de carton souple sur laquelle était imprimé le nom d'un célèbre expert en autographes, Charavay, d'où il sortit une feuille manuscrite dont il reconnut aussitôt l'écriture, celle de Chateaubriand. C'était le brouillon raturé d'une page des *Mémoires d'outre-tombe.* D'un bond de jeune homme qui l'avait fait un peu grimacer, le professeur se retrouva près de sa nièce.

— Rien ne pouvait me faire plus plaisir, tu as dû payer cela une fortune ! Une pièce autographe de notre grand Malouin et, qui plus est, un des paragraphes des *Mémoires*, celui où il fustige Napoléon qui vient d'abandonner ses soldats en pleine retraite de Russie pour pouvoir rentrer plus vite à Paris !

— Vous êtes content ?

— Content ? Tu es folle ? Je suis heureux comme un enfant le matin de Noël !

Changeant brusquement de ton, il demanda :

— As-tu montré cette enveloppe à ta tante ?

— Non, pourquoi ? Elle est dans sa chambre où elle finit de s'habiller.

— Eh bien, ne lui en parlons pas. Gardons cela pour nous deux.

— Je ne comprends pas.

— Je connais ta tante mieux que toi. Elle s'en voudrait certainement de n'avoir pas eu cette idée, et elle serait peut-être capable de t'en vouloir de l'avoir eue. Je lui raconterai que je suis passé chez Charavay. Complice ?

— Entendu.

— Puisque ta tante achève de s'habiller, nous en avons encore pour un bon quart d'heure. Assieds-toi et parle-moi de toi. Commençons par l'essentiel. Tes affaires de cœur ?

Elle haussa légèrement les épaules.

— Tu n'as pas l'air très enthousiaste.

— Vous savez bien que ça n'est pas mon genre d'être enthousiaste.

— Kerelen ? C'est fini ?

— Non. Il est insaisissable. Mais il doit penser la même chose de moi. Nous nous rencontrons de temps en temps. Louis vient à Paris et moi je vais à Rome. Ce soir, il serait allé à Nantes auprès de sa mère si la réception de la colonie française à l'occasion du Jour de l'An ne le retenait pas au palais Farnèse.

— Tu ne crois pas qu'à ce petit jeu vous gâchez votre vie ?

— Au contraire. Si nous étions mariés, je pense que nous aurions déjà tout gâché.

— C'est un point de vue, admit Guillaume Carbec. Et les affaires ? Où en es-tu, maintenant que tu es devenue une véritable business girl ?

— Je me félicite d'avoir liquidé, avant le krach de Wall Street du 24 octobre dernier, la société d'import-export montée par papa. Sinon, j'y aurais laissé de grosses plumes : nous avions beaucoup de créances américaines.

— Tu fumes trop, mon petit, c'est Kerelen qui t'a offert ce fume-cigarette long comme une lance de picador ?

Lucile croisa les jambes, tira une bouffée, et se contenta de répondre :

— Non, mon oncle.

Dans la salle à manger aux murs décorés de natures mortes hollandaises, ils étaient réunis tous les cinq autour d'une table ronde recouverte d'une nappe de dentelle rose et or au centre de laquelle Olga Carbec avait posé elle-même, au dernier moment, un surtout rempli de roses de Noël. Pour cette réunion familiale, sachant que son mari voulait que tout fût parfait, elle avait veillé à l'ordonnancement du décor autant qu'au choix des mets et avait commandé chez une nouvelle venue, Schiaparelli, une « robe de petit dîner » en faille noire, toute droite, à peine décolletée, mais dont la base un peu plus large et ornée de bandes circulaires de velours noir s'évasait comme une corolle, tu ne trouves pas qu'elle est ravissante ? Cette année, deux épithètes, ravissant et chic, réservées jusqu'ici aux professionnels de la couture, étaient descendues des ateliers dans la rue et avaient même escaladé la tribune de la Chambre des députés depuis que M. Briand, pour souligner la magnanimité de sa politique vis-à-vis de l'Allemagne, s'était écrié devant ses collègues médusés : « La France est un pays chic ! » Pour Olga Carbec, tout ce qu'elle aimait devenait ravissant. Sa dernière paire de mules, le *Boléro* de Ravel, la neige sur le parc Monceau, *Contrepoint* d'Aldous Huxley, une petite église romane ou Joséphine Baker, tout cela était ravissant. Guillaume acquiesça volontiers, vous êtes très belles toutes les deux, en adressant le même sourire à sa femme et à sa nièce dont la robe, noire elle aussi mais plus osée, faisait flamber plus encore les cheveux cuivrés.

Tout à l'heure, avant de passer à table, ils avaient tous bu des cocktails qu'Olga avait tenu à préparer elle-même dans un shaker de métal argenté, jouant les barmaids derrière un petit comptoir d'acajou commandé à un ébéniste spécialisé dans ce nouveau style de meubles né avec ce qu'il était convenu d'appeler les Arts-Déco. Rose ? Manhattan ? Tornado ? Zizi ? Caraïbes ? Jimmy ? Chaque convive en avait bu deux ou trois, et, le verre à la main ils avaient tous repris en chœur le refrain d'un disque à la mode, *Halleluya*, enregistré par deux nègres américains, Layton et Johnson, dont Paris raffolait. Ouvrant tout à coup le grand piano du salon, Hervé, sans qu'on le lui demandât, avait même improvisé des ragtimes disloqués, le commandant Carbec d'habitude si réservé avait pris sa sœur Lucile par la taille pour lui faire tourner une danse, tandis que, derrière son bar, Olga secouait un shaker.

Très gais, ils dégustaient maintenant les marennes livrées au dernier moment par Prunier et faisaient honneur au meursault du maître de maison, lorsque celui-ci déclara :

— Je pense que nous devrions profiter de notre réunion pour parler un peu du prochain rendez-vous des Carbec à la malouinière. Ma chère maman, votre grand-mère, celle que vous avez fait tellement enrager avec la mazurka exigée par Napoléon III...

— Elle adorait cela ! coupa Olga.

— Votre grand-mère y pensait dès le mois de janvier. Elle n'avait pas tort. Pour choisir une date qui convienne à tout le monde, d'abord aux Carbec de l'étranger, il faut s'y prendre à l'avance. Nous avons nous-mêmes nos obligations. Jean-Pierre et Louis de Kerelen sont militaires. Moi, je dois participer cet été à des congrès...

— Où tu m'emmèneras ? dit encore Olga.

— Oui, à condition que tu ne m'interrompes plus.

— Est-ce qu'on a le droit d'interrompre à l'Institut ? demanda-t-elle en riant.

— Certainement pas ! dit Guillaume sur le même ton. C'est d'ailleurs pour cela qu'il n'y aura jamais de femme à l'Académie. Je continue. Comme c'est à toi, ma petite Lucile, qu'il revient maintenant d'organiser ces réunions, peux-tu nous dire ce que tu comptes faire ?

Lucile rappela les travaux récents qu'elle avait fait exécuter à la Couesnière pour y accueillir avec plus de confort la famille qui s'agrandissait malgré les deuils.

— J'y ai associé maman pour qu'elle ne s'imagine pas qu'elle n'est plus chez elle depuis la mort de notre père. Finalement, elle a surveillé tous ces travaux. Nous avions décidé cela tous les deux, Jean-Pierre et moi. Nous ne voulions pas que notre mère se considère comme une invitée dans ces deux grandes maisons, celle de Saint-Malo comme celle de la Couesnière, que nous a léguées notre père.

— Cette pauvre Yvonne ! murmura Olga Carbec. Pendant quarante ans je l'ai surtout connue pendant les mois de vacances. J'ai parfois pensé qu'elle m'en voulait un peu de t'avoir prise avec moi à Paris. Nous n'avons pas le même genre de vie ! Cependant, je suis sûre que nous nous aimons bien toutes les deux. Tu sais que j'adorais ton père.

— Tout sera prêt pour recevoir la famille, poursuivit Lucile comme si elle n'eût pas entendu sa tante. Il y aura de la place pour tout le monde : nos Marocains qui sont cinq, et les Américains qui seront quatre.

— Il faut prévoir une chambre pour Helmut, intervint Hervé. Il m'a promis d'être présent.

— Tu l'as donc invité ?

Hervé perçut une très légère intonation de surprise dans la question posée par sa cousine. Il demanda, les yeux trop écarquillés d'innocence : « Il ne fallait pas ? J'ai eu tort ? »

— Cela risque de poser un petit problème, fit Guillaume Carbec, peut-être pas pour nous mais sans doute pour lui. La guerre est finie depuis plus de dix ans, les Allemands ont reconnu leur défaite et, pour notre part, nous avons abandonné notre volonté de faire respecter les clauses du traité de Versailles. Vous connaissez mes idées sur ce sujet, moi je pense qu'il faut effacer une fois pour toutes ce dangereux contentieux, mais c'est là une position de vainqueur. Qu'en pense exactement Helmut von Keirelhein ? Nous ne savons de lui que ce que nous a raconté Hervé. Si nous ne doutons pas qu'il soit resté l'homme très charmant qui fut notre hôte au mois de juillet 1914, nous ignorons ce que, dix ans après la fin de la guerre, pourraient être les réactions d'un officier allemand...

— Il ne l'est plus ! souffla Hervé.

— Cela m'étonnerait, dit son père. L'uniforme, c'est comme la soutane d'un prêtre. Il vous marque pour la vie. Je ne voudrais pas qu'en venant à la Couesnière, notre cousin fût gêné, peut-être humilié, par la présence de ses deux cousins militaires.

— Nous nous habillerons en civil, précisa Jean-Pierre.

— Cela va de soi ! Je pense simplement que nous devons inviter le cousin allemand en y mettant une certaine forme. Hervé lui a demandé de venir, c'est très bien. Il reste à l'inviter d'une manière plus protocolaire.

— Je vais lui envoyer une belle lettre, admit Lucile.

— Je préférerais, dit rêveusement le professeur, que cette lettre fût signée par ton frère Jean-Pierre. C'est l'aîné de votre génération et c'est un officier. Tous les deux ont fait la guerre dans la troupe, d'égal à égal. Je suis sûr que notre cousin allemand n'y sera pas insensible. Qu'en penses-tu, mon commandant ?

Le chef de bataillon Carbec fit observer qu'il n'avait jamais rencontré son cousin, mais il accepta volontiers d'écrire lui-même cette lettre d'invitation.

— J'espère seulement, dit-il aussi, que M. von Keirelhein n'est pas de ces Prussiens qui prétendent encore n'avoir jamais été vaincus sur le champ de bataille et qui n'ont jamais cessé de rêver à une nouvelle guerre.

— C'est idiot ! riposta Hervé avec humeur, Helmut, comme tous les Berlinois d'ailleurs, ne s'intéresse qu'à la musique, à la peinture et à la poésie. Tu en es resté aux Allemands du père Hansi !

Jean-Pierre Carbec fit mine de n'avoir pas entendu. Il buvait religieusement le vin de Bordeaux dont on venait de remplir son verre.

— Fameux votre haut-brion, mon oncle !

— 1910, l'année de la comète ! répondit le professeur avec la satisfaction d'un homme qui a un égal souci de sa cave et de sa bibliothèque.

— Que pensez-vous de ce cuissot de chevreuil ? demanda Olga Carbec.

Tous l'en félicitèrent, et Jean-Pierre risqua :

— À la question que vient de poser Friedrich Siburg dans son dernier livre : « Dieu est-il Français ? » je suis sûr maintenant qu'il faut répondre par l'affirmative.

Avec beaucoup de gentillesse, il demanda aussi à son jeune cousin s'il avait l'intention de se présenter au prochain Concours de Rome pour enlever, cette fois, le Premier Grand Prix.

— Ah non ! certainement pas ! trancha Olga Carbec avant même que son fils n'eût ouvert la bouche. Nous laisserons les pontifes de l'Institut mourir dans leurs toiles d'araignées. Avoir préféré une Mlle Jacqueline-Elsa Barraine à Hervé Carbec, c'est un comble ! Il est vrai qu'ils ont fait en 1901 le même coup bas à Maurice Ravel. Tu es en bonne compagnie, mon chéri. Cela ne t'empêchera pas de poursuivre une double carrière de compositeur et de pianiste. D'autres l'ont fait : Schumann, Chopin, Liszt. Eh bien, tu feras comme eux ! Ceux qui t'applaudiront demain auront oublié depuis longtemps les noms de tes juges d'hier. Gustave Charpentier, Widor, Henri Rabaud, Georges Hüe, Alfred Bruneau, Gabriel Pierné, Bachelet... qui est-ce ? Vous connaissez ? Moi, pas !

Elle parlait avec véhémence d'un ton sans réplique, plus Zabrowsky que jamais ainsi que la jugeait naguère la grand-mère Carbec, et sans imaginer un seul instant qu'elle avait peut-être commis une grave erreur en rendant visite, la veille du concours, aux membres du jury. Elle ressentait encore le demi-échec de son fils comme un affront personnel.

— À l'Académie des sciences..., commença Guillaume.

— Parlons-en de ton Académie des sciences ! coupa Olga. J'imagine que là aussi, comme aux Beaux-Arts et ailleurs, il doit y avoir un certain nombre de vieux croûtons qui moisissent dans les coins !

Les autres prirent le parti de rire.

— Toi ? Qu'en penses-tu ? demanda Lucile à Hervé.

— Je n'ai pris encore aucune décision, cela dépendra du nombre de concerts qui me seront proposés. Pour le moment, j'essaie de composer une petite suite pour piano et orchestre.

— Dis-nous sur quel sujet ? interrogea son père d'une voix bienveillante.

— Mais... il n'y a pas de sujet, papa. La musique n'est pas la littérature. Sauf quand il s'agit d'un drame lyrique ou d'une mélodie, bien entendu. Autrement, il s'agit essentiellement de combinaisons sonores.

— Un compositeur donne bien un titre à sa partition, insista Guillaume.

— Sans doute, mais ce titre n'a très souvent qu'un rapport très lointain avec elle. Il fixe une date, par exemple. Il se pourrait que je nomme cette petite suite *Concerto de Berlin*, sans avoir introduit la moindre réminiscence musicale, littéraire ou même sentimentale à ce voyage, mais simplement en souvenir de mon premier concert à l'étranger.

— Et de ta rencontre avec le cousin Helmut, n'est-ce pas ? fit Lucile d'une voix neutre comme s'il s'agissait d'une évidence.

— Oui, bien sûr, répondit Hervé soudain très occupé à manger sa part de gâteau au chocolat.

— Tu n'as pas été tenté, questionna Jean-Pierre, d'y introduire quelques notes de ces hymnes patriotiques que chantent le Stahlhelm ou les Schutzstaffel ?

— Ce sont des chorales allemandes ? demanda Olga.

— Ma tante, il s'agit d'organisations paramilitaires dont les membres ne manquent aucune occasion de défiler, casqués, en colonne par quatre, uniforme vert-de-gris, sac au dos, précédés de fanfares et de drapeaux. Ceux-là sont les Stahlhelm ou Casques d'Acier qui regroupent la plupart des anciens combattants de l'armée allemande. Les autres, les Schutzstaffel qu'on appelle par abréviation les SS sont des civils qui, tête nue, en chemises brunes et bottés, occupent les rues en chantant des sortes de cantiques à la patrie allemande.

— Je n'aime pas beaucoup cela ! dit le professeur Carbec, le visage soudain inquiet.

— Je ne pense pas que ces Allemands-là, poursuivit Jean-Pierre en jetant à Hervé un coup d'œil ironique, ne s'intéressent qu'à la musique, à la peinture et à la poésie.

— Eh bien, tu le demanderas à Helmut ! dit Hervé avec une voix légèrement aigre. Moi, je ne sais rien de tout cela.

— Allons mes enfants ! intervint Olga en les regardant l'un et l'autre avec tendresse, vous n'allez pas terminer l'année en vous chamaillant sur un sujet aussi futile !

— Ça n'est pas un sujet futile, ma tante !

— Toi, tu raisonnes comme un militaire, et Hervé comme un artiste. Vous devez avoir tort tous les deux. Demandons plutôt à Lucile si elle a des nouvelles de nos Américains ?

Lucile fit connaître qu'ils avaient envoyé à la Couesnière un Christmas dont le ton paraissait très mélancolique : le jeudi noir de Wall Street avait certainement frappé les cousins de Kansas-City. Elle allait leur écrire pour leur demander si l'on pouvait compter sur eux le 15 août prochain.

— J'en doute un peu, poursuivit-elle. J'ai maintenant assez de relations dans le monde des affaires pour être au courant des inquiétudes qui s'y manifestent. Tout le monde croit que la crise ne fait que commencer. En tout cas, les Américains qui menaient la bonne vie à Montparnasse avec quelques dollars sont à peu près tous repartis. Je pense que nous allons connaître des temps difficiles.

— Ne parlons pas de malheur, mes enfants ! dit Olga. Pas ce soir. Vous verrez que tout cela va s'arranger au mieux pour nous tous. Il va être minuit dans dix minutes. Nous allons maintenant revenir dans le salon pour y boire du champagne et nous souhaiter la bonne année.

Elle se leva et entraîna son petit monde dans la pièce voisine de la salle à manger où ils avaient bu des cocktails avant de se mettre à table. Guillaume Carbec tenait son neveu Jean-Pierre par le bras et lui demandait s'il était satisfait des deux années passées à l'École de guerre ? « Oui et non, répondait le commandant. Je crois qu'on y forme de bons officiers d'état-major pour ce qui concerne l'organisation des transports et l'administration de l'armée. Pour le reste, je n'y crois pas beaucoup. Nous avons passé le plus clair de notre temps à refaire la dernière guerre, sans en tirer les conséquences. La rapidité et la puissance des avions, l'autonomie des blindés, les liaisons par radio, le développement des transports automobiles, rien de tout cela n'a renouvelé les conceptions stratégiques de nos grands chefs. À part quelques camarades qui se réunissaient pour en discuter chez un ancien du Maroc, le commandant de Lattre, tous ceux de ma promotion sont demeurés figés dans une sorte de garde-à-vous déférent qui m'a laissé perplexe quant au manque d'imagination et à la faiblesse de caractère de ceux qui, en principe, devraient commander nos grandes unités dans un conflit éventuel. »

— Je vous en supplie, cessez ces messes basses ! ordonna Olga. Débouchez plutôt ces bouteilles, vous allez laisser passer l'heure. Solène ! va chercher la cuisinière pour trinquer avec nous.

Au douzième coup de minuit, ils choquèrent tous gaiement leurs verres et s'embrassèrent à la mode paysanne, joue droite, joue gauche, et une troisième fois pour faire bonne mesure.

— Mes enfants, dit le professeur Carbec d'une voix grave qu'on ne lui connaissait que pour les grandes occasions, je vous souhaite à tous une heureuse année.

Comme le tour de Solène était venu, il chuchota en lui donnant une tape amicale sur le derrière :

— Et toi, que Dieu te garde longtemps des fesses aussi dures !

Puis, son verre de champagne à la main, il se dirigea vers une fenêtre du grand salon bourgeois, écarta un rideau de dentelle et regarda, pensif, la neige qui tombait silencieuse sur le boulevard de Courcelles et ensevelissait les années disparues.

— À quoi penses-tu ? demanda Olga.

— L'autre jour, dit Guillaume Carbec en souriant, au cours de ma promenade quotidienne dans le parc Monceau, j'ai rencontré un vieil oiseau qui ne s'était pas aperçu que l'hiver était venu, et à qui il arrivait encore de chanter. Je crois bien que c'était moi.

Dès le lendemain de son veuvage, Yvonne Carbec avait décidé de réduire à rien son train de maison. Les biens personnels dont elle disposait depuis la mort du notaire Huvard lui eussent permis de n'y rien changer, mais à partir du moment que son époux Jean-Marie avait donné par testament à leur fils Jean-Pierre la grande demeure de Saint-Malo, elle entendait n'en occuper, jusqu'à sa mort, qu'une étroite partie : sa chambre plus une petite pièce où elle prenait ses repas et recevait ses visiteurs. Quant à la Couesnière, elle avait tenu bon pendant deux ans avant d'y retourner. Il avait fallu, pour qu'elle y consentît, que Lucile et son frère la persuadent de la nécessité de sa présence à la malouinière pour que tout fût en ordre quand ses petits-enfants nés au Maroc viendraient y passer l'été 1930. À vrai dire, de nombreuses lettres envoyées de Rabat par Annick Lecoz-Mainarde avaient beaucoup contribué à lui faire prendre cette décision malgré qu'elle en eût. Annick demeurait la préférée, sans doute la plus proche. À part une fameuse fois où elle était rentrée du casino à deux heures du matin, elle n'avait jamais causé le moindre souci à sa mère, même pas pendant la guerre où tant de filles avaient arraché les amarres qui les retenaient au quai familial. Elle s'était mariée avec un bon gars qui avait un bon métier, elle donnait régulièrement de ses nouvelles, pauvre petite sainte, je ne pouvais pas la rendre responsable des erreurs de son père, ah dame non ! Le jour où le notaire est venu, je ne sais ce qui m'a prise, ça été comme un coup de sang qui me montait à la tête. En y réfléchissant, c'était bien normal que Jean-Marie agisse comme il l'a fait. Ce qui m'a fait enrager c'est l'histoire de cette Madeleine Larchette. Savoir si ça ne serait pas elle, la véritable responsable de la mort de mon cher Jean-Marie ? Guillaume m'a bien tout raconté, je lui fais confiance, mais je me pose encore des questions. Un homme aussi fort, aussi solide, jamais malade, emporté en quelques mois, c'est-il Dieu possible ? Il faut être juste, Lucile et Jean-Pierre se sont conduits avec moi comme de bons enfants. Je n'ai rien à leur reprocher, surtout cette année qu'ils doivent venir passer les jours de Pâques avec moi à Saint-Malo. Il ne me reste guère qu'une quinzaine de jours pour approprier la maison. Pélagie n'y suffira pas, il faut que je prenne une autre femme de service.

Ça n'était pas une mince affaire que de remettre en état une grande demeure comme celle de la famille Carbec à Saint-Malo. À part les deux pièces occupées par Yvonne, toutes les autres étaient demeurées fermées depuis cinq années. Il fallut ouvrir les portes et les fenêtres, ôter les housses qui recouvraient les fauteuils, brosser les tapisseries, nettoyer les vitres, épousseter les meubles, dérouler les tapis, frotter les parquets et les lambris. Pélagie et son aide, la femme d'un marin-pêcheur péri en mer — entre veuves, il faut s'entraider, non ? — ne rechignaient pas devant la besogne. Vêtues de blouses grises, la tête enturbannée, il leur fallait manier chiffons, balais, brosses et ces grandes perches appelées têtes-de-loup pour enlever les toiles d'araignées tissées aux angles des plafonds hauts de cinq mètres. Mme veuve Carbec s'était réservé une tâche à la fois plus délicate et plus noble : l'astiquage de l'argenterie. Bien que chaque enfant eût reçu sa part, il restait encore plusieurs douzaines de couverts, de plats ovales ou ronds, de légumiers et de jardinières, souvent marqués des poinçons du Grand Siècle qui à eux seuls exprimaient la précaution de leurs anciens propriétaires : ceux-là n'avaient pas suivi l'exemple de Louis XIV qui, au temps des malheurs tombés sur le royaume pendant la guerre de Succession d'Espagne, avait vendu sa vaisselle plate pour payer les fondeurs de canons. Yvonne Carbec avait consacré les matinées de la semaine sainte à faire reluire toutes ces belles pièces dont la vue et le toucher la confortaient dans la certitude que malgré les chagrins, les infortunes et les déceptions, sa position sociale toujours sauvegardée lui permettait, à la sortie des offices de l'après-midi, d'échanger quelques propos d'usage, sur le parvis de la cathédrale, avec Mmes Saint-Mleux, Levavasseur, Brice-Michel, Le Masson, Herpin, Foucqueron ou Gautier qui s'étaient connues jeunes filles avant de devenir à leur tour des dames de Saint-Malo. La maison fut enfin prête à recevoir les enfants.

Lucile s'était arrêtée à Chartres pour prendre au passage le commandant Carbec dans sa voiture.

— Tu es content de ton sort ?

— Après la vie que j'ai menée dans le bled, ça n'est pas très excitant de faire faire du maniement d'armes à de jeunes Beaucerons, tu sais !

— Dis donc, il y a aussi les jeunes Beauceronnes ! Il paraît que le bal annuel des anciennes élèves de l'Institution Jeanne d'Arc se termine toujours par plusieurs mariages. Tu as quarante ans, Jean-Pierre, il faut y penser.

— Tu as un certain culot de me faire la leçon ! dit en riant l'officier. Mais je t'aime comme tu es.

— Pour moi, c'est trop tard ! dit Lucile. L'occasion s'est présentée plusieurs fois, sans résultat. Une fois cependant, j'y ai cru.

— Kerelen ?

— Oui. Tu sais, il y a un charmant proverbe italien qui dit : « Si c'est une rose, elle fleurira. » Eh bien, la rose n'a pas fleuri. Enfin, pas pour en faire un bouquet de noces.

— Est-ce que ton grand frère peut te poser une question très indiscrète ?

— Pose-moi toutes les questions que tu veux.

— L'aimes-tu ?

— Je le pense.

— Et lui.

— Je le pense aussi. Nous ne nous le disons jamais.

— Vous vous conduisez comme deux imbéciles.

— Peut-être. Maintenant, c'est trop tard. De toute façon, si nous nous étions mariés, nos enfants ne se seraient pas appelés Carbec, n'est-ce pas ?

— Cela va sans dire. Où veux-tu en venir ?

— Je veux dire que si tu ne te maries pas vite, il ne restera plus que notre petit cousin Roger pour assumer la continuité du nom. Indépendant comme il l'est, je ne le vois pas marié tout de suite.

Après quelques instants de silence, le commandant Carbec dit à sa sœur :

— Pourtant, cela a bien failli lui arriver l'année dernière.

— Comment sais-tu cela ?

— Annick me l'a écrit.

— Quels cachottiers vous faites tous les deux !

— C'était une confidence. Le pauvre gosse était très malheureux et avait tout dit à notre sœur.

— Raconte.

— Une histoire banale. Rabat est le royaume des jeunes filles. Roger est tombé sur une petite arriviste, aussi séduisante que séductrice, dont il est devenu amoureux après avoir essayé de jouer au dur. Ils ont mené un flirt assez poussé jusqu'au jour où elle a trouvé l'oiseau de ses rêves : un secrétaire d'ambassade promis à une belle carrière. Perdu dans son bled, au milieu de ses palmiers nains et de ses jujubiers, le pauvre Roger n'était pas de force. Le pire, c'est qu'il a appris les fiançailles de la petite garce en lisant *L'Écho du Maroc.* Je pense qu'il ne recommencera pas de sitôt ce genre d'expérience et qu'il est guéri des jeunes filles en fleurs.

Sans transition, Jean-Pierre demanda :

— Tu aimes Proust ?

— J'ai essayé plusieurs fois mais, franchement, je n'y parviens pas. Peut-être n'ai-je pas le temps. C'est comme pour les romans de Balzac.

— Voilà deux écrivains très dissemblables, dit très doucement le commandant. *La Comédie humaine* c'est une sorte de reconstitution du monde extérieur dans sa réalité, et même son réalisme socio-économique. Avec *À la recherche du temps perdu,* j'ai l'impression que les événements et les personnages sont transfigurés par Proust, un peu comme Van Gogh fait un chef-d'œuvre avec une chaise de cuisine et une paire de gros souliers. Dans le bled, au cours de longues soirées, j'ai eu le temps de me familiariser avec cette lecture qui ne se donne pas du premier coup.

— Tu regrettes le Maroc, n'est-ce pas ?

— C'est vrai. Là-bas, être un officier des Affaires indigènes, c'est mener la vie d'un seigneur. J'espère bien y revenir un jour. Malheureusement, je ne serai plus jamais lieutenant ou capitaine.

— Mais tu deviendras général !

— Si je retourne au Service des Affaires indigènes, c'est peu probable.

— Est-ce que ces officiers-là sont mariés ?

— Il y en a de plus en plus, au fur et à mesure que la pacification se développe. Leurs femmes sont souvent des épouses admirables. Il leur faut des vertus rares, comme en a, par exemple, notre sœur Annick.

— Si je comprends bien, je n'aurais pas fait une bonne épouse pour un officier des A.I. ?

— Certainement pas.

— Tu ne me l'envoies pas dire !

— Non.

— Mais si on acceptait les femmes dans l'armée, est-ce que j'aurais fait un bon officier des A.I. ?

— Certainement oui. Il aurait fallu cependant que tu sois un peu moins jolie.

— Tu t'es bien rattrapé, mon vieux ! dit Lucile en donnant une bourrade à son frère.

Depuis que Jean-Pierre Carbec avait quitté Saint-Malo pour aller à Paris préparer le concours de Saint-Cyr, le frère et la sœur ne s'étaient revus qu'à de rares et brèves occasions. Il avait fallu ces deux années d'École de guerre passées à Paris pour les rapprocher l'un de l'autre et évoquer des souvenirs d'enfance où le garçon, avec ses quatre années de plus, apparaissait toujours comme une sorte de protecteur qui prenait son rôle d'aîné très au sérieux. Discrets l'un et l'autre quant à leur vie sentimentale, ils n'avaient jamais abordé ce sujet avec autant de liberté que ce jour-là, sur les routes de la Beauce, du Perche, du pays manceau, et maintenant entre Rennes et Saint-Malo où les odeurs vertes du printemps breton leur sautaient au visage. Pendant ces deux années parisiennes, ils étaient allés souvent au théâtre pour entendre les Pitoëff, Louis Jouvet et Valentine Tessier, leurs acteurs préférés, ou dans les petits restaurants de la rive gauche. On ne les prenait pas pour frère et sœur : ils s'en amusaient. Et voilà qu'ils revenaient, épaule contre épaule, dans la vieille demeure bâtie autrefois sur les remparts, face à Cézembre, par un corsaire nommé Jean-Marie qui avait fait fortune en allant troquer à Callao des marchandises de moindre valeur contre des barres d'argent extraites des mines de Potosi. Ils revenaient tous les deux passer les jours de Pâques à Saint-Malo parce qu'ils s'en voulaient d'avoir conduit leur vie personnelle sans trop se préoccuper de leur mère, devenue brusquement une vieille dame le jour où elle avait appris la mort de son fils, et que les robes noires du veuvage avaient fini de momifier dans la grande demeure de granit, où elle vivait désormais en recluse comme si personne ne l'aimait plus sauf la petite bonne Pélagie ramenée de la malouinière, seul héritage sur lequel aucun enfant n'avait fait valoir ses droits.

Mme Carbec n'accueillit pas ses deux aînés avec les gestes simples qu'ils attendaient. Depuis la mort de son fils Yves à Dixmude, elle avait été toujours incapable de manifester ses sentiments sans les durcir ou les larmoyer, plus souvent prête à gronder ou à se plaindre qu'à cajoler. Elle fut la première à en souffrir en s'entendant dire à son fils qui lui apportait un poste de T.S.F. : « Tu es très gentil, mais que veux-tu que je fasse de cet appareil ? Dans mon état, on n'écoute pas la musique ! » et à sa fille qui lui faisait cadeau d'une belle robe grise : « Tu sais pourtant que je ne porte que du noir depuis la mort de ton pauvre père ! » Décontenancée, Lucile prit le parti d'en rire :

— Maman, vous ne changerez jamais, mais demeurez surtout comme vous êtes.

Ils dînèrent dans la grande salle à manger ovale, aux murs lambrissés d'ébène dont les poutres apparentes du plafond avaient été taillées dans les chênes de la forêt de Carnoët avec lesquels les maîtres de hache construisaient les navires de la Compagnie des Indes. Autant le frère et la sœur avaient parlé librement tout à l'heure, pendant leur voyage, de tout et de rien, surtout d'eux-mêmes, autant ils mesuraient leurs paroles devant leur mère tout en s'efforçant d'orienter la conversation vers des sujets susceptibles de la faire sourire, comme on jette un peu de bois sec dans un feu qui reprend mal.

— Que deviennent donc les sœurs Brice-Michel ? hasarda Jean-Pierre. Elles avaient la réputation de trois originales. Lorsque nous étions enfants, on disait que l'aînée recevait ses invités les pieds dans une cuvette recouverte d'un linge, que la deuxième s'enveloppait d'un grand parapluie de soie pour éloigner la foudre lorsque le temps était orageux et que la plus jeune faisait disposer dans le jardin les tiroirs de ses commodes Louis XVI pour ne pas se mouiller les pieds s'il pleuvait.

— Ce sont des ragots ! jugea sévèrement Mme Carbec.

— Mais cela nous faisait bien rire !

— Alors le beau Guy La Chambre est notre nouveau député. Vous devez être contente ! Dame, c'est un fils d'armateur, déclara Lucile.

— Oh ! ne va pas si vite ! s'anima Mme Carbec. Le fils hélas ! ne ressemble guère à son vieux père qui, lui, était dans nos idées, du moins celles de ma famille Huvard, parce qu'il a été député lui aussi et même député légitimiste ! Guy, c'est autre chose. C'est un républicain de gauche. Il vit à Paris avec une actrice de music-hall, même qu'elle s'appelle Cora Madou ! Rien que son nom n'a pas bon genre. Je sais bien qu'aujourd'hui... Enfin !

Mme Carbec s'était mise soudain à parler avec volubilité. Les La Chambre, leur fortune, leur propriété de La Briantais, l'atmosphère de scandale née de la liaison du fils avec une petite théâtreuse parisienne, c'étaient là des sujets qui convenaient à sa vie quotidienne et lui tenaient lieu de feuilleton à rêver et à médire. Lucile se tenait sur le qui-vive. Devinant que le propos de sa mère allait bientôt dériver sur les mœurs du temps et qu'on aboutirait à *la Garçonne*, elle le prévint d'une voix rapide :

— Nous irons toutes les deux, dès lundi, passer quelques jours à la Couesnière pour décider ensemble l'organisation de notre réception.

— C'est toi la maîtresse de la malouinière.

Mme Carbec avait déjà changé de ton. Lucile la regarda sans indulgence et s'aperçut qu'un léger duvet ombrait la lèvre supérieure de sa mère, comme la naissance d'une moustache qu'elle n'aurait jamais remarquée. Elle haussa légèrement la voix et prit celle de la business girl, comme disait l'oncle Guillaume, pour dire :

— Je vous en prie ! Vos trois petits-enfants que vous ne connaissez pas encore vont venir pour la première fois à la Couesnière. Vous devez y occuper la première place afin que le souvenir qu'ils garderont plus tard de la malouinière se confonde avec celui de leur grand'mère, comme cela demeure encore pour nous.

— Cela, je le sais mieux que personne ! répondit Mme Carbec qui ajouta après avoir jeté un regard interrogatif à son fils : « Puisque tu le veux, je le ferai. C'est toi qui commandes maintenant. »

— Donc nous aurons cette fois tous nos Marocains, dit Lucile. En revanche, les Américains nous feront une fois de plus faux bond. J'ai reçu une longue lettre de Pamela qui m'explique que la chute du dollar les empêchera de faire le voyage. Nos cousins de Kansas-City ont maintenant eux aussi trois enfants. Tu ne m'as pas dit, Jean-Pierre, si tu avais reçu des nouvelles d'Helmut von Keirelhein ?

— Je ne pouvais pas en recevoir parce que je n'ai pas voulu lui donner mon adresse à Chartres. MM. Briand et Kellog ont bien pu mettre la guerre hors la loi, j'ai pensé cependant qu'il n'était pas convenable qu'un officier français fasse connaître à un officier allemand, même hors cadre, le lieu de son affectation militaire.

— Alors ?

— J'ai donné l'adresse de la Couesnière.

Datée de Berlin, une lettre attendait depuis quelques jours Jean-Pierre Carbec à la malouinière.

« Mon cher cousin,

« Je vous ai lu avec beaucoup d'émotion et je veux d'abord vous remercier d'avoir voulu signer vous-même cette invitation au rendez-vous des Carbec à la malouinière. Notre jeune cousin Hervé m'avait déjà demandé, lors de son passage à Berlin, d'y être présent et je le lui avais promis, un peu comme on fait à des enfants des promesses qu'on n'est pas toujours sûr de tenir. À dire vrai, j'attendais une lettre qui m'eût été adressée par madame votre mère ou par M. le professeur Carbec, puisque Hervé m'avait appris le décès de votre père pour lequel je vous prie d'accepter mes condoléances à la fois tardives et sincères. Venant de vous, cette invitation prend un tout autre caractère. Le 14 juillet 1914, lors du premier rendez-vous de la malouinière, nous ne nous étions pas rencontrés parce que, si ma mémoire est bonne, vous étiez retenu au Maroc par le service, mais j'avais connu un autre lieutenant de Kerelen avec lequel je devais courir en military. Nous avions sympathisé. Quand il m'arrive d'y penser, je chante alors tout bas un vieux couplet que vous connaissez vous-même sans doute : « *Ich habe einen Kamerad...* » La guerre et tout ce qui est arrivé depuis ont fait que nos routes ne se croisent jamais, mais nous avons vécu les mêmes cauchemars pendant quatre années terribles, peut-être face à face, et rien ne pourra défaire la fraternité qui lie désormais ceux qui se sont battus dans un camp ou dans un autre. Ceux-là seuls qui se trouvaient, comme vous et moi, au milieu des hommes du rang, avec un grade subalterne peuvent nous comprendre. C'est bien le sens, n'est-ce pas, que vous avez voulu donner à votre lettre, cher cousin et cher camarade ? Seize années se seront bientôt écoulées depuis la merveilleuse soirée de mon arrivée à la malouinière et cependant je me rappelle avec précision mille détails : la canne dont votre grand'mère se servait comme d'un bâton de commandement ou la chaîne d'or qui barrait le gilet de votre père, la sonate de Corelli jouée par un ange musicien ou l'arrivée en fanfare des cousins de Kansas-City, une odeur d'eau-de-vie de prune, des voix de jeunes filles, et tous les bruits de la campagne montant par la fenêtre de ma chambre, c'était d'ailleurs la vôtre, où j'étais venu me raser avant le dîner. Toutes ces images, ces sons et ces odeurs qui surgissent sans que je fasse le moindre effort pour m'en souvenir, et souvent d'une manière subite, me font croire, avec votre Marcel Proust dont je suis devenu un lecteur passionné, à la formidable puissance poétique de la mémoire involontaire. Est-ce assez vous le dire, mon cher cousin : tout m'invite et me pousse à vous écrire ce soir que je serai présent le 15 août prochain au milieu des Carbec. Et cependant je ne viendrai pas au rendez-vous de la malouinière.

« Il faut que je m'en explique. Cela est un peu compliqué, beaucoup allemand peut-être, mais je sais que vous me comprendrez. Et d'abord, afin d'en finir tout de suite avec l'aspect un peu sordide de mon problème, ma situation matérielle ne me permet ni d'entreprendre ce voyage ni de m'absenter. La crise de Wall Street n'a pas tardé à freiner puis à briser le redressement que nous avions entrepris pendant ces dernières années grâce aux crédits américains. La brutale disparition de ceux-ci a fait apparaître immédiatement la fragilité de notre économie : plus de 10 000 faillites et 2 millions de chômeurs en quelques mois. Sans doute, cela ne fait que commencer. Pour ma part, j'ai perdu la moitié des petits travaux que j'avais réussi à trouver au lendemain de la dissolution de l'armée. Si je m'absentais une seule semaine je ne retrouverais plus mon emploi.

« D'autres raisons m'interdisent ce voyage. La guerre me paraît encore trop proche. Je sais bien qu'on n'a jamais autant discouru sur la paix universelle et je ne doute ni de votre M. Briand lorsqu'il s'écrie "Arrière les canons ! Arrière les mitrailleuses !" ni du pacifisme de nos sociaux-démocrates. Mais, des deux côtés de nos frontières, se dressent quatre millions de croix sur des tombes à peine refermées où reposent de pauvres hommes que certaines factions, civiles ou militaires, en Allemagne comme en France, ne veulent pas laisser dormir dans le silence de la terre et qui se servent encore d'eux pour atteindre des buts politiques en exaltant leur sacrifice. Je ne les critique pas, je vois avec inquiétude nos deux peuples se redresser face à face, j'essaye de comprendre et de ressentir moi aussi la passion sourde qui les anime. J'ai surtout peur de revoir l'Allemagne sombrer à nouveau dans le chaos qui a suivi immédiatement la fin de la guerre parce qu'elle n'échapperait pas longtemps à l'emprise d'une dictature, rouge ou brune, qui aurait tôt fait de donner à des millions de chômeurs une gamelle, un uniforme, quelques idées simples et bientôt un fusil. Dans une telle aventure, où serait ma place ? Il m'est arrivé d'y réfléchir en regardant passer dans la rue des colonnes de Stahlhelm et de Schutzstaffel. Quel que soit mon peu de goût, et peut-être mon dégoût, pour leurs professions de foi et leurs méthodes, je suis sûr que je me rangerais finalement derrière les nationaux-socialistes, sans doute très loin derrière leur Führer, mais certainement contre les rouges. Officier d'état-major, vous n'êtes pas sans connaître tout ce que signifierait ce choix.

« Afin que vous ne trouviez aucune sorte de contradiction entre cet aboutissement de ma réflexion et mes idées libérales, il me faut aussi vous raconter un drame qui a marqué ma vie et dont le souvenir me hante encore après douze années bientôt. C'était au mois de novembre 1918, je me trouvais à Berlin, à peine convalescent d'une grave blessure à la jambe reçue en Picardie. Le même jour, nous avions appris l'abdication de l'empereur, la demande de l'armistice, la révolte des matelots à Kiel et, dans de nombreux régiments, la formation de comités de soldats copiés sur le modèle soviétique. Avec trois camarades blessés comme moi et marchant sur des béquilles, nous nous promenions Unter den Linden, lorsque nous avons vu passer devant nous des camions militaires bondés de soldats et de marins, dépoitraillés, brandissant des drapeaux rouges et chantant *L'Internationale*. Un de ces camions s'est arrêté, des hommes en sont descendus, armés de leur fusil, et nous ont arraché nos décorations et les insignes de nos grades en nous couvrant d'injures. L'un de nous ayant levé sa béquille pour se défendre a été abattu, les autres ont été rossés et jetés à terre. Le même soir, les commissaires du Peuple s'installaient dans le palais de la Wilhelmstrasse. Tout s'était écroulé en quelques heures. Ce jour-là, mes camarades et moi nous nous sommes juré de combattre toute notre vie le bolchevisme, quitte à vendre même notre âme au diable. Lorsque ma jambe est redevenue à peu près valide, j'ai pu m'engager dans un corps franc qui regroupait des volontaires déterminés à rétablir l'ordre. Nous nous y sommes employés sans faiblesse, comme votre M. Thiers, et nous avons repris Berlin tombé aux mains des spartakistes. Grâce à nous, des élections à l'Assemblée nationale et la proclamation de la République à Weimar ont été rendues possibles. La social-démocratie, même pour un comte Helmut von Keirelhein capitaine au 4e de hussards, cela valait encore mieux que les comités de soldats et d'ouvriers. Notre serment ne sera jamais violé. Même s'ils aiment la musique de Schoenberg, la peinture de Kandinsky, les romans de Proust, et fréquentent à l'occasion des intellectuels juifs, tous les anciens officiers de l'armée impériale pactiseraient avec le diable si celui-ci leur permettait demain de ressusciter la grandeur de l'Allemagne. Je vous devais cette franchise. Pensez-vous toujours, cher cousin français, que je puisse honnêtement venir partager le pain et le sel des Carbec dans leur malouinière ?... »

Jean-Pierre et Lucile Carbec avaient relu plusieurs fois la lettre de Berlin.

— Qu'en penses-tu ? demanda-t-elle. Tu dois mieux la comprendre que moi.

— Si j'avais vécu, au mois de novembre 1918, la même affaire qu'il a dû subir je pense que j'aurais fait le même serment.

— Cela ne l'empêche pas de venir à la Couesnière, voyons !

— Si, dit le commandant Carbec. Par honnêteté intellectuelle vis-à-vis de lui-même autant que vis-à-vis de nous. Tu sais, notre cousin doit être à la fois très romantique et très réaliste, donc difficile. Il est aussi très lucide. Il voit bien tout ce qui menace sa propre philosophie mais il sait aussi que s'il lui fallait choisir entre deux hymnes, *L'Internationale* ou le *Deutschland über alles*, il n'hésiterait pas une seconde, quitte à briser sans les renier ses rêves de fraternité humaine. D'ailleurs, il a déjà fait son choix.

— Tu ne crois pas que ce sont là des prétextes ?

— Tout cela est assez compliqué et assez allemand, comme le dit lui-même Keirelhein.

Jean-Pierre Carbec eût été moins perplexe s'il avait eu connaissance d'une lettre envoyée par le même courrier à son cousin Hervé.

« Mon cher petit Hervé, je viens d'écrire de longues pages au commandant Carbec pour décliner son invitation au rendez-vous de la malouinière. J'ai invoqué des raisons d'ordre économique et de haute morale politique qui les unes et les autres ne sont pas fausses et me posent de graves problèmes de conscience qu'à la rigueur j'aurais pu résoudre. La cause profonde de ma défection, tu dois la deviner mieux que personne puisqu'elle se confond avec toi, c'est-à-dire avec nous deux. Je ne veux pas me trouver à la Couesnière en même temps que toi, au milieu de ta famille. L'émotion que j'ai éprouvée le soir que nous avons passé ensemble au mois de mai dernier, je ne veux pas la revivre, sous aucun prétexte, et en aucune autre circonstance. Non, je n'irai pas à la malouinière. Pardonne-moi. Si tu reviens un jour à Berlin donner un concert, je serai certainement dans la salle, tu le sauras donc et tu joueras pour moi seul, pour nous deux seuls, le petit concerto de Corelli. Cette fois je ne t'attendrai pas à la porte de la Philharmonique. Je veux garder ton souvenir comme un des plus beaux moments de ma vie, peut-être le plus pur. Après avoir écrit ce dernier mot, comment pourrais-je en imaginer d'autres ? Adieu petit cousin, et bonne chance. Je t'embrasse. Helmut. »

Assis sur le siège haut perché de son tracteur, Roger Carbec jeta un dernier coup d'œil sur les parcelles qu'il s'apprêtait à moissonner. Cette année 1930, il avait pu emblaver quarante hectares. Les tiges étaient serrées, les épis lourds de grains. Encore trois jours de chaud soleil comme celui qui flambait au couchant de cet après-midi du mois de juin, il pourrait alors sortir du hangar la mécanique qu'il venait d'acheter : elle fauchait le blé et le déposait derrière elle, lié en gerbes, dans une bonne odeur de paille poudrée de lumière. La première récolte ne lui avait pas rapporté le petit argent frais sur lequel il comptait pour calmer quelques fournisseurs impatients, la seconde Roger Carbec l'avait vendue sur pied aux deux tiers de sa valeur pour se procurer une somme dont le besoin le pressait. Cette troisième moisson déjà dorée comme une richesse serait la bonne. Il en était sûr. C'était une fameuse année. Les pluies étaient tombées au bon moment, il y avait bien eu un coup de chergui mais les grains étaient déjà formés. On pouvait encore redouter un gros orage, il ne détruirait pas pour autant la quasi-certitude qu'avait Roger Carbec d'obtenir cette fois 14 quintaux à l'hectare et de vendre directement aux minoteries sans passer par les serres d'un courtier en céréales.

En trois années, sur les 170 hectares de son lot, le colon était parvenu à en défricher presque le quart. Il ne comptait pas emblaver plus de 120 hectares afin de réserver les terrains de parcours indispensables à l'élevage de moutons qu'il entreprendrait pour diversifier une production vouée à la monoculture. Dès les premiers mois, il avait décidé d'engraisser une vingtaine de porcs et d'en confier le soin à l'un de ses fellahs trop vieux pour venir à bout des racines de jujubier mais demeuré assez jeune pour refouler une répugnance quasi sacrée devant la perspective de partager avec le tager le produit de l'opération impure. Son élevage de moutons ne datait que de l'an dernier et ne dépassait guère une cinquantaine d'individus dont un bélier, deux chiens et un petit berger. Chaque soir, au moment où le soleil descend sur l'horizon et que tout s'immobilise pendant quelques secondes, Roger Carbec aimait entendre la voix d'Ali qui vrillait le silence, bondissait un peu rauque du fond de sa gorge, se brisait net et repartait plus aiguë dans le nuage de poussière soulevée par le troupeau que menait un enfant ourlé de lumière, les deux mains accrochées aux extrémités d'un bâton passé derrière la nuque. Ce soir-là, le berger Ali ne chantait pas. Il avait taillé pendant l'après-midi une petite flûte de roseau dont il tirait maintenant trois notes, toujours les mêmes, répétées lentement, trois gouttes sonores dont la persistance finissait par teinter de mélancolie l'espace où elles tombaient. Descendu du tracteur pour entrer à pied dans une parcelle dont il voulait examiner de plus près la maturité des grains, le colon avait arrêté le moteur de sa machine. Il tendait déjà la main vers un épi quand il s'arrêta soudain. Une douleur qu'il reconnut aussitôt, qui n'était pas seulement physique, lui comprimait lentement le cœur comme si on avait voulu l'étouffer. Roger Carbec croyait bien l'avoir chassée définitivement depuis quelques mois. La petite flûte d'Ali avait fait renaître son premier chagrin d'amour, surgi l'année dernière, au mois de juillet, alors qu'il venait de terminer sa deuxième moisson et avait décidé d'aller passer une quinzaine de jours à Rabat avant d'entreprendre le défrichement de nouveaux terrains et la construction d'une véritable maison.

... Assis sur son fauteuil à bascule, il venait de décacheter son courrier : devis, factures, prospectus, journaux. C'était un soir d'été pareil à celui-ci. Le soleil s'était éteint, et sous le ciel nimbé d'or montaient les trois petites notes qui avaient l'air de sautiller comme un oiseau. C'est alors qu'ouvrant *L'Écho du Maroc*, Roger Carbec avait lu sous la rubrique Carnet Mondain : « Nous apprenons les fiançailles de Mlle Nicole Lherminat, fille de M. Lherminat, ministre délégué à la Résidence générale, avec M. Jean Martin conseiller d'ambassade. » Il lui avait semblé à cet instant que son cœur s'arrêtait de battre et, qu'en même temps, le chant du berger avait perdu ses ailes pour devenir un petit triolet, plaintif comme un sanglot.

Remonté sur son tracteur, Roger Carbec remit le moteur en route et se dirigea vers les bâtiments de sa ferme où il avait convié à dîner ce soir un jeune officier des Affaires indigènes et un médecin de colonisation, célibataires eux aussi. Bien qu'il se fût juré de ne plus jamais penser à Nicole Lherminat, ce soir, en entendant ce petit air de flûte, il revivait encore cette fin d'après-midi du mois de mai de l'an dernier où il était arrivé, le cœur battant, à Rabat pour conduire une jeune fille au bal de la Résidence générale. C'était hier...

À peine descendu à l'hôtel Balima sur la terrasse duquel il était recommandé d'aller boire un verre en lorgnant les femmes qui descendaient lentement l'avenue Dar-el-Magzhen dans leurs voitures découvertes, Roger Carbec lui avait tout de suite téléphoné.

— Je viens vous chercher à quelle heure ?

— Cher Roger, vous ne viendrez pas me chercher.

D'une voix déjà nouée par la jalousie, il avait répondu.

— La place est prise ? Eh bien, je retourne dans mon bled !

— Ne faites pas l'idiot. Mon père m'accompagne. D'autre part, si je montais à côté de vous dans votre Amilcar, j'arriverais au bal toute décoiffée.

Apaisé, il avait plaisanté :

— À cause du vent ?

— À cause du vent aussi, avait répondu Nicole sur le même ton.

Une grande soirée à la Résidence générale, c'était un événement que le Tout-Rabat surveillait de près. Chacun prenait le plus grand soin de reconnaître les visages de ceux qui y étaient conviés, et de noter plus encore les noms de ceux qui n'avaient pas été invités. Ceux-ci étaient sûrs de ne pas faire carrière dans les dîners, cocktails et bridges des beaux quartiers de la capitale administrative du Protectorat, et ceux-là se gargarisaient longtemps de quelques souvenirs susceptibles d'illuminer leur vie, par exemple un sourire bienveillant du haut-commissaire ou l'éclat des sabres d'un peloton de spahis, burnous rouges et blancs, formant une haie d'honneur à l'entrée de la salle de bal. Pendant quinze jours, les couturières et les tailleurs avaient été assiégés par les élus... et par un nombre important de laissés-pour-compte qui ne s'en commandaient pas moins des robes ou des smokings pour en faire accroire. Sachant qu'elle ne figurait pas sur la liste des invités, l'épouse encombrante d'un colonel avait pris rendez-vous chez le meilleur coiffeur de Rabat à six heures de l'après-midi.

Roger Carbec arriva au milieu d'un flot de voitures qui montaient vers le palais résidentiel. La nuit était tiède, éclairée par une lune un peu théâtrale, parfumée de bouffées d'arômes un peu entêtants qu'exhalent comme une respiration sucrée ces buissons de fleurs qu'on appelle galants de nuit. Une centaine de couples dansaient déjà au son d'un orchestre de violoneux militaires qui faisaient regretter les saxophones et les batteries des dancings moins protocolaires. Du premier coup d'œil, Roger Carbec aperçut Nicole Lherminat : elle tournait une valse lente dans les bras d'un lieutenant de vaisseau, tous les deux vêtus de blanc et or. Quelque chose lui fit mal dans la poitrine. Pendant tout le temps que dura la danse, il ne les quitta pas des yeux, non pour les surveiller mais pour essayer de rencontrer le regard de Mlle Lherminat qui ne se souciait que de son beau cavalier. C'est vrai qu'il est plutôt bien ce gars-là, pensa honnêtement Roger Carbec. Ce soir, il n'y en a que pour les marins ! Après tout, c'est normal. Si mes yeux avaient été meilleurs, j'aurais sans doute préparé Navale et je serais peut-être là ce soir en train de danser avec Nicole. Seulement, le gars, quand le bal sera fini, il va regagner son bord et lever l'ancre. Tandis que moi, dès ce soir... Ah ! voilà que cette foutue danse est finie. Nicole a l'air de me chercher ? Non, elle ne me voit pas. Tout le monde frappe dans ses mains pour que l'orchestre bisse la valse. Nicole ne regarde que son danseur, elle a l'air de beaucoup s'amuser. Je laisse tomber. Tout à l'heure, je me rattraperai. Les vaches, ils font cheek to cheek...

— Dis donc, tu en fais une tête !

Gilbert et Annick Lecoz-Mainarde se trouvaient devant lui.

— Puisque tu n'as rien de mieux à faire, poursuivit Annick, invite-moi donc à danser, tu sais bien que Gilbert...

Roger Carbec prit sa cousine par la main et la conduisit au milieu des danseurs. À part quelques vieux fonctionnaires qui ne manquaient jamais une occasion de revêtir un uniforme ou un habit devenu trop étroit, et quelques mères demeurées assez aimables pour ne pas se résigner à faire tapisserie pendant que leurs filles découvraient les charmes de la Marine nationale, rien ne ressemblait plus à un bal de préfecture que cette soirée à la Résidence générale de France au Maroc. Cependant, les visages y paraissaient moins compassés, le ton plus libre, les conversations plus gaies, les liaisons moins discrètes qu'en province. Par les baies vitrées largement ouvertes sur des jardins en terrasses où le clair de lune tremblait sur l'eau des bassins, l'haleine douceâtre de la nuit parfumait les syncopes d'un deuxième orchestre autour duquel les plus jeunes s'étaient déjà réunis.

— Emmène-moi danser dans les jardins, dit Annick. Ces violons sirupeux m'assomment. Là-bas, il y a un jazz.

— Je préfère rester ici, Nicole Lherminat ne sait pas encore que je suis là.

Annick haussa les épaules :

— Je ne veux pas que tu te fasses des illusions. Tout à l'heure, Nicole m'a dit qu'elle t'avait vu arriver. Tu n'avais qu'à venir plus tôt ! Dansons donc ici. Fais attention à ce que tu fais, tu vas abîmer mes souliers !

Roger dansait mal, assez bien toutefois pour conduire sa cousine vers le couple formé par Nicole Lherminat et le lieutenant de vaisseau. Il y parvint. La jeune fille, plus petite que son cavalier, avait posé une joue contre l'épaule du danseur aux trois galons d'or et fermait les yeux. Annick sentit la main de son cousin trembler dans la sienne. Elle connaissait assez Roger pour savoir qu'il était capable de n'importe quel éclat sous le coup de la colère. Il était devenu blême. Elle lui dit très doucement, en conduisant cette fois elle-même la danse :

— Sortons de ce salon. Mène-moi au buffet.

Comme il résistait, elle supplia :

— Reste tranquille. Fais-le pour moi !

Quelques instants plus tard, les violons s'étaient tus. Limpide, Mlle Lherminat vint au-devant de Roger Carbec. Avant même qu'il eût ouvert la bouche, elle disait souriante :

— Je vous ai vus danser tous les deux. Quel charmant couple vous faisiez ! Quelque chose ne va pas, Roger ?

Elle avait dit ces derniers mots en posant sa main sur le bras du garçon d'un geste affectueux, presque tendre. Elle ajouta, la tête légèrement inclinée :

— Vous me le direz, n'est-ce pas ?

Il sauta sur l'occasion, décidé à ne pas la laisser s'échapper :

— Tout de suite, en dansant avec vous.

Elle écarta les bras, la mine désolée.

— Impossible, mon cher. J'ai promis une dizaine de danses.

Roger se rapprocha tout près de la jeune fille :

— Vous vous imaginez peut-être que j'ai fait 200 kilomètres...

Il lui avait un peu tordu le poignet.

— Vous me faites mal, je n'aime pas cela, dit-elle en le regardant droit dans les yeux.

Roger aurait voulu lui répondre : « Et vous ? Vous ne savez pas que vous me faites mal ! », mais elle lui disait déjà :

— Vous n'avez donc pas compris que c'est un bal officiel ? Étant donné la position de mon père, je ne peux refuser aucune invitation à danser. Ça n'est pas une raison pour faire une tête pareille, non ?

— Vous vous êtes moquée de moi en m'envoyant ce carton.

— Moi ?

L'orchestre venait de commencer une autre danse. Un petit enseigne de 2e classe, dont c'était certainement le premier voyage en escadre, attendait, sûr de lui, que Mlle Lherminat eût terminé sa conversation. Roger lui jeta un regard haineux en même temps que lui sauta à la gorge l'envie d'envoyer son poing dans la figure du petit marin comme il l'avait vu faire souvent dans les bars à matelots du temps qu'il naviguait pilotin, moi je n'en ai rien à foutre du Résident général !

— À tout à l'heure, dit Nicole à mi-voix en esquissant un sourire.

Je suis obligée de faire cette danse. Attendez-moi dans le jardin, près du petit bassin aux nénuphars.

— Non, je m'en vais tout de suite.

— Comme vous voudrez. Vous allez tout gâcher !

Elle avait déjà rejoint le jeune enseigne. Demeuré seul, Roger Carbec avala coup sur coup deux whiskies et décida de faire quelques pas dans les jardins avant de retourner à l'hôtel Balima où il se changerait et repartirait aussitôt pour Sidi M'Barek. L'air lui fit du bien. La soirée du Résident général était très réussie. Il reconnut certains visages, serra quelques mains, en baisa d'autres et se retrouva comme s'il ne l'avait pas voulu devant le petit bassin aux nénuphars au bord duquel Mlle Lherminat l'attendait déjà, radieuse dans sa robe à danser, l'oreille tendue vers le petit orchestre auquel elle venait de demander de jouer « Si l'on ne s'était pas connus... »

Dès les premières notes de la rengaine, elle avait entraîné Roger Carbec au milieu d'autres jeunes couples qui dansaient, en silence, les yeux vides, occupés d'eux seuls. Tous les deux avaient la même taille. Tout de suite, elle posa sa joue contre la sienne et se cambra un peu pour faire bomber son ventre. D'abord interdit, sentant bientôt remonter la colère qui avait failli le submerger tout à l'heure, il fut sur le point de s'écarter brusquement et de lui dire : « C'est votre manière de danser avec tous les autres, n'est-ce pas ? » mais il la serra au contraire contre lui parce qu'elle fredonnait tout doucement « Je n'aurai pas, lorsque tu pars — Encore besoin de ton regard », qu'il la sentait nue sous la robe candide, et parce qu'il écoutait chanter dans son cœur un air qu'il n'avait jamais entendu. La danse à peine terminée, elle se dégagea la première.

— Je retourne à mes obligations.

— Déjà ?

Elle lui posa un doigt sur la bouche, chut ! et rapprochant son visage tout près du sien :

— Tout à l'heure, lorsque l'amiral sera parti et que papa sera rentré, je serai plus libre. Nous irons finir la soirée au Jardin d'Été tous les deux. En attendant, je vais vous présenter à mon père, il veut vous connaître.

Majestueux et prudents, le Résident général et son ministre délégué achevaient au Maroc une carrière vouée à la fonction publique. Cela leur permettait de prendre de temps à autre certaines attitudes proconsulaires qui les vengeaient des besognes plus modestes accomplies pendant une quarantaire d'années dans de mélancoliques préfectures pour le premier et d'obscures chancelleries pour le second. En les nommant à Rabat, la République avait récompensé leur loyalisme autant que leur inoffensive banalité, et apaisé du même coup une certaine rancune de la grandeur que le rappel du maréchal Lyautey n'avait pas suffi à satisfaire. Chacun restant sur son quant-à-soi et convaincu de la supériorité de son corps d'origine, les deux hommes se surveillaient avec une cordiale vigilance, l'un demeurant aussi décidé que l'autre à ne faire le mort que pendant les parties de bridge organisées à la Résidence, cérémonies rituelles auxquelles était parfois convié quelque fonctionnaire qu'on voulait féliciter ou séduire et dont l'avancement allait dépendre désormais de sa façon de remporter un grand chelem à piques ou de faire manquer trois sans atout à son partenaire pour n'avoir pas compris qu'il avait une longue à carreau gardée par deux cartes maîtresses. Un grand bal donné en l'honneur de l'escadre, comment trouver une meilleure occasion de manifester sa force et de déployer son faste devant les populations autochtones tout en caressant les petitesses de la colonie française? Ni le Résident général, ni le Ministre délégué ne s'y étaient trompés. Depuis le début de la soirée, ils s'étaient tenus debout dans un salon pour recevoir avec une courtoisie démocratique de rigueur ceux de leurs invités qui manifesteraient le désir d'être présentés à l'amiral de la Méditerranée dont les prestiges liés à la fonction l'emportaient sur la mine rubiconde du préfet et l'indifférence affectée du diplomate. Par convenance politique, un vénérable Marocain qu'on disait être le Grand Vizir avait été installé sur un fauteuil où, enveloppé de voiles blancs plus légers que des nuages, son sommeil paisible portait témoignage de l'inébranlable solidité du Protectorat français.

Habituée aux aîtres de la maison, Mlle Lherminat dédaigna de prendre la file d'attente qui avançait lentement vers le salon et, sans plus de façons, présenta son cavalier au Résident général, à l'amiral et à son père. Surpris, Roger s'était laissé conduire. Il le fut davantage quand il entendit :

— Autrefois, il y a bien longtemps, lorsque j'étais préfet d'Ille-et-Vilaine, j'ai eu maille à partir avec un armateur malouin nommé Carbec qui s'était mis tous les marins-pêcheurs à dos.

— C'était mon oncle Jean-Marie, monsieur le Résident général.

— Diable ! Et qu'est-il devenu ?

— Il est mort.

— Ah bon ? Et que faites-vous au Maroc ?

— J'ai un lot de colonisation au nord de Fès.

— Bravo ! Vous êtes content, n'est-ce pas ? Tout va bien. Ah ! si c'était à refaire ! La terre, croyez-moi, il n'y a rien de tel. J'irai vous rendre visite. En attendant, amusez-vous. Ah ! la jeunesse... Passez-vous au moins une bonne soirée ?

L'amiral de la Méditerranée fut plus nuancé :

— Êtes-vous parent du professeur Carbec ?

— C'est mon père.

— J'ai eu l'occasion de le rencontrer. Veuillez lui transmettre mon fidèle souvenir. Encore un mot, si vous le permettez. N'accaparez pas trop ce soir cette charmante jeune fille, elle se doit à mes jeunes officiers.

Quant à M. Lherminat, il s'était contenté de dire en esquissant un imperceptible sourire qui dénotait une grande habitude des conversations insignifiantes : « Ma fille m'a beaucoup parlé de vous. »

Nicole Lherminat avait déjà disparu. Roger Carbec retrouva Annick Lecoz-Mainarde, dansa quelquefois avec elle et d'autres fois avec des jeunes femmes de son âge sur lesquelles la Marine nationale ne s'était pas jetée à l'abordage, mais ses yeux ne parvenaient pas à quitter la silhouette qui passait de l'un à l'autre avec le même sourire cajoleur et le regard qui semblait dire à chacun : « Je suis tout à vous. » Cela, il ne pouvait le supporter. La même douleur, tantôt lancinante, tantôt aiguë, éprouvée au début de la soirée, ne le quittait plus. Il regarda autour de lui et remarqua que toutes les femmes, à part celles que les gens de sa génération appelaient « les rombières », dansaient de la même façon, je suis peut-être un idiot mais jamais je ne permettrai à la mienne de s'exhiber ainsi en public. Vers deux heures du matin Roger se dirigea du côté du petit salon résidentiel. Celui-ci était vide. L'amiral avait regagné son bord, le Résident général ses appartements, le ministre délégué sa villa, et le Grand Vizir son palais. Du même coup, la moitié des invités avaient disparu. Eux-mêmes Annick et Gilbert Lecoz-Mainarde étaient partis se coucher. Qu'est-ce que je fous ici au lieu de dormir dans mon bled ? Elle fut bientôt là.

— Où avez-vous garé votre Amilcar ? Nous partons ?

Ils arrivèrent devant le Jardin d'Été au moment où la boîte de nuit fermait ses portes.

— Allons faire de la vitesse sur la route, comme la dernière fois ! proposa-t-elle. Maintenant, je veux bien être décoiffée.

Roger Carbec avait remis sa voiture en marche.

— Non, gronda-t-il, pas sur la route, pas comme la dernière fois. Allons chez vous.

— Vous êtes fou ! Il y a mon père, les gardiens, les chiens.

— Alors dans ma chambre.

— À l'hôtel ?

— Oui.

— Vous êtes tombé sur la tête. Que faites-vous de ma réputation ?

— Votre réputation ? Vous pouvez encore dire ce mot-là après vous être conduite comme ce soir ?

— Qu'ai-je donc fait ?

— Il aurait été plus honnête de le faire.

— Écoutez-moi, Roger. Je vais sans doute passer à vos yeux pour une gourde mais je suis vierge et j'entends le rester jusqu'à mon mariage.

Il ne répondit pas. Longeant les remparts trempés de lune de la casbah des Oudaïas, ils étaient arrivés maintenant sur un petit tertre d'où l'on dominait la mer. Roger Carbec arrêta sa voiture, en bloqua consciencieusement le frein, prit la bouche de Mlle Lherminat et lui dit enfin :

— Est-ce que cela changerait quelque chose si je vous demandais en mariage ?

— Rien du tout. Pas avant le mariage ! dit-elle d'un ton déterminé mais sans surprise. Je vous en prie, ne froissez pas ma robe.

Elle ajouta, sur le ton d'une plaisanterie qui ne prête pas à conséquence :

— Mais nous pourrions peut-être faire l'amour sans faire ce que les hommes entendent par là, non ?

— Quoi donc ?

— Tout le reste. Ça par exemple ! répondit Mlle Lherminat en plongeant sa tête ébouriffée vers la ceinture de son voisin.

La semaine suivante, elle arrivait à Sidi M'Barek sans avoir prévenu. Il était bientôt midi. Roger Carbec se trouvait encore dans le bled, sur son tracteur avec une équipe de défricheurs. En attendant son retour, elle s'était installée dans la baraque du colon pour inspecter le petit lit de camp, les trois planches posées sur deux tréteaux, le fauteuil à bascule, les couvertures du pays zaïan, le tourne-disque, les livres, les commandements d'huissier suspendus au plafond de tôle ondulée, les assiettes et les couverts de fer battu, les verres à moutarde. C'est donc là qu'habitait le fils du professeur Carbec, l'élégant danseur de la Résidence générale, le jeune homme à l'Amilcar ? Incapable de dénouer les sentiments qu'elle éprouvait, Mlle Lherminat se demandait ce qu'il convenait de plus admirer ou de plus repousser, lorsqu'elle fut tirée de sa réflexion par le vacarme du tracteur.

— J'ai voulu voir comment vous viviez, dit-elle en rougissant.

Avec son pantalon taché de graisse, son vieux feutre cabossé et sa chemise à carreaux ouverte sur une poitrine velue, Roger Carbec lui paraissait plus charmant que vêtu d'un smoking impeccable. Faisant allusion à leur première rencontre, il demanda :

— Ai-je l'air d'un vrai colon cette fois ?

Sans prendre garde ni à sa jolie robe à fleurs ni à la sueur qui coulait sur le visage de Roger Carbec, elle alla vers lui, l'embrassa sur les joues et fut heureuse de remarquer qu'il s'était rasé ce matin.

— Je vous préfère ainsi.

— C'est vrai ? dit-il avec le sourire heureux d'un homme jeune.

— Juré !

— Alors, je vous emmène déjeuner à Fès, à l'hôtel Transatlantique. Le temps de me changer et nous partons dans dix minutes.

— Non, je veux déjeuner ici.

— Comme vous voudrez. Menu : salade de tomates, nouilles aux tomates, corned-beef poêlé aux oignons et aux tomates. Pas de dessert, mais trois verres de thé à la menthe. En attendant que Messaoud ait fini sa tambouille, je vais vous faire faire le tour de la case.

— J'ai déjà vu votre chambre.

— Qu'en pensez-vous ?

— Elle est charmante... mais peut-être un peu petite pour deux personnes. Surtout le lit.

Ils jouaient bien le jeu. Ni l'un ni l'autre ne voulait faire allusion à la manière inattendue dont la soirée du Résident général s'était terminée pour eux.

— Je n'ai pas ouvert cette porte...

— C'est ma salle de douche.

— Vous avez donc l'eau courante ?

— Vous voyez ce seau en toile accroché à une corde ? Messaoud le remplit plusieurs fois par jour. Quand je rentre du bled, je m'installe dessous, je tire sur la corde, le seau bascule, et j'ai pris ma douche.

— Et derrière cette autre petite porte qui est dehors ?

— Sauf votre respect, ce sont les oua-oua, dit Roger Carbec en éclatant de rire.

— Quoi ?

— Cela s'écrit WA-WA, et cela se prononce Ouah Ouah ! Comme font les chiens.

— Dites-moi, Roger, êtes-vous toujours aussi gai ?

— Non, fit Roger après un bref moment de silence. Non, franchement non. Sidi M'Barek, ça n'est pas souvent drôle. Mais...

— Mais ?

— J'ai pensé l'autre jour en rentrant de Rabat que si j'épousais une fille comme vous, et qu'elle veuille bien venir habiter à Sidi M'Barek, la vie serait merveilleuse.

Il avait dit cette phrase tout à trac, d'une seule coulée, les yeux perdus, sans oser la regarder. Il précisa, avec hâte :

— Vous savez, il y a un certain nombre de jeunes ménages dans la région. Je pense qu'ils sont très heureux. Bien sûr, je ne demanderai jamais à une jeune fille de venir habiter dans cette baraque, mais j'ai des projets de construction. D'ailleurs mon cahier des charges m'y oblige. J'ai demandé à mon cousin Lecoz-Mainarde d'en établir les plans. Cela vous intéresserait de les regarder ?

— Montrez-les-moi vite.

Roger Carbec étala sur le petit lit de camp les « bleus » d'architecte dressés par son cousin et les commenta avec enthousiasme. Il s'agissait d'une grande bâtisse, tout en longueur, entourée d'une galerie-terrasse sur laquelle on ferait courir des bougainvilliers, et coiffée d'un toit de tuiles rouges, comme dans la campagne française. Nous avons prévu un living-room de belles dimensions, une grande chambre à coucher, une autre plus petite pour le passage, une cuisine, une salle d'eau avec les commodités. Vous voulez voir aussi les plans des bâtiments annexes ?

— Tout m'intéresse, Roger !

— Ça, c'est le logement de Messaoud, plus loin celui des ouvriers que je veux garder près de moi. Là, le hangar pour le matériel et un petit atelier, ici la bergerie à côté de deux granges. Gilbert a pensé à tout, il a même prévu des possibilités d'agrandissement, les architectes appellent cela moduler un plan d'habitation. C'est formidable, non ? Je vous offre un verre ? Ici, je n'ai pas de porto, mais de l'anisette. Messaoud se débrouille pour avoir toujours de l'eau fraîche, il suffit d'entourer une bouteille avec une serpillière que vous mouillez avant de l'exposer en plein soleil.

Mlle Lherminat n'avait jamais bu d'anisette au cours de sa jeune vie. Elle en trouva l'odeur détestable mais, aussi pressée par la soif que bien décidée à renchérir aujourd'hui sur les enthousiasmes du jeune colon, elle en redemanda en faisant remarquer l'originalité de son verre à moutarde.

— Il va de soi, dit Roger Carbec en rougissant, qu'une fois construite la maison ne manquera ni de verres convenables, ni de vaisselle, ni même d'argenterie.

Messaoud était venu avertir son maître que tout était prêt. Ils s'installèrent côte à côte. Les filles qui ont bon appétit se présentent toujours aux hommes sous leur aspect le plus rassurant. Nicole Lherminat n'y manqua pas, vida le saladier de tomates, réclama un supplément de pâtes, découvrit le plaisir du corned-beef frit avec beaucoup d'oignons, et jura quel festin ! Elle attendit l'heure du thé à la menthe pour demander, sur le ton le plus neutre possible, si Roger comptait bientôt réaliser son programme de construction ?

— Dès l'année prochaine. Il me faut établir d'abord un plan de financement.

— Dans un an ! Mais cela nous mène très loin !

— Vous avez dit « nous » ? dit Roger radieux.

— Cela m'a échappé. N'en tirez pas encore de conclusions. Il faut que je m'habitue un peu à vous.

— Je pourrais très bien commencer tout de suite. Cela dépend de vous.

— Je peux faire la sieste ici avant de repartir ?

— Sur mon lit de camp ?

— Pourquoi pas ? Mais rappelez-vous nos conventions. Vous n'aurez pas plus que la nuit du bal.

Mlle Lherminat était repartie pour Rabat lorsque le soleil commençait à descendre. Au moment de lui dire au revoir, Roger Carbec lui avait redemandé s'il était sage d'entreprendre, au lendemain de la prochaine moisson, les travaux de sa maison ? Elle avait répondu :

— Mon cher, vous êtes seul juge. C'est surtout vous que cela regarde !

— Mais... vous ?

— Moi ? Je pense seulement que votre petit lit de camp est un peu trop étroit pour y faire une sieste à deux.

Le lendemain Roger Carbec se rendit à Fès où il fut reçu par le directeur local du Crédit Foncier. Son affaire était très simple : il bénéficierait d'un plan de financement remboursable en dix ans. À la seule condition de verser immédiatement une somme représentant le cinquième de l'emprunt consenti, les travaux pourraient commencer dès le mois d'août. Bon Malouin, plus aventureux que précautionneux, aussi prompt à compter ses sous qu'à les risquer aux dés, peu enclin à laisser échapper une prise dont la membrure lui plaisait très fort, Roger Carbec entreprit d'abord de faire ses comptes. Le peu d'argent liquide dont il pouvait disposer à la banque suffirait à peine pour assurer la paye de ses ouvriers jusqu'au moment où il pourrait vendre la moisson espérée. Serrons d'un peu plus près le problème : nous voici arrivés à la fin du mois de mai, je peux honnêtement espérer faire cette année du 14 hectos, soit 280 hectos. Si la moisson commence le 15 juin, je peux avoir fauché mes 20 hectares en une semaine même en tenant compte de la casse. Mais la vente de mon grain peut demander deux à trois mois... Il passa une bonne partie de la nuit à couvrir des pages de chiffres, se trompa plusieurs fois dans ses calculs, décida de vendre son Amilcar, y renonça le quart d'heure suivant, échafauda cent combinaisons qui s'écroulaient à peine imaginées et se jeta à l'aube sur son lit avec la volonté entêtée d'obtenir à n'importe quel prix ce que Mlle Lherminat n'accordait encore qu'au compte-gouttes.

Roger Carbec repartit voir son banquier qui lui conseilla paternellement de solliciter de sa famille une avance d'hoirie :

— Croyez-moi, cela se pratique couramment.

— Pas chez les Carbec, chaque génération se débrouille toute seule. Prêtez-moi plutôt de l'argent sur mon bled que vous prendrez en gage.

— Soyez raisonnable ! Votre bled est un lot de colonisation dont vous n'aurez l'entière propriété qu'après avoir réglé les quinze annuités prévues par votre cahier des charges. Dans votre cas, le plus sage serait d'attendre d'avoir vendu votre prochaine récolte. Vingt hectares emblavés, ça n'est pas rien. Revenez me voir à ce moment-là, nous examinerons ensemble votre affaire.

— Il faudrait donc que j'attende le mois de septembre ?

— Vraisemblablement.

— Donc, vous vous refusez à me consentir immédiatement cet emprunt ?

— Sur quelles bases, cher monsieur ? Votre propriété est inaliénable, votre matériel agricole est loin d'être totalement payé. Ne me demandez pas l'impossible.

— À n'importe quel taux ?

— Monsieur Carbec ! Nous ne pratiquons pas l'usure. Libre à vous de passer par là, vous trouverez facilement des prêteurs à Fès, à Rabat ou Casablanca, chrétiens, juifs ou musulmans, il n'en manque pas, je me demande même quels sont les plus rapaces ? Vous voyant dans l'embarras, je vais me permettre de vous donner un conseil : vendez donc votre récolte sur pied, cela vous coûtera cher mais l'opération une fois terminée, vous redeviendrez libre. Avec un usurier, vous en auriez pour des années.

— Vous connaissez des acheteurs possibles ?

— Bien sûr. Il y a à Fès des courtiers très sérieux, Moïse Lévy, Abraham Murdoch...

— Ils vont m'étrangler !

— Défendez-vous. Ils sont durs en affaires, soyez-le autant qu'eux !

Quinze jours plus tard, Roger Carbec obtenait enfin son emprunt du Crédit Foncier et signait le devis d'un entrepreneur. La bataille engagée avec le courtier en céréales avait été rude, chacun défendant avec âpreté ses positions sur le cours du blé, la qualité du grain, l'évaluation de la récolte en quintaux et celle des risques imprévisibles qui menacent toujours une récolte avant d'être engrangée. Finalement, les deux parties avaient joué à armes égales, les traditions marchandes de Moïse Lévy n'étant pas supérieures à celles de la famille Carbec. Il ne restait plus au colon qu'à moissonner ses surfaces emblavées. Après, il serait libre de partir pour Rabat où il comptait passer quelques semaines. C'est alors qu'il avait appris en lisant *L'Écho du Maroc* les fiançailles de Mlle Lherminat.

Un an s'était passé. Ce soir, le petit berger Ali soufflait sur sa flûte de roseau un air semblable à celui de l'année dernière. Roger Carbec crut entendre la voix de son ancien professeur de philosophie dissertant sur la mémoire affective : « Attention, messieurs ! Ça n'est pas se souvenir d'un sentiment, c'est l'éprouver à nouveau. » Il pensa aussi : je me suis conduit comme un idiot mais j'y aurai au moins gagné de bâtir cette maison un an plus tôt, dans les pires emmerdes il faut toujours se dire que la chose qui vous arrive est la meilleure qui puisse vous arriver. J'aurais dû la sauter. Un jour ou l'autre, je la sauterai. Je sauterai la femme d'un ambassadeur ! En attendant, je vais faire comme les autres célibataires. Toutes les filles ne sont pas capables d'épouser un colon, j'en connais pourtant qui sont aussi charmantes, aussi jolies que Nicole Lherminat et dont la famille vaut bien la sienne. La salope ! C'est une salope. J'ai d'abord pensé que c'était une conne, je m'étais trompé, c'est une salope. Une fille correcte, quand elle en a envie, se laisse dépuceler en disant « non » tout doucement, on a des principes, mais elle ne fait pas ce qu'elle m'a fait. Elle ne sait même pas que ces choses-là existent... Le mois prochain, à Paris ou à Saint-Malo, maman va vouloir me marier, ça c'est sûr. Il va falloir que je fasse gaffe. Pourtant, quand je vais dîner chez des voisins, je suis toujours ému par le paisible bonheur de leur foyer au milieu des rires ou des cris d'enfants... Après ce qui m'est arrivé lorsque j'avais dix-sept ans, les Carbec doivent avoir peur que je ramène à la malouinière une Zhora ou une Fathima avec des tatouages bleus sur le front et la paume des mains teinte au henné. Qu'a bien pu devenir la Louison ? Je le demanderai à ma mère, maintenant que Nicolas Lehidec est mort il n'y a plus d'offense. Nous allons peut-être nous retrouver tous à la Couesnière ? Annick, Gilbert et leurs trois gosses doivent y être déjà arrivés. Moi, je pars dans quinze jours en avion. Traverser l'Espagne et la France en auto, ça serait trop long, je ne tiens pas non plus à ce qu'on me voie arriver avec mon Amilcar, surtout si je veux demander un peu d'argent à la famille. Cette année, si je vends sept à huit cents quintaux, je vais toucher un petit paquet d'argent qui va me permettre de payer quelques arriérés. Je me demande comment s'en tirent les colons qui n'ont pas de famille pour leur donner un coup de main ? J'ai eu raison de planter tous ces eucalyptus dès la première année, ils font déjà un bouquet d'arbres et donnent de l'ombre à ma maison. C'est vrai que j'ai une maison maintenant, avec un living-room, une vraie chambre, une salle d'eau avec un lavabo dont le robinet ne coule jamais, faute d'eau courante, mais qui me fait plaisir à regarder. Ce soir, je vais inaugurer la vaisselle et l'argenterie que maman m'a envoyées.

Roger Carbec rangea son tracteur sous un hangar, tourna longtemps autour de la faucheuse-lieuse toute neuve peinte comme un jouet, et se décida à entrer chez lui où l'attendait un tadjin mijoté dans un plat en terre vernissée au-dessus d'un feu de charbon de bois, sous la surveillance d'une vieille femme que Messaoud ramenait du douar voisin pour les grandes occasions. La journée avait été brûlante jusqu'au moment précis où le soleil eut disparu. Alors une légère brise anima le bled immobile dans la torpeur de l'été, fit courir quelques moires sur les blés et froissa l'odeur des eucalyptus. C'était l'heure de la douche, du whisky et de la cigarette. Pendant quelques mois, peu capable d'identifier ce qui le poignait davantage, chagrin ou colère, déception ou jalousie, Roger Carbec ne s'était plus guère intéressé qu'aux plus durs travaux de la ferme. Il vivait sur son tracteur et ne le quittait que pour avaler des poêlées d'œufs frits aux tomates et se jeter sur son lit sans prendre soin de la moindre toilette, avec une barbe de huit jours. Hier, la rusticité de sa tenue, chemise à carreaux dépoitraillée, pantalon taché de graisse, feutre bosselé, ne manquait pas d'allure, peut-être même d'une certaine élégance calculée. Peu à peu, il s'était mis à ressembler à un clochard, demeurait confiné dans son bled, ne répondait même plus aux lettres de sa cousine inquiète de ne plus le voir arriver à Rabat. Sous le prétexte de visiter le chantier de la maison dont il avait dressé les plans, Gilbert Lecoz-Mainarde était alors arrivé un jour, sans prévenir, à Sidi M'Barek. Les deux cousins avaient passé ensemble une longue journée, pleine de souvenirs d'enfance souvent communs malgré les douze années qui les séparaient, et Gilbert, pour la première fois, avait fait une discrète allusion à son œil crevé et à sa jambe bancale.

— Quand je suis sorti de l'hôpital, on m'a dit que j'étais un héros. Tu sais, à l'époque, c'est un mot qui avait cours à l'arrière. Moi, je savais bien que j'étais seulement un infirme. J'ai connu des moments de désespoir et de révolte.

— Oui, mais tu as épousé Annick.

— C'est vrai. Seulement, Annick et moi nous nous aimions depuis de longues années, même sans nous en douter. Enfin, tu ne vas pas comparer Annick à cette Nicole Lherminat ! L'as-tu seulement aimée ?

— J'étais très amoureux d'elle.

— Ça n'est pas la même chose... Vois-tu Roger, au siècle dernier, à l'époque romantique, lorsque les jeunes gens de bonne famille se mouraient d'un désespoir d'amour ils partaient faire un voyage en Italie, en revenaient guéris et n'en parlaient bientôt plus. Toi, tu as ton bled à défricher, des moissons à faire lever, une ferme à construire, des ouvriers à payer, c'est une sacrée aventure, non ? Tu sais, les grands mots je n'y crois plus guère parce que je sais qu'ils recouvrent trop souvent des mensonges qui servent d'ailleurs aussi bien à soi-même que pour les autres, mais je pense quelquefois à tout ce qu'ont réalisé en si peu d'années les ingénieurs, les médecins, certains militaires, les architectes, les administrateurs ou les colons au Maroc. Eh bien, ris si tu veux, moi je suis fier d'en faire partie. Pas toi, qui as tes deux yeux et tes deux jambes ?

Roger Carbec avait modifié son genre de vie. Il avait commencé par redemander à Messaoud de remplir le seau de toile pour sa douche et s'était rasé tous les jours. La semaine suivante, il avait entrepris des semis de fleurs à couper autour de sa future demeure. Aujourd'hui, tel un fonctionnaire britannique du Civil Control aux Indes, il se rasait et se douchait une deuxième fois, après le coucher du soleil, se changeait et s'installait sur son fauteuil à bascule devant un verre de whisky et une pile de journaux arrivés de France dont il ne décachetait qu'un seul exemplaire, réservant les autres pour chaque jour de la semaine. Matin après matin, soir après soir, avec l'aide de son rasoir et des graines qu'il voyait germer, il avait remporté une série de minuscules victoires contre lui-même qui l'avaient à peu près guéri du souvenir de Mlle Lherminat puisque même si la petite flûte du berger Ali avait tenu encore ce soir le rôle de la madeleine de Marcel Proust, sa cadence n'en avait pas moins provoqué une réaction tonique : quelle salope !

Des deux invités, le lieutenant Aymard arriva le premier. Il n'était guère plus âgé que son hôte. Officier de troupe, rien ne l'eût sans doute distingué d'autres camarades de sa génération élevés dans la rumeur de la guerre, sortis du moule d'une grande école militaire et les yeux désormais fixés sur l'Annuaire comme ceux de leurs anciens l'avaient été naguère sur la ligne bleue des Vosges. Admis au Service des Affaires indigènes, celui-là appartenait à une élite de jeunes gens triés sur le volet, à la fois seigneurs de la paix et de la guerre, baroudeurs et négociateurs, demeurés fidèles à l'école de Lyautey qui avait façonné les premiers d'entre eux. Après avoir servi sous les ordres d'un chef de poste pendant deux années, il venait de prendre le commandement d'une petite confédération de tribus étalées dans la région où se situait la ferme de Roger Carbec. Tout de suite, les deux jeunes hommes s'étaient pris l'un pour l'autre d'une vive sympathie, l'amitié connaît aussi des coups de foudre, d'autant plus rapide que le royaume confié aujourd'hui au lieutenant Aymard avait eu pour titulaire, cinq ans auparavant, le capitaine Jean-Pierre Carbec. Le docteur Bruneau arriva beaucoup plus tard. Aidé de deux infirmiers marocains, il dirigeait un petit hôpital rural où il exerçait en même temps la médecine générale, la chirurgie, l'obstétrique, l'ophtalmologie et plus souvent la dermatologie.

— Excusez mon retard, on m'a amené un routier que j'ai dû amputer d'une cuisse. Le pauvre diable s'était glissé sous son camion pour réparer le pot d'échappement, le frein mal serré a lâché. Ça n'était pas joli à voir. Donnez-moi un double whisky mon vieux.

C'était la première fois, depuis l'attribution du lot nº 7 à Roger Carbec, que celui-ci pouvait se permettre de recevoir des convives. Il avait tenu, pour cette première, à inviter les deux voisins dont les résidences se trouvaient situées à une vingtaine de kilomètres de Sidi M'Barek et il avait dressé lui-même la table du repas sous la galerie avec une jolie nappe blanche et des assiettes de porcelaine bordées d'une grecque bleu et or. Des verres de cristal remplaçaient les anciens verres à moutarde, et quelques couverts d'argent gravés aux initiales de la famille Carbec étincelaient sous la lumière d'une grosse lampe à gaz d'essence sous laquelle tournaient des moustiques et de gros papillons. Les trois célibataires dînèrent joyeusement, dévorèrent le poulet au citron et aux olives préparé par la cuisinière marocaine et burent des coups solides. Sans jamais faire la moindre allusion aux événements politiques qui pouvaient alors agiter le monde, ils passèrent du bon temps à se rappeler quelques faits divers qui avaient diverti ou apitoyé les gens du bled et qu'ils connaissaient par cœur. Ils éprouvaient du plaisir à ressasser et à réentendre au cours d'éternelles gibernes, des histoires d'hommes qu'on ne raconte bien qu'entre soi, loin des bonnes femmes.

L'Europe s'installait dans la paix. Cette année 1930, tout portait à croire qu'on en avait enfin fini avec les séquelles de la dernière guerre. Même si celle-ci demeurait présente dans la conscience collective, son cauchemar s'éloignait devant les illusions d'un prochain désarmement général qui serait contrôlé par la Société des Nations. Clemenceau s'était éteint comme un vieux sanglier dans sa bauge vendéenne, Foch reposait sous le dôme des Invalides, et M. Poincaré était devenu populaire auprès de ses concitoyens en les confirmant dans leurs préjugés d'hommes précautionneux plus enclins à thésauriser qu'à investir. Les économistes jugeaient alors le krach de Wall Street comme un phénomène exclusivement américain, les diplomates du Quai d'Orsay se réjouissaient d'avoir réglé une fois pour toutes le contentieux franco-allemand, et l'État-Major se félicitait de commander la première armée du monde.

Tout en épousant son époque d'où surgissaient les premiers chefs d'entreprise en robe courte et aux mœurs libres, Lucile demeurait ancrée dans la tradition familiale. Dès le mois de juin, elle était revenue en Bretagne pour s'occuper, pendant les mois d'été, de ses affaires immobilières auxquelles étaient associés des financiers parisiens et quelques notaires provinciaux regroupés autour d'elle par l'agent de change Lecoz-Mainarde. L'argent frais ne manquait ni dans les coffres privés ni dans ceux de l'État : le budget connaissait un excédent de 4 milliards. Tout le long de la Côte d'Émeraude, du cap Grouin au cap Fréhel, on n'avait jamais autant acheté, loti, vendu, spéculé, et jamais joué aussi gros dans les casinos de Dinard, Saint-Malo ou Paramé. Devenue business girl, Lucile Carbec s'était révélée bonne maîtresse de maison pour accueillir tous les fidèles des rendez-vous à la malouinière. Cette année encore, ni les cousins américains ni le cousin allemand ne seraient présents, mais les Marocains arriveraient dès les premiers jours de juillet après un bref séjour à Paris: depuis leur mariage c'était la première fois que Annick et Gilbert reviendraient en France. On attendait aussi Roger.

Le *Marrakech*, deux cheminées rouges à bandes noires, s'immobilisa devant la pointe de Graves pour prendre à son bord le pilote qui le conduirait jusqu'à Bordeaux par un chenal aménagé à travers les courants de la Gironde. Il était six heures du matin. Gilbert Lecoz-Mainarde et son fils aîné, Frédéric, se trouvaient sur le pont parmi d'autres passagers matinaux et soucieux de ne manquer ni l'arrivée du remorqueur ni l'entrée du paquebot dans l'estuaire. Pour Gilbert, il ne s'agissait pas tant d'offrir à son fils une sorte de divertissement après les trois jours d'une traversée monotone depuis leur départ de Casablanca, que de lui donner sa première leçon de France. Frédéric venait d'avoir huit ans, il était né à Rabat dans une maternité aseptisée, avait grandi dans une cité de villas et de jardins flambant neufs comme les pavillons d'une exposition qui aurait survécu à son inauguration solennelle. Ici, la vie quotidienne semblait légère, l'argent facile, et la pauvreté ne se rencontrait guère que dans les yeux sans regard de quelques mendiants aveugles tendant la main dans les quartiers indigènes où le Prophète commande de faire la charité. Bâtisseur d'une cathédrale et de monuments publics, emporté par l'élan d'un proconsul dont la marque personnelle était partout visible, l'architecte ne manquait aucune occasion de manifester sa fierté de poursuivre cette entreprise mais ne méconnaissait pas les problèmes qui se poseraient tôt au tard au Protectorat. « Cher Abdallah, avait-il dit un jour à un Marocain qui ne cachait pas ses espoirs d'indépendance et avec lequel il entretenait de cordiales relations, nous savons bien, vous et moi, que votre vérité est essentiellement marocaine et la mienne essentiellement française, cela ne nous empêche pas de bien nous entendre tous les deux, non ? » L'autre avait alors répondu : « C'est vrai, nous nous entendons bien, malheureusement vous ne pourrez empêcher que la grande majorité de vos compatriotes ne soient persuadés qu'ils sont ici chez eux. À la rigueur, je peux comprendre l'attitude des hommes de votre génération parce qu'ils ont transformé le Maroc en quelques années avec les routes, les barrages, les ports, les chemins de fer, les fermes qu'ils y ont construits, mais l'avenir m'inquiète. Il ne faudrait pas que vos enfants devenus adultes s'imaginent qu'ils sont nos maîtres par droit de naissance. Vous avez raison, gardons chacun nos vérités. » Gilbert Lecoz-Mainarde avait souvent pensé à cette conversation qu'il avait rapprochée d'une phrase prononcée à mi-voix par le capitaine Carbec du temps qu'il servait au Maroc : « C'est très bien de bâtir le

Maroc moderne... à condition de tenir compte de l'avis des Marocains », et il s'était alors promis d'envoyer tous les ans ses enfants en Bretagne avec leur mère. Il les accompagnerait le plus souvent possible afin que sa famille et lui-même échappent aux pièges de la vie trop facile, souvent artificielle, menée par tant d'hommes et de femmes aussi dédaigneux des réalités indigènes que devenus insoucieux des problèmes quotidiens vécus en France par tout un petit peuple d'ouvriers et de paysans avec lesquels ils risquaient de n'avoir bientôt plus rien de commun.

Le remorqueur était venu se serrer contre les flancs du paquebot où pendait une échelle de corde le long de laquelle montait maintenant d'un pas vif un petit homme large d'épaules vêtu d'un caban et coiffé d'une casquette timbrée d'une ancre marine.

— C'est le pilote, expliqua Gilbert à son fils. Il va prendre la direction du bateau pour nous conduire tout le long de la Gironde jusqu'à Bordeaux. Regarde bien à droite et à gauche. C'est la France !

Dressé sur ses petites jambes, Frédéric dépassait à peine la lisse du bastingage mais il comprenait confusément qu'il vivait un instant important et que son père lui disait des choses graves dont il devrait se souvenir quand il serait grand. « C'est la France ! » Qu'est-ce que cela voulait bien dire pour un petit garçon de huit ans né dans une ville toute neuve, ensoleillée et fleurie, pleine de domestiques qu'on appelait les zarabes et où les écoles ressemblaient à de jolies villas ? Pour Frédéric, la France c'était une sorte de conte raconté par sa maman où se mêlaient pêle-mêle la barbe de Charlemagne, le vase de Soissons, Saint Louis sous un chêne, Jeanne d'Arc brûlée par les Anglais, l'œil crevé et la jambe bancale de son père. Ce matin, on l'avait tiré trop tôt de sa couchette, il avait sommeil et le cœur barbouillé. Déçu, Gilbert raccompagna son fils dans la cabine familiale, remonta seul sur le pont, s'appuya sur une rambarde, respira longuement et sentit monter en lui comme une sorte de vague qui le soulevait. Plus encore qu'un sentiment, il éprouvait une joie physique.

Gilbert et sa petite famille étaient arrivés à Paris trois jours plus tard. Débarqués du *Marrakech*, il leur avait fallu attendre plusieurs heures pour satisfaire aux obligations de la douane et de la police, récupérer tous les bagages dont quelques-uns demeuraient introuvables et prendre enfin possession de leur auto. La passerelle à peine franchie, tous les passagers s'étaient rués vers les guichets de l'Administration. Se bousculant pour arriver les premiers, pris soudain d'une gesticulation heureuse comme s'ils jubilaient d'avoir retrouvé dans le même instant la terre et la pagaille nationales. Du temps qu'il étudiait les Beaux-Arts, Gilbert était venu à Bordeaux avec quelques camarades pour connaître le Grand Théâtre, l'Hôtel de Ville et la cathédrale Saint-André, il aurait bien voulu cette fois les montrer à Annick et à ses enfants, après une promenade aux Quinconces et sur les allées de Tourny, mais le temps le pressait d'atteindre Poitiers où l'on dînerait et coucherait : la visite de Bordeaux serait remise au mois de septembre avant de repartir pour Casablanca. À part quelques jours passés à Paris au moment de ses fiançailles, et une nuit à Marseille la veille de son départ pour le Maroc, Annick n'avait jamais quitté Saint-Malo et ses environs immédiats, mais son mari l'avait emmenée à Fès, Meknès, Marrakech ou Mogador, partout où le jeune architecte contrôlait des chantiers. Semblable à la grande majorité des Français de l'outre-mer, incollables sur la toponymie de Tizi-Ouzou, Bobo-Dioulasso ou Chandernagor, mais incapables de situer à peu près sur une carte muette les départements appris par cœur à l'école, elle ne connaissait de son pays que son coin de terre natale parcouru à pied ou à bicyclette. Ce jour-là, ils découvrirent la RN 10, traversèrent des villages assoupis sous le soleil du mois de juillet où des poules caquetaient en liberté, notèrent que la moisson n'avait pas encore commencé, et aperçurent dans les rues de Barbezieux des visages furtifs qui les épiaient par les fenêtres entrouvertes de maisons sagement bourgeoises. Ils s'arrêtèrent à Angoulême pour faire goûter les enfants dans une pâtisserie dont la devanture meringuée abritait des pyramides de bonbons au chocolat appelés marguerites en souvenir d'une fameuse sœur de François Ier.

Gilbert Lecoz-Mainarde avait conduit lentement et quitté parfois la route nationale pour emprunter des chemins qui le menaient vers des villages dont les toits et le clocher avaient l'air de lui faire signe. Pour Frédéric, Colette et Yves, c'étaient autant de découvertes merveilleuses. Ni Bordeaux, ni Barbezieux, ni Angoulême n'avaient retenu leur attention, mais ils s'esclaffaient devant un âne qui broutait l'herbe verte d'un talus, une chèvre menée au bout d'une corde par une vieille femme, un chien qui courait après des vaches, des poules éperdues devant l'auto. Ces minuscules spectacles les ravissaient. Là-bas, au Maroc, entre les villes blanches il y avait le bled, grands espaces sous le ciel immense. Ici, c'était la campagne, une France qu'ils n'auraient pas été capables d'imaginer, et ils en battaient des mains sans savoir pourquoi ils étaient heureux. Dans chaque village traversé, Gilbert ralentissait en passant devant le monument élevé à la mémoire des morts de 14-18. Comme tous les survivants de la grande tuerie, la guerre lui collait à la peau. Il lisait quelques noms, souvent les mêmes, hochait sa tête où resurgissaient des souvenirs dont il ne parlait jamais, et continuait sa route vers un autre village où l'on avait élevé une stèle similaire ornée d'un coq cambré sur le fût d'un canon brisé ou d'un fantassin casqué et armé d'un fusil avec sa baïonnette. Un million trois cent mille morts, Gilbert Lecoz-Mainarde savait cela par cœur depuis longtemps, mais c'est la première fois que ce chiffre se matérialisait, prenait une fantastique épaisseur humaine. À la pensée que dans quarante mille communes se dressaient les mêmes blocs de marbre, révolte, haut-le-cœur, fierté, il ne savait plus quel sentiment l'agitait le plus, mais l'inquiétude le prenait à la gorge en observant que tous ces pauvres gars, âgés de dix-huit à trente ans, avaient été rayés de la vie de leur village. Est-ce pour cela que tant de femmes de la campagne portaient des robes noires ? Cela aussi c'était la France redécouverte après dix ans d'absence, Gilbert en fut bouleversé. Il fallait que ses enfants participent à son émotion : aujourd'hui ils y seraient moins sensibles qu'aux marguerites en chocolat mangées dans la pâtisserie d'Angoulême, mais plus tard ils s'en souviendraient. Gilbert arrêta alors sa voiture devant l'église d'un petit village près de laquelle un humble monument en forme d'obélisque disait qu'une trentaine de jeunes hommes n'étaient pas revenus. Il fit descendre Annick, Frédéric, Colette, Yves et leur dit : « Nous allons faire une prière pour tous ces braves gens qui sont morts pour la France. » Les voyageurs étaient remontés dans l'auto depuis quelques instants lorsque le plus jeune, qui avait cinq ans, demanda : « Qu'est-ce que ça veut dire la France ? » Sa mère répondit, cherchant ses mots :

— C'est tout ce que tu vois, et tout ce que tu entends depuis que nous ne sommes plus sur le bateau.

— Les marguerites en chocolat, c'est aussi la France ?

— Oui, mon chéri.

Un peu plus loin, comme ils roulaient à nouveau sur la RN 10, ils entendirent soudain, derrière eux, le rugissement d'un klaxon. Gilbert s'était à peine rangé sur le bas-côté de la route qu'il fut doublé par une grosse torpédo d'où une voix hargneuse éructa :

— Vieux con !

Annick posa très doucement sa main sur le bras de son mari, « Tiens bien ta droite mon chéri », et Yves après avoir réfléchi un moment posa une nouvelle question :

— Qu'est-ce que c'est un vieux con, papa ?

Son père lui répondit :

— C'est un Français décoré de la médaille militaire, qui a un œil crevé et une jambe bancale.

Il n'avait plus ouvert la bouche, un salaud venait de lui gâcher le bonheur de ses retrouvailles. Gilbert ne put s'empêcher de penser que là-bas, au Maroc, ses compatriotes témoignaient de manières plus courtoises, et il arriva à Poitiers en prenant soin de ne pas occuper le milieu de la route.

Le lendemain, les Marocains avaient couché à Tours, après avoir fait quelques détours par Montbazon, Saché, Azay-le-Rideau, Langeais, Villandry et déjeuné sur les bords de la Loire sous les tonnelles d'un petit restaurant où une vieille dame, bonne mine, gestes lents, voix douce, leur avait servi un saumon au beurre blanc et une bouteille de montlouis auxquels tout le monde avait fait honneur.

— Quand j'avais ton âge, dit Gilbert à Frédéric, nous lisions à l'école un petit livre dont j'ai gardé un merveilleux souvenir, c'était *Le Tour de France par deux enfants.* Je vais tâcher de le retrouver à Paris. C'est la meilleure réponse à la question que posait hier ton frère Yves. Je crois bien que la lecture de ce petit livre m'a appris à aimer la France. Regarde comme elle est belle !

Il montrait la courbe du fleuve blond, le ciel perlé, les maisons blanches aux toits d'ardoises, les coteaux où grimpaient des vignes et des petits vergers. Il dit à Annick : « Je pense qu'il est temps de donner à nos enfants une leçon de France si nous ne voulons pas en faire des déracinés d'un type nouveau. »

L'argent des autres avait fait le bonheur de Georges Lecoz-Mainarde et de son épouse Béatrice. Vieux couple parisien, ils demeuraient tous les deux, après quarante ans de mariage, transparents, conventionnels et légers comme des personnages d'une comédie de boulevard, à croire que la vie les avait à peine effleurés. En dépit de ses soixante ans, l'aspect extérieur de l'agent de change ne s'était guère modifié depuis le jour où il avait commandé son premier costume sur mesure et épousé dans la foulée une grosse charge de la rue de Richelieu : veston serré à la taille, chemise blanche, col dur, cravate piquée d'une perle, bottines en chevreau, panoplie aussi briquée qu'un mannequin exposé dans la vitrine d'un grand magasin. Hier, petit Rastignac malouin, aujourd'hui abonné à l'Opéra pour être vu les soirs de grande première et bénéficier du droit de se promener dans les coulisses pendant les entractes, administrateur de sociétés, M. Lecoz-Mainarde avait espéré être élu syndic de la compagnie des agents de change pour orner du même coup sa boutonnière d'un mince ruban rouge, mais ses confrères lui avaient refusé leurs suffrages, jugeant peut-être que sa prédilection pour les ballerines sans talent risquait de lui faire faire quelque faux pas, et pensant plus sûrement qu'un tel écart serait nuisible à leur réputation d'officiers ministériels dont les vertus bourgeoises garantissaient les dépôts confiés. Piqué au vif, il s'était bientôt désintéressé de la corbeille et avait confié à son gendre une part plus grande dans la responsabilité des affaires, non sans prendre soin de lui adjoindre quelques fondés de pouvoirs qualifiés. Les affaires immobilières l'intéressaient davantage que la gestion des portefeuilles, son vieux fond malouin trouvait là des occasions de rêver, d'entreprendre, et de ramener des prises que la Bourse offrait rarement. Il s'était associé avec Lucile Carbec, un peu parce qu'elle s'était révélée une bonne business girl, beaucoup parce qu'elle était belle et que sa jeunesse lui faisait oublier que Béatrice Mainarde épousée naguère à vingt ans était devenue une grand-mère de six petits-enfants.

Un soir d'opéra que sa coryphée lui avait fermé au nez la porte de sa loge, M. Lecoz-Mainarde était rentré chez lui, boulevard Malesherbes, plus tôt que d'habitude. Au moment où il allait mettre sa clé dans la serrure, la porte s'était ouverte devant un jeune homme en smoking et Béatrice en robe à danser. Le garçon, penaud, s'était contenté de rougir, la femme avait poussé un petit cri, et le mari avait eu l'esprit de dire à son épouse, mi-figue, mi-raisin :

— Ma chère, vous ne m'aviez pas dit que vous aimiez à ce point les vaudevilles de Feydeau ? Présentez-moi donc ce jeune homme qui aura eu sans doute la gentillesse de vous raccompagner après le spectacle.

Béatrice s'était ressaisie, avait dit le nom du garçon, expliqué qu'il l'avait accompagnée au cinéma, oui un film exquis *Parade d'amour* avec Maurice Chevalier et Jeannette Mac Donald...

— Joli titre ! avait admis l'agent de change en souriant. Eh bien, bonsoir jeune homme et merci.

Comme le gigolo, rassuré, prenait congé, M. Lecoz-Mainarde lui avait demandé à brûle-pourpoint :

— Aimez-vous le cirque, jeune homme ?

Interdit, l'autre avait bafouillé :

— Euh !... oui... beaucoup.

— Eh bien, c'est parfait. J'ai justement retenu une loge au Cirque Médrano pour dimanche prochain, en matinée. Ma femme doit y mener ses six petits-enfants. Elle sera certainement ravie que vous vous joigniez à eux. N'est-ce, pas Béatrice ?

Les Marocains arrivèrent quelques jours plus tard. Tout de suite, Annick s'était sentie mal à l'aise dans l'immense appartement de ses beaux-parents où chaque meuble, chaque tableau, chaque objet paraissait avoir été installé à sa place définitive par un décorateur sans fantaisie. On ne lui avait pas fait mauvais accueil, non, au contraire il lui semblait qu'on lui adressait trop de sourires, trop de compliments, comme si on avait voulu apprivoiser ces nouveaux venus qu'on n'avait pas vus depuis tant d'années. Mme Lecoz- Mainarde, qui avait fait son apprentissage d'aïeule avec les trois enfants de sa fille Denise, n'avait pas eu de mal à faire la conquête de trois autres : elle sentait bon, était bien coiffée, et elle avait rempli leurs chambres de jouets. Avec elle, on pouvait courir dans le couloir, grimper sur les fauteuils, parler à table. Elle permettait tout, elle interdisait seulement qu'on l'appelât grand-mère.

— Comment voulez-vous donc être appelée ? avait demandé Annick. Mémée, par exemple ?

Mme Lecoz-Mainarde, interdite pendant une seconde, avait jeté un regard noir à sa belle-fille avant de prendre le parti de rire :

— Mémée !... Quelle horreur ! Nous ne sommes pas à Saint-Malo, ma petite. Mes petits-enfants m'appellent Granny. Je suppose que tu connais assez l'anglais. Qu'en penses-tu, toi, mon grand Gilbert ?

L'architecte s'était contenté de répondre, l'air un peu bourru :

— Moi, quand j'étais petit, j'appelais grand'mère ma grand'mère.

Lui non plus ne se sentait pas à l'aise dans ces pièces d'apparat conventionnel et guindé où bavardaient des personnages de théâtre qui avaient toujours l'air de répéter un rôle su par cœur depuis des années. C'étaient ses parents. Il les aimait beaucoup parce qu'il est dans la nature des choses qu'on aime son père et sa mère, les couvrait à l'occasion du manteau de Noé, mais il s'était toujours senti incapable, surtout à quinze ans, de confier à l'un ou à l'autre le moindre secret ou la plus grande espérance. Ce qui lui avait manqué, il se jurait bien de le prodiguer à ses enfants, sans imaginer que ceux-ci devenus adolescents s'enfermeraient dans les mêmes silences à la fois protecteurs et douloureux.

— Il faut te mettre à la mode, mon petit, disait Mme Lecoz-Mainarde à sa belle-fille. Les robes se portent plus longues et la taille moins basse. Tu as l'air d'une provinciale. Laisse-moi faire. Nous allons courir les boutiques toutes les deux. Ce sera mon cadeau pour le dixième anniversaire de votre mariage.

— Ce soir, proposa l'agent de change à son fils, nous allons sortir tous les deux, en garçons. Je t'emmène à l'Opéra, on y donne un spectacle de ballets : *Le Festin de l'Araignée*, *L'Amour Sorcier*, *La Tragédie de Salomé*. Roussel, Falla, Florent Schmitt, tu aimeras ces musiques.

— Annick adore les ballets..., risqua Gilbert.

— Une autre fois, nous l'emmènerons une autre fois ! Voilà dix ans que vous êtes mariés, il faut que tu sortes un peu seul de temps en temps. Un ménage, mon garçon, a besoin d'être aéré si on ne veut pas qu'il sente le renfermé. Après le spectacle, je t'emmène souper avec quelques amis. Tous les deux, on va passer une bonne soirée ! Bien sûr, tu n'as pas d'habit ?

— Non.
— Ton smoking suffira.
— Je n'ai pas apporté mon smoking, je suis en vacances.
— Comment ? Tu n'as pas apporté ton smoking ? Mais c'est dramatique ! Tu sais bien qu'on ne peut pas aller à l'Opéra sans être habillé ! Ah, je suis contrarié, oui je suis très contrarié. On ne voyage pas sans son smoking, voyons !

Gilbert regardait son père avec un sourire indulgent et pensait tout bas qu'une pareille scène aurait pu être signée par MM. de Flers et Caillavet.

— Pour tout te dire, poursuivit son père, je voulais ce soir te présenter à certaines personnes qui connaissent ta conduite pendant la guerre et qui pourraient t'être utiles, même au Maroc. Ah ! je suis très contrarié.

Semblable aux nombreux marchands de gloire de cette époque, M. Lecoz-Mainarde arborait volontiers la fierté d'avoir un fils mutilé de guerre et un frère aîné péri en mer après avoir coulé un sous-marin ennemi. Un peu d'héroïsme familial n'avait pas nui à ses affaires, mais il eût été injuste d'insinuer qu'il en trafiquât. Aujourd'hui, le tricolore ne payait plus. C'était donc par pur orgueil paternel que l'agent de change avait souhaité montrer son garçon à ses amis de l'Opéra, et voilà qu'une ridicule affaire de smoking démolissait son projet.

— Allons autre part ! proposa Gilbert conciliant.
— On voit bien que tu ignores les règles d'une soirée d'abonnés ! C'est la dernière de la saison, nous nous y retrouvons tous. J'irai donc seul, dit M. Lecoz-Mainarde avec humeur. On a des enfants, on fait des sacrifices pour les élever, on éprouve pour eux les pires inquiétudes, on se dit que plus tard ils deviendront des compagnons, et voilà qu'ils oublient leur smoking pour n'avoir pas à sortir avec leur vieux père. Que fais-tu demain ?
— J'ai l'intention d'emmener Frédéric aux Invalides pour lui montrer le tombeau de Napoléon.
— Tu admires tellement ce tueur ?
— Je l'admire, mais je ne l'aime pas. Je pense surtout que nous ne serions plus tout à fait français si nous méprisions sa gloire, même s'il y a un peu de ruffian dans le Bonaparte...

Louis de Kerelen avait été obligé d'assister à la réception offerte à la colonie française dans les salons et les jardins du palais Farnèse, le jour du 14 juillet. Les autres années il s'y était prêté de bonne grâce : c'était une excellente occasion de rencontrer les pensionnaires de la Villa Médicis, les stagiaires de l'École de Rome, les professeurs du lycée Chateaubriand et quelques compatriotes dont l'aisance financière permettait de s'installer sur les bords du Tibre pour y rêver la vie. En buvant le champagne de l'ambassadeur, on se souciait comme d'une guigne de l'anniversaire historique célébré ce jour-là mais, semblables à des collégiens partant en congé, tous se souhaitaient bonnes vacances et faisaient déjà des projets pour la rentrée prochaine. Tout ce petit monde qui gravite autour d'un chef de mission diplomatique, Louis de Kerelen en connaissait les médiocres servitudes, l'agitation forcenée, les ambitions secrètes et les médisances feutrées inhérentes à la vie grégaire. Hier, il s'était intéressé à observer leur mouvement brownien à travers ce bon microscope qu'est une chancellerie. Aujourd'hui, ces curiosités ne l'intéressaient plus. Il en avait fait le tour. Les cocktails et les dîners, les coucheries précautionneuses avec les femmes des collègues, les clairs de lune sur la via Appia, les campari et les baise mains, les messages chiffrés pour ne rien dire et les renseignements ultra-secrets que tout le monde peut lire dans les journaux, j'en ai mon compte ! À l'ambassadeur qui se félicitait de l'avoir pour collaborateur, il avait répondu la semaine dernière :

— Je dois vous faire connaître, monsieur, que je ne compte pas revenir à Rome à la fin de mon congé.

— Comment cela ? Vous réussissez ici fort bien. Si l'État-Major vous réclame, faites-moi confiance, j'interviendrai.

— Il s'agit d'une décision personnelle.

— Dans ce cas, avait dit l'ambassadeur en prenant son air discret réservé aux grandes occasions, je m'incline. J'espère que vous ne le regretterez pas. Moi, j'en serai fâché, tous vos amis italiens aussi. Vous ne trouverez pas facilement un poste d'observation aussi passionnant que Rome. Vous étiez parvenu à vous faire de précieuses relations dans les milieux qui nous intéressent.

— C'est vrai, monsieur l'ambassadeur, je compte quelques vrais amis italiens. Ne cherchez pas autre part la raison de ma décision.

— S'il s'agit d'une affaire sentimentale...

— Certainement, mais pas comme vous paraissez l'entendre.

L'ambassadeur avait pris Louis de Kerelen par le bras et l'entraînait sur la terrasse du jardin d'où l'on pouvait contempler les toits, les dômes et les campaniles de la ville aux sept collines dans le poudroiement doré d'une fin d'après-midi d'été.

— Vous avez le courage de quitter cela ?

— Monsieur l'ambassadeur, je n'aime plus le métier qu'on me fait faire.

— Expliquez-moi tout cela, très franchement.

— Un attaché militaire peut remplir ses fonctions de deux manières : ou bien il se contente de représenter son chef de mission aux cocktails, ou bien il entreprend d'installer des réseaux de renseignement à l'abri du couvert diplomatique. J'ai préféré jouer le second rôle.

— Mon cher, vous avez obtenu d'excellents résultats. Grâce à vous, le Département a été tenu au courant des projets et des réalisations aéronautiques de l'Italie. De quoi vous plaignez-vous ?

— C'est précisément ce que je ne veux plus faire, parce que ces résultats je les ai obtenus grâce à des confidences d'officiers italiens qui ont confiance en moi et qui sont devenus mes amis. Je ne veux pas les trahir.

L'ambassadeur serra plus fort le bras de Louis de Kerelen avant de dire à mi-voix :

— Dans ce métier-là on risque toujours de trahir : ou bien ceux qui vous font confiance, ou bien ceux qui vous emploient.

— C'est bien pourquoi, monsieur l'ambassadeur, je ne me contenterai pas de quitter mon poste à Rome, mais l'armée. J'ai décidé de démissionner.

— Allons donc ! c'est un coup de tête ! Il paraît que dans l'aviation, ces choses-là sont fréquentes mais tout de même ! Réfléchissez un peu. Vous venez d'être promu commandant...

— À quarante-trois ans ! Admettons que je revienne à l'aviation, comment croyez-vous que mes petits camarades de l'Air m'accueilleront après les années que je viens de passer à Stockholm et à Rome ? On me les fera payer ces deux ambassades ! Je n'ai pas préparé l'École de guerre, maintenant c'est trop tard. Tout ce que je pourrais espérer, c'est de finir dans la peau d'un colonel commandant une base aéronautique quelconque. Eh bien, non, monsieur l'ambassadeur, je n'accepterai jamais cela ! Et puis, j'aime l'Italie, je me passionne pour l'expérience politique et sociale qu'elle tente de réussir.

— Mon cher, dit en souriant l'ambassadeur, vous étiez fait pour la carrière.

— Pourquoi donc ?

— Parce que les diplomates français, c'est bien connu, ont sinon l'habitude au moins une certaine inclination à protéger les positions des pays où ils sont dépêchés plutôt que de défendre les intérêts de leur propre pays. Entre nous, cela n'a plus beaucoup d'importance. Nous sommes encore quelques-uns à jouer un bout de rôle sur ce qu'il est convenu d'appeler la scène internationale, mais nous ne faisons que réciter par cœur des répliques préparées à l'avance par le Quai d'Orsay. Il nous restera encore les dépêches où certains d'entre nous se sont faits les champions de l'ellipse, l'anacoluthe, l'allusion, la litote, la catachrèse et même la synecdoque, mais le téléphone supprime déjà les petites joies que nous éprouvions en consacrant plusieurs heures de la semaine à ces distractions d'un autre âge. Ne nous faisons pas d'illusions, la carrière c'était hier. J'imagine très bien un jour plus ou moins proche où les ambassades seront devenues des lieux de séjour confortables accordés par le pouvoir à ses zélateurs, voire à ses sicaires, tandis que les lauréats du Grand Concours s'occuperont de l'expédition du courrier et du service des visas. Quant aux attachés militaires, mon cher, je ne veux pas vous faire de peine, mais nous savons bien que le gouvernement dispose déjà d'agents très spéciaux et d'hommes de main qui agissent sans se faire connaître de vous ou de moi. Apaisez donc vos scrupules. Si vous persistez à vouloir nous quitter, le palais Farnèse perdra un bel officier et les Romaines un bel homme, mais je vous comprendrai. Quant au fascisme, cela est une autre affaire. Soyez très prudent avec ces gens-là. Permettez-moi aussi un conseil amical sous la forme d'un vers de Virgile : *Fuge sirenum cantus...*

Mme de Kerelen attendait son fils à Dinard où elle ne manquait jamais de passer les mois d'été. Veuve depuis deux ans, la propriétaire des Sardines Dupond-Dupuy ne gardait pas un mauvais souvenir du gentilhomme acheté, sinon tenu, avec les jetons de présence d'un beau-père entiché de noblesse. Il lui arrivait même de regretter les radotages du vieux légitimiste qui avait été son compagnon pendant plus de quarante années. Mme de Kerelen s'ennuyait. En faisant la paix, les combattants avaient supprimé du même coup le Tricot du Poilu, le Colis du Prisonnier et tant d'autres bonnes œuvres auxquelles elle s'était dévouée. Mort, son mari lui avait retiré la satisfaction de régler de temps à autre des dettes de jeu où se trouvait être engagé l'honneur du comte de Kerelen alors que dans le même temps celui-ci ne s'inquiétait jamais d'effacer les ardoises accumulées depuis des lustres chez son tailleur ou son bottier. Eux-mêmes, les bilans Dupond-Dupuy, épluchés naguère avec des yeux soupçonneux de commissaire aux comptes, l'intéressaient de moins en moins, mais il lui arrivait de plus en plus souvent de s'attarder à regarder des visages d'enfants. Regrettant le célibat de son fils, elle relisait alors avec soin une liste de jeunes filles dressée quelques mois avant de mourir par un vieux père devenu soucieux de sa descendance. Cette fois, elle était bien décidée à en parler franchement à son fils dès son arrivée à Dinard où elle l'attendait ce soir.

Assis autour d'une petite table ronde installée dans un angle de la grande salle à manger devant une baie vitrée ouverte sur l'embouchure de la Rance, la mère et le fils achevaient leur dîner. Depuis qu'il avait découvert l'Italie, Louis supportait mal l'architecture balnéaire faite de chaumières néo-normandes portées aux dimensions d'un château pour richards. Seule la vue des remparts malouins où s'alignaient entre ciel et eau les hôtels des anciens corsaires le consolait de passer ses vacances dans une villa de parvenus.

— Depuis que ton père et moi avons fait construire cette maison, commença prudemment Mme de Kerelen, nous ne nous sommes jamais lassés de ce spectacle. C'était peu de temps après ta naissance. Je pensais alors avoir la joie de te donner un jour de nombreux frères et sœurs. Parfois je me demande qui pourra bien venir passer ses vacances dans cette demeure lorsque je ne serai plus là ? Pour toi seul, elle serait bien trop grande, sauf si tu te décidais à te marier...

— Vous y tenez tellement ?

— Plus je vieillis, plus je voudrais avoir des petits-enfants.

— J'ai bien peur que ce ne soit trop tard.

— Pourquoi donc ?

— Parce que j'ai quarante-trois ans.

— Allons donc, ton père était plus âgé que cela !

— Oui, mais les temps ont changé. Aujourd'hui, les jeunes filles épousent plus volontiers des hommes de leur âge.

Mme de Kerelen haussa tendrement les épaules :

— Avec ton nom, ta fortune, et aussi ton allure ! J'en ai noté une dizaine sur ma liste qui ne demanderaient pas mieux de devenir comtesse de Kerelen.

— Vous avez donc une liste ?
— Ton père l'a dressée lui-même.
— Mon père avait déjà choisi pour moi.
— Voyez-vous ces cachotteries. Et qui donc ?
— Lucile Carbec.

Un peu de rouge monta aux joues de Mme de Kerelen qu'elle avait aussi poudrées de blanc que celles de la mère de Lucile. Elle esquissa, vite effacée, une moue à peine perceptible mais suffisante pour faire comprendre à son fils qu'elle n'ignorait rien de leur aventure :

— Elle avait vingt ans en 1914, non ?

— Elle en a donc trente-six en 1930, c'est bien ce que vous voulez dire, n'est-ce pas ? Vous qui savez compter mieux que moi, mon calcul est-il bon ?

Un peu de colère avait vibré au fond de la gorge de Louis tandis qu'il prononçait ces derniers mots. Inquiète, Mme de Kerelen dit d'un ton volontairement neutre :

— J'ai toujours pensé, comme ton père, que Lucile Carbec ne manque ni de charme ni de qualités, mais j'ai toujours su aussi que tu ne l'épouserais jamais.

— D'où vous est venue une telle perspicacité ?

— Mon cher enfant, c'est très simple. Dans nos milieux, quand on veut fonder une famille on n'épouse pas sa maîtresse.

Elle l'avait dit ! La phrase longtemps fignolée pendant des mois était partie comme un javelot. Assise dès son plus jeune âge au sommet d'une énorme pyramide de boîtes de sardines à huile, la Nantaise ne s'était jamais laissé dominer par son mari. Chacun des deux époux, conscient de tout ce que l'un devait à l'autre, avait joué honnêtement sa partie sans que quelque ressentiment subalterne, tel que la jalousie par exemple, vînt jamais agiter, troubler et empoisonner pour finir les eaux conjugales sur lesquelles ils avaient décidé de naviguer. Témoins, au cours de ces quarante années, de si nombreuses désunions survenues autour d'eux après tant de beaux enchantements, ils en étaient arrivés à penser tous les deux que si l'amour peut être considéré comme un bon commencement, il n'est pas le meilleur ciment du mariage, et risque d'en devenir le poison.

Louis de Kerelen ne s'attendait pas à une telle sortie. Il crut bon de prendre le parti d'en rire :

— Ma pauvre maman, on croirait à vous entendre que rien ne s'est passé dans le monde depuis l'Exposition de 1900 ! Avez-vous songé un seul instant que Lucile et moi-même avons atteint depuis longtemps l'âge de nous conduire comme nous l'entendons ? Pour ne rien vous cacher, j'ai pensé plusieurs fois à épouser Lucile Carbec, je crois qu'elle y a pensé elle aussi, mais nous n'avons jamais pu nous décider ni l'un ni l'autre.

— Tu vois bien que j'ai raison !

— Et si cela arrivait ? Avez-vous quelque chose à reprocher aux Carbec ?

— Oh non ! Je me rendrai avec plaisir le 15 août prochain au rendez-vous de leur malouinière, ce sont des gens fort honorables mais, puisque tu veux savoir tout de mes sentiments, eh bien les Carbec ne sont pas des Kerelen ! Voilà ! Et puis, il y a les enfants...

— Quels enfants ?

— À trente-six ans, une femme ne fait pas un premier enfant, voyons !

— Eh bien, nous aurions des neveux et des nièces !

— Et ton nom ? As-tu pensé que tu es le dernier des Kerelen ? Cela ne te ferait rien de mourir sans postérité ? Moi, vieille comme je suis devenue, ne proteste pas, je vais avoir soixante-quatre ans, je veux t'avouer quelque chose. J'avais rêvé d'avoir de nombreux enfants, cinq ou six au moins. Ton père ne l'a pas voulu. Dès que tu es devenu un homme, j'ai pensé que tu allais me donner beaucoup de petits-enfants. Autour de moi, à Nantes et ici, sur la plage, je rencontre tous les jours de vieilles dames de mon âge qui me racontent leurs histoires de grands'mères. Il y a quelques années, je les trouvais un peu sottes, aujourd'hui, je les envie. Une grande maison comme celle-ci, ça n'est pas très gai quand il n'y a que des meubles à regarder.

Les yeux de Mme de Kerelen s'étaient un peu brouillés de larmes. Louis fut très ému car il savait sa mère incapable de feindre le chagrin. Maladroit comme tous les grands fils, ne sachant pas comment s'y prendre avec cette vieille dame qui se tamponnait les paupières d'un petit mouchoir de dentelle tout en essayant de sourire et répétant c'est trop bête, c'est trop bête, il dit tout à coup sans même y avoir réfléchi :

— Donnez-moi donc cette liste dont vous me parliez tout à l'heure.

Elle lui jeta un regard reconnaissant et répondit en reniflant :

— J'en étais sûre ! Lis-la attentivement : c'est du solide et c'est souvent agréable à regarder.

Bien qu'il eût parcouru un millier de kilomètres au volant de sa voiture, Louis de Kerelen décida d'aller faire un tour au casino avant de se coucher. Excepté les années de guerre, c'était une sorte de rite auquel il avait toujours sacrifié, naguère au temps des vacances, plus tard au cours des permissions. Comme si rien ne s'était passé, sauf que la plupart étaient aujourd'hui mariées et mères de famille et que le souvenir des garçons qui les avaient fait autrefois danser avait disparu aussi vite que les morts sont rapides à s'en aller discrètement derrière l'horizon, une centaine de femmes qui avaient eu vingt ans avant 1914 étaient demeurées fidèles à la plage de leur jeunesse. Les survivants avaient son âge, tous casés eux aussi, avec un peu de ventre, souvent pompeux, bientôt barbons, toujours sûrs d'eux, installés dans les certitudes conférées par la belle situation, le beau mariage, la belle villa, et unis les uns aux autres par le même manque d'imagination, les mêmes terreurs bourgeoises, les mêmes blazers bleu marine timbrés aux armes de leur yacht-club. Certains d'entre eux avaient eu hier une conduite honorable dont témoignait le revers gauche de leur veston d'où pendait parfois une manche vide, mais ceux-là paraissaient avoir tout oublié. À la fureur de vivre et à la révolte qui les avaient secoués au lendemain immédiat de la guerre, succédait aujourd'hui le ronron des vieilles habitudes de classe retrouvées enfin avec délices. Que les troupes françaises évacuent la Rhénanie, ou que Tchang Kaï Chek occupe Pékin, qu'Alphonse XIII risque d'être contraint d'abdiquer à Madrid, ou que des navires de guerre soviétiques franchissent les Dardanelles en se moquant des traités à peine signés, que des mouvements nationalistes agitent l'Afrique du Nord ou le Tonkin, le clair de lune sur la tombe de Chateaubriand n'en serait pas moins romantique. Le krach de Wall Street les avait bien inquiétés sur le moment, mais ils s'étaient vite persuadés que la crise épargnerait la France parce que son économie reposait traditionnellement sur le travail et l'épargne, non sur le crédit et la spéculation. Quant à la sécurité nationale, qui s'en serait préoccupé, lorsque le général Weygand qui avait conservé une taille de sous-lieutenant venait d'être nommé chef d'état-major général et que des milliers de terrassiers coulaient le béton de la ligne Maginot ?

Louis de Kerelen s'était installé au bar d'où il pouvait observer la piste de danse où il lui était arrivé si souvent, même l'année dernière, de conduire Lucile ou d'autres femmes, qui ne refusaient pas, à la fin d'un cheek to cheek musical, d'aller faire en auto une promenade le long de la côte sous le prétexte de mesurer le rythme des éclats du phare construit à la pointe du cap Fréhel. Ce soir-là, il demeura assis sur son tabouret et se contenta de lever son verre avec un sourire pour répondre aux petits gestes de la main adressés de loin, signes de bienvenue, par celles qui n'avaient pas été insensibles à son élégance, sa désinvolture et son ironie, cette caricature du cavalier d'hier dont il rougissait aujourd'hui. De dix ans son aîné, un ancien compagnon de vacances voulut l'accaparer :

— Venez donc à notre table, ma femme sera enchantée de vous

revoir, mes filles brûlent de vous connaître. Vous nous parlerez de Rome. Entre nous, de vous à moi, que pensez-vous de Mussolini ? C'est un grand bonhomme, non ? Je ne vous pose pas la même question au sujet d'Hitler parce que celui-là il est fini, les prochaines élections vont le balayer. C'est bien votre avis, n'est-ce pas, cher ami ? Placé là où vous êtes vous devez en savoir long.

Prétextant la fatigue d'un long voyage en automobile, Louis s'était récusé après avoir jeté un coup d'œil vers la table de l'importun où s'épanouissait le décolleté d'une ancienne belle dont la maturité pulpeuse se défendait devant les attaques de deux très jeunes filles aux épaules maigres et dont le nom figurait sur la liste de Mme de Kerelen. Quelques instants plus tard, il téléphonait à Lucile Carbec.

— Quelle bonne surprise ! Je ne vous attendais pas avant la semaine prochaine. Quand êtes-vous donc arrivé ?

— Tout à l'heure.

— Vous êtes à Dinard ?

— Oui, je téléphone du casino.

— Déjà au casino ?

Il y avait dans la voix de Lucile une sorte d'irritation qui ne déplut pas à Louis.

— Et vous ? Êtes-vous déjà couchée ?

— Il est à peine dix heures et demie ! Nous sommes tous réunis dans le salon où mon petit cousin joue du piano. Comment allez-vous ?

— Mal.

Elle dit, soudain inquiète :

— Qu'est-ce qui ne va pas ?

— Je viens de parler à un imbécile.

— Ah bon ! fit-elle en riant. Ce sont des choses qui arrivent souvent.

Tous les deux échangèrent encore quelques propos insignifiants avant que Louis demande tout à coup :

— Tu m'aimes toujours ?

— Cela, mon cher, répondit-elle en riant plus fort, je ne vous le dirai pas au téléphone.

— Où et quand ?

— Quand et où vous voudrez.

— Alors, tout de suite !

— Si vous voulez venir à la Couesnière, ma mère, mon oncle, ma tante et mes cousins seront peut-être un peu surpris de vous voir arriver si tard, mais ils vous accueilleront courtoisement.

— Tout à l'heure, quand tout le monde sera couché...

— Au douzième coup de minuit, avec une échelle de corde. Quel âge avez-vous donc ?

Abandonnant le ton léger qui restait le leur depuis leur première rencontre, Louis dit :

— Ne plaisantez pas, j'ai besoin de vous voir pour vous faire part d'une décision que je dois prendre.

— Importante ?

— Oui, puisqu'elle orientera ma vie vers une autre direction.

Lucile ne répondit pas tout de suite et laissa s'installer entre eux une de ces petites plages de silence qui, au téléphone, ne paraissent pas plus mesurables que l'éternité. Elle dit enfin, d'une voix détimbrée :

— Vous allez vous marier, n'est-ce pas ?

— Probablement.

— Eh bien... Toutes mes félicitations. Cela devait arriver un jour ou l'autre. Venez demain après-midi à la malouinière.

— Non, je veux te voir seule.

— Est-ce bien nécessaire ?

— Oui, demain à Saint-Malo, au Chateaubriand, nous déjeunerons ensemble.

Avant de revenir vers le salon, Lucile jeta un coup d'œil sur un petit miroir accroché auprès du téléphone, s'appuya un instant contre le mur, et entra bravement dans la pièce. Hervé avait fini de jouer. Elle vit tout de suite que tout le monde la dévisageait.

— Rien de grave ? interrogea tante Olga.

— Non, pourquoi ?

— Parce que tu as l'air bouleversée.

— Ça n'est rien, une simple contrariété dans mes affaires. Je vais me coucher de bonne heure, ne vous occupez pas de moi.

Personne n'insista. C'était une tradition Carbec de ne pas se mêler des affaires des autres, sauf à en parler entre soi mais rarement à l'intéressé. Sur le pas de la porte, Lucile se retourna :

— Demain, à midi, ne m'attendez pas, mettez-vous à table sans moi, il se pourrait que je ne rentre pas déjeuner.

Ils étaient là, réunis comme tous les soirs dans le grand salon de la malouinière, Yvonne Carbec à qui sa fille avait prêté les clés des placards, non rendu le commandement en chef de la maison, sa belle-sœur Olga et le professeur Guillaume rentrés d'un récent congrès à New York, le commandant Jean-Pierre venu de Chartres pour passer le dimanche en famille, et Hervé assis derrière son piano pour meubler les silences d'une soirée familiale à la campagne où chacun macère ses secrets. Gilbert, Annick et leurs trois enfants passaient le mois de juillet dans la villa des Lecoz-Mainarde à Paramé, et s'installeraient à la Couesnière dès le 1er août.

Tout à l'heure, Olga avait raconté leur voyage aux États-Unis : « Nous n'y étions pas allés depuis cinq ans et nous n'avons pas reconnu certains quartiers de New York, dans Manhattan bien entendu, le reste n'a pour moi aucun intérêt. New York, c'est une ville toujours recommencée avant d'être finie. Pendant que les hommes péroraient à Colombia University, les femmes sont allés se promener dans Park Avenue et dans la Cinquième, à Greenwich Village, à Soho, sur l'Hudson et sur East River. J'ai pensé souvent à vous ma pauvre Yvonne ! Je vous ai envoyé une carte postale, vous ne l'avez pas encore reçue ? Ça ne m'étonne pas, tout le monde se plaint de la lenteur du courrier entre les États-Unis et l'Europe, alors que la French Line ne met pas plus de cinq jours pour relier Le Havre à New York. Ah, Lucile, prendre le thé dans le petit salon de l'hôtel Pierre, ou un gin fizz dans le grand hall du Plazza ! Moi, que voulez-vous, j'aime le bruit, la musique de Broadway, le mouvement, la peinture moderne, la force, la confiance en soi, la réussite, les cocktails, l'électricité...

— ... et les krachs financiers ! conclut doucement Guillaume.

Tout le monde avait ri de bonne humeur, tant ces Carbec étaient heureux de se retrouver dans la malouinière. Mais, fidèle à elle-même, Olga ne s'était pas laissé démonter par l'interruption de son mari :

— Toi, tu n'aimes pas New York ! Je comprends qu'on puisse détester cette ville mais je sais aussi qu'il est impossible d'en parler sans passion. D'abord, poursuivit-elle, moi je ne l'ai vue nulle part la crise, ni dans les salles de concert, ni dans les restaurants, ni chez Tiffany. Il paraît qu'il y a là-bas 5 millions de chômeurs, c'est sans doute vrai, on ne les voit pas. Mais il y a aussi quelques milliers de millionnaires en dollars, ceux-là, on les voit. Alors, moi je fais confiance aux Américains, grâce à leur esprit d'entreprise, ils s'en tireront plus riches qu'avant et j'espère bien que notre Hervé sera bientôt invité au Carnegie Hall. Et puis, il ne faudrait tout de même pas oublier qu'ils nous ont permis de gagner la guerre !

Personne n'avait voulu contredire Olga. On avait pris l'habitude de ses emballements irréfléchis comme de ses observations tantôt naïves tantôt aiguës, et tout le monde était tombé d'accord pour demander au virtuose de jouer quelques mesures de Gershwin. C'est au moment qu'Hervé interprétait *Un Américain à Paris* que Lucile s'était levée pour aller répondre au téléphone. Son retour, suivi de son brusque départ, je vais me coucher de bonne heure, avait laissé les autres interdits, peut-être inquiets. Le charme de la soirée familiale s'était rompu. Olga tenta de ranimer les braises du feu éteint en s'asseyant à son tour sur le tabouret du piano pour retrouver des rythmes entendus un soir à Harlem. Un quart d'heure plus tard, le salon était vide, chacun était remonté dans sa chambre, sauf Yvonne qui tenait à se coucher après tous les autres et à se lever la première pour prolonger son règne en se promenant seule de pièce en pièce afin de tout vérifier et de faire croire du même coup aux domestiques qu'elle commandait toujours à bord de la malouinière. La veuve Carbec n'était pas loin de penser que sans elle rien ne marcherait droit à la Couesnière, j'ai été à bonne école pendant de longues années sous la férule de ma belle-mère, il me semble parfois que je l'entends encore dire « Ma pauvre Yvonne, sans vous commander... » avant de m'envoyer vérifier le compte exact des cuillers en vermeil sorties du coffre à l'occasion d'un dîner, ou de soupirer « Vous n'avez donc pas remarqué qu'il y a une toile d'araignée dans l'angle droit de la bibliothèque ? À mon âge, ma bonne, j'ai meilleure vue que la vôtre ! » Lucile, c'est maintenant la maîtresse, il n'y a rien à redire, mais elle ne peut pas s'occuper d'une maison comme la Couesnière et de ses propres affaires. Elle veut tout savoir, tout connaître, n'en faire qu'à sa tête, et elle en laisse la moitié parce qu'elle sait bien, mais ne veut pas le dire tout haut, qu'elle peut compter sur moi. Ça n'est pas pour me flatter, heureusement que je suis là ! Tous ces Carbec, ils ne jurent que par Saint-Malo et ne manquent pas d'y revenir en vacances, mais à part mon pauvre Jean-Marie qui y était demeuré pendant sa vie entière, tous les autres ont quitté les murs. Moi, une pièce rapportée, je suis restée une vraie Malouine, oh dame oui ! et peut-être bien plus Carbec que tous les autres ! Ça doit être l'exemple de ma belle-mère. Elle aussi, c'était une vraie. Des Malouins comme nous il n'y en aura bientôt plus...

— Tu ne rentres toujours pas déjeuner ?

— Non, je ne rentre pas, dit Lucile d'une voix un peu irritée. Qu'avez-vous prévu au menu ?

— Ne t'inquiète pas, j'ai tout prévu. C'est moi qui suis inquiète.

— De quoi donc ?

— De toi.

Mme Carbec avait rejoint sa fille occupée à couper quelques fleurs pour garnir les vases de la malouinière. Bien que l'une eût plus de soixante ans et l'autre trente-six, le souvenir de leurs vieux affrontements ne s'était pas effacé entièrement. Lucile avait toujours entendu sinon entourer sa vie de mystère, au moins la défendre contre toute sorte de ces curiosités familiales où l'inquiétude n'est qu'un faux-semblant de l'indiscrétion. Dans d'autres circonstances, elle se fût contentée de répondre évasivement, ne vous mettez donc pas en peine maman, et eût fait dévier la conversation vers tout autre sujet avec une habileté où elle était passée maîtresse. Ce matin-là, elle dit, agressive :

— Que voulez-vous savoir ?

Ma pauvre Yvonne brûlait de tout connaître. Décontenancée, elle dit :

— Mais... rien.

— Eh bien, vous ne saurez rien !

Les bras chargés de fleurs, Lucile entra dans la bibliothèque où Guillaume Carbec travaillait à son discours de réception fixé au mois d'octobre prochain. L'oncle fit compliment à sa nièce sur sa tenue, un ensemble fait d'un pull-over de jersey de laine vert pâle sur une jupe blanche plissée, sans faire la moindre allusion à sa mauvaise mine. En fait, il n'en avait pas eu le temps car Lucile, à croire qu'elle redoutait l'œil du clinicien, s'était tout de suite intéressée aux travaux du futur récipiendaire.

— Où en êtes-vous avec vos confrères dans la littérature romanesque ?

— Rien que dans Balzac, j'ai relevé les noms de trente-quatre médecins, mais Bianchon à lui seul apparaît dans plus de vingt romans. Je ne vois pas parmi mes confrères un seul médecin qui soit aussi célèbre. Je vais bientôt croire que pour devenir un véritable personnage il vaut mieux avoir été inventé par un romancier qu'élu par l'Académie... Dis donc, tu es belle à faire peur ce matin ! Quand on te voit on a envie de crier « au secours ! » Maintenant, laisse-moi travailler. Passe une bonne journée, je suis sûr que ce soir tes yeux seront encore plus beaux.

Louis avait déjà bu un verre de porto et regardé plusieurs fois sa montre lorsque Lucile arriva enfin au Chateaubriand. Il se leva pour aller au-devant d'elle :

— Je me demandais ce qui vous était arrivé !

— Je ne suis pas en retard.

— Si vous n'étiez pas venue, je pense que j'aurais été malheureux.

— Vous ? Vous voulez rire ! Je ne connais personne qui soit aussi peu capable d'être malheureux.

— C'est un compliment ?

— Mon oncle dirait que c'est un diagnostic.

Elle se tenait déjà sur la défensive, la garde bien fermée, affectant de donner à ses paroles et au ton employé une légèreté de baliverne comme les enfants chantent dans le noir pour avoir moins peur.

C'était le dimanche 27 juillet, le soleil riait dans le ciel bleu, sur les robes claires des femmes, les joues des enfants, les voiles des barques, les petites voitures des marchands de sorbets, et la casquette blanche des crieurs de journaux qui annonçaient la prochaine arrivée du Tour de France à Paris et la finale de la Coupe Davis.

— Un porto ? demanda Louis.

— Vous ne croyez pas qu'un petit verre de rhum serait plus de circonstance ?

— Je ne vois pas ce que vous voulez dire ?

— Alors, va pour le porto.

Ils étaient assis tous les deux, côte à côte, sur une banquette de velours rouge. La grande salle du restaurant, murs crémeux et miroirs aux cadres meringués, était pleine de touristes balnéaires occupés à dévaster silencieusement d'énormes plateaux de fruits de mer en buvant du muscadet. On avait dû installer plusieurs tables sur la place Chateaubriand, après l'arrivée du train de Paris. Naguère, Lucile avait aimé cette période de l'été qui transformait une cité un peu austère, enfermée dans son corset de granit, en une ville de vacances ouverte tout à coup à la jeunesse. Aujourd'hui, semblable à tous les Malouins, elle supportait mal tous ces mangeurs de crevettes et de moules, chapeau de paille sur la tête et serviette au cou, qui retrousseraient tout à l'heure leur pantalon sur leurs mollets pour patauger au bas de l'eau.

La sentant sur le qui-vive, Louis posa doucement sa main sur un genou de Lucile et reconnut au creux de la paume le petit frémissement qu'il attendait. Assis à côté d'elle, il pouvait avec un peu de savoir-faire l'émouvoir sans que personne s'en aperçût, mais il ne parvenait à la regarder que de profil dans le moment qu'il aurait le plus voulu la tenir sous son regard.

— Après dix années, je suis toujours ému quand je te revois, dit-il très bas.

— Moi aussi, dit Lucile, mais ôtez votre main, sans cela nous ne saurons jamais où nous en sommes tous les deux.

— J'ai souvent pensé à notre dernier déjeuner...

C'était au mois de mai, dans une trattoria située sur la via Appia Antica, près du tombeau de Caecilia Metella, sous les pins parasols. Le cameriere passait de table en table, les saltimboccas d'une main et l'osso buco de l'autre avec des gestes de danseur en vous murmurant à l'oreille qu'après le dessert le commandatore et la contessa pourraient aller faire la sieste dans une chambre fraîche qui les attendait déjà.

— Tu te rappelles tout.. le menu ? dit Louis en précisant sa caresse un peu plus haut que le genou.

Lucile ferma les yeux, revit la trattoria, des jambons, des oignons, des piments, des épis de maïs et des fiasques de chianti étaient pendus au plafond. Bien souvent, se retrouvant après plusieurs mois, ils se jetaient l'un sur l'autre. Ce jour-là, ils avaient fait l'amour plus lentement que d'habitude, comme s'ils prenaient ensemble un grand bain tiède d'où ils étaient sortis en titubant un peu et se tenant par la main. Le même soir, il l'avait raccompagnée à la gare, la semaine romaine était terminée. Ils ne s'étaient pas revus avant ce rendez-vous au Chateaubriand. Depuis dix ans, pensa Lucile, toutes nos rencontres, à part quelques rares nuits chez moi à Paris, se sont passées dans des salles de restaurant, des bars et des chambres de passage quand ça n'était pas sa voiture ou la mienne... et voilà que tout va se terminer au milieu de ces mangeurs de bigorneaux. Elle sentit des larmes lui monter aux yeux, non c'est idiot je ne pleurerai pas, tout cela devait arriver un jour ou l'autre mais il aurait pu trouver un autre endroit. Le maître d'hôtel s'inclinait :

— Voulez-vous prendre connaissance du menu ?

— Tout à l'heure ! dit précipitamment Lucile.

— Cet endroit ne vous plaît pas ? demanda Louis.

— Si, mais je ne peux pas supporter tous ces gens du dimanche.

— Ce sera partout la même chose.

— Allons plutôt à Cancale, je connais un petit bistrot de pêcheurs.

Ils furent bientôt installés dans le fond d'une salle, basse de plafond, où des hommes vêtus de grosse toile marron et chaussés de bottes, assis sur des bancs autour d'une table se passaient de main en main un cruchon d'eau-de-vie. Ici, Lucile se sentait plus à l'aise, peut-être plus à l'abri, comme si elle eût su qu'elle supporterait mieux le coup que l'autre n'avait pas eu encore l'honnêteté de lui assener. À Cancale, les vieux se rappelaient peut-être que dans les temps, des marins-pêcheurs fin saouls avaient hurlé à pleine gueule « À bas Carbec ! », mais sur toute la côte les Carbec c'était sacré. Il n'aurait pas fallu que quelqu'un qui ne serait point de par ici s'en prît à l'un d'eux, pour sûr que non ! Inconsciemment, Lucile le savait. Elle commanda deux beaux poissons grillés, demanda à Louis de Kerelen de ne plus la faire attendre, ferma les yeux une seconde, les rouvrit pour bien le regarder en face et attendit bravement.

— Je dois prendre deux graves décisions, commença Louis.

— Non, vous les avez déjà prises ! interrompit Lucile.

— C'est vrai pour la première parce qu'elle ne dépend que de moi.

— Alors ? Tenez, prenez donc un peu de muscadet, il paraît que les hommes ont besoin de boire un coup quand le courage leur manque.

— J'avoue que cette première décision a été un peu dure à prendre. On ne quitte pas si facilement ce qu'on a aimé si longtemps, n'est-ce pas. Ma chère Lucile, j'ai décidé de quitter l'armée. Qu'en pensez-vous ?

Ce fut au tour de Lucile de lamper son verre. Elle ne s'attendait pas à cette nouvelle et regarda Louis de Kerelen avec des yeux qui semblaient lui dire « pourquoi m'as-tu fait une telle peur hier, au téléphone ? » avant de répondre :

— Ce n'est pas la première fois que vous prenez une telle décision, non ?

— Il y a dix ans, c'était par dépit, par rage, pour protester contre mon affectation au commandement d'une escadrille dans le Sud tunisien. Aujourd'hui, j'ai pris le temps de réfléchir. Je n'ai aucune sorte d'avenir dans l'armée, alors pourquoi insister ? Entre nous, je pense que l'État-Major a raison : ça n'est pas parce que nous sommes quelques-uns à avoir abattu un certain nombre d'avions ennemis pendant la guerre que nous sommes tous aptes aux grands commandements. Je ne suis pas loin de croire qu'on a peut-être raison de se méfier de nous. Un bon pilote de chasse doit être comme le fameux cavalier du maréchal Lannes : ou bien tu meurs avant trente ans ou bien tu es un jean-foutre.

— Donc, vous donnez votre démission. Et après ?

— Après ? Sois tranquille, je ne manquerai pas d'occupations. D'abord, ma mère prend de l'âge. C'est toujours elle qui dirige, au moins sur le papier, notre affaire nantaise, mais c'est un vieux collaborateur qui régente tout depuis des années et n'en fait qu'à sa tête. Il est grand temps que je mette mon nez dans les Sardines Dupond-Dupuy. Ça n'est peut-être pas si difficile ! Mon père, avec ses airs d'aristocrate, s'entendait très bien, m'a dit ma mère, à la comptabilité en partie double. Entre nous, il savait aussi bien mépriser l'argent que le dépenser. Pauvre père ! il m'a fait enrager bien souvent mais il est demeuré fidèle à lui-même jusqu'à la fin. Il n'avait pas son pareil pour jouir du dernier privilège qui reste aux nobles.

— Quel privilège ?

— Celui de tenir des propos orduriers que n'oserait pas se permettre le plus vulgaire charretier. Un jour, peu de temps avant sa mort, je l'ai entendu dire dans un grand dîner parisien : « Les socialistes, je leur pisse au cul ! » Textuellement. Il y avait là, autour de la table, de grands bourgeois de l'industrie, du commerce et de la banque avec leurs épouses. Eh bien, ils ont tous ri, se disant de l'un à l'autre avec un air ravi : « Quelle classe, ce comte de Kerelen ! »

— Votre père, interrompit une autre fois Lucile, avait en effet beaucoup d'allure.

— Je ne vous raconte cela, poursuivit Louis, que pour une seule raison : mon père appartenait à une génération de nobles inutiles qui a disparu. Moi, je veux faire autre chose que parader dans des salons d'ambassade, et je veux diriger notre affaire nantaise.

— Mon pauvre Louis, on ne s'improvise pas chef d'entreprise.

— J'espère bien que tu ne me refuseras pas tes conseils.

— Vous m'aviez parlé hier soir d'un autre projet.

— J'ai décidé de fonder une famille.

Lucile ne broncha pas. Il avait donc fallu tout ce temps, toutes ces phrases inutiles qui voulaient être solennelles ou drôles, tout ce muscadet, la bouteille était vide, pour que son amant lui annonce, cette fois en face, sa détermination de se marier. Elle hocha la tête, comme si elle voulait donner tout de suite, surtout sans larmes, l'accord qu'on lui demandait.

— Toutes ces raisons vous honorent, mon cher, mais je ne vois pas comment je pourrais vous donner quelques conseils à partir du moment que vous seriez marié. N'y comptez pas.

— Dans ces conditions, mademoiselle Carbec, j'ai l'honneur de demander votre main. Veux-tu m'épouser, mon amour ?

Elle crut cette fois qu'elle allait éclater en sanglots, parvint à esquisser un sourire pauvre et dit avec une sorte d'indulgence au creux de la voix :

— Vous ne serez jamais sérieux, avec vous on ne sait jamais à l'avance ce qui va se passer, c'est d'ailleurs ce qui fait votre charme. Mais, il ne faut pas plaisanter avec ces choses.

Louis de Kerelen répliqua qu'il n'avait jamais été aussi sérieux, ses décisions étaient mûrement réfléchies, la première n'allant d'ailleurs pas sans l'autre. Ne se connaissaient-ils pas assez pour avoir la certitude d'être heureux en vivant tous les jours et toutes les nuits ensemble, dans la même maison, avec les mêmes amis, les mêmes distractions, les mêmes inquiétudes, les mêmes joies, les mêmes chagrins ? Tout ce qu'il avait soutenu pendant ces dix années, les dangers de l'habitude, le ronron sentimental, l'impossibilité de regarder le même visage à heures fixes, la destruction de la personnalité dans le quotidien conjugal, et tant d'autres théories que Lucile avait elle-même défendues et appliquées, voilà qu'il prétendait aujourd'hui le contraire avec la même certitude mais cette fois avec une véhémence qui effaçait d'un coup de gomme le ton léger pratiqué jusqu'ici comme un art de vivre.

— Plaisanter avec ces choses ? Lucile, je n'ai jamais été aussi sérieux.

Elle le crut, elle était surtout certaine qu'il était sûr d'être sérieux parce qu'elle le connaissait assez pour le savoir toujours sincère quand il fonçait tête baissée dans une nouvelle aventure ou une nouvelle idée comme il était parti faire la guerre, à cheval, plus tard dans le ciel, avec le courage d'un être encore neuf. Émue, elle lui prit la main.

— Alors, c'est oui ! J'en étais sûr !

— Ça n'est pas non. Il ne faut rien brusquer.

— Rien brusquer ? Mais nous n'avons plus de temps à perdre !

Elle lui coula son regard bleu, la tête un peu penchée à droite et dit, comme si elle s'était adressée à son petit garçon :

— Comme tu es resté jeune, Louis ! Laisse-moi un peu de temps, tout cela est si imprévu ! Figure-toi que moi aussi, j'ai organisé ma vie.

— Eh bien, rends-toi libre !

— Ça n'est pas facile.

— Je romps avec l'armée, tu peux bien rompre avec tes amants !

Il avait dit ces mots avec la certitude, peut-être la satisfaction, qu'ils frapperaient juste et feraient mal. Elle répondit :

— Je vous savais capable d'être méchant, pas d'être idiot.

De temps en temps, cela leur était arrivé d'amorcer une brève scène de jalousie dont ils savaient bien qu'elle ne servait qu'à aiguiser leur désir. Cette fois ils jouaient une partie autrement grave. Un moment, ils se mesurèrent comme deux adversaires et eurent le sentiment qu'ils étaient capables, lui autant qu'elle, de prononcer quelques-uns de ces mots dont la violence tremble au bord des lèvres, qu'on regrette sitôt lancés mais que l'autre n'oubliera jamais et qui font deux ennemis acharnés à se détruire. Sentant le danger, ils éclatèrent de rire. Le premier, Louis proposa :

— On se donne trois mois au maximum ?

— Entendu.

— Moi, j'adresse dès demain ma démission au ministre. Quand rentrez-vous à Paris ?

— Pas avant le mois d'octobre.

— J'espère bien que nous nous reverrons avant.

— Tout le monde compte sur votre présence le 15 août à la malouinière...

— Tu sais bien que ça n'est pas cela que je veux dire !

— Ici, c'est difficile.

— Allons à Rennes, comme la dernière fois, non ?

— Pas aujourd'hui.

Caressant, il abusa de son regard :

— Tu en es sûre ?

— Oui, parce que je veux entendre à la T.S.F. la finale de la Coupe Davis.

— À la Couesnière ?

— Non, à la maison de Saint-Malo.

— Je peux t'accompagner ?

Elle n'hésita que quelques secondes :

— Pourquoi pas ? J'ai la clé de la maison. Autrefois, je redoutais les qu'en-dira-t-on, à mon âge cela n'a plus d'importance.

— Ma chérie, vous avez fait des progrès, j'ai toujours été convaincu que vous vous conduiriez un jour en parfaite comtesse de Kerelen.

Louis n'était jamais entré dans la grande demeure bâtie au temps du Roi par le corsaire Jean-Marie Carbec avec les piastres et les barres de métal rapportées en fraude du Pérou, à une époque où Madrid et Versailles s'étaient mis d'accord pour interdire aux navires français l'accès des colonies espagnoles d'Amérique. Plus tard, une fille de ce même Jean-Marie avait épousé un capitaine de Kerelen... Comme chaque année, avant de s'installer à la Couesnière, Yvonne Carbec avait recouvert de housses les fauteuils du grand salon et fermé tous les volets dont la menuiserie çà et là disjointe laissait passer quelques rayons de lumière venus frapper un chandelier, un vase, la boucle des souliers d'un personnage à perruque, qu'on devinait debout dans un cadre d'or un peu écaillé.

— Je n'ouvre pas les volets, dit Lucile. Personne n'a besoin de savoir qu'il y a du monde dans la maison.

— N'allumez pas non plus l'électricité ! supplia Louis. Je vais réveiller une princesse endormie.

Il se rapprocha d'elle pour la prendre dans ses bras, la renverser sur un fauteuil, agir tout de suite dans la pénombre, comme cela leur arrivait quand ils avaient trop faim. Elle se déroba en riant, tenez-vous tranquille le match est commencé depuis plus d'une heure, et tourna le bouton de l'appareil de T.S.F. offert à sa mère. Après quelques grésillements, sifflements aigus et toutes sortes de borborygmes, ils entendirent le speaker :

— Service Borotra qui mène par deux sets contre un à Lott.

Lucile battit des mains, on va gagner encore une fois ! La veille, Lott avait été écrasé par Cochet, mais Tilden avait battu Borotra. Ce matin, en double, la France l'avait emporté sur l'Amérique : si Borotra gagnait le match qui l'opposait maintenant à Lott, la Coupe Davis resterait en France pour la quatrième fois. Surgie du haut-parleur la voix frémissante du speaker, orchestrée tantôt par des applaudissements, tantôt par des exclamations désespérées, traduisait bien l'émotion de la foule des spectateurs. Un coup droit de Lott, un coup droit de Borotra, un coup droit de Lott, un coup droit de Borotra qui monte au filet et réussit une magnifique volée croisée. Jeu pour le Français qui mène 2 à 0 dans le troisième set. Service Lott. Net ! First service. Un coup droit de Lott, un revers lifté de Borotra qui monte au filet, un lob de l'Américain auquel le Français réplique par un smash imparable, mais Lott gagne son service, aligne trois bonnes balles dont un passing shot époustouflant, et parvient à égaliser. Deux sets partout. Time ! La rumeur du stade est devenue silence. Service Borotra qui remporte le premier jeu, mais Lott gagne le second. Loquace tout à l'heure, le speaker se tait et les spectateurs de Roland Garros sont devenus muets eux aussi. On n'entend plus que le bruit mat des balles et de temps en temps la voix indifférente du juge-arbitre : faute, net, first service, 15 A, avantage États-Unis, deuce, jeu États-Unis. Les audaces du début semblent s'être apaisées, la puissance des coups paraît moins violente, les deux gladiateurs cherchent maintenant la victoire dans l'usure de l'adversaire. Six jeux partout. Le Français gagne le septième. C'est à lui de servir. On entend alors la voix étranglée du speaker : « Borotra, mon petit Borotra, je t'en supplie ! Il faut que tu gagnes ce jeu ! Treize mille personnes te regardent mais toute la France écoute le bruit de tes balles ! » Pan... 15. Pan... Pan... Pan... 15 A. Pan...— Pan... 30-15. Pan... Pan... Pan... 30 A. Borotra, mon petit Borotra ! Pan... 40-30. « Balle de match », annonce l'arbitre. Borotra, je t'en supplie ! Un silence minéral. Soudain des clameurs, des cris, des bravos au milieu desquels le speaker hurle : « Gaston Doumergue descend sur le court pour se faire présenter les vainqueurs de la Coupe Davis. »

Épuisée, Lucile se jeta dans les bras de Louis. Il la garda longtemps contre lui, assez longtemps pour entendre le rythme de son cœur s'apaiser et pour écouter monter un chant plus secret, venu de plus loin, qu'il reconnut.

— Non, pas ici, dit-elle. Montons dans ma chambre.

Respectant les conventions mises au point par les deux grands-mères, le jeune ménage Lecoz-Mainarde et les trois enfants vinrent s'installer à la Couesnière dès le 1er août. Malgré les travaux entrepris au cours des récentes années, rien n'avait altéré la noblesse architecturale de la malouinière, ses toits aigus, ses hautes cheminées, ses longues fenêtres à petits carreaux dessinées dans la masse du granit. À Rothéneuf, les Marocains avaient trouvé une grande villa toute neuve avec une cuisine en sous-sol, un escalier de marbre, des chambres ouvertes sur des salles de bains. À la Couesnière, la salle à manger donnait sur la cuisine, on accédait aux étages par un vieil escalier de chêne, et venue on ne sait d'où une odeur de pommes un peu trop mûres parfumait toutes les chambres au-dessus desquelles on entendait, par les nuits d'été, des campagnols faire le sabbat. Pour la première fois, Frédéric, Colette et Yves avaient découvert une vraie maison, des arbres énormes, de l'herbe que personne n'appelait un green, un étang qui n'était pas un bassin, et ils avaient pu en profiter tout de suite. À Rothéneuf, il était interdit de jouer sur les pelouses où des massifs de fleurs recevaient les soins quotidiens d'un jardinier, mais à la Couesnière, on pouvait courir dans les bois, marcher pieds nus dans des ruisseaux, cueillir des fleurs, sans se faire gronder, surveiller l'envol des canards, se promener en barque, faire mille expéditions. Les enfants avaient vite senti, perception non mesurable, tout ce qui séparait Granny de grand'mère Carbec. Avec la première on était gavé de choux à la crème et comblé de jouets tandis que la seconde vous emmenait sur les bords de l'étang pour jeter du pain à la vieille Clacla et à la ferme pour en ramener des œufs frais pondus, du beurre salé ou des salades. Yvonne Carbec n'avait jamais bien su s'y prendre avec ses propres enfants, gestes trop brusques, voix trop brève, discipline trop serrée, autant de maladresses dont elle souffrait la première et ne pouvait pas plus se défendre qu'elle ne pouvait se départir de ce ton larmoyant, mon Dieu que vous ai-je fait, qui l'aidait à supporter le poids de ce qu'elle avait coutume d'appeler toutes ces misères de la vie. Avec ses petits-enfants, elle s'était juré de s'y prendre autrement et n'avait pas attendu longtemps pour les conduire à Saint-Malo et leur faire faire leur premier tour de remparts. Fière de les montrer et d'être saluée d'un coup de casquette par quelque vieux capitaine, bonjour madame Carbec c'est-il que vous promenez vos petits-enfants, elle leur avait dit : « Mes gars, et toi aussi ma fî, si vous voulez être un jour bons Malouins, même dans votre Maroc pas fait pour les chrétiens, il faut que vous appreniez par cœur le nom de tous ces rochers, le Grand Bé, le Petit Bé, la Conchée, Fort National, Cézembre... » Les deux garçons s'étaient surtout intéressés aux grands canons de Louis XIV sur lesquels ils étaient montés à califourchon et leur sœur n'avait pas manqué de remarquer qu'ils en avaient vu de plus beaux dans la cour des Invalides où papa nous a emmenés voir le tombeau de Napoléon. De plus beaux ? Ma fî, te voilà devenue aussi pétasse qu'une vraie Malouine. Elle les avait emmenés dans une crêperie manger des galettes de blé noir arrosées de cidre mousseux tiré d'une bouteille qui pétait sec quand on lui enlevait les fils de fer de son bouchon. Ce soir-là, saoulés par l'air du large, ils s'étaient endormis plus tôt que d'habitude avant même d'attendre la fin d'une chanson que leur grand'mère avait pris l'habitude de venir fredonner dès qu'ils étaient au lit : « *Mon âne avait les quat'pieds blancs — Avec une croix sur le devant...* »

Roger Carbec était arrivé à son tour à la Couesnière où il avait été reçu comme s'il y avait passé tous les ans ses vacances, sauf que Lucile lui avait dit, en examinant son visage hâlé et ses traits plus rudes, avec un regard de peseur-juré :

— Mais dis donc, tu es un homme !

L'expression avait déplu à Olga pour qui son fils demeurait toujours le jeune garçon aux cheveux ébouriffés, querelleur, intraitable et qui se faisait tout pardonner avec un sourire enfantin. Encore qu'il eût préféré prononcer lui-même un tel jugement, le professeur avait donné son accord sans réticence parce que ce retour à la malouinière effacerait un tourment dont il avait été seul à subir le poids et le secret puisque sa femme ignorerait toujours pourquoi Roger avait quitté précipitamment la Couesnière pour n'y revenir qu'après dix années. Bien souvent, encore qu'il eût aidé son fils à s'établir et n'eût jamais cessé de veiller sur lui, il s'était demandé s'il avait bien fait d'agir ainsi, et s'il n'avait pas plutôt brisé net l'avenir de son garçon. Pour préserver qui ou quoi ? la vie à peine menacée de Roger ou l'ordre bourgeois des Carbec que lui-même ne s'était pourtant pas gêné de persifler mais qui, entaché d'un scandale familial trop visible, ne lui eût peut-être pas permis d'entrer à l'Institut ? Clairvoyant autant que rugueux, son fils n'avait-il pas imaginé qu'on s'était débarrassé de lui sous prétexte de le protéger ? Ne leur en avait-il pas voulu ? N'avait-il pas pensé qu'on voulait privilégier son frère Hervé ? Guillaume Carbec ne s'était plus posé toutes ces questions dès qu'il avait reconnu Roger, de loin dans la foule des voyageurs débarqués du train à la gare de Saint-Malo, et que leurs yeux s'étaient rencontrés. Dans ce premier échange de leur regard, il n'y avait pas de place pour un autre sentiment que l'affection, sauf une certaine admiration mutuelle plus inexprimée qu'inavouée.

— Vous êtes venu seul ?

— Ta maman est allée faire une course. Elle m'avait juré d'être là à l'arrivée du train. Tu la connais ! Elle n'a pas changé.

— Vous non plus papa !

Roger avait dit cela tout à trac sans la moindre flagornerie, d'une voix gaie. Guillaume Carbec fut ému de cette spontanéité, non pas tant du compliment auquel il demeurait toujours sensible que de la façon dont son fils avait dit « papa ». Avec le plus jeune, c'était chose normale, voire banale, Hervé était resté une sorte d'enfant, mais avec celui-là l'expression reprenait tout à coup son véritable sens, sa solidité et sa tendresse. Le professeur fut encore plus sûr d'avoir retrouvé son fils quand celui-ci lança d'une voix farceuse :

— Je m'attendais à vous voir en habit vert, avec une épée et un bicorne à plumes...

— Je vois que toi non plus tu n'as pas changé ! dit Guillaume en riant de bon cœur. Les Carbec vont se retrouver tels qu'ils sont. Ah ! voici ta mère.

Elle s'était déjà jetée dans les bras de son fils, le tenait contre elle, mêlait des baisers et des larmes aussi mouillés les uns que les autres, mon Dieu, mon Dieu, tu n'as plus tes bonnes joues, tu as bruni, tu es toujours aussi mal coiffé, comment trouves-tu ta maman, Guillaume aide-le donc à mettre ses valises dans le coffre. Assieds-toi à côté de moi, ton père va s'asseoir derrière. Prends toi-même le volant, tu connais encore le chemin, non ? Tu vas trouver des changements à la Couesnière, tu sais.

Les êtres et les choses changent davantage quand on vit quotidiennement en leur présence que lorsqu'on les emporte avec soi dans l'espace et dans le temps parce que nos souvenirs finissent par se styliser, suppriment les détails, abolissent les apparences pour ne conserver que l'essentiel, la vérité. Roger Carbec retrouva donc la malouinière, ses murs, ses toits, ses arbres, ses parents, son frère, sa cousine et sa tante tels que sa mémoire les avait simplifiés. Le téléphone avait été installé à la Couesnière, et l'eau courante à tous les étages, des chambres nouvelles avaient été aménagées dans les combles, mais le soir de son arrivée la vieille Clacla avait fait en son honneur le plus beau saut de carpe de sa vie légendaire, l'île flottante servie au dessert avait gardé intact son goût de meringue vanillée, une légère raillerie bleue dansait toujours dans les yeux de Lucile, Hervé demeurait un ange foudroyé et, la nuit venue, le clair de lune avait fidèlement transformé en décor d'opéra l'ombre des sapins chevelus dressés dans le ciel derrière la maison. Roger avait su gré à Hervé de n'avoir pas modifié l'ordre de leur ancienne chambre de garçons : les deux lits jumeaux flanqués de leur meuble de nuit avec une niche à pot de chambre, la table où ils étaient censés faire leurs devoirs de vacances, la petite bibliothèque où il retrouva des Fenimore Cooper, des Jules Verne, des Conrad, et *L'Atlantide* de Pierre Benoit. Là où ils s'étaient si souvent disputés, parfois battus mais où s'étaient tissés à leur insu des liens dont ils ne soupçonnaient pas la solidité, les deux frères bavardèrent longtemps tout au long de cette première nuit de retrouvailles au cours de laquelle Roger était allé pieds nus, attention de ne pas faire craquer la sixième marche de l'escalier, chercher une bouteille d'eau-de-vie de prune dans le coin d'un placard dont il savait encore ouvrir la serrure avec la pointe d'un canif. Non, rien n'avait changé. L'un avait raconté la vie quotidienne du bled marocain, les terres à défricher, les promenades à cheval, les premiers labours, les coups de sirocco, la barbe frisée de Boulaya et le crâne tondu d'Abdelkader, les entraîneuses du Maroc Hôtel et les randonnées avec l'Amilcar, mon vieux je tape du 120 mais pas un mot aux parents ! L'autre disait qu'il avait abandonné le concours du Prix de Rome mais pas la composition.

— En ce moment, j'écris un concerto pour piano et orchestre.

— Dans le genre Gershwin ?

— Plutôt Ravel... à défaut de faire du Carbec. J'ai aussi des propositions de concerts à l'étranger.

— J'espère que tu ne vas pas retourner en Allemagne ?

— Pourquoi pas ? Pour être consacré, il faut jouer à Berlin.

— Je vois que tu es toujours resté un peu connard !

— Ça n'est pas dans ton bled marocain que tu peux savoir ce qui se passe en Allemagne ?

— Sois tranquille, tu vas bientôt le savoir ! Moi, je n'étais pas toujours d'accord avec notre grand-mère, Dieu sait si je lui en ai fait voir ! Mais je me rappelle qu'elle nous disait : « À la ferme, il y a toujours deux chiens, l'un s'appelle Marquis et l'autre Bismarck. » Nous, on est républicains et anti-allemands. Ça, c'est les Carbec, tu comprends, Mozart ? Et le cousin Fritz ? On va peut-être le voir arriver le 15 août à la malouinière avec un brassard à croix gammée ? Celui-là, je lui casserai la gueule avec plaisir.

— Sois tranquille, il ne sera pas là.

— Tant mieux pour lui. Dis donc, on va poser des casiers demain ?

— Si tu veux. Jean-Pierre vient de faire repeindre le bateau.

Roger avait aussi posé quelques questions :

— On a des nouvelles de la bonne sœur ?

— Maman va la voir une ou deux fois par an, mais elle n'en parle jamais.

— Et Solène ? Tu couches avec elle ?

— Tu es fou ! D'abord je n'habite plus chez les parents.

— À part la mort de Nicolas, il y a du nouveau chez les Lehidec ?

— La Germaine vient de se remarier.

— Merde alors ! s'esclaffa Roger, c'est pas possible ! La Germaine ? On prend un dernier coup de prune, ça s'arrose ! Avec qui donc ?

— Un ancien premier maître de la Marine, je crois qu'il est de Saint-Père. Il s'appelle Marcel Le Ber. Quand il voit arriver papa, Jean-Pierre, Gilbert ou même moi, il se met tout de suite au garde-à-vous et fait le salut militaire. Je ne sais pas s'il fera marcher aussi bien la moissonneuse que Nicolas, tu te rappelles, Roger ?

— Ça, c'est mon affaire, je lui apprendrai. Et les gosses Lehidec : Louison, Jean, Sigolène ?

— Louison est mariée elle aussi, son mari tient un petit garage du côté de Combourg. Ils ont une pompe à essence depuis l'année dernière. Jean est navigateur, on ne le voit jamais. Quant à Sigolène, elle est sténo-dactylo chez un huissier à Saint-Servan.

Ni l'un ni l'autre n'avait parlé de ses propres problèmes sentimentaux. Malgré la fenêtre ouverte sur la nuit d'été, une bonne odeur d'alambic flottait dans la chambre lorsque Roger s'endormit enfin dans son passé de jeune garçon.

Les vacances à la malouinière ressemblaient un peu à ces romans anglais où il ne se passe rien de visible, où les jours se ressemblent tous, où chaque hôte dresse le programme de sa journée selon sa fantaisie, où le maître de maison ne laisse à personne le soin de découper le roats-beef, et où le lecteur referme son livre sur des personnages dont il est devenu l'ami intime après avoir deviné leurs secrets sans que ceux-ci aient eu l'impudeur de les dévoiler. Au temps de la grand-mère Carbec, dont le souvenir demeurait si présent, on respectait bien la liberté des autres mais plus encore les habitudes de la vieille dame, par exemple celle de faire la conversation ou la lecture après le café pris au bord de l'étang. Cette année, personne ne pouvait imposer une si douce tyrannie, mais la tradition Carbec demeurait assez solide pour être transmise. Ainsi, il arrivait à Olga de s'installer sur une chaise longue au milieu de l'après-midi et de demander qu'on lui lût la chronique littéraire du *Figaro*, plutôt que de mettre la paire de lunettes qu'elle avait dû se résoudre à commander, mais qu'elle ne portait qu'en cachette, par exemple à l'heure du courrier, ce qui me fait jouer le rôle, disait-elle à Guillaume, d'une femme adultère qui lit secrètement une lettre de son amant. Le professeur flânait, polissait son discours, n'osait pas en réciter tout haut certains passages estimés cependant bien venus, et ne perdait aucune occasion de prendre Roger par le bras pour l'emmener sur la grande allée bordée de chênes, lorsque celui-ci, les cheveux poudrés de poussière, rentrait des champs qu'il était allé moissonner avec Marcel Le Ber, le nouveau mari de Germaine, pour lequel il s'était pris d'amitié : le père voulait rattraper le temps perdu, le fils s'étonnait de découvrir des idées originales dans la conversation de ce vieux monsieur devenu une sorte de personnage officiel qui ne se prenait jamais au sérieux en famille, racontait des histoires dont on voulait bien rire et qui se détournait encore sur le passage des jolies filles. Tous les matins, Hervé s'enfermait dans le grand salon, couvrait de notes de grandes feuilles de papier à musique, ouvrait le piano d'où sortait alors un orage sonore qui s'arrêtait, bientôt suivi du bruit d'un couvercle refermé soudain avec rage. Alors, encore vêtue d'un peignoir aux couleurs tendres, Olga Carbec apparaissait et prenait son fils dans ses bras : « J'ai entendu ce que tu jouais, c'était très beau, pourquoi te mets-tu dans des états pareils ? Allons, allons, mon chéri, reprends pour moi ce dernier passage, do sol, mi, ré, sol... » Annick et Gilbert étaient partis depuis longtemps sur la plage de Rochebonne où leurs enfants construisaient des châteaux de sable et pêchaient des crevettes dans des trous d'eau, tandis qu'eux-mêmes revivaient l'après-midi du 1er août 1914 « il y a tout juste seize ans Gilbert, est-ce possible ? » où ils avaient vu les ouvriers du chantier s'arrêter brusquement de chanter « les filles de Cancale... » et de travailler parce qu'au loin, tintant de partout à petits coups rapides, des cloches sonnaient le tocsin. Léon et Gilbert avaient déclaré aux filles qu'ils allaient s'engager tout de suite pour que la guerre ne soit pas finie avant le tour de leur classe, et Lucile avait dit : « Moi, je serai infirmière. » C'est ce jour-là que Gilbert avait embrassé pour la première fois Annick sur la joue : « Ne pleure pas, je te promets que je reviendrai, et nous irons au casino danser *Destiny Valtz.* »

Ainsi, les jours passaient. Les habitants de la malouinière avaient eu tôt fait de se rappeler ces souvenirs communs où les événements mineurs prennent souvent une place sinon considérable au moins plus importante que les événements jugés graves au moment où ils se produisent. Composé d'infinies particules. celles-ci légères celles-là plus lourdes, le ciment Carbec avait vite repris et tenait bon. C'était le miracle de la Couesnière, à croire que la malouinière était devenue le principal personnage du clan. Tous, ils y avaient tant pris leurs aises et accumulé tant de minuscules souvenirs qu'ils faisaient corps avec elle à ce point qu'il n'était venu à l'idée d'aucun d'eux, sauf à Yvonne, que le legs consenti par Jean-Marie à sa fille aînée pût modifier leurs habitudes, sinon leurs droits. Devenue la propriétaire légale, Lucile ne voulait ni manifester ses droits ni laisser croire aux uns ou aux autres qu'elle les abandonnait au profit de la communauté. Habilement, elle avait rendu le trousseau de clés, insigne du commandement à la Couesnière, mais elle avait dressé seule son plan de table pour le déjeuner du 15 août et annoncé à sa mère : « Bien entendu, je vous ai placée en face de moi », manière subtile et péremptoire de signifier à la veuve de Jean-Marie que cette année le rendez-vous à la malouinière serait présidé par Lucile Carbec.

Mlle Biniac arriva la première, Jean-Pierre était allé la chercher à Saint-Malo. Elle vivait de plus en plus chichement, dans une petite maison sans soleil, où elle donnait encore quelques leçons de piano à des Malouinettes aux doigts gourds qui s'entendaient dire par leur professeur de musique : « Mon élève, Hervé Carbec, qui joue dans les grands concerts... » En hommage au souvenir du commandant Biniac, Jean-Pierre Carbec, arrivé lui-même de Chartres depuis deux jours, avait tenu à aller la chercher et il avait vu du rouge monter jusqu'aux yeux de la vieille fille quand elle était montée dans la petite auto de l'officier, se sachant épiée derrière le tremblement de quelque rideau, du rouge qui lui avait donné tout à coup un air charmant et l'avait fait ressembler à une vraie femme. Vieille fille ? Après tout, avait pensé Jean-Pierre, ma sœur a le même âge, trente-six ans. Il est vrai que Lucile... Et puis le commandant s'était empressé de penser à autre chose parce que cela lui déplaisait d'imaginer que sa sœur avait eu des amants, même s'il admettait que l'amour n'était certainement pas étranger à ce charme dont lui-même son frère, et tous les hommes de la famille, reconnaissaient le pouvoir, le subissaient peut-être en s'en défendant ?

Denise Lecoz-Mainarde, celle qu'on avait dû marier en hâte et qui s'appelait maintenant Mme Larzac arriva avec son mari et ses trois enfants, plus une jeune fille du Surrey, Philys, engagée au pair pour surveiller les futurs héritiers de la charge et leur apprendre l'anglais. Ils précédaient de quelques tours de roue M. et Mme Lecoz-Mainarde et d'un bon quart d'heure la comtesse de Kerelen, des Sardines Dupond-Dupuy, et son fils Louis. Autant le premier rendez-vous de la malouinière avait réuni des hommes, des femmes, des jeunes gens, des jeunes filles et des enfants, qui avec leurs robes et leurs habits de fête paraissaient jouer une comédie d'amateurs dans un théâtre de verdure, autant celui-ci ressemblait au simple déjeuner familial d'un dimanche à la campagne. À part l'agent de change parisien et son gendre, contraints l'un et l'autre au col dur et à l'épingle de cravate, tout le monde était vêtu d'étoffes claires et légères, les deux officiers avaient laissé leur uniforme dans leur cantine et les petits garçons ne portaient pas de costumes marins. Lors du dernier rendez-vous, c'était le jour des obsèques de Jean-Marie-mon-pauvre-cher-homme, on avait été bien obligé de respecter une certaine tenue que le chagrin ou la bienséance commandait. Aujourd'hui chacun se sentait plus léger et paraissait se retrouver avec un plaisir sans réticence. Sans doute, ce pauvre vieux comte de Kerelen ne serait plus là pour égayer la société avec des déclarations péremptoires : sa mort remontait déjà à deux années et ses histoires de drapeau tricolore accroché aux cabinets le jour du 14 juillet ne faisaient plus rire depuis longtemps. Des anciens avaient disparu, des nouveaux venus surgissaient ou réapparaissaient, modifiant le vieil équilibre réalisé par la vieille dame de la Couesnière d'autant qu'aucun des six petits-enfants réunis pour la première fois au rendez-vous de la malouinière ne s'appelait Carbec.

Les traditions n'en furent pas moins respectées. On se réunit d'abord près de l'étang autour d'une table ronde chargée de bouteilles multicolores au milieu desquelles brillait, pour la première fois à la Couesnière, un shaker que saisit bientôt Roger en demandant sans perdre de temps à la jeune Anglaise :

— Please, help me to make the cocktails, OK ?

Les hommes s'étaient tout de suite regroupés autour de Guillaume. Encore qu'il s'en défendît, en face des autres et parfois vis-à-vis de lui-même, le chirurgien devenu membre de l'Institut ne dédaignait pas d'être considéré et honoré comme le premier personnage de la Couesnière mais il redoutait encore les trop longues conversations masculines où intervient toujours quelque péroreur inépuisable pour s'emparer du dé et ne plus le lâcher. Sans trop écouter l'agent de change, « beau fixe à la Bourse, mon cher, parce que le président Tardieu vient de prédire une longue ère de prospérité pour la France », il avait entraîné tout le monde vers le bar improvisé où Roger et Phylis proposaient des Rose, Manhattan, Alexandra, Strong for ever, Gin fizz, Rainbow... avec un tel air de complicité que Béatrice Lecoz-Mainarde envoya bientôt la fille s'occuper des enfants qui risquaient de tomber à l'eau en jetant des morceaux de pain à la vieille Clacla toujours fidèle aux rendez-vous de la malouinière. Tout à l'heure, elle avait entendu Olga dire à sa nièce Lucile d'une voix assez forte pour que tout le monde l'entende :

— As-tu remarqué comme notre cousine Béatrice est belle aujourd'hui ? Elle n'a jamais été aussi resplendissante ! Je trouve que le bonheur d'être six fois grand-mère lui va très bien.

— C'est vrai ! avait répondu Lucile. Je trouve même qu'elle a minci.

— Pas étonnant, dit alors tante Olga à voix plus basse, elle porte une gaine en caoutchouc pour lui aplatir le ventre.

Cette année-là, le ciel demeura favorable aux Carbec, un grand ciel bleu tendu très haut au-dessus de la malouinière où passaient lentement, venus de l'ouest, des nuages blancs ourlés de lumière. Installée dans la grande pelouse, derrière la maison, la table du déjeuner étincelait de porcelaine, d'argenterie et de cristaux. Lucile avait placé sa mère entre M. Lecoz-Mainarde et Jean-Pierre pour se réserver son oncle Guillaume à droite et Louis de Kerelen à gauche. Comme les deux serveurs loués selon la coutume à l'hôtel Chateaubriand s'apprêtaient à servir la fameuse timbale de homard sans laquelle la tradition eût été écornée, Lucile leur fit signe d'attendre. La veille deux télégrammes adressés à la famille Carbec étaient arrivés à la Couesnière. Elle n'en avait parlé à personne, jugeant qu'il appartenait à elle seule, devenue la maîtresse de la malouinière, d'en faire part à ses hôtes.

— Nos cousins de Kansas-City, dit-elle en se levant, m'ont envoyé un télégramme que je vais vous lire : « Les opportunités actuelles nous défendent l'entreprise d'un voyage en France à cause des dollars — stop — Nous sommes désolés terriblement en vérité mais nous avons l'imagination que tous vous viendrez peut-être bientôt à Kansas-City pour rapporter le chapeau laissé à Mummy — stop — Love and kisses from John David and Pamela. »

Un cordial brouhaha couvrit les derniers mots : ces Américains ne doutaient de rien, malgré la crise, l'Amérique conservait sa bonne humeur. Combien les Carbeack avaient-ils donc d'enfants aujourd'hui ? L'histoire du chapeau de cow-boy laissé à la grand'mère disparue les fit tous rire. Qu'était devenu ce chapeau ? Yvonne assura qu'elle l'avait elle-même rangé dans une armoire avec de la naphtaline. Seul Hervé ne participait pas à la bonne humeur générale. Muet, son visage fermé un peu pâle ressemblait à celui d'un enfant qui craint de recevoir un mauvais coup.

— J'ai reçu aussi un télégramme de Berlin.

Hervé crut que sa cousine s'adressait à lui de façon particulière. Il rougit et adressa un regard interrogateur aux deux serveurs toujours immobiles comme pour leur commander de commencer le service.

— Son texte est plus bref : « Ma pensée amicale et fidèle pour vous tous. Helmut von Keirelhein. »

Sur un signe de Lucile, les serveurs présentèrent alors la timbale de homard. Tout le monde avait faim, la cuisinière s'était surpassée, et le vin blanc choisi pour arroser la timbale aiguisa tout de suite la soif. Ce matin, de bonne heure, Lucile avait dit à Roger :

— Viens avec moi au cellier pour prendre quelques bouteilles. C'est une tâche d'homme, il m'en faut un.

Ils étaient revenus vers la maison avec des paniers pleins de flacons poudreux, et la cousine en avait profité pour demander au cousin devenu agriculteur de donner quelques conseils au nouveau mari de la Germaine, c'est un marin, il n'entend pas grand-chose aux travaux de la terre, je tiens beaucoup à ce que la ferme ne me coûte rien, et même qu'elle rapporte. Sans la ferme, la Couesnière ne serait plus qu'une maison de vacances, tu comprends ? C'était l'avis de ton oncle, mais pour la faire marcher il me faut un homme.

Roger avait promis. Il s'entendait bien avec le Marcel, et la Germaine l'avait accueilli, bonjour m'sieur Roger depuis les temps qu'on ne vous a point vu par ici ! comme si rien ne s'était passé naguère. Ensemble, ils avaient fait la moisson sur des petites surfaces de rien du tout comparées à celles dont il avait l'habitude. Les rendements bretons n'étaient pas fameux, il faudrait employer des méthodes de culture plus modernes, utiliser des engrais et un meilleur matériel...

— J'ai déjà donné quelques conseils à Marcel. J'ai l'impression qu'en France, la routine a repris le dessus alors qu'au Maroc...

— Quand repars-tu ?

— À la fin du mois, en même temps qu'Annick et Gilbert.

— Nous en reparlerons tous les trois. Tu comprends, ici il me faut un homme.

— Bien sûr.

Bien sûr, avait dit le jeune colon en hochant gravement la tête et en regardant un peu de biais sa cousine parce qu'il avait remarqué qu'en l'espace de cinq minutes elle lui avait répété trois fois de suite « il faut un homme ! » Cela l'intriguait. Il l'observa plus attentivement. Tournée comme elle est, Lucile, ça n'est pas les hommes qui doivent lui manquer, elle doit avoir à peu près trente-cinq ans mais elle en paraît à peine trente et elle a conservé un corps de jeune fille que personne n'aurait encore caressé. Il y a comme ça des femmes miraculeuses. Moi, je ne connais rien d'elle, mais une fille qui est partie faire la guerre avec des hommes, dans l'armée d'Orient, probable qu'elle a joué au loup-y-es-tu plus d'une fois sans attendre de fêter la victoire. Elle ne serait pas ma cousine, peut-être que j'irais ce soir cogner à la porte de sa chambre, des fois qu'elle aurait besoin d'un homme ? Tout à l'heure, dans le cellier, avec ses cheveux roux, ses yeux bleus dont elle sait si bien se servir quand elle a quelque chose à demander, j'ai eu brusquement envie de retrousser sa jupe et de lui mettre la main au derrière, comme ça, rien que pour sentir au bout des doigts une tiédeur lisse. Elle a dû s'en apercevoir parce qu'elle m'a jeté un regard qui avait l'air de me dire ne t'avise pas de me toucher si tu ne veux pas recevoir une paire de claques. N'empêche qu'une femme ne répète pas trois fois en cinq minutes qu'il lui faut un homme si elle n'en a pas besoin. Je vais en parler à Hervé. Les femmes, ça n'a pas l'air d'être son domaine favori mais il connaît Lucile mieux que moi.

Le déjeuner avait été très gai. Cette fois les morts étaient tous partis de l'autre côté de la terre en ne laissant derrière eux que la trace des souvenirs qu'on aimait se rappeler pour en sourire : le camée offert à grand'mère Carbec par Napoléon III, les discours du commandant Biniac pour placer ses polices d'assurance contre l'incendie, la grosse chaîne de montre de Jean-Marie, les escales du capitaine Le Coz « figurez-vous qu'un soir à Vancouver... » et les exclamations du vieux légitimiste « Sixte sur le trône ou rien ! » Seuls, le futur amiral et le futur médecin que la guerre avait tués demeuraient toujours présents. Personne n'en parlait, tout le monde y pensait. Aujourd'hui, ils seraient sans doute mariés, pères de famille, et leur enfants s'appelleraient Carbec. Olga et Yvonne avaient regardé au même moment et avec la même insistance la jeunesse en bout de table qui menait grand tapage au moment où l'on débouchait les bouteilles de champagne. Leurs yeux s'étaient alors rencontrés et elles avaient su l'une et l'autre que leurs pensées naviguaient de conserve. Les autres pouvaient-ils traîner encore la guerre comme un boulet rivé au cœur alors que la France venait de remporter pour la quatrième fois la Coupe Davis, quelques semaines après un voyage présidentiel plein de fantasias en Algérie pour célébrer le débarquement de 1830 et l'attachement des populations musulmanes à la République ? Les grands acteurs de l'épopée avaient tous disparu d'une façon ou d'une autre : Foch, Joffre et Clemenceau étaient morts, Poincaré s'était retiré de la scène politique, et le maréchal Pétain était entré à l'Académie française.

L'heure du café était arrivée. Du temps du comte de Kerelen, bavard provocateur et impénitent, on n'entendait guère son épouse. Maintenant elle essayait bien de se rattraper, mais avec tous ces Carbec qui se comprenaient à clins d'œil, il n'était pas si facile pour une Nantaise d'entrer dans une ronde de Malouins. Parce que le roi est chez lui partout où ses pas le portent, son mari y était parvenu d'emblée alors que l'héritière des Sardines Dupond-Dupuy n'avait pas toujours trouvé ses aises à la Couesnière.

— Comme je vous envie, dit-elle d'une voix suave à Yvonne Carbec, de pouvoir réunir six petits-enfants autour de vous !

— Je n'en ai que trois à moi, fit observer la veuve de Jean-Marie.

— C'est vrai, où avais-je la tête ? Vos deux aînés ne sont pas mariés. Pour Jean-Pierre, il n'est pas encore trop tard, n'est-ce pas ?

— Je le pense moi aussi. J'espère même accueillir ici une jeune belle-fille et des petits-enfants un jour ou l'autre.

— Et Lucile ?

— Oh Lucile ! je ne pense pas qu'elle soit faite pour le mariage. Elle est trop indépendante. De vous à moi, la guerre a détraqué toute cette génération. Pensez ! elle était infirmière à l'âge de vingt ans ! Vous voyez ce que je veux dire, n'est-ce pas ?

— Non ! non ! je ne veux rien voir ! se récria Mme de Kerelen, mais je vous comprends. C'est comme mon fils, il ne veut pas entendre parler de mariage, ou plutôt il ne voulait pas mais... puis-je vous faire une confidence ? De mère à mère ?

— Je vous en prie, dit Yvonne qui ne savait quoi répondre.

— Eh bien, je pense que Louis a décidé de fonder une famille. Il m'a même demandé, avec beaucoup d'insistance, de lui dresser une liste de jeunes filles à marier. Gardez cela pour vous, ma chère, mais je crois bien qu'il vous faudra allonger la table des enfants lors du prochain rendez-vous à la malouinière. Chut ! c'est encore un secret.

Des groupes s'étaient formés ainsi qu'il arrive à la fin d'un repas au cours duquel de nombreux propos échangés entre voisins ont été interrompus par la conversation générale. Inséparables, Annick et Gilbert faisaient un tour de barque, Roger disait tout bas à Philys qu'il viendrait la chercher ce soir pour l'emmener danser au casino de Saint-Malo, Olga, Lucile et Hervé tenaient compagnie à Mlle Biniac qui avait bu un peu trop de champagne, tandis que le professeur Carbec offrait des cigares aux hommes et leur posait toutes sortes de questions sur les événements qui le préoccupaient le plus. Aux deux officiers qui ne cachaient pas leur inquiétude devant l'abandon de la Rhénanie, Guillaume avait répondu :

— Croyez-vous que la France seule, c'est-à-dire contre les positions américaines et anglaises, aurait pu imposer longtemps la stricte application des clauses du traité de Versailles ?

— Mon oncle, vous ne connaissez pas les Allemands et leur formidable volonté de puissance. Je vous ai pourtant lu la lettre du cousin Helmut.

— Je ne les ignore pas mais je sais qu'il y a aujourd'hui quelque chose de nouveau dans le monde : c'est la Société des Nations.

— Monsieur le professeur, dit Louis de Kerelen, j'ai peur que vous ne viviez dans un monde d'illusions. Savez-vous que des navires de guerre soviétiques ont récemment franchi les Dardanelles, bravant ainsi toutes les dispositions arrêtées à Genève ?

— Cela prouve seulement, mon jeune cousin, que la Société des Nations ne dispose pas encore des moyens nécessaires pour faire respecter de telles dispositions. Cependant une ère nouvelle se lève, j'en suis sûr. Vous ne la voyez pas, parce que vos yeux sont toujours fixés sur la frontière du Rhin. Prenez garde de subir, comme la plupart de vos camarades militaires, le torticolis du passé. Demain, la Société des Nations disposera d'une armée. Alors, il n'y aura plus de guerre.

Les autres, peu convaincus, ne voulaient pas tenir tête au professeur, le ciel était trop lumineux, les cigares trop odorants, la fine

Napoléon trop bonne à réchauffer au creux de sa main, la vie si belle à vivre. Depuis quelques instants, son affaire en bonne voie avec la jeune Anglaise, Roger était venu se mêler à la conversation des aînés.

— Vous dites papa, demanda-t-il tout doucement, qu'une armée de la Société des Nations empêcherait la guerre ?

Guillaume Carbec connaissait assez bien son fils pour savoir que derrière ce ton innocent se préparait quelque coup fourré. Il répondit avec un peu d'humeur :

— Cela me paraît évident, mon garçon !

— Alors, dites-nous ce qui arriverait si l'armée de la Société des Nations était battue ? On a vu souvent des voleurs rosser des gendarmes, non ?

Comme les autres se retenaient de rire, le professeur prit le parti de la bonne humeur :

— Sacripant ! Tu seras donc toujours le même ! Pour la peine, fiston, tu vas aller nous chercher une bouteille de cette eau-de-vie de prune que faisait ta grand-mère. Je suppose que tu n'as pas besoin de clé pour ouvrir le placard.

Ce fut au tour de Roger de rire, tandis que son père concluait :

— Jeunes gens, même lorsque l'événement vous donne tort, et surtout quand on est académicien, il faut toujours croire que l'aube se lèvera demain.

Les Marocains avaient quitté la Couesnière dès le 1er septembre pour rejoindre Rabat ou Sidi M'Barek. Guillaume Carbec avait pu résister pendant quelques jours à la volonté de sa femme d'aller passer deux semaines à Biarritz et avait finalement cédé au lieu d'attendre les premières grandes marées d'équinoxe, lorsque le vent déchire la mer lancée à l'assaut du Sillon.

— Vu des fenêtres du Miramar, assurait Olga, le spectacle est aussi beau sur la côte basque, et la température plus douce qu'à Saint-Malo. Tu es membre de l'Institut, donc tu n'as plus vingt ans. Monsieur le professeur veut faire le jeune homme mais tu fais surtout une bronchite tous les ans.

Elle avait toujours aimé la vie des grands hôtels, les bruits orchestrés en sourdine sous la verrière des halls de réception décorés de plantes vertes, télégrammes décachetés, sonneries étouffées, conversations chuchotées, et la chorégraphie dansée sans interruption de dix heures du matin à l'aube du lendemain où les utilités paraissent tenues par les clients, les petits rôles par les liftiers, les chefs d'emplois par des hommes costumés en frac quel que soit le moment de la journée, monde discret et rapide dominé par un maître de ballet en uniforme vert, noir ou marron toujours galonné d'or et prêt à sortir de ses basques une liasse de billets de banque pour régler les achats de madame et les dettes de monsieur rentré décavé à l'heure des premiers petits déjeuners servis aux étages. Pendant de longues années, Olga avait passé la plus grande partie du mois de septembre à la Couesnière, avec les enfants et auprès de sa belle-mère, alors que Guillaume repartait pour Paris où il retrouvait sans déplaisir son service, ses malades, ses élèves, ses infirmières, la liberté, sa bibliothèque, le silence. Aujourd'hui, elle prenait sa revanche : plus de malouinière au mois de septembre mais un palace à Biarritz avec son homme dont le nom était cité dans le journal local parmi ceux des personnalités internationales arrivées sur la côte basque, et dont on disait : « C'est le père du jeune Hervé Carbec ! », parce que cette année-là Hervé avait été choisi pour illustrer la saison musicale de Biarritz.

Yvonne Carbec, elle aussi, quelques jours après le départ de ses petits-enfants, avait quitté la Couesnière. Elle regagnait sa maison malouine plus tôt que d'habitude pour ne pas demeurer trop longtemps en face de sa fille. Seuls étaient donc restés dans la malouinière Lucile et Hervé pendant quelques jours en attendant que celui-ci rejoigne ses parents. Ils n'avaient pas eu besoin de se mettre d'accord pour régler leur emploi du temps : ils ne se rencontraient qu'aux heures des repas. Levée de bonne heure, chaussée de bottes et vêtue comme un garçon, Lucile faisait tous les matins une longue marche dans les bois de la Couesnière, elle disait maintenant « mes bois », d'où il lui arrivait de ramener un panier plein de cèpes cueillis dans des coins connus d'elle seule. Les premières lueurs de l'automne s'allumaient sur les arbres, un peu de rouille aux feuilles des marronniers, quelques taches d'or à celles des peupliers. Une vigne vierge flambait sur un petit muret, des roses paysannes perdaient leurs grosses joues, un coup de vent traversait les trembles comme un frisson, deux pommes tombaient dans l'herbe, un vol de canards tournait haut dans le ciel avant de se poser sur l'étang et disparaître à l'abri des roseaux, partout une senteur de terre mouillée et de feuilles mortes. Couleurs, bruits, odeurs de la Couesnière, Lucile les avait vus, entendus, sentis pendant les mois de vacances de sa jeunesse sans y prêter attention. Maintenant, elle les observait, les attendait, les reconnaissait, et chacun d'eux laissait derrière lui une haleine, un reflet, une sorte de battement d'ailes comme le paraphe d'un petit dieu authentifiant un miracle minuscule conçu pour elle, perçu d'elle seule, si loin du jazz, des cocktails et des nuits électriques.

Hervé, lui, se levait tard, s'installait devant son piano et répétait aussitôt le programme prévu au concert des Soirées Musicales de Biarritz. Il devait y interpréter une récente version de *L'Amour Sorcier* où Manuel de Falla était parvenu à transcrire pour le piano des rythmes nés spontanément sous les doigts des guitaristes andalous et méprisés jusqu'ici par les compositeurs espagnols. Sous les mains d'Hervé, des danseuses de flamenco tournoyaient alors dans la malouinière, enveloppées d'olés caresseurs, de claquements de doigts et de frappements de mains. Son sens divinatoire de la musique lui avait fait découvrir très rapidement les mystères du folklore gitan, mais virtuose appliqué et consciencieux, il ne s'estimait pas satisfait et recommençait inlassablement les fameux arpèges sur lesquels il savait que les critiques madrilènes venus à Biarritz le jugeraient sans indulgence.

Ils déjeunaient tous les deux au bout de la longue table de la salle à manger, parlaient peu, chacun poursuivant son rêve éveillé, elle l'envol d'un colvert au ras de l'eau, lui la mélodie déhanchée dont il ne parvenait pas encore à exprimer toute la sensualité. Ni l'un ni l'autre n'avait fait la moindre allusion à la soirée du Bœuf sur le Toit, leur promenade dans la nuit et sa piètre finale. Cependant, un jour qu'elle était rentrée plus tôt que d'habitude de sa promenade matinale, Lucile avait entendu, derrière la porte du salon, Hervé jouer *Stormy weather* en y ajoutant des développements personnels dont les modulations hésitantes, demeurant en suspens, parfois non résolues, disaient toute la nostalgie de ce qui n'a jamais existé. Elle avait éprouvé le sentiment de violer un secret et n'était pas entrée dans le salon, mais une heure plus tard, pendant le déjeuner, elle lui avait dit :

— Tout à l'heure, je t'ai entendu jouer.

Semblable à un collégien pris en faute d'avoir lu quelque roman interdit au lieu de faire ses devoirs, Hervé avait rougi légèrement et secoué ses cheveux bouclés que son imprésario lui avait conseillé de laisser tomber sur le cou :

— Pour me délasser un peu de Manuel de Falla, j'ai dû faire courir un peu mes doigts au hasard.

— Il y a quelques années, tu disais volontiers que la musique est d'abord une sorte de combinaison de notes et un art abstrait par excellence. Tu es toujours du même avis ?

— J'étais jeune, je faisais mes classes au Conservatoire. L'harmonie, les exercices de fugue et de contrepoint, tout cela est nécessaire mais si on n'en sort pas on ne fait guère que de la musique cérébrale.

— Donc tu en es sorti.

— Je le pense.

— Il y avait tout à l'heure quelque chose de très émouvant dans ta façon de jouer un air que j'ai un peu reconnu mais que tu as transformé et recomposé Est-ce indiscret de te demander s'il s'agit d'un souvenir personnel ?

Elle le tenait en joue, son regard bleu braqué comme un fusil. Il broncha à peine. Sa réponse fut davantage celle d'un artiste qui commence à prendre conscience de son art que celle d'un jeune garçon n'en finissant pas de se débattre dans ses eaux troubles.

— Je pense que les profanes cherchent trop souvent à établir d'étroites correspondances entre la vie d'un auteur et ce qu'il écrit, qu'il s'agisse d'une œuvre littéraire ou musicale. La vérité, c'est qu'un auteur nourrit son imagination avec des émotions souvent vécues, mais qu'il ne parvient pas toujours à transmettre et à faire partager.

— Cette fois, tu y es parvenu, dit gravement Lucile qui demanda aussitôt si le mouvement musical entendu tout à l'heure s'inscrivait dans une composition en cours d'écriture ?

— Oui, ce sera un des thèmes de mon *Concerto de Berlin.*

Lucile et Hervé demeurèrent un long moment silencieux, l'un et l'autre essayant de deviner le cheminement de leurs pensées réciproques tout en paraissant absorbés à briser des noix dont le contact laissait des taches brunes sur leurs doigts également fuselés. Elle parla la première :

— À propos de Berlin, as-tu reçu des nouvelles d'Helmut ?

— Non, mentit Hervé. Pourquoi m'aurait-il écrit puisqu'il avait répondu directement à Jean-Pierre ?

— Parce que depuis cette lettre, il se passe beaucoup de choses à Berlin. Tu ne lis donc pas les journaux ?

— À part *Comoedia*, non.

— Tu ne sais pas qu'il y aura dimanche en Allemagne des élections dont le résultat peut être très grave ?

— C'est ton Kerelen qui t'a dit cela ! lança Hervé soudain agressif.

— Tout le monde le pense...

— Pas moi ! Moi, j'y suis allé en Allemagne, je sais ce que je dis ! Et j'ai bien l'intention d'y retourner bientôt. Mon agent me prépare une tournée de concerts pour le prochain printemps. Là-bas, au moins, il n'y a pas que les snobs qui aiment la musique. Les concerts Colonne, Pasdeloup, Lamoureux qu'est-ce que c'est à côté de la Philharmonique de Berlin ? Rien, ça n'est rien, tu m'entends ça n'est rien ! Tu crois peut-être que ça m'amuse d'aller à Biarritz ?... Eh bien tu n'y comprends rien, toi pas plus que maman ! La vérité c'est que je me dégoûte quand j'accepte de jouer devant un public de snobs où chacun essaie, comme toi tout à l'heure derrière la porte du salon, de deviner les sentiments que j'exprime avec mon piano ou que je cache peut-être ? La musique, ils s'en foutent ! Voilà ! Je me dégoûte, et je les emmerde !

Lucile avait laissé parler son cousin sans l'interrompre. Jamais elle ne l'avait entendu prononcer de tels mots, surtout avec une telle violence, qui avaient brusquement tordu sa bouche au moment où leur conversation était le plus paisible. Le ton d'Hervé était devenu un peu pointu quand elle avait demandé si Helmut avait donné des nouvelles, et soudain hargneux quand il avait dit : « C'est ton Kerelen... » Elle le regarda, surprise comme si elle le découvrait, regretta que son départ de la malouinière fût fixé à demain matin et fut tentée de lui demander, par jeu, pour voir jusqu'où aboutirait son pouvoir de séduction, s'il était obligé d'aller à Biarritz. Elle se retint à temps. Lucile Carbec craignait les complications sentimentales mais ne détestait pas marcher au bord des précipices sans garde-fous.

— Lis donc ce journal, dit-elle à son cousin, si tu veux savoir ce qui se prépare à Berlin.

— Ce sont des salades !

— Ne fais pas l'idiot. Maintenant, tu vas m'écouter.

Lucile avait déployé le journal comme au temps où elle faisait la lecture à grand-mère Carbec. Elle lut tout haut : « En déambulant dans les rues de Berlin, en parlant aux uns et aux autres j'ai senti que nous ne comprendrions rien à la grande crise de cette race en raisonnant à la française, écartant l'élément mystique qui travaille les âmes non seulement des anciens militaires mais encore du petit-bourgeois, de la marchande de fruits ou du garçon de café. Ce sont des gens hantés par le désir de redevenir grands, supérieurs, dominateurs... Je viens d'avoir une controverse pénible à propos du raid de Costes et Bellonte. On ne veut pas admettre à Berlin que les Allemands n'aient pas été les premiers à vaincre l'Atlantique dans un vol vers l'ouest... La soif du prestige, voilà ce que l'on sent, dès que l'on a pris contact avec l'Allemagne en période électorale. Chez les hitlériens elle a atteint le paroxysme de la folie, se traduisant par des cris inarticulés et un besoin désordonné de s'agiter, de détruire, de se venger, de punir. Cette soif de prestige est le coefficient qui réglera le scrutin de dimanche [1]. »

Hervé avait écouté la lecture de l'article, sans manifester le moindre intérêt.

— Que penses-tu de cette analyse ? demanda Lucile.

1. H. de Korab, envoyé spécial du *Matin* (13 septembre 1930).

— Je pense surtout qu'on ne peut pas en vouloir à un peuple vaincu hier de vouloir redevenir grand.

— Mon petit Hervé, dit-elle, en pliant le journal, je préfère t'entendre lorsque tu joues du piano.

— Je ne t'attendais pas si tôt. Tu repars donc pour Paris.

— Non je reste à la Couesnière jusqu'à la fin du mois, mais j'arrive de la gare où j'ai raccompagné Hervé, et j'en profite pour venir vous embrasser.

La veuve Carbec se lamentait de l'indifférence de ses enfants et supportait peu leurs témoignages d'affection. Surprise de voir arriver Lucile, elle l'avait accueillie avec une voix acidulée dont le ton décourageait la confiance. Lucile n'y prit pas garde et demanda :

— Voulez-vous que je vous prépare une tasse de thé ? Nous pourrions le prendre ensemble.

— Je l'ai déjà pris, mais je ne t'empêche pas d'aller à la cuisine. Je ne suis pas chez moi, tu es chez ton frère.

— Maman...

— Va donc préparer ton thé, ma fille.

— Je n'en ai plus envie. Vous permettez que je monte dans ma chambre ? Je voudrais apporter quelques objets à la Couesnière.

— C'est donc pour cela que tu es venue ? lança la veuve.

Lucile haussa un peu les épaules et prit l'escalier. Sa mère ne s'était pas tout à fait trompée. Tout à l'heure, en sortant de la gare, l'envie lui était brusquement venue d'aller passer quelques instants dans sa chambre de jeune fille, perchée sous les toits de la grande maison, qu'elle avait prêtée à sa sœur Annick pour sa nuit de noces et où elle-même avait fait l'amour avec Louis de Kerelen le jour de la finale de la Coupe Davis. Comment avait-elle seulement osé faire entrer son amant dans la vieille demeure des corsaires ? Après tout, la maison appartient aujourd'hui à mon frère, il n'y a point d'offense ! Dans la pièce carrée aux murs lambrissés de couleur gris Trianon, tout était en ordre. L'autre jour, après leur tempête, Louis l'avait aidée à refaire le lit. Elle ouvrit la fenêtre, regarda longtemps le ciel, la mer, les grands oiseaux, les barques de pêche rentrant avec la marée, les Bés, Cézembre, la Conchée, le Fort National, toutes les images que chaque Malouin porte en lui, emmène parfois avec lui au bout du monde et toujours au bout de la vie. La fenêtre refermée, elle s'allongea sur son lit de jeune fille et ferma les yeux pour mieux voir d'autres images...

Le coucher du soleil ramena Lucile à la Couesnière. Au moment de s'engager dans la grande allée bordée de chênes, elle arrêta pendant quelques instants son auto, coupa le contact et demeura immobile à regarder les rayons du couchant incendier les hautes fenêtres de la malouinière dont le granite s'enveloppait d'une mousseline d'or qui soulignait la noblesse de sa façade et en faisait ce soir un manoir au bois dormant. Comme tous les Carbec, elle avait été toujours très attachée à cette maison. Aux souvenirs de son enfance, de ses jeux, de ses premières découvertes de la nature, ruisseaux, bourgeons, insectes, anémones sauvages, sentiers, broussailles, barque sur l'étang et les sauts de la vieille Clacla, se superposait aujourd'hui la conscience que tout cela lui appartenait, qu'elle était à la fois maîtresse et responsable des pierres, des arbres, de l'eau, de la ferme, mais aussi du passé et de l'avenir de la Couesnière, légende à entretenir autant que les toits, tableaux des ancêtres à faire restaurer, albums de photographies, mariages et berceaux de demain, et ces rendez-vous à la malouinière dont elle était désormais la seule ordonnatrice comme l'avait été la grand'mère Carbec. Cette conscience d'être devenue du jour au lendemain la propriétaire unique de la Couesnière la rassemblait enfin sur elle-même. Hier, même sous la férule de la grand'mère, tout le monde considérait la malouinière comme un bien indivis dont chaque Carbec aurait été copropriétaire. Aujourd'hui personne ne se serait avisé de contester à Lucile une parcelle de son autorité, que ce soit Jean-Pierre ou Annick, l'oncle Guillaume qui lui avait toujours cédé ou sa tante Olga dont la tendresse envahissante s'était peut-être apaisée avec les années, ni Roger qui se sentait à l'étroit dans ces terres de petit hobereau, et à plus forte raison Hervé qui ne s'était jamais soucié que de lui-même. Celui-là, que lui arrivait-il ? Pourquoi cette colère subite, cette violence surgie on ne sait d'où ?... Je ne suis pas fâchée qu'il soit parti tout à l'heure, et même qu'ils soient tous repartis. Ce soir, je vais me retrouver seule à la Couesnière. Il y a longtemps que cela ne m'était pas arrivé. Une maison, pour bien l'aimer, il faut y avoir dormi seul, entendu craquer ses os pendant la nuit, ouvert ses volets sur le petit matin.

Lucile s'était attardée plus longtemps qu'elle ne l'avait cru devant la grande allée bordée de chênes au bout de laquelle la façade de la malouinière se parait maintenant de lueurs grises et roses. Elle remit son auto en marche.

— Mademoiselle Lucile, on vous a téléphoné deux fois de Nantes.

— Qui ?

— M. de Kerelen, dame !

Pour la Germaine, c'était affirmer une évidence : un coup de téléphone venu de Nantes et adressé à Mlle Lucile ne pouvait venir que de M. de Kerelen, un bel homme, ah ! si vous l'aviez vu au temps où les officiers savaient s'habiller... Elle n'avait jamais compris pourquoi ces deux-là ne s'étaient pas mariés, et elle s'attendrissait encore à les voir se promener côte à côte, tels deux fiancés, lorsque les rendez-vous de la malouinière les réunissaient. Lucile sentit son cœur battre plus vite et s'efforça de prendre un air détaché pour demander bêtement :

— C'est urgent ?

— Dame ! Il n'aurait point téléphoné deux fois. Je n'ai pas de conseils à vous donner mademoiselle Lucile, mais il faut le rappeler, pour ça c'est sûr !

Lucile appréciait le franc-parler de la Germaine qu'elle avait vue arriver à la Couesnière le jour de ses noces avec Nicolas Lehidec, quand elle était elle-même une toute petite fille qu'on faisait monter sur le dos de Pompon le vieux cheval qui allait, au moment des vacances, chercher les Parisiens à la gare de Saint-Malo. Beaucoup plus tard, sauf qu'elle n'avait jamais rien révélé de l'affaire survenue entre Nicolas et Roger, et encore moins des culbutes que lui faisait subir not'maître, Germaine avait souvent raconté à Lucile certains détails de sa vie quotidienne et de sa santé intime, ou celle de ses enfants, et sollicité des conseils qu'une femme de la campagne n'aurait jamais osé demander à un autre homme, fût-il son mari ou même à un médecin comme Guillaume. De ces confidences, une sorte de complicité s'était nouée entre elles. Pour ne pas paraître inquiète, Lucile questionna :

— Ton nouveau mari ? Ça va comme tu veux ?

— M. Roger lui a donné de bons conseils.

— Je ne te demande pas ça ! Je te demande si ça va comme tu veux ? Quel âge as-tu maintenant ?

— Cinquante et un ans, dame !

— Alors ça marche encore bien ?

— Dame oui, si c'est ça que vous voulez dire !

— Et ton mari ?

Poussée dans ses derniers retranchements, la Germaine avait lâché en riant :

— C'est un retraité de la Marine, mais pour ce que vous pensez, mademoiselle Lucile, pour sûr que ça n'est point un retraité ! Allez donc vite téléphoner !

À son tour, Lucile Carbec appela deux fois Nantes. Personne ne répondait. Il s'était passé quelque chose de grave, elle en était sûre, Louis n'était pas un homme à téléphoner deux fois de suite à une femme parce qu'il avait envie de l'entendre ! Pourquoi n'avait-elle pas répondu « oui » quand il lui avait demandé de l'épouser au lieu de le renvoyer à trois mois, autant dire aux calendes ? Elle avait joué avec le feu. Comme le pauvre Roger dont elle connaissait la désillusion, elle allait sûrement apprendre un jour prochain, en lisant *L'Ouest-Éclair*, les fiançailles de Kerelen avec... Avec qui ? Sans doute une demi-vierge du quai de la Fosse née dans les sardines à l'huile, les conserves de petits pois, les biscuits secs ou la construction navale et soudain impatiente d'être appelée madame la comtesse par les bonnes ? La nuit était tombée. Lucile Carbec dit à la fille demeurée à la Couesnière pour assurer son service qu'elle ne dînerait pas ce soir, et s'installa devant le poste de T.S.F. en croquant une pomme pour entendre les nouvelles. Au moment où elle était parvenue à capter la Tour Eiffel, le téléphone sonna. Elle bondit, s'arrêta bientôt, je me conduis comme une imbécile, il faut que je le laisse sonner plusieurs fois, non ce serait trop bête s'il raccrochait. Elle parvint enfin devant l'appareil fixé sur un pan de mur du vestibule.

— Allô, Lucile ?

— Oui, répondit-elle d'une voix un peu essoufflée.

Louis expliquait maintenant pourquoi il avait téléphoné deux fois dans l'après-midi : sa lettre de démission était partie, il s'installait à Nantes et avait l'intention d'examiner sérieusement les bilans de l'affaire familiale.

— Mais mon pauvre Louis, vous n'avez jamais su compter !

— Justement ! Je compte bien sur vous. Ma démission de l'armée n'est que le premier temps d'une opération dont mon mariage est le deuxième temps. Nous sommes bien d'accord ?

— Nous avions dit « trois mois ».

— C'était idiot. J'ai besoin de toi.

— Moi aussi.

— Où veux-tu que nous nous rencontrions ?

— Chez moi.

— Chez toi ? tu veux donc que je vienne à Paris ?

— Mais non ! Ici, à la Couesnière.

— Mais...

— Je suis seule et la malouinière est à moi. Je vous attendrai demain après-midi.

Lucile s'arrêta quelques secondes devant le miroir accroché près du téléphone, secoua légèrement la tête, sourit à ses cheveux roux et revint vers le salon où la T.S.F. annonçait que dans différentes villes allemandes des bagarres sanglantes avaient opposé les sections d'assaut des nationaux-socialistes à celles des communistes. Le speaker estimait que le parti de M. Adolf Hitler pourrait bien compter ce soir une cinquantaine de sièges au Reichstag.

Sans doute, ces nouvelles la tourmentaient un peu parce que son frère, le chef de bataillon Carbec, ne cachait à personne son inquiétude de voir un jour prochain les « croix gammées » s'emparer du pouvoir comme elles étaient déjà maîtresses de la rue, mais, comme le disait l'oncle Guillaume, c'était peut-être là une position classique de militaire obsédé par la garde au Rhin. Et que pourraient bien faire 50 députés nazis dans un parlement qui compterait 577 membres ? Lucile poserait la question à Louis de Kerelen : ses fonctions à l'ambassade de France à Rome avaient dû le placer au centre des informations. Quand j'allais là-bas passer quelques jours avec lui, il ne me parlait jamais de ses occupations sauf pour me quitter brusquement parce qu'un coup d'œil jeté sur un petit agenda en croco, mon dernier cadeau de Noël, lui rappelait tout à coup qu'il devait se rendre obligatoirement à deux cocktails. « Je n'y apprends rien, disait-il en riant, mais c'est le jeu d'aller glaner dans les salons des renseignements lus la veille dans les journaux, et j'adore le campari ! Nous avons tous les deux autre chose à faire et à dire. » Demain aussi, nous aurons autre chose à dire et à faire. Je ne peux pas prendre une décision seule avant que nous ayons pris l'habitude de vivre ensemble. Il faut que Louis s'installe ici, à la malouinière, jusqu'à la fin du mois. Tout à l'heure, au téléphone, j'ai remarqué qu'il a dit « mon mariage ». Pourquoi n'a-t-il pas dit « notre mariage » ?

Assise dans une bergère brodée au point de Hongrie, Lucile regardait sans bien les voir les deux portraits du capitaine Louis de Kerelen et de Marie-Thérèse Carbec, peints, disait la tradition familiale, au moment de leurs fiançailles. Avaient-ils été longtemps amoureux l'un de l'autre ou vite infidèles, solides ou frivoles, gais ou mélancoliques, sceptiques ou dévots, chastes ou débauchés ? Et combien de dés avaient dû rouler pour aboutir à la combinaison qui allait replacer demain face à face, sous le toit de la même malouinière, un Kerelen et une Carbec ? Lucile pensa que leur aventure se situait au-delà du réel. À peine assoupie, elle vit alors le capitaine Louis de Kerelen prendre sa fiancée par la main pour la conduire en dehors de la toile où ils étaient fixés depuis deux siècles. Ils descendirent dans le salon, firent quelques pas, passèrent à travers les petits carreaux des hautes fenêtres et s'engagèrent sur la pelouse où ils disparurent dans la brume légère de cette nuit de septembre. Dans un demi-sommeil, Lucile entendit alors le speaker de la radio dire sur un ton déclamatoire : « C'est un véritable raz de marée. Le parti national-socialiste qui ne comptait que 12 sièges au Reichstag en 1928 en occupera maintenant 107. Il n'est pas exagéré de dire qu'aux yeux de nombreux financiers et militaires, Adolf Hitler apparaît ce soir comme l'homme providentiel susceptible par sa mystique et son organisation de préserver l'Allemagne d'une menace communiste qui se précise elle-même avec 77 sièges de députés.» Tout à fait réveillée, la maîtresse de la malouinière constata que le capitaine et sa fiancée avaient regagné leur place, comme si leur évasion eût été manquée. L'un comme l'autre, chacun redevenait prisonnier de son cadre. Quelques instants plus tard une panne d'électricité coupa net la voix du speaker et engloutit le salon dans l'ombre. Lucile Carbec interpréta son rêve et cette rupture de courant comme de mauvais présages qu'il convenait de conjurer. Bonne Malouine, elle fît trois signes de croix, rapides.

Une ou deux fois par semaine, Guillaume Carbec passait une bonne partie de l'après-midi à la bibliothèque de l'Institut. Il aimait cette salle de travail de nobles proportions, éclairée d'un jour tamisé, meublée de tables et de fauteuils confortables où l'on pouvait rêvasser sous la protection de toute la sagesse du monde alignée sur des rayons de chêne bien cirés. La première fois, quelques semaines après son élection, il y était entré à pas comptés, comme dans un sanctuaire. À part les membres de l'Académie des sciences auxquels il avait rendu visite, Guillaume n'y connaissait à peu près personne et quand même il eût entretenu quelques relations avec tels personnages qui se trouvaient ce jour-là quai Conti, il se fût bien gardé, n'ayant pas encore subi l'épreuve de l'intronisation officielle, de déranger leur méditation ou leur sommeil. Maintenant, trois ans après sa réception, il pouvait mettre un nom sur de nombreuses têtes, certaines illustres, d'autres plus obscures, celles-ci souvent plus pleines que celles-là, donner ou recevoir du cher confrère, et toucher cordialement la main de l'huissier de service, M. Bayle dont l'accent fleurait bon le marc de Bourgogne. Comme il l'avait espéré, Guillaume Carbec rencontrait à l'Institut des physiciens, des historiens, des archéologues, des philosophes et des mathématiciens aussi bien que des peintres, sculpteurs, graveurs et musiciens. Souhaitant connaître leur réflexion sur les grands courants de la pensée qui, depuis Einstein et Freud, sapaient les théories traditionnelles de la connaissance, remettaient en cause quelques certitudes scientifiques et écornaient la confiance dans la raison classique comme dans l'expérience, Guillaume Carbec ne se privait pas d'interroger les uns et les autres : ne pouvait-on imaginer, à partir de ces courants, des mutation profondes qui marqueraient la seconde moitié du XXe siècle aussi bien dans le domaine économique et social que dans celui de l'esthétique ? Parvenus à un moment de la vie où le confort intellectuel recommande de ne plus rien remettre en question, les plus nombreux se contentaient de hocher la tête avec componction et redoutaient le pire, quelques-uns, plus rares, avaient conservé l'imagination et l'enthousiasme de leur jeunesse, tous, au bout de dix minutes, faisaient de Guillaume le confident de soucis plus immédiats : « Monsieur le professeur et cher confrère, figurez-vous qu'il m'arrive de me lever plusieurs fois la nuit. Ma femme m'a suggéré... Ne pensez-vous pas que... » Un peu déçu mais demeuré humain malgré les honneurs, M. Carbec donnait un conseil, disait parfois qu'il faudrait examiner cela sérieusement et, devant le regard subitement angoissé du savant dont les travaux faisaient autorité à New York et à Vienne mais qui n'avait pas les moyens de payer la consultation d'un grand médecin, il concluait : « Venez donc, cher ami, déjeuner un de ces jours à la maison, nous verrons cela de plus près. Bien entendu, avec votre épouse, ma femme sera ravie de vous voir tous les deux. » Olga se contentait de soupirer : « Tout l'Institut de France va y passer ! » Mais elle se comportait toujours avec la gentillesse et la simplicité dont elle avait décoré les dîners du boulevard de Courcelles au temps que son mari entreprenait ses visites académiques, il y aurait bientôt quatre ans de cela. Une longue pratique de la société parisienne et son charme personnel n'avaient pas été étrangers à l'élection de Guillaume dès le premier tour. Il lui en était aussi secrètement reconnaissant qu'elle affichait elle-même sa fierté d'être devenue l'épouse d'un immortel. Oui, je dis bien « immortel » ! répondait-elle avec humeur à Béatrice Lecoz-Mainarde qui prétendait réserver cette qualité aux seuls membres de l'Académie française. Et elle ajoutait : « Je ne vois pas pourquoi René Doumic, Célestin Jonnart, Porto-Riche ou Georges Lecomte seraient plus immortels que Guillaume ! »

Le professeur Carbec venait d'entrer dans sa soixante-huitième année. Jugeant sa main moins sûre, il avait décidé de ne plus entreprendre d'interventions chirurgicales. Mais il demeurait titulaire de sa chaire d'enseignement et présidait toujours le concours d'agrégation d'urologie. Ainsi, il gardait un contact permanent avec les générations montantes, ne se contentait pas des applaudissements qui soulignent une conférence inaugurale, demandait parfois à tel jeune chirurgien la permission de venir le voir pratiquer de nouvelles techniques opératoires et ne manquait jamais de venir passer quelques instants au bal de l'Internat. Il rédigeait aussi de nombreuses communications, écrivait des articles pour des revues étrangères, répondait à des enquêtes. En ce moment, il réunissait la documentation nécessaire au discours qu'il prononcerait lors de la prochaine inauguration d'une statue que Saint-Malo se proposait d'élever à l'un de ses célèbres enfants : Jules Offroy de La Mettrie qui avait été médecin comme lui et président de l'Académie des sciences fondée par Frédéric II à Berlin.

— Bonjour monsieur Bayle.

— Bonjour monsieur Carbec.

— On dirait qu'il n'y a personne aujourd'hui ?

— Nous ne verrons pas grand monde cet après-midi !

— Pourquoi donc ?

— À cause des manifestations.

— Bah ! Il y en a tous les jours.

— Je crois bien qu'aujourd'hui il se prépare quelque chose de plus grave, dit M. Bayle en prenant un air mystérieux.

C'était le 6 février 1934. Depuis trois semaines, des cortèges d'hommes bien encadrés parcouraient les grands boulevards et le quartier Latin aux cris de « À bas les voleurs ! » Organisées le plus souvent par l'Action française pour protester contre un scandale financier venant après quelques autres où se trouvaient être compromis certains politiciens, ces manifestations avaient entraîné la démission du gouvernement et la formation d'un nouveau ministère confié à un homme, Édouard Daladier, dont la réputation d'intégrité, de courage et d'énergie n'avait pas suffi pour autant à calmer l'agitation de la rue. Celle-ci était entretenue par les « Camelots du roi » auxquels se joignaient maintenant des groupements appelés communément « ligues » et unis les uns aux autres, disaient-ils, par un même sentiment de colère contre la corruption et l'incapacité parlementaire : l'affaire Oustric, l'affaire de Mme Hanau, maintenant l'affaire Stavisky, et cinq gouvernements renversés en deux ans aboutissaient à la formation de groupes de factieux entraînés aux bagarres de rue. De jour en jour, le ton montait, des collisions se produisaient entre les manifestants et les gardiens de l'ordre.

— Hier soir, en rentrant chez moi, dit M. Bayle, j'ai assisté à des bagarres très violentes.

— Des Camelots du roi ?

— Oui et non. Ce soir tout le monde sera place de la Concorde, l'Action française, les Jeunesses Patriotes, les Croix de Feu, les Francistes, les Anciens Combattants. Il y aura même des communistes ! Croyez-moi, monsieur Carbec, vous feriez bien de rentrer chez vous.

— Et vous, monsieur Bayle ?

— Moi, j'irai tout à l'heure rejoindre les Anciens Combattants.

— Diable ! Et pour quoi faire ?

— Pour être avec les honnêtes gens.

— Mais... pas contre la République, j'espère !

— Ça, jamais ! dit M. Bayle.

— Très bien. Apportez-moi donc le dossier La Mettrie, ma femme doit venir me chercher à quatre heures et demie.

Quelques membres de l'Institut, une demi-douzaine peut-être, étaient venus s'installer dans la grande salle de lecture, deux pour y travailler, les autres parce qu'il y faisait plus chaud que chez eux pour faire la sieste, tous insoucieux des désordres de la rue. Un spécialiste de l'Afrique romaine, élu aux Inscriptions et Belles-Lettres, s'assit à côté de Guillaune et entreprit de lui démontrer que Constantine n'était pas l'ancienne Cirta décrite par Salluste dans la *Guerre de Jugurtha*: « Comprenez-moi bien, mon cher confrère, Constantine comme vous le savez est bâtie sur une sorte de falaise au pied de laquelle coule le Rummel, le site est exceptionnel, or Salluste n'en parle jamais, donc il faut chercher Cirta ailleurs, tous les travaux qui faisaient hier autorité sont à refaire. C'est une bombe que je tiens dans la main, n'est-ce pas ? Eh bien, je la lance... ! » Le vieil historien se frottait les mains, l'œil pétillant de joie à la pensée que sa découverte allait contraindre plusieurs de ses confrères à refaire leur copie. À sa courtoisie naturelle, Guillaume Carbec face à un interlocuteur ajoutait toujours l'attention professionnelle du bon médecin qui n'interrompt jamais le discours, précis ou diffus, de son patient. Il écouta donc son voisin avec un intérêt plus profond que feint dont il fut soudain tiré par M. Bayle :

— Vous voudrez bien m'excuser, mais il y a là, dans le couloir, Mme Carbec qui vient vous chercher.

— Quelle heure est-il donc ?

— Trois heures et demie, Mme Carbec dit que c'est urgent.

Comme elle faisait quelques courses dans Paris, Olga Carbec avait vu passer rue Royale une longue file de camions militaires bourrés de gardes mobiles qui avaient bientôt bouclé le quartier de l'Élysée et, quelques instants plus tard, des pelotons de gardes républicains à cheval, casqués, la carabine passée en bandoulière sur la longue capote noire. Place de la Concorde, des petits groupes d'hommes, les uns coiffés d'un feutre mou, les autres d'un béret basque, parfois d'une casquette, prenaient position sur des emplacements que leur désignaient des petits chefs dont personne ne discutait les ordres. Les autobus, les taxis, les camions, encore quelques fiacres, circulaient sans embarras, mais une foule de plus en plus dense, comme à l'heure de la sortie des bureaux, sortait maintenant des bouches du métro et se rassemblait dans le jardin des Tuileries. Il faisait froid. Quelques magasins baissaient un rideau de fer sur leur devanture. Un autre escadron de gardes républicains, débouchant de la rue de

Rivoli, traversa la place de la Concorde vers la Chambre des députés. Olga Carbec craignit alors de ne pas pouvoir passer tout à l'heure sur la rive gauche et décida d'aller tout de suite chercher son mari.

— Couvre-toi bien, n'oublie pas ton écharpe, il fait un froid noir !

Guillaume s'installa en rechignant à côté de sa femme dans la petite auto qu'elle avait l'habitude de conduire à travers Paris. Le plus simple, c'était de prendre par les quais, le pont et la place de la Concorde, la rue Royale, et remonter le boulevard Malesherbes jusqu'au parc Monceau. Brusquement, dès le quai Voltaire, la circulation se ralentit. On avançait de dix mètres, on s'arrêtait cinq minutes dans une cacophonie de klaxons hurleurs pour repartir droit devant soi, à la queue leu leu, car toutes les rues perpendiculaires à la Seine étaient déjà bloquées par des gendarmes. À la hauteur de la gare d'Orsay, des gardes mobiles serrés les uns contre les autres et l'arme au pied, hoplites aux épaules énormes, barraient la voie sur toute sa largeur obligeant tout le monde à se diriger vers la gauche.

— C'est inadmissible ! dit Olga. Laisse-moi faire.

Avant que Guillaume ait pu protester, elle avait déjà dirigé sa voiture vers les longues capotes noires, freiné, baissé la vitre d'une portière :

— Mon mari est membre de l'Institut, il est souffrant et je le ramène chez lui, boulevard de Courcelles. Guillaume, montre-lui donc ton coupe-file.

Guillaume avait alors sorti de son portefeuille un carton de la Préfecture de Police barré de tricolore. Hésitant, l'officier finit par répondre :

— Dans d'autres circonstances je vous laisserais passer. Aujourd'hui cela n'est pas possible, les esprits sont trop montés. Tout le monde s'engouffrerait derrière vous, ou vous risqueriez d'être pris pour des privilégiés, ceux contre lesquels on crie « À bas les voleurs ! » Faites comme les autres. Nous avons reçu des ordres très stricts. Tournez à gauche et allez le plus loin possible avant de vous rabattre sur la Seine, vers le pont d'Auteuil par exemple, là où vous retrouverez peut-être une circulation normale.

Olga avait dû repartir, mais dix minutes plus tard il avait fallu encore s'arrêter. Cette fois, ça n'était pas devant un barrage de police mais face au cortège d'un millier d'hommes marchant au pas, entourés d'une foule de badauds qui les suivaient : tous se dirigeaient vers le Palais-Bourbon. Après de longs détours, tantôt pour leur permettre de tourner deux ou trois embouteillages, tantôt pour être jetés au milieu d'enchevêtrements dont ils avaient cru ne pouvoir jamais sortir, M. et Mme Carbec avaient fini par arriver boulevard de Courcelles vers six heures et demie. La nuit était tombée depuis longtemps, une de ces nuits d'hiver qui ont l'odeur du froid et allument des halos autour des réverbères dans les rues de Paris.

Ils s'installèrent dans le petit salon, devant leur poste de T.S.F. dont la laideur originelle, jugée peu supportable par Olga, avait été aggravée par un ébéniste qui depuis l'Exposition des Arts-Déco signait ses meubles comme s'il se fût appelé Riesener ou Jacob. Guillaume tourna un bouton et comprit tout de suite ce que M. Bayle lui avait dit tout à l'heure. Aujourd'hui, il ne s'agissait plus d'une manifestation de rue mais d'une émeute. Bouleversée, la voix du speaker donnait aux événements leurs dimensions dramatiques. « Une foule immense remplit la place de la Concorde, peut-être plus de vingt mille personnes, et des milliers d'autres occupent les Tuileries, les Champs-Élysées et les rues de la rive gauche voisines de la Chambre des députés. Un escadron de gardes républicains défend la rive droite du pont au milieu duquel se tient le préfet de police entouré de commissaires divisionnaires... Ici Radio-Paris. Tout à l'heure, les gardes ont dû lancer leurs chevaux dans la foule qui tentait de forcer leur barrage pour s'élancer sur le Palais-Bourbon, mais ils ont dû reculer sous une avalanche de boulons, de tuyaux de fonte et de morceaux de grilles d'égout lancés par les manifestants... De la foule qui hurle des injures et scande de plus belle "À-bas-les-voleurs ! À-bas-les-vo-leurs !", s'élancent maintenant des groupes qui paraissent être des Camelots du roi rompus aux techniques de la rue. Tête baissée, ils lancent des billes d'acier sous les sabots des chevaux, ou bien, armés de gourdins prolongés d'un rasoir ils coupent leurs jarrets. J'ai vu des bêtes rouler à terre, entraînant leurs cavaliers... Au milieu du tumulte et des clameurs, on entend des appels de voitures de pompiers et le timbre affolé des ambulances. On assure que plusieurs centaines de manifestants ou de membres des forces de l'ordre seraient sérieusement blessés et que le restaurant Weber, rue Royale, est transformé en poste de secours... Des flammes géantes s'élèvent maintenant devant le ministère de la Marine. Il s'agirait d'un autobus dont on a négligé de modifier le parcours et auquel le feu a été mis... Une colonne de manifestants coiffés de bérets, on me dit que ce sont les sections de choc de Solidarité française, tente à son tour de faire sauter le barrage du pont de la Concorde. On se bat au corps à corps. Il ne semble pas que les gardes mobiles puissent résister longtemps à de tels assauts... Attention, attention ! Surtout ne quittez pas l'écoute. Nous entendons une sonnerie de clairon... Tout le monde a compris qu'il s'agit des sommations réglementaires avant l'usage des armes.

Si la troupe tire dans la foule ce sera un carnage ! Si elle ne tire pas, les manifestants risquent fort de prendre d'assaut la Chambre des députés... Le clairon fait une troisième sommation... J'entends des coups de feu... Ils ont tiré, ils ont tiré ! De nombreux corps, des blessés, peut-être des morts, sont étendus sur le sol. La foule semble se replier. On entend des cris de douleur et d'effroi... Nous apprenons à l'instant que le nouveau gouvernement confié à M. Édouard Daladier vient d'obtenir un vote de confiance avec 146 voix de majorité. M. Eugène Frot, ministre de l'Intérieur, a pu quitter le Palais-Bourbon pour regagner la place Beauveau d'où il donne les ordres qu'exige la situation. Aucun mouvement séditieux n'est signalé en province... Ici, le Poste Parisien. Un de nos reporters qui a pu s'installer devant une fenêtre de l'Automobile Club nous téléphone qu'une forte colonne des Jeunesses Patriotes, 3 000 environ, débouche des Tuileries ayant à sa tête de nombreux conseillers municipaux de Paris... Un moment désemparée, la foule est repartie à l'assaut... Deux autres autobus sont incendiés. Le barrage des gardes mobiles tient toujours... Ici, Radio Tour Eiffel. Dominant le vacarme, on entend une immense clameur du côté des Champs-Élysées. Précédés de centaines de drapeaux et chantant *La Marseillaise*, ce sont les anciens combattants, il y en a plus de 10 000, ceux de l'UNC [1] et ceux de l'ARAC [1] qui ont retrouvé ce soir la fraternité des tranchées. Ils sont acclamés. Vont-ils, eux aussi, tenter de défoncer le barrage ? Non, ils tournent le dos à la Chambre des députés et s'engagent dans la rue Royale où ils défilent pacifiquement. On se découvre sur leur passage... Tout à coup des clameurs de colère s'élèvent de leurs rangs. Parvenus à la hauteur du faubourg Saint-Honoré, les anciens combattants ont voulu tourner à gauche comme s'ils tentaient de se diriger vers l'Élysée, mais ils se sont heurtés à un service d'ordre impitoyable. Des mutilés sont frappés au visage, des drapeaux vacillent dans la nuit, des casques roulent à terre... Refoulés très durement vers l'avenue de l'Opéra, une contre-offensive les a ramenés place de la Concorde. Maintenant ce sont eux qui mènent les bagarres les plus violentes et se trouvent placés au cœur de l'émeute... Tout à l'heure, les forces de l'ordre protégeant le pont de la Concorde avaient failli être emportées, il semble que des renforts de gendarmes soient arrivés sur place... Ici, Radio Cité. Surgie de différents points de la place, de nouvelles colonnes se ruent sur les gardes avec une violence d'émeutiers bien décidés à en finir... On a encore tiré ! On a tiré ! Qui a tiré ? Des manifestants s'écroulent

1. UNC : Union Nationale des Combattants. ARAC : Association Républicaine des Anciens Combattants.

ensanglantés. Si on tire maintenant des deux côtés, le feu des gardes et des gendarmes balaye la place de la Concorde... Des renforts de police considérables arrivent enfin de partout. Le nombre des manifestants diminue de quart d'heure en quart d'heure... On peut déjà affirmer que le nombre des blessés de cette soirée d'émeute dépassera 2000, les uns par balles, les autres par coups de crosses, matraques, boulons, morceaux de fonte ou autres projectiles. Il y aurait 15 ou 16 morts... Le ministre de l'Intérieur communique qu'il est maître de la situation. »

Il était bientôt minuit. Vers dix heures, Solène avait servi à ses patrons du poulet froid, sur une table roulante, et s'était assise à côté d'eux pour écouter les nouvelles. Mme Carbec, qui ne professait guère plus d'opinion politique que les autres Françaises de sa génération, s'était tout de suite rangée du côté de ceux qui criaient « À bas les voleurs » mais avait été soulagée d'entendre le communiqué du ministre de l'Intérieur.

— Maintenant nous allons pouvoir dormir en paix !

Guillaume en était incapable :

— Va te coucher, je te rejoindrai bientôt, j'ai besoin d'être un peu seul.

Il entra, les épaules voûtées, dans son cabinet, s'assit devant sa table de travail et regarda droit devant lui, les yeux fixes, sans rien voir d'autre que des images d'émeute dans la nuit nées des informations radiophoniques entendues par des millions d'auditeurs au moment même que l'événement se produisait. Jamais il n'avait encore perçu d'une façon aussi aiguë l'instantanéité de l'information et mesuré ses conséquences politiques. Ce soir, il fallait réfléchir à l'immédiat, essayer d'y voir clair. Même sans renseignements précis, il devait être possible de comprendre comment on avait pu en arriver là : plus de 2000 blessés et 15 morts sur le pavé de Paris ! D'abord, s'agit-il d'une émeute, d'une insurrection, des premières heures d'une révolution ? Un complot a-t-il été fomenté contre la République ? Quarante mille personnes, c'est le chiffre avancé par l'Intérieur, ne se trouvent pas rassemblées autour du Palais-Bourbon, le jour où un nouveau gouvernement se présente devant le Parlement, sans y avoir été convoquées. Il est certain que leurs chefs se sont concertés, même s'ils ne s'entendent pas entre eux et se font plutôt concurrence. Comment expliquer que les Croix de Feu, qui sont le plus grand nombre, soient demeurés ce soir en dehors des points chauds de l'émeute ? S'ils avaient pris à revers le pont de la Concorde, le barrage des gardes mobiles aurait été emporté. Quel rôle a donc joué ce soir le colonel de La Rocque ? Faut-il croire à un coup de main fasciste ? Aucun de ces mouvements de droite n'a de bases populaires assez solides pour prétendre installer le fascisme en France, et si par hasard l'un d'eux réussissait son mauvais coup, il est probable qu'il s'empresserait de liquider l'Action française, antifasciste par définition... Dormir tranquille ? J'ai peur, ma pauvre Olga, que la France ne puisse dormir tranquille d'ici longtemps.

À ce moment de sa réflexion Guillaume Carbec regarda, posée sur son bureau, la photographie de son fils Léon, en uniforme de sous-lieutenant de chasseurs à pied, un beau garçon de vingt-deux ans parti faire la guerre le sourire aux dents. S'il n'avait pas été massacré au Chemin des Dames aurait-il fait partie ce soir de ceux qui défilaient derrière les drapeaux de l'UNC, ou pourquoi pas de l'ARAC ? Tous ces gens qui se trouvaient ce soir place de la Concorde n'étaient-ils pas autant désemparés que révoltés parce qu'après s'être saoulés d'illusions pendant ces dernières années, ils avaient vu brusquement s'évanouir trop de rêves nés d'une victoire payée trop cher ? Que s'était-il donc passé ? Pendant dix années dont on disait aujourd'hui qu'elles avaient été folles la France avait pourtant ébloui le monde avec sa fureur de vivre, ses spectacles, ses jupes courtes, ses Montparnos, ses huit Prix Nobel, ses cinq maréchaux, ses écrivains, savants, musiciens, peintres, sportifs, André Gide ou Ravel, Marcel Proust ou Louis de Broglie, Cocteau ou Lifar, Georges Carpentier ou Borotra, et les princes de la décennie : Radiguet, Darius Milhaud, Montherlant, Maurois, Morand, Mauriac, Giraudoux, les Pitoëff, Coco Chanel... Jamais l'argent n'avait paru aussi facile à dépenser. On s'était entassés au Bœuf sur le Toit ou à la Coupole. André Citroën pouvait flamber à Deauville les revenus de ses automobiles mais les caves de la Banque de France regorgeaient d'or... Que s'était-il donc passé ? se demandait Guillaume. Quelque chose avait soudain bougé dans le ciel, quelque chose comme l'apparition d'ombres d'abord diffuses mais qui gagnaient déjà sur les lumières. Cela a commencé l'année du dernier rendez-vous à la Couesnière. Tous les ans, au mois de décembre, je note sur la dernière page de mon agenda les événements qui m'ont paru les plus importants. Guillaume Carbec ouvrit un tiroir, en retira quelques petits carnets qu'il feuilleta et lut à mi-voix : 1930 : Révolte des tirailleurs annamites en Indochine. Six millions de chômeurs aux États-Unis. Les troupes françaises évacuent la Rhénanie. 117 députés nazis en uniforme entrent au Reichstag — 1931 : Abdication à Madrid du roi Alphonse XIII et proclamation de la République espagnole. Ma réception à l'Académie des sciences. L'Angleterre abandonne l'étalon-or. Troupes japonaises en Chine. Mariage de Jean-Pierre — 1932 : aux USA 8 millions de chômeurs, en Allemagne 6 millions. Le président Doumer est assassiné. 230 députés nazis au Reichstag. Crise économique atteint la France. Mort Aristide Briand qu'on regrettera un jour — 1933 : Hitler chancelier proclame IIIe Reich. Dictature nazie : persécutions antijuives, livres interdits brûlés. Où allons-nous ?

Guillaume Carbec referma les agendas dans le tiroir de son bureau. Ces événements, excepté son entrée à l'Institut et le mariage de son neveu, étaient tous graves et comme chargés d'électricité. L'orage s'était concentré sur l'Allemagne, mais des éclairs avaient çà et là enflammé la chape de plomb qui pesait sur le monde. Ce soir, la foudre était tombée sur Paris. D'autres nuages s'amoncelaient, Guillaume en était sûr. Il avait observé que les ouvrages des nouveaux venus, Bernanos, Céline, Saint-Exupéry, Malraux, Aragon ou Nizan baignaient dans un sentiment tragique de la vie. Lire les jeunes écrivains, n'est-ce pas le meilleur moyen d'ausculter son époque ? Guillaume se rappela qu'un de ses élèves qui préparait le concours de l'agrégation avec lequel il aimait échanger des idées, lui avait déclaré récemment d'une voix placide :

— Voyez-vous, monsieur, je pense que pour comprendre notre époque, il faut admettre que le communisme, le fascisme et le nazisme sont trois aspects différents d'une même rupture avec le monde ancien et la recherche d'un ordre nouveau. Aujourd'hui, il y a deux Europes, la vieille qui est incarnée par les démocraties française et anglaise, la nouvelle qui est celle de Lénine, de Mussolini et d'Hitler où la jeunesse fait corps avec le régime et est prête aux plus grands sacrifices. Malgré tout ce qui peut opposer l'Allemagne, l'Italie et la Russie, elles livrent le même combat contre le libéralisme, la démocratie parlementaire, le capitalisme et l'individualisme. Demain, la France...

À l'enthousiasme qui vibrait au fond de la gorge du jeune médecin, Guillaume Carbec avait compris que son élève n'irait pas chercher à l'ouest de l'Europe ses maîtres à penser. La tristesse alors éprouvée en écoutant ces propos se changeait ce soir en inquiétude.

Demain, la France... La tragédie allait-elle remplacer l'optimisme, l'engagement politique détruire la réflexion, l'angoisse du lendemain bousculer le bonheur d'aujourd'hui ? L'ordre, l'ORDRE en cinq lettres majuscules, voilà ce qui nous menace le plus. Que peut-on opposer à l'ordre ? le désordre ! Dans ces conditions, il valait mieux être démocrate, essayer de dormir encore en paix et attendre que la pagaille finisse par sauver le monde. Le professeur Carbec s'en voulut un peu d'avoir pensé cette boutade un soir de tragédie, mon pauvre Guillaume tu es trop jeune pour ton âge, et il entra dans sa chambre sur la pointe des pieds pour ne pas réveiller Olga.

Aux seize morts de la place de la Concorde, il avait fallu ajouter une dizaine d'autres, tombés quelques jours plus tard place de la République et dans la banlieue parisienne au cours de manifestations communistes très durement réprimées.

— Peu de cadavres furent aussi inutiles et aussi discrets si l'on songe qu'un seul mort promené sur une charrette à travers Paris suffit en 1848 pour transformer une émeute en révolution !

Jean-Pierre Carbec fut un peu choqué non pas tant du propos tenu par Louis de Kerelen que de son ton léger. Il jugea plus amical de ne pas le relever et répondit après un instant de silence :

— Ils auront eu au moins le mérite, les uns comme les autres, de clarifier une situation ambiguë. Désormais, il y a les factieux et les légalistes.

— Nous sommes bien d'accord, à condition toutefois de bien localiser ceux-ci et ceux-là. Êtes-vous sûr que les communistes n'alertent pas le pays sur un prétendu danger fasciste pour mieux masquer leurs plans ? Pour moi, la République est plus menacée par leurs entreprises que par les discours du colonel de La Rocque.

— Vous avez toujours aimé les paradoxes ! Militaire en activité, je dois m'en tenir strictement au devoir de réserve que vous savez. Toutefois je puis vous dire que mon oncle, qui est tout le contraire d'un communiste, n'est-ce pas ? a signé l'Appel du Comité de Vigilance des Intellectuels antifascistes.

— J'aime beaucoup le professeur Carbec, c'est un intellectuel idéaliste...

— Vous n'êtes pas idéaliste, vous ?

— Je l'ai été, comme tous les saint-cyriens.

— Moi, je le suis encore.

— Parce que vous êtes un jeune marié ! Moi, je suis resté un affreux célibataire. À nos âges il faut devenir réaliste.

— Mon cher, méfiez-vous de ce mot. Le réalisme risque de conduire aux pires abandons.

— Au contraire, au contraire ! dit Kerelen avec véhémence, je n'abandonne rien ! C'est d'ailleurs pour cela que j'ai demandé à Lucile de nous rencontrer chez vous ce soir.

Ce soir-là, c'était quelques semaines après le 6 février.

Déçu par l'armée, vite lassé des travaux trop souvent inutiles ou mineurs confiés par un chef de mission attaché à une ambassade, Louis de Kerelen n'avait pas non plus trouvé dans la gestion des Sardines Dupond-Dupuy un intérêt susceptible de le fixer longtemps. La bonne volonté ne lui avait pourtant pas fait défaut, ni le souci de rajeunir les conserves familiales, engager du personnel jeune pour remplacer de vieux commis qui avaient dépassé depuis longtemps l'âge de la retraite, inventer d'autres produits, modifier la forme des emballages et l'aspect des étiquettes, recruter des représentants pour prospecter de nouveaux marchés. Sourires, indifférence, méfiance amicale, conseils de prudence lui avaient été prodigués par tous ceux à qui il avait fait part de ses projets. Déterminé à passer outre, sans même tenir compte des avis de sa mère, pourquoi veux-tu t'acharner, mon fils, à démolir ce qui marche si bien depuis plus de cinquante ans, ce que ton grand-père avait fait, mon père l'a fait sans rien changer, j'ai suivi la tradition et nous nous en sommes bien trouvés, Louis de Kerelen avait établi un plan d'action fignolé comme un bon thème tactique. Puis, lorsque le moment était venu de prendre d'importantes décisions, il s'était aperçu que sa vie passée, celle d'un militaire qui donne des ordres en fonction d'autres ordres reçus, ne l'avait pas préparé à un poste de responsabilité industrielle et commerciale. Naguère, au temps qu'il était cavalier, le lieutenant de Kerelen avait souvent maîtrisé des chevaux difficiles, il s'apercevait aujourd'hui qu'il est plus aisé de retenir un pur-sang que de faire avancer un bœuf qui ne veut pas bouger.

Jouant avec honnêteté la partie décidée, M. Louis, comme l'appelaient les vieux collaborateurs de la maison, traversait ses ateliers tous les matins à 8 heures pile, exagérait un maintien qui ne lui convenait pas, celui du bas-zof inspectant une chambrée au réveil, manque personne mon adjudant, et entrait enfin dans son bureau dont il avait changé tout le mobilier : table, classeurs, cartonniers, fauteuils, lampes. Après un an, à part quelques demi-mesures qui n'avaient modifié ni le style ni les produits de l'entreprise, c'était finalement la seule innovation apportée aux Sardines Dupond-Dupuy. Mme de Kerelen ne s'en plaignait pas, on sait ce qu'on a, on ne sait pas ce qu'on aura, et se réjouissait davantage de voir son fils fréquenter le cercle Louis XVI où il retrouvait d'anciens camarades de collège qui finiraient bien par le marier à une jeune Nantaise selon ses vœux de future grand-mère puisque Louis ne parlait plus d'épouser Mlle Carbec. Cette liaison tenait-elle encore ? Mme de Kerelen le redoutait et l'espérait à la fois, son imagination lui faisant d'abord craindre le pouvoir des sorcières qui savent nouer autour des garçons des chaînes plus difficiles à rompre que les liens d'un mariage religieux, cela ne se voit pas que dans les romans, non ? Mais, si cela était, cette Lucile Carbec protégeait en même temps Louis de nombreuses aventures nantaises qui, multipliées, ne manqueraient pas un jour ou l'autre de provoquer quelque scandale dont les éclaboussures finiraient par éloigner des conserves Dupond-Dupuy toute une clientèle de pensionnats religieux, de couvents et d'honnêtes consommateurs.

Les nouveaux devoirs de Louis de Kerelen ne l'avaient jamais empêché de se rendre régulièrement à Paris où les deux amants se retrouvaient quand ils en avaient envie, à la suite d'une expérience de vivre ensemble tentée pendant quinze jours à la Couesnière comme on fait retraite avant de s'engager sur une voie sans retour. Cela s'était passé peu de temps après le dernier rendez-vous des Carbec, lorsque Kerelen avait pris trois décisions jugées irrévocables : envoyer sa lettre de démission au ministre, assumer la direction de l'entreprise familiale et, dans la foulée, épouser Lucile Carbec. C'était vers la fin du mois de septembre, un automne précoce et doux dorait déjà les arbres, tachait de roux les fougères, dépliait des écharpes de brume sur l'étang, ébouriffait les premiers chrysanthèmes. On entendait mieux les bruits de la ferme, parfois le cri d'un oiseau noir précédant un battement d'ailes, un bond dans les fourrés, minuscules enchantements que la maîtresse de la malouinière essayait de faire partager à son amant peu sensible à ces sortes de sortilèges. Ils se levaient tard, faisaient de longues promenades tantôt dans les bois de la malouinière, tantôt dans les environs où on les voyait passer bras dessus bras dessous, ces deux-là, il se pourrait bien qu'il y ait bientôt du nouveau à la Couesnière, c'est moi qui vous le dis. À l'heure d'allumer les lampes, ils aimaient s'installer dans le grand salon, prendre un livre, tourner un disque, s'imaginer que les portraits du capitaine au Royal Dragons et de Marie-Thérèse Carbec les regardaient avec attendrissement. Germaine servait leur dîner avec des airs entendus. Bientôt couchés, ils retrouvaient aussitôt les cadences amoureuses nées le premier soir de leur rencontre et demeurées aussi sûres que l'accord de leurs pas tout à l'heure dans la grande allée bordée de chênes. Au bout d'une semaine, ils s'étaient trouvés si satisfaits l'un de l'autre qu'ils avaient décidé de consacrer leur deuxième semaine de retraite à faire des projets d'avenir immédiat. Comment organiseraient-ils leur vie quotidienne ? Pour Kerelen, la question ne posait pas de problème : ils habiteraient à Nantes, les Sardines Dupond-Dupuy exigeaient leur présence, vous verrez mon amour que la société nantaise vaut bien celle de Saint-Malo et que vous y serez très bien accueillie, notre cercle Louis XVI est historiquement le premier de France, et notre opéra est très réputé... Silencieuse, Lucile le laissait plaider une cause déjà perdue. Perdue pour qui ? Elle, lui, eux ? Il avait alors ajouté :

— Bien entendu, vous irez à Paris autant que vous voudrez, nous avons de très bons trains, vous savez !

Elle avait répondu évasivement :

— Cela ne sera pas facile de concilier la vie à Nantes avec les affaires à Paris.

— Quelles affaires ?

— Mais... les miennes ! Celles dont je m'occupe. Je ne vis pas de l'air du temps.

Louis de Kerelen avait bien ri. Dieu merci, les Sardines Dupond-Dupuy rapportaient assez d'argent pour permettre à Lucile de ne pas avoir des soucis d'un tel ordre. Ce jour-là, ils avaient jugé bon, sans même avoir eu besoin d'en convenir, de ne pas pousser plus avant ce premier débat. Dormant dans les bras l'un de l'autre, ils avaient même découvert au bout de leur dixième nuit que la solidité d'un couple s'épanouit dans le quotidien, mais le lendemain matin comme Lucile réfléchissait aux nouvelles habitudes de vie qu'il lui faudrait adopter, elle avait entendu deux fois de suite Louis lui demander à quoi elle pensait, question anodine, sans doute tendre, devant laquelle elle s'était cependant trouvée prise de court. Depuis qu'elle avait quitté sa famille pour devenir infirmière en 1914, personne n'avait jamais demandé à Mlle Carbec « À quoi penses-tu ? » sans être aussitôt rabroué. Elle avait toujours conduit sa barque comme elle l'entendait, travail, plaisirs, voyages, robes, coiffure, avec l'intuition aiguë, même si elle en souffrait, que la liberté est inséparable de la solitude. Désormais, lui faudrait-il donc tout partager ? Non seulement ce qu'il est convenu d'appeler la vie quotidienne, Nantes, les Sardines Dupond-Dupuy, le train de Paris, Mme de Kerelen douairière, mais aussi ses propres pensées, simples ou compliquées, honnêtes ou inavouables, graves ou futiles, et la multitude des secrets infinitésimaux, ces bagatelles de la mémoire qui sont la personnalité d'un être ? Comme elle se taisait, il redemanda :

— À quoi pensez-vous, mon amour ?

Lucile faillit répondre « Si nous devons nous marier, ne me posez jamais cette question, je serais tentée de vous répondre n'importe quoi, par exemple "Je pense à la maille d'un de mes bas qui a filé hier." » Elle préféra dire la vérité.

— Je pensais aux femmes d'aujourd'hui qui gagnent leur vie. Elles veulent être libres et n'être plus considérées comme des petites filles ou des femelles.

— Vous n'allez tout de même pas continuer à travailler, madame de Kerelen ?

— Ne riez pas, mon chéri. Ne pensez-vous pas que l'amour soit plus important que le mariage quand il s'agit de deux êtres comme vous et moi ? C'est cela qu'il faut préserver. Réfléchissez bien, Louis. Je vous connais assez bien pour savoir ce que vous n'osez pas me dire. Ni l'un ni l'autre nous ne sommes faits pour la routine sentimentale.

Restés aussi bons amis que bons amants, Louis et Lucile se retrouvaient de temps en temps à Paris, gardaient le goût des bars ou des petits bistrots de la rive gauche, et ne manquaient pas d'aller applaudir au théâtre les Pitoëff, Valentine Tessier, Jouvet ou Dullin, Marguerite Moreno ou Yvonne Printemps. Ils découvraient surtout la magie du nouveau cinéma, le mystère des salles obscures où chaque spectateur dissimule dans l'ombre un visage de voyeur face à face avec ses fantasmes. Un soir qu'ils avaient vu *L'Ange Bleu* pour la troisième fois, Lucile qui se déshabillait croisa haut sa jambe droite sur sa jambe gauche pour retirer ses bas et chanta en imitant la voix de Marlène Dietrich : « *Ich bin von Kopf bis Fuss auf Liebe eingestelt...* »

Louis de Kerelen venait aussi à Paris pour d'autres raisons. D'anciens camarades de combat demeurés dans l'armée ou devenus pilotes de ligne dans l'aviation civile lui avaient fait rencontrer des jeunes hommes, un peu moins âgés mais marqués eux aussi par la guerre et qui rêvaient tous de sortir la France de la médiocrité bourgeoise où elle s'enlisait alors que surgissaient ailleurs des forces toutes neuves qui balayaient brutalement le passé. Ils se réunissaient en parlotes tantôt chez l'un tantôt chez l'autre ou dans des brasseries où ils avaient accueilli cordialement l'ancien officier aviateur qui ne cachait pas une certaine curiosité de sympathie pour l'expérience italienne tandis qu'il ressentait la déception de n'être pas parvenu après un an d'efforts à sortir l'entreprise familiale de ses vieilles routines. Les plus ardents, nés dans la première décennie du siècle, se rejoignaient dans la critique de la société capitaliste et le refus des guerres qui fabriquent des gérontes à force de tuer la jeunesse. Ils émergeaient d'horizons divers : les uns, transfuges de l'Action française, remettaient en question l'orthodoxie maurassienne jugée prisonnière de l'affaire Dreyfus, immobile et fermée aux problèmes socio-économiques; les autres, venus parfois du marxisme, se recommandaient d'un Ordre Nouveau qui dénonçait le productivisme, le matérialisme et en appelait à une révolution spirituelle destinée à restituer à l'homme le sens de sa destinée; ceux-ci, autour de la revue catholique *Esprit*, préconisaient de faire une révolution pour susciter un régime économique nouveau qui permettrait d'apporter un remède aux injustices sociales mais refuserait le communisme; ceux-là voulaient une rénovation nationale qui prendrait au fascisme sa forme communautaire et autoritaire tout en sauvegardant les libertés républicaines. Au-delà de leurs désaccords, une certaine unité de pensée les rassemblait, ils parlaient le même langage, usaient d'un vocabulaire souvent identique, et rêvaient de dépasser les vieux clivages pour dépoussiérer la société, la politique, la culture. Quelques-uns pensaient que le fascisme et le communisme étaient lancés d'une façon irrémédiable à la conquête de l'avenir, d'autres rejetaient sans équivoque les idéologies et les réalisations de l'Allemagne et de l'Italie. Un soir de parlote, Kerelen avait entendu un jeune normalien demander à un contradicteur:

— La jeunesse bottée, nu-tête, à chemise ouverte, vous la raillez. Soit. Qu'avez-vous à lui opposer sinon un attirail de cols durs, de pantalons rayés, de rosettes, de gros ventres et de chapeaux melons alignés périodiquement sur le perron de l'Élysée pour la photographie officielle d'un gouvernement de passage?

Tout le monde avait applaudi et chacun s'était persuadé que la France, pour demeurer la contemporaine des nations qui l'entouraient aujourd'hui et risquaient de la menacer demain, devait faire elle-même sa propre révolution. On en était resté là parce que le maître mot dont on s'enivrait, « révolution », demeurait bien confus et n'était jamais prononcé que par des orateurs plus philosophes que techniciens du coup d'État. Le temps avait passé, la situation politique s'était détériorée parallèlement à la dégradation économique et au mécontentement social: les ministères tombaient comme des quilles, les scandales financiers éclaboussaient le Parlement, les prix agricoles s'effondraient, le chômage frappait 400 000 travailleurs, des groupements plus ou moins inspirés par le modèle fasciste ravissaient aux Camelots du roi le monopole des bagarres de rue. Le soir du 6 février 1934, quarante mille Français s'étaient bien réunis place de la Concorde pour manifester leur mécontentement ou leur colère, mais ils n'avaient guère obtenu que la démission du gouvernement en exercice et le retour d'un vieux routier de la République dont les cheveux blancs, le sourire paternellement roublard et l'habileté professionnelle avaient tout de suite ramené le calme à Paris et rassuré la province. Tant de morts sur le pavé, de sang versé, de coups échangés, de hurlements haineux pour obtenir un si piètre résultat ? La nuit insurrectionnelle avait eu d'autres conséquences auxquelles ne s'attendaient pas ceux qui l'avaient provoquée. Tandis que la plupart des « ligueurs » se déclaraient satisfaits et que les anciens combattants de l'UNC repliaient leurs drapeaux, les mouvements de gauche bondissaient sur l'occasion inespérée de tenter la réconciliation des communistes et des socialistes souhaitée par de nombreux militants : la lutte contre le danger fasciste deviendrait prioritaire. L'appel des intellectuels que venait de signer le professeur Guillaume Carbec, membre de l'Académie des sciences, c'était le premier signal d'un vaste rassemblement pour la défense de la République. Du même coup, ceux qui avaient voulu se regrouper hier contre la gérontocratie bavarde et les niaiseries parlementaires, sans tenir compte des oppositions traditionnelles, se dressaient les uns contre les autres. Le 6 février avait reclassé les uns à droite, les autres à gauche. Chacun était retourné à sa chapelle.

— Je n'abandonne rien ! répéta Kerelen. Bien au contraire.

— Je vous écoute, dit le chef de bataillon Carbec. Nous allons prendre notre café tranquillement pendant que ma femme et ma sœur s'occupent des enfants.

Jean-Pierre était marié depuis trois années. Un jour du mois de décembre 1930, comme il était allé boulevard de Courcelles présenter ses vœux à son oncle et à sa tante, ceux-ci lui avaient dit :

— Bien entendu nous te retenons avec Lucile pour notre petit souper traditionnel de la Saint-Sylvestre.

— Cette année, ce sera impossible, avait-il répondu en souriant.

— C'est un secret ? demanda Olga.

— Non, c'est même très officiel, je suis venu vous l'annoncer.

— Tu es promu lieutenant-colonel ! dit l'oncle.

— Mais non ! dit la tante, c'est une femme ! Regarde-le, il rougit comme s'il portait encore son casoar.

— Vous avez deviné. Je vais me marier.

— Avec qui ? avec qui ? trépignait Olga sans lui laisser le temps de placer un mot. Une jeune fille de Chartres, n'est-ce pas ? Une petite Beauceronne avec trois cents hectares de blé. Bravo mon neveu !

— Laisse-le donc parler !

— Je vais épouser Mlle Biniac.

L'oncle et la tante, demeurés muets de surprise, Guillaume Carbec s'était ressaisi le premier :

— Eh bien, toutes mes félicitations ! Ta grand'mère tenait son père en grande estime, nous tous aussi d'ailleurs. Moi, je n'étais pas dans les idées du commandant Biniac, mais j'ai toujours admiré son indépendance et son courage. En tout cas, voici un mariage bien malouin. Qu'en pense ta mère ?

— Elle a été d'abord aussi surprise que vous venez de l'être, et puis elle a fini par me dire qu'à mon âge les mariages de raison étaient les seuls convenables.

— Ta mère a toujours été une femme de bon sens. Allons, embrasse-moi !

— Ma tante, je crois que vous vous trompez autant que maman. Je ne fais pas un mariage de raison, nous faisons un mariage d'amour.

— Mais c'est merveilleux ! Embrasse-moi encore ! Raconte-nous tout ! La dernière fois que je l'ai vue, elle avait bu un peu trop de champagne, cela lui allait très bien. J'ai cru comme une sotte que c'était le champagne, mais c'était surtout toi ! Elle a un an de moins que Lucile, n'est-ce pas ? À propos comment s'appelle-t-elle donc ? Je ne retrouve pas son nom.

— Adèle, ma tante.

— Quoi ?

— Oui, Adèle.

— Ah non, ça n'est pas possible ! Tu vas me la faire changer de nom tout de suite, on ne s'appelle plus Adèle depuis Victor Hugo. Adèle Carbec ? C'est abominable, on dirait un nom de bonne... Ah ! j'ai trouvé. Tu vas l'appeler Adeline. C'est charmant, non ? Adeline Carbec, ça c'est un nom de roman d'amour.

Trois mois plus tard le commandant s'était marié sans avoir mobilisé la fanfare de son régiment. Lucile consultée lui avait répondu « dépêche-toi d'épouser sinon tu ne le feras jamais », Yvonne Carbec avait accepté l'événement avec un de ces sourires qu'on dit mi-figue mi-raisin parce qu'elle avait vite compris que sa dernière parcelle d'autorité dans la maison Carbec et d'abord sur son fils lui échappait, Olga s'était empressée de donner à sa nouvelle nièce quelques conseils pour s'habiller, ma petite Adeline je vous offre un tailleur Chanel, ce sera mon cadeau de mariage, et Hervé avait composé une petite mélodie sur le thème d'une chanson américaine à la mode *At the honeymoon hotel.* Son temps de commandement à Chartres terminé, Jean-Pierre Carbec avait été affecté à l'État-Major de l'Armée : la voie royale ouverte vers les hauts grades. Le jeune ménage était donc installé à Paris, avenue de La Motte-Picquet, dans un de ces appartements sans grâce et « bien habités » que des promotions de militaires se repassent les unes aux autres après un stage à l'École de guerre ou dans les services du ministère. Au bout de grossesses difficiles, Adèle Carbec avait mis bravement au monde un garçon, Jean-Marie, dix mois après leur mariage, et une fille, Marie-Thérèse, née deux ans plus tard. Leur père, rentrant le soir du boulevard Saint-Germain, les contemplait avec émerveillement, sa main serrant celle de son épouse. Trois années de vie conjugale avaient miraculeusement rajeuni Adèle. La petite prof' de piano s'était épanouie, elle était même devenue une belle jeune femme, ce sont des choses qui n'arrivent pas seulement dans les contes de Mme d'Aulnoy, disait gravement le professeur Carbec, elle avait même pris beaucoup d'assurance et avait demandé au commandant de l'appeler désormais Adeline. Vous verrez qu'elle fera un jour une très bonne madame générale, prédisait Béatrice Lecoz-Mainarde avec un zeste de perfidie qui faisait sourire tout le monde sauf Lucile devenue la confidente de sa belle-sœur, la marraine du petit Jean-Marie, l'amie la plus sûre du foyer.

Ce soir du mois de mai 1934, Lucile et Louis de Kerelen étaient venus dîner avenue de La Motte-Picquet. Jean-Pierre n'éprouvait peut-être pas pour Louis une de ces amitiés d'homme quasi instinctives, la désinvolture de l'ancien aviateur enrageait toujours un peu la gravité de l'ancien fantassin, mais il l'écoutait volontiers lui exposer son souci de rajeunir la pensée politique, les méthodes administratives, voire l'armée. Après tout, bien qu'il eût rompu avec l'état militaire, Kerelen demeurait un camarade, son ancien de Saint-Cyr, sinon un ami dont la liaison avec sa sœur avait au moins le mérite de la discrétion et de la durée. Pourquoi ne se mariaient-ils pas ces deux-là ?

— J'ai demandé à Lucile, poursuivit Kerelen, d'arranger ce dîner pour me permettre d'avoir avec vous une conversation qui doit demeurer secrète.

Le repas achevé, Lucile avait entraîné sa belle-sœur dans la chambre des enfants pour laisser seuls les deux hommes. Mal à l'aise, le commandant Carbec déboucha un flacon pour se donner une contenance :

— Vous allez en reconnaître le parfum, cette prune vient de la Couesnière.

— Vous savez, commença Kerelen, les raisons pour lesquelles j'ai donné ma démission de l'armée, je vous les ai maintes fois expliquées. Le manque d'intérêt que je trouvais à exécuter les tâches qui m'étaient confiées ne signifiait pas que je me désintéressais de ma mission. En fait, c'est un plus grand besoin d'agir et d'être utile, d'agir utilement, qui m'a fait prendre cette décision. Au cours de ces deux dernières années, j'ai pris des contacts avec plusieurs groupes de jeunes hommes, les uns situés à droite, les autres plutôt à gauche, mais réunis par une sorte de non-conformisme et une volonté de concilier la passion de la grandeur nationale et la nécessité de profondes réformes sociales.

— Cela peut être une des nombreuses définitions du fascisme, interrompit le commandant Carbec.

— Je ne peux nier que, parmi nous, quelques-uns soient fascinés, et quelques autres plus ou moins tentés par les expériences italienne et allemande. Nous sommes d'abord anticommunistes. C'est l'essentiel, n'est-ce pas ?

— C'est important, rectifia doucement Jean-Pierre.

— Aujourd'hui, poursuivit Kerelen, nous assistons à une formidable campagne d'intoxication qui rejette dans le camp fasciste tout ce qui n'est pas à gauche. Si nous ne réagissons pas, nous aurons avant un an un gouvernement socialo-communiste en France. Pour y parer, il faut que nous nous regroupions sur une idée simple. Qu'en pensez-vous ?

— C'est intéressant, admit l'autre sur un ton neutre.

— Nous n'allons tout de même pas tomber dans le piège tendu par la gauche ? Que deviendrions-nous avec un tel gouvernement ?

— Mon cher, je me suis laissé dire qu'à Moscou, à Berlin et à Rome, les militaires bénéficiaient d'une considération plus grande qu'à Paris.

— Bien que j'aie quitté l'armée, poursuivit Kerelen comme s'il n'avait rien entendu, j'y ai conservé bien sûr de nombreux camarades. Parmi eux, il y a un petit groupe d'officiers dont vous avez peut-être entendu parler.

— La Spirale ?

— Vous connaissez ?

— Bien entendu.

— Vous en êtes ?

— Certainement pas.

— Écoutez-moi, Carbec. Je suis mandaté par eux pour vous demander seulement de nous faciliter un contact direct, soit avec le général Weygand, soit avec un officier de son entourage immédiat.

Jean-Pierre s'était levé :

— Je vous prie de cesser immédiatement cette conversation et de ne jamais la reprendre avec moi. Ce soir, je ne vous ai ni écouté ni entendu. Encore un peu de prune, cher ami ? dit-il sur un ton plus cordial.

Comme il avait ouvert une porte pour appeler sa femme et sa sœur, des cris d'enfants remplirent soudain le petit salon.

— Excusez-moi, dit-il, c'est l'heure du biberon de ma fille. Le soir, c'est toujours moi qui le lui donne.

Cette nuit là, on sentait le printemps rôder dans Paris. Lucile et Louis la passèrent ensemble. Il demanda :

— Veux-tu m'accompagner en Italie ? Huit jours ?

— Je suis déjà prise.

— Où vas-tu ?

— Au Maroc.

— Allons-y ensemble !

— Impossible. D'abord parce que j'y fais un voyage d'affaires, ensuite parce que je descends chez ma sœur. Ça ne serait ni sérieux ni convenable.

— Vous autres les Carbec, dit Kerelen, vous ne ressemblez guère à vos ancêtres. Vous êtes toujours sérieux et convenables, le manque d'imagination vous perdra. Regarde ton frère ! Il n'a pas compris que dans les circonstances graves on a besoin d'aventuriers, non de candidats au prix Montyon [1].

1. Prix de vertu, décerné par l'Académie (note de l'éditeur).

Lucile n'avait pas décidé de venir passer une quinzaine de jours au Maroc dans le seul but de rendre visite à sa sœur. Elle mûrissait d'autres projets. Entreprises par son père autour de Saint-Malo, les affaires s'étaient réduites au fur et à mesure que les terrains de la Côte d'Émeraude, achetés bon marché, viabilisés et revendus cher, avaient été bâtis. Pour y maintenir sa présence, Mlle Carbec avait installé un réseau d'agences gérées par d'anciens commis rompus aux finasseries d'une branche toute neuve de l'activité économique appelée « l'immobilier », et elle s'était réservé des opérations plus originales que la location de villas et le lotissement de parcelles situées entre Candale et Saint-Malo. Puisque la crise née aux États-Unis frappait aujourd'hui l'Europe, paralysait les imaginations et interdisait les investissements, pourquoi ne pas prospecter le Maroc où l'on n'avait jamais cessé de miser sur l'avenir ? Le vieux Lecoz-Mainarde l'avait introduite dans les groupes financiers qui contrôlaient les grands trusts du Protectorat, électricité, chemins de fer, ports, chaînes d'hôtels, transports automobiles, et ne demandaient pas mieux de profiter des circonstances pour les développer.

Après ceux de sa famille qui en discouraient avec un enthousiasme d'où n'était pas exclue une pointe de fierté, Lucile découvrit le Maroc à son tour, au moins le décor qu'un voyageur affairé peut regarder pendant quelques jours et garde longtemps dans ses yeux. Elle eut tout juste le temps de se perdre deux heures dans l'ombre chuchoteuse des ruelles de Fès, accorda un intérêt de commande aux ruines romaines de Volubilis, passa une nuit à la Mamounia, prit un verre à l'Hôtel Transat de Meknès, demeura immobile pendant quelques instants devant un coucher de soleil sur le Bou Regreg, entre Rabat et Salé, et s'entendit dire un soir à Mogador que les remparts de la ville avaient été construits naguère par un Malouin emmené en captivité par les Barbaresques. Lucile, fille pressée, s'était mise à ressembler à un personnage de Paul Morand : petit tailleur de sport, nuque rasée, efficacité, jolies jambes, séduction et lucidité, parle deux langues étrangères. Elle n'était pas venue ici pour se promener mais pour y rencontrer des directeurs locaux de grandes affaires, des banquiers, des entrepreneurs, des architectes, des contrôleurs civils et le Résident général lui-même. À Agadir, au bout du Maroc, elle échangea de longues conversations avec un de ces hommes nouveaux, imaginatifs et audacieux, qui ne pèsent pas leurs décisions sur des balances d'apothicaire et à propos desquels Lyautey disait qu'on ne fait pas des colonies avec des enfants de chœur. D'Agadir, il voulait faire une cité moderne, conçue comme les villes de la Californie, le grand port sardinier, langoustier et minéralier du Maroc, un centre touristique pour recevoir les voyageurs du grand Sud, et le point de départ d'une ligne de transports automobiles qui relieraient demain le Maghreb à l'Afrique noire à travers la Mauritanie, par Tiznit, Tindouf, Atar jusqu'à Dakar. Après avoir écouté, discuté, questionné et vérifié auprès des bureaux de l'administration certains détails, Lucile se décida à prendre des options sur des terrains figurant dans les plans d'urbanisation dont on lui remit des relevés pour les faire étudier par son beau-frère Gilbert.

Elle fut de retour à Rabat le jour d'une grande fête de l'islam où il est de tradition que dans chaque foyer un mouton soit égorgé selon le rite et mangé en famille sans que les pauvres soient jamais oubliés. Pendant l'après-midi, Gilbert et Annick emmenèrent leur cousine assister à ces fameuses fantasias, cavalcades toujours recommencées, qui font beaucoup de bruit pour rien avec de longues pétoires et tournent court dans un tourbillon de poussière et de cris enfantins. La business girl s'en lassa vite. Elle garda un meilleur souvenir de la soirée passée dans les rues de la médina, sonores de tambourins, d'airs de flûte et de petites guitares à deux cordes, embaumant les épices et les beignets trempés dans l'huile chaude, mêlant le graillon des merguez aux senteurs sucrées des fleurs de jasmin que des garçons se tenant par la main portaient sur l'oreille. Assis devant leurs échoppes, sur des tapis où brillaient de larges plateaux de cuivre ciselé chargés de verres multicolores, des boutiquiers invitaient les passants à prendre place à côté d'eux pour boire le thé à la menthe et croquer ces pâtisseries aux amandes qu'on appelle là-bas des cornes de gazelle. Annick Lecoz-Mainarde et son mari connaissaient plusieurs de ces commerçants et ne refusaient jamais leur invitation.

— Celui-ci, disait Annick à sa sœur, c'est mon marchand de poisson. C'est chez cet autre que j'achète du tissu pour les petites robes de Colette. Tu vois, ces gens-là c'est le vrai Maroc. On ne peut pas ne pas les aimer. Pour nous, qui habitons dans une ville, c'est comme les gens du bled pour Roger.

— Pourquoi Roger n'est-il pas là ce soir ? demanda Lucile aussitôt. Je lui ai promis d'aller passer un jour ou deux à Sidi M'Barek avant mon retour en France.

— Il a dû être retenu à la Chambre d'Agriculture pour la grande manifestation de demain.

— Quelle manifestation ?

— Tu n'as pas lu *L'Écho du Maroc*? Les colons sont mécontents, il n'y a d'ailleurs qu'eux à l'être. Ils disent qu'on ne paye pas assez cher leur récolte pour leur permettre de régler leurs dettes, Roger t'expliquera cela mieux que moi. Ils affirment que les impôts sont trop lourds, qu'ils sont tondus comme des moutons. Ce matin, le journal imprimait qu'une centaine d'entre eux, les plus démunis, s'étaient fait raser le crâne au double zéro pour aller présenter leurs doléances au Résident général.

— Quelle horreur ! J'espère que notre Roger n'en fait pas partie ?

— Roger n'est pas démuni. Quand ses récoltes sont trop mauvaises, je pense que la famille lui donne un coup de main. Mais, tu le connais ! Par solidarité, il est bien capable de s'être fait passer à la tondeuse.

— Cela m'étonnerait, dit Lucile.

— Pourquoi ?

— Parce qu'il sait que je suis là.

— Ça, ma vieille, tu ne connais pas encore notre cousin.

Le lendemain, au milieu de l'après-midi, près de cinq cents colons, épaule contre épaule, marchaient silencieusement vers la Résidence générale. Les trois quarts d'entre eux s'étaient fait tondre. Ils venaient de tous les coins du Maroc, les uns appartenaient à la génération des premiers pionniers barbus et moustachus, les autres avaient à peine atteint l'âge de la maturité, certains d'entre eux tel Roger Carbec étaient encore des jeunes hommes. Ceux-là avaient acheté depuis longtemps leurs terres à quelque caïd, ceux-ci devraient verser pendant de longues années encore les annuités prévues à leur cahier des charges avant de devenir définitivement propriétaires du lot qui leur avait été vendu par l'administration. Tous, les gros, les petits, les riches et les pauvres, le célibataire fils de famille et le père de famille nombreuse, ils se sentaient ce jour-là plus solidaires les uns des autres que des événements survenus en France. Parmi eux, une centaine d'anciens combattants : leurs décorations arborées sur la poitrine le proclamaient assez. Quelques-uns avaient bien émis des réserves sur l'opportunité d'une telle manifestation susceptible de provoquer les sourires narquois d'une certaine jeunesse marocaine, mais ceux-là étaient sans doute plus dociles, voire courtisans, que sages. Comme l'avait prévu sa cousine Annick, le titulaire du lot n° 7 à Sidi M'Barek, s'était fait passer le crâne au papier de verre. Le sachant courageux, solide et de bonne compagnie, ses voisins de bled l'avaient désigné pour faire partie de la délégation qui demanderait à être reçue par le Résident général, ce haut fonctionnaire ne pouvant pas, pensaient-ils, être tout à fait indifférent à la présence du fils d'un membre de l'Institut au milieu des colons tondus.

Parvenus à la hauteur des premiers bâtiments administratifs, ils furent arrêtés par un barrage de tirailleurs de la Coloniale qui céda bientôt sous leur poussée, leurs coups de poing, et leur *Marseillaise*. Un peu plus loin le cortège se heurta à la Garde Noire qui, sabre au clair, protégeait les bureaux du proconsul de la République. Celui-ci apparut enfin à son balcon, salua les colons tondus d'un geste emphatique et les invita à désigner une délégation qu'il recevrait immédiatement.

— Lorsque nous nous sommes retrouvés dans le grand bureau qui avait été celui de Lyautey, raconta Roger pendant le dîner chez ses cousins Lecoz-Mainarde, nous étions tous très émus, même des gens comme Aucouturier, Morlot, Peilleron, Guéry ou Watrigant qui sont des durs.

— Le Résident général t'a reconnu ? demanda Annick.

— Je ne pense pas. D'ailleurs, il s'en fout.

— Bien sûr, tu as l'air d'un forçat, dit Lucile.

— Que s'est-il passé ?

— Morlot a lu un papier qui exposait nos revendications. Le Résident général s'est levé et nous a dit : « Messieurs, vous voulez de l'argent ? Eh bien, prenez-le ! » Alors, comme s'il exécutait un numéro de prestidigitation, il a tiré des deux mains les tiroirs de sa table de travail. Ils étaient vides. Bien sûr, ce salaud avait enlevé tous les papiers qui s'y trouvaient cinq minutes avant, mais cela a fait grosse impression. Ce gars-là, c'est un ancien préfet, il connaît la manière de s'en sortir... Après son cinéma, il nous a promis de partir dès demain pour Paris y plaider notre cause.

— C'est tout ?

— Une fois de plus, nous serons couillonnés, conclut Roger. Moi, je repars demain matin pour le bled. Je t'emmène, Lucile ?

— Je te l'avais promis. Pourras-tu me coucher une nuit ?

De Rabat à Sidi M'Barek, il faut parcourir 250 kilomètres dont 50 de piste. Partis de bonne heure, les deux cousins s'arrêtèrent devant une cantine dressée au bord de la route où l'on pouvait se ravitailler en essence, boire un café, prendre un repas sommaire, acheter des boîtes de conserve, des cigarettes, allumettes, bougies, cartes à jouer, comprimés d'aspirine, préservatifs et timbres-poste. Encore appétissante pour les jours maigres, une bonne fille située au-delà du retour tenait la maison, aidée par un vieil Arabe qui la servait comme un chien. Enrôlée autrefois dans la figuration d'un film consacré aux amours de la reine de Judée, elle se faisait appeler Bérénice à cause d'un destin comparable à celui de la maîtresse de Titus : compagne d'un lieutenant de tirailleurs en 1910, elle n'avait pas été admise à partager l'ascension de son héros devenu aujourd'hui colonel. Sa double carrière cinématographique et militaire vite compromise, Bérénice s'était fait un nom dans les cafés-concerts de Casablanca, Marrakech, Meknès, Fès et Taza, où sa voix rauque comme il est nécessaire, avait bercé de nombreux spleens. La pacification terminée et une dizaine de milliers de francs économisés, elle s'était reconvertie dans le casse-croûte. « Elle a eu de beaux jours ! » disaient les anciens. « Elle a encore de belles nuits ! » pensaient quelques chauffeurs de camion tombés par hasard en panne devant la cantine de Bérénice.

Lucile Carbec aima cette histoire.

— Tu comprends, dit Roger, l'armature du bled c'est d'abord les colons avec leur famille et leurs ouvriers, épaulés par l'officier des Affaires indigènes ou le Contrôleur civil, le toubib et le véto, mais il ne faut pas oublier les cantiniers et les cantinières du bord de la route. Ceux-là, ils savent tout, entendent tout. Avec eux tu n'as pas besoin d'acheter le journal. De Tanger à Marrakech, tu trouveras d'anciens légionnaires, d'anciennes entraîneuses, peut-être d'anciens notaires, des Grecs, des Espagnols, j'en connais même un qui est auvergnat. Bérénice c'est quelqu'un ! Si son lieutenant ne l'avait pas laissée tomber, elle serait peut-être aujourd'hui l'épouse du chef d'état-major à Rabat.

— Tu crois qu'elle couche encore ?

— À Rabat, ce sont les femmes honnêtes qui couchent. Bérénice, elle baise, c'est tout.

Roger Carbec avait vendu depuis longtemps son Amilcar au prix de la ferraille et s'était laissé séduire par une machine plus rapide, surtout plus bruyante.

— Tu ne nous avais pas dit que tu avais acheté une voiture de course.

— C'est une voiture grand sport.

— Quelle différence ?

— Le prix et la vitesse.

— À quelle vitesse marchons-nous en ce moment ?

— D'après le compte-tours, à 140.

— Je vais être toute décoiffée. Toi tu t'en fous, tu es tondu à zéro.

— Ça te gêne ?

— Oui, parce que tu ressembles à une bite.

— Ne me fais pas rire ! dit Roger, lorsque je conduis à cette vitesse. Celle-là, je vais la raconter ce soir aux amis qui viennent dîner.

— Tu as invité des amis à dîner ? Il fallait me prévenir, je n'ai apporté qu'une petite mallette !

— Sois tranquille, ce sont des copains. Ils viennent en voisin : un toubib et un militaire. Cela les fera bien rigoler lorsque je leur raconterai ce que tu m'as dit.

— Je te le défends ! Arrête plutôt la voiture, et passe-moi un peu le volant. Cela m'amuserait de mener une Bugatti.

Le goût de la vitesse faisait aussi partie du personnage de Lucile. Roger Carbec apprécia une façon de conduire voisine de la sienne, pointe de vitesse dans les lignes droites, doubles débrayages, virages à la corde en pleine accélération. Il ne reprit le volant qu'au moment où la voiture allait s'engager sur la piste.

— Tu es logé comme un prince !

Lucile ne s'attendait pas à trouver une maison d'aussi bel aspect entourée d'eucalyptus qui avaient eu le temps de devenir de grands arbres. Qu'il n'y ait ni eau courante, ni électricité, ni téléphone ne la dérangeait pas, ça serait comme à la Couesnière du temps de grand'mère. Le living-room, les chambres badigeonnées à la chaux, la galerie de style colonial, le lavabo et son robinet postiche, le seau suspendu au plafond pour la douche, tout ce décor l'avait enchantée. La propreté de la cuisine la surprit davantage.

— On dirait un laboratoire tout neuf !

La cuisine n'avait jamais servi. Roger expliqua que Messaoud ne voulait utiliser que son kanoun [1] et ses plats en terre installés dehors sous un abri de tôle ondulée. Il n'en démordrait jamais.

— Ce soir, tu verras comme il sait mijoter un poulet au citron ! En attendant, contente-toi d'une tranche de jambon, d'un plat de macaroni aux tomates et d'une salade. Après déjeuner, fais la sieste

1. Petit réchaud en terre cuite alimenté au charbon de bois.

dans ma chambre. Tu y dormiras aussi ce soir, je coucherai dans l'autre. Moi, il faut que je fasse un saut chez des voisins, qui n'ont pas pu descendre hier à Rabat, pour leur raconter notre réception chez le Résident général. Je reviendrai te chercher pour le tour du propriétaire, quand la chaleur sera moins dure. Mets-toi à l'aise, tu trouveras ma robe de chambre dans la salle d'eau. Si tu as besoin de quelque chose, appelle Messaoud très fort. Il dort comme un sourd.

Son troisième verre de thé bu après le repas, Roger était parti sans plus se préoccuper de Lucile. Elle entra dans la chambre du colon, se débarrassa aussitôt de sa jupe et de sa blouse et s'étendit sur le lit recouvert d'une laine bourrue qui lui râpait les épaules. Elle se releva, dénoua son soutien-gorge, jeta sur elle la robe de chambre de son cousin et s'assit dans un fauteuil. Derrière la fenêtre et les volets fermés, au-delà du petit bouquet d'arbres qui protégeaient la maison, une grande plaine s'étendait sous le ciel immense, celui-ci flamboyant et celle-là pleine de vibrations continues qui ne devaient rien à la vie animale, comme si la lumière se fût mise soudain à cliqueter. Tout à l'heure, en arrivant au lot nº 7, elle avait entendu des chiens jaunes aboyer comme des furieux, des femmes qui se querellaient autour d'un puits, des grognements de porcs à l'engrais, le ronflement d'un tracteur, des oiseaux. Elle avait même dit à Roger : « À la Couesnière les oiseaux chantent, dans ton bled ils crient. » À présent, tout le monde se taisait. Elle n'entendait plus que des vibrations. Lucile sentit la sueur lui couler entre les seins, bientôt entre les cuisses. Elle voulut prendre une douche, le seau était vide, se recoucha après avoir tenté inutilement d'appeler Messaoud, et dormit quelques instants d'un sommeil profond dont elle fut tirée par un moustique plus rapide que ses gifles. Prise de rage, elle vida un appareil Fly Tox, toussa, éternua, suffoqua et décida d'attendre plutôt le retour de Roger en lisant un livre ou en écoutant de la musique. Sur une petite étagère à portée de main au-dessus du lit, quelques volumes étaient alignés : *Le Voyage au bout de la nuit*, *Courrier Sud*, *La Condition humaine*, *La Jument verte*, *Capitaine Conan*, *Lewis et Irène*. Jean-Pierre m'a souvent dit qu'il était utile avant de choisir un compagnon de lui faire subir l'épreuve de la bibliothèque. A-t-il agi ainsi avec Adèle ? Non, avec Adeline, tante Olga a raison. Quelles pensées ont-elles bien pu se bousculer dans la tête de ma belle-sœur pendant tant d'années ? À quoi rêvent les vieilles filles ? Moi, je n'ai pas eu beaucoup de temps pour rêver aux hommes, ils sont arrivés tout de suite. J'en aime un. Ça ne m'empêche pas d'aimer les hommes, il paraît que c'est mon côté masculin. Roger, par exemple, il a beau être mon cousin germain, eh bien, il m'intéresse. Pour vivre comme il le fait, solitaire, dans ce bled perdu qu'il a transformé de ses mains, il faut être un homme. Tout à l'heure, sur sa couverture arabe il y avait une odeur d'homme. À part *Capitaine Conan* parce que Vercel est malouin, je n'ai lu aucun de ces livres, mais Louis m'en a souvent parlé. C'est amusant de penser qu'ils aiment tous les deux les mêmes auteurs : Paul Morand, Marcel Aymé, Malraux, Saint-Exupéry et ce Céline dont ils disent tous qu'il a écrit un chef-d'œuvre. Ils n'ont pourtant rien de commun ces deux-là ! Avec lui, l'épreuve de la bibliothèque ne prouverait pas grand-chose... Lucile entreprit d'inspecter quelques disques empilés les uns sur les autres, auteurs, interprètes et genres confondus, l'ouverture de la *Flûte enchantée,* la *Pastorale, Pacific 231,* le *Concerto de Varsovie, L'Opéra de Quat'sous, Couchés dans le foin, Night and day, Petrouchka, Le Chemin du Paradis, Parlez-moi d'amour...* lorsqu'elle entendit le moteur de la Bugatti. Elle renoua son soutien-gorge, passa sa jupe et sa blouse et, au moment d'enfiler ses bas, se surprit à fredonner la chanson de *L'Ange Bleu*: *Ich bin von Kopf bis Fuss...*

— Hé Lola ! Tu es prête ? demanda Roger derrière la porte.

— Jawohl, Herr Professor Unrat ! répondit Lucile en sortant de la chambre.

— Tiens ! dit Roger, mets cette chemise et cette culotte si tu ne veux pas être pleine de cambouis. Tu vas monter derrière moi sur le tracteur.

Le tour du propriétaire dura près de deux heures. Le colon voulait tout montrer et tout dire, l'emplacement de la première toile de tente et celui de la cabane recouverte de tôle ondulée, les pierres enlevées une à une, les palmiers nains et les jujubiers arrachés à la houe, le puits creusé à 10 mètres, lorsque l'eau est arrivée les ouvriers ont crié à pleine voix : « el maa ! el maa ! », alors tout le monde s'est mis à courir vers le puits en louant Dieu. Il raconta les premières semailles, la première récolte détruite par un coup de sirocco, l'avance consentie par le courtier de Fès, les jours de découragement, et maintenant, malgré la chute des cours du blé survenue avec la crise, l'espoir de la moisson prochaine. Il se sentait profondément attaché à cette terre et à tous ceux qui y travaillaient avec lui depuis le premier jour.

— Sais-tu qu'on les appelle les Ouled Carbec ?

— C'est-à-dire ?

— Les enfants de Carbec ! Beaucoup d'entre eux ont le double de mon âge, mais c'est vrai qu'ils sont tous mes enfants, dit Roger en riant.

— Je t'aime bien, tu sais ! répondit Lucile.

Ils rentrèrent couverts de poussière, après avoir rendu visite aux familles installées près de la ferme, et fait le tour des bâtiments annexes où le colon rangeait son matériel de culture.

— Maintenant, fais-toi belle pendant que je me fais beau. Je t'attendrai sous la galerie.

— Il n'y a pas d'eau dans le seau !

— Je vais arranger cela. Si tu as besoin d'un garçon de bains pour prendre ta douche, appelle-moi.

— Si tu n'avais pas voulu jouer au colon tondu, je me serais peut-être laissé tenter, dit-elle en riant parce que le marivaudage lui allait bien.

Lucile Carbec aimait ces sortes de dîners où seule en face de quelques hommes elle renvoyait avec sûreté, parfois avec drôlerie, les balles qu'on lui décochait. Ce soir, ses trois adversaires lui paraissaient de bonne qualité. Bien qu'elle fût leur aînée, elle se savait désirée par chacun d'eux. D'un regard, d'une inflexion de voix, d'un geste, leur comportement l'enveloppait d'un réseau de mailles visibles d'elle seule et au milieu duquel elle se sentait à l'aise parce qu'elle en avait pris l'habitude depuis le jour, il y avait maintenant vingt ans de cela, que désertant le monde des femmes elle avait choisi la société des hommes. Pendant toute une semaine, à Casablanca et à Agadir, elle s'était gardée du moindre sourire en face d'entrepreneurs peu enclins à la prendre au sérieux. Ce soir, elle se rattrapait, jouait un peu des jambes, beaucoup des cils et de ses regards bleus coulés en biais. Ils avaient tous un peu bu. Le lieutenant Aymard avait apporté une bouteille de whisky, le docteur Bruneau un magnum de champagne et Roger avait ouvert une boîte de foie gras en attendant le poulet au citron mijoté sur le kanoun de Messaoud.

— Pas mal ce festin pour un colon tondu ! goguenarda le toubib.

— Le foie gras, c'est mon cadeau, précisa Lucile.

Le repas avait été très animé, chacun des trois hommes s'efforçant de briller devant la belle. En relatant la journée des colons tondus, Roger connut un beau succès avec l'épisode des tiroirs vides du Résident général, le docteur Bruneau sut rajeunir ses histoires de carabin que les deux autres connaissaient déjà par cœur, mais la palme fut remportée par le lieutenant des Affaires indigènes quand il raconta l'histoire d'une femme berbère venue lui demander la liberté de son mari mis en prison.

— Je lui donnai satisfaction parce qu'elle était belle, jeune, et que la faute commise par son mari n'était pas si grave. Alors, elle s'avança vers moi, timide, les yeux baissés et dégrafant soudain son épaule, pressa vivement son sein et me couvrit d'une gerbe de lait. Il paraît que ce geste apporte la baraka ! C'est du moins ce que voulait Aïcha ben Raho en l'accomplissant.

Pendant qu'ils dînaient tous les quatre, le phono tournait quelques tendresses musicales que Lucile dansait tantôt avec l'un tantôt avec l'autre, prenant soin de distribuer sa séduction à parts égales parce qu'elle sentait s'allumer dans les yeux des trois hommes des regards de mâles qui l'eussent sans doute ravie si Roger n'avait pas été l'un d'eux. Il était plus de minuit lorsque le lieutenant auquel Mlle Carbec venait de permettre un léger baiser derrière l'oreille proposa d'aller finir la nuit à Fès, au Maroc Hôtel, où un nouvel orchestre de tangos argentins venait d'arriver. Lucile était sur le point d'accepter, quand elle regarda son cousin : il était livide. Elle comprit tout à coup qu'il allait se jeter sur l'officier.

— Mes enfants, dit-elle aussitôt, chacun de nous se lève tôt le matin. Moi je prends un avion pour Paris. J'ai passé au milieu de vous une soirée merveilleuse parce que vous êtes trois véritables amis. Avant de nous séparer, je vais faire tourner un dernier disque que vous connaissez tous, *Le Chemin du Paradis*, dont vous reprendrez le refrain en chœur. Allez-y !

Les trois hommes, bras dessus bras dessous, étaient redevenus fraternels. Riant comme des collégiens, ils chantèrent à pleine voix : « *Avoir un bon copain — C'est ce qu'il y a de meilleur au monde — Ça vaut, c'est bien certain — Mieux que les charmes d'une blonde...* » Cette nuit, Roger Carbec, le lieutenant Aymard et le docteur Bruneau étaient loin de se douter qu'ils auraient l'occasion de se rappeler cette chanson dans des circonstances dramatiques où ils se trouveraient réunis tous les trois.

Cette année 1935, Mme veuve Carbec ne vint pas s'installer à la Couesnière au moment des fêtes de Pâques, bien que sa fille lui eût demandé avec insistance d'y préparer le rendez-vous familial du 15 août. De sa part, ce n'était ni bouderie ni mauvaise humeur. Le mariage de Jean-Pierre l'avait un peu surprise parce qu'elle n'avait jamais douté que son fils associe un jour le nom des Carbec à celui d'une grande famille malouine riche au moins d'armoiries. Elle s'était vite guérie d'une désillusion à peine avouée en se persuadant que sa belle-fille Adèle représentait dans la société un tout autre personnage que celui d'un simple professeur de piano : elle était Adèle Biniac, la fille du commandant Biniac, un des héros du 47e tombé en 1914, l'officier qui avait refusé d'obéir au préfet qui lui commandait de crocheter la serrure de la cathédrale au temps des Inventaires. Le bonheur de son garçon, la gentillesse de la mariée, bientôt la naissance de deux petits-enfants avaient fait fondre ses dernières réticences dans une marée de larmes tenues en réserve tout au long de sa vie. Mon Jean-Pierre ! soupirait-elle deux ou trois fois par jour avec un accent sans doute plus teinté de fierté que de tendresse, il a été toujours un peu réservé. Pendant la guerre quand il est venu en permission cela m'avait fait tout drôle de le voir fumer la pipe et redemander à son père un autre verre de goutte ! Maintenant, il est redevenu ce qu'il a toujours été, distingué, discret, presque secret. C'est sans doute ses fonctions qui l'exigent, officier d'état-major ça n'est pas rien dans une famille ! Tout de même, il aurait pu me faire part de ses intentions au lieu de venir un jour avec Adèle et me dire tout à trac, maman, je vous présente ma fiancée ! Ça m'a fait un coup, dame oui ! L'Adèle, elle était toute rouge. Elle m'a sauté au cou comme si elle avait quelque chose à se faire pardonner. Je sais bien qu'à leur âge, on se marie un peu derrière la soutane du curé avant de lui demander sa bénédiction, mais jamais je n'aurais cru cela d'Adèle, et encore moins de mon Jean-Pierre. Je me fais peut-être des idées... Ils avaient pourtant une drôle de façon de se regarder ! Enfin ! Ces deux-là, ils y auront mis le temps mais je crois qu'ils se sont bien rencontrés. C'est comme pour Annick, elle a un bon mari qui a un bon métier. À la fin de la guerre, quand ce pauvre Gilbert a voulu l'épouser, j'ai d'abord pensé à son œil borgne et à sa jambe. Moi, je n'aurais point voulu avoir un infirme dans mes toiles, ah dame non ! Ma fille Annick il ne fallait pas lui dire un mot plus haut que l'autre sur ce sujet, elle vous aurait arraché les yeux. Jean-Marie, quand on s'est mariés, mon Dieu que c'était un bel homme, un vrai Carbec ! Voyons, cela fait combien de temps ? Cela va faire bientôt quarante-cinq ans ! Et dix ans bientôt qu'il est mort. Je me disais qu'avec l'âge, il aurait moins de force dans le sang le pauvre cher homme et que nous serions heureux de finir notre vie tous les deux avec des parties de dominos. À ce jeu, il était plus fort que moi, mais je trichais mieux que lui. C'est peut-être comme ça qu'on arrive à vieillir ensemble sans se détester.

Yvonne Carbec n'avait pas quitté Saint-Malo parce que depuis quelques semaines elle était prise de malaises soudain, vertiges qui l'obligeaient à se cramponner à un meuble pour ne pas tomber et dont elle sortait anéantie de fatigue, tête douloureuse et jambes de plomb. Un soir, la petite Pélagie prit l'initiative d'appeler M. Pineau, celui qu'on appelait le bon docteur parce qu'il ne faisait jamais payer les familles de matelots dont il connaissait la détresse et qu'on pouvait déranger à n'importe quelle heure de la nuit.

— Qu'est-ce qui ne va pas, madame Carbec ?

— Je me sens fatiguée, j'ai les jambes lourdes, à part cela je ne me porte pas mal.

— Eh bien, voilà de bonnes nouvelles ! Avez-vous au moins bon appétit ?

— Vous savez, docteur, quand on vit toute seule dans une grande maison, on n'a pas grand-faim.

— J'en sais quelque chose, madame Carbec, moi-même... Vous n'avez ni trop bonne ni trop mauvaise mine. Vous permettez que je regarde vos yeux ? Bon. Parfait. Nous allons maintenant vérifier votre pouls.

M. Pineau prit dans sa main droite le poignet de Mme Carbec, tira de sa main gauche une énorme montre enfouie dans une poche de son gilet et dit au bout d'une minute :

— Ah ! ah ! ah ! Voilà qui est moins bien. Quel âge avez-vous, madame Carbec ?

— Soixante-six ans.

— Vraiment ? Tous mes compliments !... Mais cela ne va pas

nous empêcher de procéder à un petit examen. Vous savez, à nos âges, il est plus prudent de contrôler sa mécanique !

Avec sa barbe mal taillée, son veston trop long, son lorgnon au bout d'un cordon noir, sa grosse chaîne de montre barrant la moitié du gilet, ses yeux globuleux de poivrot inoffensif et sa petite sacoche de cuir, M. Pineau ressemblait assez à un médecin surgi d'un western de la Metro Goldwyn. Pendant qu'il ajustait son stéthoscope, il demanda prenant un air bénin :

— Du côté de la vessie et des intestins ? Pas de problèmes, n'est-ce pas ?

— Cela dépend des jours..., dit Mme Carbec sur un ton modeste.

— Bien sûr ! bien sûr ! répondit le bon docteur comme s'il constatait une évidence. Je vais vous demander de vous asseoir sur votre lit et de respirer largement. Là ! comme ça ! Très bien ! Quel coffre, madame Carbec ! Maintenant, étendez-vous pour un petit examen du cœur. Voilà. Ne respirez pas.

M. Pineau avait placé la plaque réceptrice de son appareil sur la poitrine de Mme Carbec. Il prit soudain un air soucieux, déplaça plusieurs fois le petit microphone pour le poser finalement à la base du cou.

— Vous m'avez bien dit, tout à l'heure, madame Carbec, que vous aviez parfois les jambes lourdes ?

— Oui. Cela m'arrive de plus en plus souvent.

— Parfait, parfait ! Dites-moi, chère madame, vous est-il arrivé d'avoir des varices ?

— C'est vrai. Comme tout le monde je pense !

— Bien sûr, bien sûr, bien sûr ! Eh bien, nous allons voir cela de plus près. Découvrez vos jambes, un peu plus haut. Encore, madame Carbec !

La jambe droite de ma pauvre Yvonne était très enflée. Le médecin la palpa consciencieusement, y enfonça le pouce pour en apprécier l'élasticité, hocha plusieurs fois la tête et dit après une longue réflexion :

— Eh bien, madame Carbec, nous faisons une bonne petite phlébite. Il va falloir vous reposer.

— Je ne fais guère autre chose !

M. Pineau prit son air le plus bonhomme pour déclarer, la menaçant d'un doigt paternel :

— Il n'est plus question d'aller et venir dans cette grande maison et de monter les escaliers.

— Cela tombe bien, je dois partir pour la Couesnière cette semaine et y demeurer jusqu'en septembre.

Le bon docteur ôta son lorgnon, souffla dessus une haleine

d'alambic, en nettoya les verres avec un grand mouchoir à carreaux et, pour la première fois, dit d'un ton ferme en conclusion d'observations préliminaires adroitement conduites :

— Non, madame. Vous devez rester couchée. Immobile autant que possible.

— Pendant combien de temps, docteur ?

— Quinze jours au moins, trois mois peut-être. Vous avez une petite bonne ? Elle prendra soin de vous. Je vais maintenant prendre votre tension artérielle.

Le lendemain matin, M. Pineau avait téléphoné à son confrère Guillaume Carbec, illustre condisciple du collège de Saint-Malo et ancien camarade de la faculté à Rennes.

— J'ai examiné hier ta belle-sœur Yvonne qui fait une bonne phlébite de la jambe gauche. L'auscultation me fait craindre une légère oblitération des veines pulmonaires, peut-être même de l'aorte.

— Tu as une bonne oreille ?

— Dis donc, j'ai toujours eu une meilleure oreille que la tienne, monsieur le professeur ! Moi, j'ai l'oreille médicale. Toi, tu as l'oreille musicale.

— Repos absolu, dit Guillaume, d'un ton sans réplique.

— C'est ce que j'ai conseillé, mais ta belle-sœur a la tête plus dure qu'un caillou. D'autre part, elle n'est servie que par une petite bonne. Pélagie ? Oui, c'est ça. Elle me paraît très dévouée, mais je ne crois pas prudent de la laisser ainsi.

— Je fais le nécessaire. Toi, surveille Yvonne et tiens-moi au courant.

Il y avait maintenant deux mois qu'Adèle Carbec, alertée par l'oncle Guillaume, était venue s'installer avec ses enfants dans la grande demeure familiale. Bien conseillée par Lucile, elle était devenue un peu parisienne tout en conservant une certaine manière d'être provinciale fort appréciée dans les salons des madames militaires qu'elle se devait aujourd'hui de fréquenter. Après avoir tenu bon pendant deux années contre les assauts de sa tante Olga, elle avait fini par renoncer au chignon, s'était fait couper les cheveux et avait adopté un genre de coiffure dite « à la Jeanne d'Arc » par les uns et qu'elle préférait appeler « à la Claudine » depuis que sa belle-sœur lui avait prêté quelques romans de Colette ouverts sur des horizons insoupçonnés.

Mme veuve Carbec l'avait reçue les larmes aux yeux :

— Vous faites pour moi, ma fille, ce que les autres n'auraient jamais fait. Ne protestez pas, je sais ce que je dis. Installez-vous dans la grande chambre qui était celle de mon mari, personne n'y est entré depuis sa mort sauf Pélagie qui l'a un peu appropriée, j'espère, pour votre arrivée. Arrangez-la comme vous l'entendrez. Vous êtes ici chez votre mari, pas chez moi. Je sais que je vous répète toujours la même chanson depuis trois ans, chaque fois que vous venez ici, mais cette fois ce n'est pas pour des vacances. J'ai fait mettre deux petits lits dans la chambre contiguë à celle que vous occuperez, et j'ai engagé une femme de ménage qui prendra son service dès demain matin. Je ne vous remercierai jamais trop pour ce que vous faites.

— C'est bien naturel, madame.

— Ne m'appelez plus « madame » voulez-vous ? Voilà trois ans que Jean-Pierre vous a épousée, vous êtes donc ma fille, non ?

Adèle Carbec rougit sous la légère couche de fard qu'elle se permettait pour adoucir un peu le hâle malouin que la lumière incolore de Paris n'avait pas fait disparaître.

— Appelez-moi donc « mère », poursuivit Mme Carbec. C'est la règle dans nos familles.

— J'essaierai, madame.

— Allons, allons ! Vous avez l'air tout émue. Je sais bien que vous n'avez pas l'habitude puisque vous n'avez pas connu votre mère, mais je suis sûre que cela ne vous sera bientôt pas plus difficile que ça ne l'est à mes petits-enfants de m'appeler grand-mère. Puisque c'est décidé, moi, de mon côté, je vais te tutoyer. Tu as le même âge qu'Annick, je t'ai connue toute gamine, nous n'allons pas nous conduire toutes les deux comme deux étrangères. Il faut que nous nous épaulions l'une l'autre. Tu sais, ou tu le sauras bientôt, que ça n'est pas si facile de devenir une vraie Carbec.

— Je crois que c'est très facile au contraire, dit Adèle. Moi, j'ai l'impression de vivre un conte de fées, il suffit d'entrer dans le jeu. Vous avez bien dû en faire autant, mère ?

— Ah ! tu l'as dit. Eh bien, tu vois, ça n'est pas plus difficile que ça. Va arranger ta chambre et occupe-toi du dîner. Nous prendrons nos repas ensemble ici, puisque je ne peux pas bouger. Retape donc un peu mon oreiller !

Adèle à peine sortie de la chambre, Mme veuve Carbec dit à mi-voix :

— Un conte de fées ! Elle va les connaître les Carbec ! Un conte de fées ! Mon fils a épousé une imbécile.

Pendant ces deux mois, Mme Carbec jeune avait prouvé qu'elle n'était pas si sotte que sa belle-mère le pensait. Tout de suite, elle s'était rendue indispensable, bonne cuisinière, bonne lectrice et attentive aux soins prescrits par le docteur Pineau comme à ceux plus intimes exigés par un malade. Sans en demander la permission, je suis chez moi, non ? elle avait changé quelques meubles de place et installé dans le petit salon le vieux piano sur lequel les filles en fleur de la société malouine avaient tenté d'exprimer leurs premiers troubles avec des doigts aussi maladroits que ceux de leurs grands'mères badigeonnant des aquarelles sous Napoléon III. Le soir, les enfants couchés, le coup de téléphone reçu de l'avenue de La Motte-Picquet, la porte de la chambre où reposait sa belle-mère entrouverte, joue-moi donc un peu de piano pour m'endormir, pas du moderne, je n'y comprends goutte, ça n'est pas de la musique, mais du Chopin, du Gounod, enfin de la vraie musique, celle qu'on entend avec plaisir et qu'on peut répéter. Adèle prenait un air inspiré et laissait courir l'une après l'autre ses mains, pédale douce, sur le clavier où pendant tant d'années elle aussi avait exprimé tant de mots et tant de gestes inavoués, retenus, pas dits, pas faits, à peine rêvés... jusqu'au moment où Adèle Biniac était devenue Adeline Carbec. Comment ce conte de fées avait-il pu se réaliser ? Le soir du dernier grand rendez-vous à la malouinière, il l'avait raccompagnée jusqu'à sa porte après lui avoir fait faire une promenade au clair de lune, parce que la nuit d'été était belle sous les étoiles, et qu'ils avaient bu un peu trop de champagne.

— Bonne nuit ma cousine !

— Bonne nuit mon cousin !

— Un soir de fête, les cousins s'embrassent, non ?

— Dame ! ça se pourrait bien !

Jean-Pierre l'avait embrassée tout doucement, à peine, sur les joues, mais cela avait suffi pour qu'une grande moire parcoure tout son corps, un frisson jamais ressenti encore, parce qu'elle avait trente-quatre ans et qu'aucun homme ne s'était permis d'embrasser la fille du commandant Biniac. Le dimanche suivant, à la sortie de la messe, Jean-Pierre Carbec lui avait couru après pour l'emmener manger des gâteaux chez Saubanère, le meilleur pâtissier de Saint-Servan. Êtes-vous libre à déjeuner, ma cousine ? Tout avait commencé ainsi, comme le premier chapitre d'un feuilleton publié dans l'almanach du *Pélerin.* Et voilà qu'elle venait de jouer ce soir sur son piano désormais installé dans la maison des Carbec, une mélodie de Massenet, *Pensées d'automne,* pour bercer sa belle-mère, la mère du commandant Carbec, un Malouin convoité par toutes les familles de la société. Là-haut, ses deux enfants dormaient dans une pièce qui serait désormais leur chambre jusqu'au moment où Jean-Marie devenu un grand garçon, sept ans par exemple, aurait sa « carrée », comme disait Jean-Pierre et, à son tour, entreprendrait de commencer une collection de coquillages qui le mènerait jusqu'à l'École navale. Adèle referma le piano, jeta un bref coup d'œil sur les rideaux du petit salon, il va falloir les remplacer bientôt, et monta au premier étage de la citadelle pour voir si mère ne manquait de rien. Yvonne Carbec dormait, visage reposé mais amaigri, les cheveux tout blancs tirés en arrière, les mains posées bien à plat sur les draps frais lavés, un flacon de fleur d'oranger et un verre sur sa table de nuit à côté d'une veilleuse. La semaine dernière, le commandant était venu passer trente-six heures à Saint-Malo. « Vos deux pères auraient été contents de vous voir tous les deux mariés ! », avait dit Mme Carbec à Jean-Pierre et Adèle venus lui souhaiter la bonne nuit. Leurs deux pères ? Adèle avait gardé du sien le souvenir d'un homme austère, grave, très doux mais intransigeant pour tout ce qui concernait la morale, la religion et la patrie, trinité aussi indissociable que celle du Père, du Fils et du Saint-Esprit réunis dans le mystère du Dieu unique. Comme il était beau avec son pantalon rouge, son dolman noir à quatre galons, ses épaulettes d'or, son épée et ses grosses moustaches noires ! Lorsque le chef de bataillon Biniac avait donné sa démission avec éclat, sa fille âgée alors de dix ans avait été fêtée à l'Institution Notre-Dame comme une sorte d'héroïne — cette pauvre petite sainte ! disait la Mère Supérieure — mais quand l'officier intraitable n'était plus devenu qu'un modeste agent d'assurances sonnant de porte en porte pour placer des polices contre l'incendie, Adèle avait quelquefois souffert d'entendre les réflexions ironiques de ses meilleures amies. Son père, elle l'aimait de tout son cœur, mais il avait cessé d'être un héros le jour où il avait remplacé son képi par un chapeau melon, sa tunique par un veston en cheviotte, son épée par un parapluie. Son beau-père, Adèle n'avait eu que quelques occasions de le rencontrer, elle savait seulement que c'était un monsieur de Saint-Malo, armateur à la pêche ou au charbon, dur avec les hommes et qui regardait les femmes avec un air dominateur. Même elle, quand elle allait à la Couesnière...

D'une semaine à l'autre, l'état de santé de Mme veuve Carbec s'améliorait. Le docteur Pineau paraissait satisfait de ses observations : l'œdème de la jambe diminuait, le pouls était bon, la tension redevenait normale.

— Si vous continuez à être sage, chère madame Carbec, je vous promets que vous serez le 15 août dans votre malouinière.

— Ma malouinière ? Elle n'est plus à moi.

— C'est quand même la malouinière des Carbec...

— C'est la malouinière de ma fille Lucile !

— Allons, allons ! Doucement. Calmez-vous. Votre belle-sœur me l'a recommandé encore hier au téléphone : jusqu'à nouvel ordre, repos absolu, et pas d'émotion. Surtout pas d'émotion ! Ce soir vous prendrez une tisane de valériane.

— Vous voulez tous que je reste couchée, immobile comme une barque au sec pour m'empêcher d'aller à la Couesnière ! Je me sens très bien, je vais à la garde-robe sans rien demander à personne. Si vous croyez que je ne vois pas clair dans votre jeu ! Pourquoi avez-vous téléphoné à Olga Zabrowsky ? Vous aussi, elle vous a embobiné, hein ?

Toutes ses vieilles rancœurs lui étaient remontées d'un seul coup, comme une nausée qu'on n'a pas le temps d'aller vomir dans la cuvette des cabinets. Au cours de sa carrière de médecin à tout faire, le docteur Pineau en avait vu et entendu d'autres. Il ne contraria pas sa malade, lui donna deux ou trois fois du chère madame Carbec et insista sur la valériane. Il se permit seulement de dire :

— Estimez-vous heureuse d'avoir auprès de vous une belle-fille comme Adèle. Elle vous est très dévouée, et je crois même qu'elle vous aime beaucoup. Soyez très gentille avec elle. Et encore une fois, pas d'émotion inutile. C'est le professeur Carbec qui me l'a fait dire par sa femme, parce qu'il se trouvait être en séance à l'Institut quand je lui ai téléphoné.

Lorsque Adèle Carbec fit boire ce soir-là à sa belle-mère la tisane recommandée par le médecin, elle lui dit en souriant :

— J'ai l'impression que vous allez beaucoup mieux, vous me paraissez toute détendue. Vous passerez une bonne nuit.

— Assieds-toi un peu auprès de moi.

— Pas de musique ce soir ?

— Non, nous allons causer ensemble. Installe-toi confortablement. C'est vrai que je me sens bien ce soir. As-tu de bonnes nouvelles de Jean-Pierre ? Ah, il assiste à des manœuvres ! Quand il téléphonera, embrasse-le très fort pour moi et dis-lui que je serai d'attaque le 15 août. Ça ne fera peut-être pas plaisir à tout le monde mais à lui certainement. À lui, et à toi ma petite Adèle. Moi, je t'appelle toujours Adèle, n'est-ce pas ? Eh bien, ma petite Adèle, je veux te dire que je suis de plus en plus heureuse de votre mariage : comme toutes les mères, je me demandais qui deviendrait un jour maîtresse de cette maison. Maintenant je suis rassurée, pour Jean-Pierre, pour vos enfants, et pour moi aussi. Me voilà sortie d'affaire, je le sens bien. Pour combien de temps, je n'en sais trop rien. À la grâce de Dieu, n'est-ce pas ? Il faut donc en profiter. Bien sûr, j'ai fait mon testament depuis longtemps, mais je vais le réviser parce que je te connais bien, à présent.

— Mère...

— Laisse-moi parler. Je ne suis pas essoufflée du tout, cale-moi plutôt un autre oreiller derrière la tête. Tu sais peut-être qu'à la mort de mon mari tous ses biens ont été distribués. Moi j'avais gardé les miens, les biens Huvard n'est-ce pas ? Ces biens, je les ai séparés en parts égales. Je vais donc réviser mon testament parce que je veux faire quelque chose pour toi. Parle-moi très franchement. À part la petite maison où tu vivais avec ton père, tu n'as rien d'autre, c'est bien cela ?

— Oui, mais...

— Mais c'est comme ça, ma fî ! Peux-tu me dire sous quel régime vous vous êtes mariés tous les deux ? Séparation totale des biens ? C'est ce que font toujours les Carbec : à chacun ses espérances. Donc, si Jean-Pierre venait à disparaître, ses enfants seraient ses seuls héritiers et toi tu te contenterais de la pension d'une veuve de militaire.

— Mère, j'ai eu l'habitude... Ne pensez pas que je me sois mariée avec Jean-Pierre...

— Parce qu'il avait un peu d'argent devant et derrière lui ? Ma chère enfant, tu n'empêcheras jamais les messieurs de Saint-Malo et leurs pétasses de le penser. Ils sont comme ça, tu les connais aussi bien que moi. Moi, je sais bien que non. C'est l'essentiel. Avec tous ces bruits de réarmement, de révolution et de guerre qui grondent un peu partout, on ne prend jamais assez de précautions. Je vais réfléchir à tout cela en m'endormant et tu téléphoneras demain à l'étude pour demander au notaire de passer me voir un jour prochain. Redonne-moi donc un peu de cette valériane, ferme la fenêtre et embrasse-moi.

Paisible, Yvonne Carbec s'endormit rapidement. Elle se réveilla au milieu de la nuit et fut incapable de retrouver le sommeil. Depuis longtemps elle ne s'était sentie aussi bien, ce docteur Pineau est un bon médecin quand il suit les conseils de Guillaume mais ils exagèrent un peu quand ils veulent exiger de moi le repos absolu ! Tourmentée par son idée de modifier son testament, elle prit dans le tiroir de sa table de nuit un bloc-notes, un stylo, sa paire de lunettes, s'assit sur son lit et commença d'écrire : codicille à mon testament. Comme elle ne trouvait pas tout de suite la formule qui correspondait au sentiment qu'elle voulait exprimer, elle pensa qu'un peu d'air frais lui éclaircirait les idées. Elle se leva avec précaution, ouvrit la fenêtre, se pencha sur la nuit bleue où scintillaient là-bas, un peu à gauche, les lumières de Dinard. La Noguette sonna trois coups. Un sentiment de bien-être inonda Mme veuve Carbec. Elle était guérie, elle serait présente au rendez-vous de la malouinière. Comment avait-elle donc rédigé les premières lignes de son testament ? Je soussignée, Yvonne Huvard, veuve de Jean-Marie Carbec... Le plus simple, c'était de relire l'exemplaire qui se trouvait dans le secrétaire en bois de rose du petit salon. Bien qu'on lui eût défendu de bouger, ça ne serait pas la première fois qu'elle descendrait au rez-de-chaussée sans rien dire à Pélagie, à plus forte raison à Adèle. La semaine dernière, au milieu de la nuit, elle était allée dans la cuisine parce qu'elle avait eu envie, tout à coup, de manger une tartine de beurre salé, et était remontée se coucher en riant sous cape du bon tour joué à M. Pineau qui interdisait le sel, comme si on pouvait manger du beurre fade ! Prenant les plus grandes précautions, tant pour sa sûreté personnelle que pour éviter le moindre bruit, elle descendit pas à pas le grand escalier de pierre, parvint au petit salon, fut désagréablement surprise de constater la nouvelle disposition des meubles, ouvrit le tiroir où se trouvait le document recherché et entreprit de remonter dans sa chambre. Elle s'arrêta au milieu de l'escalier, clouée par une douleur fulgurante dans la poitrine. La respiration coupée, haletante, elle croisa les deux mains sur son cœur et voulut appeler Adèle. Aucun son ne sortit de sa gorge nouée. Il fallait absolument qu'elle parvienne jusqu'à sa chambre où elle s'étendrait sur son lit, retrouverait le calme et resterait immobile pour pouvoir être le 15 août à la malouinière. Elle monta quelques marches, s'arrêta, la poitrine broyée par un étau, et crut qu'elle appelait tour à tour Adèle, Jean-Pierre, Lucile, Annick, Pélagie, même Olga. Aucun son ne sortait de sa bouche. Elle monta encore une marche, deux, encore cinq, courage ma fî ! La petite bonne trouva Mme Carbec au bas de l'escalier où elle avait roulé comme un mannequin. C'était le matin du 16 juin. Dans le ciel bleu inondé de soleil, des oiseaux blancs et gris tournaient avec leurs cris rouillés autour des cheminées de la maison des corsaires.

D'un commun accord, les Carbec avaient décidé de remettre à l'an prochain le rendez-vous de la malouinière. La mort de ma pauvre Yvonne, survenue dans de telles circonstances, les avait tous frappés de stupeur et leur faisait penser en secret qu'une sorte de malédiction frappait leur famille où depuis plusieurs décennies, personne, à part la grand'mère Léonie, ne mourait dans son lit. Cela avait commencé en 1905 avec le naufrage du *Hilda*, s'était poursuivi avec la guerre de 14, et voilà qu'après avoir tué Jean-Marie sur une table d'opération la même puissance frappait Yvonne Carbec luttant contre un infarctus et la faisait rouler au bas d'un escalier de pierre où elle se fracassait le crâne. Lucile avait cependant demandé à sa sœur Annick et à sa belle-sœur Adèle de s'installer à la Couesnière pour y passer les mois de juillet et d'août selon la coutume, aux côtés de l'oncle Guillaume et de la tante Olga : ensemble, on se tiendrait au cœur à cœur en parlant des bons souvenirs laissés par les disparus. Venus assister aux obsèques, les Marocains n'étaient pas retournés à Rabat et avaient décidé de prendre la malouinière pour point de ralliement d'où ils rayonneraient à travers la Bretagne que Gilbert Lecoz-Mainarde voulait faire connaître à ses enfants. Conquise par Biarritz, Olga avait décidé Guillaume de rester à la Couesnière le seul mois d'août, mais Adèle, nouvelle venue dans la tradition Carbec, déclina l'invitation, « je ne veux pas laisser vide pendant deux mois notre maison de Saint-Malo au moment où notre mère vient d'y mourir, croyez-moi je me sentirai plus près d'elle, Jean-Pierre est de mon avis, et les enfants pourront être conduits à la plage tous les jours. » Personne n'avait protesté ni tenté de la faire revenir sur cette décision qui partait d'un si bon sentiment, parce que tout le monde savait maintenant que l'ancienne demoiselle Biniac était aussi têtue qu'eux tous, et que son mari la soutiendrait. Ils n'en avaient pas été moins surpris, encore qu'Olga fût la seule à exprimer sa pensée en confiant tout bas à Guillaume :

— Je ne suis pas loin de croire que cette pauvre Yvonne ait eu le temps de monter la tête d'Adeline contre nous.

— Contre nous ?

— Contre moi ou contre nous deux, n'est-ce pas la même chose, mon chéri ?

— Je me demande bien pourquoi tu t'es toujours imaginé que ta belle-sœur te détestait.

— Ce sont des choses qui arrivent. Toi, comme tous les hommes, tu ne vois rien.

— Il y avait donc quelque chose à voir ?

— La façon dont elle me regardait. Si tu veux tout savoir, elle était jalouse. Je crois même qu'elle était un peu amoureuse de toi.

— Tu veux rire ?

— Entre belles-sœurs on ne rit jamais de ces choses-là.

Adeline Carbec passa les deux mois d'été dans la maison de ville où elle avait entrepris, quelques jours après la mort de sa belle-mère, de faire exécuter d'importants travaux de peinture et de rajeunir les lourds rideaux accrochés aux fenêtres depuis trois générations. Tous les matins, on la voyait, suivie de Pélagie qui portait les paniers, aller au marché, apprécier d'un œil averti la raideur des maquereaux, tâter les pêches et les abricots avant de les acheter, répondre avec discrétion aux « Bonjour, madame Carbec » dont la gratifiaient maintenant des commères installées dans une société peu disposée à s'intéresser aux demoiselles de piano qui courent le cachet mais demeurée sensible, depuis trois siècles, aux honneurs et à l'argent.

Un sûr instinct lui commandait de ne pas perdre de temps pour prendre une revanche sur les années mortes, d'aller de l'avant, de marquer sa place dans la famille Carbec et dans le monde malouin. À Paris, les morts courent plus vite qu'ailleurs, la cérémonie funèbre à peine terminée on n'en parle bientôt plus. En province, ils n'en finissent pas de mourir. On en cause, on va les voir au cimetière où les gardiens ne s'empressent pas d'enlever les couronnes de fleurs fanées sur les tombes, on parle plus bas pendant une semaine, on s'habille en noir, on rend des visites de condoléances, on n'a pas plus de chagrin qu'ailleurs mais on est auréolé d'une sorte de dignité nouvelle conférée par ceux qui sont partis. Après avoir reçu la visite de la sous-préfète, de la mairesse et de la colonelle, Mme Jean-Pierre Carbec n'allait tout de même pas déserter les remparts de Saint-Malo pour aller s'enterrer à la Couesnière !

Elle s'y rendit cependant chaque dimanche avec son mari. Jean-Pierre y tenait beaucoup : c'était pour lui une occasion de poursuivre avec Guillaume Carbec des conversations engagées la semaine précédente sur des sujets qui commençaient à préoccuper quelques Français encore capables de considérations objectives. Au cours de ces dernières semaines, deux événements avaient particulièrement troublé l'oncle et le neveu, tous deux rescapés de la grande tuerie : le 16 mars, Hitler avait proclamé sa volonté de mettre immédiatement sur le pied de guerre 36 divisions et de créer une puissante armée de l'air, le 2 mai suivant la France et l'URSS avaient signé un pacte d'assistance militaire.

— Que penses-tu de ce pacte franco-soviétique ? demandait Guillaume Carbec. D'Ormesson, dans *Le Figaro*, n'a pas l'air de le prendre au sérieux.

— De vous à moi, la signature de ce pacte ne sera jamais suivie de conversations utiles et demeurera lettre morte parce qu'à l'État-Major les partisans de cet accord sont le plus petit nombre, alors que ses adversaires sont résolus à le freiner par des atermoiements, des réticences et autres moyens dilatoires. Nous savons très bien rédiger des montagnes de notes sans objet pour gagner du temps.

— J'ai vu cela de près, s'impatientait Guillaume, mais toi ?

— Avant le réarmement allemand, j'étais un adversaire de ce pacte parce que j'avais de bonnes raisons de soupçonner quelques uns de mes camarades du boulevard Saint-Germain de lui donner un contenu susceptible de nous entraîner automatiquement dans les complications politiques d'une Europe centrale désunie. Aujourd'hui, il me faut bien admettre que l'armée Rouge serait seule capable de venir au secours de la Petite Entente à laquelle nous lient des engagements formels autant qu'illusoires. Je ne vois pas comment notre armée, essentiellement défensive, pourrait prêter main-forte à ces alliés ? Des forts en thème du 4e Bureau ont pourtant imaginé de les faire ravitailler par Salonique.

— Ça n'est pas sérieux ?

— Mon oncle, nous sommes des gens très sérieux et nous nous prenons pour tels.

— Ta conclusion ?

— Je ne vois pas d'autre contrepoids que l'armée Rouge à la remilitarisation du Reich. Quelle que soit sa valeur, son efficacité ne sera pas inférieure à celle des armées du tsar qui, en 1914, sont tout de même parvenues à fixer soixante divisions allemandes et nous ont sauvés du même coup... Évidemment, nous allons courir le risque de permettre aux Soviets de développer en Europe une influence politique dont la portée peut être incalculable.

— Alors, fallait-il conclure ce pacte ?

— Voyez-vous, mon oncle, ce qui me paraît très grave c'est que tous ces problèmes sont examinés en France par des hommes, civils ou militaires, dont le raisonnement est faussé par l'idéologie politique, quelle qu'elle soit. Je me demande parfois si tout cela n'est pas démodé, dépassé, archaïque. Regardez ce qui se passe ailleurs, en Russie, en Italie, en Allemagne, une jeunesse se lève, dynamique, enthousiaste, qui a foi dans l'avenir. Ici, on a le sentiment de vivre au milieu d'un peuple vieux, usé, blasé.

— Non, Jean-Pierre, ça n'est pas parce que sa jeunesse refuse de marcher au pas cadencé quc la France est un pays de vieux, c'est plutôt parce qu'elle a eu un million et demi de morts.

— Morts pour quoi ? pour qui ? Pour rien.

— Tu le penses vraiment ?

— Aujourd'hui j'ai deux enfants et cela m'arrive de le penser. Mais je pense aussi qu'il suffirait sans doute de peu de chose pour apaiser les luttes sociales qui se préparent ici, et je me dis que ce quelque chose, les Italiens, les Allemands et les Russes l'ont peut-être trouvé...

Guillaume Carbec interrompit durement son neveu :

— Je te vois venir avec tes bottes de militaire, sauf que tu es moins bête que beaucoup d'autres, mais je ne te suis pas ! Écoute-moi bien. Moi, je suis un républicain libéral pour toujours. Je mourrai ainsi quoi qu'il arrive. Ton analyse, je peux la partager sur bien des points mais je n'accepterai jamais que l'équilibre social se paie par la mort de la liberté.

— C'est du Jaurès, mon oncle ?

— Non, mon commandant, c'est du Guillaume Carbec ! Assez de discussions pour aujourd'hui. Repos ! Allons voir ce que deviennent nos femmes. Nous reprendrons tout cela demain. Tu ne t'en tireras pas comme cela, mon garçon.

Au bord de l'étang, à l'ombre d'un parasol aux rayures grises et blanches, Olga, Lucile, Annick et Adèle se rappelaient quelques vieux souvenirs de la malouinière. De leur conversation animée, quelques rires fusaient.

— Vous avez l'air bien joyeuses ! dit Guillaume. De quoi s'agit-il donc ?

Sans penser à mal, Olga répondit :

— Je leur racontais qu'un jour cette pauvre Yvonne...

Hervé Carbec n'était pas venu à la Couesnière cette année-là. Sa carrière paraissait maintenant établie, surtout dans les pays de l'Est et du Nord où il donnait de nombreux récitals. Pendant le mois de juillet, il était revenu à Berlin : la Philharmonique lui avait demandé d'y interpréter en première audition le *Concerto pour la main gauche* composé par Maurice Ravel pour un pianiste autrichien amputé du bras droit pendant la guerre. Comme d'habitude, la salle était comble. Dès les premières mesures, émergeant d'un brouillard donné par les cordes graves de l'orchestre, Hervé avait su trouver le ton majestueux, à la fois autoritaire, tendu, pathétique qui convenait le mieux à cette singulière partition où les cuivres et la batterie exprimaient la violence de l'époque. Joué sans interruption jusqu'au finale, explosion d'un sarcasme, le *Concerto* ravélien avait bouleversé les auditeurs berlinois comme s'il fût chargé d'une sorte de pouvoir maléfique. Interdits pendant trois secondes, ils s'étaient enfin levés pour acclamer en même temps l'œuvre et son interprète. Hervé Carbec ne pensait déjà plus à ce qu'il venait d'interpréter, il entendait à peine les applaudissements, il serra sans y prêter attention la main tendue par Furtwängler. Les yeux fixés sur la salle illuminée, il regarda d'abord vers les tribunes, car Helmut ne pouvait pas se payer une place à l'orchestre, et ne parvint pas à distinguer celui qu'il cherchait. Il s'appliqua alors, sous la rafale des bravos, à examiner une par une les rangées de fauteuils tandis qu'il distribuait à droite et à gauche les saluts et les sourires qu'on attendait du petit Français, dolicocéphale blond aux yeux bleus, miraculeusement aryen. Tout à coup, son cœur s'arrêta de battre pendant un instant : il avait cru reconnaître von Keirelhein au milieu d'un groupe d'officiers allemands vêtus de tenues flambant neuf et couverts de décorations. Immobile, Hervé le regarda fixement mais l'autre continuait à battre des mains sans que son visage exprimât un trouble différent de celui de ses camarades en uniforme. Au sixième rappel, Hervé fit signe qu'il allait jouer un autre morceau, annonça d'une voix blanche : « *Adagio*, de Corelli » et s'installa devant le piano où il dut attendre un long moment le retour du silence. Alors, de ses doigts enchantés s'éleva une mélodie nostalgique dont chaque note révélait l'intensité d'une émotion et qui s'arrêta soudain, discrètement, rêve à peine né et déjà évanoui... Cette fois, il fut certain d'avoir reconnu Helmut, parce qu'au milieu des officiers de la nouvelle Wehrmacht l'un d'eux se tenait tout droit, immobile, les deux bras collés au corps, le visage creusé d'une tristesse infinie. Pour parvenir à la porte de la Philharmonique, il lui fallait d'abord dire au revoir au chef d'orchestre, dire quelques mots à son agent au sujet du concert du lendemain à Leipzig, surtout se changer, il n'allait pas courir dans la rue en habit ! Hervé Carbec demanda au régisseur de faire une annonce au public qui quittait lentement la salle : « M. le capitaine von Keirelhein est prié par M. Hervé Carbec de bien vouloir l'attendre. » Une heure plus tard, Hervé était rentré solitaire à son hôtel d'où il était bientôt reparti pour arpenter Kufürstendamm et Friedrichstrasse où il rencontrerait peut-être Helmut. À la fin, épuisé, il s'était affalé sur une banquette du Schwannecke, où son cousin lui avait montré des peintres, musiciens, écrivains, journalistes qui faisaient de ce restaurant berlinois ce que d'autres intellectuels et artistes faisaient de la Coupole à Montparnasse. Tous ceux-là avaient disparu. Le nouveau régime les avait fait fuir, ou disparaître dans des camps et dans des prisons. À leurs tables, des couples sérieux et peu bavards mangeaient des cervelas aux oignons en buvant de la bière. Reposé, Hervé Carbec reprit sa quête sur les trottoirs de Friedrichstrasse où déambulaient des putains et des travestis. Plusieurs cabarets étaient fermés. À un moment, la foule des promeneurs s'immobilisa pour regarder passer sur la chaussée un bataillon de jeunes garçons bien astiqués et bien dressés, marchant quatre par quatre au pas cadencé, tête nue et chemise échancrée, encadrés par des führers de dix-huit ans et précédés de joueurs de trompette. Ils furent applaudis par les uns, salués le bras tendu par d'autres. Un sentiment confus mêlé de frayeur et d'admiration agita Hervé. Comme il arrive à la plupart des êtres faibles, la force brutale le repoussait et l'attirait, le séduisait comme elle lui faisait horreur. Tout à l'heure, le pathétisme héroïque du *Concerto pour la main gauche* l'avait bouleversé, mais les notes de Corelli s'étaient égrenées aussi bien dans son cœur comme des larmes d'enfant. Immobile sur le bord du trottoir, il resta longtemps après le défilé des Hitlerjugend, pour entendre le son des trompettes s'éteindre dans la nuit. Ces garçons étaient des petites brutes, capables de le rosser à mort il le savait, et cependant, lui qu'une piqûre au bout des doigts menait aux rives de la syncope, il n'avait pu se départir d'un certain appétit de violence en les voyant défiler avec leurs culottes courtes à mi-cuisses.

L'année s'achevait. Hier soir, le professeur Carbec et son épouse étaient allés au théâtre voir *La guerre de Troie n'aura pas lieu*, une pièce où l'auteur inventait, pour Ulysse et Hector, l'homme de la paix et l'homme de la guerre, un dialogue dont les sonorités évoquaient pour chaque spectateur les voix qui troublaient leur sommeil depuis quelques mois. Il y avait bien dans ces deux actes une invitation à la confiance dans les hommes, dans les arbres, dans le ciel, mais Guillaume avait surtout entendu à travers l'humour grave de Giraudoux un couplet de désespoir sur et contre la guerre. La guerre comparée au derrière d'un singe. Ce mot l'avait ravi. Oui, la guerre était bien la chose la plus laide du monde, le derrière d'un singe, mais est-ce avec des mots qu'on s'en préserverait ? Les dernières conversations échangées avec son neveu Jean-Pierre l'avaient troublé. Souvent, il y repensait. Depuis le dernier séjour à la Couesnière, Hitler avait proclamé à Nuremberg d'ignominieuses lois raciales, et Mussolini avait envahi l'Éthiopie. La menace se précisait donc. Et pourtant ? Cet accord franco-soviétique concocté par le Quai d'Orsay et quelques militaires ne ressemblait-il pas à un pacte avec le diable ? Tout à l'heure un confrère des Sciences morales et politiques rencontré à la bibliothèque de l'Institut avait dit en confidence à Guillaume Carbec :

— Je tiens de source très sûre que le grand état-major soviétique entretient avec l'Allemagne des relations suspectes. M. Benès en a averti en secret notre ministre des Affaires étrangères. Parlez-en donc au commandant Carbec. Il est bien au 2e Bureau de l'État-Major de l'Armée, n'est-ce pas ?

Guillaume était descendu de l'autobus à l'angle du boulevard Malesherbes et du boulevard de Courcelles, pour faire quelques pas dans le parc Monceau et s'entretenir un instant avec le gardien, promu gardien-chef, dont il appréciait le bon sens et la sérénité.

— Que pensez-vous des événements ? demanda-t-il.

— Pour moi, monsieur, il n'y a guère que deux événements qui comptent aujourd'hui : ma femme attend son quatrième et nous aurons ici des roses de Noël à la fin du mois.

— Bravo ! Vous nous donnez une belle leçon et vous parlez comme Hector.

— Je ne connais personne qui s'appelle Hector, monsieur

— Eh bien, je vais vous le faire connaître. C'est le personnage d'une pièce de théâtre que j'ai vue hier soir avec ma femme. Acculé à faire la guerre, il pèse sur le plateau d'une balance ce qui lui paraît être le plus important : un homme jeune, un enfant à naître... Alors, il décide de sauver la paix à tout prix. Voilà qui est Hector. J'ajoute que c'est un ancien combattant valeureux... comme vous-même, mon bon. Maintenant, donnez-moi donc des nouvelles de vos arbres. Supportent-ils bien l'hiver ?

Guillaume Carbec ne rentra pas chez lui le cœur apaisé. Il ne se faisait guère d'illusions : une génération d'hommes se levaient en Europe, impitoyables, froids d'esprit et violents de cœur, aussi habitués à souffrir qu'à verser le sang sans répugnance pour forger au monde un visage nouveau. Ces hommes l'épouvantaient. Heureusement, il y avait le petit gardien-chef qui se promenait avec sa manche vide dans les allées du parc Monceau en rêvant à la prochaine naissance de son quatrième enfant et à des roses de Noël, personnage sans le savoir d'un théâtre signé Giraudoux. Avec lui, il fallait croire que l'aurore se lève toujours demain.

— Bonjour Solène. Madame n'est pas rentrée ?

— Pas encore, monsieur.

— Fais-moi une tasse de thé et apporte-la dans mon cabinet. Sur son bureau, le courrier du soir avait été posé tout à l'heure par Solène. Guillaume décacheta la première enveloppe, timbrée aux États-Unis, à Kansas-City (Kansas) : elle contenait une carte de Christmas signée John David, Pamela, Jimmy, Patrick, Virginie, et qui disait après le traditionnel Happy New Year « Toute la famille elle espère certainement venir à la Couesnière le futur 15 août parce que le business est maintenant bon. » Une autre enveloppe portait un timbre du Gabon. Je connais cette écriture, qui peut bien m'écrire du Gabon ? Guillaume la décacheta et il reconnut alors l'écriture de sa fille Marie-Christine.

« Mon cher papa,

« Cette lettre vous surprendra certainement, vous inquiétera peut-être. Bien qu'elle soit adressée à vous deux, c'est à vous que je l'envoie. Vous la communiquerez à maman lorsque vous le jugerez bon et après l'avoir doucement préparée à connaître la nouvelle dont je vous fais part aujourd'hui. J'ai quitté mon couvent. N'entendez pas que j'aie changé d'établissement. Non, j'ai abandonné l'état religieux dans lequel j'étais entrée il y a quinze ans avec la foi, l'enthousiasme, les certitudes que vous savez. Il est inutile, je pense, de vous préciser qu'il ne s'agit pas d'un coup de tête mais d'une douloureuse décision prise avec l'accord, sans doute imparfait, de mon ex-Mère Supérieure, après de longs débats avec moi-même et des conversations très franches avec mon confesseur. Finalement nous sommes parvenus à obtenir de Rome que je sois déliée des vœux prononcés naguère librement lorsque j'acceptai la règle de sainte Claire. Ce que fut ma vie pendant ces quinze années sous le regard de Dieu ne regarde que moi et Lui. Vous remarquerez que j'écris toujours son nom avec une majuscule parce que je ne pense pas avoir rompu avec les valeurs éternelles. J'ai connu des heures lumineuses, au-delà de tout ce que je pouvais imaginer. D'autres heures furent plus sombres. Un jour, je me suis aperçue que la contemplation ne versait plus dans mon cœur le miel des premières extases. Dès lors, mes prières n'étaient plus que des mots vidés de leur substance. Je fus atterrée. Mon confesseur m'a dit avec la plus grande bonté que ces sortes de défaillance étaient courantes, un peu semblables à celles d'un soldat qui perd un jour courage et est tenté de fuir sans être pour autant un lâche : il se ressaisit et repart au combat avec d'autant plus de vaillance que la peur l'a mieux trempé. J'ai essayé de me reprendre, je l'ai voulu de toute mon âme. Pour y parvenir il existe des méthodes qu'on appelle disciplines. Elles furent inopérantes. J'appelais Dieu à mon secours, Il me fuyait, j'avais beau me répéter moi aussi que je ne Le chercherais pas avec tant de ferveur si je ne L'avais déjà trouvé, tous ces exercices étaient inutiles car mon cœur savait bien n'être plus qu'une sorte de moulin à prières. Aurais-je dû me taire et rester cloîtrée jusqu'au bout de la vie pour demeurer fidèle à ma profession de foi ? D'autres l'ont fait sans doute. Je n'ai pas pu parce que notre règle monastique est terrible et ne peut être supportée que dans l'éblouissement du face à face avec Dieu. Je sais, mon cher papa, que vous professez l'agnosticisme, mais je sais aussi que vous êtes le contraire d'un négateur. Vous devrez donc admettre que moi, Marie-Christine, votre petite fille, j'ai connu ce que vous appelez l'inconnaissable et que l'ayant perdu il me fallait tout quitter, le couvent, mes sœurs, mon habit de nonne, les chants, mon rosaire, le silence... comme j'avais quitté il y a quinze ans mon père et ma mère. Rester c'eût été tricher avec moi-même, sottise impardonnable, et tricher avec Dieu qui, Lui, m'eût remis cette faute. Je sais que vous m'entendez. Vous comprendrez aussi qu'à partir de ce moment il m'était impossible de reprendre le courant d'une vie quotidienne où il n'y a plus de place pour moi. Grâce aux relations personnelles de ma Mère Supérieure, qui dans cette épreuve ne m'a jamais abandonnée, j'ai pu partir assez rapidement pour le Gabon où mon vieux diplôme d'infirmière va me servir pour soigner les lépreux rassemblés à Lambaréné par une sorte de saint laïque, docteur en médecine et en théologie. Je suis là, dans la forêt tropicale depuis quelques jours seulement mais je sais déjà que ma modeste expérience de la misère humaine, vécue pendant les mois de la dernière guerre, pèse très peu de chose auprès des détresses et des maladies affreuses qui sont le spectacle quotidien du docteur Schweitzer, de celles et de ceux qui l'entourent. Dieu me dira si j'ai enfin trouvé le port ? Il me le dira s'Il consent un jour à me parler car Il ne me dit plus rien, pas plus d'ailleurs que je ne m'adresse à Lui. Je ne prie plus, je soigne des malades, les plus déshérités et les plus monstrueux de la terre, des nègres lépreux qui sont pourtant des hommes...

« Voici, en quelques lignes, une longue histoire dont je pense être sortie intacte puisque je me sens aussi courageuse qu'à vingt ans et j'en ai trente-neuf ! Ni à vous ni à maman je n'ai voulu jusqu'ici faire la moindre confidence à propos du drame que je vivais, parce qu'il était convenable que je fusse seule à porter ma croix, tomber sous elle ou bien la relever et poursuivre ma route. Pardonnez-moi ce qui fut peut-être un manque de confiance et plus sûrement une espèce de péché d'orgueil. Pardonnez-moi aussi de n'être pas venue vous dire au revoir avant de partir pour le Gabon. J'en mourais d'envie. Au dernier moment, je n'ai pas voulu vous imposer la vue d'une défroquée. Ce mot affreux, il faut bien l'écrire pour n'en avoir plus peur puisqu'il va m'accompagner pendant des années et des années, jusqu'au bout. Dans deux semaines nous allons fêter Noël à Lambaréné : le docteur Schweitzer tiendra l'harmonium. Hier, faisant répéter à une chorale de jeunes Africains lépreux : "Il est né le divin Enfant...", je me suis surprise à penser que Dieu n'a pas été bon pour tout le monde, mais c'est peut-être qu'il ne pèse pas ses actes sur les mêmes balances que nous ? Selon une tradition à laquelle vous demeurez certainement fidèle, vous réveillonnez boulevard de Courcelles. Ce soir-là, je penserai beaucoup à vous tous, d'abord à vous deux, à mes frères, aux cousins et aux cousines Carbec. Si je ne puis plus prier pour mon âme, je pense pouvoir encore le faire pour les autres. Faites-en autant pour moi, même vous, papa, car je ne crois pas qu'il existe au monde un seul Malouin sincère avec soi qui ne garde précieusement enfouie au creux de son cœur la mémoire d'une prière.

« Mon cher papa et vous ma chère maman, je vous embrasse de toute ma tendresse retrouvée — Marie-Christine.

« P.S. Vous pouvez maintenant m'écrire longuement et n'importe quoi. Personne n'ouvrira plus mes lettres pour les lire avant de me les donner. »

Guillaume Carbec relisait la lettre de sa fille pour la troisième fois lorsque sa femme entra dans son cabinet. Elle était chargée de paquets et sentait bon, mon chéri je suis en retard, il n'y avait pas un seul taxi, je n'ai plus un sou mais j'ai trouvé de jolis cadeaux pour Noël, les enfants vont être gâtés. Il la regarda avec indulgence. Ça n'était pas le moment de gâter sa joie.

Elle tombait depuis deux jours sans un moment d'interruption, poussière d'eau tombée d'un ciel gris pâle, pluie malouine qui vernissait les toits d'ardoises de la Couesnière. Pour la première fois depuis que la grand'mère Léonie avait décidé en 1914 d'organiser les grands rendez-vous Carbec à la malouinière, on ne pouvait pas dresser dehors la table du déjeuner traditionnel. Hier soir encore, on avait espéré que le temps s'améliorerait avec la marée, ce matin la même pluie fine tombait toujours. Lucile avait demandé à Germaine de venir la réveiller à sept heures.

— Quel temps fait-il ?

— Ça n'a point arrêté de tomber de toute la nuit. Avez-vous au moins bien dormi, mademoiselle Lucile ?

— Je me suis couchée trop tard. Les Américains n'en finissaient pas de chanter, boire et danser.

— Dame ! Ceux-là, ils sont un peu malouins, non ?

John David Carbeack et Pamela, accompagnés de leurs trois enfants, Virginie, Jimmy et Patrick, avaient débarqué en Europe depuis un mois. Après avoir visité l'Italie et passé deux jours à Paris, ils étaient repartis pour Saint-Mihiel parce que le vétéran de Pershing voulait montrer à ses fils l'endroit où il avait été blessé en 1918. Arrivés l'avant-veille à la Couesnière, ils devaient repartir le lendemain pour Le Havre. Là, ils prendraient passage à bord du *Normandie* qui venait de remporter le ruban bleu [1] et retraverseraient l'Atlantique. « Trois jours à la malouinière, s'était exclamée Olga, vous n'y pensez pas ! Les enfants de la jeune génération auront à peine le temps de faire connaissance. Il vous faut rester deux semaines ! » Les cousins américains avaient organisé leurs vacances,

1. Trophée symbolique accordé au paquebot le plus rapide entre l'Europe et New York (*N.d.E.*).

dès le départ de Kansas-City (Kansas), selon un planning rigoureux où trois jours avaient été prévus pour la Bretagne dont un déjeuner au Mont-Saint-Michel chez la Mère Poulard. On ne pouvait plus rien y changer. Comme en 1914 lorsque John David et Pamela étaient venus en France en voyage de noces, ils étaient arrivés vers neuf heures du soir après s'être plusieurs fois perdus dans l'arrière-pays de Saint-Malo et avoir frappé à la porte de nombreuses malouinières cachées dans leurs bois, avant de trouver la bonne. Ils avaient gardé le goût des grands coups de klaxon, des automobiles étincelantes, des sacs de toile, des tapes sur l'épaule et de la cordialité bruyante, mais les années ne les avaient pas moins marqués au visage et au corps. Pamela, hier fille fleur comme on les imagine de ce côté-là de l'océan, était devenue une mère de famille haute et géométrique comme un building, John David ne ressemblait plus à un champion de base-ball mais ses tempes grises et son ventre rond laissaient deviner que le lawyer de Kansas-City rêvait d'être désigné candidat républicain aux prochaines sénatoriales. Vingt-deux années s'étaient écoulées depuis qu'ils avaient fait la connaissance de leur famille malouine et voici qu'ils revenaient à la Couesnière avec trois grands enfants auxquels John David avait essayé d'inculquer quelques rudiments de français pour perpétuer le souvenir des aïeux partis naguère au Canada. Aussi minces qu'ils fussent, les résultats obtenus par le lawyer avaient permis à Virginie, Jimmy et Patrick d'échanger un peu plus que des poignées de main et des éclats de rire avec leurs cousins français, alors que Pamela avait répété mot pour mot la phrase prononcée en 1914 quand elle était descendue, blonde et robuste, de son automobile, so glad to see you ! so glad to see you ! et que son mari, plus ému qu'il ne voulait le paraître et ne retrouvant pas la belle phrase apprise par cœur depuis trois mois, se contentait de gratifier d'un sonore « Old bean ! » le cousin membre de l'Institut en lui administrant un affectueux coup de poing en pleine poitrine. Dès le premier soir, Olga et Guillaume avaient mieux compris qu'ils faisaient maintenant partie de ceux qu'on appelle communément les vieilles gens. La mort de cette pauvre Yvonne les avait isolés dans ce groupe d'âge où ils se trouvaient désormais fixés tous les deux. En 1914, Pamela et John David s'étaient trouvés de plain-pied avec eux, discourant, riant et se promenant plus volontiers en leur compagnie qu'avec celle des enfants. Cette année, les Américains étaient allés d'instinct vers Lucile et Annick, Roger et Hervé, Jean-Pierre et Adèle, pour évoquer des souvenirs gais comme l'histoire du phonographe jouant *Vous n'aurez pas l'Alsace et la Lorraine!*. À propos, qu'était donc devenu le cousin allemand ? Et la vieille Clacla, vivait-elle encore dans l'étang ? Après le dîner, les plus jeunes avaient tout de suite fraternisé autour d'un pick-up apporté en cadeau de Kansas-City avec une douzaine des meilleures danses de Fred Astaire. Le lendemain matin, ils étaient tous partis pour Saint-Malo sans demander à Guillaume Carbec et à Olga de les accompagner, mais lorsque celle-ci avait demandé à John David s'il avait passé à la malouinière une aussi bonne nuit que la première fois, le cousin avait répondu dans un grand éclat de rire :

— Hoh yes ! Demandez à Pamela ! Je crois que c'était ce soir-là que nous avons fait le baby. Indeed !

— Même si la pluie s'arrêtait de tomber, dit Lucile à Germaine, l'herbe serait trop mouillée pour qu'on puisse déjeuner dehors. Demande à Solène de t'aider à dresser deux tables dans la salle à manger, une pour dix-huit couverts et l'autre pour dix. Je te rejoindrai tout à l'heure, nous n'avons pas de temps à perdre.

Pour aider au service, Olga avait voulu que sa femme de chambre passât cette année-là le mois d'août à la Couesnière où elle n'était pas revenue depuis que la grand-mère Carbec l'avait excommuniée. Germaine entra sans façon dans la mansarde où logeait Solène et vit qu'elle était encore toute ensuquée dans son sommeil, un sommeil de brute, la bouche ouverte et des cheveux plein la figure. Fenêtre fermée, la chambre sentait une odeur d'aisselles chaudes.

— Déhale-toi ma fî ! C'est l'heure ! Allez ! T'as pourtant point dansé hier soir !

— Si vous sortiez de ma chambre, je pourrais sortir de mon lit ! répondit Solène d'une voix hargneuse.

L'autre s'aperçut alors qu'elle avait les épaules nues.

— Tu dors donc sans chemise à présent ? C'est peut-être bien la mode à Paris ?

— Écoutez, Germaine, il fait chaud sous les toits...

— Et ça, ma fî, ça t'a peut-être donné chaud là où je pense ?

Germaine qui avait ramassé, traînant à terre, une ceinture d'homme, venait de la lancer sur le lit.

— J'ai bien le droit d'avoir une ceinture, non ?

— Pour sûr que oui, tu en as le droit ! Même si elle ressemble à celle de M. Roger ! Maintenant, sors de tes toiles !

À huit heures, sauf Olga et Guillaume, ainsi que leur fils Hervé, qui n'avaient jamais été des lève-tôt, les hôtes de la Couesnière se trouvèrent réunis autour d'une table de ferme au milieu de laquelle trônait une motte de beurre salé. Rassemblés à grands coups de cloche pour prendre leur petit déjeuner à la française, ils étaient arrivés dans l'office les uns en pyjama, les autres en robe de chambre, après une toilette rapide en attendant de prendre leur bain et de se faire beaux pour se rendre tous à la messe du 15 août avant le traditionnel repas de la malouinière où les rejoindraient les Kerelen mère et fils, et la famille Lecoz-Mainarde. À leur étonnement, les jeunes cousins américains avaient trouvé, contiguë à chaque chambre, une salle d'eau dont les chromes démentaient les souvenirs rapportés à Kansas-City par leurs parents. John David et Pamela en étaient plus surpris encore et regrettaient peut-être le bon vieux temps où les cuvettes de faïence, les brocs d'eau et les lampes à pétrole avaient été les instruments inséparables de leur voyage de noces... C'était la signature personnelle de Lucile Carbec. Dès qu'elle en avait hérité, elle avait entrepris de faire de la Couesnière une maison confortable à l'image des Carbec de sa génération, attentifs à épouser leur époque sans rien renier de leurs idées. Ce 15 août 1936 était autant sa fête que celle de la malouinière en dépit de l'agitation sociale qui bouleversait alors la manière de vivre de nombreux Français.

L'année avait été secouée par des bourrasques qui menaçaient de devenir typhons. Cela avait commencé au mois de mars lorsque les troupes allemandes avaient récupéré, musique en tête, la rive gauche du Rhin, et la tornade avait soufflé sur la France en avril avec la victoire du Front populaire. Trois mois plus tard, un grave soulèvement militaire avait coupé l'Espagne en deux, et dans le même temps les fascistes italiens s'étaient rapprochés des nazis allemands. Lucile Carbec s'était alors demandé si elle n'allait pas repousser une fois de plus le rendez-vous à la malouinière. Jean-Pierre, promu récemment lieutenant-colonel, le lui avait conseillé, Louis de Kerelen, dont l'usine parmi neuf mille autres en France avait été occupée pendant deux mois par ses plus fidèles ouvriers, craignait le pire et était du même avis. Finalement, elle avait arrêté la date du 15 août 1936. Les Américains et les Marocains étaient eux-mêmes bien décidés à venir à la Couesnière quoi qu'il arrive, peut-être parce que vus de Kansas-City, Rabat ou Sidi M'Barek les orages paraissaient moins menaçants qu'à Paris où cependant la dernière scie assurait : « Tout va très bien madame la marquise. »

Tout n'allait pas si mal. Pour se rassurer, Olga Carbec disait volontiers qu'en refusant de s'opposer aux troupes allemandes pénétrant en Rhénanie, le gouvernement avait voulu surtout refuser une nouvelle guerre. De son côté, Guillaume ne pouvait retenir un imperceptible sourire devant le spectacle de tel patient venu le consulter et paraissant plus accablé par la victoire du Front populaire que par son cancer de la prostate. En fait, les grèves avaient paralysé la France pendant plusieurs semaines mais les banderoles de la banlieue rouge, « Les Soviets partout », n'avaient guère décoré que des murs d'usines et d'ateliers où les ouvriers, à quelques exceptions près, organisaient surtout des bals au son de l'accordéon dans une atmosphère de kermesse. À la fin du mois de juin tout était rentré dans l'ordre, un ordre qui n'était pas si éloigné du New Deal préconisé et appliqué récemment aux États-Unis pour sauver les Américains de la crise où ils avaient failli sombrer. De toutes les mesures prises par les nouveaux messieurs parvenus à s'installer au gouvernement, celle qui concernait les congés payés avait été la plus acclamée et la plus vitupérée. Un jour d'été, on avait vu les plages de Paramé et de Saint-Malo envahies par une foule de voyageurs bruyants et sans bonnes manières, semblable à celle qui débarquait des trains de plaisir du 14 juillet ou du 15 août et repartait le même soir pour Rennes ou Paris. Cette fois, les « congés payés » étaient restés deux semaines avec leur marmaille, leurs casquettes et leurs femmes en cheveux, rigolards, heureux de vivre, stupéfaits de découvrir la mer, de se prélasser torse nu sur le sable, d'aller risquer une pièce de deux francs sur le tapis vert de la boule, et n'en revenant pas encore de se dire qu'ils étaient payés par le patron pour mener la belle vie. Le sable et la mer de la Côte d'Émeraude n'appartenaient plus aux seuls Malouins et à leurs amis parisiens avec lesquels ils partageaient chaque année le plaisir de la baignade, la construction de châteaux de sable et les émotions de la salle des jeux au casino. Adèle Carbec, surveillant ses enfants occupés à jouer dans un trou d'eau en face du Grand Bé, avait reçu un ballon en pleine poitrine, granny Lecoz-Mainarde entendit deux ou trois « merde, alors ! » dont ses petits-enfants furent seuls à rire, et Mme de Kerelen fut prise de frayeur un jour qu'elle regardait passer sous ses fenêtres, à Dinard, trois jeunes couples qui, pédalant sur des tandems, la saluèrent d'un poing fermé plus proche d'un bras d'honneur que d'une menace.

Lucile passa la plus grande partie de la matinée à mettre en place le décor de la fête. Jusqu'alors, bien que maîtresse de la Couesnière, elle avait toujours tenu à y associer un peu sa mère. Cette fois, elle était seule, n'osait pas s'en réjouir tout en éprouvant la satisfaction de pouvoir donner à Germaine, à Solène ou à la cuisinière des ordres qui ne provoqueraient aucun de ces soupirs pourtant si discrets avec lesquels la pauvre Yvonne avait pris l'habitude de traduire ses observations inexprimées. Bien qu'elle s'en défendît, la présence de sa mère lui manquait, ne serait-ce que pour lui demander un conseil qu'elle n'aurait pas suivi. Jamais elle n'avait autant pensé à elle que depuis le jour où, après l'enterrement, Adèle lui avait raconté par le menu la dernière conversation échangée avec sa belle-mère au sujet d'un codicille à son testament. Au fait, pourquoi Adèle m'a-t-elle raconté cela, en détail ? Elle ne s'imagine pourtant pas qu'Annick et moi, nous allons renoncer à une part de notre héritage. Si Jean-Pierre veut lui constituer un douaire, cela le regarde, c'est son mari. Annick a des enfants. Moi, tout ce que je laisserai un jour n'ira qu'à des héritiers nés Carbec. Il faudrait peut-être bien que je songe moi aussi à faire un testament... Je me serais probablement disputée avec maman, à propos de ces nappes.

Pour la première fois, Lucile Carbec n'avait pas utilisé une des grandes nappes damassées, plus blanches que la neige, dont on se servait à la Couesnière pour les occasions solennelles où il faut aligner vingt-quatre couverts. Pourquoi ne pas utiliser le linge de table aux couleurs vives recommandé aujourd'hui par tous les décorateurs ? Tante Olga le lui avait suggéré et l'avait même accompagnée dans une boutique où l'on réinventait, en style moderne, les toiles peintes qui avaient fait la fortune des Nantais au XVIIIe siècle, et contribué à édifier celle des Carbec. Ma chérie, c'est peut-être une folie, mais comme ce M. Léon Blum va tous nous ruiner, autant dépenser notre argent avant qu'il nous le prenne !

— Comment trouves-tu mes tables ?

Avec leurs tissus imprimés de fleurs aux teintes vives et leurs assiettes de la Compagnie des Indes, l'argenterie qui avait survécu aux guerres dynastiques et aux rapines, les verres taillés, et deux jardinières garnies de roses, elles disaient la fête, la jeunesse, le bon ton, le point d'arrivée de plusieurs générations qui n'avaient boudé ni le travail, ni le plaisir, ni le risque de tout perdre, ni l'argent à gagner, ni le service de l'État, ni celui de la patrie en danger quelle que fût la forme de son gouvernement.

— Comme c'est beau mademoiselle Lucile ! s'exclama Solène. On dirait un déjeuner pour amoureux.

— Et toi, Germaine ?

Germaine prit un peu de temps avant de répondre, hésitante, comme si elle trébuchait sur la pensée qu'elle ne parvenait pas à bien exprimer :

— Pour sûr que c'est beau, dame oui ! On ne peut pas dire que ça n'est pas beau, dame non ! Mais puisque vous me le demandez mademoiselle Lucile, moi je trouve qu'avec une nappe blanche, ça fait plus cérémonie, davantage la fête, plus distingué si vous voyez ce que je veux dire...

— Eh bien, nous mettrons une nappe blanche pour le mariage de Marie-Thérèse.

— Pauvre petite sainte ! quel âge a-t-elle donc la fille de M. Jean-Pierre ?

— Trois ans.

— Trois ans ? C'est déjà une sacrée pétasse, une vraie Carbec, quoi !

Comme la pluie s'était arrêtée de tomber au milieu de la matinée, Lucile demanda encore à Germaine :

— Crois-tu que nous pourrons prendre l'apéritif dehors ?

— Avec la marée, le temps pourrait bien se maintenir. Les deux serveurs m'ont dit que ça s'éclaircissait du côté de Rothéneuf.

Les cousins Carbec se trouvaient maintenant réunis près de l'étang où Lucile avait fait dresser un petit pavillon de toile aux rayures grises et blanches. Dans le ciel redevenu bleu, quelques nuages blancs flottaient mais les feuilles et l'herbe demeuraient satinées par la pluie. Impatients de la voir apparaître, les enfants appelaient la vieille Clacla qui depuis plusieurs jours ne voulait pas participer au rendez-vous de la malouinière malgré les bonnes choses qu'on lui jetait. Toutes les femmes s'étaient habillées d'étoffes claires et légères, robes au ras des genoux, bras nus, cheveux courts, et les hommes en blazers gris, bleu marine ou à rayures, sauf Jean-Pierre Carbec qui s'était montré pour la première fois avec son nouvel uniforme de lieutenant-colonel à la grand-messe de Saint-Malo. Derrière une table chargée de bouteilles multicolores, Virginie Carbeack s'improvisa barmaid comme la jeune Phylis avait apporté naguère sa tendre collaboration à Roger pour inventer de nouveaux cocktails, mais la cousine américaine prit son rôle au sérieux et accorda plus d'attention à son shaker qu'aux gestes empressés du colon marocain. Il manquait encore les Kerelen et les Lecoz-Mainarde. Ceux-ci arrivèrent les premiers.

— Non, ma chère, dit Béatrice à Olga, ça n'est plus possible ! Je suis la première à admettre que le peuple a besoin autant que nous de prendre des vacances, vous connaissez mes idées là-dessus, mais ce matin, devant notre villa, un couple de congés payés s'est déshabillé sur la plage pour aller se baigner. Devant notre villa, devant les enfants ! C'est un attentat à la pudeur !

Imitant à la perfection l'indignation, Guillaume se tourna vers son neveu :

— Il faut faire quelque chose ! Faites donner l'armée, colonel !

— Très bien ! continua Mme Lecoz-Mainarde, sans même soupçonner la farce. Ou bien il arrivera un malheur, ou bien nous quitterons la Bretagne et nous partirons à Biarritz... si les réfugiés du Fronte Popular veulent bien nous le permettre. Quelle époque ! Vous autres Américains, vous ne connaissez pas votre chance... Oh ! les beaux jeunes gens !

Elle venait d'apercevoir les deux garçons Carbeack, blonds, rieurs, dégingandés, le visage couvert de taches de son, américains comme on peut imaginer des boys sans jamais avoir traversé la mer, et les regardait avec appétit.

— How old are you ? demanda-t-elle au premier.

— Twenty, presently.

— What is your name ?

— Jimmy, répondit-il en éclatant de rire cette fois.

— It's your turn, dit Granny à l'autre. How old are you and what is your name ?

Le garçon, prit de timidité soudaine, était devenu tout rouge et ne pouvait articuler un seul mot. Son père venait à son secours pour dire qu'il avait quinze ans et s'appelait Patrick, lorsque Mme de Kerelen et son fils arrivèrent à leur tour. Lucile qui était allée au-devant d'eux pour les accueillir remarqua tout de suite que les yeux de Louis au lieu de chercher les siens avec leur expression habituelle semblaient se porter ailleurs. Hôtesse bien élevée, elle fit effort sur elle-même pour accueillir selon les convenances usuelles les nouveaux venus et ne se retourna que pour les accompagner vers le petit pavillon de toile. Elle comprit alors que son amant regardait Virginie avec insistance et vit que la jeune fille n'y était pas insensible. Louis avait toujours lorgné les jolies femmes avec un sûr instinct de chasseur qui fait lever le gibier là où les autres ne repèrent rien. Lucile s'en était longtemps moquée, elle-même ne dédaignant pas de tourner la tête au passage d'un bel homme. Avec les années, cette insolence l'avait agacée, aujourd'hui elle lui pinçait désagréablement le cœur au point de lui faire mal, est-ce que je vieillis ou suis-je alertée cette fois par la présence d'un danger ? Après avoir salué tout le monde, M. de Kerelen s'était tout de suite dirigé vers Virginie et lui avait retiré doucement le shaker des mains :

— Je vais vous apprendre ma cousine comment nous préparions nos cocktails au bar de mon escadrille pendant la guerre quand nous avions la chance de recevoir une jolie fille : un tiers de champagne, un tiers de gin, un tiers de whisky, une goutte d'angustura — et un baiser pour le barman.

Le tour avait été joué avec tant de grâce et de rapidité qu'on avait applaudi Virginie tendant à Louis une joue rose de bonheur. Lucile fronça à peine les sourcils, cette petite dinde repartirait demain chez les Peaux-Rouges. Ce qui l'inquiétait plus que ce baiser de cousins, c'était la façon dont Mme de Kerelen mère autant que les parents de Virginie avaient regardé ce spectacle. Ils en avaient encore les yeux mouillés d'attendrissement. Le beau couple ! Qu'en pensez-vous chère madame ? Les Carbeack de Kansas-City imaginaient déjà leur fille coiffée d'une couronne comtale, et la propriétaire des Sardines Dupond-Dupuy pensait que si les Soviets s'installaient définitivement en France... Au bout de quelques instants, Lucile jugea que la comédie avait assez duré et fit annoncer par un des deux maîtres d'hôtel loués au Chateaubriand que le déjeuner était servi.

— J'ai placé Virginie à côté de toi, dit-elle doucement à Roger, chauffe-la un peu et occupe-toi d'elle jusqu'à ce soir.

— Pour des prunes ?

— Tu te rattraperas cette nuit avec Solène, pas vrai !

De tous les cousins de la troisième génération, Virginie fut la seule à trouver son couvert à la table des aînés. Bien avant l'incident du cocktail, Lucile en avait décidé ainsi bien que la jeune Américaine n'eût que seize ans. Elle serait pour Roger une voisine charmante, pas bégueule et jolie de profil. Comme les fois précédentes, le plan de table avait été étudié de très près et mis au point après de nombreuses mutations et permutations. Cette année, Lucile avait placé en face d'elle son oncle Guillaume, entre Mme de Kerelen et Pamela, et avait pris John David à sa droite et Georges Lecoz-Mainarde à sa gauche. Parce qu'il parlait anglais couramment, Louis se trouvait être le voisin de la mère de Virginie, il est maintenant trop tard pour les changer de place mais cela m'intéressera de voir et d'entendre comment on s'y prend à Kansas-City pour capturer un gendre. Dix-huit personnes à la table des grandes personnes, dix à celle des enfants, voilà vingt-huit Carbec réunis, compta Guillaume en regardant pensivement les hôtes de Lucile. Lorsque maman eut l'idée de ces rendez-vous à la malouinière, nous étions vingt. Donc, malgré les morts, la famille a grandi. Je revois encore maman, sous son bonnet noir à rubans, avec le camée offert par Napoléon III, faire du regard le tour de la table comme je le fais moi-même aujourd'hui. Elle avait de très beaux yeux, maman. Elle nous a regardés les uns après les autres. Elle comptait son monde. C'était la doyenne comme je suis devenu à mon tour le doyen, mais moi il me faut compter aussi les morts, Léon, Yves, Jean-Marie, Le Coz, Biniac, Yvonne. À chaque été passé à la malouinière elle devait se dire tout bas, avec une petite angoisse, est-ce que je serai encore là la prochaine fois ? Pour cela aussi, c'est mon tour. Cette année, j'ai eu soixante-dix ans, au mois de mars dernier, le jour où Hitler a fait réoccuper la Rhénanie. J'avais emmené dîner Olga dans un restaurant russe, à la Cloche d'Or. Je ne sais pas si c'est à cause de la vodka ou parce que nous avions entendu à la T.S.F. Albert Sarraut proclamer qu'il ne laisserait pas plus longtemps la cathédrale de Strasbourg sous la menace des canons allemands, mais nous étions tout émoustillés. Nous avons fait l'amour. Je crois que je ne m'en suis pas trop mal tiré. Olga m'a dit « ça me rappelle la fois où tu étais venu en permission, tu n'avais même pas enlevé ton ceinturon ! » Il y aura vingt ans de cela l'année prochaine, aucun des enfants réunis autour de la petite table n'était né, et voilà qu'on reparle de faire la guerre. Quelques jours plus tard, quand nous avons appris qu'on laisserait les Allemands s'installer tranquillement sur la rive gauche du Rhin, Olga a haussé les épaules et m'a dit, furieuse : « Ton général Gamelin, c'est un dégonflé, je suis sûre qu'il ne fait jamais l'amour à sa femme ! » D'abord, ça n'est pas mon général, et je n'ai rien à en foutre. C'est le général de Jean-Pierre, et Jean-Pierre assure que le généralissime a les mains molles elles aussi... Rome, Burgos, même Moscou ça n'est pas là que se lèveront les orages les plus menaçants, c'est à Berlin. Ne pas se tromper d'ennemi. Je voudrais bien savoir ce qu'en pense mon neveu. Il fait partie des jeunes turcs qui n'ont pas confiance dans les grands chefs, et il assure que nous avons une armée en trompe-l'œil...

— Eh bien, mon oncle, vous n'aimez plus la timbale de fruits de mer ?

Perdu dans ses inquiétudes, le professeur Carbec n'avait pas encore touché à son assiette. Autour de lui, tout le monde mangeait de bon appétit, buvait sec, parlait fort. Guillaume engouffra alors une bouchée de homard, remercia Lucile d'un clin d'œil et fit des grâces à ses voisines en leur distribuant des politesses de rigueur. Son esprit était déjà parti ailleurs, à Lambaréné avec Marie-Christine au milieu des lépreux. Il se rappelait souvent une phrase de sa première lettre reçue au moment de Noël, une phrase terrible qui disait tout le désarroi, peut-être la détresse, de sa petite fille : « Dieu n'a pas été bon pour tout le monde. » Par un cheminement naturel de sa pensée, il regarda alors ses deux garçons. Hervé lui non plus n'était pas heureux. Était-ce seulement la musique qui avait trahi ses certitudes enfantines ? Soliste, il s'était fait un nom, mais son concerto pour piano et orchestre n'avait obtenu que le succès d'estime dû à un jeune compositeur dont la personnalité ne parvient pas à se dégager des empreintes laissées par Ravel et Gershwin. Le pianiste l'emportait encore sur le compositeur. Encore ? Hervé en souffrait comme s'il connaissait depuis longtemps la réponse à une telle interrogation. Et Roger ? En ce moment précis où son père l'observait, il faisait rire Virginie mais sa main, avec une habileté de prestidigitateur, passait sous les jupes de Solène inclinée vers son autre voisine pour lui présenter la corbeille à pain. Celui-là, on pouvait maintenant lui faire confiance, c'était un Carbec de toujours. Un jour, il finira bien par se marier et nous faire des Carbec. Et pourquoi pas avec cette petite Virginie qui a l'air de lui plaire ? Elle est très charmante...

Tout se passait selon l'ordre établi par la coutume. Intéressé par ses deux voisines, Pamela et Adèle, Louis de Kerelen ne prêtait plus la moindre attention à Virginie mais adressait de temps à autre à Lucile un sourire dont elle était seule à pouvoir déchiffrer le sens. On était arrivé au dessert. Les enfants poussèrent des cris devant les deux vacherins de la tradition malouinière dont on leur servait des tranches énormes pendant qu'on débouchait le champagne. Solène déposa alors devant John David Carbeack une grosse boîte de carton ornée de rubans dorés, sur le couvercle de laquelle une étiquette avait été collée — John David la lut tout haut :

— On the part from Mummy.

Intrigué, les doigts malhabiles, il ouvrit la boîte et poussa un cri d'émerveillement.

— Wonderful !

C'était le chapeau de cow-boy laissé en gage à la vieille dame en 1914 avec la promesse de venir le rechercher un jour. Pendant dix-huit ans, les Carbec l'avaient précieusement conservé dans la naphtaline en interdisant aux enfants de jouer avec. Rouge d'émotion, les larmes aux yeux, John David s'en coiffa aussitôt, éclata de rire, embrassa Olga et se leva, tenant dans sa main droite sa coupe de champagne et fronçant les sourcils pour rassembler son meilleur vocabulaire français et apaiser son cœur :

— Je veux porter un toast. D'abord à Mummy, la même chose à tous les autres absents et à tous ceux présents. Indeed, je suis très émotional, strong feelings. Souvent, je voulais venir at the malouinière. Les Américains, it's true, sont longtemps avant décider mais les boys finissent toujours par arriver. To day, ou demain. États-Unis ont connu many difficulties. Terrible ! La même chose aujourd'hui pour vous en France. Demain, vous êtes sauvés vous aussi, à condition vous retroussez vos manches au lieu faire grève, pourquoi États-Unis et France toujours side by side dans le bad ou le good luck. God bless you and hurrah for la famille Carbec !

L'automne, précoce cette année-là, rouillait déjà les feuilles des marronniers. Les hôtes d'été de la Couesnière étaient repartis, les uns pour le Maroc, les autres pour Paris, sauf Guillaume et Olga qui avaient renoncé à Biarritz et préféré demeurer avec Lucile jusqu'à la fin du mois de septembre. Ils vivaient là, tous les trois, heureux et mélancoliques en évoquant les jours disparus de la malouinière et du boulevard de Courcelles, se levaient tard, demandaient à Germaine d'allumer dans la cheminée du salon de grands feux de bois devant lesquels ils demeuraient souvent muets, chacun suivant le cours de ses pensées, jusqu'au moment où Olga et Lucile se précipitaient vers le téléphone, l'une pour répondre à Hervé et l'autre à Louis. Il leur arrivait aussi de se rendre à Saint-Malo pour la promenade sur les remparts aux jours de grande marée. Les plages étaient redevenues désertes, les hôtels avaient fermé leurs portes et les villas bouclé leurs volets. Bien que Guillaume Carbec n'eût jamais éprouvé la moindre hargne contre la présence des « congés payés » et qu'il s'en fût même réjoui, il n'était pas fâché cependant de ne plus rencontrer sur le Sillon que des visages familiers, bonjour monsieur Carbec, salut Mathieu, viens donc que je te paye un mic, c'est ma tournée ! C'était là une réaction de Malouin authentique. Dans quelques jours, il retrouverait ses habitudes parisiennes, le cabinet du boulevard de Courcelles, le gardien-chef du parc Monceau, M. Bayle à la bibliothèque de l'Institut. Il lui faudrait aussi décider Olga à consulter. Depuis quelque temps elle se plaignait d'être souvent fatiguée, dès le réveil, après des nuits sages, et il lui trouvait mauvais teint, même sous le maquillage dont elle abusait un peu. Sans doute, c'était l'âge. Elle avait maintenant soixante-trois ans et ne résistait jamais au plaisir d'une robe nouvelle, d'un dîner au restaurant, même du reste. Lui, il était urologue et, semblable à tous les médecins, il rechignait à soigner quelqu'un de sa famille.

Ici, à la Couesnière, même en lisant les journaux et en tournant le bouton de la T.S.F., les bruits du monde demeuraient assourdis. Quand ils semblaient trop inquiétants, Lucile apparaissant avec son sourire bleu et un panier de cèpes fraîchement cueillis suffisait à les apaiser. Un moment, Guillaume avait craint que le gouvernement ne se laissât entraîner à une intervention militaire en Espagne, mais on venait d'apprendre que Léon Blum s'était fait huer à Luna-Park pour s'y être opposé. Curieux personnage ce Léon Blum ! Voilà qu'après avoir freiné la poussée révolutionnaire, il a le courage de retenir les va-t-en guerre qui l'avaient élu ! Le professeur Carbec n'en demeurait pas moins angoissé. Autour de moi, il y a eu trop de morts, trop de désillusions peut-être ? Ce dernier rendez-vous à la malouinière ressemblait à une sorte de parenthèse, semblable à ce rayon de soleil venu égayer la Couesnière pendant quelques instants au moment de l'apéritif. La vieille Clacla ne s'est pas montrée, c'est bien la première fois que cela lui arrive. Que se passe-t-il ? Si elle était morte, elle serait remontée à la surface. Est-ce encore un présage ? Si je me mets à croire aux signes et aux intersignes, je n'ai plus qu'à donner ma démission de l'Académie des Sciences... Ils étaient là, dans le salon, tous les trois devant le feu de bois crépitant dans la cheminée, à écouter Radio-Paris quand ils entendirent une terrible nouvelle: « Un message capté par la station de Port-Coresby, au Groenland, vient d'annoncer le naufrage du *Pourquoi Pas?*, le trois-mâts vapeur du commandant Charcot. Le navire, qui avait levé l'ancre à Saint-Malo le 15 juillet dernier, s'est brisé sur les récifs de Faaxafjord au sud-ouest de l'Islande. L'illustre explorateur a péri avec ses trente compagnons, à l'exception d'un seul survivant, Eugène Legonidec. »

Dehors, le vent s'engouffrait dans la grande allée bordée de chênes. Guillaume Carbec se leva tout pâle. Il lui sembla que la malouinière elle aussi allait sombrer dans la tempête.

FINALE

En sortant de Lariboisière où, avec quelques vieux médecins parisiens, il avait repris du service pour remplacer de plus jeunes confrères mobilisés, le professeur Carbec s'arrêta devant une petite affiche timbrée de tricolore qu'on venait de poser sur le mur d'enceinte de l'hôpital. Il lut, imprimé en gros caractères « À la population parisienne » et dut mettre ses lunettes pour déchiffrer la suite parce que les lettres étaient plus petites et qu'un brouillard lui voilait les yeux comme s'il allait être pris de malaise : « Le général Héring appelé au commandement d'une armée remet le gouvernement militaire entre les mains du général Dentz. Paris est déclarée "ville ouverte" et toutes les mesures ont été prises pour assurer en toutes circonstances la sécurité et le ravitaillement des habitants. »

C'était le 13 juin 1940. Ce matin, les journaux n'avaient pas paru. Hier, un communiqué officiel précisait que l'ennemi redoublait d'efforts pour franchir la Seine entre Rouen et Vernon mais que « nos troupes contre-attaquent sans répit et infligent de lourdes pertes à l'adversaire ». Il était cinq heures de l'après-midi, des femmes, des hommes, des enfants chargés de valises se traînaient sur l'asphalte encore chaude pour aller on ne sait où, le ciel n'avait jamais été plus bleu et les oiseaux parisiens pépiaient dans les marronniers. Guillaume Carbec connaissait depuis l'autre guerre cette sorte de littérature rédigée par des spécialistes de la litote militaire. Il ne s'y était pas laissé prendre mais ce soir, le cœur serré à l'écrou, il se disait tout bas qu'il avait quand même espéré le miracle. C'était fini. Paris déclarée ville ouverte, qu'est-ce que cela voulait dire sinon que les troupes de la Wehrmacht défileraient demain avenue des Champs-Élysées ?

Guillaume Carbec resta un long moment devant la petite affiche qu'il ne lisait même plus. Des visiteurs, sortant de l'hôpital, regardèrent avec compassion ce vieillard aux yeux rouges d'avoir pleuré, épaules tombantes, immobile, sans doute quelque pauvre homme à qui l'administration venait d'apprendre la mort de sa femme. Guillaume ne les voyait pas davantage que le texte du gouvernement militaire mais sa longue pratique du petit peuple qui vient rendre visite aux malades lui faisait deviner ce qu'ils pensaient tous. C'est vrai qu'il avait l'air d'un veuf depuis qu'Olga était morte, tuée par une pneumonie, au mois de septembre 1938, quelques jours après les accords de Munich qui lui avaient fait dire tu vois bien que la guerre de Troie n'aura pas lieu, mon chéri... Étant donnés son âge, ses titres, sa qualité de membre de l'Institut, la Santé militaire avait mis à la disposition du professeur Carbec une voiture pour faciliter ses déplacements entre son domicile et l'hôpital Lariboisière. Impatient de rentrer au garage, peut-être de se sauver avec l'auto, le chauffeur vint dire à Guillaume :

— Avec tout ce qui se passe, il vaudrait mieux ne pas s'attarder.

C'était un troufion de la territoriale, père de trois enfants, une bonne tête, un calot à deux pointes, des bandes molletières et une vareuse de gros drap kaki qui sentait l'oignon. Le professeur descendit à la hauteur du boulevard Malesherbes, serra la main du soldat, lui dit qu'il n'était pas nécessaire de venir le chercher demain, et se dirigea vers le parc Monceau. Les allées étaient désertes, les bancs vides, les massifs de fleurs rutilaient sous le soleil. Un vieux jardinier surveillait la disposition de ses tuyaux d'arrosage, pas loin du charmeur d'oiseaux qui venait chaque après-midi distribuer des miettes de pain à ses amis. Ces deux-là ne semblaient pas se soucier que la moitié de la France civile et militaire était en train de se vider derrière la Loire comme une énorme débâcle. Guillaume leur adressa un petit geste et se dirigea vers le gardien-chef venant au-devant de lui. Un vieux jardinier, un oiseleur, un manchot... qui donc vitupérait contre les abandons de poste devant l'ennemi ? Les deux hommes marchèrent côte à côte, silencieux. Ils n'avaient pas besoin de parler pour s'entendre. Le crissement de leurs souliers sur le sable des allées faisait soudain un bruit énorme. M. Carbec parla le premier :

— Nous nous connaissons depuis combien de temps ?

— Vingt ans, monsieur.

— C'est bien ce que je pensais. Vingt ans ! Qu'est-ce que cela représente pour vous ?

— Juste le temps nécessaire, dit le gardien du parc Monceau, pour qu'un survivant de 14 ait le temps de faire un garçon et de le voir partir à son tour pour la guerre.

— C'est votre cas ?

— Oui, monsieur.

— Vous savez qu'ils arrivent demain ?
— Ça n'est pas possible !
— Si, mon vieux !
— Alors, je ne sortirai pas de chez moi. Je ne veux pas voir ça !
— Moi non plus je ne veux par voir ça. Mais promettez-moi de revenir ici. Les arbres, les fleurs, les oiseaux, quand il ne restera plus qu'eux, il restera encore beaucoup.
— Oui monsieur.
— Qu'est-ce que vous pensez de tout ce gâchis ?
Le gardien-chef baissa la tête pour dire :
— J'ai honte ! J'ai honte pour l'armée et pour la France.
Il la releva aussitôt et ajouta d'une voix où un peu de colère tremblait :
— Sauf votre respect, monsieur, je crois que pendant ces vingt années-là nous avons été gouvernés et commandés par des cons ou par des salauds.
— Peut-être bien les deux, dit Guillaume. Et ceux qui les ont écoutés, moi par exemple, ont été des jobards. Soignez bien vos roses de Noël, c'est important.
Guillaume Carbec rentra chez lui du même pas calme. Il avait remarqué que, dans certaines circonstances graves de sa vie, la promenade du parc Monceau lui apportait toujours plus de bien-être que n'importe quel tranquillisant. Avant même qu'il eût enfoncé sa clef dans la serrure, Solène qui guettait son arrivée ouvrit la porte de l'appartement. Elle était en larmes, elle se jeta sur lui :
— Ils l'ont dit à la T.S.F. !... Demain ! C'est pas Dieu possible ! Demain !
Volontiers rieuse et gaie avec ses patrons comme une servante du répertoire, Solène ne s'était permis un pareil geste qu'une seule fois pendant ses longues années de service, lorsque Guillaume Carbec lui avait appris la mort d'Olga. Elle n'avait pas quitté le vieux monsieur et le soignait avec d'autant plus de dévouement et d'efficacité qu'elle connaissait aussi bien ses habitudes, ses humeurs et son désordre personnel que ses costumes, ses chemises, ses cravates ou ses plats préférés.
— Qu'est-ce que nous allons devenir, monsieur !
— Allons, calme-toi. Ça n'est pas la première fois que cela arrive, dit-il en lui frappant doucement la joue. Tu as été pourtant à l'école. On ne t'a pas appris cela ?
— Cette fois, ça n'est pas la même chose !
— Le mois dernier, j'ai voulu te renvoyer à Saint-Malo, avec la femme de mon neveu. Pourquoi n'as-tu pas voulu l'accompagner ? Les Allemands n'iront jamais là-bas.

— Monsieur sait bien que je n'aurais jamais quitté monsieur! dit Solène en reniflant. Je l'ai promis à madame.

— J'ai quelques papiers à mettre en ordre. À huit heures, tu m'apporteras du thé et des toasts dans mon cabinet. Ça n'est tout de même pas parce que les Boches veulent visiter la tour Eiffel, dit Guillaume en jouant la comédie du sourire, qu'on va se laisser filer, non?

Disant cela, Guillaume lui avait même administré sur les fesses la petite tape amicale qui les faisait rire depuis plus de vingt ans, et il était entré dans son cabinet. Il s'installa sur son fauteuil, regarda longtemps la photographie de sa femme posée sur sa table de travail. Lorsque les ombres et les deuils obscurcissaient leur vie, une clarté rassurante jaillissait aussitôt des yeux d'Olga, de sa voix, de ses gestes. Tu es comme le phosphore qui devient lumineux dans la nuit, lui disait-il. Un jour du mois de septembre 1938, après huit jours de fièvre, la lumière s'était éteinte et Guillaume était devenu une sorte d'aveugle qui continue à se diriger avec le secours de ses souvenirs. Il rédigea quelques lettres, classa très soigneusement des notes dans leurs dossiers. Autour de lui, éclairé seulement par la lampe de bureau qu'il venait d'allumer, le cabinet de travail du professeur Carbec demeurait un havre sûr. Il avait toujours aimé y passer quelques heures de solitude, même quand il entendait, à travers les cloisons tapissées de livres, les bruits de la maison, une chanson d'Olga, le rire de Lucile, le piano d'Hervé. C'est là qu'il avait examiné son frère Jean-Marie, appris son élection à l'Académie des sciences, lu la première lettre de Marie-Christine écrite à Lambaréné. Un jour du mois de mars dernier, son neveu, le colonel Carbec qui commandait maintenant un régiment d'infanterie à Maubeuge était venu le voir. Il s'est assis là, devant moi, dans ce fauteuil et il m'a dit: « Mon oncle, n'allez pas croire que la drôle de guerre dure encore longtemps. Nous n'attaquerons certainement pas les premiers, mais si les Allemands lancent leurs divisions blindées dans les Ardennes, là où s'arrête le système fortifié de la ligne Maginot, nous risquerons de ne pas pouvoir les arrêter parce que la totalité de notre corps de bataille aura été engagée dans une manœuvre prévue en Belgique. » Jean-Pierre m'a dit cela, il me semble que je l'entends encore. Mon neveu, je le connais, il est breveté d'État-Major mais ça n'est pas un bureaucrate de la guerre. Il m'a dit aussi que si les Allemands attaquaient, il faudrait aussitôt faire partir tout le monde pour Saint-Malo. Adèle et les enfants sont là-bas, Hervé qui est réformé se trouve en sûreté à la Couesnière, et Lucile dirige à Nantes les Conserves Dupond-Dupuy à la place de Kerelen mobilisé je ne sais plus où. Mes Marocains sont toujours là-bas et ne craignent rien... Quelques semaines après la visite de Jean-Pierre, notre front a été enfoncé exactement là où il l'avait craint. Tout a recommencé, comme en 14, les affolements, les silences, les files de réfugiés, la pagaille, les limogeages de généraux, les communiqués officiels. Quel est encore le con qui a écrit « La situation est grave mais non désespérée » ? Un après-midi du mois de mai, je me suis fait prendre à partie par un vieux confrère de l'Institut qui m'a traité de défaitiste. Qu'est-ce qu'il imaginait donc celui-là ? que les Allemands marchent encore à pied alors qu'ils foncent sur les routes et à travers champs sur leurs blindés et leurs camions sans se préoccuper de ce qui se passe derrière eux. Je lui ai dit : Aujourd'hui, monsieur, quand on perd la bataille des frontières on a perdu la guerre ! Et c'est encore plus vrai quand on n'a guère que des poitrines à opposer à du matériel. L'autre ne voulait rien entendre parce que c'est un ancien général devenu historien militaire. C'est d'ailleurs un bon historien. J'ai noté sur un papier sa réponse. Elle pourra peut-être servir un jour à d'autres historiens. Comment vont-ils s'y prendre ceux-là pour expliquer ce drame... Où donc ai-je mis ce papier ? Ah, le voici ! C'est hénaurme ! aurait dit Flaubert. Voyons cela : « Méfions-nous des chars, ils sont bruyants, visibles, encombrants et tombent en panne d'essence. L'aviation n'est jamais qu'un œil, non une arme. L'infanterie demeure la reine des batailles, et nous avons la meilleure du monde. Rappelez-vous la phrase d'un de nos grands chefs : "Quand le matériel n'existe pas ou n'existe plus, il y a encore le soldat." » Il y a encore le soldat ! J'avais déjà entendu cela à Compiègne en 1917. Je lui ai répondu que son grand chef avait dû installer son quartier général dans un beau château. Ce soir-là quand je suis entré boulevard de Courcelles, j'ai noté sur mon petit agenda : « Cette fois, il n'y aura pas de miracle ni sur la Marne, ni sur la Seine, ni même sur la Loire. Le feu du ciel s'est abattu sur la France et l'a foudroyée. Moi aussi j'ai honte ! Nos enfants ne nous pardonneront jamais. » Tout à l'heure, pour consoler Solène, je lui ai dit que les ennemis étaient entrés d'autres fois à Paris. C'est vrai mais c'est idiot. Les Prussiens de 1815 et de 1871 n'avaient rien de commun avec les nazis de 1940. On pouvait s'entendre avec Guillaume, à la rigueur avec Bismarck, pas avec un monstre et des gangsters. Hitler à Paris, c'est Paris souillé. Non, je ne veux pas voir cela.

Solène venait d'entrer dans le cabinet, poussant devant elle une petite table roulante où étaient disposés, selon les règles imposées par Olga, le pain grillé, le beurrier, la confiture, la théière, le petit pot à lait, le napperon de fine dentelle, tout le décor de la vie précieuse.

— Écoute-moi Solène, dit Guillaume Carbec, il faut que nous

parlions sérieusement tous les deux. Assieds-toi. J'ai réfléchi à ce que tu m'as dit tout à l'heure. En effet, les Allemands d'hier et les nazis d'aujourd'hui, ça n'est pas la même chose. Tu as raison. Avec la bande qui entoure Hitler il faut s'attendre à tout. Pas toi, mais moi par exemple parce que tout le monde sait que j'ai signé, un des premiers, le manifeste des Intellectuels antifascistes, aux côtés de personnes qui sont venues souvent dîner ici comme M. Langevin ou M. Rivet, tu te rappelles?

— Oui, monsieur.

— S'il m'arrivait des ennuis, il faut que tu sois protégée. La meilleure des protections c'est l'argent. Je suis passé cet après-midi à la banque où j'ai retiré une grosse somme. La voici dans cette enveloppe. C'est à toi, à partir de maintenant. Tu trouveras aussi dans la même enveloppe une lettre où je déclare t'avoir donné cet argent en récompense de ton travail, de ton dévouement et de ton amitié. Ce soir, j'ai l'intention de travailler tard. Va te coucher quand tu voudras. Je n'ai plus besoin de toi. Demain matin, tu fermeras tous les volets des fenêtres qui donnent sur le boulevard de Courcelles et tu ne les rouvriras que lorsque les Allemands seront repartis. Cela peut demander plusieurs mois, peut-être des années. Je te confie la maison. Ne te presse pas pour m'apporter mon petit déjeuner, je n'irai plus à l'hôpital. J'ai l'intention de dormir longtemps, je ne veux pas entendre leurs trompettes et leurs cymbales. Pourquoi pleures-tu? Embrasse-moi très fort. Plus fort encore sacrée pétasse! Plus fort! Tout le monde t'aimait bien, tu sais...

Sa voix s'étrangla un peu. Guillaume Carbec allait donner la petite claque de la tradition sur les fesses de la Malouine mais il pensa tout à coup qu'il n'était pas convenable qu'un membre de l'Institut laisse ce dernier souvenir au moment où il allait se suicider pour ne pas être témoin de l'entrée des troupes hitlériennes dans Paris ville ouverte.

Dès les premiers jours de la guerre, Roger Carbec avait été mobilisé avec son grade de sergent et affecté au central militaire de Casablanca. Converti du jour au lendemain en téléphoniste, il était devenu une sorte de virtuose dans le maniement des fiches de laiton, allô j'écoute, et par sa rapidité à établir les communications lorsque cinq à six volets tombaient dans le même instant sur le standard qui lui était confié. Sous-officier, il était dispensé de cette servitude mais il y trouvait un certain plaisir, et donnait volontiers quartier libre, à tour de rôle, aux six sapeurs placés sous ses ordres. Vécue à Casablanca, à part les petits emmerdements de la vie militaire, la drôle de guerre était supportable: le sergent Carbec y fréquentait quelques familles, prenait ses repas au restaurant et sautait tous les vendredis soir dans son auto pour rejoindre Sidi M'Barek où il redevenait colon jusqu'au lundi matin. Huit mois s'étaient ainsi écoulés. Là-bas, la ligne Maginot protégeait la frontière de l'invasion. Comment l'Allemagne, privée de pétrole, de mines de fer, de caoutchouc et de coton, pouvait-elle imaginer pouvoir dominer deux grands empires coloniaux regorgeant de matières premières et de ce qu'on n'osait plus appeler tout haut le « matériel humain » ? Il suffisait de durer. Le bon sens autant que la propagande faisaient penser que « nous vaincrons parce que nous sommes les plus forts ». Tout en assumant sa besogne militaire, Roger Carbec préparait la moisson de l'année 40. Il pouvait compter sur l'aide de voisins demeurés sur leur bled, parce que plus âgés et pères de famille nombreuse, autant que sur la fidélité de la petite équipe des fellahs qui l'avaient aidé à défricher son lot nº 7.

Un matin du mois de mai, les volets des quatre standards téléphoniques alignés dans le central militaire de Casablanca s'étaient abattus en même temps. Tout le monde exigeait d'être immédiatement branché sur le 2e Bureau de l'État-Major, à Rabat ou à Alger, pour avoir confirmation d'une nouvelle qui bouleversait le train-train quotidien : les armées allemandes, sans déclaration de guerre préalable, venaient d'envahir la Hollande, la Belgique et le Luxembourg. Les ordres et les contrordres se croisèrent toute la journée dans le plus traditionnel des ballets militaires pour que soient appliquées sans délai des dispositions qui ne laissaient rien au hasard : rappel des permissionnaires, renforcement du dispositif militaire sur la frontière de la zone espagnole, ou fermeture des cafés à dix heures du soir. Cette fois, on allait enfin faire la vraie guerre ! Le sergent Carbec surprit sans le vouloir une conversation téléphonique entre deux officiers qui le rassura sur la suite immédiate de l'offensive ennemie : « Mon cher, les Fritz se sont laissé prendre au piège en lançant leurs blindés dans les Ardennes. Le général Gamelin doit se frotter les mains, il va les repincer à la sortie ! » Quelques jours plus tard, il s'était rendu compte, en regardant de près une carte fixée sur un mur, qu'une énorme brèche avait été ouverte dans le front français et qu'une quarantaine de grandes unités étaient menacées d'encerclement. Humble sous-officier de réserve sans connaissances stratégiques mais non sans souvenirs, Roger se rappela les plus mauvaises heures de son enfance lorsque après plusieurs jours de silence le communiqué officiel avait soudain annoncé que la situation demeurait inchangée de la Somme aux Vosges. Il revoyait encore sa grand'mère, appuyant sur la carte de France un doigt déformé par les rhumatismes et disant d'une voix farouche : « Voici la Somme...

et voici les Vosges. Eh bien, si vous savez lire, cela veut dire que nous avons reculé jusque-là !» Mais il y avait eu la Marne ! Contre tous les autres, Roger Carbec avait toujours cru à la victoire de toute la force de ses onze ans et de sa hargne. Aujourd'hui, il voulait encore y croire, mais les Allemands avançaient trop vite, bousculaient les armées françaises disloquées et les contraignaient à la déroute malgré la résistance de quelques rares unités bien commandées et déterminées à ne pas lâcher pied. Il n'y avait plus de front, les villes tombaient les unes après les autres, les prisonniers se comptaient par centaines de mille. Terrorisés par les avions qui les mitraillaient sur les routes, des millions de réfugiés civils refluaient vers la Loire. Paris était déclarée ville ouverte.

Lorsque Roger connut que les Allemands avaient défilé sur les Champs-Élysées, il sut aussi que tout était fini et il se cacha de ses sapeurs pour que ceux-ci ne le voient pas pleurer. Trois jours plus tard, il apprit par une dépêche de l'American Express publiée par *L'Écho du Maroc* que le grand chirurgien français Guillaume Carbec s'était donné la mort le jour de l'entrée des Allemands dans Paris. Depuis plusieurs semaines, il était devenu indifférent à n'importe quel coup susceptible de le frapper parce que la France avait pris soudain le visage et le corps d'un être humain à qui on fait du mal. Le geste du professeur Carbec, il le raccordait à celui de ce centurion de la légende qui avait préféré se vouer aux dieux infernaux plutôt que de subir une défaite romaine. Il en fut douloureusement fier, mais il éclata en sanglots et sut qu'on redevient toujours un petit garçon le jour de la mort de son père.

— J'ai lu dans le journal qu'un docteur Carbec s'est suicidé. Il s'appelle comme vous.

— C'était mon père.

— Ça, alors ! avait fait le troufion en guise de condoléances. Cette guerre-là, elle n'est pas comme les autres. Peut-être même que ça n'est pas fini...

— C'est foutu !

Cette nuit-là, Roger assura lui-même le service de permanence pour permettre à ses hommes de se reposer après une dure journée de travail devant les standards. Vers onze heures un motocycliste lui apporta un pli urgent à diffuser immédiatement à tous les corps et services de la garnison. L'armistice avait été signé, le feu cesserait à minuit sur l'ensemble du front, tous les drapeaux devraient être mis en berne après un solennel salut aux couleurs. Le sergent Carbec comprit cette fois qu'il avait inconsciemment espéré jusqu'au bout un miracle. La guerre, il l'avait faite à Casablanca, dans une bonne planque, et voilà qu'il ressentait une affreuse douleur au flanc gauche comme s'il avait reçu un coup d'épée. Il se surprit à passer sa main sur la carte de France épinglée au mur, et entra dans la pièce contiguë à celle du central où dormaient trois bonshommes, bidons et musettes suspendus à la tête de leurs lits étroits. Au moment de les réveiller pour leur donner l'ordre de transmettre le message à ses quarante destinataires, il pensa que c'était idiot de les sortir de leurs rêves pour leur apprendre une telle nouvelle, referma la porte et revint vers un standard devant lequel il s'installa, casque d'écoute sur les oreilles. Il appela longtemps le premier destinataire sans obtenir de réponse. Enfin, la voix enrouée et furieuse d'un soldat réveillé en plein sommeil brailla :

— Qui ! Quoi ?

Le sergent Carbec prit un ton de petit chef pour dire :

— Prenez message.

Il ajouta aussitôt, d'une voix plus humaine, presque douce :

— C'est la dernière fois mon vieux que je t'emmerde. Tu y es ?

— Vas-y !

— Général commandant la subdivision de Casablanca à...

Roger Carbec répéta quarante fois de suite le même message.

Deux ou trois jours plus tard, la rade fut couverte de nombreux navires venus se réfugier au Maroc dès qu'ils avaient appris la signature de l'armistice. Paquebots hier orgueilleux de leurs luxueuses boiseries et de leur bonne cuisine, cargos gorgés d'arachides ou de coprah, pétroliers et chalutiers, les uns déroutés de l'Ouest africain et les autres échappés de Saint-Nazaire ou de Bordeaux, tous rameutés par le malheur, faisaient du port de Casablanca un immense cimetière. On entreprit d'en décharger aussitôt quelques-uns qui avaient peut-être transporté des marchandises précieuses comme ces quelques grammes de radium enrobés dans une chape de plomb et ce petit chapeau de Napoléon qui furent retrouvés sur les quais dans un désordre de fûts, de caisses, de cadres, de sacs de jute et de valises éventrées. Le visage de la défaite, Roger Carbec le découvrit surtout dans celui d'un millier de Français débarqués de ces navires dans un pays heureux où l'on avait davantage l'habitude de voir déambuler des touristes que des réfugiés. Les traits ravagés, vêtus pauvrement, munis d'un maigre bagage, il les regardait aller et venir le long des rues bordées de villas ou s'installer sur les pelouses du parc Lyautey. À Casablanca, on n'avait jamais vu ou entendu des ouvriers en casquette se promener en chantant *L'Internationale*, le poing levé, pas plus qu'on n'aurait pu imaginer le spectacle de matelots sans navires, assis sur le rebord des trottoirs des belles avenues et vomissant dans le ruisseau le pinard nord-africain à deux francs le litre.

Un jour qu'il se dirigeait avec deux de ses sapeurs téléphonistes vers la porte du central située à côté des bureaux de l'État-Major, le sergent Carbec vit s'arrêter un taxi d'où descendit une jeune femme très élégante, blonde, au regard furieux. Les deux très jeunes garçons qui l'accompagnaient aidèrent avec peine le chauffeur à décharger plusieurs luxueuses valises timbrées soit d'une couronne de marquis, soit des initiales E.D. Le taxi repartit, la jeune femme demanda alors au sergent :

— Portez-moi ces valises dans le bureau du général, ce sont les bagages du président Daladier.

Roger Carbec comprit qu'il avait devant lui la marquise de C... l'égérie de l'ancien président du Conseil arrivé la veille à Casablanca, à bord du *Massilia*, avec une trentaine de parlementaires et leurs compagnes. Le ton qu'elle avait employé ne lui plut pas. Le sergent se contenta d'un sourire insolent et demeura immobile. Mme de C... fut alors contrainte de laisser ses impedimenta à la garde des garçons et alla bravement chercher du secours dans les bureaux de l'État-Major d'où elle revint bientôt, accompagnée d'un lieutenant.

— Portez immédiatement ces bagages ! dit l'officier.

Roger Carbec exécuta un garde-à-vous de saint-cyrien et dit d'une voix très calme :

— Non, mon lieutenant.

L'autre, lui non plus, ne voulait pas perdre la face, surtout devant Mme de C... qui, les années précédentes, avait fait ou défait des généraux, des ambassadeurs et des préfets. Il dit d'une voix menaçante :

— C'est un refus d'obéissance ?

Toujours au garde-à-vous, calme mais buté, plus Roger Carbec que jamais, le sergent répondit :

— Certainement pas, mon lieutenant. Je pense seulement que je n'ai pas été mobilisé pour porter les valises de Mme de Crussol.

— Très bien ! Vous aurez de mes nouvelles.

Le lieutenant s'adressa alors au factionnaire de garde, un tirailleur marocain qui assistait à la scène sans bien comprendre ce qui se passait.

— Toi porter valisat' dans mon bureau.

Le tirailleur ne savait que faire de son arme.

— Attention ! lui dit Roger en arabe, si tu laisses ton fusil, tu sais que tu passes au conseil de guerre.

Pressé d'en finir, l'officier se saisit de deux valises :

— Attendez-moi ici, madame, je viendrai chercher les autres dans un instant.

Il disparut dans les locaux de l'État-Major, chargé comme un bourricot. Roger Carbec ne savait pas s'il devait être fier ou confus de la scène dont il venait d'être à la fois témoin et acteur, mais il se revit petit jeune homme de quatorze ans en 1917, sous l'uniforme du collège Saint-Vincent quand il avait tenu tête, pour l'honneur, au préfet des études sur le quai de la gare du Nord. Papa ne m'avait pas donné tort, pensa-t-il. Je crois qu'aujourd'hui, il me donnerait raison. Le lendemain, Roger était démobilisé avec tous les hommes de sa classe. Il rejoignit aussitôt Sidi M'Barek, incapable de préciser ce qui lui faisait le plus mal : la honte, le désespoir, la colère ou le chagrin ?

Louis de Kerelen, commandant de réserve, avait été rappelé dès les derniers jours du mois d'août 1939. À ce glorieux aviateur de la Grande Guerre qui n'avait pas piloté un avion depuis une quinzaine d'années, le chef de la Région aérienne où il était affecté fut bien embarrassé pour trouver un emploi correspondant à son grade et à ses mérites militaires. Finalement, il l'avait nommé officier adjoint au colonel commandant la base de Mérignac, fonction que Louis de Kerelen estima humiliante. Il l'accepta autant par discipline que par intérêt parce qu'elle lui laisserait assez de loisirs pour renouer d'anciennes relations avec le quai des Chartrons et lui permettrait de rejoindre Lucile à Nantes tous les samedis. Pouvait-on lui proposer autre chose que de veiller à la discipline des rampants, au ravitaillement en carburant ou à l'ordinaire du bataillon chargé de la protection des appareils ? Sous son uniforme fleuri de décorations et un peu étroit aux entournures, le commandant ressemblait à peine à un héros fatigué et pouvait faire encore illusion aux jeunes filles qui le regardaient. Il savait bien qu'il avait laissé très loin derrière lui la jeunesse, la témérité, la foi patriotique et la silhouette du jeune homme parti naguère sabre au clair pour reconquérir l'Alsace-Lorraine. En même temps que ses illusions, M. de Kerelen avait déposé son armure. Cette guerre, qu'il avait vue venir de loin, il prévoyait qu'elle serait désastreuse. Ancien officier, il avait conservé assez d'attaches avec l'armée pour connaître l'écrasante supériorité des divisions blindées et des escadrilles allemandes. Il avait été encore plus atterré de lire sur une affiche placardée sur un mur de la gare, à Nantes, les recommandations adressées par le ministre de la Guerre aux réservistes rappelés sous les drapeaux d'avoir à se munir d'une bonne paire de brodequins et d'une couverture. Se rappelant les sarcasmes familiaux qui naguère lui étaient insupportables, il s'était alors dit tout bas « mon père avait raison ! », mais l'accueil cordial réservé par les jeunes pilotes de Mérignac à leur ancien avait dissipé les brumes de son inquiétude.

Lucile était venue s'installer à Nantes pour remplacer Louis à la tête des Conserves Dupond-Dupuy. Mme de Kerelen mère fit contre mauvaise fortune bon cœur pour accepter dans l'usine familiale la présence quotidienne de la maîtresse de son fils. Tout bien considéré, la fortune n'était pas si mauvaise car les connaissances commerciales de cette belle-fille in partibus, son sens des affaires et ses relations parisiennes eurent bientôt fait de rapporter des marchés rémunérateurs. Depuis Louis XIV, il était de tradition qu'une fraction des Carbec combatte dans les armées du Roi, de l'Empereur ou de la République pendant que l'autre se dévouait à ravitailler les troupes. En allant chercher du nitrate au Chili, pendant la guerre de 14, Jean-Marie n'y avait pas failli. Lucile n'y manqua pas davantage en vendant à l'Intendance militaire plusieurs millions de boîtes de sardines dont la production soudainement accélérée fut comme un coup de fouet pour la maison Dupond-Dupuy que Louis n'était pas parvenu à réveiller autant qu'il l'avait espéré lorsqu'il voulait faire de Mlle Carbec son épouse et son associée. Finalement, Mme de Kerelen avait abandonné l'espoir de devenir un jour grand'mère. Elle comptait même que son fils épouserait un jour Lucile, tu devrais te rendre compte, Louis, que tu ne pourras jamais la conduire au bal du cercle Louis XVI si vous n'êtes pas mariés, ton ami du Couédic me l'a encore dit l'autre jour.

Les mois avaient ainsi passé, partagés entre Bordeaux, Nantes et Paris, parfois un saut à la Couesnière, jusqu'à ce 10 mai 1940 où soixante-dix bases aériennes avaient été bombardées par les avions de la Luftwaffe pendant que cent vingt divisions allemandes envahissaient la Hollande, la Belgique et le Luxembourg. Les jeunes pilotes qui avaient débouché hier des bouteilles de champagne pour saluer l'arrivée de leur grand ancien étaient aussitôt partis à la rencontre de l'ennemi. Le commandant de Kerelen ne les avait jamais vus revenir... Dans les premiers jours du mois de juillet Louis de Kerelen, vêtu d'un costume léger acheté à Bordeaux dans un magasin de confection, était rentré à Nantes où claquaient déjà sur tous les bâtiments publics d'immenses drapeaux rouge et blanc timbrés d'une croix gammée. Dans son âme bouleversée, il n'y avait plus de place que pour le chagrin, même pas pour la colère contre tous ceux qu'il accusait volontiers hier de mener le pays à la dérive. Il avait craint une défaite, non un désastre. Que pouvaient bien peser aujourd'hui les querelles d'idées, qui hier l'avaient passionné, en face de l'immensité du malheur : les deux tiers de la France occupée, plus de deux millions de soldats prisonniers, Paris remplacé par une capitale d'opérette, l'empire écartelé ? À Lucile qui venait d'apprendre le suicide de Guillaume Carbec, il s'était contenté de répondre en la serrant contre lui :

— Ne pleure pas. Ton oncle a eu raison, il ne verra pas ça. Si tu n'étais pas à côté de moi, je pense que j'en ferais autant. Je n'ai jamais eu autant besoin de toi.

Six mois plus tard, Lucile Carbec et Louis de Kerelen se marièrent.

Cette année-là, Roger Carbec s'était demandé s'il parviendrait à terminer la moisson commencée dès le 15 juin. Malgré la pénurie d'engrais, les épis n'avaient jamais été si serrés et si lourds, mais tout le monde manquait d'essence, de graisse, d'huile, de ficelle lieuse, et les machines tombaient souvent en panne. Entre voisins, on se prêtait du matériel et des ouvriers, on n'en demeurait pas moins à la merci des orages et des coups de sirocco qui vous grillent une récolte en quelques heures. À Sidi M'Barek, le guignon avait voulu qu'une pièce maîtresse du gazogène se cassât deux fois de suite. Semblable aux autres, Roger, devenu mécanicien bricoleur, avait réparé tant bien que mal son tracteur mais la mécanique tournait mal et le colon lisait dans les yeux des Ouled Carbec une sorte de crainte superstitieuse comme s'ils redoutaient la présence d'un mauvais œil. À force d'ingéniosité et d'efforts, ils étaient parvenus cependant à bout des plus grandes surfaces. Encore deux autres, plus petites, et les blés de l'année 1942 seraient moissonnés.

— Tager, il faut faire fissa, c'est bientôt la nuit, dit Salem.

C'était l'homme de confiance que Roger Carbec emmenait avec lui pour alimenter le gazogène en charbon de bois. Tous les deux s'entendaient bien, liés l'un à l'autre par cette terre du lot n° 7 qu'ils avaient si souvent retournée ensemble. Ils n'échangeaient pas beaucoup de paroles mais ils savaient se comprendre sur les choses essentielles de la ferme. Salem avait reconnu avec le jeune colon les premières bornes du domaine, arraché les palmiers nains et les jujubiers, assisté au premier labour, crié « el maa ! el maa ! » lorsque l'eau avait jailli du fond du puits, et avalé sans réticence les pastilles blanches qui effacent la fièvre distribuées par le cuisinier Messaoud. Lorsqu'au mois de juin 1940, deux ans déjà, Roger Carbec démobilisé était revenu à Sidi M'Barek, les épaules tombantes, le visage creusé de tristesse, Salem était arrivé quelques instants plus tard, lui avait posé un baiser furtif sur l'épaule, et avait sorti de la capuche de sa djellaba un couple de poulets, humble offrande qui voulait exprimer au tager la compassion et la fidélité d'un cœur simple.

— Encore un tour, et nous rentrons, répondit le colon.

La machine était repartie dans un fracas de ferraille. Faute de ficelle, Roger avait dû laisser cette fois sa belle moissonneuse-lieuse dans le hangar et sortir sa javeleuse qui laissait les blés coupés sur le sillon en attendant d'être mis en gerbes. Les dernières lueurs de la journée s'effaçaient dans le ciel lorsque Salem cria dans le bruit du moteur :

— Tager, regarde !

Au bout de quelques instants, la main posée en visière sur les yeux, le colon distingua la silhouette d'un cavalier vêtu d'un burnous bleu, fusil en bandoulière et cartouchières croisées sur la poitrine. Il fut bientôt là, salua militairement, remit une enveloppe, échangea un coup d'œil amical avec Salem, et repartit au galop en manière de fantasia. Ce n'était pas l'heure habituelle de la distribution du courrier. Roger Carbec avait aussitôt reconnu l'écriture de son ami Aymard promu capitaine depuis quelques mois et affecté au commandement d'un goum. Il lut ces simples mots : « Demain matin, à l'aube, comme d'habitude », sourit, descendit de sa machine et fit disparaître le billet dans la tuyère du gazogène.

— Y en a le baroud, tager ? demanda Salem avec un sourire finaud.

Le colon fit un signe de tête et répondit :

— Cours vite chercher les autres.

Il remonta sur son tracteur et se dirigea aussitôt vers les bâtiments de la ferme où Messaoud attendait le retour du patron pour préparer sa poêlée quotidienne d'œufs frits à la tomate. Les autres, c'étaient les hommes de la première équipe, Salem et Messaoud, mais aussi Hamidou, Moha, Bouchaïb, Abdallah et Ali, qui habitaient avec leurs femmes et leurs enfants à proximité de la ferme. Semblables à quelques centaines d'autres fellahs, ils cachaient sous leurs gourbis des mitrailleuses lourdes, des mortiers et des caisses de munitions confiés à la garde de colons dont on connaissait la solidité et les liens d'amitié avec tel officier des Affaires indigènes. À Sidi M'Barek comme dans une centaine d'autres centres de colonisation, des femmes et des enfants dormaient depuis deux ans sur des fusils et des grenades, tandis que les bâtiments agricoles abritaient du matériel plus lourd. Personne n'avait jamais trahi le secret, ni les épouses bavardes autour du puits, ni la marmaille gardienne des troupeaux. « Babouche cousue », disait le toubib. Les enquêteurs allemands repartaient toujours bredouilles.

Les Ouled Carbec attendirent que le tager eut fini son dîner pour se présenter. Eux aussi, levés à l'aube, avaient eu une lourde journée mais ils étaient tous là, les yeux éclairés d'un sourire enfantin, heureux à la pensée qu'ils allaient cette nuit vivre le secret dont ils étaient dépositaires.

— Vous allez sortir de leurs caches quatre fusils mitrailleurs, dix caisses de cartouches et deux caisses de grenades, leur dit Roger, et vous ne les apporterez ici qu'au moment où Messaoud viendra vous chercher. Vous avez tout le temps de dégraisser et de remonter les armes.

Le visage plus grave, ils repartirent vers leurs gourbis avec la conscience d'une nouvelle fierté qu'ils pourraient étaler demain matin devant les autres qui, cependant dans la confidence, n'étaient pas admis à participer au jeu clandestin. Réduits, au moins sur les papiers officiels, à des rôles de simple police, vingt mille goumiers s'entraînaient dans tout le Maroc avec des armes automatiques disparues soudain des parcs d'artillerie au lendemain de l'armistice. Cette nuit le goum du capitaine Aymard viendrait faire des exercices de tir réel sur les parcelles moissonnées du lot nº 7. Ça n'était pas la première fois que la ferme Carbec avait été choisie. Autant pour la précaution que pour la technique, le capitaine Aymard changeait souvent son terrain de manœuvres. Roger s'y prêtait toujours de bon cœur. Hier le désespoir l'avait terrassé, aujourd'hui il pensait que tout n'était peut-être pas perdu : la Wehrmacht, après des succès foudroyants, avait été arrêtée devant Moscou, les États-Unis étaient entrés dans la guerre avec leurs moyens gigantesques. En 1940, on s'était battus dans le ring étroit de l'Europe occidentale pendant six semaines, en 1942 on se heurtait en Russie, au Moyen-Orient et au bout de l'Asie dans des combats de titans. À partir du moment où Hitler avait manqué son Blitzkrieg, était-il déraisonnable de penser que l'arsenal américain et la ténacité britannique finiraient par l'emporter sur l'organisation industrielle de l'axe et la valeur de ses troupes ? Et même d'imaginer que la France reprendrait un jour les armes ?

« Nous avons perdu une bataille, nous n'avons pas perdu la guerre. » Qui donc avait entendu un certain général de Gaulle prononcer cette phrase à la radio de Londres ? À peu près personne. Mais tout le monde la savait par cœur et la citait, les uns avec certitude, les autres avec ironie. À Rabat, où il se rendait souvent, Roger Carbec avait vite remarqué qu'il suffisait d'écouter la BBC pour se décerner un brevet de patriote résistant et accuser de collaboration ceux qui se raccrochaient au maréchal Pétain, épave dans un naufrage. Gilbert Lecoz-Mainarde n'était pas gaulliste. Dès la création de la Légion, il s'y était fait inscrire. Pour ce mutilé de 14 c'était une façon exemplaire de se tenir au coude à coude entre anciens combattants et de retrouver ces sentiments de camaraderie désintéressée que seuls pouvaient comprendre ceux qui les avaient éprouvés dans les tranchées. Le mois dernier, Frédéric qui venait d'avoir dix-huit ans, s'était permis de dire à table un mot qui avait fait rire les plus jeunes, même leur mère : « Ton maréchal Pétain, nous l'appelons au lycée le maréchal pétoche. »

— Ne dis plus jamais cela ni devant moi ni derrière moi. Pour nous autres, le maréchal Pétain ce sera toujours Verdun.

Frédéric s'était levé, frémissant :

— Ton Pétain, il a mis sa main dans celle d'Hitler !

— Ton de Gaulle, c'est un émigré à la solde des Anglais qui se servent de lui pour tirer sur des Français !

— Et ton Pétain ? Qu'est-ce que c'est aujourd'hui ? Une ganache étoilée qui se sert de Verdun pour mieux trahir.

Gilbert, livide lui aussi, s'était levé sur sa jambe bancale. Il cria :

— Sors de table ! Quitte la maison !

Frédéric arriva le même soir à Sidi M'Barek chez son oncle à la mode de Bretagne et lui raconta cette scène, venue après quelques autres où le père et le fils se déchiraient. Roger retrouvait dans le jeune homme le garçon intransigeant qu'il avait été lui-même. Après l'avoir gardé quelques jours à la ferme il le ramena à Rabat où, très inquiets, les Lecoz-Mainarde redoutaient le pire. Réconciliés, le père et le fils avaient promis de ne plus se heurter.

— Cette défaite nous a tous écorchés vifs, soupirait Annick sans prendre conscience qu'elle retrouvait d'instinct le même ton plaintif de sa mère dont elle s'était un peu moquée naguère.

— As-tu des nouvelles de la famille ? demanda Roger.

— J'ai reçu d'Adèle une petite carte, six lignes. Elle reste à Saint-Malo avec les enfants. Ils vont bien. Jean-Pierre est toujours dans son Oflag 460. Il reçoit mes colis, je lui ai envoyé des cornes de gazelle.

— Et Hervé ?

— Aucune nouvelle. Je pense qu'il est toujours à la malouinière.

— Bien entendu, rien de Lucile ?

— Pas depuis deux mois.

Roger haussa les épaules :

— Lucile devenue nantaise ! Son mari doit la séquestrer. Tant pis pour elle, Mme la comtesse l'a bien voulu !

Il ajouta méchamment :

— Le bel aviateur devenu marchand de sardines à huile ! Celui-là, il a enfin trouvé sa vocation. En réalité, c'était un pantouflard mondain.

À Nantes, M. et Mme de Kerelen avaient décidé de ne pas fermer l'usine des conserves Dupond-Dupuy. Ils voulaient assurer aux femmes des ouvriers faits prisonniers la paye qui permettrait de nourrir leur famille. Tous les matins, ils arrivaient ensemble à l'usine, ne s'en absentaient que pour un rapide repas et rentraient chez eux vers sept heures du soir. Louis, qui n'avait pas oublié les quelques notions de mécanique apprises pendant son passage dans l'aviation, s'occupait des machines, et Lucile de la gestion : achats, ventes, comptabilité, personnel. Les premiers mois furent difficiles. Louis s'engloutissait jour après jour dans une sorte d'hébétude désespérée dont il ne sortit qu'au moment où, lui tendant la main comme à un homme qui se noie, Lucile lui donna la certitude qu'elle ne le quitterait jamais plus. Petit à petit, il avait sinon repris courage, au moins retrouvé auprès de Lucile une certaine quiétude. Mme de Kerelen mère en savait gré à sa belle-fille, et le Cercle Louis XVI avait accueilli avec gentillesse la nouvelle comtesse de Kerelen comme la société nantaise avait accepté naguère Marie-Thérèse Carbec, fille d'un gros armateur malouin au temps de la Compagnie des Indes. Louis s'en réjouissait, Lucile s'en félicitait. Il leur arrivait cependant de sentir peser sur eux une masse de plomb qui leur faisait penser tout bas, sans se le dire, qu'ils avaient vécu jusqu'ici dans un monde aérien, léger, gai, même dans les moments graves, où la pesanteur n'existait pas. Bonheur ou plaisir, c'était le ravissement, l'attente amoureuse, parfois la jalousie, toujours la gaieté. Aujourd'hui, le malheur rôdait autour d'eux avec son cortège de détresse, de deuil, de chagrin, de honte, ces drapeaux rouge et noir, ces officiers à casquettes plates, vêtus de longs manteaux de cuir souple qui dévisageaient Lucile dans la rue, et ces horribles affiches collées sur les murs de Nantes où la Kommandantur faisait connaître les noms des otages fusillés la veille.

La vie quotidienne que les circonstances imposaient aux autres, M. et Mme de Kerelen avaient fini par s'y plier. Leurs heures de travail, de repas, de courses, de visites, de bridge, de messes ou de queues à l'Hôtel de Ville pour retirer leurs tickets mensuels d'alimentation, étaient réglées avec une stricte minutie, à ce point que les voisins pouvaient dire en voyant passer l'un ou l'autre : « M. de Kerelen se rend à la cathédrale » ou « Madame va rendre visite à sa belle-mère. » Les Parisiens des années folles n'étaient plus que deux époux ponctuels, transparents et nantais, elle sans rien perdre de sa tournure, lui devenu une silhouette fragile aux épaules tombantes, à ce point que ses anciens camarades disaient en le voyant raser les murs « Ce pauvre Kerelen file un mauvais coton. » Lucile n'ignorait pas que sa présence, si bénéfique fût-elle, demeurait un remède insuffisant pour rendre à Louis ce goût de vivre qui faisait peut-être le plus clair de son charme et qui avait disparu, même son scepticisme volontiers iconoclaste, comme si le malheur l'eût vidé de son âme d'un seul coup. Un moment, elle avait cru gagner la partie mais cela n'avait duré que quelques semaines, à peine s'il avait souri en voyant éclater les premiers bourgeons du printemps de l'année 1942 le long de l'Erdre où il se rendait parfois parce que la famille Kerelen y possédait un vieux manoir loué à des métayers. Maintenant, il ne lisait même plus les journaux et ne recevait plus guère chez lui que deux ou trois vieux amis, toujours les mêmes, avec lesquels il s'enfermait pour d'interminables parties d'échecs jusqu'au couvre-feu, et qu'il raccompagnait au seuil de sa porte avec les yeux ravis d'un innocent. Elle le prenait alors doucement par le bras et le conduisait dans leur chambre, là où les tendresses rassurantes effaçaient son cauchemar. Louis continuait cependant à s'intéresser aux machines des Conserves Dupond-Dupuy et passait de longues heures à les vérifier, les graisser, les réparer, voire à fabriquer lui-même une pièce cassée qui lui faisait découvrir le plaisir nouveau de la création manuelle à partir d'un objet simple. Pour ces travaux, il avait fait installer un tour, une fraiseuse, une perceuse et quelques autres instruments indispensables. C'est dans son atelier qu'un après-midi du mois de juillet 1942 deux hommes de la Gestapo vinrent l'arrêter.

Lucile s'était rendue tout de suite à la Kommandantur pour protester, mon mari a certainement été victime d'une erreur, peut-être d'une lettre anonyme ? Voyons monsieur, mon mari est malade, inoffensif, tout le monde vous le dira. Il n'écoute jamais la radio, il ne lit même pas les journaux. Faites une enquête, montrez-le à un médecin. Un officier lui avait d'abord répondu qu'il ignorait tout de cette affaire. Elle avait élevé le ton, dit que le comte de Kerelen, ancien combattant de 14, officier de la Légion d'honneur, ne pouvait pas avoir été arrêté comme un simple malfaiteur. Je vous en prie, monsieur, c'est certainement une erreur ! Informez-vous !

— Madame, je peux vous affirmer que M. de Kerelen n'a été arrêté ni par des gendarmes ni par des soldats placés sous mon autorité.

L'officier se leva pour signifier que l'entretien était terminé. Sous le masque d'un visage inexpressif, Lucile crut lire une profonde tristesse. Elle entendit aussi le déclic d'une jambe articulée.

— Pour vous éviter d'autres démarches, je veux bien m'informer, dit l'Allemand en prenant son téléphone.

Lucile, déjà debout, écouta sans les comprendre, sauf quelques Ja, Ja, Jawohl, les questions posées par l'officier de la Kommandantur. La conversation lui parut interminable.

— Madame, dit-il enfin, le commandant de Kerelen a été arrêté cet après-midi par nos services de sécurité et a été aussitôt transféré à Paris.

Lucile s'appuya sur le dossier du fauteuil où elle était tout à l'heure assise. Il lui semblait que les cloisons vacillaient et qu'elle-même allait tomber. Elle se ressaisit au dernier moment, tu es une Carbec et tu es aussi une Kerelen.

— À Paris ? Mais... pourquoi ?

— Ce sont les ordres, madame.

— Mon mari est malade, c'est un grand enfant, vous avez commis une erreur odieuse. Donnez-moi un ausweis, je vais aller à Paris où j'ai des relations qui me le rendront. Monsieur, je vous demande un ausweis.

Tout droit dans son uniforme bien coupé dont le col s'ornait d'une croix de fer, l'officier se raidit encore.

— Je ne sais pas madame si je peux vous donner cet ausweis pour Paris sans en référer à nos services de sécurité.

Lucile lui décocha, le mépris aux lèvres :

— Je ne savais pas que l'armée allemande fût aux ordres de la police.

L'autre hésita quelques secondes avant de répondre :

— À la réflexion, dans cette circonstance pénible pour vous, je veux bien prendre la responsabilité de vous signer un ausweis.

Pour aller de la gare Montparnasse au boulevard de Courcelles, Lucile avait pris passage dans un vélo-taxi qui lui fit longer les quais de la rive gauche jusqu'au Palais-Bourbon dont la façade était barrée d'une immense banderole blanche où de grosses majuscules proclamaient *Deutschland siegt an allen Fronten.* À Nantes, elle voyait tous les jours les signes extérieurs de l'occupation ennemie, drapeaux allemands sur les bâtiments publics, uniformes de feldgrau, poteaux indicateurs aux plaques blanches, noires et rouges, mais depuis qu'on leur avait fusillé cinquante des leurs, les Nantais étaient animés d'une volonté de résistance si farouche qu'ils affectaient de les ignorer. À Paris, l'Allemagne lui sauta à la gorge et ne la lâcha plus. Sur les trottoirs, dans les rues, au-dessus des toits ou collée aux murs, nombreuse, immense, dominatrice, agressive, elle était partout. Au moment de s'engager dans la rue Royale, comme Lucile regardait à droite vers les Tuileries, elle vit sur la façade des immeubles de la rue de Rivoli d'énormes croix gammées semblables à des araignées monstrueuses telles qu'on les fuit dans les cauchemars. Elle ferma les yeux, ne pas s'émouvoir, garder son sang-froid, aujourd'hui je vais devoir être solide, utiliser mes relations à Paris, faire n'importe quoi avec n'importe qui pour ramener Louis à Nantes avec moi. Pour retrouver son calme, Lucile disciplina sa respiration, détendit ses muscles contractés, rouvrit les yeux. Autour de la Madeleine, de nombreux vélos-taxis attendaient des clients, mais le boulevard Malesherbes à cette heure matinale était désert, animé seulement par le passage de quelques voitures militaires et de rares cyclistes. Arrivée boulevard de Courcelles, elle frappa à la porte de la loge des concierges.

— Mademoiselle Lucile ! En voilà une surprise ! Quand je pense à ce pauvre M. Carbec ! Il était si gentil avec nous, pas fier, toujours le sourire. Remarquez que depuis la mort de Mme Carbec, il ne souriait plus beaucoup.

— Avez-vous les clefs de l'appartement ?

— Solène est toujours là. Si ça se trouve, dirent les concierges vous allez la voir là-haut.

Après le suicide du professeur, Solène n'avait pas quitté Paris et s'était installée dans l'appartement pour le garder en attendant le retour d'un Carbec quelconque.

— L'un ou l'autre, je savais bien que vous finiriez par arriver !

Elle raconta tout à Lucile : la dernière soirée de monsieur, la grosse enveloppe pleine de billets, la recommandation de ne plus ouvrir les persiennes, et puis le matin où elle lui avait apporté son petit déjeuner pour la dernière fois, il avait l'air de dormir, mademoiselle Lucile. Je l'ai appelé plusieurs fois, monsieur ! monsieur ! que je lui ai dit. Alors, j'ai vu un flacon vide sur sa table de nuit. J'ai touché ses mains, elles étaient toutes froides, et j'ai descendu l'escalier en courant. Le concierge est monté. Ah, ma pauvre mademoiselle Lucile ! Et la famille ? Comment va la famille ? Je ne sais plus rien ! De personne...

Lucile avait reçu récemment quelques lignes de Saint-Malo, de Rabat et de l'Oflag 460. Elle donna ces maigres nouvelles et ajouta :

— Tu ne sais donc point que je me suis mariée ?

— C'est pas Dieu possible ! Avec qui donc ?

— Avec M. de Kerelen.

— C'est pas pour dire, mais vous y aurez mis le temps, mademoiselle Lucile !

— C'est pour mon mari que je suis venue à Paris. Hier, il a été arrêté par les Allemands qui l'ont amené aussitôt ici.

— Oh ! pauvre M. de Kerelen...
— Ne gémis pas, tu dois savoir que je déteste ça !
— Oui, mademoiselle Lucile.
— Le téléphone marche-t-il ?
— Bien sûr, si c'est pour Paris.

Lucile entra dans le cabinet de son oncle, alluma la petite lampe qui éclairait la table de travail où l'une à côté de l'autre dans leurs petits cadres d'argent les photographies d'Olga et du sous-lieutenant Carbec demeuraient les témoins des beaux jours. Elle les regarda longtemps. Ses yeux firent le tour de la pièce tapissée de reliures, ornée de quelques tableaux et d'autographes précieux. Ils s'attardèrent sur la page manuscrite de Chateaubriand offerte par elle un soir de la Saint-Sylvestre, et Lucile crut voir et entendre Guillaume, comme s'il était là, lui dire, la voix musicale et un peu tendre : « Complice ? » Surtout ne pas s'attendrir. Elle ouvrit alors son sac, en sortit un petit agenda et composa un numéro de téléphone.

— Allô, Jacques ? C'est Lucile. Oui, Lucile Carbec. Excusez-moi de vous appeler de si bonne heure... Oui, c'est moi. Je sais que vous avez l'habitude de vous lever tard. Je n'ai pas oublié. En effet, il y a longtemps ! Si je vais bien ? Oui et non. Je vous raconterai cela. Si j'ai un service à vous demander ? Bien entendu, sinon je ne vous aurais pas téléphoné... Non, Jacques, pas de baratin, le passé est mort. Comment je sais que vous êtes à Paris ? C'est parce que j'ai vu un jour dans un journal votre photo à côté de celle de M. de Brinon. Vous êtes toujours attaché à la Délégation du gouvernement ?... Merci Jacques, j'étais sûre de pouvoir compter sur vous... Non, je ne tiens pas beaucoup à aller dans vos bureaux. Chez vous ? Encore moins. Mais non, n'insistez pas, si vous saviez ce qui m'amène à Paris vous rougiriez de me faire une telle invitation... J'ai dit « invitation », je n'ai pas dit « proposition » ! Déjeuner avec vous ? Tant que vous voudrez. À l'hôtel Continental, rue de Rivoli ? Oh, non, pas là Jacques. Tout à l'heure je suis passée devant la rue de Rivoli... vous me comprenez n'est-ce pas mon petit Jacques. Au Prince de Galles, avenue George-V ? Si vous voulez. Vous dites qu'une auto viendra me chercher à midi et demi ? J'accepte bien volontiers. Je suis boulevard de Courcelles...

Jacques, il y avait plus de dix ans, elle avait été sa maîtresse pendant deux mois, à une époque où Louis de Kerelen s'amusait à déflorer des contessine romaines et les ramenait, minuit passé, au domicile paternel après avoir jeté une poignée de lires dans la fontaine de Trevi. Il n'avait guère été qu'une espèce de substitut pour l'hygiène, ainsi qu'elles disent toutes pour garder bonne conscience, mais son souvenir était demeuré celui d'un garçon gai, un peu viveur à la manière des années folles, inventeur de cocktails et joueur de poker dont elle avait gardé sinon la mémoire au moins le numéro de téléphone sur son agenda comme on y inscrit celui des entreprises de dépannage qui réparent dans l'heure votre électricité ou votre plomberie.

— Vous m'avez reconnue, après tant d'années ? dit-elle faisant la coquette sous le fard un peu trop vif pour masquer sa mauvaise mine.

— Chère Lucile, je vous ai immédiatement repérée. Vous n'avez pas changé. Vos yeux, vos cheveux, votre taille... Vous avez vu comme tous ces officiers vous regardaient lorsque vous êtes entrée dans le hall de l'hôtel ? Je ne vous propose pas un whisky. En ce moment, n'est-ce pas, la route du scotch est coupée comme aurait dit hier Paul Reynaud, mais nous avons de l'excellent porto. Oui ? Parfait ! Maître d'hôtel, deux doubles portos !

Elle avait traversé le hall comme une somnambule, sans voir les hommes en uniforme qui y paradaient, ni entendre les petits claquements de talons dus à la hiérarchie, mais son cœur battait rapide et elle avait été presque heureuse de rencontrer enfin celui qu'elle cherchait, une sorte de commis subalterne, un veston égaré au milieu de tuniques rutilantes. Il s'était courbé en deux, avait baisé sa main, tout fiérot de montrer aux vainqueurs que dans certains domaines il pouvait encore gagner une bataille et il avait entraîné sa conquête vers une petite table ronde recouverte d'une fine nappe blanche. Maintenant, Lucile pouvait regarder autour d'elle : la grande verrière donnant sur un jardin clos, les murs blanc et or, les serveurs en spencer, les dolmans vert sombre aux cols soutachés, et assis devant elle ce petit freluquet au ventre rond, chauve, distribuant des sourires à droite et à gauche, qui avait été son amant de poche pendant quelques semaines. Qu'est-ce qui avait bien pu l'abîmer ainsi en si peu d'années : le poker, la lâcheté, la défaite, l'argent ? Tout cela ensemble ? Elle fut prise d'un immense dégoût, d'elle-même encore plus que de lui, et avala une large goulée de porto, à la malouine, comme elle aurait fait d'une bolée de cidre, et raconta son histoire.

— Pouvez-vous faire quelque chose ?

Il réfléchit quelques instants avant de répondre :

— Jurez-moi d'abord que Louis de Kerelen n'a jamais participé à une action quelconque de terrorisme ?

— Bien entendu ! Il en aurait été incapable, physiquement et moralement.

— Je me suis permis de poser cette question parce que ces gens-là, qui s'appellent des résistants, mais qui sont surtout des terroristes, sabotent toute la politique très difficile que nous essayons...

— Écoutez, Jacques, coupa Lucile d'un ton impatient, je ne vous demande pas de me faire un discours sur la collaboration. Je connais vos opinions qui ne sont pas les miennes, et je me sens ici très mal à mon aise. Je suis venue à Paris pour essayer de sauver mon mari. Dites-moi si oui ou non vous pouvez faire quelque chose ?

— Je peux essayer de savoir où on l'a emmené. Des dénonciations calomnieuses qui ne reposent sur rien, il paraît que la Gestapo en reçoit tous les jours. S'il n'y a rien dans son dossier, nous le ferons bientôt relâcher. Je vous promets de m'en occuper immédiatement.

Comme ils achevaient leur repas, sole meunière, tournedos, pêche melba, il dit, un peu de rouge au front :

— Vous paraissez confuse d'être ici, vous avez à peine touché à ces bonnes choses. Moi aussi, il m'arrive parfois d'avoir honte, mais il faut être réaliste. Les Allemands ont déjà gagné cette guerre. Savez-vous, ma chère, qu'ils se baignent dans la Volga ? Un jour, les Français nous sauront gré d'avoir été clairvoyants.

Elle l'interrompit sèchement :

— Quand aurai-je des nouvelles ?

— Sans doute demain, peut-être ce soir. Puis-je venir vous les apporter boulevard de Courcelles ?

— Pour quoi faire ?

Il la regarda avec le sourire d'un homme qui a fait un bon déjeuner :

— Mais... pour chercher ma récompense !

Elle s'était déjà levée :

— Ne me raccompagnez pas, je vais rentrer à pied. Téléphonez-moi ce soir, même si vous ne savez rien.

Le téléphone sonna vers six heures. Au timbre de voix de Jacques, Lucile comprit tout de suite que les nouvelles ne seraient pas bonnes.

— Où est-il ?

— À la prison du Cherche-Midi.

— Eh bien, faites-l'en sortir ! Si votre M. de Brinon a un rôle à jouer, c'est bien celui-là, non ?

— Il vaut mieux que je vienne vous voir. C'est sérieux, je ne plaisante pas.

— Quand ?

— Tout de suite.

Jacques arriva une demi-heure plus tard. Il n'arborait pas le visage d'un homme qui vient chercher sa récompense lorsque Lucile le fit asseoir dans un fauteuil du cabinet du professeur Carbec.

— C'est grave ?

— Sans doute, puisqu'il est au secret.

— Au secret ? Pour une lettre anonyme ?

— Il ne s'agit pas d'une lettre anonyme, chère amie, mais de la conclusion d'une longue enquête. Je pense qu'il va vous falloir beaucoup de courage...

Il parlait à mi-voix, cherchait ses mots, la tête basse pour ne pas rencontrer le regard bleu qui le fixait. Elle respira profondément et dit :

— Je veux tout savoir, n'oubliez pas que je suis son épouse.

— Tout bien réfléchi, je pense moi aussi qu'il est préférable que vous sachiez maintenant la vérité.

— Alors ?

— Le commandant de Kerelen a été arrêté par la Gestapo parce qu'il est le chef d'un réseau de terroristes. Il est accusé d'avoir fait sauter deux trains de munitions, et avoir communiqué à Londres des renseignements sur la base des sous-marins à Saint-Nazaire.

— Mais c'est impossible !

— J'ai vu certaines pièces du dossier.

— Mon mari passait ses après-midi dans son atelier et ses soirées à jouer aux échecs.

— Deux de ses ouvriers ont été arrêtés, et ses partenaires aux échecs également. Certains d'entre eux ont avoué.

La gorge nouée, elle éclata :

— Alors, qu'allez-vous faire, vous qui êtes leur ami ?

— Je ne suis pas leur ami, nous vivons des heures difficiles... Il faut agir rapidement. Les titres de guerre du commandant de Kerelen peuvent jouer en sa faveur parce que les militaires allemands y sont toujours très sensibles. Malheureusement la Gestapo l'emporte aujourd'hui sur la Wehrmacht, la Kriegsmarine et la Luftwaffe. Les terroristes y sont sans doute pour quelque chose...

— Mon mari est un soldat !

— Certainement. Avouez cependant qu'il ne nous facilite pas les choses ?

— Je l'espère bien. N'avez-vous rien d'autre à m'apprendre ?

— Non... non.

— Eh bien, je vous remercie pour vos démarches.

Lucile s'était levée. Elle appela Solène, croisa ses deux mains derrière le dos et dit :

— Raccompagne monsieur.

Quand elle entendit se refermer la porte du vestibule, elle fondit en larmes.

Lucile resta huit jours à Paris. Elle avait bien essayé d'obtenir un permis de visite, en s'adressant d'abord à la Kommandantur von Gross Paris, puis aux services de la Gestapo : partout on lui avait répondu que le nom du commandant de Kerelen ne figurait pas sur la liste des prisonniers au Cherche-Midi. Sans se décourager, elle avait alors téléphoné à Jacques pour obtenir une entrevue avec le général von Stulpnagel, Militärbefehlshaber in Frankreich, mais après deux heures d'attente elle avait été reçue par un colonel grisonnant qui lui avait dit, courtois et navré :

— J'ai entendu parler de votre affaire par le général Bridoux en personne. Hélas, elle échappe totalement à notre juridiction. Je suis désolé. Puis-je me permettre de vous demander si vous n'êtes pas apparentée au lieutenant-colonel von Keirelhein qui est de mes amis ?

— C'est notre cousin. Si par hasard il était à Paris...

— Il se bat en Russie, madame. Peut-être pourrais-je faciliter votre retour à Nantes ?

C'était signifier à Mme de Kerelen que son séjour à Paris n'était pas souhaité par les autorités allemandes. Il lui parut qu'une main énorme broyait lentement son cœur. Le lendemain elle repartait pour le quai de la Fosse. Il fallait bien assurer la paye des usines Dupond-Dupuy, surtout celle des femmes dont les maris étaient prisonniers. Quoi qu'il advienne, Lucile s'était juré de continuer la tâche que lui avait demandé d'assumer Louis de Kerelen quand il avait été mobilisé en 1939. Arrivée à Nantes, la rumeur lui confirma l'arrestation par la Gestapo d'une vingtaine de résistants parmi lesquels Louis de Kerelen, deux de ses ouvriers et trois de ses partenaires aux échecs.

Dès lors, Lucile pensa que Dieu seul pouvait sauver son mari. Comment Louis était-il parvenu à cacher si bien le jeu terrible mené à côté d'elle pendant deux années en adoptant si parfaitement des manières de père tranquille jusque dans la tenue, les propos, le visage, même les horaires de la vie quotidienne ? Et s'il était innocent ? Elle repartit pour Paris et se rendit deux fois à Vichy, où elle n'obtint pas davantage de renseignements, sinon l'assurance que Louis se trouvait toujours au Cherche-Midi. L'été s'acheva. De temps à autre, Lucile recevait la nuit de mystérieux coups de téléphone pour lui recommander l'espérance. D'où venaient-ils ? Amis ou ennemis ? Voulait-on la soutenir ou la faire tomber elle-même dans un piège ? La prudence lui dictait des réponses neutres, mais de ces nuits-là elle sortait brisée et ne retrouvait son courage qu'au moment de se rendre aux usines Dupond-Dupuy ou chez Mme de Kerelen mère qui s'était mise à boire du muscadet et montrait un nez rouge. L'automne vint. Angoissant hier, le silence dont était entourée la captivité du commandant de Kerelen ne permettait-il pas aujourd'hui d'imaginer une prompte libération ? D'habitude les conseils de guerre allemands n'étaient pas si lents à décider, on l'avait bien vu à Nantes quand ils avaient fait fusiller cinquante otages l'année dernière. L'espérance ? Elle colora le visage des Nantais quand le bruit circula sur la place de la Cathédrale, à la sortie de la messe, le dimanche 8 novembre, que les Américains venaient d'arriver au Maroc et en Algérie avec des forces considérables.

« Mon Dieu ! vous m'avez entendue ! » dit Lucile de Kerelen quand elle reçut enfin, huit jours plus tard, une lettre de son mari.

« Lucile, mon amour. C'est la première fois depuis plus de trois mois qu'on me donne la permission de t'écrire. Ce sera aussi la dernière. J'ai été condamné à mort hier matin et je me prépare à être fusillé tout à l'heure. J'aurais préféré tomber en combat aérien, mais mourir devant des fusils ennemis où est la différence ? Je sais, parce que j'en suis sûr, que tu as eu beaucoup de courage et que tu auras besoin d'en avoir encore. Pardonne-moi d'avoir joué pendant ces deux années une telle comédie sous tes yeux comme si je n'avais pas eu confiance en toi. Il m'est arrivé souvent de vouloir te mettre dans la confidence de mon secret. Je ne l'ai pas fait pour deux raisons, l'une aussi grave que l'autre, la première parce que j'étais prisonnier d'une parole donnée, la seconde parce que j'ai voulu te protéger. Au moment de la défaite, j'ai été tenté de rejoindre Londres mais j'ai pensé, après l'affaire de Mers el-Kébir, que ce geste était devenu impossible pour un officier français. Quelques semaines plus tard, je me suis rallié au maréchal Pétain, dont la présence me rassurait. Après l'entrevue de Montoire, j'ai compris qu'il était devenu prisonnier à la fois de sa vieillesse, de sa gloire et des Allemands. Le dur combat que j'ai alors engagé, je ne l'ai pas perdu. Je suis même convaincu de l'avoir gagné car je te connais assez pour savoir qu'il te sera plus facile de vivre demain avec mon souvenir qu'il t'aurait été possible de respirer en face de moi si je m'étais contenté des Sardines Dupond-Dupuy dans le malheur subi par notre pays. Adieu, Lucile. Nous avons été des amants merveilleux, rappelle-toi la Bugatti, les petits restaurants du quartier Latin, la trattoria de la via Appia Antica, la chanson de l'Ange Bleu, ich bin von Kopf bis Fuss auf Liebe eingestelt... le Chemin du Paradis, Valentine Tessier et les Pitoëff. Rappelle-toi la Coupe Davis dans la maison des corsaires malouins et nos longues promenades dans les bois de ta malouinière... Te voilà devenue comtesse de Kerelen. Je ne te demande d'assumer que deux devoirs, le premier, d'assurer aux veuves de mes compagnons et à leurs enfants une pension prélevée sur mes biens personnels, le second de faire peindre nos deux portraits que tu accrocheras dans le salon de la Couesnière en face des tableaux du capitaine et de Marie-Thérèse de Kerelen. Tu trouveras bien quelques vieilles photos de moi en uniforme qui serviront au peintre choisi par toi. Pour le reste, ne pense qu'à toi seule, à ta jeunesse, à la vie... Bientôt la France redeviendra heureuse et ce jour-là tu souriras en te rappelant ce que nous avons été l'un pour l'autre. Non, ne pleure pas mon amour. Je m'aperçois que j'ai déjà rempli les deux feuillets qu'on m'a permis d'écrire, et je ne t'ai pas encore dit le centième de tout ce qui remplit mon cœur et que je ne t'ai jamais dit. Je t'aime Lucile. Tout à l'heure je vais essayer de ne pas avoir peur parce que j'ai toujours voulu vivre comme un homme libre et que je voudrais mourir comme un Français libre. Un jour Dieu nous réunira, j'en suis sûr. Louis de Kerelen.»

Lorsque l'aspirant Roger Carbec monta sur le pont du *Stranhower*, un 27 000 t. de la P. and O., il s'avisa avec un curieux sentiment de mélancolie teinté d'un peu d'ironie que c'était un curieux destin de partir pour l'Italie à bord d'un navire britannique, revêtu d'un uniforme américain dans le but de délivrer la France occupée par les Allemands. Sous ses yeux, la baie de Mers el-Kébir étalait un plan d'eau cuirassé de soleil où s'irisaient des flaques de mazout cernées par des bouées rouges qui dessinaient une figure géométrique semblable à un grand losange. Comme un officier du *Stranhower* passait à côté de lui, Roger Carbec lui demanda d'une voix innocente :

— Excuse me, sir. What are these ? Why these red buoys ?

Le marin rougit un peu, ferma et rouvrit plusieurs fois les yeux et répondit gêné :

— Battle-ship *Bretagne*... Excuse me... urgent service.

Il s'était déjà engouffré dans un escalier. L'aspirant ne s'était pas trompé. Deux mille cadavres de marins français, morts à leur poste de combat sur le cuirassé *Bretagne* pendant l'affaire de Mers el-Kébir, le 3 juillet 1940, gisaient enfermés dans une épave soigneusement délimitée par l'Amirauté britannique. Bon Malouin, Roger Carbec en reçut un coup au cœur. Appuyé sur une rambarde, il regarda longtemps la baie où des torpilleurs gris fer mêlaient leurs longs museaux numérotés aux masses des gros transports de troupe battant pavillon anglais, américain, danois ou norvégien. Tout à l'heure, il avait traversé la cale n° 7 réservée au détachement français, soldats de toutes les armes, ramassés dans les dépôts d'Afrique du Nord et envoyés à la hâte en renfort pour boucher les trous des régiments de tirailleurs qui s'étaient fait exterminer dans les Abruzzes. La plupart étaient des Algériens, ceux qu'on appelait les indigènes, l'air maussade, muets, farouches, inquiets telles des bêtes menées à l'abattoir, à croupetons ou recroquevillés sous des couvertures, déjà pris au ventre par le mal de mer. L'armée de la libération allait donc être une armée de sidis ? À ce spectacle, Roger Carbec haussa les épaules, furieux, et il se demanda s'il n'avait pas laissé sur le quai, au bas de la passerelle du *Stranhower*, toute la grandeur de l'aventure librement choisie par lui en s'engageant dans les Tabors marocains. Au moins, ceux-là, ses goumiers, n'avaient pas des gueules de mercenaires et n'avaient pas été recrutés parmi les mauvais garçons qui traînent leurs savates sur le trottoir des grandes villes. Ils étaient tous fellahs, laboureurs ou bergers, parfois anciens hommes de poudre, qui avaient quitté les mancherons de leur charrue pour suivre un officier au képi bleu, comme autrefois les paysans abandonnaient leurs troupeaux et leur famille pour accompagner leur seigneur partant en croisade. Une vingtaine de goumiers se trouvaient dans cette cale nº 8 au milieu des autres nordafs avec lesquels on ne pouvait pas les confondre : leurs longues djellabas de laine leur donnaient une allure de rois mages au regard fier et grave.

Dès qu'il avait eu terminé la moisson de l'été 1943, Roger Carbec s'était engagé dans les Tabors, ces fameuses troupes irrégulières qui venaient s'exercer à Sidi M'Barek avec le capitaine Aymard : trois mois d'instruction intensive à Cherchell avaient fait de l'ancien sergent un aspirant de quarante ans. Après avoir confié le soin de sa ferme à des voisins plus âgés, le colon devenu militaire avait réuni ses ouvriers :

— En est-il parmi vous qui veulent partir avec moi au baroud ?

D'abord, ils n'avaient rien répondu, hochant la tête, s'interrogeant du regard, immobiles. Laissés seuls avec leurs réflexions, agités par leurs palabres soudain déchaînées, ils avaient consulté les femmes et les vieux. Messaoud avait vanté la vie aventureuse des Tabors et dit que les goumiers avaient rapporté un précieux butin de Tunisie. Les autres s'étaient renseignés sur la solde et le taux d'allocation versée aux femmes par la Résidence générale. Ce soir-là, Roger Carbec bouclait sa cantine quand il entendit les pas d'une petite troupe en marche qui s'arrêta devant sa maison. Il sortit. Dans la cour de la ferme, ils étaient là une dizaine, alignés et souriants.

— Tager, dit Messaoud, nous partons avec toi. Les autres resteront ici pour le travail. Quatre d'entre nous ont été goumiers autrefois et nous savons tous tenir un fusil. Tu sais aussi que nos cœurs sont fiers.

Le lendemain, l'aspirant Carbec et ses gens avaient rejoint le dépôt des goums pour y apprendre la guerre moderne, faire des randonnées de cinquante kilomètres à pied, manier des armes qu'ils ne connaissaient pas. Un jour, revêtus d'une djellaba toute neuve aux longues rayures brunes comme le poil des sangliers, ils étaient revenus à Sidi M'Barek en une courte permission avant de prendre d'assaut un train vers Oran d'où ils s'embarqueraient à bord du *Stranhower* pour l'Italie où d'autres goumiers étaient déjà engagés sur les rives du Garigliano.

Roger fit quelques pas sur le pont et fut heureux de rencontrer un groupe de jeunes Français nés quelque part en Afrique du Nord, ceux-là qu'on appelait les Pieds-Noirs, autant de Lopez, de Garcia et de Martinez que de Dupont et de Durand, le petit peuple brun de la Méditerranée, citoyens de Bab el-Oued ou de villages situés entre Constantine et Oran dont les noms apprenaient l'Histoire aux demoiselles du téléphone: « Allô Pascal? Ne quittez pas, je vous passe Rabelais... Corneille? J'appelle Corneille pour Colbert... Jeanne d'Arc? Je ne vous entends pas. Jules Ferry vous demande mon petit. » Ils s'étaient engagés si nombreux au lendemain du débarquement allié à Casablanca et Alger que les bureaux du recrutement avaient dû freiner leur élan, faute d'équipement pour tout le monde. Aujourd'hui, ivres de leur jeunesse et chantant « C'est nous les Africains ! », l'impatience les brûlait de partir enfin vers ce lointain rendez-vous avec la France où ils n'étaient jamais allés. Le spectacle ravit Roger Carbec et lui rappela que son petit cousin Frédéric avait été un des premiers à devancer l'appel de sa classe. Où était-il aujourd'hui ? Quelques jours après son départ pour le front italien, son père, Gilbert Lecoz-Mainarde avait dit à Roger sur un ton amer :

— Lorsque je me suis engagé, en 14, nous étions inondés de prospectus qui nous conseillaient la chasteté pour éviter la vérole. Je revois encore le texte : « Gardez-vous intacts et sains pour créer une famille. Vos beaux enfants feront la joie de votre foyer et la force de votre patrie: ils seront les remplaçants de vos glorieux camarades tombés au champ d'honneur. Faites-les nombreux ! » Moi, comme un ballot, j'ai suivi ce conseil. Avec mon œil crevé et ma jambe bancale, j'ai fait tout de suite un garçon à Annick. Il y a tout juste vingt ans, et voilà qu'il est déjà parti pour une autre der des ders. Bien sûr qu'il faut se battre contre l'ennemi, mais quelle connerie la guerre !

Des signaux lumineux étoilèrent soudain la rade de Mers el-Kébir, et des vedettes rapides, semblables à des chiens de berger rameutant un troupeau, circulèrent au milieu des navires se formant en convoi. Le *Stranhower* naviguait maintenant en haute mer. Le vent s'était levé. Comme il se retournait, Roger Carbec vit devant lui, au garde-à-vous et souriant, Hamidou qui lui apportait sa djellaba. Il la passa tout de suite sur son battledress fourni par l'Intendance américaine et dit tout haut :

— J'aime mieux cela.

Hamidou demanda :

— Fin' nemchiou tager[1] ?

— Nous allons faire la guerre en Italie. Maintenant tu ne m'appelles plus « tager » mais tu dis « mon lieutenant ».

— Oui tager mon lieutenant, répondit Hamidou.

Quatre jours après avoir quitté Oran, le *Stranhower* arriva en vue des côtes italiennes où il fut accueilli par un petit oiseau jaune dépêché par Capri en message de bienvenue. Dorés, tièdes comme une tendresse, l'eau et le ciel frissonnaient de lumière. L'Afrique n'était déjà plus qu'un souvenir de paysages, d'intérêts matériels ou d'êtres chers, images englouties peu à peu dans le sillage du P. and O. alors que l'inconnu, l'aventure, la beauté se précipitaient vers la proue du navire. Roger Carbec regarda en souriant le petit oiseau de Capri tourner autour de lui et imagina qu'il serait bon, la guerre une fois terminée, d'y aller rêver et aimer. Comme tous les Français l'avaient dit ou le disaient au même moment, il se surprit même à murmurer « Voir Naples et mourir », mais il haussa vite les épaules, furieux de donner déjà dans la littérature des voyages de noces au premier contact avec la caresse italienne, et il contempla le Vésuve cracher sa fumée en manière de salut aux touristes casqués qui s'apprêtaient à débarquer. L'épopée débutait comme une croisière bien réglée par une agence de voyages. Ce soir, ni le clair de lune ni les chansons à la mandoline ne manqueraient à Naples, pas même la conclusion d'un flirt engagé en mer avec une ravissante fille du Corps des Auxiliaires féminines. C'était idiot. Baigné de soleil printanier, les joues tièdes, l'aspirant Carbec se sentit ridicule dans son accoutrement guerrier, et il se rappela qu'Anatole France appelait proprement héros tout porteur de mousquet. C'est à ce moment que le signal d'alerte retentit et que des batteries d'artillerie crachèrent feu et fumée sur le ronron invisible d'un avion ennemi venu en reconnaissance dénombrer le convoi allié. Roger Carbec pensa alors que sa première nuit napolitaine ne serait sans doute pas aussi facile qu'il l'avait cru tout à l'heure.

Le dépôt des Tabors était installé à Pouzzoli, dans la villa de la contessa San Fiora, vieille demeure qui perdait ses marbres dans un jardin abandonné envahi de géraniums-lierres et de rosiers fous, où des statues de déesses mutilées surgissaient des feuillages à travers lesquels glissait une mer assez bleue pour qu'on soit tenté d'y tremper son stylo.

1. Où allons-nous ?

— Vous partirez dès demain avec les renforts, dit le commandant du dépôt à Roger Carbec. Je ne sais pas trop ce qu'on pourra bien faire de vous ? Les Tabors sont des troupes de choc. Nous n'avons pas besoin d'un aspirant de réserve âgé de quarante ans, vous auriez été plus utile en restant dans votre bled. Qu'est-ce qui vous a fait choisir les Tabors ?

— Deux amis, le capitaine Aymard et le docteur Bruneau.

— C'est bon. Le médecin capitaine Bruneau dirige en ce moment l'infirmerie du dépôt, allez donc lui dire bonjour. De toute façon, vous êtes le bienvenu parmi nous. Demain, avant votre départ, je vous donnerai un pli à remettre en main propre au général. En attendant vous avez quartier libre.

Déçu d'un tel accueil, Roger Carbec se dirigea vers la petite école où il savait retrouver son ami.

— Tu tombes à pic ! lui dit le toubib. À partir de maintenant, on se tutoie n'est-ce pas ? Mon vieux, tu vas pouvoir te rendre utile en me donnant un coup de main pour faire passer la visite. Je n'ai personne pour m'aider. Installe-toi là, prends ce cahier où sont inscrits les noms des gus que je vais examiner. Tu y noteras mes décisions. On y va ?

Résigné, l'aspirant Carbec entendit son ami appeler :

— Moha ou Hamou !

Cinq ou six voix répondirent ensemble :

— Présent !

Haussant les épaules, le toubib précisa le numéro matricule :

— 847 !

Cette fois, une seule voix répondit, et un goumier entra, œil timide, maintien discret, sous une djellaba portée sans ceinturon à la façon d'une robe de chambre.

— Tu n'es pas venu hier faire soigner ta chaude-pisse, dit le toubib d'une voix sévère. Tu auras deux jours de prison. Avale devant moi ces quatre cachets.

Très consciencieusement, l'aspirant Carbec inscrivit sur le cahier de l'infirmerie : Moha ou Hamou, Mle 847, 4e goum, blennoragie. Dagénan. Deux jours de prison. Motif : Ne suit pas son traitement.

— 1214 ! cria le toubib.

— B'rzent.

Une bonne tête ronde, tondue, éclairée de deux yeux rieurs, apparut par la porte entrouverte. C'était Ahmidou, un jeune goumier du pays Zemmour. À sa vue, le toubib radoucit le ton qu'il affectait de prendre rude avec ses visiteurs volontiers rusés : un simple coup d'œil lui suffisait pour en prendre les mesures.

— Alors Ahmidou, tu es guéri cette fois. Montre-moi ça !

Le goumier sortait de l'hôpital. Il montra un torse d'athlète un peu maigre où se creusait une longue cicatrice, rouge, au-dessus du téton gauche.

— Tout va bien, fit le toubib après un rapide examen. Tu l'as échappé belle mais tu auras la croix de guerre. En attendant, tu vas retourner au baroud avec un renfort qui part demain. Greffier, écrivez : Ahmidou 1214, 6e goum. Guéri, rejoint son corps.

Ayant ainsi expédié une dizaine de goumiers, les deux amis virent alors entrer une femme à qui il était difficile de donner un âge : quarante ou soixante ans peut-être ? Elle marchait, digne, majestueuse, austère comme on imagine une mère abbesse du Grand Siècle, vêtue d'un cafetan de soie rose recouvert d'une mousseline blanche serrée à la taille par une ceinture dorée, et chaussée de babouches de velours violet brodé d'or et d'argent. Son visage osseux et fardé de rouge, ses yeux soulignés de khôl, ses bracelets d'or et ses pendeloques disaient assez le rôle joué ici par cette princesse orientale.

— Madame Aïcha, dit le médecin-capitaine en s'inclinant, je vous salue bougrement.

Il dit aussi, en s'adressant à Roger Carbec :

— Monsieur l'aspirant, je vous présente la plus sympathique et la plus riche des mères maquerelles des Tabors marocains.

Sans rien perdre de son austérité, Mme Aïcha tendit au toubib un cahier et six petits cartons sur lesquels étaient inscrits les noms de ses pensionnaires.

— Monte sur la table ! dit le médecin en désignant du doigt une table de cuisine au milieu de la pièce.

Mme Aïcha releva la tête, pinça ses lèvres minces, se durcit fièrement dans l'attitude d'une reine outragée qui attend son destin. Elle ne voulait pas « passer à la visite ». Pas elle. Sa dignité interdisait qu'on lui fît subir le même examen qu'à ses filles. Menacée de voir son établissement fermé pendant quinze jours, elle finit par monter sur la table, jura par Mahomet que les goumiers ne la touchaient jamais, se mit sur le dos, releva les jambes et découvrit les cuisses en rabattant ses brocarts et ses dentelles sur la figure. Interloqué, Roger Carbec vit le toubib manœuvrer la vis d'un speculum gros comme un appareil de médecine vétérinaire, et poursuivre son exploration à l'aide d'une lampe baladeuse, tandis qu'Aïcha, étouffant sous sa robe, grondait des injures.

— Relève-toi ! dit rudement le toubib. À l'infirmerie pendant trois semaines ! Fais entrer tes filles.

La première, Zohra, arriva les yeux baissés, vêtue de blanc, et alla s'accroupir dans un coin de la salle en murmurant l'aveu très pudique de son indisponibilité passagère :

— Régla.

Tour à tour, Fatima, Arkia, Miloudia, Fthimou et Majouba entrèrent, toutes vêtues de mousseline transparente et de cafetans vert nil, orangé, rouge, abricot, serrés à la taille par une lourde ceinture dorée. Fardées jusqu'aux yeux, les pommettes luisantes, le regard brillant, les gestes brutaux, massives, dures, violentes, elles s'installaient tout de suite sur la table de cuisine et s'offraient à l'examen du médecin tout en lui racontant gaiement leurs exploits de la veille. J'en ai fait 34, j'ti jure ! Celui-ci qui connaissait tout son monde, accomplissait un travail consciencieux, posait des questions précises, grondait ou riait sous l'œil impassible de Mme Aïcha. Selon le verdict rendu par le toubib, Roger Carbec rendit ou garda le petit carton où était inscrit le nom de la putain. Les acquittées furent aussitôt remises en circulation, les autres demeureraient bouclées à l'infirmerie pendant plusieurs jours.

Ce soir-là, le médecin-capitaine Bruneau emmena dîner à Naples l'aspirant Carbec.

— Alors ? demanda le toubib. Est-on satisfait de sa première journée de guerre ?

— Si je ne pars pas demain, dit Roger Carbec, je déserte. Je ne me suis pas engagé pour voir le cul de tes putains.

— Eh ! Eh ! ça n'est pas le spectacle le plus laid de la guerre ! répondit l'autre avec la gouaille d'un témoin qui en a vu d'autres. À partir de demain, cher Roger, accroche ta ceinture !

Le docteur Bruneau savait ce qu'il disait. Pendant six mois, il avait été médecin de bataillon au plus près du combat. À quelques heures de Naples, c'était la vraie guerre. Roger Carbec se touva tout à coup projeté dans un petit village italien qui avait dû être charmant hier et dont la carcasse calcinée fumait aujourd'hui. La veille, on s'y était battus au corps à corps pour déloger un groupe de parachutistes allemands que l'artillerie n'était pas parvenue à écraser. On conduisit l'aspirant dans la cour d'une ferme où seuls quelques murs demeuraient debout. Sur le sol, traînaient des uniformes tachés de sang, des mitrailleuses abandonnées auprès de leurs caisses de munitions, des boîtes de conserve, des meubles renversés, des matelas crevés, et sur un tas de gravats, un corbillard aux roues démantibulées qui dressait deux brancards pitoyables vers le ciel où passaient des obus avec un bruit de train brûlant une gare. Près de la porte d'un petit bâtiment au toit crevé se dressait un goumier, baïonnette au canon. C'est là que le général des Tabors, Augustin Guillaume, avait installé son P.C.

L'aspirant en fut très surpris car il avait souvent entendu son père lui raconter que pendant la guerre de 14 les grands chefs commandaient très loin des lignes. Il est vrai que l'État-Major des goums ne ressemblait pas davantage à un état-major traditionnel qu'une horde de partisans à une unité régulière. Roger Carbec fut encore plus étonné quand on le fit entrer dans une cuisine dévastée où cinq hommes, vêtus comme des moines batailleurs, menaient grand tapage. L'un d'eux, court sur pattes, trapu comme un pilier de mêlée, épaules de forgeron, hanches massives bien serrées par un ceinturon de toile où s'accrochait l'étui d'un colt, était penché sur une carte qu'il zébrait de coups de crayon bleu ou rouge, tout en engouffrant une énorme tartine de confiture. C'était le général des Tabors, celui qui pendant deux années avait préparé secrètement sa meute de loups. L'aspirant lui offrit un garde-à-vous irréprochable et lui tendit le message que le commandant du dépôt l'avait chargé de remettre. Après y avoir jeté un coup d'œil rapide, le général regarda plus attentivement Roger. Il connaissait un peu le colon de Sidi M'Barek et il n'avait pas oublié que la mort du professeur Carbec avait provoqué une émotion profonde au Maroc autant qu'en France.

— Où vous a-t-on affecté ?

— Nulle part, mon général.

— Eh bien, on a eu raison ! À votre âge, sans expérience de ces troupes spéciales, on ne peut pas vous confier tout de suite la responsabilité d'un petit commandement. Mais j'ai une idée. Nous allons faire de vous un officier de renseignement. Ne faites pas cette tête-là ! Je vous promets que vous allez voir du pays... Vous assurerez des liaisons entre mes commandants de Tabor. C'est une mission de confiance et souvent dangereuse. En attendant, je vous emmène avec moi, à quelques kilomètres d'ici où nous avons un coup dur. À la guerre, il faut se dépuceler dès le premier jour.

Le général s'était installé sur le siège avant d'une jeep, et l'aspirant sur la banquette arrière. La route, chemin vicinal au creux d'une vallée, serpentait au milieu des trous d'obus et des ornières. Le chauffeur sautait par-dessus, tombait parfois dedans, passait en éclair au milieu des camions chargés de munitions ou de jerricanes, rasait des files indiennes de tirailleurs qui se hâtaient vers un village enflammé où crépitaient des mitrailleuses lourdes. La jeep fut bientôt prise sous un tir de mortier. Blême, l'aspirant Carbec baissait instinctivement la tête dans les épaules à chaque coup. « Plus vite ! » dit le général. La jeep bondit sur la route et s'arrêta tout à coup. Un obus de mortier venait de tomber à quelques mètres sur la file des tirailleurs. Tous s'étaient aussitôt jetés à terre. Cinq ou six ne se relevèrent pas. Roger Carbec n'en regarda qu'un seul : frappé par un gros éclat, son visage ressemblait à une énorme poire gélatineuse et rouge. Pris d'un haut-le-cœur impossible à maîtriser, Roger Carbec vomit à pleine gueule juste au moment où le général tournait la tête. Posément, celui-ci s'essuya avec un grand mouchoir à carreaux et dit, furieux :

— Vous avez voulu faire la guerre ? Eh bien, c'est ça la guerre !

Le même soir, comme ils rentraient au P.C. des Tabors, l'aspirant entendit une voix presque douce qui lui disait :

— Voyez-vous, Carbec, une des raisons parmi beaucoup d'autres pour lesquelles nous avons été battus en 40, c'est parce que les généraux et les colonels allemands marchaient toujours au milieu de leurs soldats. Comment peut-on dire à un homme du rang de se faire tuer sur place alors qu'on est soi-même installé dans un château à 100 kilomètres du front ?

Le général des Tabors dit aussi :

— Ne vous en faites pas pour votre petite affaire de tout à l'heure, nous sommes tous passés par là.

Roger Carbec pensa alors que son ami le toubib n'avait pas tort. Le spectacle le plus laid de la guerre n'était pas en effet le derrière des putains de Mme Aïcha.

L'année 1943 avait été très dure. À Nantes, comme dans toute la France entièrement occupée depuis le débarquement allié en Afrique du Nord, les mesures de police destinées à la surveillance des personnes avaient été renforcées. Hier précaire, le ravitaillement posait aujourd'hui des problèmes si graves que, faute de matières premières, de nombreux ateliers fermaient les uns après les autres. Menacée d'être privée d'huile et de sardines pour alimenter les Conserves Dupond-Dupuy, Lucile était parvenue à persuader les services de la Préfecture de maintenir son usine sur la liste des industries prioritaires. Elle avait même imaginé la fabrication d'autres produits, passé des petits marchés avec la Croix-Rouge et le gouvernement de Vichy. L'affaire ne rapportait rien mais les machines tournaient assez pour assurer toutes les semaines la paye régulière des femmes dont les maris étaient prisonniers. Cette dernière volonté exprimée par Louis de Kerelen, Lucile s'était juré de la respecter. Ceux qui la connaissaient bien remarquèrent que son visage avait perdu son éclat et que la caresse bleue de son regard était devenue une lumière dure. Jamais on ne la vit pleurer. La haine lui séchait les yeux.

Tous les trimestres, Mme de Kerelen obtenait de la Kommandantur un ausweis pour se rendre à Saint-Malo chez sa belle-sœur et dans sa propriété de la Couesnière. Installée avec ses deux enfants dans la maison des anciens corsaires, Adèle y menait la vie difficile de tous les Malouins accrochés sur leur rocher comme des bernicles. Elle avait vu arriver les Allemands le 20 juin 1940 comme à la parade et installer aussitôt sur l'esplanade du port et les remparts des canons braqués face au large. Elle avait lu aussi, placardées sur les vieux murs, les affiches du commandant Cloass qui interdisaient d'écouter la radio anglaise, de circuler après dix heures du soir et de marcher dans les rues en dehors des trottoirs. Il lui avait fallu attendre trois mois pour recevoir enfin une carte du colonel Carbec fait prisonnier dans la région de Lille avec les débris d'un régiment de tirailleurs qui s'étaient bien battus. Bonne Bretonne, Adèle avait remercié Dieu d'avoir épargné son mari, même s'il n'avait pas sauvé en 1914 le commandant Biniac qui, pour demeurer fidèle à sa foi, avait cependant brisé volontairement sa carrière, mais elle savait désormais que les contes de fées ne durent jamais très longtemps. Le sien lui avait permis d'avoir un mari, deux enfants et de trembler pour eux : le bonheur ! Cela avait duré neuf ans. La dernière fois que Jean-Pierre lui avait fait l'amour, c'était au mois de mars 1940. Exactement quatre ans. Adèle venait d'en avoir quarante-neuf, et le prisonnier de l'Oflag 460 en comptait cinquante-quatre. L'amour ? C'était maintenant l'angine de Jean-Marie, la rougeole de Marie-Thérèse, l'attente des lettres, les privations pour pouvoir envoyer des colis. C'étaient tous les souvenirs, la foudre qui avait fait d'une vieille fille une jolie femme, transformé Adèle en Adeline, et changé Mlle Biniac en Mme Carbec. Mais demain ? Elle avait entendu dire que certains prisonniers de guerre rendus à leur foyer après quatre ans de captivité, surtout ceux qui avaient dépassé la cinquantaine, demeuraient hébétés, incapables de rabouter les fils les plus simples noués hier au temps des beaux jours.

— Imaginez, chère Lucile, que notre Jean-Pierre rentre un jour dans cet état ?

De la Couesnière où elle passait une semaine, Lucile était venue à bicyclette à Saint-Malo déjeuner, le jour de Pâques, avec sa belle-sœur et les enfants.

— Et après ? dit Lucile sur un ton plus rude qu'elle ne l'eût voulu. Et après ? Vous l'auriez quand même auprès de vous, non ?

— Je vous demande pardon, Lucile, je n'ai pas voulu...

— Moi aussi, je vous demande pardon. Je n'aurais pas dû vous répondre sur ce ton. Il faut m'excuser, Adeline. Vous, vous attendez le retour d'un homme, et vous avez deux enfants. Moi, je n'ai que moi.

— Lucile, je connais votre chagrin et j'admire que vous n'en parliez jamais. Lorsque vous dites « je n'ai que moi », vous dites aussi que vous êtes une Carbec. Une Carbec ne se courbe jamais n'est-ce pas ?

— Jean-Pierre est de la même race. Le chagrin peut nous déchirer, il ne nous abîme pas. Je connais bien mon frère. La défaite, surtout les conditions dans lesquelles elle s'est produite, l'a certainement accablé. Je suis sûre qu'il s'est maintenant ressaisi.

— Après quatre ans de captivité ? Est-ce possible ?

— Oui, parce qu'il est de ceux qui se sauvent eux-mêmes grâce à leurs ressources personnelles. Pour Jean-Pierre, c'est son goût de la lecture, ses connaissances, sa foi religieuse, et bien sûr la volonté de revoir sa femme et ses enfants. Dans le malheur, je pense qu'il faut être animé d'une grande passion.

Adèle Carbec admirait Lucile. Même devenue veuve dans des circonstances dramatiques, sa belle-sœur demeurait le modèle féminin qui avait peuplé ses rêves pendant de longues années.

— Une grande passion ? fit-elle d'un air pensif. J'ai connu cela il y a quelques années. Ce fut comme un éblouissement.

— Moi, dit Lucile, j'en ai une que je n'éprouve pas depuis longtemps, mais qui ne me lâche plus. Elle est exigeante, c'est une très bonne compagne. Elle s'appelle « vengeance ». C'est le nom « Vergeltung » que les Allemands ont donné aux V2 qui bombardent Londres.

Lucile de Kerelen rentra vers la fin de l'après-midi à la Couesnière. Elle y retrouva Hervé qui jouait une page de musique composée ce jour-là. Dès le mois de mai 1940, en même temps qu'Adèle et ses enfants s'installaient à Saint-Malo, il s'était réfugié à la malouinière. Cinq semaines plus tard, il avait appris le suicide de son père en lisant *L'Ouest-Éclair* qui publiait en première page une photo du chirurgien. Devenu encore plus fragile après la mort de sa mère, la soudaineté des orages qui s'abattaient sur sa famille en même temps que sur le monde foudroya Hervé. Pendant quinze jours, il n'était sorti ni de son lit ni même de sa chambre, veillé à tour de rôle par la Germaine et Marcel Le Ber. Peu à peu, il avait cependant retrouvé le goût de la musique. Un jour, la Germaine avait entendu des cascades de notes qui pour elle ne correspondaient à aucun air. Elle avait compris que le petit était sauvé. Le petit ? Il avait maintenant plus de trente-huit ans, mais avec ses manières de fille, ses cheveux bouclés dans le cou, son beau visage sur lequel le temps ne laissait aucune trace, Hervé demeurait l'enfant dont toutes les vacances s'étaient passées à la malouinière et qui avait eu Mlle Biniac pour professeur de piano. Dans l'impossibilité de pouvoir communiquer par la poste et encore moins par le téléphone avec Paris où devait se trouver Solène, et à Nantes où résidait maintenant Lucile, il était parti un matin à bicyclette pour Saint-Malo pour y retrouver Adèle devenue la femme de son cousin germain. Quand il avait vu, du côté de Rocabey, des soldats allemands défiler au pas de l'oie en chantant *Haï-Haïo-Haïa*, il n'avait pas pu aller plus loin. Entendu pour la première fois à Berlin, sur Friedrichstrasse, au passage d'un bataillon de Hitlerjugend, ce refrain l'avait ravi autant que les têtes nues et les cuisses découvertes de ceux qui le braillaient. Cette fois, il demeura paralysé de terreur et de honte. C'est à cause de ceux-là que son père était mort. Hervé avait fait demi-tour, frappé d'épouvante, et avait tout de suite regagné la malouinière d'où il n'était plus jamais sorti pendant trois ans et demi, occupé à la composition d'un ballet, *Narcisse,* dont il avait écrit lui-même l'argument, et à celle d'un grand poème symphonique rêvé depuis son enfance, *Œdipe à Colone.*

— Comment vont Adeline et les enfants ? demanda aussitôt Hervé.

— Ils vont venir s'installer ici. J'espère que cela ne te dérange pas ?

— Non... mais je ne comprends pas pourquoi.

— Tu vis dans tes rêves, tu ne sais donc pas que Saint-Malo est devenue une forteresse allemande ? Tous les enfants doivent sortir des murs avant quinze jours. Il faut que la famille se resserre. Moi je repars demain soir pour Nantes. Adèle sera ravie d'être à la Couesnière et d'entendre ce que tu composes. Où en es-tu de ton travail ?

Lucile, qui affectait de lui parler rudement, avait toujours éprouvé pour son cousin une affection un peu tendre, teintée parfois de mélancolie. Elle n'était pas insensible au talent du virtuose pas plus qu'elle n'avait été indifférente à ses succès, elle redoutait seulement que le compositeur ne devînt qu'un demi-raté parmi d'autres dans cet art où l'on n'est rien si on ne vous classe pas tout de suite dans les premiers. Peu capable de juger la technique et l'imagination musicales d'Hervé Carbec, encore qu'elle reconnût au passage une modulation bien réussie, Lucile avait décelé depuis longtemps son incapacité de mener à terme ce qu'il rêvait et commençait d'écrire. Ne lui avait-il pas fallu cinq années pour composer son *Concerto de Berlin* qui ne durait pas plus de dix-sept minutes ? Hervé Carbec jetait sur le papier de nombreuses idées et avait toujours en chantier plusieurs œuvres, celles-ci à peine ébauchées, celles-là plus échafaudées, toutes inachevées. La cousine business girl lui avait souvent reproché, avec véhémence, ce qu'elle avait pris d'abord pour de la paresse, peut-être de la veulerie, sûrement une certaine inconsistance caractérielle, avant de comprendre le drame du petit cousin surdoué se débattant au milieu de ces fantasmes qui risquaient de paralyser la volonté laborieuse sans laquelle l'imagination ne devient jamais créatrice. Depuis sa réclusion volontaire à la malouinière, Hervé travaillait plus régulièrement mais il avait tout à coup abandonné l'écriture de *Narcisse* pour entreprendre la composition d'*Œdipe à Colone.*

— Où en es-tu de ton travail ? répéta Lucile qui arrivait de Saint-Malo.

— Cette fois, je crois tenir les deux thèmes principaux qui vont charpenter toute l'œuvre. Celui de la Mort, tiens, écoute : do, sol, do, do, ré, mi, sol, lent et grave, trombones, tubas et percussion. Et celui de la Paix : sol, mi, fa, mi, sol, ré, serein, doux, à peine gai, confié au quatuor et aux bois. Qu'en penses-tu ? Au piano, ça ne dit pas grand-chose, mais tu verras comme ça sonnera à l'orchestre.

— J'en suis sûre. C'est très beau, tu sais. Si tu avais un peu plus de courage quotidien, je suis certaine que tu deviendrais un grand compositeur.

— Tu crois ? demanda Hervé radieux.

La joie l'illumina pendant quelques secondes. Il dit bientôt :

— C'est trop tard !

— Tu es un idiot. Dis-moi plutôt pourquoi tu n'as pas terminé ton ballet ?

Hervé rougit, baissa la tête.

— La paresse ? insista Lucile.

— Non, c'est toi.

— Comment, moi ?

— Oui, c'est à cause de toi.

Lucile avait posé ses deux mains sur les épaules du petit cousin :

— Je veux en savoir davantage. Tu sais bien que tu peux tout me dire et que je peux tout entendre. Assieds-toi sur ce canapé et raconte.

Les yeux toujours baissés, Hervé dit alors :

— Tu connais la légende de Narcisse : un jeune chasseur contemple son visage dans une source et s'en éprend si fort qu'il se noie en voulant atteindre ce visage. Il existe aussi une autre version : Narcisse a une sœur qui lui ressemble beaucoup. Ils ne se quittent pas et vont à la chasse ensemble. Narcisse est amoureux de sa sœur. Elle meurt et le jeune homme revient un jour près de la source où elle a rendu le dernier soupir. Découvrant sa propre image, il croit avoir retrouvé celle qu'il aimait et se précipite pour la saisir. Il meurt noyé et renaît sous la forme d'une fleur... J'ai choisi cette seconde version parce qu'elle me donnait l'occasion de faire danser deux personnages assez semblables et assez différents pour s'attirer l'un l'autre et se fuir. Presque d'un trait, j'ai écrit la moitié de cette partition. C'est à ce moment que tu es venue à la Couesnière, quelques jours après la mort de Louis de Kerelen, comme si tu venais y chercher refuge. Un jour que nous nous promenions tous les deux au bord de l'étang, nous nous sommes penchés sur l'eau et j'ai vu le reflet de nos deux visages, presque joue à joue. Dans d'autres circonstances, je crois que j'aurais eu l'audace de te dire que j'écrivais ce ballet en pensant à toi, parce que Narcisse, c'était nous deux. Je me suis tu, mais ce soir-là j'ai déchiré et jeté au feu ce que j'avais composé.

Ils se regardèrent, silencieux, leurs yeux brouillés de larmes.

— Maintenant, je t'ai tout raconté.

Lucile dit, après un long moment :

— Tu vas reprendre ce ballet et le conduire à sa conclusion.

— Non, je ne pourrai pas.

— Si, fais-le pour moi. Pour nous deux. Ce sera notre secret. L'amour, tu ne peux sans doute pas l'exprimer en dehors de la musique mais là, je te jure que tu y parviens. Je reviendrai au mois de juillet et tu me joueras ta partition. Tu as bien des brouillons, des notes, des esquisses... ?

— Sans doute.

— Ne perds pas de temps, cherche-les tout de suite. Embrasse-moi d'abord. Non, non ! Sur la joue seulement. Moi, il faut que je fasse un saut à la ferme où j'ai des affaires à régler.

— Je t'accompagne ?

— Oh non ! Ce sont des affaires qui regardent seulement la malouinière.

Germaine et Marcel attendaient leur maîtresse, assis tous les deux devant une bolée. L'homme, un gars d'une soixantaine d'années, à la tête cuite de soleil, râpée de vent, il n'était pas difficile de deviner qu'il était un ancien marin.

— Je pars demain, avez-vous obtenu les renseignements que je dois transmettre ?

— On les a bien, madame Lucile, mais aurez-vous le temps de les apprendre par cœur d'ici demain ?

— Faites-moi confiance, les plans et les chiffres, c'est mon affaire.

Marcel Le Ber prit un couteau, ouvrit en deux la motte de beurre qui trônait sur la table de cuisine et en retira un tube d'aspirine qui protégeait un mince rouleau de papier.

— Tout y est, madame Lucile : le tracé des lignes antichars, les batteries d'artillerie et les champs de mines.

— Parfait, le chef va être content. Où en êtes-vous de vos opérations ponctuelles depuis mon dernier passage, il y a trois mois ?

— Pas grand-chose, s'excusa Marcel. En ce moment, les Fritz se tiennent sur leurs gardes. On n'en a eu que six.

— C'est plutôt léger.

— Oui mais, précisa la Germaine, Marcel en a eu deux à lui seul.

— La prochaine fois, j'en veux le double. Compris ? Vous avez des silencieux très efficaces. À vous de jouer avec votre groupe. Ma belle-sœur arrivera sans doute après-demain avec ses enfants. Veillez bien sur elle comme sur M. Hervé. Soyez très prudents.

— Vous aussi, madame Lucile.

Hervé Carbec avait retrouvé, perdus au milieu d'autres esquisses musicales, les brouillons de *Narcisse* et il s'était mis aussitôt au travail en reléguant dans un tiroir les deux grands thèmes qui lui serviraient plus tard à bâtir son *Œdipe à Colone.* La visite de Lucile avait sinon mis un peu d'ordre dans ses contradictions, au moins servi à lui donner le courage de travailler régulièrement tous les jours, ne serait-ce que pendant quelques semaines. Cette année, le mois de mai avait été ensoleillé plus que de coutume, les lilas mauves et blancs fleurissaient depuis les premiers jours d'avril, les rosiers grimpants étoilaient les murs de la malouinière, et jamais la grande allée de chênes n'avait paru si royale, surtout vue du salon où Hervé travaillait tantôt devant son piano, tantôt courbé sur de longues feuilles de papier musique. C'est de ce salon, tandis qu'il composait un pas de deux, qu'il vit arriver une automobile grise qu'il reconnut aussitôt pour appartenir à la Wehrmacht. Lucile avait quitté la Couesnière depuis quatre jours. Sans bouger de place, il vit, à travers les grands rideaux de dentelle blanche du salon, s'arrêter devant le manoir la voiture d'où descendit un officier allemand. Hervé, le cœur rapide, pâle de peur, crut même distinguer qu'un bras manquait à cet officier allemand. Incapable de bouger, il ferma les yeux en entendant sonner la cloche du portail. Cette fois, il en était sûr, c'est lui qu'on venait arrêter. On ne l'écouterait même pas. Les otages, on n'a pas besoin d'instruire leur procès, ils n'ont pas de dossier, on les fusille. La cloche sonna une deuxième fois, secouée cette fois d'une manière plus rude. Hervé pensa s'évanouir. Puis il se leva pour aller ouvrir la porte. Aveuglé par le soleil, il ne reconnut pas tout de suite la silhouette ni le visage du lieutenant-colonel Helmut von Keirelhein dressé devant lui, la poitrine moulée dans un dolman vert sombre à parements rouges d'où pendait, vide, la manche droite. Hervé se jeta enfin sur sa poitrine où était accrochée une croix de fer laurée.

Le soir tombait maintenant sur la malouinière, un grand soir doré, immobile, loin de la méchanceté des hommes. Helmut et Hervé ne s'étaient jamais revus depuis qu'ils s'étaient quittés une nuit à Berlin, devant la porte de l'hôtel, sur le Kufürstendamm. Il y avait maintenant seize années de cela ! Seize années pendant lesquelles leur affectueuse tendresse était demeurée intacte alors que le monde prenait soudain un visage de Méduse. Ils s'étaient tout raconté, se coupant la parole, sans chronologie, mêlant les morts aux vivants, les jours heureux aux heures sombres, la comédie et la tragédie. Helmut von Keirelhein rappelait que tous les anciens officiers de l'armée impériale, à quelques exceptions près, avaient repris du service dans la Wehrmacht décidée par Hitler. Quel jour merveilleux, celui où j'ai remis mon uniforme ! Tu comprends, recréer une véritable armée c'était recréer du même coup une grande Allemagne et laver la défaite de 1918. Plus encore, c'était nous purger des soviets aussi menaçants que les nazis. Ou bien l'armée Rouge ou bien la Wehrmacht ? Il fallait choisir. Si l'Allemagne a choisi le diable en se donnant à Hitler, elle le paiera plus cher que la France a payé ses erreurs politiques ou militaires en 1940. Voilà bientôt deux ans que nous avons perdu la guerre devant Moscou et devant Stalingrad. Mon bras ? Oui, c'est en Russie. Après mon amputation, ils m'ont renvoyé sur le front de l'Ouest dans un service d'inspection qui m'a permis de passer la journée près de Saint-Malo. Je n'ai pas pu résister. Pourtant je m'étais juré de ne jamais revenir ici parce que la malouinière demeurera toujours liée au souvenir d'un ange musicien qui jouait du Corelli. Si je me trouvais à la Philharmonique lorsque tu es venu y jouer le *Concerto pour la main gauche* ? Oui, c'était moi. Je savais que tu me reconnaissais. J'ai failli crier. Lorsqu'on a annoncé que tu voulais me rencontrer, je me suis bouché les oreilles, je me suis sauvé. Toi ? Et toi ? Parle-moi de toi, de tes parents. Ton père ? Oui je sais. Les journaux en ont parlé à Berlin. J'ai eu mal, ce jour-là. C'est votre Giraudoux, n'est-ce pas, qui comparait la guerre au derrière d'un singe ? Ton père, il était un très grand monsieur... Qu'as-tu fait de toi pendant ces seize années ? Le piano ? La composition musicale ? Et l'amour ? Ta cousine, n'est-ce pas ? Dis-moi que tu as couché avec elle. Au moins une fois, non ? Sais-tu seulement ce que tu aimes et qui tu aimes ? Tu me dis qu'elle a fini par épouser mon cousin Kerelen ? Eh bien c'est parfait ! Il a été fusillé ?... Ah oui, la Résistance. Il y a des hommes de fer dans la Résistance française, des ouvriers, des bourgeois, des nobles, des garçons coiffeurs, des clercs de notaire et d'anciens militaires, vous êtes enragés ! Tu sais, pour une troupe d'occupation, c'est terrible de se sentir menacé dans le dos à chaque instant. Louis de Kerelen, c'était un chic officier, comme disent les Français... Tu es à la Couesnière depuis juin 40 ? Alors tu as dû composer beaucoup de musique. Ton *Concerto de Berlin*, j'en ai un bon enregistrement chez moi. Ce que j'en pense ? Du bien, mais tu vaux mieux que cela. Un ballet inspiré par le mythe de Narcisse, c'est très intéressant, un peu mince peut-être ? Ah ! je préfère beaucoup cette idée d'un grand poème symphonique avec soli et chœur... Tu vois, les êtres faits comme nous sont toujours un peu prisonniers de ce que Freud appelait le complexe d'Œdipe. Ta maman, quelle femme adorable elle était! Olga, n'est-ce pas? Elle s'appelait Olga. Mon Dieu, déjà neuf heures et il faut que je reparte pour Cherbourg. Non, un verre d'eau me suffira. Mon chauffeur a une véritable cantine dans la Benz. Sais-tu ce qui me ferait plaisir avant de m'en aller? Non, pas de Corelli ce soir. Je voudrais que nous nous installions au piano l'un à côté de l'autre, comme la première fois, et que nous jouions ensemble, à trois mains, le *Concerto pour la main gauche.* Il y a une transcription pour piano que je sais à peu près par cœur. On y va? Je fais les basses, bien entendu.

Maintenant, avec la nuit tout à fait tombée, la brume enveloppait la Couesnière. Hervé n'avait allumé que les petites lampes destinées à éclairer les portraits de Louis de Kerelen, capitaine au Royal Dragons, et de son épouse Marie-Thérèse Carbec. L'ombre noyait le reste de la pièce. Côte à côte, épaule contre épaule, ils retinrent quelques instants leur respiration, et tout à coup un chant pathétique, majestueux, impérieux envahit le salon de la malouinière. Les deux mains d'Hervé Carbec parvenaient à traduire la sonorité des timbres de l'orchestre ravélien tandis que la main gauche d'Helmuth von Keirelhein s'abattait sur le clavier et en tirait des grondements de tonnerre. Des avions anglais auraient pu venir à ce moment bombarder les blockhaus des environs, la malouinière aurait pu s'écrouler sur eux, ils seraient demeurés rivés à leur piano, enchaînés par la puissance quasi maléfique de cette musique dont les accents convenaient à leur étrange aventure.

Le chauffeur avait déjà mis en marche le moteur de la Benz et se tenait au garde-à-vous devant la portière ouverte.

— Ce soir, dit le colonel, au moment de monter dans sa voiture, je crois que nous avons vaincu nos démons. Si Dieu nous garde, je te promets d'être présent lors du prochain rendez-vous à la malouinière. Embrasse ton vieux cousin, fraternellement. Tu as vu, mes cheveux sont devenus blancs? Ne pleure pas et ne sois pas inquiet. Le front, pour moi c'est fini... La bonne blessure, hein? Dis donc, on n'y voit rien dans ton pays quand la brume se lève. Si mes souvenirs sont bons, on prend tout droit l'allée bordée de chênes, et on tourne à droite?

— C'est bien cela, mais je préfère vous accompagner jusqu'au bout de l'allée et vous mettre sur la route, c'est plus prudent. Je rentrerai à pied, cela me dégourdira les jambes.

La Benz s'engagea dans la grande allée de la Couesnière. Quelques instants plus tard, ses phares, son pare-brise et ses vitres volèrent en éclats. L'auto, privée de direction alla se jeter sur un tronc d'arbre. Armés de pistolets mitrailleurs, deux hommes bondirent sur le chemin et ouvrirent la portière :

— Cette fois, on en a eu trois d'un coup ! dit l'un. Le chef va être content.

Marcel Le Ber surgit de la brume quelques instants plus tard, une lampe-torche à la main, regarda à son tour et jura, horrifié :

— Bon Dieu ! Nous avons assassiné M. Hervé !

Les autres, pris de panique, demeurèrent muets, mais le premier reprit courage :

— On s'est trompés, quoi ! Ça n'est jamais qu'une bavure. Mais on a eu un colonel et un troufion.

— Taisez-vous ! ordonna Marcel. On a fait une saloperie et une connerie. Toi, va vite chercher la Germaine. Revenez ici tous les deux avec le cheval attelé à la plate, et des cordes. Si on ne se fait pas repérer par une patrouille, on peut peut-être s'en tirer.

L'ancien premier maître de la marine avait retrouvé son sang-froid dans le moment qu'il devait donner des ordres. Son plan était déjà fait : on enterrerait les trois corps dans les bois de la Couesnière et on balancerait l'auto dans l'étang.

— Toi, dit-il à l'autre, fais gaffe au bout de l'allée. Dès que tu vois ou que tu entends quelque chose de suspect tu me donnes un coup de lumignon et tu te tires.

Marcel Le Ber étendit sur l'herbe le corps d'Hervé. Il entreprit ensuite de déboutonner la tunique de l'officier pour connaître son identité qui serait aussitôt transmise à ses chefs.

— Merde !

Il venait de lire sur une carte timbrée aux armes du IIIe Reich : Lieutenant-colonel von Keirelhein Helmut.

— Merde de merde !

La voix étouffée d'un sanglot, la Germaine s'agenouilla près d'Hervé en faisant trois signes de croix.

— Qu'est-ce que vous avez fait là ! Mais qu'est-ce que vous avez fait là ! C'est pas Dieu possible ! Qu'est-ce que va nous dire Mlle Lucile ! Vous ne lui avez pas même fermé les yeux à ce pauvre M. Hervé. Il a l'air de te regarder, Marcel. On dirait un ange. Depuis les temps que je le connais, il a toujours ressemblé à un ange... Même que pour le taquiner, son frère Roger lui disait qu'il avait une petite gueule d'ange foudroyé. Oui, une petite gueule d'ange foudroyé... C'est tout comme, c'est tout comme ! Mon Dieu, c'est tout comme. Oh dame ! oui, c'est tout comme !

Trois jours plus tard, les troupes alliées débarquaient sur les plages de Normandie.

À Rabat, Annick Lecoz-Mainarde guettait tous les jours le passage du facteur. Depuis le départ de la division Leclerc où il s'était engagé, les nouvelles de Frédéric étaient rares. Le garçon se trouvait-il encore en Angleterre, ou bien combattait-il en Normandie où il semblait que les Alliés subissaient de grosses pertes ? Une enveloppe timbrée d'un cachet de la poste militaire fut enfin déposée dans la boîte vers la mi-juillet. Elle ne venait ni de France ni d'Angleterre mais d'Italie. C'était une lettre de Roger.

« Ma chère Annick,

« Tout finit par arriver. Figure-toi que nous sommes au repos quelque part en Toscane dans une des plus belles campagnes du monde latin, au pied d'un petit château, aux environs immédiats de Sienne conquise par nos troupes ainsi que tu as dû le lire dans ton journal, un mois après la chute de Rome. Sois tranquille, je ne vais pas te raconter ici mes faits d'armes ! Apprends seulement que ton cousin se porte bien et que le métier d'officier de liaison lui convient de plus en plus parce que ses missions lui permettent de nombreux contacts avec des chefs de goums qui sont les gens les plus courtois et les plus audacieux que je connaisse. Pour en baver, ça ma vieille j'en ai bavé, mais j'ai vécu aussi des moments merveilleux. Le plus beau de tous est sans doute mon entrée à Rome. Il faut que je te raconte cela. Assieds-toi. Je sais que tu lis ma lettre debout, mais cette fois ce sera long ! Nous venions d'installer notre camp de nomades sur les bords du lac Albano, près de Castelgandolfo, lorsque mon fidèle Messaoud m'a réveillé au milieu de la nuit. « Tager (il n'arrive pas à m'appeler autrement) le janinar (c'est le général bien entendu !) te demande fissa ! » Comme nous dormons tout habillés, sinon harnachés, depuis six mois, j'ai eu vite fait de rejoindre la tente du commandement où se trouvait déjà, devine qui ? le capitaine Aymard. Le père Guillaume nous a dit :

— Je vous ai convoqués tous les deux pour vous confier une mission difficile. Il s'agit d'aller à Rome et de remettre au cardinal Tisserant une lettre adressée au Saint-Père par une personnalité française de la plus haute importance. Ne m'en demandez pas plus. J'ai choisi le capitaine Aymard parce qu'il connaît très bien Rome, et comme il est plus prudent qu'il ne soit pas seul, j'ai pensé que vous feriez tous les deux une bonne équipe. Emmenez avec vous deux goumiers solidement armés. Le plus difficile sera de traverser les lignes américaines et d'entrer à Rome les premiers. C'est essentiel. Le Saint-Père doit recevoir cette lettre avant que d'autres messages lui parviennent. Rome est déclarée ville ouverte mais vous devrez prendre quelques précautions, car il y a toujours, dans ces cas-là, des tireurs isolés sur les toits à l'affût d'un carton. Profitez de votre mission pour me trouver un bon P.C. à Rome où j'espère bien que nous resterons huit jours pour le moins. S'il vous arrivait malheur, j'en serais très peiné mais vous devriez alors vous rappeler qu'un vers du divin Dante est la plus précieuse obole qu'on puisse offrir à Caron : « Nel mezzo del cammin di nostra vita, Mi ritrovai per una selva oscura... » Dites donc, Carbec, vous pouvez enlever votre sardine d'aspirant et coudre à la place un galon de sous-lieutenant, les nominations viennent d'arriver.

« Tu penses, chère Annick, si le roi n'était pas mon cousin ! Recevoir en cadeau, le même jour : l'épaulette et Rome ! Lorsque je serai devenu, le plus tard possible non ? un ancien combattant, je te raconterai peut-être comment nous avons réussi à toucher notre but sans nous faire tuer. Je te dis seulement que nous sommes entrés dans la ville des villes par Saint-Jean-de-Latran, vers six heures du matin. Les rues étaient désertes, les fenêtres des maisons rigoureusement closes. Nous nous trouvions à peu près seuls. De temps en temps, on croisait une jeep hérissée de mitraillettes pointées vers les toits. Je crois bien que nous éprouvions deux sentiments dans le même moment, celui de vivre le prodige d'une aventure qui nous faisait les maîtres de Rome, mais aussi d'être isolés des nôtres, un peu perdus. Ce sentiment de solitude, c'est le compagnon quotidien d'un officier de liaison, le seul. Je ne m'y suis jamais habitué, moi qui vivais cependant comme un ours à Sidi M'Barek.

« — Cher Carbec, me dit soudain Aymard, voici le Tibre. Saluez. Pardon ? Vous êtes surpris qu'il soit si petit ? Vous vous attendiez sans doute à le voir rouler des flots tumultueux chargés d'images historiques ? Tout cela c'est de la littérature pour bachotage et voyages de noces. Le Tibre, ça n'est pas un fleuve, c'est une pissotière.

« Quelques instants plus tard, arrivés sur la place Saint-Pierre, nous avons expliqué à nos deux goumiers bardés de grenades, de cartouchières et de poignards, qu'ils se trouvaient devant La Mecque des Nazaréens. Bons Berbères, Bouchaïb regarda avec indifférence la merveille de Michel-Ange, et Messaoud se contenta d'ouvrir avec sérénité une boîte de rations K, tandis que nous nous dirigions vers la porte de bronze où nous fûmes accueillis par deux personnages vêtus tels des valets de cartes à jouer et armés de hallebardes. Chère Annick, n'entre jamais dans Saint-Pierre de Rome qu'accompagnée d'une foule de pèlerins, ou bien ton âme se sentira glacée par cette immensité de pierre toute nue. Moi, j'ai éprouvé une grande désillusion. Dieu n'était pas venu au rendez-vous cependant rêvé avec une ferveur malouine dans la course qui nous jetait en avant. Qu'étaient devenus les jolies saintes, les anges joufflus, les vieux saints de bois, le Christ de quatre sous et la Vierge bleu horizon des petites églises italiennes où je m'étais souvent agenouillé au milieu des gravats ? Ni les uns ni les autres ne s'étaient réfugiés dans ce frigidaire, pas plus que le cardinal Tisserant qui habite une charmante demeure du XVIIIe siècle romain, pas loin de la Villa Médicis, dans un quartier baigné de silence aristocratique.

« Le prélat nous reçut dans un grand salon rouge et or. Visiblement très ému, les yeux embués, il nous donna sur le nez un furieux coup de son anneau pastoral après que le capitaine Aymard lui eut remis l'enveloppe destinée au Pape.

« — Mes chers fils, soyez les très bienvenus. Je vous attendais avec autant d'espérance que d'impatience. Pensez ! Vous êtes les premiers soldats français que j'aie jamais vus depuis de nombreuses années... Dieu m'a comblé !

« Je te livre ces détails, chère Annick, parce que j'ai rencontré hier à Sienne un de tes amis de Rabat, le préfet Voizard, actuellement lieutenant et aide de camp du général Juin. Comme je lui racontais notre entrevue avec le cardinal en soulignant le fait d'avoir été les premiers combattants à lui avoir rendu visite, Voizard m'a demandé de lui préciser l'heure de notre rencontre.

« — Vers 9 heures du matin, le 4 juin, lui ai-je répondu.

« — Eh bien, cher ami, me dit-il, vous n'étiez pas les premiers car moi-même, avant huit heures, je lui ai remis un message secret de la part du général de Gaulle.

« J'en ai aussitôt conclu que pour plus de sûreté la même lettre avait été confiée à des officiers différents. J'ai pensé aussi que Mgr Tisserant était certainement un excellent diplomate. Lorsque nous avons quitté la demeure du cardinal, les Romains étaient sortis de leurs maisons vite pavoisées aux couleurs américaines, anglaises, italiennes et parfois françaises. Des milliers de soldats alliés déambulaient sur les trottoirs de la ville ouverte, prenaient d'assaut les trattorie, montaient au Capitole, découvraient le palais de Venise ou le Colisée, le Quirinal ou le Chighi, les fontaines, l'escalier de la Trinité-des-Monts, et la piazza Navone. Toute la population descendit bientôt dans la rue, au-devant des héros qui, sans perdre de temps, prenaient leur première leçon d'italien avec des filles peu farouches. Imagine un jour de carnaval où toutes les excentricités de costume, de langage et de tenue sont permises, il n'y manquait même pas les pétards d'un soir de fête car les Américains jouaient aux cow-boys avec leurs pistolets comme en novembre 42 dans les rues de Casablanca et de Rabat. Nous autres, Français, nous savions que cette victoire remportée à Rome nous redonnait le droit de ne plus raser les murs, nous regardions droit dans les yeux ceux qui nous croisaient, nous parlions plus fort que de coutume et nous disions tout haut, en buvant du chianti, qu'il est bon d'être vainqueurs.

« Le général Guillaume est arrivé le lendemain à Rome et s'est installé dans un palazzo mis à sa disposition où les officiers des Tabors ont décidé de donner immédiatement une sorte de bal grâce aux relations de notre ami Aymard dans la société romaine. La soirée a été très réussie. Après les six mois que nous venions d'endurer, comment aurions-nous pu imaginer que les jolies femmes, les robes charmantes, les beaux yeux, ah ! le bleu italien ! sans doute moins clair que celui de notre Lucile mais plus profond... les nappes damassées et les verres de cristal puissent encore exister ? Il n'y avait ce soir-là ni eau ni électricité, mais beaucoup de champagne, beaucoup de bougies et de nombreuses patriciennes qui elles aussi étaient prêtes à se saouler dans le fumet de notre victoire. Moi, sous-lieutenant Carbec, j'avais décidé qu'une certaine Carola serait ma propriété exclusive pendant les huit jours que nous passerions à Rome. Les autres avaient conquis des visages aussi adorables qui s'appelaient Maria Pia, Helena, Francesca, Domenica, Catarina, j'en passe et des plus belles ! Nos entreprises paraissaient bien engagées lorsque, vers deux heures du matin, un motocycliste américain est venu apporter un pli urgent au général. Celui-ci était désigné pour prendre à l'aube le commandement d'un groupement de Tabors, de tirailleurs, de blindés et d'artillerie pour se lancer à la poursuite des Fritz. Le général a arrêté tout de suite l'orchestre. C'était une valse plus que lente. Carola a pleuré un tout petit peu. Quelques heures plus tard, nous avons appris le débarquement allié en Normandie.

« Nous voici à Sienne depuis deux semaines, et déjà aux portes de Florence ! Alors, pourquoi ce repos ? Sans doute, nous sommes tous crevés de fatigue mais chaque fois qu'il a fallu lancer en avant les tabors ou les tirailleurs, s'est-on jamais soucié de savoir s'ils étaient harassés ? Les bruits les plus divers courent les popotes. Les uns prétendent savoir que tous les Tabors vont rentrer au Maroc, les autres assurent qu'ils seront le fer de lance d'une armée française destinée à opérer un débarquement sur les côtes de Provence sous le commandement du général de Lattre, un dur qui s'est évadé de prison, d'autres encore estiment que le bon sens exigerait la poursuite de notre marche italienne jusqu'au Brenner afin que les Alliés parviennent au Danube avant l'armée Rouge. Quelle serait la meilleure solution ? Moi, j'ai bien un avis là-dessus, mais un sous-lieutenant n'a pas le droit d'avoir un avis, et à plus forte raison de l'exprimer. Un sous-lieutenant dans l'argot militaire cela s'appelle un sous-bite. Ton mari te le confirmera. De toute façon nous n'allons pas moisir ici. "Moisir", c'est une façon de parler, parce que la Toscane est un de ces pays où l'on voudrait vivre longtemps ; les filles y sont belles, les vins gouleyants, les ruisseaux pleins de chansons. Je pense que nous venons d'ajouter un nouveau chapitre à la tradition française des guerres d'Italie mais cette fois ni nous ne chiperons des tableaux... ni nous ne choperons la vérole. Que Dieu et la pénicilline nous préservent de cette fidèle compagne des armées en guerre ! Tu vois, chère Annick, que le moral tient bon. La bonne humeur c'est une des qualités essentielles du CEFI [1]. En veux-tu une preuve ? Lorsque le général qui commande la division arrive dans sa jeep en plein baroud, il y en a toujours quelques-uns parmi nous à sortir de leur trou pour chanter *Les couilles de Montsabert...* Ravi, le général se lève, sourit et salue. Voilà quelques bons moments de la guerre. Les autres moments ? Bien sûr qu'il y a les autres. Tous les autres... Mais ceux-là ne te regardent pas. C'est notre boulot.

« Maintenant que les Alliés ont débarqué en Normandie, tu vas sans doute recevoir un jour ou l'autre des nouvelles de Saint-Malo. Préviens-moi dès que tu sauras quelque chose. Donne-moi aussi le numéro du secteur postal de Frédéric. Et si tu peux aller faire un tour à Sidi M'Barek, dis-moi comment ils se débrouillent. Le sous-lieutenant Carbec vous embrasse tous tendrement. Roger. »

Annick relut plusieurs fois la lettre de son cousin, tantôt en souriant, tantôt les larmes aux yeux. Elle le retrouvait là tel qu'il était : amoureux de la vie, bagarreur, toujours un peu rogneur, et ricaneur pour mieux dissimuler les horreurs de la guerre, par exemple quand il disait : « Les autres moments ? C'est notre boulot. » Les autres moments, c'est surtout ceux-là qu'imaginait Annick, en pensant à

1. Corps expéditionnaire français en Italie.

son petit garçon Frédéric... Quant à Gilbert Lecoz-Mainarde, il se contenta de dire :

— Faire une guerre de mouvement, quand on est vainqueur, cela doit être merveilleux. Nous autres en 14...

Depuis plusieurs jours, sous l'œil narquois des Parisiens, d'interminables files de camions et de chars à croix noire traversaient la ville. Les hommes paraissaient épuisés. Le plus souvent, les véhicules disparaissaient sous des amas de feuillage pour essayer de se protéger des avions alliés qui les prenaient en enfilade le long des routes. Après deux mois de combats féroces menés en Normandie pour contenir l'assaut anglo-américain, la Wehrmacht refluait en bon ordre vers l'est, talonnée par les blindés du général Patton. Fidèle à la promesse faite au professeur Carbec de tenir fermées les persiennes de l'appartement tant que Paris n'aurait pas été libéré, Solène se gardait de les ouvrir, mais dès qu'elle entendait gronder les voitures à chenilles, elle descendait aussitôt sur le boulevard de Courcelles et s'installait sur un banc entre les deux concierges pour ne rien perdre du spectacle : hier mon patron a préféré mourir que de vous voir arriver, aujourd'hui, maudits gars, je ris de bon cœur à vous voir partir la queue basse, c'est moi qui vous le dis ! Maintenant, plus personne ne se gênait pour écouter la radio de Londres qui diffusait, en même temps que des musiques militaires, les communiqués les plus extraordinaires. C'est ainsi que Solène apprit le 19 août que les Américains se trouvaient à quelques kilomètres de Paris, et qu'elle entendit dès le lendemain matin qu'on tirait des coups de fusil dans les rues. Cela dura trois ou quatre jours. De temps à autre, passaient en trombe, boulevard de Courcelles, des autos sur lesquelles se détachaient trois lettres FFI et une croix de Lorraine qui venaient d'être peintes. Les autos étaient bourrées de jeunes gens brandissant des pétoires et des mitraillettes qui partaient parfois toutes seules. Sur la place des Ternes, une affiche blanche barrée de tricolore appelait le peuple de Paris à descendre dans la rue. Avec quoi ? Les armes manquaient davantage que le courage. Solène alla demander conseil au gardien-chef du parc Monceau. Celui-là n'avait jamais quitté son poste, et c'était le seul Français en uniforme, à part le facteur et les agents de police, que Solène eût jamais vus depuis la débâcle de 40. Sourd aux détonations qui faisaient de temps à autre trembler les vitres du quartier, l'homme au dolman vert surveillait toujours les fleurs, les arbres et les enfants, avec le même sens du devoir inhérent à sa fonction pacifique, mais il s'était déjà engagé lui aussi dans l'aventure, l'insurrection, et pour tout dire l'héroïsme en cousant trois galons sur ses manches et en arborant un de ces énormes étuis à revolver datant de la guerre de 1870.

— Si vous voulez m'en croire, dit cet homme sage, retournez chez vous et restez-y. Vous risquez d'attraper un mauvais coup dans la rue. À notre manière, nous avons suivi tous les deux les consignes de M. Carbec, vous en gardant l'appartement, moi en surveillant le parc Monceau. Je pense que vous pourrez bientôt ouvrir vos volets. C'est sans doute une question d'heures. Il est grand temps qu'ils arrivent, sinon les boches pourraient bien tout faire sauter.

C'est cette nuit-là, un peu avant une heure du matin, que les cloches de Paris se mirent à sonner. La Malouine venait à peine de se coucher. Elle se leva d'un bond, alluma l'électricité dans toutes les pièces du grand appartement, ouvrit les persiennes des dix fenêtres qui donnaient sur le boulevard de Courcelles, et respira à larges goulées l'air de Paris, l'air d'une nuit d'été où l'on entendait des crépitements de mitrailleuses, des coups plus sourds, des hurlements de joie et des rafales de *Marseillaise.* Elle pensa s'habiller, descendre dans la rue, aller n'importe où, voir des gens, peut-être des soldats de l'« armée Leclerc » ! Non, cela n'était pas prudent, elle attendrait qu'il fasse jour. Elle s'écroula dans un des fauteuils du salon et éclata en sanglots, pauvre M. Carbec ! Elle le revoyait étendu, si pâle, le front et les mains déjà glacés, et il lui semblait réentendre au loin, dans le temps disparu, des trompettes et des fifres du côté de l'avenue de Wagram. Solène avait rangé tous ses vêtements et les entretenait avec un sentiment étrange qui la troublait un peu quand il lui arrivait de repasser les pantalons de monsieur comme s'il allait lui dire encore : « Solène, apporte-moi donc mon prince-de-galles. » Pauvre M. le professeur ! Et pauvre madame, partie d'une pneumonie en huit jours de temps que c'est pas Dieu possible ! Ses robes aussi avaient été gardées et soigneusement repassées. Il était arrivé plus d'une fois à Solène d'ouvrir les armoires où elles étaient suspendues, moelleuses, légères, colorées, petits tailleurs, blouses parées d'un jabot à dentelle, robes sages de petit dîner, robes à danser et les belles robes du soir décolletées jusqu'au bas des reins que madame se permettait encore dans les grandes occasions lorsque monsieur se mettait lui-même en habit. Solène les regardait, les touchait, les sentait. Elles avaient gardé l'odeur du parfum préféré de madame, le Jicky... Un soir de solitude, dans ce grand appartement dont elle connaissait chaque meuble, chaque tableau, chaque bibelot, Solène s'était laissé tenter : après s'être fardée devant la coiffeuse d'Olga, elle avait pris une robe, au hasard, l'avait passée et s'était installée toute seule dans la salle à manger pour s'offrir un petit dîner avec des boîtes de conserve en faisant marcher le tourne-disque. Un homme ? Bien sûr qu'elle en avait connu plusieurs dans sa vie de bonniche placée chez des grands bourgeois, même que des amis de monsieur lui avaient fait des propositions plus d'une fois ! Son dernier amant était parti pour la guerre en 1940 et n'avait jamais donné de ses nouvelles. Mort, prisonnier, disparu, oublieux ? Voilà que je vis comme une nonne, c'est pourtant pas l'envie qui m'en manque, mais il faudrait que je fasse venir un homme ici ? Ça, jamais. Parce qu'elle y avait pris du plaisir, Solène avait essayé d'autres robes, comme les petites filles aiment à jouer à la dame en se regardant dans un miroir, mais elle n'avait jamais voulu se parer du linge personnel de madame, ces petites culottes nuageuses et ces combinaisons qui dessinent un petit rond vaporeux en tombant sur les pieds, cependant si souvent touchées, lavées, repassées... Non, c'était sacré.

Cette nuit-là où toutes les cloches sonnaient à la volée dans le ciel de Paris, Solène ne dormit pas longtemps. Quand elle arriva sur les Champs-Élysées, une foule immense avait déjà envahi la chaussée où les blindés de Leclerc ne parvenaient plus à avancer. Comme tout le monde, elle chanta, cria, hurla, grimpa sur la coupole des chars, fut hissée sur des jeeps, ah dame oui qu'elle en distribua des baisers la Solène jusqu'à cinq heures de l'après-midi où elle arriva boulevard de Courcelles saoulée de fatigue et de joie. Elle avait décidé de rentrer pour reposer un peu ses pieds cuits, prendre un bain, et se faire belle avec une jolie petite robe d'été de madame, et de repartir à la conquête d'un héros. À sept heures, elle regarda dans une glace à quoi elle ressemblait et jugea que la libération de Paris lui allait aussi bien que la toilette rose thé d'Olga Carbec. Encore un petit coup de rouge à lèvres, un peu de parfum, peut-être ce collier fantaisie ? Rien ne manquait, sauf les souliers de madame décidément trop étroits pour ses larges pieds taillés pour des sabots. Elle ne s'en trouva pas moins belle, après tout je n'ai jamais que quarante-cinq ans ! Je vais prendre un peu d'argent sur moi, ce soir c'est moi qui paye tout... Solène avait caché sous le matelas de son lit l'enveloppe pleine de gros billets que lui avait remise Guillaume Carbec. Il en restait encore quelques-uns. C'est au moment qu'elle soulevait le matelas qu'on sonna à la porte. Qui pouvait bien venir un tel jour ? Sans doute le concierge pour l'inviter à boire un verre dans la loge. Elle remit vite le matelas en place, courut vers le vestibule, et par précaution regarda par l'œilleton de sécurité avant d'ouvrir la porte. Ce n'était pas le concierge, mais la silhouette d'un jeune soldat, en tenue de guerre, coiffé du casque américain. Elle ouvrit. Le militaire, visage hilare, claqua les talons pour un impeccable garde-à-vous, salua et se présenta :

— Caporal-chef Lecoz-Mainarde, 2e division blindée du général Leclerc.

Interdite, Solène regarda le jeune homme. Il lui fallut quelques secondes pour le reconnaître. Enfin elle cria en se jetant à son cou :

— Frédéric ! Monsieur Frédéric ! Mon Dieu, ah, mon Dieu, ça n'est pas vrai ! Non c'est pas Dieu possible ! C'est donc vous ! Mon Dieu, vous avez donc l'âge d'être soldat ! Moi, je vous croyais toujours au Maroc. Non, c'est pas Dieu possible ! Un jour comme ça ? Ah dame non qu'il n'y en a pas deux dans une vie. Ne restez donc point dans le vestibule, que je vous débarrasse de tout votre attirail. Installez-vous dans le salon, je vais vous chercher une bouteille.

Ils étaient maintenant assis tous les deux devant un petit guéridon sur lequel était posée une bouteille déjà à moitié vide. Frédéric avait raconté son histoire, le débarquement en Normandie six semaines après celui des Alliés, les premiers combats, la bataille d'Alençon, tu sais, jusqu'au dernier moment nous ne savions pas que la division serait désignée pour marcher sur Paris, tu parles d'un bol, tu te rends compte ? Tiens, donne-moi un autre verre. Je ne sais plus ce que je dis. Est-ce que je te tutoyais pendant les vacances à la Couesnière ?

— Bien sûr ! dit Solène. La première fois que je vous ai vu, vous deviez avoir sept ans. Moi aussi, je vous tutoyais.

— C'est drôle ! dit Frédéric en riant. Eh bien, tu peux continuer à me tutoyer. Tu as changé, tu sais !

— Bien sûr, j'ai vieilli.

— Non, non, ça n'est pas ça que je veux dire.

— Qu'est-ce que tu voulais donc dire ? dit Solène en buvant une gorgée mais sans le quitter du regard.

— C'est difficile... Maintenant, tu ressembles à une femme.

Elle était sur le point de lui répondre « c'est parce que je suis habillée comme Mme Carbec... » Elle se retint et se contenta de :

— C'est peut-être bien toi qui me regardes d'une autre façon ?

— Peut-être.

— Dame ! tu es devenu un homme, un vrai, et tu es encore plus beau qu'avant. Les filles ne doivent pas te manquer.

— Les filles ? Tu rigoles. On n'a pas le temps. Vous autres, les civils, vous vous faites du cinéma. Les filles on y pense tout le temps, mais ce sont les gars de l'arrière qui les sautent.

— Vous allez bien rester quelques jours à Paris ?

— Ça m'étonnerait. Nous sommes tous consignés à nos postes.

— Alors, comment es-tu là ?

— Parce qu'on a donné une permission à tous les gus dont les familles habitent Paris. Je suis d'abord allé chez granny mais je n'ai trouvé personne.

— Tes grands-parents sont à Biarritz.

— Alors je suis venu ici, sans trop savoir pourquoi, peut-être pour retrouver quelque chose de la famille.

— Tu savais que je serais là ?

— Non. Tiens, j'ai apporté dans ma musette du pain blanc, des boîtes de conserve, de la confiture et des cigarettes.

— Alors, on va souper tous les deux. Moi, j'offre le champagne.

— Ça alors ! Viens que je t'embrasse.

Comme il l'embrassait gentiment sur les joues, Solène lui dit :

— Tout à l'heure, tu m'as dit que je ressemblais maintenant à une femme, tu pourrais peut-être aussi m'embrasser comme un homme embrasse une femme ?

Elle s'était collée tout contre lui.

— Tu sens bon, tu sais ! souffla le caporal-chef.

— Écoute-moi d'abord. Je m'étais promis de ne pas faire l'amour tant que les Fritz seraient là, et de donner à un soldat français qui reviendrait ici tout ce qu'il voudrait. Quand dois-tu repartir ?

Frédéric regarda son bracelet-montre :

— Dans deux heures.

— On a juste le temps. Je n'ai jamais rien refusé à un Carbec. Prends-en tant que tu veux, c'est de bon cœur, tu sais. Moi j'en ai autant envie que toi. Prends-moi d'abord comme ça par terre, avec ton uniforme, comme un soudard. Enlève seulement ton ceinturon. Tout à l'heure, on ira dans ma chambre. C'est moi qui te déshabillerai. Doucement, doucement mon petit...

Le même jour, Roger Carbec entra à Marseille avec le goum du capitaine Aymard où il avait été enfin affecté la veille du débarquement opéré sur les côtes de Provence par la 1re armée française du général de Lattre de Tassigny. Les événements se précipitaient. La semaine précédente, une jeep américaine était arrivée en trombe à la Couesnière. Un grand garçon casqué, bardé de grenades, armé d'une carabine en descendit et, wonderful !, sauta au cou d'Adèle venue à sa rencontre. C'était Patrick Carbeack, soldat au 329e régiment d'infanterie U.S. Quelques jours plus tard, Saint-Malo était écrasé sous les bombes et les obus.

Les oiseaux de la Couesnière réveillèrent Lucile une heure avant qu'on lui apporte son petit déjeuner. Elle les écouta pendant quelques instants, se leva, ouvrit toute grande la croisée laissée entrouverte pendant la nuit, s'assit devant sa coiffeuse pour se tamponner les paupières avec un petit coton, et se recoucha. Toute la maison dormait encore. Bientôt des bruits familiers monteraient de la cuisine en même temps qu'une bonne odeur de café au lait et de pain grillé, une odeur de grandes vacances inséparable du bourdonnement des abeilles dans un rais de lumière. Et si tout allait recommencer? Mon Dieu, vous êtes le commencement et la fin, celui pour qui le temps n'existe pas, vous êtes ce que nous appelons l'éternité sans trop savoir ce que cela signifie, vous pourriez, si vous le vouliez, effacer toutes ces années d'où nous sortirions comme d'un cauchemar dont on perd vite le souvenir. Alors, sur mon plan de table de ce 15 août 1946, je pourrais écrire encore les noms de ma mère, de tante Olga, de l'oncle Guillaume, d'Hervé et de Louis... Bien que la guerre fût terminée depuis le 8 mai 1945, Lucile avait attendu quinze mois pour réunir les Carbec à la malouinière. La guerre ne les avait pas davantage épargnés qu'en 1914, mais cette fois elle semblait s'être acharnée sur les plus âgés, alors que par miracle les plus jeunes étaient revenus indemnes. Cette fois encore, la malouinière allait accueillir les survivants d'une tragédie.

Comme elle l'avait vu faire à sa grand-mère, Lucile gardait précieusement dans une grande boîte plusieurs dossiers qui correspondaient aux grandes réunions des Carbec à la malouinière. En attendant l'arrivée de Germaine, elle prit la boîte sur la table de nuit, l'ouvrit, en retira une chemise de carton souple sur laquelle elle avait tracé d'une écriture ronde *« 15 août 1946 à la malouinière »*. Elle relut la liste des invités qu'elle connaissait par cœur. D'abord François Duparque. Il n'est pas Carbec mais j'ai fait une exception pour lui, je ne pouvais pas faire autrement, c'est lui qui a peint les deux portraits que nous allons dévoiler tout à l'heure avant de passer à table. Je pense qu'ils sont assez bien réussis. François Duparque a tenu à les convoyer lui-même jusqu'ici pour choisir la place qui leur conviendrait le mieux. J'ai eu la chance de découvrir un portraitiste qui ait en même temps de la notoriété et du talent. Moi, je n'y connais pas grand-chose mais lorsque je regarde le portrait de Louis, j'ai toujours l'impression que ce François Duparque a mis moins de temps que moi qui vivais auprès de Louis pour découvrir sa véritable personnalité où la légèreté et la gravité, la fantaisie et la volonté se mêlaient si étroitement qu'on ne savait jamais à quel moment qui ou quoi l'emportait ? Il a peint ce tableau en regardant plusieurs photographies et en m'écoutant. Tout en me regardant aussi. D'ailleurs, il est très charmant ce M. Duparque... Bon. Cela fait une personne. Ma belle-mère, Jean-Pierre, Adeline et les deux enfants, Béatrice et Georges Lecoz-Mainarde, cela fait huit personnes. Roger, neuf, Gilbert, Annick et leurs trois enfants, quatorze. Le ménage Larzac et trois enfants, donc dix-neuf. Plus Jimmy et Virginie Carbeack, cela fait vingt-deux avec moi. Avec Madeleine Larchette nous aurions été vingt-trois. S'il n'y avait eu que moi, je l'aurais bien invitée. Après tout, elle a rendu papa heureux. Mais ça n'est pas seulement pour papa que je l'aurais invitée... quelle histoire quand j'y repense !

Quelques mois après la fin de la guerre, une femme sans âge, maigre, aux cheveux gris tirés en arrière, plus vêtue qu'habillée, s'était présentée à la malouinière. C'était au mois de septembre 1945.

— Vous êtes mademoiselle Lucile, n'est-ce pas ? Je vous ai reconnue tout de suite.

— Je ne pense pas vous connaître...

— Non, vous ne me connaissez pas, ou plutôt vous ne m'avez jamais rencontrée. Je m'appelle Larchette, Madeleine Larchette. Je ne sais pas si vous voudrez me recevoir. Je suis venue pour vous apporter un message de Marie-Christine.

— Ma cousine Marie-Christine ? Vous arrivez donc de Lambaréné. Nous sommes sans nouvelles d'elle depuis si longtemps !

— Non, pas de Lambaréné. Nous étions ensemble à Ravensbrück.

Madeleine avait raconté tout ce qu'elle savait de sa compagne de bagne. Dès que le Gabon avait adhéré à la France libre, Marie-Christine avait quitté l'hôpital de Lambaréné et rejoint Londres. Parachutée en France pour des missions de résistance, elle avait été faite prisonnière et envoyée à Ravensbrück où l'institutrice se trouvait déjà pour des raisons analogues.

— Un jour, je lui ai demandé si elle était malouine, alors elle m'a parlé de vous tous. Vous devez le savoir, moi je ne suis jamais allée au couvent, ça n'est pas dans mes idées, mais je sais maintenant, de cela je suis sûre, qu'il y a des saintes. J'en ai vu une. Elle est morte dans mes bras, épuisée de fatigue et de tout ce que vous ne pourrez même pas imaginer. Elle m'avait fait promettre de venir ici, si j'en réchappais, et de vous dire qu'elle vous avait toujours beaucoup aimés, qu'elle vous demandait pardon pour tous les soucis qu'elle vous avait causés, et qu'elle essaierait de mourir comme une Carbec.

— Elle ne vous aurait pas laissé un souvenir, une simple croix?

— Mais, mademoiselle Lucile, ils ne nous laissaient rien, pas même nos dents en or.

— Pourrais-je faire quelque chose pour vous?

— Je pense qu'on ne peut pas faire grand-chose pour nous autres. Votre père, M. Jean-Marie Carbec, vous adorait. Moi, je l'aimais beaucoup. Un jour, il m'a quittée. Je n'ai jamais su pourquoi. Il n'a répondu ni à mes lettres ni à mes téléphones. Lorsque j'ai appris sa mort, je suis venue à Saint-Malo pour l'enterrement. Plus tard, le notaire m'a écrit. Cela ne m'a pas consolée. J'ai pensé qu'avec sa situation dans la société, il ne pouvait pas y avoir bien longtemps une place pour moi. Bien sûr si je n'avais pas rencontré Marie-Christine, je ne serais jamais venue à la Couesnière. Excusez-moi, mademoiselle Lucile, de vous avoir dérangée.

— Entre! dit Lucile à la Germaine qui venait de frapper à la porte et tenait un plateau avec un pot de café, du lait, des toasts, du beurre et du miel disposés selon un ordre aussi harmonieux que rigoureux hérité d'une tradition imposée naguère par tante Olga.

— Vous voilà déjà dans vos papiers! remarqua la Germaine toujours bon bec. Je le dirai jamais assez, vous ressemblez de plus en plus à votre grand'mère.

— Tu me vois déjà avec un bonnet à rubans?

— Dame non! Ça n'est point ça que je veux dire. Vous êtes encore plus belle qu'avant. Mais oui, c'est moi qui vous le dis! Même que tout le monde le dit aussi par tout le pays.

— Ma pauvre Germaine, je vais avoir cinquante-deux ans.

— Et alors? Vous souvenez-vous seulement de ce que vous m'avez demandé un jour à propos de Marcel Le Ber?

— Quoi donc?

— Oh, je m'en souviens bien moi! C'était en 1930. Vous m'avez demandé «quel âge as-tu maintenant?» «Cinquante et un ans» que je vous ai répondu. Alors vous avez voulu savoir si ça marchait bien avec mon homme, et je vous ai répondu « Pour sûr ! si c'est de ça que vous voulez parler ! »

— Assieds-toi, au lieu de dire des bêtises. Nous avons à parler sérieusement. C'est toi la plus vieille, tu connais toutes les habitudes de la maison, donc tu veilleras à ce que tout marche bien : la cuisine, le service, et l'examen de l'argenterie que tu rangeras avec Solène. Ce matin, à partir de huit heures, Solène montera les petits déjeuners dans les chambres.

— Solène ? Pfuift !

— Comment pfuift ?

— Parce que si je compte sur elle, ça n'est pas demain la veille que les enfants de M. Jean-Pierre mangeront leurs tartines, c'est moi qui vous le dis.

— Tu es devenue bien pétasse avec l'âge !

— La Solène, le matin, il faut qu'elle se repose.

— Qu'est-ce que cela veut dire ?

— Ça veut dire ce que je dis, madame Lucile, pas plus !

— Sais-tu que Solène est plus jeune que moi ?

— Je le sais bien, dame ! Mais je sais aussi que vous lui passez tout.

— Peu de femmes auraient fait pour ma tante et mon oncle ce qu'elle a fait. Je ne l'oublierai jamais. Elle est maintenant à mon service et c'est mon amie.

Germaine baissa la tête et dit, soudain accablée :

— Oh, je sais bien que vous n'oubliez pas non plus ce qu'a fait Marcel.

— À propos de Marcel, dit Lucile comme si elle n'avait rien entendu, il se postera à partir de midi devant la grande allée pour se tenir au service des invités qui arrivent en auto, c'est-à-dire ma belle-mère Mme de Kerelen, M. et Mme Lecoz-Mainarde, M. et Mme Gilbert et nos deux Américains Jimmy et Virginie.

La Germaine s'était dressée, les larmes aux yeux :

— Non, madame Lucile. Ne demandez pas ça à Marcel. Il ne veut voir personne, surtout un jour comme aujourd'hui. Tout le monde va parler des absents, surtout de M. Hervé. Pensez ! Marcel avait retrouvé le sommeil, mais depuis que la date de la fête Carbec a été fixée, il ne dort plus, dame non qu'il ne dort plus ! Je vous le jure madame Lucile ! Laissez-le donc tranquille aujourd'hui !

— Il sait bien que je lui ai pardonné. Je suis autant responsable que lui, peut-être davantage. À part toi et moi, personne ne sait exactement comment ça s'est passé, même Mme Jean-Pierre qui est arrivée le lendemain à la Couesnière.

— Personne ne le sait ? Marcel, il le sait bien, lui. Quand vous le regardez, il tourne la tête. Laissez-le tranquille, madame Lucile, surtout un jour comme aujourd'hui. Le placer devant la grande allée ? Non, ça n'est pas possible.

Lucile venait de prendre son air le plus dur :

— Quand on a un problème, il faut le regarder en face. Si ton mari n'en est pas capable, il finira fin saoul. Est-ce cela que tu veux ? Tu diras à Marcel d'obéir à mes ordres, comme pendant la guerre. S'il ne le fait pas, il cessera de travailler ici. Vous pourrez rester à la Couesnière tant que vous voudrez, mais je ne lui adresserai plus jamais la parole.

Lucile n'avait connu la mort de son cousin Hervé qu'au mois de septembre lorsqu'elle avait pu enfin revenir à la Couesnière dont elle était sans nouvelles depuis son dernier passage, au mois de juin, quelques jours avant le débarquement des Alliés. Jimmy Carbeack, lorsque le 329e régiment U.S. avait investi le Clos-Poulet n'était resté que quelques instants à la malouinière, juste le temps de sortir de sa musette des boîtes de conserve, des rouleaux de bonbons vitaminés et des cartouches de cigarettes. On ne l'avait plus revu, mais d'autres G.I. venaient de temps en temps à la Couesnière où ils étaient reçus à bras ouverts comme partout ailleurs, si bien qu'Adèle Carbec ne s'étonna pas de voir s'engager une jeep dans la grande allée de la malouinière. Quand elle eut reconnu Lucile, un double sentiment de joie et de terreur lui coupa le souffle, le premier parce qu'elle revoyait sa belle-sœur saine et sauve, le second parce qu'il faudrait lui apprendre la vérité. Les deux femmes s'étreignirent, incapables l'une et l'autre de parler. Lucile dit la première :

— J'ai tremblé pour vous. Jamais je ne remercierai assez Dieu de vous avoir protégés et d'avoir épargné la malouinière !

Adèle ne savait quoi répondre, fuyait son regard. Elle lâcha enfin, dans un souffle :

— Lucile, il est arrivé un grand malheur !

— Oui, je sais. Saint-Malo est à peu près détruit. Nous irons toutes les deux... Notre maison de famille, n'est-ce pas ?

— Elle n'est plus qu'un tas de grosses pierres.. Mais il y a autre chose. Un plus grand malheur.

— Quoi ? Jean-Pierre ? Les enfants ?

— Hervé..., dit Adèle en sanglotant.

Lucile était vêtue d'un uniforme militaire de toile kaki, avec deux galons sur les pattes d'épaules. Elle retira son calot, passa sa main sur la rousseur de ses cheveux et la retint sur ses yeux. Depuis le temps qu'elle connaissait la fragilité et les secrets du petit cousin, elle craignait parfois qu'il cède à la tentation d'en finir une bonne fois avec ses tourments. Elle se rappelait leur dernière conversation au bord de l'étang, lorsqu'il lui avait expliqué l'argument de son ballet « parce que Narcisse c'est nous deux... » Pourquoi l'avait-elle rabroué ? Elle demanda :

— Il s'est suicidé, lui aussi ?

— Je ne le pense pas. Quand je suis arrivée le lendemain, Germaine m'a dit qu'il était arrivé un accident dont il ne faudrait jamais parler à cause des Allemands.

— Vous avez vu son corps ? Vous êtes sûre qu'il ne s'est pas noyé ?

— Il était déjà enterré, au fond des bois de la Couesnière.

Marcel raconta le drame :

— Moi, j'avais vu un colonel allemand entrer dans la maison. J'ai prévenu tout de suite mes gars, et nous avons attendu son retour au milieu de l'allée. La brume est tombée, on ne voyait guère que les petites lanternes occultées... Nous, on a tiré. Avec vos silencieux, on ne craignait rien. Vous nous aviez dit : « La prochaine fois j'en veux le double ! » Ah ! malheur de sacré Bon Dieu ! Si seulement j'avais su que M. Hervé était dans la voiture ! Le colonel, je l'aurais laissé filer, ça je vous le jure. Et voilà que j'apprends que c'est le cousin de votre mari ! Notez que je me suis dit œil pour œil, un pour un. C'est pour Hervé que je me fais deuil. Le colonel allemand et son troufion, c'est la guerre... Toute la nuit, on a travaillé. La voiture, elle est au fond de l'étang. Les corps ont été enterrés dans les bois. M. Hervé, on lui a roulé autour la toile cirée de la table de cuisine. Le colonel, la Germaine lui a cousu un tapis. Le chauffeur, il a dû se contenter du trou, c'est pas parce que c'était un simple troufion mais on n'avait pas beaucoup de temps, et puis il n'était pas de la famille. S'il n'y avait point eu le débarquement, peut-être bien que les gendarmes allemands auraient fini par venir enquêter par chez nous, mais cette fois, madame Lucile, ils étaient occupés ailleurs.

Lucile comprenait maintenant comment tout s'était noué. Ainsi, Helmut n'avait pas pu résister à la tentation de revenir à la malouinière pour revoir Hervé et, comme dans les tragédies antiques, les dieux les avaient foudroyés.

— Que sont devenus les deux compagnons de votre groupe ? demanda Lucile.

— Ils ont été tués peu de jours après.

— Maintenant que les Allemands sont partis, vous ne craignez donc plus rien, dit Lucile. Il faut donner à ces trois morts une sépulture convenable, je vais demander l'autorisation de faire construire un caveau au bout d'une rabine pour y placer les cercueils d'Hervé et du colonel von Keirelhein. Nous mettrons une croix sur celui du chauffeur en attendant qu'on le réclame. Pour l'instant, une seule chose doit nous préoccuper : gagner la guerre. Ça n'est pas parce que Saint-Malo a été libéré que la guerre est finie. Le général de Gaulle est installé à Paris, et le général de Lattre est arrivé dans les Vosges, voilà les dernières nouvelles. Je vais rester là quelques jours. Personne ne devra connaître la vérité au sujet de la mort d'Hervé. Au besoin, nous dirons qu'il faisait partie de votre groupe de combat.

Ce soir-là, Adèle Carbec dit à Lucile qu'elle avait trouvé dans le tiroir d'une commode, dans le salon, des pages de musique manuscrite qui lui paraissaient être les fragments d'une partition plus importante intitulée *Narcisse.*

— C'est assez difficile à déchiffrer, mais je pense y être parvenue. Je vais vous en jouer quelques passages, ils expriment une sorte de tristesse amoureuse, retenue comme un secret.

Adèle dut bientôt s'arrêter de jouer. Ou bien les combinaisons sonores inventées étaient trop compliquées pour qu'un interprète peu entraîné puisse en extraire une ligne mélodique, ou bien l'ancien petit prof' d'Hervé Carbec éprouvait trop de chagrin. Elle dit :

— Excusez-moi, je n'ai jamais pu le suivre. Déjà quand il avait huit ans, il m'apparaissait comme un enfant mystérieux. Vous vous rappelez ce 14 juillet 1914. Je revois encore, et je les entends jouer ensemble, Hervé et le lieutenant Helmut von Keirelhein, quel étrange destin !

Lucile se souvenait de tout. Elle se revoyait au Bœuf sur le Toit danser avec Hervé, elle écoutait le saxophone roucouler *Stormy weather,* elle s'entendait lui demander « Tu voudrais faire l'amour avec moi ? » À partir de ce soir-là, son cousin lui avait appartenu. Qu'est-ce que cet Helmut était venu faire à la Couesnière, en pleine guerre ? Après tout, n'était-ce pas un ennemi, un frère de ceux qui avaient tué Louis de Kerelen ? Elle osait à peine penser qu'elle eût préféré qu'Hervé se fût noyé volontairement dans l'étang là où l'autre jour il lui avait dit « Narcisse c'est nous deux... »

— C'est la première fois que je couche dans cette chambre sans avoir Hervé dans l'autre lit, dit Roger Carbec à Frédéric Lecoz-Mainarde. Je croyais le connaître, je me suis bien trompé. Nous deux, toi et moi, nous avons fait la guerre à visage découvert, au milieu des copains. Lui, il était tout seul. Jamais je ne l'aurais cru capable d'être un résistant.

Lucile avait logé Roger et Frédéric dans la même chambre, là où pendant de longues années les deux frères Carbec avaient dormi ensemble pendant les vacances passées à la malouinière. Démobilisé depuis un an, le colon était rentré au Maroc avec le goum du capitaine Aymard, mais sans son chef. Celui-ci, au cours d'une dure attaque lancée dans les Vosges par des parachutistes allemands, pendant l'hiver 44, avait eu la jambe arrachée par un obus de mortier. Quelques jours plus tard, faute de pénicilline le plus souvent réservée aux seuls combattants américains, il était mort d'une gangrène gazeuse. De nombreux goumiers étaient tombés en Italie, en France et en Allemagne. Sur les dix ouvriers partis avec leur tager, quatre avaient été tués : Salem, Moha, Bouchaïb et Abdallah. Les autres, après quelques jours de permission pendant lesquels ils avaient joué un peu au héros, montré leurs médailles et étalé le petit butin ramené en cachette, avaient échangé leurs fusils contre leurs anciens outils de laboureurs comme si rien ne s'était passé, avec la même simplicité qu'au moment de leur départ pour le baroud. Ouled Carbec ils étaient partis, Ouled Carbec ils revenaient.

— Tu as dû être content de retrouver ton bled ! dit le jeune Frédéric.

Celui-là, après ses deux heures d'escale boulevard de Courcelles, le jour de la libération de Paris, était reparti avec la 2e division blindée. Il avait terminé la guerre sergent, médaillé militaire et voulait rester dans l'armée. Roger Carbec ne répondit pas tout de suite à Frédéric Lecoz-Mainarde :

— Bien sûr que j'ai été content, mais ça n'a pas été si facile de réembrayer les anciennes vitesses de la vie quotidienne. Naples, Rome, Sienne, le débarquement à Cavalaire, Toulon, Marseille, Belfort, Colmar, Stuttgart... c'était pas si mal ! Si tant de copains n'y étaient pas restés, je pense que j'aurais fini par aimer cette vie-là. Le 8 mai, quand j'ai appris la capitulation des Fritz, je me suis saoulé la gueule comme tous les autres. J'avais été invité à dîner à la popote des aides de camp. Nous étions tellement saouls que le général Guillaume a échangé son pantalon contre le kilt d'un colonel écossais et a exécuté sur la table, au milieu des verres pleins de champagne, une danse de Sioux ! Eh bien, cette nuit-là, avant de m'endormir, j'étais demeuré assez conscient pour tirer ma propre conclusion de cette guerre : « Maintenant, les emmerdes vont recommencer » ! Mon vieux, ça n'a pas raté. En retrouvant mon bled, j'ai trouvé aussi une vingtaine de lettres recommandées. Reste dans l'armée, Frédéric, tu as raison. Tu vas devenir officier, tu emmerderas tes subordonnés, tu t'emmerderas plus souvent, mais tu ne connaîtras pas ce que les civils appellent les emmerdes.

— Moi, j'ai gardé un bon souvenir de ton bled. Tu te rappelles le jour où j'étais venu me réfugier à Sidi M'Barek parce que je m'étais disputé avec papa à propos de Pétain ? Vous autres, les colons, vous avez la belle vie.

— Pourvu que ça dure !

— Pourquoi dis-tu ça ?

— Tout à l'heure, lorsque tu m'as dit que j'avais dû être heureux de revenir dans mon bled, je ne t'ai pas répondu tout de suite parce que le Maroc que nous avons retrouvé ne ressemble pas tout à fait à celui que nous avions quitté ! Ça n'est pas dans le bled qu'on s'en aperçoit le plus, c'est dans les villes, à Fès, à Casa, à Rabat. Pendant notre absence des groupes organisés de nationalistes marocains ont provoqué des troubles assez graves puisqu'on a songé à faire rentrer d'urgence tous les Tabors pour rétablir l'ordre. Il ne faut pas se leurrer, l'indépendance du Maroc est déjà inscrite dans l'Histoire prochaine. Lyautey l'a toujours prévue. L'important c'est de la prévoir et de la préparer pour qu'elle ne se fasse pas contre nous. Aujourd'hui que nous somme revenus tous les deux de la guerre, je peux bien t'avouer quelque chose. Lorsque j'ai vu les Américains débarquer en Afrique du Nord avec leurs boys, leurs jeeps, leurs chars d'assaut, leurs boîtes de conserve et leur D.D.T., j'ai d'abord pensé que nous avions une chance de reprendre le combat, mais j'ai compris aussi que le Maroc deviendrait bientôt indépendant. Ce jour-là, il n'y aura plus de place pour les colons. Pour les Ouled Carbec non plus !

— Papa m'a dit la même chose le jour où il a vu un drapeau américain flotter au-dessus de l'hôtel Balima. Tu ne penses tout de même pas que c'est imminent ?

— Imminent, je ne le crois pas, mais lorsque cela arrivera je partirai tout de suite. Je me tournerai peut-être du côté du Canada.

— Le Canada ? T'es devenu dingue de vouloir laisser le soleil pour la neige !

— Pourquoi pas ? D'abord je suis malouin, non ? Et puis, nous avons encore de la famille là-bas. En France, c'est trop petit. Les gens ne pensent plus qu'à se déchirer, se jalouser et s'injurier en invoquant je ne sais quelles idées qu'on a le culot d'appeler politiques. Entrez !

On avait frappé à la porte. Solène entra dans la chambre, salua les petits maîtres, déposa sur une table le plateau, café, lait, pain grillé, qu'elle apportait, et reçut avant de s'en aller deux tapes sur les fesses.

— Dis donc, Frédéric, demanda Roger, tu ne t'es pas levé cette nuit ?

— Si, mentit l'autre, je suis allé pisser.

— Écoute, mon petit vieux, si tu veux t'envoyer Solène préviens-moi parce que figure-toi que j'ai un certain droit d'antériorité. La prochaine fois, on la joue au poker dix. Bien reçu, sergent ?

— Cinq sur cinq, mon lieutenant.

Les bruits familiers de la malouinière à son réveil jouaient maintenant leur petite musique d'été. Premier prêt, Jean-Pierre avait déjà parcouru plusieurs fois, aller et retour, la grande allée de chênes. Il assurait que pendant ses cinq années de captivité, l'exercice physique l'avait maintenu en bonne forme autant que les exercices de morphologie et de syntaxe destinés à perfectionner ses connaissances en arabe ou en berbère Il avait même appris le russe. À Lucile, il avait confié un jour :

— Si je ne m'étais pas marié, je serais rentré vivant quand même, mais comme une loque. Ces cinq années de captivité survenues après la honte de la débâcle ont plus ou moins démoli la plupart des officiers de carrière. À part quelques exceptions, nous ne sommes plus bons à rien. Si on me renvoyait au Maroc, je pense que je pourrais être utile. Sinon, je serais certainement dégagé des cadres. Ce que cela veut dire ? Mis à la retraite. Alors je te demanderais l'hospitalité à la Couesnière en attendant de trouver un travail quelconque, par exemple dans une compagnie d'assurances comme le commandant Biniac, autrefois.

— Tu pourrais peut-être m'aider à remonter et développer les Conserves Dupond-Dupuy ? avait proposé Lucile.

— Franchement, cela ne m'emballe pas. Les anciens militaires font de mauvais industriels.

Aujourd'hui, tous ces nuages s'étaient dissipés. Vraisemblablement, le colonel Carbec ne serait jamais promu général, sauf au moment de prendre sa retraite, mais il avait été mis à la disposition du Résident général à Rabat. On lui confierait donc un poste politique. Après le désespoir, le doute et la résignation, Jean-Pierre venait de retrouver d'un coup, avec les joies simples de la vie quotidienne en famille, le goût d'un métier qui l'avait passionné naguère. Il devait rejoindre le Maroc au mois de septembre et il était sûr de retrouver intact le pays de sa jeunesse, avec ses vieux amis marocains parmi lesquels quelques-uns étaient devenus caïds et dont il connaissait la fidélité. Avec quelle joie il allait montrer à Adèle, à Jean-Marie et à Marie-Thérèse, la première maison habitée autrefois à Fès, au fond du jardin où poussaient pêle-mêle des orangers, des lilas, des grenadiers, des géraniums-lierre... Aux réserves exprimées par Roger et Gilbert, Jean-Pierre répondait toujours qu'après cinq années subies dans un Oflag, il lui était nécessaire de croire aux tâches qui lui seraient confiées.

Ce matin, parce que c'était la fête des Carbec, le colonel avait revêtu son uniforme et s'était coiffé d'un képi bleu ciel, celui des officiers des Affaires indigènes, commandé dès qu'il avait connu sa nouvelle affectation. Parvenu au terme de son huitième aller et retour sur la grande allée, il rencontra Marcel Le Ber qui, lui aussi, s'était fait beau, et voulait voir sur place comment tout à l'heure il ferait ranger les autos. À l'officier, l'ancien premier maître adressa un salut réglementaire en claquant les talons.

— Alors, Marcel, ça va-t-il comme vous voulez ?

— Oui, mon colonel.

— Eh bien, accompagnez-moi donc, nous allons faire quelques pas tous les deux. Vous me parlerez de la ferme.

— Sauf votre respect, mon colonel, Mme Lucile a peut-être bien besoin de moi.

— Laissez donc, j'en fais mon affaire. La moisson a-t-elle été bonne ?

— Si on avait eu de l'engrais, elle aurait été meilleure. Ça va faire une demi-année, pas plus.

Il parlait prudemment, à voix basse, impressionné par le grade, la tenue militaire, la gentillesse du colonel dont la cordialité laissait peut-être prévoir des questions redoutées.

— Je vois que vous portez aujourd'hui, dit Jean-Pierre Carbec, votre rosette de la Résistance.

— Dame, mon colonel, c'est le 15 août !

— Vous l'avez bien méritée, je suis heureux de vous féliciter. Ils auraient bien pu la donner aussi à Hervé Carbec. À titre posthume. Qu'en pensez-vous ?

— Pour sûr, dit Marcel Le Ber, la tête toujours baissée.

— Moi, ancien prisonnier, je n'ai aucune qualité pour m'en occuper, mais vous, vous devriez la réclamer pour honorer sa mémoire, et pour la famille. Vous étiez bien son chef de groupe d'après ce que m'a dit ma sœur.

— Non... Un peu tout de même... Vous savez, notre organisation était très compliquée. À cause du secret, n'est-ce pas ?

— Ce qui m'étonne, dit Jean-Pierre, c'est comment Hervé et Helmut ont pu être tués tous les deux, ensemble. Ma sœur m'a dit que vous étiez présent au moment de l'affaire.

— C'est-à-dire que je suis arrivé juste après... M. Hervé avait vu passer une auto allemande qui se dirigeait vers la malouinière, il a attendu son retour et là, dans le brouillard, il a tiré. Les autres ont tiré aussi. Quand je suis arrivé, il y avait trois morts.

Le colonel garda le silence. Il dit, après un moment qui parut long à Marcel Le Ber :

— C'est peut-être bien comme cela... Vous comprenez, Marcel, dans l'armée régulière nous n'avons pas l'habitude de procéder à ce que la Résistance appelait, m'a-t-on dit, des opérations ponctuelles.

— Dans la marine non plus ! se rebiffa l'ancien premier maître. Mais c'étaient les ordres de madame, mon colonel.

— Quelle madame ?

— Madame Lucile, bien sûr.

Jean-Pierre poursuivit seul sa promenade. Comment la famille Carbec avait-elle pu changer à ce point au cours de ces cinq années ? Louis de Kerelen, dont la légèreté l'avait souvent agacé, était devenu le redoutable patron d'un réseau, sa sœur Lucile un chef de bande, et Hervé un tueur. Sa sœur Lucile, si féminine, si moelleuse, donnant des ordres à des terroristes ? À son retour de captivité, elle lui avait dit, les yeux secs et plus bleus qu'autrefois : « Je m'étais promis de le venger, je pense que je me suis payée largement. C'est tout. » L'oncle Guillaume lui-même, à la fois si sceptique et si amoureux de la vie, comblé d'honneurs et de succès avait voulu donner par sa mort la leçon d'un refus... Les pas du colonel l'avaient porté au fond d'une petite allée où une croix se dressait maintenant sur une dalle de granit où étaient gravés seulement deux noms : Hervé Carbec (1905-1944) Helmut von Keirelhein (1889-1944). Instinctivement, il se mit au garde-à-vous, salua longuement, et entendit au fond de sa mémoire sa propre voix demander sur un ton ironique à son jeune cousin : « Tu n'as pas été tenté d'introduire dans ton *Concerto de Berlin* quelques notes de ces hymnes patriotiques chantés par les Stahlhelm et les Schutzstaffel ? » Il crut aussi relire une des phrases clés de la lettre que lui avait adressée Helmut en 1930 « Tous les anciens officiers de l'armée impériale pactiseraient avec le diable si celui-ci leur permettait de ressusciter la grandeur de l'Allemagne. » Comme il revenait à pas lents vers la maison, la tête bourdonnante et pensant que les Carbec payaient un lourd tribut aux idées modernes depuis que les nationalismes se heurtaient les uns aux autres dans des guerres d'enfer, le colonel fut tiré de sa méditation par des cris joyeux poussés par une bande de jeunes garçons et de jeunes filles. C'étaient les Carbec de la jeune génération. Jean-Pierre les vit sauter sur des bicyclettes et disparaître dans un nuage de poussière nimbée de soleil. Derrière eux, arrivèrent Gilbert, Annick, Adèle, Lucile et M. François Duparque qui se préparaient eux aussi à partir pour la grand-messe à l'issue de laquelle toute la famille se retrouverait à Saint-Malo. Le colonel se joignit à eux et remarqua tout à coup dans le visage, les gestes, la silhouette, peut-être dans le regard à la fois profond et gai du peintre, quelque chose, il ne savait pas quoi, qui lui rappelait un peu l'oncle Guillaume.

De mémoire malouine on n'avait rarement vu un ciel aussi radieux que celui de ce 15 août 1946. Sur la pelouse fraîchement tondue, derrière la malouinière, une longue table de vingt-deux couverts était dressée où étincelaient la porcelaine de la Compagnie des Indes, les cristaux précieux, l'argenterie poinçonnée, tout ce qui avait été enterré dans des caches sûres par Germaine et Marcel Le Ber dès que les journaux avaient commencé à parler du réduit breton. Selon la tradition, le menu établi une première fois par la grand'mère Carbec, timbale de homard, gigot de pré-salé, serait rigoureusement respecté. À moitié détruit, l'hôtel Chateaubriand n'avait pas pu prêter deux serveurs, Lucile avait dû s'adresser en dehors de Saint-Malo, mais l'ancienne cuisinière d'Yvonne Carbec avait été retrouvée. Solène et la Germaine gardaient l'œil sur tout tandis que Marcel Le Ber s'occupait de déboucher les bouteilles tenues au frais dans un bac rempli de glaçons.

Tout à l'heure, en sortant de l'église, les Carbec s'étaient réunis devant les ruines calcinées de leur demeure familiale, édifiée sur les remparts de Saint-Malo par le corsaire Jean-Marie Carbec en 1706. De la demeure qui pendant près de deux siècles et demi avait attesté la pérennité, peut-être la vanité, d'une de ces familles malouines cimentées de courage et d'audace, il ne restait que des décombres. Pour y accéder, il leur avait fallu cheminer à travers l'immense cimetière de ce qui avait été hier une de ces villes dont le seul nom, Samarcande, Tolède, Marrakech, Venise, fait battre plus vite le cœur des hommes. Autour d'eux, d'anciens voisins qu'on saluait tous les jours au coin d'un placître, bonjour madame Carbec, bonjour ma fî, s'étaient agenouillés dans les gravats : les uns pour y remuer la cendre de leurs souvenirs, les autres pour récupérer des matériaux qui pourraient peut-être servir encore. Gilbert l'architecte l'avait dit : « Il faut sans tarder numéroter une à une les pierres de taille et les entasser. Un jour ou l'autre, avec ces pierres, nous rebâtirons Saint-Malo », et Roger avait alors fixé entre deux blocs de granit un écriteau sur lequel il avait tracé à la craie « Famille Carbec ». Ils étaient restés là à donner aux plus jeunes leur première leçon de Saint-Malo en leur apprenant le nom des rochers, le Petit Bé, le Grand Bé, les Pointus, Cézembre, la Conchée, et ce Fort National où quelques centaines de Malouins pris en otages avaient assisté à la destruction de leur cité. Les autres écoutèrent Lucile leur raconter ce qu'elle avait vu en septembre 1944, les toits crevés, les murs écroulés, les meubles déchiquetés et brûlés au milieu des gravats, quelques cloisons épargnées par miracle où demeuraient suspendus des objets dérisoires, une ville qui perdait ses entrailles. « Ce jour-là, autant, peut-être plus, que le jour où j'ai appris la mort de l'oncle Guillaume, et celui où j'ai reçu la dernière lettre de Louis de Kerelen, j'ai bien cru que j'allais m'évanouir. Plus tard, je le dis sans rougir, j'ai été heureuse, oui heureuse, d'apprendre que Dresde avait été rasée au sol par des bombes au phosphore... »

Revenus à la Couesnière, les Carbec ne se groupèrent pas cette année-là autour de l'étang pour y boire des cocktails en attendant l'heure du déjeuner, mais dans le grand salon où les deux tableaux commandés à M. François Duparque disparaissaient encore sous un léger voile blanc. Maintenant, les cousins plus éloignés qui ne logeaient pas à la malouinière, tels les vieux Lecoz-Mainarde, Mme de Kerelen mère ou Virginie et Jimmy Carbeack, étaient arrivés à leur tour. Il n'y avait plus qu'à boire les coupes de champagne déjà pleines et à procéder à la petite cérémonie. Lucile compta tout son monde, s'inquiéta de la présence de Solène, Germaine et Marcel Le Ber, fit enfin signe à Marie-Thérèse, la dernière-née des Carbec, de dévoiler les portraits. Un « ah ! » de saisissement et d'émotion salua le comte et la comtesse de Kerelen. Le peintre les avait dessinés sous un tel angle que les deux portraits paraissaient se regarder et avaient l'air d'échanger le sourire d'une complicité amoureuse dont ils auraient entendu garder le mystère. Ce sourire exprimait leur vérité apparente, mais M. Duparque était parvenu à explorer une vérité plus profonde, réservée à ceux qui les avaient peut-être devinés avant que des événements dramatiques eussent révélé tant de fermeté sous tant de grâce. Pour fixer l'époque sans que le tableau puisse paraître démodé avant d'avoir vieilli, le peintre avait représenté Louis de Kerelen en uniforme mais en prenant soin de ne préciser aucun détail de la tenue, et il avait drapé Lucile dans la soie d'un rose très pâle, épaules nues, où flambaient ses cheveux roux, et qui donnait un éclat métallique au fameux regard bleu coulé de biais... Se tenant au milieu du salon, ses doigts solides serrant la vieille main de sa belle-mère, Lucile sentait que vingt regards allaient du portrait à son visage, de son visage au portrait pour revenir se poser sur elle et ne plus la lâcher. Délaissant les robes noires, grises ou neutres portées après qu'elle eut rendu son uniforme de lieutenant, elle avait retrouvé ce matin dans un placard une robe d'été de couleur vert nil, aux bras nus, sous laquelle les hommes devinaient son corps demeuré flexible : c'était dire à tous ces Carbec que les temps du deuil étaient révolus et que sa mission étant terminée, la maîtresse de la malouinière n'entendait pas faire retraite.

— Vous pouvez applaudir M. Duparque, dit-elle.

Comme les bravos s'éteignaient, Lucile se dirigea vers le peintre.

— Prenez mon bras, comme au temps de ma grand'mère.

Tout le monde les regardait : elle, redevenue gaie, et lisse comme un feuillage après une averse, lui, sûr de son talent, le geste un peu pompeux, mais l'œil demeuré farceur ainsi qu'il convient à un membre de l'Institut qui n'a pas encore oublié avoir été hier élève à l'École des Beaux-Arts. Roger, penché vers sa cousine Annick, lui dit à l'oreille :

— Il ne te rappelle pas quelqu'un ?

— Ton père, n'est-ce pas ?

— Oui, on dirait papa. Il ne lui ressemble pourtant pas du tout... Ça n'est pas un Carbec. Je me demande pourquoi Lucile l'a invité ?

— C'est bien normal pour un vernissage.

— Alors, il fallait vernir un autre jour, mais pas le jour des Carbec. Moi, je le trouve plutôt sympathique mais il m'emmerde !

On était arrivé maintenant au milieu du repas. Après les propos toujours animés qui accompagnent un premier service lorsque les convives ont bu du champagne, la conversation semblait avoir un peu ralenti son train, au moins au centre, encore que des rires jeunes n'aient jamais cessé de fuser. Le plan de table n'avait pas causé cette fois de graves soucis à la maîtresse de maison puisque quatre des convives traditionnels qui occupaient toujours des places d'honneur, tante Olga, Yvonne, Guillaume Carbec et Louis de Kerelen n'étaient plus là. Cette fois, Lucile avait pris M. Duparque à sa droite et placé Georges Lecoz-Mainarde à sa gauche. En face d'elle, le colonel coprésidait entre Mme de Kerelen mère et Béatrice. Venaient tout de suite après, dans l'ordre des préséances : Adeline, Annick et Gilbert. Quant à Roger, il avait obtenu de la maîtresse de la malouinière le droit de s'asseoir au dernier moment au milieu de la jeunesse, là où bon lui semblerait. N'ayant plus à redouter la comparaison avec Olga, Mme Lecoz-Mainarde pouvait se payer le luxe de jouer à la granny. Elle avait acccaparé M. Duparque et lui faisait mille grâces par-dessus la table. Consentiriez-vous, maître, à immortaliser mes petits-enfants ? Le plus difficile, chère madame, sera de trouver un temps libre, je dois commencer le mois prochain un portrait de Louise de Vilmorin, puis en janvier celui du pacha de Marrakech, et il me faut aussi répondre à une commande à laquelle M. David Weil semble apporter le plus vif intérêt. Lucile ne manquait pas de prêter une oreille à ces discours mais l'autre écoutait ailleurs. Comme les anciennes maîtresses de la malouinière l'avaient fait avant elle, elle entreprit son tour de table... Toujours un peu gourmé, col dur, épingle de cravate, l'ancien agent de change avait déjà bu et mangé plus que son âge le permettait. Son âge ? Voyons, pensa Lucile, il a le même âge, à un an près, que l'oncle Guillaume, mais mon oncle a toujours paru vingt ans de moins et a toujours été un homme très séduisant, tandis que celui-là ne s'est jamais intéressé à moi que pour s'associer à mes entreprises immobilières. Béatrice se farde trop, cela devient du maquillage, maman le lui a toujours dit, si j'étais un de ses petits-enfants, je n'aimerais pas l'embrasser. Gilbert ne doit pas aimer cela non plus. En ce moment, elle joue les bayadères devant M. Duparque, peut-être pour lui commander le portrait de mes neveux et nièces, un peu pour m'embêter, plus sûrement pour inviter à dîner un membre de l'Institut. Dès qu'elle rencontre chez les autres quelqu'un dont on commence à citer le nom, il faut qu'elle se jette dessus. On m'a dit qu'à Paris, une cinquantaine de sorcières se livrent à cette sorte de chasse à l'homme du jour. Ma pauvre belle-mère a le nez de plus en plus lumineux. Muscadet ou gros plan ? À la Couesnière, les seuls vins blancs servis pour les repas de fête sont du meursault ou du pouilly-fuissé. Pauvre femme ! Depuis la mort de Louis, elle ne s'intéresse plus qu'à la bouteille, elle ne veut même plus entendre parler de l'usine dont elle détient pourtant la majorité des parts, il me faut surveiller cela de près madame la comtesse douairière ! Avec la mort de Louis et d'Helmut, voilà que la vieille famille des Kerelen passe aux mains des Sardines Dupond-Dupuy et à celles des Carbec qui sentent encore un peu la marée bien que notre aîné soit aujourd'hui colonel et peut-être général demain ? Celui-là, Jean-Pierre, il est sauvé, la captivité l'aura abîmé moins que beaucoup d'autres. Je l'entends encore m'expliquer ce qui sépare Balzac de Proust, mais je ne me rappelle pas très bien ce qu'il disait. L'oncle Guillaume l'aimait beaucoup. Au Maroc, Jean-Pierre va retrouver sa jeunesse, j'irai les voir. Ma belle-sœur Adèle devient plus Carbec que nous tous, la disparition de notre maison familiale l'a affectée encore plus que nous. Elle n'a pas très bonne mine. Cinq ans sans son mari ont éteint la flambée qui l'avait transformée, et le retour de Jean-Pierre n'a pas rallumé le feu éteint. Elle redevient un peu vieille fille mais, quand elle sera installée au Maroc, elle fera une parfaite madame colonelle : je la vois très bien présidente de la Croix-Rouge à Meknès ou à Agadir. Moi, je n'aurais jamais pu rester cinq ans sans faire l'amour. Après la mort de Louis, j'ai d'abord éprouvé un curieux sentiment de vide quasi absolu, plus rien ne m'intéressait, ni les hommes ni mon travail, pas même la guerre, c'était comme si j'avais perdu mon âme en même temps que mon corps. J'ai senti un jour monter en moi une sorte de fièvre, rapide et brûlante, semblable à une grosse température. C'était le besoin de me venger, un besoin qui m'a redonné goût à la vie. Dans le réseau, il y avait des hommes, jeunes ou plus âgés, célibataires ou maris fidèles, avec lesquels on pouvait faire ça sans se poser de problèmes. Depuis que la guerre est finie, je suis un peu en manque. J'ai cinquante-deux ans. Je ne me remarierai jamais. Un inconnu à la Couesnière? c'est trop tard. La malouinière le mangerait sans même qu'il s'en aperçoive. Pour le reste, on verra.

— Vous paraissez bien songeuse chère amie? dit M. Duparque. Je vous comprends, et je devine peut-être vos pensées. Un jour comme celui-ci c'est d'abord le jour des souvenirs. Votre malouinière doit être peuplée de fantômes qui n'acceptent pas volontiers les nouveaux venus. Je me trompe?

— Non, vous ne vous trompez pas.

— Figurez-vous que moi aussi, j'ai mes fantômes. Ils peuplent mon atelier. Ce sont les fantômes des femmes qui y sont venues poser. Parfois, j'imagine que je leur ai dérobé un peu de leur âme, au moins de leurs secrets, mais elles laissent surtout derrière elles l'odeur de leur parfum. Tenez, voici un bon sujet de ballet pour un jeune compositeur: Le Peintre et ses Fantômes...

Lucile n'entendait plus M. Duparque. Non, la malouinière n'acceptait pas volontiers les nouveaux venus. Lucile se revoyait derrière la porte du grand salon en train d'écouter Hervé qui improvisait des développements autour d'un même thème initial, *Stormy weather*, dont les premières mesures revenaient sans cesse, chassées et recommencées, telle une obsession. De grands éclats de rire la tirèrent à temps de sa rêverie. Ils venaient d'un bout de la table où Roger, assis entre deux de ses cousines, Virginie et Colette, racontait sûrement des histoires bouffonnes. Elle se pencha légèrement pour en entendre quelques-unes.

— Le lendemain de notre entrée à Rome, disait maintenant Roger Carbec, j'ai assisté à une messe solennelle célébrée à Saint-Louis-des-Français par un monsignore. Au moment de l'élévation, un cinéaste américain s'étant aperçu qu'il avait gâché une pellicule a prié gentiment l'officiant de recommencer. « *Hello bishop! Once more please!* »

Lucile fut heureuse d'entendre les rires fuser de plus belle. Le déjeuner lui avait paru moins gai que tous les autres, il y manquait les foucades de tante Olga, l'ironie de l'oncle Guillaume, le charme de Louis de Kerelen, même les soupirs d'Yvonne Carbec. Les morts étaient encore trop présents pour rappeler ces sortes de joyeux souvenirs dont on rit de bon cœur longtemps après la disparition de ceux qu'on a le plus aimés. Il faudrait attendre encore quelques années pour que les jeunes Carbec s'installent à leur tour au milieu de la table et redonnent aux fêtes familiale de la Couesnière le ton trouvé par la grand'mère Carbec dès le premier rendez-vous de la malouinière. Tous ces cousins du bout de table avaient l'air de s'amuser beaucoup. Pour manifester sa joie de se trouver assis auprès de Colette Lecoz-Mainarde, Jimmy jappait comme un jeune chiot et approuvait de OK sister ! sonores tout ce que la petite Française élevée au Maroc lui racontait tandis qu'elle-même contemplait l'ancien G.I. du 329e régiment d'infanterie U.S., le libérateur de la malouinière où il revenait aujourd'hui en pèlerinage accompagné de sa sœur. Lucile remarqua que Roger venait de poser sa main sur celle de Virginie, la jeune Américaine ne l'avait pas retirée, mais un peu de cette merveilleuse couleur qui s'appelle le rouge bonheur lui était montée tout de suite aux joues. Si mes calculs sont exacts, se dit-elle, Roger doit avoir bientôt quarante et un ans. Virginie en a vingt-six. Jolie fille, gaie, certainement courageuse et loyale, sans doute bonne poulinière pour nous faire beaucoup de petits Carbec, c'est tout à fait une femme qui me conviendrait pour Roger. Voilà que je parle comme une marieuse ! Tout à l'heure j'ai surpris un regard qu'échangeaient Annick et Gilbert. C'était une sorte de communion discrète et tendre. Après vingt-cinq ans de mariage ! Il y a des jours où je les envie. L'oncle Guillaume et la tante Olga, ceux-là aussi avaient réussi leur union, et cependant ils étaient l'un comme l'autre des personnages hors du commun... Nous voici arrivés au dessert. Il va falloir que je fasse un petit discours. Autrefois, cela revenait de droit aux hommes. J'aurais peut-être dû demander à Jean-Pierre de préparer quelques mots. Aujourd'hui, les femmes s'en tirent très bien. D'abord la malouinière, c'est moi ! Lucile donna deux ou trois légers coups de sa cuiller pour réclamer le silence. Elle dut s'y reprendre plusieurs fois parce que Roger et Virginie, occupés d'eux seuls, n'avaient rien entendu.

Selon la tradition, tout le monde s'était rassemblé autour de l'étang pour prendre le café. Le colonel et l'architecte échangeaient de graves propos sur l'avenir du Maroc, Mme de Kerelen s'informait auprès du vieil agent de change des cours de la Royal Deutsch, Béatrice ne lâchait plus M. Duparque, tandis qu'Annick et Lucile se rappelaient quelques frasques de leur jeunesse « tu te rappelles la fois où nous sommes rentrées toutes les deux à une heure du matin et que maman nous a dit que nous étions des filles perdues ? » Roger et Virginie faisaient un tour de barque et les autres enfants jetaient inutilement du pain dans l'eau.

— Mes enfants, leur dit Lucile, il n'y a plus de poissons dans l'étang. Les Allemands sont venus un jour pêcher à la grenade et ont tout tué. Je vous promets que la prochaine fois vous en verrez beaucoup.

— Et Clacla? demanda Frédéric.

— La pauvre Clacla, il y a longtemps qu'elle a dû mourir. Tu dois te rappeler que lors du dernier rendez-vous Carbec personne ne l'avait vue. L'oncle Guillaume m'avait même dit tout bas: « mauvais présage ». Il ne s'était pas trompé...

À ce moment précis, une énorme carpe sortit de l'eau, bondit sur un morceau de pain, l'engloutit et disparut en faisant une cabriole. Les enfants poussèrent de telles exclamations que les plus âgés, inquiets de ces cris, accoururent au bord de l'étang pour voir ce qu'il s'y passait.

— Tout va recommencer, murmura Lucile à l'oreille de sa sœur. Cela me fait deuil de te voir repartir pour Rabat.

— Nous reviendrons tous les ans à la malouinière, dit l'architecte. N'oublie pas ce que je disais tout à l'heure: nous devons sans plus tarder récupérer, entasser et numéroter toutes les pierres qui peuvent encore servir. C'est avec ces pierres que nous allons rebâtir Saint-Malo. Si cela était nécessaire, je quitterais même le Maroc pour venir m'installer ici.

— Quand peut-on commencer? demandèrent les enfants.

— Tout de suite! Il y aura du travail pour les plus grands et pour les plus petits. Allons-y!

Tous les cousins Carbec s'étaient jetés sur leurs bicyclettes. Lucile les vit s'engager dans la grande allée bordée de chênes et les suivit des yeux jusqu'au moment où ils tournèrent à droite pour prendre la route de Saint-Malo. « Moi, pensa-t-elle tout bas, il faut que je répare mes toits et que je fasse recrépir ces murs. » Sans plus s'occuper de ses hôtes, elle regarda longtemps la façade de la malouinière, ses hautes cheminées, et ses longues fenêtres blanches à petits carreaux. Comme si elle s'adressait à un être vivant, elle dit tout haut:

— À nous deux!

La composition de ce livre
a été effectuée par Comp'Infor
l'impression et le brochage ont été effectués
sur presse CAMERON
dans les ateliers de la S.E.P.C. à Saint-Amand-Montrond (Cher)
pour les Éditions Albin Michel

Achevé d'imprimer en février 1989.
N° d'édition : 10549. N° d'impression : 283.
Dépôt légal : mars 1989.